고 전 으 로
미 래 를
읽 는 다

0   2   6

수상록

ssai

M.E.몽테뉴 지음 권응호 옮김

홍신문화사

저자의
서문

독자들에게

독자들이여, 이 책은 제법 정성을 기울여 기록한 것이다. 여기에 실린 글은 단지 나의 집안일이나 사삿일을 이야기하려는 것일 뿐, 그밖의 다른 의도는 없음을 밝혀두고자 한다. 따라서 이 작업은 독자를 위해서거나 내 개인의 영광을 위해서가 아니다. 그런 일은 나의 힘이 미치지 못하는 일들이다. 다만 나의 일가 권속이나 친구들이 내가 세상을 떠난 후에—조만간 그렇게 될 테지만—이 책에서 나의 어떤 모습이나 감정의 특징을 찾아볼 수 있도록 하기 위해, 그리고 나에 대해 알고 있는 것들을 더욱 올바르고 생생하게 지닐 수 있도록 하기 위해서이다. 이 책이 세상 사람들의 호의를 염두에 두고 쓰어진 것이라면, 나는 좀더 나 자신을 꾸미고 조심스럽게 검토한 다음 세상에 내보였을 것이다. 그러니 독자들은 여기서 생긴 그대로의 나 자신을, 자연스럽고 평범하고 아무것도 꾸미지 않은 채로의 나 자신을 보아주기 바란다. 내가 묘사한 것은 곧 나 자신이다. 따라서 나의 온갖 결점들이 그대로 나타나 있다. 나는 되도록 숨김없이 타고난 나 자신을 그대로 내놓고 싶다. 만일 내가 아직 태초의 대자연의 법칙 아래서 살뜰한 자유를 누리며 살아가는 사람들 속에 태어날 수 있었다면, 나는 나 자신을 적나라하게 묘사할 수 있었을 것이리라.

독자들이여, 나 자신이 곧 이 책의 소재인 것이다. 내가 이토록 경박하고 부질없는 일을 저질렀으니, 독자들에게는 소일거리나 될지 모르겠다.

1558년 3월 초하루

드 몽테뉴

수상록

contents

수상록

감정은 세상 너머에까지 이른다

사람들 가운데는, 우리를 향해 언제나 미래의 일을 추구해 나
간다고 비난하며, 다음과 같이 가르치려 하는 자들이 있다.

"장차 닥쳐올 일은 지나간 일보다 오히려 더 손에 잡히지
않는 대상인 만큼 현재의 행복을 지키고 심신을 안정시키라."

그들이 만일 여러 다른 일에서처럼 우리의 지식보다 행동만을 염려하여 이
런 잘못된 사상을 주입하고, 그리고 우리가 천성적으로 소생(所生)으로써 대
를 연속시키려 함을 과오라고 한다면 바로 그들이야말로 과오를 범하고 있다
고 말할 수 있다.

우리는 언제나 제자리에 있지 않고, 늘 저 너머 어딘가에 존재한다. 두려움
이나 욕망, 희망 등이 우리를 미래로 비약시킨다. 그리고 우리에게 현실에 대
한 생각과 시각을 가리고, 앞으로 올 일, 다시 말해 우리가 앞으로 세상을 떠날
일에 관심을 두게 한다.

"앞으로의 일을 근심하는 모든 정신은 불행하다."(세네카 L. A. Seneca)

다음의 위대한 교훈은 플라톤(Platon)에 의해 종종 인용된다.

"네 일을 하고, 너 자신을 알라."

스스로의 일을 하고 자신을 알아야 한다는 언급은 대체로 우리의 의무를 포
함하며, 그와 마찬가지로 다른 면도 포함하고 있다. 자기 일을 하려는 자는 먼
저 자기 자신이 무엇인가, 자기에게 알맞고 어울리는 일이 무엇인가를 찾아야
한다. 자기 자신에 대하여 아는 자는 남의 일을 자기 일인 양 잘못 생각하지는

않는다. 그러한 사람은 우선 자기를 사랑하고 가꾸며, 쓸데없는 일이나 생각, 그리고 쓸데없는 남의 제안을 거절한다.

"광망(狂妄)은 그 바라는 대로 되어도 만족하지 않으나, 예지(叡智)는 현재 있는 것에 만족하여 결코 자기에게 불만을 품지 않는다."(키케로 M. T. Cicero)

에피쿠로스(Epicouros)는 그의 현자(賢者)에게 미래에 관한 예측과 근심을 면해 주었다.

죽은 자에 관한 계율 가운데, 군주(君主)의 행동을 그들이 죽은 뒤에 심사하는 율법은 다른 어떤 것 못지않게 견고한 법으로 보인다.

군주들은 법의 주인이 아니다. 그저 가까이 있는 친구일 뿐이다. 정의가 그들에게 가하지 못한 제재를 율법이, 우리가 때로는 생명보다 더 중하게 여기는 그들의 명성과 후계자들의 재산 위에 가한다고 하면 그것이야말로 진정 당연한 일이다. 이 관습은 그 모두를 지키는 백성들에게 이익이 되며, 또한 자기에 대한 백성들의 추억이 악인들과 비교되기를 바라지 않는 착한 군주들이 지켜주기를 바라는 일이다.

우리는 모든 군주들에게 신하로서 예속되어 복종해야 할 의무가 있다. 그렇게 해야 함은 그들의 직권에 관련되기 때문이다. 그러나 존경심은 애정과 마찬가지로 그들의 선덕(善德)에 대해서만 의무가 주어진다. 국가의 질서를 위해 그들의 권위를 세워주는 데 우리의 지지가 필요하다면, 그들이 잘나지 못해도 인내로써 참아주고, 그들의 악덕을 감싸 가려주며, 그들의 별것 아닌 행동도 장한 일로 보이게 도와주자. 그러하지만 그들과의 인연이 다했을 때 우리가 정의와 자유에 따르지 못할 이유는 없다. 특히 충성스러운 신하들이 자기 주군의 결점을 잘 알고 있으면서 존경과 충성을 다하여 섬긴 일을 찬양해서는 안 된다고 할 리는 없다. 그렇게 하지 못하게 한다면 그것은 후세에 좋은 본보기를 빼앗는 일이다. 칭찬할 수 없는 주군을 개인적인 이유로 옹호한다면, 그들은 공공의 정의를 해치면서 개인의 정의를 행하는 자들이다. 리비우스(Titus Livius)의 왕권 보호 아래서 안락함을 누린 자들은 그 말투에 어리석은 허식과 구차한 변명이 가득하다. 그들 모두가 자신들의 주군을 무조건 어질고 위대하다고 칭송한다는 전언(傳言)은 불행하게도 진실이다.

네로(Nero)에게 당당하게 맞서 대담한 두 병졸의 대담한 태도를 책망할 수도 있다. 그들 가운데 한 사람은 왜 자기를 원망하느냐는 네로의 물음에 대답했다.

"나는 그대가 선했을 때는 나의 주군으로 그대를 사랑했소. 그러나 그대가 어버이의 살해범이고 방화범이며, 사기꾼, 그리고 한낱 비루한 마부와 같은 자가 된 뒤로는 그 인간됨의 값어치만큼 미워하오."

왜 자기를 죽이려고 했느냐고 묻는 네로의 질문에 다른 한 사람은 또 이렇게 대답했다.

"그대의 계속되는 패악스러운 행위를 달리 치료할 방법이 없기 때문이오."

그의 악랄하고 포악한 짓에 관하여, 그가 죽은 뒤 밝게 드러났고, 그 이후 영원할 수밖에 없는 평가를 건전한 정신으로야 어느 누가 감히 책망할 것인가?

라케데모니아와 같이 거룩한 정치제도 아래 이런 허망한 예법이 있었다는 것은 불쾌한 일이다. 그 예법이란 왕이 죽으면 모든 동맹자들, 모든 이웃들이, 귀족 천민 할 것 없이, 남자 여자가 뒤섞여 애통해하는 행동으로 나타난다. 이 마를 짓찧고 울부짖으며, 그가 어떤 자였던가는 덮어둔 채 모든 왕들 중에 가장 훌륭한 왕이었다고, 인간의 공적에 바쳐야 할 찬사를 그 지위에 바친다. 그리하여 제1급 공로자에게 바쳐야 할 찬사를 가장 못난 왕에게 바치는 것이다.

아리스토텔레스(Aristoteles)는 많은 것에 대해 언급해 왔다. 그는 '아무도 자기가 죽기 전에는 행복하다고 말할 수 없다.'고 한 솔론(Solon)의 말을 음미하며, 이렇게 묻는다.

"어느 사람이 순리에 맞게 살다가 죽은 뒤, 평판이 나빠지고 그의 후손이 비참하게 되어도, 그를 행복한 사람이라고 할 수 있는가."

우리는 스스로 움직이며 살아 있는 동안 자기에게 주어진 상황에 따라 앞을 내다보며 살아간다. 그러나 일단 스스로의 움직임을 멈추고 존재의 밖에 있게 되면, 우리는 현재의 어떠한 것과도 연락을 취할 수 없다. 솔론에게, 존재하지 않게 된 이후밖에는 행복할 수 없다면 사람은 결코 행복할 수 없다고 말하는 편이 더 낫지 않겠는가.

> 인간 누구를 막론하고
> 자기의 뿌리를 송두리째 뽑아 우리 삶의 밖으로 내버리기는 어려운 것이,
> 은근히 자신의 어느 부분이 이생에 머무를 것을 꿈꾸기 때문.
> 인간은 결코 죽음으로 타도된 육체에서 완전히 이탈하여,
> 해방되지 못한다.
> ― 루크레티우스(Lucretius)

베르트랑 뒤 글레스캥은 오베르뉴의 퓌 옆 랑콩 성(城) 포위전에서 전사했다. 포위당한 군대는 그가 죽은 다음에 항복했고, 성문의 열쇠는 죽은 자에게 바쳐야만 하였다.

베니스 군의 무장(武將) 바르톨로메오 말비아노는 브레시아 지방에서 일어난 전쟁에 출정했다가 전사하였다. 돌아가기 위해 그의 주검은 적지인 베로나를 지나가야만 했다. 그 군대의 대부분의 의견은 베로나 사람들에게 안전하게 통과할 수 있도록 보장해 달라고 부탁하자는 것이었다. 그러나 테오도르 트리블치오는 반대했다. 그는 말했다.

"그가 살아 있을 때 적을 두려워하지 않았는데, 죽은 뒤 적을 두려워하는 것은 전혀 마땅치 않다."

마침내 베니스 군은 적과의 전투 위험을 무릅쓰고라도 적지인 베로나를 지나가는 방법을 택했다.

그리스 사람들의 법에 의하면 싸우다 죽은 자의 장례를 지내주기 위하여 적

에게 시체를 돌려달라고 요구하는 것은 승리를 포기하는 행위였다. 그리고 비록 전투에서 승리할지라도 죽은 자를 위해 전승비를 세울 수도 없었다. 이때는 요구를 받은 자가 승리의 자격을 얻게 되기 때문이다. 이러한 연유로 니키아스는 코린토스 사람들과의 전투에서 이기고도 그 권리를 상실했다. 이와 반대의 경우는 아게실라오스에게서 찾아볼 수 있다. 그는 보에티아 사람들에 대한 모호했던 승리를 이러한 과정으로 하여 확실한 것으로 만들었다.

대부분의 경우 우리는 자기 자신에 대한 걱정을 인생의 저 너머에까지 연장시키며, 하늘의 은총은 우리의 무덤에까지 이르고, 유해에까지 미친다고 믿어 의심치 않는다. 이러한 일반적인 풍조를 감안하지 않는다면 위의 사례는 이상하게 생각될 수도 있다. 그러나 이러한 사례는 우리에 관한 경우는 제쳐두더라도 예로부터 항상 있었던 일로서 다시 부연할 필요도 없을 것이다. 영국의 에드워드 1세는 스코틀랜드의 로버트 왕과 오랫동안 전쟁을 해왔다. 그런데 그가 몸소 출정할 때는 늘 승리를 거두었고, 그 결과 그는 자기가 직접 지휘하는 것이 전투에 유리하다고 생각하게 되었다. 그래서 죽은 뒤에도 자기 시체를 삶아 살과 뼈를 발라낸 다음, 살은 묻고 뼈는 잘 보관해 두었다가, 스코틀랜드와의 전쟁 때는 이 유골을 가지고 출정하라고 왕위 계승자인 아들에게 엄숙히 맹세시켰다. 그것은 마치 승리가 운명적으로 자기 자신에게 매여 있다는 생각에서 비롯된 행동이었다.

무장(武將) 장 비스카는 비클레프의 과오를 옹호하기 위하여 보헤미아 지방을 싸움터로 만들었다. 그는 자기가 죽거든 껍질을 벗겨 그 가죽으로 북을 만들고, 전쟁이 일어나면 그 북을 싸움터로 가져가기를 바랐다. 그는 이렇게 함으로써 자기가 적을 공격할 때에 지녔던 우세가 지속될 것이라고 믿어 의심치 않았다. 아메리카 인디언들 중에는, 그들의 장수가 살아 있을 때 혁혁한 전과를 거둔 행운을 빌려오듯 그의 유골을 들고 스페인 군과의 싸움에 나서는 자들이 있었다. 그들만이 아니었다. 신대륙의 다른 나라 사람들도 행운을 바라거나 사기를 돋우기 위해 전쟁으로 죽은 용감한 전사들의 시체를 끌고 싸움터에 나갔다.

첫 번째의 사례는 그들 생전의 행동에서 얻은 명성을 무덤에까지 보존하는 데 지나지 않는다. 그러나 그 다음의 사례는 죽은 뒤에도 살아 있는 자의 행동에 힘이 되어주기를 바라는 간절한 인간의 마음이 깃들어 있다.

이러한 사례 가운데 베이야르 장군의 행적이야말로 진정 훌륭하다고 할 만하다. 그는 치열한 총격전에서 치명상을 입었다. 주위에서 모두들 싸움을 멈추고 잠깐 물러나라고 권유했다. 그는 단호하게 적에게 등을 보일 수 없다고 하고는 힘이 다할 때까지 싸우다가, 마침내는 말에서 떨어졌다. 숨이 넘어가는 순간까지 당당한 태도를 잃지 않으며 그는 부하 장병에게 자신을 나무 밑에 뉘어주되 얼굴은 적을 향하도록 하라고 명령하였고, 그 명령은 수행되었다.

앞서의 어느 경우보다 특이하고 재미있는 사례가 있어 소개하고자 한다. 막시밀리안(Maximilian) 황제는 그가 지닌 뛰어난 자질 가운데서도 특히 기이하고 빼어난 몸매가 두드러지는 사람이었다. 그런데 그에게는 독특한 버릇이 있었다. 급하고 중대한 일을 처리해야 할 때는 변기를 옥좌 삼아 급하게 처리하기도 하는 여느 왕들과는 다르게 그는 누구에게도 자신의 벗은 몸을 보이려 하지 않았다. 그래서 그가 화장실에서 일을 보거나 탈의실에서 옷을 벗는 동안은 그의 몸종까지도 가까이 갈 수 없었다.

이 경우와는 조금 다르지만, 키로스는 그 아들에게, 그들 자신을 포함해 어느 누구라도 죽음에 이른 자기의 몸을 보지도 만지지도 못하게 했다. 그가 그렇게 한 이유는 자기만의 미신을 가지고 있었기 때문인 것으로 짐작된다. 왜냐하면 그와 그의 역사가(크세노폰 Xenophon)는, 그들의 위대한 천성으로 일생을 통해, 종교에 대하여 특수한 조심스러움과 존경심을 보여주었기 때문이다.

이것은 평화의 시기에도 전시(戰時)에 못지않게 유명한 인물로, 나와는 인척간인 한 분에 관해 한 귀인이 내게 전해준, 듣는 동안에도 썩 유쾌하지 않았던 이야기이다. 그 유명한 사람은 늙어 담석증으로 고생하며 자기 성에서 꼼짝도 못하였다. 이제 죽을 날만 기다리고 있는 그는 자기 인생의 마지막 과정인 장례식이 화려하지 않을 것을 몹시 걱정했다. 그래서 그는 방문객들에게 장례 행렬에 참석해 달라고 부탁하곤 했다. 그의 마지막 모습을 보러온 왕에게까지 황실 가족에게 자신의 장례에 참석하도록 명령해 주도록 부탁하였다. 자기만한 사람이라면 당연히 받아야 할 대접이라고 하면서, 그에 대한 선례를 들었다. 이렇게 하여 억지 약속에, 화려한 의식의 순서 등을 정하고는 만족해하며 숨을 거두었다. 나는 지금껏 그만한 허영심을 본 적이 없다.

이와는 다른 성향을 지녔다고 하여 걱정이 없는 바는 아니다. 이 이야기와 비슷하지만, 전혀 다른 사례를 소개하고자 한다. 곧, 자기의 장례를 지극히 검소하게 하여, 하인 하나에 불 켠 램프 하나만 따라오게 하는 유언을 남길 정도로 특이하고도 보기 드문 구두쇠가 있었다. 나는 레피두스(Marcus Aemilius Lepidus)가 상속자들에게 그의 장례에는 관례적인 의식도 치르지 못하게 명령한 것을 칭찬하는 사람을 알고 있다. 풍속과 상식. 자기 눈에는 보이지도 않는 비용과 쾌락마저 피하는 이러한 태도를 절도라고 하고 절약이라고 할 수 있는가? 이건 참 비용 들지 않고 실행도 하기 쉬운 개혁이로군!

이런 것을 정비해야 한다면, 장례식 따위의 절차나 규모는 인생의 다른 모든 것과 마찬가지로 각자 자기 재산의 정도에 따라 조절해야 할 일이라고 생각한다. 철학자 뤼콘은 점잖게 친구들에게 그들이 가장 좋다고 생각하는 곳에 묻어달라고 이르고, 장례식은 과분하지도 쓸쓸하지도 않게 하라고 당부하였다. 나 같으면 이런 의식은 습관대로 하게 놓아두겠다. 그리고 내 일을 처리해 줄 사람들의 의사에 맡겨두겠다. 키케로의 '이런 심려는 자기 자신을 위해서는 마땅히 경멸할 것이며, 친척을 위해서는 소홀히 할 수 없다.'는 말이나 '장례의 절차와 묘지의 선택과 그 의식은 고인에게 어떠한 부조가 되기보다는 차라리 산 자들을 위한 위안이다.'고 한 아우구스티누스(Augustinus)의 말은 진정

성자다운 거룩한 말이다. 그리고 소크라테스(Socrates)는 임종 때 장례 절차를 묻는 친구 크리톤에게 '자네 마음대로 하게.' 하고 대답했다고 한다.

내가 뒷일까지 걱정해야 한다면, 그렇게 하기보다는 차라리 살아 숨쉬는 동안 장례식의 질서와 영광을 기도(企圖)하며, 자신의 죽은 모습이 대리석으로 조각된 것을 즐기는 자들이 오히려 멋있다고 생각하겠다. 감각을 잃은 뒤의 자기 감각을 즐기고, 즐길 구실을 충족하게 가지며 자신의 죽음을 살아서 보는 자들은 행복하다.

나는 민중에 의한 지배에 대하여 화해할 수 없는 증오심을 품는다. 가장 자연스럽고 공평한 제도임을 나 자신도 인정한다. 다만, 아테네 시민들이 그들의 용감한 장군들의 변명을 들어볼 생각도 않고 지체 없이 사형에 처해 버린 고사(古事) 때문이다. 그들은 아르기누시아 군도(群島) 근처의 라케데모니아 사람들과의 해전에서 승리하고 돌아온 길이었고, 그 전투는 그리스 인들이 바다 위에서 무력을 행사해 본 이래 가장 힘들고 맹렬한 싸움이었다. 그런데 그리스 인들은 승리를 거둔 다음에 전사자들을 묻어줄 생각은 않고 전법(戰法)이 그들에게 허용하는 유리한 기회만을 좇았다고 트집을 잡았다.

디오메돈의 처신을 보면, 그리스 인들의 이 처형은 더욱 패악하게 보인다. 그는 처벌당한 한 사람으로 용감무쌍한 군인이며 정치가였다. 그는 자기를 처형한다는 판결을 듣고 나서 말을 하려고 앞으로 나섰다. 그때서야 겨우 청중은 조용해졌고, 그는 말할 기회를 얻었다. 그에게 마지막 기회였던 그때 그는 자신에게 유리한 변명을 하여 잔혹한 그 판결이 잘못되었음을 밝히려고 애쓰지 않았다. 다만, 재판관들을 변호하며 이와 같은 판결을 내릴 수밖에 없는 그들을 축원하였다. 자기와 동료들이 바쳤던 맹세를 이행하지 못한 대신 이룬 혁혁한 전과(戰果)에 대한 보상으로 그들에게 신들의 분노가 없기를 기도함으로써 자기들의 맹세가 무엇인가를 청중들에게 알려주었다. 그리고 당당한 걸음으로 형대를 향해 나아갔다. 운명은 몇 해 뒤에 그들의 원수를 갚아주었다.

아테네 해군의 총대장인 카부리아스는 낙소스 섬의 해전에서 스파르타 제독 폴리스에 우세하게 되자, 그 정도의 승리에 만족하고 지난번같이 하지 않으려고, 또 바다에 떠다니는 전우들의 시체를 잃어버리지 않으려고, 살아 있는 적들이 무수히 헤엄치고 있는 것을 안전하게 살려 보냄으로써, 아테네 사람들을 위해 대단히 중대한 승전의 결과를 상실하고 말았다. 이 쓸모없는 미신 때문에 그리스 인들은 결국 비싼 대가를 치르게 되었던 것이다.

죽음 뒤 그대가 갈 곳을 알고 싶은가?
이제 태어날 자들이 있는 바로 그곳이다.
—세네카

대자연은 많은 사물들이 죽은 다음에도 여전히 생명과 눈에 보이지 않는 관계를 맺고 있음을 보여준다. 포도주는 그 포도나무의 계절적인 변화에 따라 지하실에서 그 품질이 변해 간다. 그리고 멧돼지 고기는 살아 있는 살의 변화하는 법칙에 따라 소금에 절인 통 속에서 그 상태와 맛이 변해 간다.

진실한 목적 없이는 심령이 그릇된 목적에 정열을 쏟는다

우리 고장의 한 귀인은 통풍(通風)으로 몹시 고생하고 있었다. 그는 의사가 소금에 절인 고기는 절대로 먹지 말라고 강력하게 주의를 하는데, 몸이 아파서 괴로울 때 절인 소시지건 혓바닥이 긴 돼지다리이건, 원망할 상대가 있어서 고함을 지르며 욕설이라도 하고 나면, 그만큼 아픔을 덜 느낀다고 말하고는 했다. 그 진심을 살펴본다면, 팔을 들어 후려갈기려고 하다가 부딪치는 대상이 없어 허공을 가를 때 허망해지는 것이나, 또는 경치를 아름답게 보려면, 눈이 막연히 허공을 떠돌며 퍼지지 않고 적당한 거리에 목표가 있어서 그 목표물에 눈길을 머물게 해야 하는 것과 같다고나 할까.

> 광풍은 울창한 수풀이 앞에서 막지 않으면,
> 허공에 흩어져서 그 힘을 잃는다.
> ─루카누스(Marcus Annaeus Lucanus)

우리의 요란하게 흔들리는 마음은 거기에 적합한 구실을 제공해 주지 않으면 자신 속으로 사라져버린다. 그러므로 언제나 목표를 주어 이 마음이 부딪쳐 움직일 수 있도록 해주어야 한다. 플루타르코스(Plutarchos)는, 꼬리 긴 원숭이와 강아지를 좋아하는 사람들은 그들이 지닌 사랑의 마음이 적절히 맺어질 상대가 없어 헛되이 머물러 있기보다 이러한 편법으로 부질없는 대상을 만드는 것이라고 했다.

그리고 우리는 심령이 무슨 일로든지 행동하기보다는 차라리 광상적(狂想的)인 목표, 다시 말해 자기 자신의 신념에 반대되는 목표일지라도 세우며 스스로를 속이고 지내는 많은 경우를 만나고는 한다. 그 극단적인 예로, 돌이나 칼에 맞아 상처를 입은 짐승들이 악을 쓰며 덤벼들고, 그 강인한 이빨로 고통의 앙갚음이라도 하듯 스스로 끓어오르는 분을 삭이는 모습을 쉽게 접할 수 있다.

> 파노니아의 곰, 리비아 사냥꾼의 가느다란 가죽끈에 매인
> 투창에 상처 입고 더욱 사나워진다.
> 성난 야수는 스스로의 상처에 구르며 미친 듯이,
> 자기 몸을 뚫은 창을 물려고,
> 함께 빙빙 도는 창끝을 헛되이 쫓는다.
> ― 루카누스

불행이 닥쳐올 때 우리는 그 원인으로 무엇인들 생각해 보지 않았겠는가? 그 고약한 납 탄환이 그지없이 사랑스럽기만 하던 그대 동생의 생명을 앗아간 것은, 그대가 갈가리 쥐어뜯는 그 금발의 머리카락도 아니며, 분노한 그대가 잔인하게 마구 두드리는 하얀 가슴도 아니다. 원망의 방향을 다른 곳으로 돌려라.

리비우스는 스페인에 있던 로마군이 그들의 위대한 장수이던 두 형제가 죽은 뒤의 상황에 대해 말한다.

"즉각 전군이 통곡하며 자기들의 머리를 난타하더라."

이러한 행위는 우리 모두가 무심하게 하는 버릇이라고 할 수 있다. 철학자 비온(Bion)은, 왕이 상을 당하여 자신의 머리카락을 쥐어뜯는 것을 보고 말했다.

"이 사람은 머리카락을 뽑으면 한이 풀리는가?"

비온의 이 말은 재미있지 않은가? 돈을 잃어 홧김에 카드를 씹어 삼키고, 주사위 한 벌을 입에 집어넣는 것을 보지 못한 사람이 있는가? 크세르크세스(Xerxes)는 엘레스풍[1] 바다에 채찍질을 하고, 칼로 치며 바다를 향해 지독한 욕설을 퍼부었으며, 아토스 산에는 결투를 청하는 도전장을 보냈다. 키로스는 긴도스 강을 건널 때 자신이 두려워했던 데 대한 보복으로, 일개 부대 전체에게 강물에게 원수를 갚으라고 며칠을 두고 재미있는 장난거리를 주었다. 그리고 칼리굴라(Caligula)는 자기의 어머니가 아름다운 집에서 재미있는 짓거리를 했다고 그 집을 부수어버렸다.

내가 아직 어릴 때 이웃 나라의 한 왕은 하나님께 매를 맞은 보복으로 백성들에게 10년 동안 기도를 올리지 말 것과, 그에 관한 말을 하지 말라고 명했다는 이야기를 들었다. 이 이야기는 그 바보 같은 수작에 대해서보다, 그 나라의 타고난 오만을 묘사하려 한 것이다. 이런 일은 인간사에 늘 있어온 악덕으로, 무지보다는 오만의 소치에 의한 행동이다.

아우구스투스(Caesar Augustus)는 바다 위에서 폭풍우를 만나 혼이 난 뒤, 해신 넵투누스(Neptunus)에게 도전하려 했다. 콜로세움에서 경기의 개회식을 할 때, 해신에게 복수하고자 다른 여러 신들 속에 자리 잡고 있던 그의 초상을 치워버리게 했다. 이런 짓은 용서받지 못할 일로서 그 후 그는 그만큼의 벌을 받았다. 곧, 퀸틸리우스 바리우스에게 지휘하게 한 독일 전투에 패배한 뒤 그는 절망과 울화에 못 이겨 머리를 성벽에 부딪치며 미친 듯이 돌아다녔다. 이렇게 소리치면서—

"바리우스야, 내 군졸들을 살려내라!"

이러한 행동은 곧 신을 책망하는 짓이다. 그리고 마치 운수가 우리의 욕설을

[1] 보스포러스 해협.

들어줄 귀를 가진 것처럼 운수에 도전하는 데 불경건이 뒷받침되어 있다. 그런 만큼 그의 행위는 마치 트라키아 인들이 천둥에 이어 번갯불이 번쩍거린다고 하여 하나님의 버릇을 고치기 위한 어마어마한 복수전으로, 하늘을 향해 화살을 쏘아대는 따위의 분수없는 미친 수작에 다를 것이 없기 때문이다. 플루타르코스가 인용한 옛 시인의 말처럼—

일어나는 일들에 대해 화를 내지 말라.
신들은 우리의 분노쯤은 개의치도 않는다.

우리는 우리의 무질서한 정신에 대하여 아무리 혹독하게 비난하고 욕설을 퍼부어도 결코 충분하지 않다.

의지는 그 행동을 판단한다

죽음은 우리를 모든 의무로부터 벗어나게 한다. 나는 이에 대하여 다르게 해석한 사람들을 안다. 영국 왕 헨리 7세는 그의 적인 백장미파 포크 공작이 네덜란드에 피신해 있는 것을, 막시밀리안 황제의 아들 돈 필립(더욱 존중하여, 칼 5세 황제의 아버지)과 만나 공작의 생명을 보장한다는 조건으로 그를 넘겨받았다. 그러나 헨리는 죽음이 임박했을 때 아들에게 유언으로 자기가 세상을 뜨는 즉시 그를 처치해 버리라고 명령했다.

최근 알바 공작이 브뤼셀르에서 혼 백작과 에그몬드 백작에 관하여 빚어낸 비극에는 주목할 만한 일이 많다. 그 가운데도 혼 백작이 자신의 보장을 믿고 알바 공작에게 항복한 것이기 때문에, 자기를 먼저 죽여달라고 간절하게 탄원한 에그몬드 백작의 사례를 무심하게 지나칠 수는 없다. 그는 자기의 죽음으로써 혼 백작에 대한 의리가 지켜지기를 바랐을 것이다.

내 생각에 헨리 왕은 죽음으로써도 그의 약속에 대한 의무에서 벗어날 수는 없었을 것 같다. 그러나 에그몬드 백작은 물론 죽지도 않았지만, 자신이 죽음으로써 지키려 했던 약속의 책임으로부터 자유로워졌을 것으로 생각된다.

우리는 자기의 역량 밖의 일에 매달릴 수 없고, 매달려서도 안 된다. 그러한 이유에서, 일의 되어가는 과정과 결과는 결코 우리 힘에 의한 것이 아니다. 우리 힘에 의한 것은 진정 우리의 의지뿐, 그러므로 오직 의지만이 인간 의무에 대한 기초가 된다. 바로 이러한 연유에서 에그몬드 백작은 심령과 의지가 자기의 약속에 매여 있다고 믿었던 만큼, 비록 그 약속을 실천할 힘이 없어서 살아남게 될지라도 그의 약속으로부터 부여된 의무에서 벗어나게 된다. 그러나 영국 왕은 처음부터 약속을 어길 생각이었기 때문에 죽은 후 자신의 배신행위에 대한 집행을 연기시켰다 할지라도 그 책임을 벗어날 수는 없다. 나는 우리 시대에도 많은 사람들이 남의 재물을 빼앗고 괴로워하다가 유언으로 죽은 후 용서받으려고 하는 모습들을 보아왔다. 그들이 그렇듯 죄를 보상하는 데 시간을 끌고, 또한 잘못을 시정하려는 마음이나 정성이 그렇게 부족했다는 것은 조금도 잘한 일이 아니다. 그들은 무엇보다도 자기 부담의 일부를 책임져야 한다. 그들이 어렵고 괴로운 일을 수행한다면 그들의 만족은 그만큼 더 정당하고 가치 있는 것이 된다. 속죄는 언제나 그에 상당하는 부담을 요구하게 마련이다.

자기들이 품은 증오심을 일생 동안 숨기고 있다가 유언으로 근친에게 알리는 자들이 뜻밖에도 너무 많다. 자신의 명예에 대한 심려는 거의 생각지 않고, 피해자가 그들을 추억할 때마다 분개하게 하다니…… 양심을 생각지 않고 죽음 자체의 존엄을 위해서라도 그 보잘것없는 구실을 없애버리지 못하고 죽은 뒤까지 연장시키는 자들은 정말 악질이다. 죽고 나면 아무것도 알 수 없을 터, 그런데 남에게 자기를 분별할 수 있는 소지를 남기다니, 그지없이 어리석은 자들이다. 나는 가능하다면 살아 있을 때 말하지 않은 일이라면 죽을 때도 말하지 않겠다.

거짓말쟁이들에 대하여

나보다 더 기억력이 형편없는 사람은 없으리라. 나는 일상사의 다른 모든 일에서도 비열하고 범속하다. 그러나 기억력에 관해서는 대단히 특이한 유형으로서, 이 분야에서는 필히 명성을 얻을 수 있으리라고 생각한다.

먼저, 형편없는 기억력으로 내가 겪는 타고난 불편은 말할 수도 없지만—그 필요성으로 보아, 플라톤이 기억력을 위대하고 강력한 여신이라고 부른 것은 지당한 일이다—그 밖에도 우리 고장에서는 분별력 없는 사람을 가리켜 기억력 없는 사람이라고 하는데, 내가 자신의 기억력을 한탄하자, 사람들은 마치 내가 스스로 어리석다고 하는 것으로 듣고 꾸짖으며 내 말을 믿지 않는다. 기억력과 이해력을 분간하지 못하는 그들의 확고한 단정은 내게 너무 억울한 홍정으로, 이것은 전적으로 그들의 잘못이다. 왜냐하면 그 반대로, 판단력이 약한 사람에게 뛰어난 기억력의 소유자가 더 많다는 사실은 경험으로도 잘 알 수 있지 않은가. 그리고 이 역시 그들의 잘못으로, 나는 그들의 친구가 될 생각밖에는 없는데, 내 결함을 비난하는 그들의 어조는 바로 내가 의리 없는 사람으로 보이게 하니, 이 또한 내게는 억울할 뿐이다. 사람들은 기억력이 없는 나의 심장을 원망하며, 이 천성적인 결함을 나의 양심의 결함으로 삼는다. '저자는 이런 청탁, 저런 약속을 잊어버린다.'고 그들은 말한다. '저자는 친구도 잊는다, 나를 위해서 이렇게 말하겠다, 이 일을 하겠다, 이런 것은 말하지 않겠다고 하고는 그것을 기억하지 못한다.'고 나를 탓한다. 사실 나는 곧잘 잊어버린다. 그러나 나는 친구가 지워준 책임을 아무렇게나 팽개치는 따위의 짓은 하지 않는다. 나의 불행한 결점을 절대로 악의로 받아들여서는 안 된다. 악의란 내가 가장 싫어하는 것이다.

어느 정도는 스스로 위로하고 위로받는 기억력 없음이 나의 한 병폐이지만, 여기서 내게 쉽게 일어나는 이것보다 더 나쁜 병폐, 곧 야심이라는 병폐를 고칠 묘책을 얻는다. 야심이란 세상과의 교섭에 휩쓸린 자에게는 치욕적인 결함이 된다. 그리고 천성의 발전과정에서 많이 접할 수 있는 것처럼, 내 타고난 성품은 기억력이 약해질수록 다른 소질들을 돋보이게 해주는 수가 많았다. 그리고 기억력이 남보다 뛰어나 다른 사람들의 착상과 의견들이 내게 남아 있었던들 내 정신의 힘과 판단력도 일반적으로 사람들이 하는 식으로, 남이 해놓은 성과 위에서 잠자며 사그라졌을 것이다. 기억의 창고는 사고의 창고보다 재료의 공급이 더 쉬운데, 남보다 기억력이 떨어짐으로써 내가 하는 말은 더욱 짧아질 수밖에 없다. 만약 내 기억력이 뛰어났더라면 그 창고로부터 공급받은 소재는 이를 잘 사용할 수 있는 내 소질을 부추겨 많은 말을 하게 함으로써 친구들을 모두 피곤하게 했을지도 모른다. 그러한 정경을 생각해 보는 것만으로도 애처로운 일이다. 나는 친한 친구들 몇몇에게서 그런 경우를 보았다. 기억력이 사물을 있는 그대로 그들에게 제공함으로써 그들은 이야기를 너무 멀리 끌고 가며 불필요한 말들을 잔뜩 덧붙여놓기 일쑤이다. 그래서 좋은 이야기를 하다가도 그들은 그 좋은 점의 숨통을 막아버린다. 불행하게도 좋은 이야기가 아닐 때에는 그들이 뛰어난 기억력을 지닌 다복함을 저주하거나 판단력이 약함을 저주하게 될 것이다. 일단 말문이 열렸는데, 그것을 막고 이야기를 끊어 버리기란 정말 어려운 일이다.

한 마리 준마는 그 말이 필요한 순간에 산뜻하게 정지할 수 있나 없나를 보는 것으로밖에는 더 잘 알아볼 길이 없다. 분수 있는 사람들 가운데서도 한번 말하기 시작하여 그만두고 싶어도 그렇게 하지 못하는 경우를 우리는 흔히 볼 수 있다. 그들은 이야기를 끝낼 계기를 찾는 동안, 허약한 사람들이 쓰러져가 듯 횡설수설하며 이야기에 질질 끌려간다. 특히 늙은이들에게는 지난날의 기 억이 너무 많고, 이야기를 되풀이하면서도 전에 했다는 사실마저 잊어버리고 있기 때문에 그 위험성이 더 많다. 나는 한 귀족이, 한 가지 재미있는 이야기 를, 진력나게 되풀이하는 것을 들은 일이 있다. 아마 그 자리에 있었던 사람들 의 대부분도 예전에 많이 들어본 이야기였을 것이다.

둘째로, 나는 전에 받은 모욕 역시 잘 기억하지 못한다. 옛 사람의 말처럼 다 리우스(Darius)가 아테네 사람들로부터 받은 모욕을 잊지 않기 위해 식탁에 앉 을 때마다 시동을 시켜 귀에다 대고 세 번 '폐하, 아테네 놈들을 잊지 마십시 오.' 하고 말하게 한 것처럼, 내게도 비슷한 격식이 있어야 할 정도이다. 그래 서 내가 다시 보는 장소와 책들은 늘 신선하고 새로운 맛으로 나를 즐겁게 해 준다.

기억력이 충분하지 못한 사람은 거짓말쟁이가 될 생각을 아예 하지 말라는 충고는 전혀 근거 없는 말은 아니다. 나는 문법학자들이 '거짓을 말하다'와 '거짓말하다' 사이에 차이를 두는 것을 잘 안다. 그들은 '거짓을 말하다'는 그 릇된 일을 말하면서 그것이 진실이라고 생각하는 경우이고, 프랑스어가 라틴 어에서 받아온 '거짓말하다'는 말의 정의는 자기의 양심에 반대되는, 곧 자기 가 알고 있는 바와는 반대되는 일을 말하는 경우를 가리킨다고 그들은 말한 다. 내가 말하려 하는 것은 이런 자들에 대해서이다. 그런데 이자들은 찌꺼기 나 알맹이 모두 꾸며대든지, 또는 진실한 근거를 가장함으로써 변질시킨다. 이렇듯 가장함으로써 변질시킨 말을 이야기 속에 집어넣으므로 그들이 이야 기를 해나가다가 말문이 막히지 않기란 어려운 일이다. 왜냐하면 사실대로의 이야기가 먼저 기억 속에 들어앉아 인식과 지식으로 박혀 있는 까닭이다. 그 것이 갑자기 생각나 아직 확고한 토대도 없고, 그래서 완전히 뿌리내리지 않 은 거짓말을 몰아내며 사실대로의 이야기를 거짓으로, 또는 변질시켜서 말한 부분이 애초의 기억을 잊게 하지 않기란 어려운 일이다. 전적으로 꾸며낸 일에서는 그 거짓과 어긋나거나 반대될 바가 전혀 없기 때문에 말이 잘못 나올 걱정은 덜할지도 모르겠다. 그렇지만 이 역시 본시 매인 곳이 없는 허황된 이야기인 만큼, 유념해 두지 않으면 기억에서 사라지기가 쉽다.

그들이 단지 당장 하고 있는 일에 맞춰, 그리고 윗사람들의 비위를 맞춰주기 위해, 이렇게 할 수밖에는 없다고 흔히 말하는 자들이 당하는 면구스러운 모습에서 나는 재미있게도 그 증거를 자주 보고는 한다. 왜냐하면 그들이 양심을 속이고 신의를 저버리면서 처리하려는 사정들은 여러 변화를 겪게 마련이어서, 그에 따라 그들의 말도 당연히 이치가 맞을 리가 없기 때문이다. 그래서 같은 일을 가지고도 전에는 회색이던 것이 다음에는 누런빛이 되고, 이 사람에게는 이 모양, 저 사람에게는 저 모양이 되며, 다음에 우연히 이 사람들이 그들이 들은 것과 반대되는 말이라고 하여 따지러 오면, 이 훌륭한 기술은 과연 무슨 꼴이 될 것인가? 나는 우리 시대에 이런 훌륭한 기술을 가졌다고 하는 자의 평판을 부러워하는 사람들을 본다. 그것이 명성이 될지는 모르지만, 그 성과가 있을 수는 없다. 그런데 사람들은 이러한 사실을 모르고 그저 부러워만 하는 것이다.

사실 '거짓말'은 저주받을 만한 악덕이다. 우리는 오로지 약속을 지킴으로써만 사람이 되며, 또한 서로 믿고 살아갈 수 있다. 거짓말의 가증스러움과 그 무서운 결과를 알고 있다면, 우리는 다른 어떤 범죄보다 먼저 이를 화형에 처해야 할 일이다. 나는 사람들이 아이들의 철없는 잘못을 엄청나게 화를 내며 징계하고, 아무런 결과도 남기지 않는 철없는 행동을 가지고 아이들을 괴롭히는 사례를 자주 본다. 거짓말만이, 그리고 그 악덕에서 좀 덜하지만 옹고집까지 모든 기회에 억눌러 나오지도 크지도 못하게 막아야 할 결함이라고 나는 생각한다. 이런 악덕은 버릇이 되면서 아이들과 함께 커간다. 혀끝에 이런 못된 버릇이 굳어가는 것을 내버려두면, 장차 아이들이 거기서 빠져나오기란 여간 힘든 일이 아니다. 우리 모두는 본래는 점잖은 사람들이었다. 그런데 이 버릇이 생겨 굳어지면서 비뚤어져가는 모습을 우리는 흔히 보아오지 않았던가. 내게는 재봉하는 아이가 있는데, 나는 이 아이가 진실을 말하는 것을 본 적이 없다. 진실을 말해야 자기에게 유리할 경우에도 이 아이는 그렇게 하지 못한다.

만일 진실과 같이 거짓말에도 얼굴이 하나밖에 없다면 우리의 사정은 더 나아졌을 터. 거짓말쟁이의 말을 반대로 잡으면 확실한 결말에 이를 테니까. 그러나 진실의 반대는 수많은 얼굴과 무한한 벌판을 확보하고 있다.

피타고라스 학파들은 선(善)은 확실하고 한정되어 있으며, 악은 무한하고 불확실하다고 말한다. 수천의 길이 한 지점에서 어긋나 무한히 멀어져간다. 오직 한 길만이 확실하고 한정되어 있는 목표로 통한다. 나는 엄숙하게 뻔뻔스러운 거짓말을 하고 난 다음, 확실하게 닥쳐올 위험에서 나를 지켜낼 수 있을지에 대해서는 정말 자신이 없다.

옛날에 한 교부(教父 ; 성 아우구스티누스)가 말했다.

"우리는 무슨 말을 하는지 알 수 없는 사람보다는 그저 알고 있는 개와 같이 있는 편이 더 낫다."

"그러므로 인간들 서로에게 외국인은 인간이 아니다."(폴리니우스)

그러하다면 그릇된 말은 침묵보다도 더 가까이할 수 없는 것이란 말인가!

프랑수아 1세는 이러한 논법으로 밀라노 공(公) 프란체스코 스포르차의 대사(大使)이고, 말재간으로 대단히 유명하던 인물인 프란체스코 타베르나를 궁지에 몰아넣었다고 자랑했다. 그는 자기의 주군이 중대한 문제에 관해 폐하께 변명을 시키려고 보낸 사람이었다. 그 사건의 본말은 이러하다. 왕은 최근 이탈리아에서 추방당해 돌아온 다음, 수시로 그 나라의 정보를 얻기 위해 밀라노 공령에 왕을 대표한 사실상의 대사로 한 귀인을 파견하고 있었다. 물론 표면상으로는 사적인 일로 그곳에 와 있는 것처럼 하고 있었다. 그런데 공은 그때 덴마크 왕의 딸로 로렌 공의 부인이 된 자기 조카의 결혼 문제로 독일 황제와 조심스러운 관계였다. 그러한 이유로 공개적으로 프랑스와 교섭한다는 것은 큰 손해를 감수할 생각 없이는 감당하기 어려운 일이었다. 이 어려운 일을 절충하기에는 밀라노 귀족으로 왕의 어마(御馬) 담당인 메르베유라는 사람이 적당하게 보였다.

이 인물은 대사로서의 비밀 신임장과 교서(敎書), 그리고 가장하기 위한 사적인 일의 보충자료로 공작에게 보내는 편지와 추천장을 가지고 파견되었다. 그 뒤 오랫동안 공의 옆에 머물러 있었기 때문에 황제가 어렴풋이 알아차리게 되어, 다음과 같은 사건이 일어났다. 그 내용인즉 살인사건이 있었다는 핑계로 공은 이틀 동안에 재판을 해치운 어느 날 밤 그의 목을 잘랐다. 프란체스코는 이 사건에 관해 꾸며댄 이야기를 길게 늘어놓으려고 왔고 ─ 왜냐하면 왕은 이 사건에 대한 해명을 요구하며 모든 기독교 국가의 왕들과 공 자신에게도 통고문을 보냈기 때문이다 ─ 왕은 그것을 아침의 알현에서 들어주었다. 그는 사건의 자기 측 근거를 말하며, 여러 가지 사실을 그럴듯하게 꾸며댔다. 곧, 주군은 우리가 보낸 사람을 개인으로밖에는 본 일이 없고, 그는 자기의 신하였으며, 밀라노에 사적인 일로 왔을 뿐, 그가 다른 인물로 행세한 적이 없으며, 프랑스 왕가의 신하라고 한 적은 전혀 없다고 딱 잡아뗐다. 자기도 그 사실을 몰랐으며, 더구나 대사이리라고는 꿈에도 생각지 못했다고 하였다. 왕은 반대되는 질문으로 그를 추궁하며 여러 방면에서 공격했다. 마침내는 밤중에 집행한 사형에 대해 뭔가 거리끼는 데가 있어서 한 짓이 아니냐고 추궁했다. 그러자 이 가련한 자는 당황하여 정직한 체하며 이렇게 대답했다고 한다. 공은 폐하께 대단히 송구스러워 그 형의 집행을 낮에는 차마 하지 못했노라고. 프랑수아 왕의 높은 콧대 앞에서 이렇게 모순되는 말을 하고도 그는 과연 무사할 수 있었을까. 그 결과야 누구나 짐작이 되는 바대로 되었다.

교황 율리우스 2세는 대사를 영국 왕에게 보내어 프랑수아 왕에게 적대행위를 취하려고 했다. 대사는 주제넘게 자기도 역시 그렇게 생각하며 교황께 그 말씀을 올렸다고 말했다. 영국을 전쟁으로 몰아넣으려던 자기의 생각과 상반된 이 말을 듣고, 결과적으로 알게 된 것이지만, 대사 개인의 의사는 프랑스 왕 쪽으로 기울어 있다는 증거를 찾아냈다. 그리고 이 사실을 대사의 주군인 교황에게 알렸기 때문에 재산을 몰수당하고 그는 목숨을 보존하는 외에 다른 것은 엄두도 내지 못했다.

공포심에 대하여

나는 어리둥절하여 머리털이 곤두서고 목소리가 얼어붙
는다.

—베르길리우스(Publius Vergilius Maro)

나는 사람들이 말하듯 훌륭한 자연과학자기 아니기 때문에, 어떤 원동력에
의해 공포심이 우리에게 작용하는지 전혀 모른다. 어떻든 이 공포심은 이상한
격정임에는 틀림없다. 그리고 이보다 더 우리의 판단력을 빠르게 탈선시켜 어
긋나게 하는 것은 없다고 의사들은 말한다. 사실 나는 많은 사람들이 공포심
때문에 몰지각하게 되는 사례를 자주 보았다. 가장 냉철한 사람들도 공포의
발작이 계속되는 동안에는 무서운 현기증을 일으킨다. 나는 사람들이 공포에
눌려 어떤 때에는 수의를 입은 증조부가 무덤에서 나온다거나, 도깨비나 귀신
이나 괴물이 나오는 것을 본다고 하는 따위는 굳이 말할 것도 없다. 그러나 공
포심을 가져서는 안 될 군졸들 중에도, 양떼가 갑옷을 입은 대부대로 보이고,
갈대나 수수깡 무장한 군졸들이나 창기병으로 보이고, 아군이 적군으로, 흰
십자가가 붉은 십자가로 보이는 일은 얼마나 흔하게 있어왔던가.

드 부르봉 대군이 로마를 공략할 때의 일이다. 성 피에트르 성새(城塞)를 수
비하던 기수(旗手)는 첫번째 경보에 까무러치도록 놀랐다. 놀란 나머지 그는
깃대를 손에 쥔 채 성벽의 무너진 구멍으로 도성 밖 적군을 향해 돌진해 나갔
다. 그러면서도 자기는 지금 도성 안으로 들어가는 것이라고 알았다. 이때 드

부르봉 대군도 이에 못지않았다. 놀란 기수의 돌격을 성안 군대의 출격으로 착각하고 대전을 위해 정렬을 서둘렀다. 그 모습을 보고서야 기수는 겨우 정신을 차리고는 발길을 돌려 나온 구멍으로 다시 날 살려라 하고 줄행랑을 놓았다. 그는 300걸음보다 더 멀리 적진을 향하여 줄달음해 갔던 것이다.

생 폴 시(市)가 드 뷔르 백작과 뒤뢰 대군에 공략되어 우리 것이 되었을 때 주이르 부대장의 기수가 당한 일은 이렇게 요행스럽게 끝나지는 못했다. 그는 놀란 나머지 정신을 잃고 군기를 든 채 총안(銃眼)을 통해 성밖으로 뛰어나갔다가 적군의 집중된 칼을 온몸으로 받아야만 했기 때문이다. 그리고 바로 이 공격전에서 한 귀인은 공포 때문에 너무 심한 충격을 받은 나머지 아무런 상처도 없이 성벽의 무너진 곳에 그냥 빳빳하게 굳은 채 죽어 있었다. 이 일은 아마 누구에게라도 오래도록 기억에 남아 있으리라.

이런 공포가 때로는 군중을 엄습하기도 한다. 게르마니쿠스가 독일군과 격돌을 벌여야만 했을 때의 일이다. 한 번은 이들 대규모의 두 부대가 깜짝 놀라 서로 반대 방향의 두 길을 확보, 상대방이 버리고 떠난 곳으로 도망쳐 달아났다.

가끔은 공포심이 앞서 소개한 두 이야기에서와 같이 발꿈치에다 날개를 달아준다. 또 마치 테오필루스(Theophilus) 황제의 이야기에서처럼 사람의 발에 못박아서 족쇄를 채우기도 한다. 테오필루스 황제가 아가레네스 인들과의 전투에서 패했을 때의 일이다. 모두들 '공포가 까무러칠 정도로 심하여' 도망칠 생각도 못하고 있었다. 마침내 황제 군대 무장의 한 사람인 마누엘이 마치 깊은 잠을 깨우듯, 황제를 끌어당겨 뒤흔들며 이렇게 말했다고 한다.

"나를 따라오지 않으면 죽이겠습니다. 적의 포로가 되어 제국이 망하게 되는 것보다 폐하께서 죽는 편이 낫습니다."

공포심은 우리로 하여금 의무와 명예까지 버리게 한다. 그러나 그 공포심이 우리를 다시 용기 속으로 던져넣을 때에는 그것이 궁극의 힘을 발휘한다. 로마 군과 한니발과의 첫번째 전투에서 패한 집정관 셈프로니우스가 지휘하는

1만여 보병은 공포에 휩쓸렸다. 그래서 그 비굴함을 토해 낼 길을 모르고 당황하여 적진 한복판으로 뛰어든 그들은 놀라운 힘을 발휘하여 카르타고 군을 무수히 학살한다. 이 영광스러운 승리의 대가로 그들은 수치스럽게 도망쳐 달아났다. 이 때문에 나는 공포를 무엇보다도 두려워한다.

우리가 보았듯 공포라는 것은 그 고통스러움이 다른 변고들보다 더욱 심하다.

폼페이우스와 한배를 타고 가다가 저 무참한 학살 ― 폼페이우스(Gnaeus Pompeius Magnus)가 자신의 옛 백인대장의 배반으로 암살당하던 때의 이야기 ― 을 목격하게 된 그의 친구들이 받은 충격보다 더 가혹한 공포가 또 어디에 있을 것인가! 그때 접근해 오는 이집트 함선에 대한 공포심 때문에 사리분별이 없어져 ― 사람들이 목격한 바에 의하면 ― 그들은 뱃사공을 독촉해 서둘러 삿대를 저어 도망갈 생각밖에 못하였다. 마침내 티르 항에 닿아 두려움이 없어진 다음에야 그들은 당한 일을 생각하고는, 그 극심한 고통 때문에 막혔던 가슴이 가까스로 터지며, 실컷 울부짖어 애통해할 여유를 가졌다.

그때의 공포는 내 마음에서 온갖 예지를 빼앗아갔다.
― 키케로가 인용한 엔니우스(Quintus Ennius)

전장에서 분발해 싸운 자들은 부상당해 아직도 피투성이 그대로일지라도 다음날 다시 전투에 내보낼 수 있다. 그러나 적에 대한 극심한 공포에 사로잡힌 군사들은 적군과 대면시키기조차 어렵다. 재산을 빼앗기고 추방당한다는 긴박한 공포에 눌린 자들은 마시지도 먹지도 못하고, 잠을 자지도 못한다. 끊임없는 불안 속에 스스로 안달하며 힘들게 살아간다. 그 반대로 가난한 자들, 추방된 자들, 농노들은 다른 많은 사람들과 마찬가지로 유쾌하게 살아간다. 공포의 충격을 참아내지 못해 목을 매고, 빠져 죽고, 뛰어내려 죽는 사람들이 많음을 보면, 공포는 죽음보다도 더 참아낼 수 없이 괴로운 것임을 알 수 있다.

그리스 인들은 인간의 판단 잘못이 아니고, 아무런 이유도 없이 하늘에서 내려온다고 그들이 말하는, 다른 종류의 공포를 알고 있다. 흔히 국민 전체가, 그리고 여러 부대 모두가 이러한 공포에 사로잡히는 일도 있다.

카르타고에 경이로운 비탄의 소용돌이를 일으킨 것도 이러한 공포였다. 그곳에서는 고함소리와 비명소리 외에는 아무 소리도 들리지 않았다. 주민들은 경보가 울려 뛰어나오듯 집에서 달려나와, 서로 맞부딪쳐 뒹굴어 상처를 입고 입히며 서로 죽이는 것이 마치 적군이 그들의 도시를 점령한 듯했다. 그곳에는 혼란과 소동밖에 없는, 바로 아비규환(阿鼻叫喚)의 아수라장이었다. 마지막 기도를 하고 제물을 바쳐 신의 분노를 진정시킬 때까지, 이 경이로운 두려움의 사태는 계속되었다. 사람들은 이를 공황(恐慌)이라고 한다.

사람의 운수는 사후에야 판단할 수 있다

사람은 언제나 마지막 날을 기다려보아야 알 수 있으니,
죽어 장례 지낸 뒤가 아니면,
어떤 이라도 스스로 행복한 자라고 큰소리치지 못한다.

— 오비디우스(Publius Ovidius Naso)

이 문제에 관해서는 어린애들도 크로이소스(Kroisos) 왕의 이야기를 알고 있
다. 크로이소스는 키루스(Cyrus) 대왕에게 사로잡혀 사형선고를 받았다. 그는
집행장에서 소리쳤다.

"오! 솔론이여, 솔론이여!"

이 말은 곧 키루스에게 보고되었다. 그 말이 무슨 뜻인가 하고 심문하니, 크
로이소스가 대답한다. 옛날에 솔론(Solon)이 자기에게, 인간의 일이란 불확실
하고 변화무쌍하여 깃털 같은 사소한 동기로도 전혀 다른 형세로 변하기 때문
에 아무리 운수가 좋아도 인생의 마지막 날을 보기 전에는 그를 행복한 자라
고 할 수 없다고 했는데, 이제 자기의 불행에 닥치고 보니 그 말 그대로 된 것
이 아니냐고.

이런 맥락에서 아게실라오스(Agesilaos)는 페르시아 왕이 그토록 젊은 몸으
로 그런 강력한 나라를 지배하게 되었으니, 그를 행복한 자라고 하는 사람에
게 말했다.

"하지만 프리암도 그 나이에는 불행하지 않았지."

저 위대한 알렉산드로스(Alexandros)를 계승하는 마케도니아 왕들 가운데는 장롱을 만드는 목수가 된 자가 있고, 로마에 가서 서기로 지낸 자도 있으며, 시칠리아 폭군들 중에는 코린토스에 가서 지도자가 된 사람도 있다. 세계의 절반을 정복하고 당당한 장수로서 대군단을 지휘하다가 한 이집트 왕의 군사들에게 목숨을 애걸하는 가련한 신세가 된 자도 있으며, 저 위대한 폼페이우스는 인생의 마지막 대여섯 달을 연장시키기 위해 그렇게도 힘이 들기도 하였다. 그리고 밀라노 시의 제10대 공작 스포르차(Ludovico Sforza)는 그렇게도 오랫동안 이탈리아를 뒤흔들더니, 로슈에서 잡혀 10년이나 갇혀 살다가 목숨을 잃었다. 포로로 그렇게 오랜 세월 지내다 죽었으니, 그에게는 무척이나 억울한 일이었을 터이다. 기독교 국가에서 가장 위대했던 왕의 미망인인 미모의 여왕은 사형 집행인의 손에 의해 죽어가지 않았던가? 이와 비슷한 사례들은 얼마든지 더 찾아볼 수 있다. 광풍과 노도는 거만하게 높이 솟은 건물에 부딪치며 더 맹위를 떨치며, 하늘 위에는 인간 세상의 위대성을 시기하는 정령들이 있기 때문이다.

> 어떤 은밀한 힘이 인간의 사물을 부수기까지 하며,
> 권한의 상징인 휘황한 창다발과 잔인한 도끼를,
> 유린하고 희롱하는 것처럼 보인다.
> —루크레티우스

운수는 어떤 때 우리 인생의 마지막 날을 정확히 노리고, 그가 오랜 세월을 두고 건설해 온 것을 한순간에 뒤엎는 힘을 보여주며, 마크로비우스(Macrobius)가 인용한 라베리우스(Decimus Laberius)[1]의 다음 말을 우리로 하여금 소리치게

---

1 기원전 2세기경 로마의 풍자극 작가.

하는 것 같다.

"정히 나는 살아야 할 날보다 쓸데없이 하루를 더 살았다."

이렇게 생각해 봄으로써 우리는 솔론의 훌륭한 충고를 지당한 것으로 받아들일 수 있다. 그러나 그는 철인(哲人)으로서, 운수의 좋고 나쁨이 행운이나 불행을 결정하지는 못하며, 위대성이나 권세라는 것은 흥미 없는 한 사건이라고 보는 터이다. 나로서는 그가 더한층 멀리 내다보며, 바로 우리 인생의 행복이라는 것이 천성을 잘 타고난 정신의 안정과 만족, 그리고 조화된 심령의 결단성과 확신에 달려 있는 만큼, 인생극은 최종 막의 가장 어려운 대목의 상연을 보기 전에는 판단할 수 없다고 하는 것이 보다 진실에 가까울 듯싶다.

다른 모든 일에서는 가면을 쓰고 있을 수도 있다. 가령 철학자의 그 아름다운 논법은 우리에게 체면을 차리기 위한 방법에 지나지 않으며, 또는 여러 사건들은 생명 자체까지 시련을 겪게 하는 것이 아닌 다음에는 우리에게 늘 평정한 상태를 유지할 여유를 줄 수도 있다. 그러나 이 마지막의 죽음과 우리 사이에서 맡은 역할에는 아무것도 꾸며댈 이유가 없다. 정확한 프랑스어로 해야한다. 항아리 속에 있는 좋고 깨끗한 것이 무엇인가를 있는 그대로 보여주어야 한다.

그때 겨우 견실한 언어는 정확히 가슴속에서 나오며,
가면은 벗겨지고 참모습이 보인다.
—루크레티우스

그 때문에 마지막 대목에서 우리 인생의 모든 다른 행동들은 시험되고 시련을 겪어야 한다. 그날은 중대한 날이다. 다른 모든 날들을 심판하는 날이다. 그래서 옛 사람은 이렇게 말하기도 했다.

"그날은 지나간 나의 모든 세월을 심판하는 날이다……"

나는 내 연구의 결실을 시험해 달라고 죽음에게 맡긴다. 그때 우리는 내 말이 입에서 나오는지, 마음에서 나오는지를 알게 될 것이다. 나는 많은 사람들이 자신의 죽음으로 스스로의 한평생에 관하여 좋게 또는 나쁘게 평판 내리는 것을 보았다. 폼페이우스의 장인 스키피오(Scipio)는 잘 죽음으로써 그때까지 좋지 않았던 평판을 훌륭하게 바꾸어놓았다. 에파미논다스(Epaminondas)는 카브리아스(Chabrias)와 이피크라테스(Iphicrates), 그리고 그 자신 중에서 누구를 가장 존경하느냐는 질문을 받고는 명쾌하고도 단호하게 말했다.

"그에 대하여 답하기 전에 우리 세 사람 모두 죽는 것을 보아야 하오."

진실로 인간의 마지막 명예와 위대성을 제쳐놓고 어떤 사람을 평가한다고 함은 그의 다른 많은 점들을 전혀 고려하지 않는다는 말이나 같다.

하나님께서는 좋으신 대로 일을 처리하였다. 그러나 우리 시대에 아주 더러운 인생의 가장 추한 삶으로 내가 알고 있는 타계(他界)한 인물 셋은 죽음에 대하여 태연하여 모든 사정을 완벽하게 꾸며놓고 죽었다. 용감하여 행운이 되는 죽음이 있다. 나는 죽음이 어떤 자의 놀랍게 출세하는 발전 과정을 한창 눈부신 영진(榮進)의 때에 절단함을 보았다. 그 종말이 너무도 훌륭해, 내 생각으로는 그의 야심 많고 용감한 인생 목표는 그 중단보다 더 고매하지는 못했으리라 생각된다. 그는 자기가 성취하겠다고 주장하던 것을 이루지 못한 채, 그의 욕심과 희망이 지니고 있던 것보다 더 위대하고 영광스러운 종말을 맞았다. 그의 죽음으로 그는 인생의 달음질에서 갈망하던 권세와 명성에 앞서게 되었다. 사람들의 인생을 비판하는 경우 나는 항상 그 끝이 어떻게 되었는가를 본다. 내 자신의 인생에 관한 주요한 관심은 이 종말이 좋아야 할 것, 곧 묵묵히 고요하게 죽어가야 할 일이다.

철학은 죽는 법을 배우는 일이다

키케로는 철학이란 죽음에 대비하는 일에 불과하다고 했다. 더욱이 그것은 연구와 명상이 우리의 심령을 바깥으로 끌어내어, 신체 이외의 일에 분망하게 하는 것이며, 또 죽음을 공부하고 죽음에 닮아가는 일, 세상의 모든 예지와 사유가 결국은 죽기를 두려워하지 말라고 가르치는 이 한 점에 귀착됨을 말한다. 진실로 하찮은 것이 아니라면 이성은 오로지 우리의 만족만을 목표로 하며, 성서에 씌어 있는 바와 같이, 그 모든 노력은 결국 우리에게 편안히 살게 하는 길을 찾아주는 일이어야 한다. 세상의 모든 의견은—여러 방법이 있다고 하여도—쾌락이 우리의 목적이라는 점에 일치한다. 그렇지 않다면 우리는 처음부터 이를 배척해야 한다. 우리의 고통과 불안을 목표로 하는 자의 말을 누가 들을 것인가?

이에 관한 철학의 여러 학파들의 의견 불일치는 말투의 불일치에 지나지 않는다.

"그렇게 교묘한 우론(愚論)은 묵과하자."(세네카)

이렇게도 거룩한 표명에 정당함 이상의 고집과 논란이 있다. 그러나 사람은 어떠한 역할을 맡든 언제나 자기 역할만을 연기한다. 그들이 뭐라고 말해도, 도덕적인 면으로 보아도 우리가 지향하는 궁극의 목적은 탐락에 있다.

나는 사람들이 그토록 싫어하는 탐락이라는 이 말을 자주 그것도 즐겁게 사용하고는 한다. 그것이 확실한 최고의 쾌락이나 과도한 만족을 의미한다면, 그것은 다른 어느 도움보다도 더 많이 도덕으로부터 도움을 받는다. 탐락이 더욱 유쾌하고 줄기찬 만큼, 거기에서 획득되는 쾌락은 더 성실하고 알차다. 우리는 힘(viguor)이라는 낱말에서 도덕(virtu)이라는 낱말을 만들었다. 그러나 그보다는 당연하게 더 부르기 좋고 충만하며 부드러운 쾌락이라는 이름으로 도덕을 말했어야 하리라. 이에 비해 천박한 다른 종류의 탐락이 아름다운 이름을 받을 값어치가 있다고 해도 그것은 특권으로가 아니라 경쟁으로써 얻은 이름이라야 한다. 나는 이 탐락이 그 폐단과 장애 때문에 도덕보다 순수하지 못하다고 본다.

그 맛이 순간적이고 유동적이며 노후하다는 점은 그만두고라도, 그것에는 철야(徹夜)와 단식(斷食), 고통과 유혈이 따라다닌다. 그 밖에도 개별적으로 그 많은 신산(辛酸)한 격정이 있으며, 탐락에 이어 너무나 둔중한 포만이 따르기 때문에 그것은 차라리 고행과 맞먹는다.

마치 자연에서, 반대되는 것 서로가 서로에게 활기를 주는 것처럼, 이러한 폐단이 탐락에 자극과 갖가지 양념이 된다고 해도, 탐락의 경우보다는 훨씬 더 적절하게 도덕은 우리에게 제공하는 신성하고 완전한 쾌감에 품위를 높여 줌에도 불구하고, 탐락의 경우와 같이 뒤따르는 상황과 곤란함이 도덕을 압도하여, 이를 가혹하고 도달할 수 없는 대상으로 만든다고 말하는 것은 대단히 잘못된 일이다. 도덕의 수고와 거기서 얻는 소득을 저울질해 보는 자는 그것을 알아볼 자격조차 없으며, 실로 그 우아한 맛과 그 소용을 알지 못하는 자이다. 도덕을 찾는 일은 어렵고 힘들지만 그것을 누림은 유쾌하다고 말하는 자들은, 도덕은 언제나 불쾌하다고 말하는 자와 무엇이 다르겠는가? 어떠한 인간적 방법으로도 도덕이 향락에 이를 수는 없기 때문이다. 가장 완벽한 인간들도 이를 갈망하며, 가까이 다가서는 것만으로 만족했을 뿐 소유하지는 못했다. 우리가 알 수 있는 모든 쾌락들 가운데는 그것을 추구해 가는 과정 자체가 재미난 것이 있다. 쾌락에 대한 추구의 기도(企圖) 자체가 결과의 중요한 부분이며, 결과와 동질이기 때문에, 목적하는 사물의 소질에 의해 그 자체의 우아미가 느껴진다. 도덕에 빛나는 행운과 복지는 처음 들어갈 때와 궁극에까지 그 모든 부차적인 것들을 채워준다. 그런데 도덕의 중요한 혜택들 가운데는 죽음에 대한 경멸이 있다. 죽음에 대한 경멸은 우리 인생에서 온화한 안정을 제공하고 순수하고도 정다운 맛을 준다. 그것 없이는 다른 모든 쾌락은 소멸된다.

그러한 이유로 모든 규칙은 이 조항에 와서 만나며 서로 합치된다. 규칙들 역시 일치하여 인간 생활에 결부되어 있는 고통과 빈한함, 그리고 갖가지 다른 변고들을 경멸하라고 지도하지만, 이들 변고는 필연적으로 오는 것도 아니며 ─ 대부분의 사람은 빈한함을 모르고 지내며, 106세까지 건강하게 살다간 음악가 크세노필로스와 같이 고통이나 병을 겪지 않은 사람도 있다 ─ 아무리 나빠도 마음만 먹으면, 죽음이 다른 모든 폐단을 산뜻하게 끊어버릴 수 있기 때문이다. 그러나 죽음 그것만은 피할 수 없다.

우리 모두는 같은 방향을 향하여 종점으로 밀려간다.
모든 것은 운명의 항아리 속에 뒤섞여 있어, 늦건 빠르건 제비뽑기로
영원한 멸망에서 황천의 배에 실린다.
─ 호라티우스(Quintus Horatius Flaccus)

죽음은 끊임없는 고통의 소재, 죽음이 두렵다면 그 고통을 덜어볼 방도는 전혀 없다. 죽음이 이르지 않는 곳이란 이 세상 어디에도 없다. 우리는 수상한 나라에서와 같이, 어리둥절하여 고개를 돌리고 있을 뿐이다.

"그것은 탄탈로스(Tantalos)의 커다란 암괴(岩塊)와 같이 언제나 우리 머리 위에 매달려 있다."(키케로)

우리의 재판정은 대부분의 경우 죄수들을 범죄가 수행된 장소로 데려가 그곳에서 형을 집행한다. 데리고 가는 동안 그들로 하여금 좋은 집 옆을 지나게

하라. 그리고 맛좋은 음식을 실컷 차려서 그들에게 주어보라.

> 시칠리아의 진수성찬도 단맛을 지니지 못하고,
> 새의 지저귐도, 비파의 선율도,
> 그를 편안한 잠으로 인도하지 못한다.
> ― 호라티우스

형장을 향하는 죄수들이 지상의 아름다움을 즐길 수 있다고 생각하는가? 그들 여행의 마지막 목적이 눈앞에 보이는데, 바로 그 때문에 그들에게 모든 편의와 아름다움은 맛이 변질되고 무의미해졌다고 보지 않는가?

> 길을 묻고, 날짜를 세고, 인생길의
> 거리를 재며, 다가올 액운에 번민한다.
> ― 클라우디아누스(Claudius Claudianus)

우리 생애의 목표는 죽음이다. 죽음만이 우리가 겨누는 필연적인 대상이다. 죽음이 그렇게 두렵다면 열에 들뜨지 않은 채 어떻게 한 걸음이라도 내디딜 수 있을 것인가? 속인의 치료법은 죽음에 대하여 전혀 생각하지 않는 것이다. 그러나 얼마나 황소 같은 바보이기 때문에 그렇게도 사리를 분간 못하는 장님이 된단 말인가? 당나귀 꼬리를 고삐 삼아 거꾸로 끌고 갈 일이다.

> 역행의 노순(路順)을 머릿속에 새기는 자.
> ― 루크레티우스

누군가가 자주 이러한 함정에 빠진다 해도 놀랄 것은 못된다. 죽음을 말하기만 해도 사람들은 놀라며, 마치 악마의 이름을 듣기라도 한 듯이 성호를 긋는다. 유언에 죽음이라는 말이 나온다는 사실로 하여 사람들은 의사가 최후의 선고를 내리기 전에 유언을 한다고는 기대하지 말라. 그리고 최종의 목표에 바싹 다가섬으로써 고통과 공포에 짓눌린 채 얼마나 정확한 판단으로 그것을 직성해 놓았는지 알아보아야 한다.

최종 목표를 나타내는 낱말이 귀에 거슬리기 때문에, 불길하게 들리기 때문에 로마 인들은 간접적인 표현으로 그 느낌을 부드럽게 하거나 엷게 할 줄 알았다. '그는 죽었다.'고 말하는 대신에 '그는 살기를 그쳤다.', '그는 살아 보았다.'라고 말한다. 그 말이 삶을 의미하기만 하면 실제로는 이미 끝났다고 해도 많은 사람들은 거기서 위안을 느끼게 된다.

우리는 지금 고(故) 장 선생이라고 하는 표현을 빌려왔다. 아마 사람들 말대로라면, 지불 기한까지는 그 돈의 값어치가 있다. 우리가 정월 초하루에서부터 나이를 계산하는 식[1]으로 나는 1533년 2월 그믐날 11시와 정오 사이에 출생했다. 내가 서른아홉 살을 넘은 것은 보름밖에 안 된다, 내게는 적으나마 아직도 세월이 이만큼 더 있다고, 그 동안 그렇게 먼 뒷날의 일을 생각하며 속을 끓인다면 그것은 정말 소용없는 일이다. 그러나 어쩌란 말인가? 젊은이나 늙은이나 같은 조건으로 인생을 떠나는데……

누구라도 지금 당장 인생에 들어온 것같이 다른 모습으로 인생에서 나가지 않는다. 그뿐더러 므두셀라[2]의 나이를 내다보는 자라면, 아무리 노쇠했다 해도 아직 20년은 더 살겠다고 하지 않을 자가 어디 있겠는가? 더욱이 가련한 미치광이 같으니, 누가 내 인생의 기한을 정해 준다는 말인가? 그대는 의사의 말에 따라, 자기의 생명의 기한을 정한다. 차라리 현실과 경험에 비추어보라.

---

1 1563년에 1년의 시작을 1월 1일로 정했다. 그전에는 부활절에서부터 1년이 시작되었다.
2 에녹의 아들. 〈창세기〉 5장을 보면, 969세까지 살았다고 되어 있다.

사물의 범상한 진행으로 보아, 그대는 이미 오래 전부터 특수한 은덕을 입고 살아왔을 터. 그대는 인생의 일반적인 한계를 넘어섰다. 그 증거로 그대가 아는 사람들 중에서, 그대의 나이에 도달한 자보다 그전에 죽은 사람이 얼마나 더 많은가를 헤아려보라. 그리고 그대는 명성으로 그들의 인생을 고귀하게 만든 자들의 목록을 꾸며보도록 하라. 서른다섯 살을 지나서보다도 그전에 죽은 자의 수가 훨씬 더 많다고 나는 장담할 수 있다. 예수 그리스도의 박애정신을 본뜬다는 것은 지당하고도 경건한 일이다. 그런데 그리스도는 서른세 살에 돌아가셨다. 가장 위대한 인물로 단순한 인간이던 알렉산드로스도 역시 그 나이에 죽었다.

죽음은 얼마나 많은 방법을 다하여 기습적으로 인간을 함락시키는가.

인간에게는 매순간마다 피해야 할 위험이 있으니,
그러나 우리는 그것을 전혀 예측할 수가 없다.
— 호라티우스

열병이나 폐렴 같은 지독한 질환은 일단 제쳐놓겠다. 내 이웃으로 지내던 교황 클레멘스가 리용에 들어올 때 드 브르타뉴 공작이 군중에 치여 죽을 줄은 어느 누가 생각이나 했던가? 우리 임금[3]이 경기하다가 죽는 것을 보지 못했던가? 그리고 그의 조상[4]은 돼지에 부딪쳐서 죽지 않았던가? 아이스킬로스(Aeschylos)는 집이 쓰러지는 위험을 갖가지 방법으로 피했지만 죽음 앞에서는 아무 소용없었다. 그는 공중을 나는 독수리 발에서 떨어진 거북이에 맞아서 죽었다. 또 한 사람은 포도의 씨 한 알로 죽었다. 황제 한 분은 머리를 빗다가

---

3 앙리 2세로, 그는 1559년 무술시합 중의 부상으로 죽었다.
4 루이 6세의 아들 필립으로, 그는 돼지에 부딪쳐 말에서 떨어져 죽었다.

빗에 찔려서 죽었다. 레피두스는 문지방에 발을 부딪쳐 죽었고, 아우피디우스는 회의실에 들어가다가 문에 부딪쳐서 죽었으며, 판정관 갈루스(Cornelius Gallus)는 여자의 허벅다리 사이에서 죽었다.

로마의 경비대장 티킬리누스 만토바 후작, 기도 데 곤자가의 아들 루도비코 등도 그러했고, 그보다 더 못한 꼴로, 플라톤 학파의 철학자인 스페우시포스(Speusippos)와 우리 교황의 한 사람도 그러했다. 재판관 베비우스는 가련하게도 한 판결의 집행을 일주일 연기해 주고는 그동안에, 제 생명의 기한이 끝나서 잡혀갔다. 그리고 의사 카이우스 줄리어스는 한 환자의 눈에 약을 발라줄 때 죽음이 와서 그의 눈을 감겨주었다. 내 집안의 일로, 나의 형제의 하나인 생 마르탱 대위는 나이 스물세 살 때 이미 용맹한 무인이었다. 그는 공놀이를 하다가 오른쪽 귀 뒤를 얻어맞았는데, 출혈하거나 다친 흔적도 없었다. 그는 앉지도 쉬지도 않았다. 그러나 이 얻어맞은 것이 원인이 되어 6시간 뒤에 갑자기 졸도했으며, 죽었다.

이러한 사례는 흔히 우리 눈앞에서 일어나고는 한다. 이러할진대 어떻게 사람이 죽음의 생각에서 벗어날 수 있고 어느 순간이건 죽음이 우리 목덜미를 잡고 있다고 생각지 않을 수 있겠는가?

무슨 상관인가, 어떻게 되건 그 따위로 걱정하지 않으면 그만이지 하고 그대들은 말할지도 모른다. 나도 그렇게 생각한다. 어떤 방식으로건, 송아지 가죽만 써도 심한 타격을 면할 수 있다고 하여도, 나는 죽음 앞에서 물러서지 않겠다. 왜냐하면 편하게 지내면 그만이기 때문이다. 그리고 나로서 할 수 있는 최선의 방도라면 그대가 말하고 싶은 대로 아무리 불명예스럽고 모범적이지 않은 일이라고 해도 나는 그 길을 취할 것이다.

내 결함이 즐겁거나 느껴지지 않는다면,
미치광이나 바보로 간주되는 편이 낫지,

현명하여 고민하기는 싫도다.
— 호라티우스

그러나 이런 식으로 목표에 도달할 수 있다고 기대하는 것은 어리석다. 모두들 오고가며, 아장거리고 춤춘다. 죽음에 관해서는 전혀 기미도 없다. 세상 돌아가는 것 모두가 아름답다. 그러나 어느 순간에, 그들, 또는 그들의 아내나 아이들, 친구들이 무방비 상태에 있을 때에 갑자기 죽음이 닥쳐오면, 어떻게 되는가? 갑자기 하늘이라도 무너진 듯 절망에 빠져 고함지르며 발광하고 허덕이지 않는가? 세상 사람들이 이러한 때처럼 천박하게 몰락하고, 심신이 전도되는 것을 본 일이 있는가? 우리는 일찍부터 이에 대비하고 있어야 한다. 이에 대한 철저하게 우둔한 무관심이 지각 있는 사람의 머리를 채워야 한다고 해야 하는가. 나는 그런 일은 전혀 불가능하다고 보지만, 그 대가는 너무 혹독하다. 그것이 피할 수 있는 적이라면 비겁을 무기로 빌려와도 좋다고 생각하며, 오히려 그러길 권하겠다. 그러나 그럴 수 없다는 것은 명약관화한 일이다. 그대가 도망을 치건 비겁하건 점잖은 인물이건 매한가지인 이상 달리도 생각해 보아야 하는 게 아닐까?

진실로 죽음은 나이 지긋한 어른이 도망쳐도 순식간에 따라잡고,
용기 없는 젊은이의 소심한 등덜미도,
조금도 용서하지 않는다.
— 호라티우스

그리고 그것은 아무리 강한 강철의 갑옷으로도 막아내지 못한다.

아무리 조심스레 쇠와 구리로 된 튼튼한 갑옷 속에 숨어도,

죽음은 그 숨은 머리를 찾아내고야 말지.

— 프로페르티우스(Sextus Propertius)

언제나 제자리에 단단히 서서 이 강적에 대항하여 싸워야 한다. 그리고 그 시작으로 죽음이 우리에 대하여 가진 가장 큰 강점을 그로부터 제거하기 위하여 여느 것과는 정반대의 방도를 택해 보자. 먼저 죽음으로부터 괴이함을 없애보자. 죽음을 다루어보자. 친구처럼 범상하게 지내보자. 죽음 이외에 어떤 것이라도 죽음보다 더 자주 생각하는 일이 없도록 하자. 어느 시각에나 죽음을 그대를 찾아올 수 있는 모든 모습으로 생생하게 그려보자. 발을 헛디딜 때, 기왓장이 떨어질 때, 바늘에 손끝을 약간 찔렸을 때, 바로 '그래, 이것이 죽음이라면?' 하고 생각해 보고 마음을 단단하게 가지며 긴장하자. 진수성찬의 유쾌한 자리에서도 언제나 우리 인간 조건의 이 후렴을 되풀이하며, 쾌락에 너무 끌려가지 않도록 하자. 그리고 우리가 유쾌할 때 죽음이 얼마나 많은 곳에서 우리를 노리고 있으며, 얼마나 많은 결박으로 우리를 위협하고 있는가를 가끔씩 상기해 보자. 그래서 이집트 인들은 성대한 만찬을 베푸는 자리에는 그들의 진수성찬 앞에 사자의 메마른 뼈대를 가져오게 하여, 참석자들에게 경고를 한다.

매일매일이 그대에게는 마지막 날이라고 생각하라.
그대는 기대하지 않는 시간이 오는 것을 감사함으로 맞이하리라.

— 호라티우스

죽음이 어디에서 우리를 기다리고 있는지는 확실하지 않다. 그러니 어디서든지 우리가 그것을 기다리자. 죽음에 대한 예상은 자유로워 잡힐 수 없는 것에 대한 예상이다. 죽기를 배운 자는 노예의 마음을 씻어버린 자이다. 죽기를 알면 우리는 모든 굴종과 강제에서 해방된다. 생명을 잃는 것이 악이 아님을 이해한 사람에게는 이 인생에 불행이란 없다. 파울루스 아에밀리우스는 사로잡힌 가련한 마케도니아 왕이 그의 개선행렬에 자기를 끌고 다니지 말아달라고 간청했을 때 단호하게 말했다.

"그것은 자기 자신에게 요구하오."

모든 일에서 본성이 거들어주지 않으면 기술과 숙달이 조금이라도 늘어간다는 것은 어려운 일이다. 나의 본성은 우울하지 않다. 다만 나는 몽상가일 뿐이다. 나는 어느 때나 죽음에 대한 생각에 매여 있다. 다른 어떤 것에 대해서도 내 생각이 이만큼 매이는 일은 전혀 없다. 다시 말하면 내 생애의 가장 방자하던 시기 ―

> 한창 나이로 청춘을 즐겼을 때,
> ― 카툴루스(Catullus)

여자들 속에서나 장난하는 자리에서, 내가 무슨 질투심이나 불확실한 실망으로 혼자 골몰하고 있다고 누군가가 생각할 때, 나는 지난날 이런 환락에서 나처럼 한가롭게 사랑과 행운으로 머릿속이 가득 차 있다가 그 길로 열병에 걸려 생애를 마친 자의 일을 생각한다. 그 생각과 함께 내 귀에는 다음의 구절이 울린다.

> 현재는 순식간에 사라지고, 다시는 돌아올 수 없으리라.
> ― 루크레티우스

나는 다른 생각이 아니라 이런 생각 때문에 얼굴을 찌푸리는 일은 없다. 우리는 애초부터 이러한 상념을 가슴 아프게 느끼지 않을 수 없다. 그러나 이 생각을 오랫동안 뒤적이며 되새기다보면, 나도 모르는 동안 그것에 익숙해진다.

그렇지 않다면 나는 끊임없는 공포와 광기와도 같은 열기에 들떠 있었을 것이다. 왜냐하면 나만큼 생명을 미덥지 않게 보고, 나만큼 그 지속을 중요하게 여기지 않는 자도 없기 때문이다. 내가 지금까지 세심하게 주의하여 계속 누려온 건강도 내 생명에 대한 희망을 길러주지는 않고, 또한 내 신병이 그것을 줄여주지도 않는다.

나는 생명이 시시각각 내게서 빠져나가는 느낌을 가진다. 그럴 때면 더욱 나는 다음의 말을 끊임없이 되풀이한다.

"다른 날 이루어질 수 있는 일이라면, 바로 지금 당장 일어날 수도 있다."

사실 우연과 위험이 우리를 종말로 더 가까이 끌어가는 일은 거의 없다. 우리를 무섭게 위협하는 것 같은 사건들 외에도 수천 가지 위험이 우리에게 닥쳐올 수 있음을 생각해 보라. 그러면 우리는 유쾌하건 열에 들뜨건, 바다에서나 우리 집에서나, 그리고 전쟁할 때나 안전할 때나 똑같이 죽음은 우리 옆에 있음을 알 수 있다.

"어느 누구도 그 이웃사람보다 더 위약함이 아니고 아무도 더 내일에 대한 보장을 갖지 못한다."(세네카)

내가 죽기 전에 해야 할 일이 단 한 시간 만에 끝날 일이라 해도, 이를 완수하는 데 내 모든 한가한 시간을 충당해도 부족할 터이다. 일전에 누가 내 수첩을 뒤적이다가 비망록을 발견했는데, 거기에는 내가 죽은 뒤에 해주기를 바라는 일이 적혀 있었다. 나는 내 집에서 4킬로미터밖에 안 되는 곳에 가더라도, 비록 내 몸이 건강하고 기분이 쾌활하더라도 다시 집에 돌아오리라는 보장이 없기 때문에 미리 그렇게 적어놓았다고 사실대로 그에게 말했다. 나는 이러한 생각을 언제나 머릿속에 앉혀두어 간직함으로써 언제 어디서나 있을 수 있는 일에 대비하고 있다.

죽음이 갑자기 닥쳐온다 해도 전혀 신기한 일은 아닐 터이다. 우리는 힘닿는 대로 언제나 신들메를 고쳐 매고 떠날 채비를 하고 있어야 한다. 특히 그러한 때는 자기 일에만 관심을 갖도록 유념하는 것 역시 중요하다.

어찌하여 이렇게도 짧은 생애에,
우리는 그렇게 많은 일을 꾀하는가?
— 호라티우스

우리는 가욋일은 맡지 않아도 여기서 해야 할 만큼의 충분한 일을 갖게 된다. 어떤 사람은 죽음이 훌륭한 승리의 길을 도중에 끊는다고 하여 죽음 자체보다 더 한탄스러워한다. 곧, 어떤 사람은 자기의 딸을 출가시키지 못한 채, 또는 아이들 교육을 마쳐주지 못한 채 떠나야 한다고 한탄한다. 또 어떤 사람은 아내와, 또 어떤 사람은 아들과 같이 살지 못하게 됨을 애석해하며, 마치 이런 것이 그의 생명을 위한 일인 것처럼 생각한다.

그렇다고 나에게 인생에 애착이 없는 것은 아니다. 나도 죽는다는 사실은 두렵고 쓰라리다. 하지만 고맙게도 하나님께서 좋으실 때 불러 가셔도 아까울 것이 없다고 생각하고 있다. 나는 아무데도 매인 곳이 없다.

나는 내게는 아직 하지 않았지만, 다른 사람들에게는 반쯤은 고별을 하고 있다. 나보다 더 순수하고 온전하게 세상을 떠날 준비가 되어 있고, 그리고 내가 행하려고 하는 것보다 더 전반적으로 자기에 대한 애착을 끊은 사람도 없으리라.

그들은 말한다.

"가련해라, 오! 가련해라."
불길한 단 하루가 내게서 인생의 모든 재보를 빼앗아가도다.
— 루크레티우스

그리고 건축가는 말한다.

거대한 벽면이 위태롭게 선 채, 내 작품은 중단되어 머문다.
— 베르길리우스

너무 먼 앞을 내다보며 계획해서는 안 된다. 또 그 결말을 보지 못하지나 않을까 하는 생각에 골몰해서도 안 된다. 우리는 행동하려고 이 세상에 왔다.

어떻게 죽게 되든, 그것은 한창 일하는 도중이었으면.
— 오비디우스

나는 사람들이 할 수 있는 한 행동하며, 인생의 사업을 멀리 연장시키기를 바란다. 그리고 죽음이 내가 양배추를 심은 동안에 와주되, 죽음이 왔다고 거리낄 것도 없고, 정원이 완성되지 않은 것은 더욱 염두에 두지 않기를 바란다.
나는 어떤 사람이 임종하면서, 그가 우리의 왕 15대, 또는 16대에 관해 쓰고 있던 역사의 줄기를 운명이 끊어놓는다고 끊임없이 한탄하며 죽는 것을 보았다.

임종에는 아무것도 보태지지 않는다. 재보에 대한 애착이 아무리 강할지라도 네 유해에 붙어 머무르지는 않는다.
— 루크레티우스

이렇듯 속되고 해로운 생각은 벗어던져야 한다. 우리 묘지들이 교회당에 붙어 도시 사람들이 가장 자주 찾아가는 곳에 마련되어 있는 것은 천한 사람들이나 여자들, 그리고 아이들이 죽은 사람을 보고 놀라지 않게 하고, 우리로 하여금 해골과 무덤과 장례행렬 등을 눈에 익혀, 인간의 조건을 알도록 하기 위함이라고 리쿠르고스(Lycurgos)는 말했다.

옛날에는 탐식객들에게 즐거움을 주기 위해,

주연자리에 검투사들을 불러 결투시킨다.

그리하여 가끔 술잔에 쓰러져 식탁을 피로 물들이며,

살인의 잔인한 광경을 섞어서,

향연을 통쾌하게 하는 습관이 있었다.

— 이탈리쿠스(Silius Italicus)

이집트 사람들은 잔치가 끝난 다음, 한 사람을 시켜 커다란 주검의 화상을 가져오게 하여 좌중을 향해 이렇게 소리치게 했다.

"술을 마시며 유쾌하게 놀라. 죽으면 나도 이 꼴이 되리니."

나는 공상할 때뿐만 아니라, 일상의 어느 때에도 끊임없이 죽음을 입에 올리는 버릇이 있다. 내게는 사람들의 죽음에 대한 이야기, 죽음을 앞두고 했다는 말, 얼굴빛이나 자세 따위보다 더 알고 싶은 것이 없다. 나는 역사를 읽을 때에도 이런 대목에 더욱 유의한다. 이러한 나의 성향은 내가 예증으로 끄적거려 놓은 글들에 잘 나타난다.

나는 이 제목에 특별한 애착을 가지고 있다. 내가 책을 지어내는 장인(匠人)이라면, 나는 여러 가지 죽음에 관한 주석을 붙인 기록을 꾸며볼 것이다. 사람들에게 죽는 법을 가르치는 자는 그들에게 사는 법을 가르쳐줄 수 있다. 디카이아르쿠스는 이런 제목으로 책을 지었다. 그러나 목적하는 바가 다르고, 그 결과는 좋지 못했다.

사람들은 죽음의 현실을 상상에서보다 훨씬 더 두렵게 여기며, 아무리 검술을 잘해도 이 싸움에는 지지 않을 수 없다고들 한다. 말하고 싶은 대로 말하게 두라. 그 정황을 예측하고 있는 편이 확실히 더 유리하다. 마음이 변치 않고 열에 들뜨는 일 없이 거기까지 가는 것이 어찌 대단치 않은 일일 수 있는가? 그뿐 아니라. 대자연까지도 우리에게 손을 빌려 용기를 준다.

나에게 짧고 격렬한 죽음이면 두려워할 여유가 없다. 그렇지 않은 경우 병에 걸리거나 함으로써 나는 자연의 한 점 인생을 가볍게 대하는 태도를 알게 된다. 열병에 걸렸을 때보다도 건강할 때 죽음에 대한 결심을 하기가 힘들다는 것을 느낀다. 나는 이미 인생의 쓸모와 쾌락에 대한 흥미를 잃기 시작했기 때문에 인생에 그렇게 애착을 가지고 있지 않으니, 죽음을 대함에도 공포를 훨씬 덜 느낀다. 이러한 사실은 내가 인생에서 멀어지고 죽음에 가까워질수록 이 교환을 더 쉽게 해치울 있으리라고 기대하게 한다.

카이사르(Caesar)는 말한다.

"사람들은 가까이에서보다 멀리서 더 크게 보인다."

나는 카이사르가 말한 바를 여러 경우에 체험해 보았다. 그 결과 병들어서보다 건강한 때에 병이 훨씬 더 무서워 보이는 것을 알았다. 현재의 활기찬 건강과 힘과 쾌락 때문에 지금 내게는 병을 짊어졌을 때와는 비교도 안될 만큼 그 상태가 흉하게 여겨진다. 그러니까 그 불편함의 반 이상을 상상력으로 키워서 더욱 힘들게 생각하는 것이다. 죽음도 역시 그렇기를 바란다. 우리가 당하는 이 범상한 변화와 쇠퇴에서 자연이 우리의 이 손실과 악화에 관한 맛을 제거해 주는 바를 찾아보자. 인생 여정의 끝에 선 노인에게 그의 청춘시절의 힘과 지나간 삶의 무엇이 남아 있는가?

아아! 늙은이에게 얼마만큼의 생명이 남아 있는가?
— 막시미누스(Maximinus)

카이사르 호위대의 병졸 하나가 기진맥진해 쇠약한 몸으로 거리에서 그만 죽으러 가겠다고 퇴직을 요구하였다. 카이사르는 그 쇠잔한 모습을 보고 놀리는 투로 말했다.

"너는 아직 살아 있다고 생각하는구나."

갑작스럽게 노년의 상태로 변한다면 누구라도 그 변화를 견딜 수 있으리라고는 생각되지 않는다. 그러나 자연에 이끌려 완만한 비탈을 자기도 모르는 사이에 한 계단 한 계단 끌려 내려감으로써 자연은 우리를 이 비참한 상태로 굴려가며 거기에 길들게 해준다. 그리하여 청춘이 우리에게서 죽어갈 때는 생명의 온전한 죽음이나 노년의 죽음보다 더 가혹하지만, 우리는 거기서 아무런 충격도 받지 않는다. 감미롭고도 꽃이 피어나는 생명에서, 힘들고 괴로운 생명으로 변해 갈 때와 같이, 불행한 존재에서 존재하지 않는 것으로의 비약은 그렇게 힘든 것이 아니다.

육신은 굽고 휘어져 무거운 짐을 들지도 지탱하지도 못한다. 우리의 심령 역시 그러하다. 우리의 영혼을 만만치 않은 적수의 공격에 대항하여 단련시키고 강화해야만 한다. 심령이 피할 수 없는 이 적수를 두려워하는 동안은 안정을 얻기란 불가능하기 때문이다. 인간 조건에 부여된 힘의 한계에 넘치는 일이지만, 우리가 확고한 정신을 가지고 이 죽음에 대항할 수 있다면, 불안과 고민과 공포 그리고 사소한 불쾌감까지도 심령에 깃들이는 건 불가능하다고 자랑할 수 있다.

폭군의 위협적인 눈길도,
아드리아 해를 송두리째 뒤엎는 광풍도,
벼락을 내리는 주피터의 강력한 손도,
진정 그 어떠한 것으로도 확고한 그 마음을 동요시킬 수는 없다.
— 호라티우스

심령은 자기의 정열과 못된 잡념을 극복하여 궁핍과 수치와 빈한함, 그리고 그밖에 운명의 모든 다른 모욕을 극복한다. 가능한 한 이 역량을 충분히 길러두자.

여기 진실한 최고의 자유가 있으니, 그것은 불의와 폭력을 우롱하고 감옥과 쇠사슬을 가볍게 대할 수 있는 힘을 갖게 한다.

> 그대 수족을 쇠사슬로 묶어
> 잔인한 간수의 감시 아래 두리.
> 내 원하면 신이 몸소 와서 끌러주리.
> 정녕 이 사람의 말은 '나는 죽겠다' 이다.
> 죽음은 모든 것의 종말이므로.
> ― 호라티우스

우리의 종교는 인생에 대한 가벼운 태도밖에 더 확실한 인간적인 기초를 가지고 있지 않다. 이성의 추리에 의해 그렇게밖에 생각되지 않는다. 왜냐하면 잃어버려도 아까울 것 없는 사물(생명)을 잃는다고 무엇이 두렵겠는가? 그리고 우리가 그렇게도 여러 가지 죽음의 방식으로 위협받고 있는 이상, 하나의 생명을 유지하기보다는 그 여러 가지를 두려워하는 것이 더 불행한 일 아니겠는가? 피할 수 없는 일일 바에야, 그것이 언제 온들 무슨 상관이겠는가? 소크라테스에게 사람들은 알렸다.

"서른 명의 폭군들이 그대에게 사형선고를 내렸다."

소크라테스는 대답했다.

"그리고 대자연은 그들에게."

모든 고통이 면제되는 통과지점에 대하여 속을 썩이다니, 정말 어리석다!

우리의 출생이 우리에게 모든 사물의 출생을 가져온 것과 같이 우리의 죽음은 모든 사람들의 죽음을 가져올 것이다. 따라서 지금부터 백 년 뒤에 우리가 살아 있지 않으리라고 슬퍼하는 것은 지금부터 백 년 전에 우리가 살아 있지 않았다고 슬퍼하는 것과 같은 미친 수작이다. 죽음은 다른 생명의 근원이다.

그래서 우리는 울었다. 그래서 이 세상에 들어오기가 힘이 들었다. 그때 우리는 여기 들어오며 헌옷을 벗어 던졌다.

한 번밖에 없을 일은 힘들 것이 없다. 그렇게 짧은 시간의 일을 그렇게 오랫동안 두려워할 이유가 있을까? 오래 살기와 짧게 살기는 죽음에 의해 마찬가지가 된다. 왜냐하면 이미 없는 일에는 긴 것도 짧은 것도 없기 때문이다. 아리스토텔레스는 히파니스 강에 하루밖에 살지 않는 작은 짐승이 있다고 하였다. 아침 8시에 죽는 것은 청운에 죽는 것이고, 저녁 5시에 죽는 것은 노쇠하여 죽는 것이다. 이 순간적인 지속을 가지고 행이니 불행이니 하며 고찰하는 것을 누가 비웃지 않겠는가? 우리의 인생을 영겁에 비교해 보면, 아니 그보다도 산과 강물이나, 아니면 별이나 나무, 어떤 동물에 비교해 보면, 좀더 살거나 좀더 빨리 죽음을 맞는 문제 따위는 모두 가소로울 뿐이다.

대자연은 우리에게 강요한다. 이 세상에 들어온 것처럼 여기서 나가라고 명한다. 죽음에서 생명으로 들어올 때 밟아온 길을 무슨 마음으로건, 공포심도 가질 필요 없이 생명에서 죽음에로 다시 걸어가라. 그대의 죽음은 우주 질서의 한 부분일 뿐이다. 그리고 그것은 세상 생명의 한 부분이다.

인생은 생명을 서로 주고받는다. 경주장의 계주자들처럼
손에서 손으로 생명의 횃불을 넘겨준다.
— 루크레티우스

그대를 위해 사물들의 이 아름다운 구조를 변경시켜야 하는가? 이것은 바로 그대가 창조되었던 조건이 아닌가? 죽음이란 결국은 그대의 한 부분인 것을, 그대는 그대 자신으로부터 도피하려 한다. 그대가 누리는 그대의 존재는 똑같이 생명과 죽음으로 갈라져 있다. 그대가 이 세상에 나온 첫날은, 그대를 삶과 아울러 죽음으로 이끌어가고 있다.

우리의 최초 시간은 우리에게 생명을 주면서 이미 그것을 끊어갔도다.
— 세네카

태어나면서 우리는 죽는다.
종말은 근원의 결과이다.
— 마닐리우스(Marcus Manilius)

그대가 누리며 살고 있는 바는 모두 생명에서 훔쳐 온 것이다. 생명은 생명의 희생으로 이루어지는 터, 그대의 생명이 끊임없이 하는 일이란 죽음을 만들어가는 것이다. 살아 있는 동안 그대는 또한 죽음에도 있다. 왜냐하면 그대가 이미 살고 있지 않을 때, 그대는 죽음 저쪽에 있기 때문이다.

또는 이 말이 거슬리지 않는다면, 그대는 삶의 다음에는 죽어 있다. 그리고 살아 있는 동안 그대는 죽고 있다. 그리고 죽음은 죽은 자보다도 죽는 자를 더 혹독하게 침해한다. 더 맹렬하게, 더 본질적으로 침해한다.

그대가 인생에서 소득을 보았다고 하면, 그대는 지금 포만한 상태에 있다. 만족함을 알고 물러가도록 하라.

어째서 마음껏 먹은 손님처럼 인생을 떠나지 않는가?
— 루크레티우스

인생을 이용할 줄 몰랐다면, 인생이 쓸데없었다면, 그까짓 것 잃었다고 서러울 것 있는가? 무엇 때문에 삶을 더 바라는가?

몇 날을 더 살아본들 무엇 하리.
결국은 비참하게 잃어버리며, 소용도 없이 전혀 없어져버릴 것을.

―루크레티우스

　인생 그 자체로서는 결코 좋은 것도 나쁜 것도 아니다. 그대들이 인생에게
차려주는 자리의 좋고 나쁨에 따를 뿐이다.
　그대가 하루를 살았으면 다 살아보았다고 해도 좋다. 하루나 모든 날들이나
마찬가지이기 때문이다. 하루나 모든 날들이 낮의 밝음에 다를 것 없고, 밤의
어두움에 다를 것 없다. 이 태양, 이 달, 이 별, 이 배치, 이것은 그대의 조상들
이 누려온 것이며, 그대 후손들이 이어받아갈 것이다.

　그대 조상들은 다른 것을 본 바 없고,
　그대 자손들 역시 다른 것을 볼 바 없으리.
　―마닐리우스

　기껏해야 우리 인생 연극의 막에서 모든 배열과 변화는 일년 안에 완수된다.
네 계절의 움직임을 주의해 살펴보았다면, 그 안에 이 세상의 유년기, 청년기,
장년기, 노년기를 포함함을 알 수 있다. 그로써 연극은 끝난다. 인생의 연극은
다시 시작해 보는 수밖에…… 그러나 다시 시작해 보지만 그것은 언제나 똑같
은 일의 되풀이이다.

　우리는 모두 같은 궤도를 돌고 있다.
　주어진 궤도에서 결코 벗어나지 않는다.
　―루크레티우스

　세월은 제 발자취를 따라 그 위에서만 맴돈다.
　―베르길리우스

나는 그대들에게 다른 새로운 소일거리를 꾸미거나 마련해 줄 생각은 전혀 없다.

나는 이 밖에 그대가 좋아하게 꾸며볼 거리도, 고안할 거리도 아무것도 없다. 모든 일은 언제나 똑같다.
— 루크레티우스

선선하게 다른 자들에게 자리를 내주도록 하라. 다른 자들이 그대들에게 해주었던 바와 같이. 평등은 공평성의 첫째 조목이다. 모두들 줄서듯 앉아 있는 속에 자기도 들어 있다고 하여 한탄하는가? 아무리 살아보려고 해도 그대가 죽기로 되어 있는 시간을 부수지는 못하리라. 다 헛된 짓이다. 그대는 마치 아기 때에 죽은 듯이 있었던 것과 같이, 그대가 두려워하는 그 상태로 그만큼 오래 있으리라.

그대가 원하는 몇 세기를 기껏 승리자로 산다고 해도,
영원한 죽음은 한치의 착오 없이 기다리고 있다.
— 루크레티우스

그리고 그대를 불평이 없는 상태에 놓아준다고 가정해 보자.

죽음이 오면 다른 그대가 그대의 시체 앞에 살아 엎드려 그대를 슬퍼하고,
그대를 위해 울어줄 사람 없을 것을 그대는 모르는가?
— 루크레티우스

그리고 그렇게도 아까워하는 생명을 그대는 진정 원하지도 않을 것이다.

그때에는 아무도,

자기의 생명 또는

자신을 걱정하지 않는다.

우리에게는 우리 자신에 대한 아무런 애석함도 남지 않는다.

— 루크레티우스

무(無)보다도 더 적은 것이 있다면, 죽음은 무만큼도 두려워할 거리가 못 된다.

무보다 더 적은 사물이 존재할 수 있다면,

우리에게 죽음은 그보다 훨씬 더 못한

사물로 보일 터.

— 루크레티우스

죽음은 그대가 살아 있거나 죽어 있거나 상관하지 않는다. 살아 있으면 그대가 살아 있으니 그러하고, 죽었으면 그대는 이미 없으니 그러하다.

아무도 제 시간 전에는 죽지 않는다. 그대가 남겨두고 가는 시간은 그대 출생하기 전의 것과 마찬가지로 그대의 것이 아니다. 그리고 그대와는 아무 상관도 없다.

우리에 앞서 지나간 영원한 태고의 세월이 우리와는 아무 상관도 없음을 알라.

— 루크레티우스

어디서 그대의 생명이 끝나건 생명은 거기까지, 그것이 전부이다. 삶의 효용은 공간에 있지 않고 사용에 있다. 적게 살고도 오래 산 자가 있으니, 그대 살아 있는 동안, 그 점에 주의하라. 그대가 실컷 산다는 것은 세월의 길고 짧음에 달려 있지 않고, 그대의 의지에 달려 있다. 그대가 끊임없이 가고 있는 곳으로 그대는 결코 도달하지 않으리라고 생각하는가? 나갈 곳 없는 길은 없도다. 길동무가 있어야 덜 허전하다면, 세상 사람들 모두 그대가 가는 길과 같은 길을 가는 길동무 아닌가?

그대의 생명이 완수된 다음 모두가 그대를 뒤따르리라.
— 루크레티우스

그대가 움직일 때 모두가 다 움직이지 않는가? 그대와 함께 늙지 않는 사물이 있는가?
수천의 인간들, 수천의 동물들, 수천의 다른 생명들이 그대가 죽는 것과 같은 그 시각에 죽는다.

갓난아이의 울음소리와 함께 죽음과 장례 행렬에 따르는 비통한
울음소리를 들어보지 않고는,
밤이 낮에, 새벽이 밤에 이어 오는 일은 없으리.
— 루크레티우스

뒤로 물러날 수 없을 바에야 죽음 앞에서 물러선들 무엇 하리? 불행하지 않게 죽어가기를 잘한 자들을 나는 얼마든지 보았느니. 잘못 죽은 자들을 그대는 보았는가? 그대 자신도, 다른 사람이라도, 자기가 경험하지 않은 일을 나쁘게 말하는 것은 너무나 어리석은 일이다. 어찌하여 그대는 자신과 운명을 원망하는가?

우리가 그대를 언짢게 하는가? 그대가 우리를 지배하는가? 우리가 그대를 지배하는 것인가? 그대의 나이는 아직 끝나지 않았다 해도, 그대의 인생은 이미 끝났다. 큰 사람이 그러하다면 작은 사람도 완전한 사람이다.

인간들은 그들의 생명을 자로 재지는 못한다. 키론(Chiron)은 시간과 지속의 신인 그의 아버지 사투르누스[5]에게서 영생의 조건을 듣고 영생하기를 거절했다.

영원한 생명을 상상해 보아라. 영생은 인간에게는 내가 그들에게 준 생명보다 더 참을 수 없고 더 괴로우니라. 인간에게 죽음이 없었다면, 인간들은 그것을 주지 않았다고 끊임없이 나를 저주했을 것이다. 나는 죽음의 효용과 그 편리함을 고려하여, 인간들이 너무 탐하여 천방지축으로 죽음을 찾으려 하지 못하게 막기 위해, 거기다가 조금 쓴맛을 섞었다. 생명을 도피하지도 말고 죽음을 도피하지도 말라고, 내가 인간들에게 요구하는 절도를 지키게 하기 위해, 나는 삶과 죽음의 단맛과 쓴맛을 골고루 조절해 섞어놓았다. 나는 인간들 중에 가장 처음 나온 현자 탈레스(Thales of Miletus)에게 삶과 죽음은 무차별함을 가르쳐주었다. 누군가 그에게, 어째서 당신은 죽지 않느냐고 물었다. 시간과 지속의 신은 매우 현명하게 대답했다.

"어느 것이나 마찬가지이니까."

물과 흙과 공기와 불, 그리고 내 제작품(세상)의 다른 종류들은 인간 생명의 도구도, 죽음의 도구도 아니다. 어째서 인간은 자신의 마지막 날을 두려워하는가? 그날은 어느 다른 날이나 마찬가지로 인간의 죽음에 기여하는 것이 없다. 마지막 걸음이 피로를 쌓이게 하는 것은 아니다. 그날은 죽음을 선언하고, 모든 날들은 죽음으로 향한다. 마지막 날은 거기 바로 죽음에 도달한다.

---

5 사투르누스(Saturnus)는 그리스 신 크로노스(Kronos)와 동일시되기도 했다. 그러나 키론의 아버지라면 크로노스여야 한다. 키론 신은 크로노스 신과 바다의 요정인 필리라 사이에 태어난 아들이기 때문이다.

이것이 우리 인간의 어머니인 대자연의 선한 부분이다. 나는 내가 당하거나 남이 당하거나 간에, 집에 있을 때보다 전장에서 오히려 죽음이 두렵지 않은 것은 무슨 까닭인가—그렇지 않으면 군대 전체가 의사들과 울보들로 들끓을 터이다—그리고 죽음이란 늘 한결같은데, 다른 자들보다 시골 사람이나 비천한 사람들이 죽음에 대하여 훨씬 더 마음이 태평한 것은 무슨 까닭인가, 하고 나는 자주 생각한다. 사실 우리는 죽음을 둘러싼 저 무서운 얼굴과 모든 현상을 죽음보다도 더 두려워하는 것인지도 모른다. 이러한 연유로부터 삶의 아주 새로운 한 형식이 나온다. 어머니들과 여자들과 어린아이들이 울부짖고, 많은 사람들이 찾아와 놀라 기절하고, 많은 하인들은 얼굴이 새파래져서 눈물을 흘리며 법석댄다. 컴컴한 방안에는 촛불이 켜 있고, 머리맡에는 의사와 설교사들이 빙 둘러서 있다.

결국 우리 주위의 모든 것이 공포요 경악이다. 죽기 전에 우리는 벌써 땅 속에 묻혀버린다. 어린아이들은 자기 친구가 가면을 쓰고 있는 것을 보아도 무서워한다. 실제로는 어른들도 그러하다. 사람들뿐 아니라 사물들의 가면도 역시 벗겨야 한다. 벗겨놓고 보면, 그 아래에는 지난번 하인이나 침모가 간단하게 두려워하지 않고 넘어간 바로 그 죽음이 있다. 이런 따위의 장치를 준비해 둘 여가가 없는 죽음이여, 부디 행복할지어다.

아이들의 교육에 대하여

― 드 귀르송 백작부인 디안 드 포아에게 ―

자기 아이가 옴쟁이나 곱사등이라 해도 아비로서 그를 아들로 인정하지 않는 자를 나는 본 적이 없습니다. 애정에 도취되어 있다 하더라도, 그 결함을 알아보지 못하는 것은 아닙니다. 그렇다 해도 내 아들은 내 아들입니다. 나 역시 지금 말하는 것이 어릴 적에 학문의 껍데기밖에 접하지 못한 채 일반적인 모습만 기억하고, 그래서 프랑스 인처럼 무엇이든 건드려는 보지만 하나도 철저하게 아는 것이 없는 자의 잠꼬대에 지나지 않음을 어느 누구보다도 잘 알고 있습니다. 나는 의학이 있고 법학이 있으며, 수학에 네 부문이 있고 그것이 대강 무엇을 목표로 하는가를 알고 있습니다. 그리고 나는 또 우리 인생을 위해 학문이 무엇을 의도하고 있는가를 알고 있습니다. 그러나 그뿐 나는 더 깊이 캐어 들어가지 못했습니다. 근대학설의 조종(祖宗)인 아리스토텔레스를 공부하느라고 손톱을 물어뜯으며 지내지도, 또한 다른 학문에 몰두해 보지도 않았으며, 인생을 묘사하는 그림의 윤곽 하나 제대로 그려볼 기술도 결코 가져보지 못했습니다.

그리고 나는 중류계급의 어린아이가 처음 배우는 학과를 조금이나마 그 학과에 알맞게 다시 살펴볼 지식도 없는 터이니, 어리지만 나보다 더 유식하다고 말하지 못할 아이는 없을 것입니다. 억지로라도 해보라고 하면, 나는 서투르게나마 보편적인 범위에서 어느 재료를 끌어내어 그 아이의 타고난 판단력을 심사하지 않을 수 없습니다. 그들의 학과가 내게 낯선 만큼, 이들 재료는 그들에게 매우 낯설 것입니다.

나는 어떠한 견실한 서적과도 가까이하지 못했습니다. 겨우 있다는 것은 플루타르코스(Plutarchos)와 세네카 정도이며, 마치 다나이데스같이 거기서 길어내 끊임없이 채우며 비워버립니다. 거기서 얻은 몇 가지를 적어봅니다만, 내게 담아둔 것이란 거의 없습니다.

역사는 내가 가장 좋아하는 읽을거리이고, 시 또한 특별히 즐겨 읽습니다. 왜냐하면 클레안테스가 말하듯, 마치 소리가 나팔의 좁은 관으로 빠져나갈 때 더 날카롭고 힘찬 것처럼, 문장은 시의 형식과 음률에 억제되어 더 벅차오름으로써 내게 커다란 감명을 줍니다. 타고난 재질로 말하면 ― 그것을 지금 시험해 보는 바인데 ― 이런 무거운 책임은 내가 지기 힘듭니다. 내 생각과 판단은 모색하고 요동하며, 발에 채이고 헛디디며, 간신히 나가기밖에는 어떠한 것도 하지 못합니다. 그리고 할 수 있는 한 힘껏 하지만 나는 전혀 만족을 느끼지 못합니다. 내게는 아직도 저 너머의 나라가 보이는데, 시야가 혼탁하고 몽롱하여 아무것도 밝혀내지 못합니다. 나는 공상에 떠오르는 대로 아무것이나 무턱대고 말하려고 하지만, 타고난 고유의 방법만 쓰기로 합니다. 흔히 있는 일이지만 좋은 작품들 중에 내가 취급하려는 것과 같은 제재를 우연히 만날 때는 내가 방금 플루타르코스에서 마침 그의 상상력의 힘에 관한 설화에 부딪친 것처럼, 이런 사람들에 비하여 얼마나 내가 약하고 허술하며 둔중한지, 그리고 우매하게도 잠들어 있는가를 깨달으며, 스스로 가련해지고 못나보입니다.

나는 내 상념이 흔히 그들의 의견과 부합되는 경우에 맞닥뜨려서는 영광스러워지며 '정말 그렇구나!' 하고, 멀리서라도 한 발짝씩 그들의 뒤를 따르고 있다는 것이 기쁩니다. 그리고 또 나는 그들의 의견과 내 의견 사이의 대단한 차이를 알아볼 수 있어서 기쁩니다. 그렇지만 그들의 작품과 비교함으로써 발견한 결함을 허약하고 천박한 이 글에서 교정하거나 그들의 견해로 덮어씌우지 않은 채 내 지은 그대로 세상에 내보냅니다.

이런 인물들과 맞서려 하면, 허리가 상당히 단단해야 합니다. 우리 시대의 철부지인 작가들은 그들의 허황한 작품 속에 옛 작가들의 문장을 그대로 실어 놓고 그것을 자기의 영광으로 삼는데, 사실은 전혀 반대입니다. 옛 작가들 문장의 광채에 드러나는 무한한 차이는 우리 시대 철부지 작가들의 것을 무색하게, 흐리고 추한 모습 그대로를 보여주기 때문에, 그들은 얻는 것보다 잃는 것이 더 많습니다.

거기에는 두 가지 대조되는 심상(心象)이 있습니다. 철학자 크리시포스 (Chrysippos)는 자기 저서에 다른 작가들의 문장뿐 아니라 작품 전체를 넣었고, 그의 저서의 하나에 그는 에우리피데스(Euripides)의 《메데아》를 넣었습니다. 아폴로도로스(Apollodoros)가 말하기를 거기서 다른 사람의 글을 떼어버리면 그 책의 종이는 하얘질 것이라고 했습니다. 그 반대로 에피쿠로스는 자기가 남긴 300권의 작품에, 남의 글은 단 한 줄도 인용하지 않았습니다.

어느 날, 나는 한 문장에 부딪쳤습니다. 프랑스 어로 된 핏기 없고, 살이 붙지 않은, 그러니까 속 비고 의미 없는 글을 흥미 없이 읽어가다가―그것은 단지 프랑스 어일 뿐이었습니다―그렇게 권태를 느끼며 한참을 읽어가다가 갑자기 고매하고 풍부한, 그래서 기대가 넘치는 한 문장을 발견했습니다. 만일 그 내리막이 순하고 오르막이 좀 길었더라면, 그 지루한 글은 변명될 수 있었을지도 모릅니다. 갑자기 절벽이 낭떠러지로 깎아지른 듯, 처음 여섯 줄의 글로 나는 내 몸이 다른 세상으로 날아가고 있음을 느꼈습니다. 순간 나는 전에 읽은 것들이 너무나 깊은 구렁텅이임을 깨닫고, 다시는 내려갈 생각이 나지 않았습니다. 만일 내가 이런 풍부한 약탈품을 가지고 내 글 한 장을 장식한다면, 다른 장들의 졸렬함이 금방 비교되어 드러납니다.

나 자신의 결함을 남의 작품을 들어 책망함은 내가 늘 하듯 남의 과오를 내게 책망함과 같습니다. 이런 허술한 부분을 발견할 때마다 적발하여 모멸감을 가질 여지를 주지 말아야 합니다. 그래서 나는 비판자들의 분간해 내는 눈을 속여보고 싶은 당돌한 희망이 없지도 않지만, 스스로 어느 때나 내 글을 다른 데서 표절해 온 글과 대등하게 하려고 하여, 그들과 나란히 가려는 수작이 얼마나 건방진 짓인가를 알고 있습니다. 그러나 이 글은 내 착상과 문장력의 덕보다는 내가 적용하는 글의 덕입니다. 그리고 옛날의 명수들과 맞서 싸우려는 것이 아닙니다. 다만 작고 가볍게 되풀이하여 할퀴어 보렵니다. 부딪치려는 것이 아니라, 나는 그들을 더듬어볼 따름입니다. 그러나 사실은 내가 하겠다고 생각하는 것만큼 하지도 못합니다.

만일 내가 그들에게 맞설 수 있다면 나는 점잖게 해보겠습니다. 나는 그들의 가장 경직된 곳만 찾아서 시도할까 합니다.

남이 하는 일을 본떠 행하며, 남의 무기로 무장함으로써 내 것이라고는 손끝도 내보이지 않으면서, 학자들이 여느 재료를 가지고 잘하는 식으로 옛날 사람들의 생각을 여기저기서 따다가 꿰매어 자기 계획에 따라 어떤 것은 감추고 어떤 것은 자기 생각처럼 보이려 하는 일은 무엇보다 스스로 값어치 있는 것이라고는 지어낼 거리를 가지고 있지 않기 때문에 남들의 값어치로 자기를 내보이려 하는 비열하고 부정한 수단입니다. 그리고 속임수로 무지한 속인들의 갈채를 얻기에 만족하고 남에게서 빌려다 박아놓은 것을 지각 있는 사람들 — 그들의 칭찬만이 무게가 있습니다 — 이 코웃음 친다고 원망하는 것은 어리석습니다.

나로서는 그런 짓을 할 생각은 전혀 없습니다. 나는 그만큼 더 내 말을 하기 위한 목적이 아니면, 남의 말을 하지 않습니다. 이것은 써낸 작품으로 발표되는 편저를 지어내는 것이 아닙니다. 옛사람들은 그만두고, 우리 시대에도 매우 재능 있는 인사들이 있습니다. 그 가운데에도 카필루푸스라는 이름이 있습니다. 이런 저자들은 여기저기서 볼 수 있습니다. 립시우스(Justus Lipsius)의 해박한 역작 《정치 논총》 같은 것이 그러합니다.

나는 아무리 서투르다고 해도, 지금 머리가 벗겨지고 백발이 되어가는 내 꼴을 화가가 완벽한 얼굴로 만들지 않고 나의 얼굴을 있는 그대로 그리는 것과 마찬가지로, 아무것도 감출 생각이 없습니다. 이 모두가 글 속의 내 심정이며 견해이기 때문입니다. 나는 나 자신을 그만큼 더 많이 말하기 위해서밖에는 남을 말하지 않습니다. 어떻게 생각해야 할 것이라는 식으로 내놓을 것이 아니고, 내가 생각하는 것으로 내놓습니다. 나는 여기 내 자신을 보다 잘 드러내 보일 생각밖에 하지 않습니다. 내가 새로운 일을 배워 변해 간다면, 나는 아마도 내일쯤 달라질 것입니다. 나는 다른 사람에게 신뢰받을 만큼 박학박식하지도 않고, 그래서 굳이 그렇게 되기를 바라지도 않습니다. 다른 사람을 가르치기에는 스스로 너무나 교양이 부족하다는 것을 잘 알고 있으니까요.

그런데 어떤 분이 앞에 나온 내 글을 보고 어느 날 찾아와 나에게, 마땅히 어린아이의 양육에 관한 이론을 전개시켜 볼 일이라고 했습니다. 부인, 내게 이 문제를 다룰 무슨 능력이 있다면, 그럼 그 결과를 얼마 안 가서 부인의 신체로부터 멋지게 세상으로 나오겠다고 위협하고 있는 그 조그만 친구에게 선물로 드리는 일밖에 더 좋은 일이 없다고 생각합니다 — 부인께서는 관대하신 덕으로 응당 첫아들을 낳으셔야 합니다 — 왜냐하면 나는 부인께서 결혼하실 때 가까이 참여한 자로, 그로 인한 위대성과 번영에 관심을 가질 권한이 있기 때문입니다. 그렇지 않더라도 진작부터 부인의 번영에 관심을 가질 권한이 있기 때문입니다. 받들어 섬겨온 충복의 처지로서도 응당 부인께 관계되는 모든 일에 영광과 행복과 이익을 축원해 드릴 의무가 있습니다. 그러나 진실로 나는 학문의 가장 크고 중대한 난점은 어린아이의 양육과 그 교육에 있다고 보는 것밖에는 달리 아는 바가 없습니다.

농사짓는 일과 똑같이, 심기 전의 일 처리와 그리고 심는 일은 마찬가지로 확실하고 용이합니다. 그러나 심은 것이 생명을 가지고 나오면, 그것을 가꾸어 올리기에는 온갖 방법과 곤란한 점들이 따릅니다. 그와 같이 사람에게서도 심는 데는 그리 기교가 필요하지 않지만, 그들이 출생한 다음에는 여러 가지 보살핌이 필요하며, 기르고 가르치는 데 숱한 일거리와 근심이 따릅니다.

어릴 때는 그들의 경향이 너무 약해 잘 드러나 보이지 않습니다. 그 싹이 너무나 불확실하고 그릇되게 나타나기도 하기 때문에 그에 대한 확실한 판단을 내리기가 힘듭니다. 키몬(Cimon)이나 테미스토클레스(Themistocles)나 다른 여러 인물들을 보십시오. 그들은 얼마나 자기 기질이 고르지 못한가요. 곰이나 개의 새끼들은 그들 천연의 영향을 보입니다. 그러나 사람은 즉시 습관과 세론(世論), 법률 등에 사로잡혀 쉽사리 달라지며 변모합니다.

타고난 성향을 고치기는 너무 어려운 일입니다. 흔히 자기 길을 잘 잡지 못한 탓으로 사람들은 헛수고를 하며, 오랜 세월을 낭비합니다. 그래서 기반을 닦을 수 없는 일에 헛되이 아이들을 훈련시키는 일이 일어납니다. 내 견해로는, 그런 어려운 상황에서라면 아이들을 가장 좋고 가장 유익한 일로 지도하기 위해, 우리가 아이들의 행동을 보고 경솔하게 짐작하고 예측하는 바를 적용해서는 안 된다는 것입니다. 플라톤도 그의 《국가론》에서 이런 점에 너무 권위를 주는 것같이 보입니다.

부인, 학문이란 훌륭한 장식입니다. 특히 부인께서 맡게 되시는 그런 위대한 능력가로 길러내시게 될 인물에게는 경이로운 일을 성취하는 도구입니다. 그러나 천하고 비굴한 인간에게는 학문은 참된 성과를 올리지 못합니다. 학문은 변증법적 논법이나 소송사건에 대한 변호, 그리고 환약을 조제하기보다는 더 오만하고 당당하게 전쟁을 지휘하고 국민을 지배하며, 왕공(王公) 또는 외국과의 우호관계를 실천하는 데 그 방법을 빌려줍니다. 그래서 부인, 부인께서는 몸소 학문의 감미로운 진미를 맛보셨고, 그리고 독학(篤學)하는 가문에 계시니—부인의 부군 되시는 백작과 부인의 선조이신 여러 대에 걸친 드 포아 백작들의 문장에, 부인의 숙부 되시는 프랑수아 드 캉달 경은 날마다 다른 문장을 써내시므로, 그것은 댁 가문의 소질에 관한 지식을 몇 세기 후세까지 빛나게 할 것입니다—댁에서 이 부문을 소홀히 하시지 않을 것을 믿기 때문에,

보통의 습관과는 반대되는 나의 허상을 하나만 말씀드리고자 합니다. 이것이 이 문제에 관하여 제가 부인께 해드릴 수 있는 전부입니다.

부인께서 스승을 택하시는 데 따라 아이의 교육의 결과는 달려 있고, 또한 그렇게 하는 데는 여러 가지 중요한 문제도 있습니다. 그러나 이 점에 대해 나는 보탬이 될 만한 말을 할 수 없으므로 아예 언급하지 않겠습니다. 다만 내가 주고자 하는 이 조언은, 선택받은 그가 좋다고 생각하는 한도에서만 받아주십시오. 한 명문가의 자손이 소득을 위해서가 아니고—이런 진실하지 못한 목표는 뮤즈의 호의와 은총을 받을 가치가 없고, 남과 관계되며 남에게 의존하는 일이기 때문입니다—외면적인 편익을 도모함도 아니요, 단지 학문 자체를 위해 학문하고, 학자가 되기보다는 원숙한 인간이 되고자 하는 경우, 내면적으로 자신을 풍부하게 장식하기 위해 하는 경우, 지도자를 택할 때 머리가 가득 찬 사람보다는 명석한 사람을 택해야 할 것이며, 이 두 가지 성향을 모두 요구할 것이로되, 학문보다는 습관과 이해력을 가지고 새로운 방법으로 자기 직책을 수행하게 해야 할 것입니다.

대개의 경우 훈장님들은 마치 깔때기에 물을 부어넣듯 줄곧 우리의 귀에다 대고 소리칩니다. 우리 주위에서 흔히 볼 수 있는 훈장의 직책이란 기왕에 언급된 바를 되풀이할 뿐, 그 이상을 찾아보기는 어렵습니다. 나는 스승이 이 방법을 바꾸어 처음부터 아이의 능력에 따라, 스스로 사물을 관찰하고 택하고 식별하게 하여 그 자질을 시험하는 것으로 시작하며, 어느 때는 그의 길을 열어주고, 어느 때는 스스로 길을 열어가게 하기를 바랍니다. 나는 스승이 혼자 생각하고 혼자 말해서는 안 된다고 생각합니다. 제자가 말하는 것도 그는 들어줄 줄 알아야 합니다. 소크라테스와 아르케시라오스는 먼저 제자들에게 말을 시키고 그런 다음에 자기들이 말했습니다.

"교수하는 자의 권위는 흔히 교육받고자 원하는 자를 해한다."(키케로)

제자의 수준을 판단하고 그의 능력에 맞추기 위해, 자기의 자세를 어느 정도로 낮춰야 할까를 판단하려면, 먼저 자기 앞에서 그를 걸어보게 하는 것이 좋습니다. 이러한 조정이 없기 때문에 가르침의 모든 것이 잘못됩니다. 이 조정의 비율을 찾아 정도에 맞게 지도할 줄 아는 것이야말로 내가 알기로는 가장 힘든 일입니다. 그리고 어린아이의 유치한 자세로 자기를 굽혀 지도할 줄 아는 것은, 고매하고도 극히 강력한 심령이라야 할 수 있는 일입니다. 나는 내리막길보다 오르막길을 더 확실하게 걷습니다.

우리의 일반적인 교육 풍토에서는 그 능력과 재능의 형태가 서로 너무나 다른 여러 제자들을 같은 척도로써 조절하려고 합니다. 그러할 때, 많은 아이들 중에서 훈육에 응당한 성과를 올리는 경우가 겨우 두서넛 있을까말까 하다고 하여 이상할 것은 조금도 없습니다.

스승은 제자에게 학문을 이루는 문자가 아니라, 그 의미와 본질을 이해하고 표현하도록 요구해야 하며, 아이가 얻은 소득을 기억에 의한 결과물이 아닌, 아이의 생활에서 나타난 실천으로 판단해야 합니다. 스승은 제자에게 가르칠 내용을 여러 모습으로 보여주고, 그만큼 여러 상황에 적용할 수 있도록 이끌어야 합니다. 플라톤의 교육방법을 본받아 그가 배운 바를 정확하게 이해하여 자기 것으로 만들었나를 보아야 합니다. 음식을 삼킨 그대로 내놓는 것은 생소하여 아이가 소화를 못 시킨 증거입니다. 진수성찬으로 제공된 음식이라도 그 형체와 조건을 변화시키지 못한다면, 위장이 그 작용을 하지 못한 것입니다. 배움의 과정도 이와 다르지 않습니다.

우리의 정신은 남의 말을 믿기 전에는 움직이지 않습니다. 남의 헛된 생각의 욕심에 매이고 구속되면, 그들 가르침의 권위에 사로잡힌 노예가 되기 때문입니다. 우리는 태어난 이래 다른 사람들의 영향력에 얽매여 지냄으로써 자유스러운 태도가 전혀 없습니다. 우리의 열정과 자유는 사라졌습니다.

"그들은 언제나 후견 아래 있다."(세네카)

나는 피사에서 점잖은 분을 만났는데, 그 사람은 너무나 아리스토텔레스에

심취해 있었습니다. 그 사람의 학설의 가장 보편적인 요점, 견고한 상상력과 진리의 시금석과 법칙은 아리스토텔레스의 학설에 합치됨에 있으며, 그밖에는 모두 헛생각이며 불건전한 사상이었습니다. 그 결과 그 사람은 자신만이 모든 것을 보고 모든 것을 말한다고 생각하게 되었습니다. 이러한 바탕에 의한 그의 제언이나 언급은 부당하게 넓게 해석되었던 탓으로, 그는 오래 전에 불편하게도 로마의 종교재판에 회부되어 있었습니다.

스승은 제자에게 모든 것을 체로 쳐서 걸러내며, 스스로는 가능한 한 단순한 권위와 신뢰만으로 아이의 폭넓은 배움의 자세를 방해하지 말아야 합니다. 아리스토텔레스의 원칙이건 스토아 학파나 에피쿠로스 학파의 원칙이건 그것이 가르치는 자의 원칙이 되어서는 안 됩니다. 가르침을 받아야 하는 아이들에게 여러 가지 다른 판단 사례를 보여주어야 합니다.

할 수 있으면 택하고, 그렇지 않으면 의문에 붙여둘 것입니다. 무엇이 확실하고 확정적이라고 규정하는 것은 미친 짓입니다.

의심하는 것은 아는 것과 마찬가지로 즐겁다.
— 단테(Alighieri Dante)

누군가가 자기 생각으로 크세노폰(Xenophon)이나 플라톤의 의견을 가진다면, 그것은 이미 그들의 의견이 아니고 자기의 의견이 됩니다. 누군가를 뒤따른다는 것, 아무런 목적도 세움 없이 그저 뒤따르기만 해서는 아무것도 발견하지 못합니다. 그 결과 그는 배움의 영역에서 아무것도 찾지 못하게 됩니다.

"우리는 같은 왕의 치하에 사는 것이 아니다. 각자 자기 일은 스스로 처리해야 한다."(세네카)

아이들은 앞선 이들의 교훈을 배우는 것이 아니라 그들의 사고방식을 체득해야 합니다. 누구한테 지식을 얻었는가는 과감하게 잊어버리고, 스스로 그것을 적용할 줄 알아야 합니다. 진리와 이치는 모든 사람들에게 공통됩니다. 그것은 처음에 말한 자의 소유가 아니며, 뒤에 말하는 자의 것도 아닙니다. 왜냐하면 그와 내가 똑같이 이해하고 보고 하는 것이니까요. 꿀벌들은 여기저기 핀 꽃에서 꿀을 모아옵니다마는, 그것을 자기들의 꿀로 만듭니다. 그것은 사향초 꿀도 박하 꿀도 아닙니다. 아이는 이렇게 다른 데서 따온 것들, 배운 것들로 자기의 작품을, 바로 자기의 판단을 만들어야 합니다. 아이에 대한 교육과 그 노력, 그리고 공부의 목표는 단지 이것을 만드는 데 있습니다.

　가르치는 이는 도움을 받아온 근원은 모두 숨기고, 그것으로 자기가 만든 내용만을 내놓아야 합니다. 표절자들이나 차작자(借作者)들은 그들이 남에게서 끌어내 자기가 만들어낸 것이 아니라, 그들이 꾸며놓은 것 그대로 사들여 내 것인 양 뽐내 보입니다. 부인께서는 대법원의 한 재판관이 무엇을 받는가를 보지 않습니다. 그가 갖는 인척관계와 그 자손들에게 전해줄 명예를 봅니다. 아무도 자기가 받은 것은 공개하지 않습니다. 우리가 공부함으로써 얻는 바는, 그것으로 자기가 더 나아지고 더 현명해졌다는 것입니다.

　에피카르모스(Epicharmos)가 말하기를, 보고 듣는 것은 오성의 일, 모든 것을 이용하고 처리하며, 행동하고 다스리는 것도 오성의 일, 그 밖의 모든 일들은 맹목적이고 몽매하고 혼백이 없다고 했습니다. 우리는 오성에게 전혀 자유를 주지 않았기 때문에 그것은 비굴하고 겁이 많아져버립니다. 자기 제자에게 키케로의 어느 문장의 수사학과 문법을 어떻게 보느냐고 물어본 자가 있었던가요? 그들은 이들 문장을 그 글자와 발음이 사물의 본질이나 되는 것처럼 그 날개의 깃털까지 붙여가지고 우리의 기억 속에 안겨줍니다. 외워서 이를 알 수 있는 것은 아닙니다. 그러한 가르침은 남이 주는 것을 그대로 기억 속에 보관해 둘 뿐인 허튼 수작입니다. 똑바로 안 것은 그 스승을 쳐다볼 것도 없이, 책을 들여다볼 것도 없이 학생 스스로 처리합니다. 책에만 의존한 역량은 가련하고 비참한 지경입니다. 나는 진정 가르치는 이가 그런 것은 장식으로나 쓰지, 기본으로 삼지 않기를 바랍니다. 플라톤이 말하듯, 확고성과 신념과 성실성이 진실한 철학이며, 모든 다른 학문, 또는 다른 것을 목표로 하는 학문은 인생이란 벽에 하는 매흙질에 지나지 않습니다.

나는 요즈음 현대무용의 명수로서 이름난 팔류엘이나 폼페[1]에게 가르치듯, 우리를 자리에서 움직이지 않게 한 채로 춤을 가르쳐보라고 하고 싶습니다. 또는 그들이 말하는 것도 판단하는 훈련도 시키지 않고 우리에게 말 잘하기를 가르치려고 하듯, 누군가 말[馬]이나 창이나 피리를 다루는 법을 훈련하지 않고 가르쳐보라고 하고 싶습니다.

인생의 수업에서는, 우리 눈앞에 보이는 모든 것이 책의 역할을 합니다. 사동의 심술궂은 장난, 하인의 어리석은 수작, 식탁에서의 한마디, 이런 것들 모두가 가르침의 새로운 재료가 됩니다.

그러므로 사람들과의 교제는 이 교육에 경이롭고 적절한 소재이며, 외국에 여행하는 것도 그러합니다. 외국 여행에서 배울 수 있다고 함은 우리 프랑스 귀족들이 하는 식으로 단지 바티칸의 산타 로톤다의 길이가 몇 자 된다든가, 시뇨라 리비아[2]의 잠방이가 얼마나 찬란하다든가 하는 것을 익히는 것이 아닙니다. 또는 다른 자들이 흔히 하는 것처럼, 어떤 곳의 옛 폐허에서 나온 네로의 초상이 다른 데서 나온 메달의 초상보다 얼굴이 더 크다든가 길다든가를 보고 오라는 말도 아닙니다. 그곳에서 삶을 영위해 가는 사람들의 기질이나 생활방식을 배워오고, 다른 사람들의 지식으로 내 머리를 닦고 연마하라는 것입니다. 그리고 제자가 아주 어릴 적부터 데리고 다니며, 먼저 이웃 나라에 가서 일찍 배우지 않으면 혀가 잘 움직이지 않는 외국어를 배워두게 했으면 합니다.

그런 만큼 어린아이는 부모의 무릎 위에서 키워서는 안 된다는 것은 누구나

---

1 두 사람 다 무용교사이다.
2 몽테뉴 시대의 로마 무용가인 듯하다.

다 인정하는 견해입니다. 이 타고난 애정 때문에, 가장 현명한 부모라도 아이 앞에서는 마음이 쉽게 흔들리며 약해집니다. 그들은 마땅히 해야 하고 필요한 일임에도, 아이의 잘못에 대하여 징계하지도 못하고, 거칠고 위험하게 아이를 훈육하는 것을 보고 있지도 못합니다. 그들은 아이가 훈련으로 먼지를 뒤집어쓰고 돌아오는 것도, 뜨거운 것 또는 찬 것을 마시는 것도, 거친 말을 타거나 엄한 격검(擊劍) 선생 앞에 격검대를 들고 맞서는 것도, 처음으로 화승총을 다루는 솜씨도 차마 보지 못합니다. 왜냐하면 부모로서 개입하여 어떻게 해볼 도리가 없기 때문입니다. 훌륭한 남아로 길러내기 위해서는 어린 나이에 몸을 아껴서는 안 됩니다. 그리고 자주 의술의 법칙을 무시하기도 해야 합니다.

그를 대기 속에, 그리고 불안 속에
살아가게 하라.
─ 호라티우스

가르침으로 마음을 강하게 하는 것만으로는 충분하지 않습니다. 근육도 강하게 해주어야 합니다. 심령은 신체의 도움을 받지 않으면 벅차서 혼자로는 보살피기가 힘겹습니다. 나는 연약하고 감수성이 예민한 신체가 너무 심하게 얹혀옴으로써, 내 심령이 여간 고생이 아닌 것을 알고 있습니다. 그리고 글을 읽어 나가다가 문장 속에서 내 스승들이 피부가 단단하고 뼈가 굵어서 잘 감당하는 행동을 기개와 담력의 본보기로 높이 평가하는 것을 자주 봅니다. 나는 남자나 여자나 어린아이까지도 회초리에 대해 손가락으로 퉁기는 정도밖에는 느끼지 않으며, 두들겨 맞아도 눈 하나 깜짝 않고 소리 한 번 지르지 않는 경우를 자주 접합니다. 운동선수들이 참을성에서 철학자를 본받는 것은 마음보다도 오히려 근육의 힘입니다. 그런데 노고를 참아내는 단련은 고통을 참아내는 단련이기도 합니다.

"노동은 고통에 대하여 피부를 강인하게 한다."(키케로)

아이는 탈골이나 담석증의 심한 아픔, 화형이나 투옥, 고문 같은 고역에 견뎌내게 하기 위해 거칠고 힘든 운동으로 몸을 단련시켜야 합니다. 왜냐하면 이런 고행은 요즈음 같은 시대에는 악인이나 마찬가지로 착한 사람도 언제 맞닥뜨릴지 모르기 때문입니다. 우리는 시대의 시련을 받고 있습니다. 법과 싸우는 자들은 누구나 다 가장 착한 사람을 매와 밧줄로 위협합니다.

그리고 아이들에게 지상권(至上權)을 가져야 할 스승의 권위는, 부모가 있기 때문에 중단되고 제한당합니다. 거기에 더하여 가족들이 아이를 애지중지하고, 자기 가문의 권세와 위대성을 인식시키는 것 등은, 아직 어린 아이의 교육에는 적지 않은 장애가 됩니다.

인간을 대상으로 하여 심성을 단련하는 학교에서 특히 이러한 결점이 자주 내 눈에 띕니다. 곧, 다른 사람들에 관하여 여러 가지를 배우고 얻기 위해서가 아니라, 자신을 알려주기 위해서만 애쓰며, 새 지식을 얻기보다는 내 지식을 팔아먹기에 바쁩니다. 침묵과 공손함은 남들과 사귐에 대단히 편리한 소질입니다. 아이는 충분한 능력을 익혀 얻은 다음에도 자기 역량을 아껴 간직하고, 자기 앞에서 어리석은 말이나 허황된 이야기가 나와도 문제 삼지 않도록 훈련되어야 합니다. 자신의 구미에 맞지 않는다 하여 공격성을 띠는 것은 우리 사회에서 무례한 행위이기 때문입니다. 자기 자신의 잘못을 고치는 것만으로 만족하고, 자기가 하기를 거절한 것을 남이 한다고 하여 비난하고 책망하거나, 스스로 일반의 습관에 반대하는 듯이 보이지는 말아야 합니다.

"사람은 과시하거나 오만하지 않고도 현명할 수 있다."(세네카)

다른 사람에게 훈계조의 무례한 태도를 삼가고, 자기는 다르다고 드러내지도, 세련된 체하지도, 남을 책망하지도 말고, 새로움을 즐기는 유치한 야심도 버려야 합니다. 예술적으로 방자함은, 대시인이나 할 일인 만큼 일반의 관습을 초월하는 특권은 위대하고 혁혁한 심령이 아니면 허용되지 않는 일입니다.

"소크라테스나 아리스티포스(Aristippos)가 일반적인 습관에서 이탈하는 일이 있다고 하여 자기도 그렇게 하면 좋다고 생각해서는 안 된다. 탁월하고 성스러운 자격으로 그들에게는 이러한 방자함이 허용된다."(키케로)

아이에게는 자기와 싸울 가치가 있는 적수를 보았을 때에만 토의나 논쟁을 하게 하고, 그때에도 자기 재간을 모두 이용하도록 해서는 안 됩니다. 당면한 상황에 가장 유리한 재간만을 쓰게 해야 합니다. 아이로 하여금 논거의 선택에 예민하며, 적절한 것, 따라서 간명한 것을 즐겁게 선택하게 해야 합니다. 무엇보다도 아이는 진리 앞에서는, 그 진리가 적수에 의해 밝혀졌건 자기가 생각을 돌려서 깨달았건, 알아보는 대로 즉시 그 앞에 항복하고 무기를 버리도록 가르쳐야 합니다. 반드시 미리 작성된 강의를 하러 강단에 오르게 해서는 안 됩니다. 그리고 자기가 승인하는 이외의 어느 원칙에도 매이지 않을 일입니다. 또한 스스로 회개하고 자기 잘못을 인정하는 자유를 아무런 갈등 없이 현금으로 팔아먹는 직업을 갖지 말아야 합니다.

"어떠한 궁핍도 명령으로써 규정된 사상을 옹호하도록 그를 강제하지 못한다."(키케로)

만일 아이의 스승이 내 심정과 같다면, 아이가 자기 왕에게 극진하게 충성스럽고 용감하며, 애정으로 섬기는 신하가 되게 그 의지를 가꾸어주어야 합니다. 그러나 왕에 대해서는 공적 의무 이외에 다른 애착심을 갖는 욕망을 없애주어야 합니다. 사적인 은혜를 받음으로써 우리의 자유를 손상시키는 여러 가지 불편을 초래하게 되기 때문입니다. 남에게 매수당하여 매여 지내는 인간의 판단은 온전하고 자유롭지 못하든지, 또는 경망과 배은망덕으로 더럽혀지게 됩니다.

중하게 쓰이는 신하는 왕이 많은 신하들 속에서 선택하여 은총을 내리는 혜택 받은 경우이기 때문에, 자신이 섬기는 왕에게 유리하게밖에는 말하지도 생각하지도 못합니다. 그렇게 할 수 있는 권한이나 의지도 가질 수 없습니다. 인간사에서 눈부신 이런 은혜와 이익 때문에 그의 자유의사가 부패되고 현혹당하는 것도 무리한 일이 아닙니다. 우리는 대부분의 경우 이들의 언어는 그 나라 다른 모든 사람들의 언어와 판이하게 다르고, 그들은 그렇게 신뢰할 수 없음을 알 수도 있습니다.

이 아이의 양심과 도덕은 그의 언행 속에 빛나도록 이성에 의해서만 지도되어야 합니다. 스스로 반성함으로써 자기의 사상에서 발견할 과오는 비록 자기 밖에 아는 사람이 없다고 해도 솔직히 고백하는 것이 그의 성실성과 판단력의 성과이며, 그가 지향하는 바의 주요한 목표입니다. 이와는 달리 드러난 과오를 감싸두려고 고집하며 반박하려 함은 천한 사람들에게서나 볼 수 있는 범속한 기질입니다. 무슨 일에 열중하다가도 문득 깨우침으로써 생각을 돌려 그릇된 행동을 고치는 것이 희귀한, 그러나 강력하고 철학적인 귀한 기질이라는 것을 이해시켜야 합니다.

아이에 대한 가르침에서, 어떤 모임에 참석할 때는 두루 살피게 해야 합니다. 왜냐하면 높은 좌석은 대개 그리 능력을 가지지 못한 사람들이 차지하는 법이고, 세도가 대단하다고 함은 능력과 비례하지 않기 때문입니다. 나는 사람들이 식탁의 상좌에서 융단의 아름다움이나 포도주 맛을 가지고 이야기하는 동안 그 좌석의 다른 쪽 끝에서 재치 있는 말의 묘미가 헛되이 사라지는 걸 보았습니다.

아이는 소치는 사람, 미장이, 나그네 등 세상의 여러 일 각각에 대한 스스로의 재능을 측정해 보아야 합니다. 아이는 모든 것을 사용해 보고 그 하나하나를 용도와 재질에 따라 빌려다 써야 합니다. 그 모든 것은 본인에게 도움이 됩니다. 다른 사람의 어리석은 수작이나 약점까지도 새기기에 따라서는 스스로에게 좋은 교훈이 될 것입니다. 사람들마다 다른 각자의 우아함과 그 태도들을 비교함으로써 저절로 드러나는 좋은 것은 선망하고 나쁜 것은 경멸하게 될 것입니다.

아이로 하여금 사물에 대한 진지한 궁금증과 호기심을 기르도록 해야 합니다. 건물, 샘물, 인물, 오래된 전장, 카이사르나 샤를마뉴가 지나간 곳 등 주위에 있는 사물이나 공간 무엇이든 아이가 눈여겨보기만 한다면 범상치 않은 본연의 모습으로 떠오를 것입니다.

어느 땅이 혹한에 마비되고 어느 지역이 뜨거운 태양의 작열로 모래 먼지가 이는지,
어느 바람이 이탈리아로 뱃머리를 돌리기에 적합한지.
— 프로페르티우스(Sextus Propertius)

또한 아이는 이 왕공 저 왕공의 행습(行習)과 방략, 결연관계 등을 알아보아야 합니다. 이런 일은 배우기에 재미있을 뿐 아니라, 알아두면 유익하기도 합니다. 교육과정에서 인간과의 이런 교유에 나는 특히 서적을 통하여 살아 있는 사람들도 포함시킵니다. 아이는 역사를 공부함으로써 훌륭한 시대의 위대한 심령의 인물과 교유해야 합니다. 이 가르침에 대하여 어떤 사람은 헛된 공부일 뿐이라고 할 수도 있습니다. 그러나 이는 평가할 수 없는 큰 성과를 거둘 수 있는 공부로, 플라톤이 말한 바 있는, 라케데모니아 인들이 자기들 몫으로 단 하나 중요하게 보던 공부이기도 합니다.

가르침을 받아야 하는 아이는 플루타르코스를 읽고 새김으로써 무슨 소득인들 못 얻겠습니까? 이 과정에서 가르치는 자는 자기 목적이 어디 있는가를 상기해야 합니다. 곧, 제자들에게 카르타고가 망한 날짜를 기억시키기보다는 한니발과 스키피오의 자질과 성격을 알려주어야 하고, 마르켈루스가 어디서 죽었는가를 기억시키기보다는 그가 거기서 죽은 것이 어째서 의무에 어긋나는 일인가를 이해시켜야 합니다. 역사 자체를 가르치기보다는 그것을 비판하는 법을 가르쳐야 합니다. 이것이 내 생각으로는 무엇보다도 정신을 여러 방면에

적용시키는 방법입니다. 나는 리비우스(Titus Livius)의 작품에서 다른 사람이 읽지 못한 수백 가지 것들을 읽었습니다. 플루타르코스는 이 작품에서 내가 읽을 수 있었던 것 이상의 내용을 읽었을 것입니다. 어떤 사람에게 그것은 순전히 문법상의 공부이지만 다른 사람들은 그 속에 우리 천성의 가장 심오한 부분들이 서로 침투되어 있는 철학의 분석을 공부합니다.

플루타르코스의 작품에는 참으로 알아둘 만한 광범위한 논변이 많이 있습니다. 내 생각으로는, 그는 진실로 이런 일에 으뜸가는 대가입니다. 그러나 그가 단지 건드리기만 한 일도 수없이 많습니다. 그는 우리가 가고 싶다면 가야 할 방향을 단지 곁눈질만을 해줍니다. 그리고 어느 때는 가장 요점이 되는 부분을 건드려주기만 합니다. 그의 작품을 읽다가 그런 점에 맞닥뜨리면 스스로 그 문제를 전개시켜 보아야 합니다. 그가 한 말 중에 아시아의 주민들이 '농 (non, 아니)'이라는 낱말 한마디를 발음하지 못했기 때문에, 단 한 사람을 섬기게 되었다고 한 말이 있습니다. 드 라 보에시는 여기서 《임의의 노예적 봉사》를 쓸 재료와 기회를 얻었습니다. 또한 그는 한 인물의 일생에서 하나의 행동 또는 하나의 글귀를 추려내는데, 언뜻 그것은 별로 대수롭지 않아 보이기도 합니다. 그러나 그것이 바로 하나의 요체요 사상입니다.

이해성 깊은 인물들이 그토록 간결함을 즐기는 건 유감스러운 일입니다. 아마도 그 때문에 그들의 명성은 오르는 것 같습니다. 그러나 우리는 그로 인하여 손해를 봅니다. 플루타르코스는 우리가 그의 지식보다 그의 판단을 알아주는 것을 좋아합니다. 그는 우리에게 지식에 대한 포만감을 주기보다는 오히려 그의 작품을 읽고 싶어 하는 욕망을 남겨주려 하고 그러기를 즐깁니다. 그는 좋은 일에 대한 언급에서도 말이 너무 지나칠 수 있다는 점을 아주 잘 터득하고 있었습니다. 그래서 그의 기록에서 알렉산드로스는 에포르스[3]에게 좋은 말

---

3 스파르타의 중대한 국사와 민사를 취급하던 다섯 명의 민선 재판관.

이지만 너무 길게 말하는 자를 책망합니다.

"오! 외래인이여! 그대는 지당한 말을 지당하지 않게 말하시는구려."

몸이 홀쭉한 자들은 옷 속을 채워 뚱뚱하게 보이려 합니다. 생각의 재료가 빈약한 자는 그것을 말로 채웁니다.

세상 사람들은 많이 알아두면 판단력에 경탄할 만한 도움을 받습니다. 우리 모두는 끼리끼리 뭉쳐서 조금 더 넓게나 다른 것을 향해서는 한치 앞도 내다보지 못합니다. 누군가 소크라테스에게 어디서 왔느냐고 물었습니다. 이 물음에 그는 '아테네에서'라고 하지 않고 '세상에서'라고 대답했습니다. 남달리 상상력이 풍부하고 넓었던 그는 세상을 자기 도시와 같이 생각하고, 인류 전체에 자기의 지식과 교유와 애정을 베푼 것입니다. 그의 그러한 점은 우리가 우리 발끝밖에 보지 못하는 것과는 다릅니다.

우리 동네에서 포도덩굴이 된서리를 맞으면, 우리 신부님은 하나님의 분노가 인류에 가해졌다고 하며, 식인종들이 벌써 구갈증(口渴症)에 걸렸다고 판단합니다. 갑작스러운 내란을 당하면 세상이 둘러엎어지고 최후 심판의 날이 우리의 목덜미를 거머쥐고 있다고 누가 고함치지 않겠습니까? 그러나 앞선 이들은 이보다 더 나쁜 일도 있었음을 이미 알고 있으며, 세상의 한 부분인 우리 땅 밖 우리 지역의 1만 배나 되는 세상의 다른 부분들이 멋대로 재미있게 살고 있다는 점을 알면서도 걱정하지 않습니다. 나는 그들이 방자하게 일상을 보내도 벌받지 않고, 모든 일이 이렇게 부드럽고 순하게 되어가는 일에 감탄합니다. 머리 위로 무섭게 쏟아지는 우박을 맞고 있는 자는 지구 반쪽이 전부 폭풍우에 휩쓸리는 줄 압니다. 한 사부아 인은, 저 바보 같은 프랑스 왕이 자신의 길을 잘 개척할 줄 알았다면 사부아 공작의 집사쯤 될 만한 인물이라고 했습니다. 그의 상상력으로는 상전보다 더 높고 훌륭한 지위나 품성 같은 것은 생각해 볼 수 없었습니다. 우리 모두는 자기도 모르는 사이에 그런 과오에 빠지고, 그 결과 중대한 편견에 사로잡히게 됩니다. 그러나 풍경화에서와 같이 인자한 어머니가 되는 대자연의 위대한 영상을 장엄성 속에 생각하는 자는, 대자연에서 보편적이면서도 꾸준한 다양성을 읽는 자는, 그 속에서 자기가 아니라 한 왕국 전체를 단지 극히 가는 붓끝으로 그려낸 점 하나쯤으로 보는 자는 그 많은 사물들을 정당한 크기로 관찰할 수 있는 능력을 지닙니다.

이 위대한 세상을 어떤 자들은 유(類) 아래 종(種)으로 분류합니다만, 그것은 우리 자신을 알기 위해 곁눈질로 들여다보아야 할 거울입니다. 다시 말하면, 이 대자연이 우리 학생에게 읽혀야 할 책이 되기를 바랍니다. 수많은 기분들이나 종파들이나 판단이나 의견과 법이나 습관들은 우리에 관해 건전하게 비판하기를 가르쳐주며, 우리 판단력 그 자체가 천생으로 불완전하며 허약하다는 사실을 가르쳐줍니다. 그것은 결코 간단하거나 변변치 못한 수업이 아닙니다. 국내의 빈번한 동요나 정세의 변화는 우리의 처지를 큰 행운이나 기적으로 여기지 말라고 가르칩니다. 이미 망각 속에 묻혀버린 그 많은 이름들, 그 많은 승리와 정복의 성과들은, 우리가 겨우 이름도 없는 성을 하나 함락시키고 소총수 몇 명을 사로잡고서 자기의 이름을 영원히 남기려는 희망의 어리석음을 보여줍니다. 외국에서 만나게 되는 낯선 가운데 더욱 위풍을 보이는 그 많은 거만하고도 화려한 예식들, 여러 궁전들이나 세력가의 그렇게도 뽐내는 위엄은 우리 시대의 휘황한 위풍들 앞에서 눈도 깜짝하지 않고 버틸 수 있도록 우리의 눈을 단단하게 다져줍니다.

그렇게도 많은 수천수만의 인간들은 우리보다 먼저 땅에 묻혀서, 우리에게 저 세상에 가서 좋은 친구를 만나보기를 두려워하지 않게 마음의 기운을 북돋아줍니다. 모든 일이 이러합니다. 우리 인생은 저 장대한 올림픽 대회의 복잡하고 거대한 모임과 비슷하다고 피타고라스는 말했습니다. 어떤 자들은 경기의 영광을 얻기 위해 신체를 단련합니다. 또 어떤 자들은 돈을 벌기 위해 상품을 팔려고 합니다. 그 가운데는—이 경우의 인간이 가장 나쁜 것은 물론 아닙니다—다른 사람들의 생활을 관객으로서 거리를 두어 관찰하고 비판하며, 그것으로 자기의 인생을 조절하는 일밖에 다른 소득을 찾지 않는 자도 있습니다.

철학의 가장 유익한 교훈은 바로 이런 사례에 맞추어 스스로 조화해 나갈 수 있게 하는 것입니다. 인간의 행동은 그 규칙처럼 철학에 맞추어가야 합니다. 가르침을 받아야 할 아이에게 말씀해 주십시오.

그대의 소원으로 허용된 것은 무엇인가.
그렇게 벌기 힘든 돈은 어디 쓸 것이며,
어느 정도로 조국과 동포에게 헌신해야 하는가.
신께서 그대에게 준 천직은 무엇이며,
이 사회에서 그대에게 지정한 역할은 무엇인가.
우리는 무엇인가, 무엇 때문에 태어났는가.
— 페르시우스(Persius)

안다는 것과 모른다는 것은 무엇이며, 공부의 목적은 무엇인가. 용기와 절도와 정의는 무엇이며, 대망과 탐욕, 방자함과 자유 사이에는 어떤 차이가 있는가. 진실하고 견고한 만족스러움은 무슨 표지로 알 수 있는가. 죽음과 고통과 수치는 어느 정도까지 두려워해야 하는가. 이 모든 것에 대하여 아이에게 말해 주어야 합니다.

어떠한 방식으로 노고를 피하거나 또는 감내할 것인가.
— 베르길리우스

어떠한 힘이 우리를 움직이며, 우리 안에 있는 잡다한 충동의 원인은 무엇인가를 말해 주어야 합니다. 이 아이에게 사물에 대한 이해력을 윤택하게 해줄 첫번째 가르침은 그의 버릇과 감각을 조절하여, 스스로를 알게 하고, 잘 살고 잘 죽는 방법을 가르치는 사상들입니다. 인문과학 중에서 우리를 해방시키는 사상부터 시작하는 것이 좋습니다. 다른 사물들도 어느 점에서는 우리 인생의 계발과 봉사에 소용되지만, 학문들은 모두 그러합니다. 그러하지만 직접적으로, 그리고 공개적으로 소용되는 학문을 택해 봅시다.

우리가 우리 인생에 소속된 사물들을 그 정당한 본연의 한계로 제한할 수 있다면 일반적으로 사용되는 학문의 대부분은 우리에게 소용없음을 알게 될 것입니다. 또한 소용되는 학문 가운데서도 쓸모없을 만큼의 넓이와 깊이를 가진 것이 있어서 그런 학문은 제쳐두고, 소크라테스의 교육방침을 따라 우리의 필요를 채우지 못한 학문에만 공부의 범위를 제한하는 것이 좋을 듯합니다.

감히 현명하라.
시작하라.
잘 살아 볼 시간을 미루는 것은,
강을 건너기 위해 물이 다 흐르기를 기다리는 촌사람과 같은 짓.
강물은 쉬지 않고 흐르네, 영원히 흐르네.
— 호라티우스

우리의 아이들에게—

쌍어궁(雙魚宮)의 영향과 사자궁(獅子宮) 위 불길의 표징,
헤스페리드[4] 바다에서 목욕하는 마갈궁(磨?宮)의 영향은 어떠한가.
— 프로페르티우스

----

4 고대 그리스 인들에게는 이탈리아, 로마 인들에게는 스페인을 가리키는 말. 곧 서쪽나라.

점성술과 여덟 번째 천구(天球)의 운동 등을 가르치느라고 아이들 자신에게 필요한 학문을 뒤로 미룬다는 것은 너무나 어리석은 일입니다.

앙수(昴宿)의 성좌가 내게 무엇이며,
반궁(牛宮)의 성좌가 내게 무엇인가?
— 아나크레온(Anacreon)

아낙시메네스(Anaximenes of Miletos)는 피타고라스에게 쓴 편지에서 다음과 같이 — 당시 페르시아 왕은 그 나라에 대해 전쟁 준비를 하고 있었습니다 — 말했습니다.

"내 눈앞에 죽음과 굴욕의 위험이 임박해 오는데, 무슨 의미로 내가 별들의 비밀에 흥겨워할 수 있겠소?"

각자는 모두 이렇게 말해야 합니다.

"야심과 탐욕과 당돌함과 미신으로 속을 썩이며, 그리고 내 속에 생명의 여러 적들을 지니고 있는데, 내가 우주를 흔들어볼 생각을 가질 수 있겠는가?"

아이를 더 현명하게 하는 데 소용되는 가르침 다음에 논리학이나 물리학, 기하학, 수사학이 무엇인가를 이야기해 주어야 합니다. 그러면 이미 판단력이 서 있기 때문에 아이는 선택한 학문을 바로 통달할 것입니다. 아이에게 배당된 학과는 때로는 이야기로, 때로는 책으로 가르쳐집니다. 때로는 아이의 스승이 교육의 목적에 적합하도록 바로 어느 작품 속의 문장을 보여주어야 하고, 그 작품의 진수와 완전히 이해된 내용의 골자를 가르쳐주어야 합니다. 그리고 만일 스승 자신이 그의 의도하는 바에 실효를 거두도록 작품에 들어 있는 아름다운 문장들을 찾아낼 수 있을 정도로 서적들에 관한 소양이 충분하지 못하다면 그 문제에 보다 적합한 문사(文士)를 데려다주어야 합니다.

필요할 때마다 적당한 재료를 제공함으로써 아이의 교육에 맞게 선택하고 베풀어주어야 합니다. 그러면 이 공부가 가짜[5]의 학과보다 더 쉽고 자연스럽다는 사실을 누가 의심하겠습니까? 이런 학과에 쓰고 있는 교재는 대부분 가시 돋치고 재미없는 교훈, 헛되고 잡힐 알맹이 없는 문구들로 가득하기 때문에 사람의 머리를 깨우쳐주지 못합니다. 우리의 방법으로 교육해 나가면 심령은 물어뜯고 씹어볼 거리를 찾아냅니다. 이 성과는 비교할 수 없이 크기 때문에 아이의 학문은 더욱 빨리 성숙될 것입니다.

우리 세기에는 사정이 이러하므로 철학이 이해력 있는 사람에게도 사상이나 효과의 면에서 아무 쓸모도 없는 허망하고 피상적인 이름에 불과하게 되었음은 우려할 만한 사태입니다. 이것은 철학에 들어가는 모든 길을 장악하고 있는 그 까다로운 말투들에 원인이 있다고 봅니다. 철학은 아이들에게는 이해될 수 없으며, 심술궂고 음침하고 무서운 것이라고 알게 함은 대단히 잘못된 일입니다. 누가 철학에게 이런 창백하고 징그러운 가짜의 모습을 덮어씌운 것일까요? 그보다 더 상쾌하고 화창하고 밝은 것은 없습니다. 거의 유쾌하다고까지 말하고 싶습니다. 철학은 재미와 놀이밖에 말하지 않습니다. 슬프고 핼쑥한 모습은 철학이 가까이하기 어려운, 아니 감히 들어올 곳이 아니라는 것을 보여줍니다. 문법학자 데메트리우스는 델포이 신전에서 함께 앉아 있는 철학자들에게 말했습니다.

"내가 잘못 보았는지요. 당신들의 용모가 평화롭고 유쾌한 것을 보면, 당신들끼리 그렇게 대단한 사상을 말하고 있는 것은 아니구려."

그들 중의 하나인 메가라 인 헤라클레온(Heracleon)이 대답했습니다.

"그것은 동사 $\beta\alpha\lambda\lambda\omega$(던지다) 미래의 λ가 둘인가, 비교급 $X\varepsilon\iota\rho o\gamma$(더 나쁘다)과 $\beta\varepsilon\lambda\tau\iota o\gamma$(더 낫다), 그 최상급 $X\varepsilon\iota\lambda\iota\sigma\tau o\gamma$과 $\beta\varepsilon\lambda\lambda\iota\sigma\tau\gamma o\gamma$는 어디서 나왔는가 알려고 이맛살을 찌푸리며 토론하는 자들의 일이오. 그러나 철학의 가르침이란,

---

5 5세기에 이탈리아로 피란해 온 그리스 학자.

그것을 대하는 자들을 짜증나게 하는 것이 아니라, 그 마음을 늘 유쾌하고 즐겁게 해주오."

그대는 몸속에 감춰진 병든 심령의 고민을 파악하고 그 희열을 파악한다. 그리하여 얼굴빛은 서로의 성격을 나타낸다.
— 주베날리스

철학이 깃들인 심령은 그 건전성으로 신체까지 건강하게 만들어주어야 합니다. 심령은 그 한유(閑裕)함과 편안함을 빛으로 발하게 해야 하며, 자기 틀에 맞추어 풍채를 만들어야 합니다. 그래서 우아한 위풍과 활동적이고 경쾌한 몸가짐, 만족스러운 온화한 용모로 자태를 무장해야 합니다. 예지의 가장 드러나는 표정은 꾸준히 즐거운 마음입니다. 그 상태는 언제나 명랑한 저 달나라 너머의 일들 같습니다. 바로크의 바랄립톤⁶ 삼단논법이 그들의 제자들을 더럽고 우중충하게 만든 것이지, 철학이 그렇게 한 것은 아닙니다. 그들은 철학을 들은풍월로만 알고 있습니다.

철학은 심령의 폭풍 같은 격동을 진정시키고 굶주림이나 열병 따위를 웃어 넘기는 일을 맡습니다. 그것도 어느 공상적인 에피시클르⁷에 의해서가 아니라, 자연스럽고 손에 잡히는 이성의 힘으로 합니다. 철학의 목적은 도덕입니다. 학교에서 말하는 바와는 달리, 철학의 목적인 도덕은 험하고 기복이 심하며 올라가 볼 수 없는 산꼭대기에 꽂힌 펄럭이는 깃발이 아닙니다. 도덕에 접근한 자들은 그것이 기름지고 꽃피는 아름다운 평원에 있으며, 거기서 모든 사물들을 눈 아래로 내려다본다고 합니다. 그곳으로 가는 길을 알기만 한다

---

6 스콜라 학파에서 사용하는 논리학 용어. 그 모음이 삼단논법을 가리킨다.
7 고대의 천문학 술어. 별무리의 작은 궤적을 가리킨다.

면, 본시 창공의 길이 그렇듯 그늘지고 편안한 풀밭에는 꽃이 피어 향기로운, 걷기도 편한 비탈진 길을 지나다 보면 그곳에 도달할 수 있습니다. 이 아름답고 우아하고 사랑스러우며 감미로운 동시에 용감하여, 불쾌함과 번민, 공포와 강제 따위와는 화해할 수 없는 공공연한 적이며, 천성이 지도자의 품성인 도덕입니다. 이 최고의 도덕과 자주 사귀지 못했기 때문에, 그들은 자기의 약점을 감추기라도 하듯 슬프게 게걸대며, 울분을 품어 위협하고 골탕 먹이는 어리석은 모습으로 도덕을 가장시켜 저 높이 절벽 꼭대기의 가시덤불 속에 올려놓고, 놀라게 하는 귀신처럼 만들어놓은 것입니다.

우리 스승들은 제자의 의지를 도덕에 대한 존경심만큼, 또는 존경심보다도 더 많이 도덕에 대한 애정으로 채워주어야 할 것을 알고 있습니다. 그러하니 그의 제자에게, 시인들은 일반의 심정을 좇고 있음을 말해 주고, 신들은 팔라스[8] 여신의 궁전보다는 차라리 비너스의 침방으로 가는 길을 더 고생스럽게 만들어놓았음을 체험시킬 줄 알 것입니다. 그리고 제자가 춘정을 느끼기 시작할 때는, 그 애인으로 브라다망이나 안젤리크[9]를 내놓는데, 연약하고 가식적이고 가냘프게 꾸며놓은 것이 아니라 순수하고 활발하고 관후하고 사내다운 미인이며, 하나는 남자 복색으로 가장시켜 번쩍이는 투구를 씌우고, 또 하나는 여자 복색에 진주로 장식한 모자를 씌워 내놓았을 때 이 아이가 저 프리기아의 뼈 없는 목동과는 전혀 다르게 골라잡는다면, 그는 제자의 사랑까지도 씩씩하다고 판단할 수 있을 것입니다.

그는 제자에게 새로운 교육법으로 진실한 도덕의 고매한 가치는 실천하기 쉽고 유익하고 쾌감을 느끼게 하는 점에 있으며, 난삽(難澁)함과는 동떨어져 어린아이나 소박한 자의 아무라도 할 수 있다는 것을 가르쳐줄 것입니다.

---

8 미네르바 여신. 학문·공예·전쟁의 여신.
9 아리오스토의 《광분한 롤랑》에 나오는 두 여주인공.

절제는 도덕의 도구이지 도덕의 힘은 아닙니다. 도덕의 첫째 애동(愛童)인 소크라테스는 일부러 힘든 것을 버리고 소박하고 순탄한 길인 도덕으로 향해 갑니다. 도덕은 인간적 쾌락의 어진 어머니입니다. 쾌락을 정당화함으로써 이를 확실하고 순수하게 만들어줍니다. 도덕이 거부하는 쾌락들을 제거함으로써 도덕이 남겨주는 쾌락을 예민하게 느끼게 하며, 천성이 원하는 모든 쾌락에 물리기까지는 아니라 해도 포만감을 느낄 수 있도록 자애롭게 남겨줍니다―만일 술꾼이 만취하기 전에 멈추고, 탐식객이 소화불량 전에 멈추며, 호색한이 대머리 되기 전에 멈추는 섭생을 쾌락의 적이라고 말하려는 것이 아니라면 말입니다―일반적인 행복을 얻지 못하더라도 도덕은 그런 것에 초연하거나 그것 없이 해나가며, 그보다는 다르게 부동(浮動)하거나 유전하지 않는, 전적으로 자기 것인 행동을 만들어 가집니다. 도덕은 부(富)하고 강하며 박식할 줄 알고, 사향 냄새 풍기는 이부자리에서 잠잘 줄 압니다. 도덕은 인생을 사랑하며 미인과 영광과 건강을 즐깁니다.

그러나 도덕의 특수하고 고유한 직분은, 이런 보배를 절도 있게 사용할 줄 알며, 이런 것을 잃고도 지조를 지키는 점에 있습니다. 고생스럽다기보다는 고상한 직분이며, 그것 없이는 인생의 모든 흐름은 변질되고 소란해져, 그런 경우 암초나 가시덤불이나 괴물 같은 위험한 것을 정당하게 결부시켜 볼 수 있습니다.

만일 이 제자가 성정(性情)이 괴팍하여 스승의 말을 들을 때 좋은 여행담이나 현명한 담화보다는 헛된 옛날이야기를 좋아하거나, 친구들의 젊은 정열을 무장시키는 군대의 북소리를 기피하고 곡마단의 노름판으로 불려가는 다른 소리의 꾐에 빠져간다면, 그리고 그가 자기 소망으로 테니스 대회나 무도회에 나가 상을 타오는 재미보다 전쟁터에서 승리를 거두며 먼지를 덮어쓰고 돌아오는 재미를 더 유쾌하고 흥이 나 하지 않는다고 합시다. 그렇다면 그의 스승은 보는 사람이 없거든 차라리 그 목을 졸라 죽이든지, 아니면 그가 위세 높은 공작의 아들이라도 아이는 부모의 소질이 아니라 그 마음의 소질을 보아 길러야 한다고 한 플라톤의 교훈을 따라 그 제자를 어느 도시의 빵집 도제로 보내버리는 수밖에 다른 교정방법이 없다고 생각합니다.

철학은 살아가는 방법을 가르치는 학문이며, 아직 어리다 해도 다른 연배와 마찬가지로 적당한 수준의 교재가 있는 이상, 어째서 아이에게 그것을 가르쳐서 안 된다고 합니까?

점토는 부드럽고 축축하다.
어서 어서 서둘러라.
끊임없이 돌아가는 거푸집에 넣어 형체를 만들자.
─페르시우스

사람들은 인생이 끝날 무렵에 인생을 가르칩니다. 많은 학생들은 아리스토텔레스의 절제에 관하여 배우기 전에 매독에 걸려버립니다. 키케로는 말하기를, 두 사람 몫의 생명을 살아도 시정시인들을 배울 여가가 없으리라고 했습니다. 나는 이런 궤변가들이 무용지물이라는 사실을 더욱 절실하게 느끼고 있습니다.

우리 아이들에게 배움은 급합니다. 아이의 교육은 열대여섯 살까지만 해두면 됩니다. 이렇게 짧은 세월인데, 아이에게 더 필요한 일을 가르치는 데 사용해야 합니다. 다른 것을 가르치려 함은 시간의 낭비입니다. 변증법의 가시 돋친 농간은 모두 치워야 합니다. 그런 것으로 우리 인생은 절대 나아지지 않습니다. 철학의 단순한 가르침을 선택하십시오. 알맞게 택하며 다루신다면, 그 가르침은 보카치오(Giovanni Boccaccio)의 이야기보다도 이해하기 쉽습니다. 어린아이가 유모의 손에 길러질 때부터 읽기와 쓰기를 배우는 것보다 더 잘 배울 수 있습니다. 철학에는 인간의 노쇠기를 위한 것뿐만이 아니라, 인간의 출생을 위한 가르침 또한 있습니다.

　나도 플루타르코스의 생각과 같습니다. 아리스토텔레스는 그의 위대한 제자[10]를 가르칠 때, 삼단논법의 기교나 기하학 원리보다 용기와 담력, 호방함과 절제, 그리고 아무것도 두려워하지 않는 자신을 갖도록 가르쳤습니다. 그는 제자에게 자신감을 주고 흥을 돋우어주어, 제자가 수련을 받은 다음, 아직 어린 몸으로 단지 보병 3만에, 말 5천 필, 그리고 돈 4만 2천 에퀴를 가지고 세계 제국을 정복하러 나가게 했습니다. 알렉산드로스는 다른 기술과 학문들도 그 좋고 탁월한 점을 인정하고 숭앙하여 흥미를 가지려고 했지만, 그는 쉽사리 그런 학문을 실천하고 싶은 심정에 끌려들지 않았다고 플루타르코스는 말하고 있습니다.

　　젊은이들이여, 늙은이들이여, 이제 그대들 마음에 확고한 목표를 세워,
　　비참한 백발이 되었을 때의 버팀목으로 삼으라.
　　—페르시우스

　이것은 에피쿠로스가 메니케오스에게 보내는 편지의 첫머리에서 한 말입니다.

　"가장 젊은 자도 철학을 피하지 말 것이며, 가장 늙은 자도 거기 물리지 말지어다."

　그렇게 하지 않는 자는 아직 행복하게 살 때가 아닌 자이거나, 또는 벌써 때가 지난 자라고 말하는 것 같습니다.

　나는 폭넓게 배워야 하는 아이를 가두어두어서는 안 된다고 생각합니다. 또한 아이를 혹독한 학교 선생의 우울한 기분에 맡겨두어서도 안 된다고 말합니

---

10 알렉산드로스 대왕.

다. 나는 그를 우리 사회에서 무심히 하는 식으로 짐꾼들같이 하루에 열네댓 시간이나 고역과 노동에 매어두어, 그의 정신을 퇴락시키고 싶지 않습니다. 그리고 어떤 일로 고적하고 우울한 기분에 잠겨 서적의 내용에 너무 열중하게 하는 것도 좋지 않습니다. 그러다가는 사람과의 교제에 서투르게 되며, 더 좋은 직무를 회피하게 됩니다. 우리 시대에 분에 넘치게 학문을 탐하다가 천치가 된 사람을 얼마나 많이 볼 수 있습니까! 카르네아데스는 거기에 너무나 깊이 빠져든 나머지 머리를 깎고 손톱을 단장할 여가도 없었습니다. 나는 남들의 무례하고 거친 버릇 때문에 자신의 너그러운 습관을 그르치게 해서는 안 된다고 생각합니다.

옛 격언에, 프랑스의 예지는 일찍 총명해지고 오래 지속되지 않는다고 했습니다. 사실 프랑스의 어린애만큼 귀여운 것은 없다고 우리는 말합니다. 그러나 그 귀여운 아이들은 대개 사람들이 품고 있던 희망을 배반하고, 어른이 된 후에는 어떤 탁월한 점도 보이지 않습니다. 나는 우리 아이들이 그 많은 학교에 다니기 때문에 이렇게 바보가 되는 것이라고 지각 있는 사람들이 하는 말을 들었습니다.

우리 아이들에게는 방안에서나 정원에서나, 식탁에서나 잠자리에서나, 혼자 있을 때나 동무와 함께 있을 때나, 아침이나 저녁의 모든 시간이 한가지이며, 어디 있어도 공부가 될 것입니다. 왜냐하면 철학은 그 주요한 내용이 판단력과 습성을 만드는 요소로, 모든 일에 해당되는 특권이 있기 때문입니다. 웅변가인 소크라테스는 어느 잔치에서 그의 수사학에 관해 말해달라는 부탁을 받고 이렇게 대답했습니다.

"지금은 내가 할 줄 아는 것을 할 때가 아닙니다. 지금 이 자리에서 해야 할 일을 나는 할 줄 모릅니다."

그의 말은 옳다고 봅니다. 왜냐하면 웃으며 좋은 음식을 먹으려고 모인 자리에서 수사학의 연설이나 토론을 하게 되면 그 자리의 분위기는 심한 부조화에 빠져버릴 것이기 때문입니다. 다른 모든 학문에 대해서도 이렇게 말할 수 있습니다. 그러나 철학으로 말하면, 그것이 인간의 의무와 직분을 다룸으로써, 그리고 서로 이야기하는 재미로도, 철학은 향연장에서나 운동경기 때나 거부될 수 없다는 것이 모든 현자들의 의견입니다. 그리고 플라톤은 《향연》에서 이를 화제로 삼았으니, 우리는 철학이 아무리 고상하고 유익한 논제를 끌어낸다 해도, 때나 자리에 맞추어 모여 있는 사람들에게 얼마나 부드러운 흥취를 돋우는가를 알 수 있습니다.

> 그것은 가난한 사람에게나 부자에게나 똑같이 유익하기 때문에
> 그것을 소홀히 하면 노소를 막론하고 후회하게 될 것이다.
> ─ 호라티우스

이 아이는 다른 아이들보다 부지런할 것입니다. 그러나 복도를 거닐 때와 같은 식으로 걸어가면, 어느 지정된 길의 세 배를 걸어도 피로하지 않듯이, 우리의 철학은 우연히 일어나는 일같이 진행되기 때문에 시간과 장소의 제약도 받지 않고 우리의 모든 행동에 섞여들며 자기도 모르는 사이에 흘러들 것입니다.

경주, 권투, 음악, 무용, 사냥, 승마와 무기 다루기 등 유희와 운동까지도 아이 공부의 많은 부분을 차지할 것입니다. 다른 사람에 대한 체면과 대인관계에서의 몸가짐, 그리고 신체의 훈련까지도 심령과 함께 다루어져야 합니다. 길들이는 것은 심령만이 아닙니다. 사람입니다. 두 가지로 나누어 따로따로 다루어서는 안 됩니다. 그렇습니다. 플라톤의 말처럼 하나하나 길들이는 것이 아니라, 한 멍에에 매인 한 쌍의 말과 같이 동일하게 다루어야 합니다. 그의 말을 들어보면, 신체의 단련에 더 많은 시간과 더 많은 정성을 들여야 합니다. 그렇게 해야 하는 이유는 정신도 동시에 단련되기 때문입니다. 이제 신체와 정

신이 서로 반대가 아닌 것같이 보이지 않습니까?

그리고 이 교육은 일반적인 방법이 아니라, 엄격하지만 따뜻한 보살핌으로 다루어져야 합니다. 사람들은 아이들이 글을 배울 수 있도록 유도하는 대신 징그럽고 잔혹한 강요밖에 보이지 않습니다. 폭력과 강제는 이제 그만두십시오. 내 의견으로는 이보다 더 심하게 점잖은 집 아이를 둔하고 어리석게 만드는 일은 달리 또 없습니다. 아이가 수치와 징벌을 두려워하게 만들고 싶더라도 굳어지게는 하지 마십시오. 땀과 추위, 바람과 태양과 위험 따위를 가소롭게 보도록 단련시키십시오. 옷과 잠자리, 먹는 것과 마실 것은 신경을 써서 보드랍고 맛있는 것으로만 주지는 마십시오. 무슨 일이라도 견뎌낼 수 있도록 훈련되어야 합니다. 예쁘장한 멋쟁이를 만들지 마시고, 발랄하고 억센 사내가 되도록 해야 합니다.

나는 어렸을 때나 성인이 되었을 때, 그리고 늙어서도 늘 똑같이 생각하고 판단합니다. 무엇보다 우리나라 대부분의 학교에서 실시하고 있는 교육방법이 전혀 마음에 들지 않습니다. 그것이 관대함으로 기울었더라면 이렇게 피해를 입도록 실패하지는 않았을 것입니다. 학교란 정말로 아이들을 가두어두는 감옥입니다. 학교는 그들이 방탕아가 되기 전에 처벌하여 방탕아를 만듭니다. 아이들이 공부할 때 학교에 가보십시오. 들리는 것은 벌받는 아이들의 울음소리와, 화가 치밀어 정신을 잃을 지경인 선생들의 고함소리뿐입니다. 이렇게 연약하고 겁 많은 어린 마음들을 손에는 채찍을 들고 시뻘겋고 무서운 표정으로 지도하다니, 이것이 아이들에게 공부할 생각을 일으키게 하는 방법이겠습니까? 정말 부당하고 해로운 방법일 뿐입니다. 퀸틸리아누스 (Marcus Fabius Quintilianus)가 적절하게 지적했듯이, 이런 강압적인 권위는 위험한 결과를 초래합니다. 특히 우리의 처벌방법이 그러합니다. 아이들이 배우는 교실을 피 묻은 회초리보다 꽃과 잎새를 깔아 장식하는 것이 얼마나 좋은 일입니까? 나 같으면 철학자 스페우시포스(Speusippos)가 그의 학교에서

했던 것처럼 교실 벽에 기쁨과 즐거움, 그리고 플로라[11]와 우아의 여신들을 그려 붙이게 하겠습니다. 이익을 얻는 곳에 그들의 즐거움도 있어야 합니다. 아이에게 유익한 음식에는 설탕을 섞고 해로운 음식에는 쓸개즙을 섞어주어야 합니다.

플라톤이 그의 〈법률편〉에서 국가가 젊은이들의 즐거움과 심심풀이에 마음 쓰며, 그들의 경주, 유희, 노래, 뛰기, 춤 등에 유의하고, 고대 인물이 이런 사항의 지도와 수호를 아폴로나 뮤즈, 미네르바 등의 신들에게 위임했다는 사실을 지적하고 있는 것은 정말 탄복할 만한 일입니다. 그는 이것을 그의 학교에서 실시하는 교육을 위해 많은 교훈으로 전개시킵니다. 문학에 관해서는 그렇게 관심이 없고, 음악을 위해서밖에는 시가(詩歌)를 권장하는 것 같지 않습니다.

우리의 행위나 습성 중에서 색다른 것과 특이한 것은 모두 사회생활의 대인관계에 적합하지 않은 부자연스러운 것으로 보고 피해야 합니다. 알렉산드로스의 집사 데모폰의 체질이 햇볕에서는 떨고 그늘에서는 땀 흘리는 것을 괴상하다고 하지 않을 수 있겠습니까? 어떤 사람은 날아오는 총탄보다 사과 냄새가 무서워 도망가고, 어떤 사람은 생쥐를 보고 놀라며, 어떤 사람은 크림을 보면 토하고, 어떤 사람은 마치 게르마니쿠스(Germanicus)가 수탉을 보거나 그 울음소리 듣기를 참지 못하던 것처럼 새털 방석의 뭉실뭉실함을 두려워하는 것을 보았습니다.

그런 반응들에는 어떤 신비한 소질이 있을지도 모릅니다. 그러나 어릴 때부터 노력하면 그런 괴벽은 없앨 수 있다고 생각합니다. 그렇게 하기는 물론 어려운 일이겠지만, 나는 교육의 힘으로 맥주를 빼놓고는 사람이 먹을 수 있는 음식은 무엇이든지 들 수 있습니다. 이런 이유로 몸이 아직 유연할 때 모든 방

---

11 꽃의 여신.

식과 풍습으로 단련시켜야 합니다. 사람이 욕망과 의지를 제어할 수 있는 이상, 젊은이는 과감하게 어느 나라나 어느 사회에서도 편리하게, 필요하다면 문란과 과도에도 견뎌내게 되어야 합니다.

인간의 행위는 습관을 따릅니다. 젊은이는 모든 일을 할 수 있습니다. 그러나 그러면서도 착한 일만 하기를 즐겨야 합니다. 철학자들도 칼리스테네스가 술 마시기에 맞서지 못해 알렉산드로스 대왕의 은총을 잃은 것은 칭찬할 일이 못된다고 보았습니다. 그는 왕과 함께 웃으며 장난치고 방탕하게 해보아야 했을 것입니다. 나는 젊은이가 방탕한 데도, 정력과 견고성이 친구들보다 뛰어나 나쁜 짓을 하는 데도, 싸움을 하는 데도, 학문을 하는 데도 할 줄 몰라서가 아니라, 다만 그렇게 할 의사가 없어서 안하게 되기를 바랍니다.

"악을 행하기를 원치 않는 것과, 할 줄 모르는 것 사이에는 큰 차이가 있다." (세네카)

나는 프랑스의 어느 다른 분보다도 과도한 일을 하지 않는 한 귀족에게, 그분을 찬양하는 것으로 생각하며, 독일에 가서 왕의 일 때문에 필요상 몇 번이나 만취해 보았느냐고 물어보았습니다. 그는 자랑삼아서 대답하기를, 세 번 그런 일이 있었다고 대답했습니다. 나는 어느 분이 이런 소질이 없이 그 나라에 가서 일을 하다가 대단히 고생한 것을 알고 있습니다. 나는 알키비아데스(Alcibiades)가 자기의 건강은 해치지 않고 쉽사리 전혀 다른 방식으로 생활을 바꾸며, 어느 때는 페르시아의 방식보다도 더 풍부하고 호화롭게, 또 어느 때는 엄격하고 소박하기가 라케데모니아 사람보다도 지나칠 정도이며, 이오니아에서 탐락을 즐기는 만큼 스파르타에서 절제를 한 그 놀랄 만한 소질을 주목하며 감탄합니다.

아리스티포스는 모든 겉모양, 모든 지위, 모든 상태에 적응했다.
— 호라티우스

나는 학생을 이렇게 훈련시키고 싶습니다.

　누더기를 입든 비단옷을 입든 태연히,
　그때그때의 환경 변화에 순응하며, 두 역할을
　소홀히 여김이 없이 연기해 낼 수 있는 자를 찬양하리라.
　— 호라티우스

이것이 내 교훈입니다. 이런 것을 아는 자보다도 이런 것을 행한 자가 내 교훈을 더 잘 이용한 것입니다. 그의 모습이 있는 곳에 그의 말이 있습니다. 그리고 그의 말이 있는 곳에 그의 행실이 있습니다.

플라톤에게 어떤 자가 이렇게 말합니다.

"철학한다는 것이 여러 가지 일을 알아서 기술을 토론함을 말하는 것이 아니기를!"

"공부에 의해서보다도 행위에 의해, 그들은 기술 중에도 가장 위대한 기술인 잘 사는 기술에 통달한 것이다."(키케로)

플리아시아 인들의 왕인 레온이 폰투스의 헤라클리데스에게 무슨 학문, 무슨 기술을 직업으로 삼겠느냐고 물었습니다. 그는 다음과 같이 대답했습니다.

"나는 기술도 학문도 모르오. 그러나 나는 철학자요."

누가 디오게네스(Diogenes)를 향해 무식하다면서 어떻게 철학에 참견하느냐고 책망하자, 그는 말했습니다.

"그러니까 더욱 적절(適切)하게 참견하지."

헤게시아스가 그에게 어떤 책을 좀 읽어달라고 하자 그는 대답했습니다.

"당신도 괴짜요. 당신은 그림의 무화과가 아니라 천연의 진짜 무화과를 집으면서 왜 글이 아닌 진짜 자연의 훈육을 택하지 않소."

아이는 학과의 기본이 되는 교재를 말로만 배우지 말고 실제 삶에서 배워야 합니다. 학과로 배운 바를 행동으로 복습해야 합니다. 그는 신중한 것을 바라는가, 그의 행위는 착하고 올바른가, 말하는 데 판단력이 있으며 우아함이 있는가, 병에 걸렸을 때도 의지력이 있는가, 생활에 질서가 있는가, '지식을 자기 학문을 전시하는 도구로 삼지 않고 인생의 규칙으로 삼으며, 자기 자신에게 순종하고 스스로의 원칙을 준수할 줄 아는 자인가'(키케로), 그의 탐락에 절도가 있는가, 고기건 생선이건 포도주건 물이건 음식에서 가리는 것은 없는지 살펴보아야 합니다.

우리 사색의 본보기는 우리의 일상생활입니다. 제우크시다모스는, 어째서 라케데모니아 인들은 용감한 행동의 규정을 글로 적어놓지 않고, 또 젊은이들에게 읽을 책을 주지 않느냐고 누군가 물어보자 간단하게 대답했습니다.

"그거야 말로써가 아니라 행동으로써 습관 지어주기 위해서지."

10여 년 뒤, 그만한 세월을 두고 단지 학교에서 말하는 법만 배워온 라틴어 학생 하나를 이 경우와 비교해 보십시오. 세상은 떠버리 천지입니다. 당연히 덜해야 할 말을 오히려 더 붙여 말하지 않는 자라고는 본 일이 없습니다. 우리는 인생의 반을 이런 짓으로 낭비합니다. 4, 5년 동안 낱말을 배운 우리는 그 낱말들을 꿰매어 글귀를 만드는 데 매여 지냅니다. 또 그만한 세월을 글귀를 다양하게 펼쳐 긴 문장을 꾸미는 일로, 그리고 다시 적어도 5년은 글귀를 묘한 방식으로 간결하게 꾸미고 엮는 일로 보냅니다. 이런 수작은 드러내놓고 그것을 직업으로 삼는 자들에게 맡겨야 합니다.

어느 날 오를레앙에 갔다가, 나는 클레리 못 미쳐 평원에서 학자 둘이 서로 50걸음 가량 떨어져 보르도 쪽을 향해 오는 것을 보았습니다. 더 멀리 그들 뒤에 다른 사람들이 무리를 지어 그들의 상전인 라 로슈푸코(La Rochefoucauld) 백작을 선두로 하여 오는 것을 보았습니다. 내 하인 하나가 학자 한 분에게 뒤에 오는 귀인이 누구냐고 물었습니다. 그는 자기 뒤에 오는 사람들을 보지 못하고, 자기 동료를 가리키며 웃으면서 대답했습니다.

"그는 귀인이 아니고 문법학자요, 그리고 나는 논리학자요."

우리는 문법학자나 논리학자가 아니라 귀인을 만들려고 하는 것이니, 이런 자들은 저희들 멋대로 시간을 낭비하게 두십시오. 우리 일은 딴 곳에 있습니다. 우리 제자는 사물을 잘 알고만 있으면 말은 얼마든지 따라옵니다. 말이 따라오지 않으면 말을 끌고 갈 것입니다. 나는 표현을 잘못한다고 변명하면서, 머릿속에는 말할 재료가 얼마든지 있는데, 웅변이 모자라 명확하게 내놓지 못하는 체하는 사람을 보았습니다. 그러나 그것은 속임수입니다. 그들은 그림자 같이 떠오르는 흐리멍덩한 생각을 스스로도 밝혀 말할 수 없기 때문에 밖으로 내놓지 못하는 것입니다. 자신의 생각으로 말하려는 내용에 대하여 그들은 실제로는 아직 이해하지 못한 것입니다.

그들이 말을 끌어낼 때 더듬거리는 것을 보십시오. 그들의 노력은 말을 끌어내는 데 있지 않고 생각을 꾸며내는 데 있습니다. 그들은 자신들의 불완전한 재료를 핥는 외에는 아무것도 하지 못합니다. 나로서는—소크라테스도 그렇게 가르치고 있지만—자기 마음속에 청신하고 맑은 생각을 가진 자는 베르가모 사투리[12]로라도, 그가 벙어리일 때는 몸짓으로라도 표현해 낼 거라고 확신합니다.

사물을 알아보면, 언어는 부르지 않아도 따라온다.
—호라티우스

그리고 어떤 이는 산문을 시적으로 표현하며, 이렇게 말했습니다.
"사물이 정신을 잡으면 언어는 저절로 따라온다."(세네카)
그리고 다른 사람은 또 이렇게 말했습니다.

---

12 이탈리아 롬바르디아의 도시. 사투리가 가장 심한 곳이다.

"사물들은 언어를 이끌어 온다."(키케로)

우리의 제자는 탈격도 접속법도 명사도 문법도 모릅니다. 그의 하인도, 작은 다리[13]의 청어장수 마누라도 이것은 모릅니다. 그러나 하고 싶으면 실컷 이야기할 수 있습니다. 그리고 아마 프랑스의 어떤 훌륭한 문법학자에게도 뒤지지 않게 그들의 언어 규칙에 위배되지 않을 것입니다. 그는 수사학을 모릅니다. 서문으로 공평한 독자님[14]의 호의를 살 줄도 모르고, 굳이 알려고 하지도 않습니다. 제아무리 아름다운 그림이라도 단순하고 순진한 진리의 광휘 앞에는 무색해져 버립니다. 타키투스(Tacitus)의 저서에 나오는 아페르가 뚜렷이 보여주듯, 이런 약은 재주는 소담하고 든든한 음식을 섭취할 능력이 없는 속물들에게나 필요합니다. 사모스의 대사들이 장문의 훌륭한 연설을 준비해 스파르타의 왕 클레오메네스에게 와서 폭군 폴리크리테스에 대해 전쟁을 하도록 충돌질해 보려고 했습니다. 그들이 실컷 말하게 두고 나서 그는 대답했습니다.

"당신들이 말하는 시초와 서론은 벌써 잊어버렸소. 따라서 중간도 생각나지 않소. 그러나 그 결론으로 보아 나는 그렇게 할 생각이 없소."

이것이야말로 훌륭한 대답입니다. 이로써 연설꾼들의 코는 납작해졌으리라고 생각합니다.

이 사람은 또 어떻습니까? 아테네 인들은 두 건축가 중에서 큰 공사를 지휘할 사람을 선택하게 되었습니다. 처음 사람은 몹시 뽐내며, 이 공사에 관하여 미리 생각한 것들을 가지고 나와서 시민들의 판단을 자기에게 유리하게 이끌고 있었습니다. 그러나 다른 한 사람은 서너 마디로 간단하게 말했습니다.

"아테네 시민 여러분, 이 사람이 말한 바를 나는 실지로 행하겠소."

---

13 파리 샤틀레 앞에 있는 생선 시장.
14 16세기 저작의 서문에 흔히 잘 나오는 말투이다.

키케로가 웅변에 한창 열을 올릴 때에, 여러 사람들은 빠져들어 감탄했습니다. 그러나 카토는 조용히 웃기만 하더니 슬쩍 덧붙이듯 말했습니다.

"우린 참 재미있는 집정관을 가졌군."

앞으로 오건 뒤에 오건 유익한 격언이나 멋들어진 말귀는 언제나 멋있습니다. 그것이 앞에 오는 것에 맞지 않고 뒤에 오는 것에 맞지 않아도 그 말 자체는 좋습니다. 나는 고운 운율이 좋은 시를 만든다고 생각하지 않습니다. 운율에게 제멋대로 짧은 말도 길게 뽑아보라고 하십시오. 그것은 상관없습니다. 구상이 좋고, 정신과 판단력이 할 일을 다 했다면, 나는 이렇게 말하겠습니다.

"이것 참 훌륭한 시인인데, 그러나 시법은 서투르군."

> 그의 시구(詩句)는 조잡하나 시상(詩想)은 묘하다.
> — 호라티우스

또한 호라티우스는, 자기 작품에 모든 꿰맨 자리와 순서를 없애라고 했습니다.

> 운율과 박자, 그리고 시구의 순서를 바꾸어,
> 전구(前句)에 있는 것을 후구(後句)로, 말미를 앞으로 옮겨보라.
> 흩어진 조각들 속에서 시인을 발견하리라.
> — 호라티우스

그 때문에 가치가 없어지지는 않을 것입니다. 단편들 하나하나 그 자체가 아름다울 것입니다. 이는 메난데르의 경우로, 그는 희곡을 지어놓겠다고 약속한 날이 다가와도 아직 손도 대지 않았다고 사람들이 책망하자 아무렇지도 않은 얼굴로 이렇게 대답했습니다.

"다 꾸며서 준비되어 있소. 아직 시로 꾸며놓지 않았을 뿐이오."

사물과 재료를 마음속에 구상에 따라 배치해 놓고, 나머지는 대수롭지 않게 여긴 것입니다. 롱사르(Pierre de Ronsard)와 뒤 벨레(Joachim du Bellay)가 우리 프랑스 시가에 신용을 세워놓은 다음에는, 어느 풋내기치고 거의 그들만큼 글자를 과장해 표현하고 운율을 정리해 놓지 못하는 자를 보지 못했습니다.

"의미보다 소리가 더하다."(세네카)

세상 사람들이 보기에 시인들이 이렇게 많이 나온 적은 없었습니다. 그러나 운을 맞추기가 쉬운 것에 비해 롱사르의 풍부한 묘사나 뒤 벨레의 가냘픈 묘미를 모방할 재간을 가진 자는 없었습니다.

실로 누군가가 '햄은 (짜서) 물을 마시게 한다. 물을 마시면 갈증이 풀린다. 따라서 햄은 갈증을 풀어준다.'는 식으로 삼단 논법의 궤변적인 잡술(雜術)을 내보라고 하면 어찌할까요? 코웃음 치겠지요. 그 말에 대답하기보다는 코웃음 치는 편이 더 수법이 높습니다. 이런 경우, 아리스티포스로부터 다음과 같은 재미있는 대꾸를 빌려올 일입니다.

"묶여 있어도 나를 귀찮게 구는데, 왜 일부러 풀어놓아?"

누군가 클레안테스에게 변증법의 농간을 걸어오자, 시큰둥하여 그에게 말했습니다.

"그런 잡술은 어린애하고나 하라. 어른의 근직한 사상을 그런 따위로 헷갈리게 하지 말라."

'이런 왜곡된 형극(荊棘)의 궤변'(키케로) 따위의 어리석은 말재주를 보고 우리 학생이 거짓말에 감복하게 된다면 위험한 일입니다. 그러나 그런 것이 그에게 아무 효과가 없고, 단지 코웃음만 자아내게 한다면 조심시킬 필요가 없습니다.

개중에는 멋들어진 구절을 하나 찾아보려고 3마장쯤은 딴 길을 돌아오는 어리석은 자도 있고, 그리고 다음과 같이 그 반대인 자도 있습니다.

"어구를 사물에 맞추지 않고, 반대로 자기 어구에 적합하도록 외부의 사물들을 끌어내는 자들도 있다."(퀸틸리아누스)

그리고 다른 작가가 말하듯 다음의 경우도 있습니다.

"어느 경우에는 매력적인 언어에 끌려 의도하지 않은 사물을 쓰는 자도 있다."(세네카)

나는 멋진 구절을 바꾸어 내 생각에 맞춰 쓰기는 하지만, 좋은 구절에 맞추려고 내 생각을 변형시키지는 않습니다. 그와는 반대로, 구절이 따라와서 봉사해 주어야 합니다. 그리고 프랑스어로 부족하거든 가스코뉴 사투리라도 갖다대어야지요. 나는 말의 핵심인 사물 자체가 드러나 듣는 자의 생각을 채워 주고, 그 표현된 말은 그가 기억해 주지 않기를 바랍니다. 내가 좋아하는 화법은 입으로 내는 것이건 종이 위에 실린 것이건 간에, 단순하고 순박한 화법입니다.

오로지 감명을 주는 표현만이 명문장이다.
— 루카누스의 묘비명

멋이 풍부하고 줄기차며 간결하고 속이 찬 것으로, 묘하고 매끈하기보다는 강렬하고 무뚝뚝하며, 지루한 것보다는 어려운 것이 낫고, 뽐내는 수작과는 인연이 멀며, 분방하고 풀어지고 과감해 조각 하나하나가 모두 몸체를 기지며, 현학적인 것도 웅변조도 아닌, 차라리 수에토니우스(Suetonius)가 줄리어스 카이사르를 두고 말한 군인조로 된 화법입니다. 그렇지만 나는 그가 이 글에 대하여 왜 그렇게 말하는지 잘 알 수가 없습니다.

나는 젊은이들의 옷차림에 보이는 난잡한 태도를 즐겨 모방했습니다. 망토는 숄 모양으로 걸치고, 한쪽 어깨에는 두건을 얹고 양말은 늘어진 채로, 요즈음 그 모든 외국식 장식을 경멸하며 오만과 기교를 무시하는 태도가 좋았습니다. 그러나 이런 격식을 화법에 쓰면 더 좋다고 봅니다. 더욱이 프랑스의 자유롭고 유쾌한 취향에는, 모든 꾸밈은 조정 신하들의 멋에 맞지 않습니다. 그리고 한 왕국에서의 모든 귀족들은 조정 신하들 방식으로 훈육되어야 합니다. 그 때문에 우리는 좀 소박하고 소홀한 자세로 키우는 게 낫습니다.

나는 훌륭한 신체에 뼈마디와 핏줄을 헤아려볼 수 있어서는 안 되듯, 이은 곳과 꿰맨 데가 보이는 꾸밈을 싫어합니다.

"진리를 말하는 문장은 기교 없이 단순해야 한다."(세네카)

"가식적으로 말하기를 원하는 자 이외에는, 누가 어법에 신경을 쓸 것인가?"(세네카)

웅변 자체로서 마음을 끄는 웅변은, 사물의 표현에 해가 됩니다. 옷차림에 괴이하고 유별난 방식으로 주목을 끌려는 것이 못난 수작이듯, 언어에서 잘 알려지지 않은 문장과 구절을 즐겨 찾는 것은 유치하고 현학적인 야심에서 비롯됩니다. 나로서는 파리 시장바닥에서 사용되는 말투밖에 쓰지 않았으면 합니다! 문법학자 아리스토파네스(Aristophanes of Byzantium)는 이것을 도무지 이해하지 못합니다. 그리고 에피쿠로스가 언어의 투철성만을 언변 기술의 목표로 하는 것은 극히 쉽기 때문입니다. 그래서 온 국민이 즉시 터득합니다.

그러나 판단력과 구상의 모방은 그렇게 빨리 되지 않습니다. 독자들의 대부분이, 입은 옷이 똑같다고 하여 몸뚱이도 똑같다고 보는 것은 잘못된 생각입니다. 힘과 체력은 빌려올 수 없습니다. 그러나 장식품과 망토는 빌려올 수 있습니다. 내게 늘 찾아오는 사람들의 대부분은, 내 《수상록》에 관해 같은 말을 합니다. 그러나 그들이 생각하는 바가 같을지는 모르겠습니다.

아테네 인은 ― 플라톤이 말하기를 ― 그들의 장기는 조심스럽게, 풍부하고 우아하게 말하는 데에 있고, 라케데모니아 인은 간결하게 말하는 데에 있으며, 크레테 인은 언어보다 사상을 풍부하게 가지는 데 있었는데, 마지막의 경우가 가장 우수하다고 했습니다. 제논은 그가 두 종류의 제자를 가졌다고 말했습니다. 그 하나는 필로로고스라고 사물을 배우는 데 관심을 가진 자로, 그가 귀여워하고, 또 하나는 필로필로스라고 말 잘하는 것밖에는 생각이 없는 자들이었습니다.

이러한 사례로써 말을 잘하는 것이 좋은 일이 아님을 나타내려는 것이 아닙니다. 다만, 그것이 말을 실행하는 것만큼은 좋지 않다는 나의 생각을 전하고 싶었을 뿐입니다. 먼저 우리는 자신의 언어—평상시 우리와 교섭이 있는 이웃처럼 친근하고 훌륭한 장식품입니다만—를 사람들은 너무 비싸게 사들이고 있습니다. 나는 지금 어느 경우보다도 비싸게 배우는 방법으로, 내가 시도한 방법을 말해 보겠습니다. 하고 싶은 사람은 실행해 보십시오.

나의 선친(先親)께서는 사람이 할 수 있는 모든 수단을 강구해 학식 있고 이해력 있는 분들에게 가장 탁월한 교육방법을 문의해 보고 나서, 일반적인 교육방법에는 결함이 많다고 생각하게 되었습니다. 그리고 옛날 그리스와 로마 사람들은 돈 한 푼 들이지 않고 배운 언어를, 우리는 오랜 세월을 두고 배워야 하는 것은 우리가 그들이 가졌던 위대한 심령과 지식을 갖지 못했기 때문이라는 말을 들었습니다. 나는 이것이 그 유일한 원인이라고는 생각지 않습니다.

아버지께서 찾아내신 방편은, 내가 아직 혀도 풀리지 않고 유모의 손에 있었을 때 독일인에게 나를 맡기는 일이었습니다. 그는 유명한 의사로서 뒤에 프랑스에서 죽었는데, 우리말은 전혀 몰랐고, 라틴어에 능숙했습니다. 아버지는 그를 일부러 불러와서 보수도 상당히 주었는데, 그는 나를 줄곧 팔에 안고 지냈습니다. 아버지는 또 그보다 학문이 좀 못한 사람들에게 나를 따라다니며 그분을 거들어주도록 했습니다. 이 사람들은 라틴어로만 나와 이야기했습니다. 우리 집 사람들은 아버지도 어머니도 하인도 침모도 모두 더듬거리며 배운 라틴어로만 내게 말하는 것이 당연한 규칙으로 되어 있었습니다.

이렇게 하여 얻은 성과는 놀랄 만했습니다. 아버지와 어머니께서는 전혀 알지 못했던 언어인 라틴어를 알아들을 수 있을 정도로 배우셨습니다. 그래서 필요한 때 라틴어를 구사할 충분한 능력을 얻었고, 나를 시중들던 하인들도 그러했습니다. 결국 우리는 아주 라틴화해 버렸고, 마을 주변에까지 이 습관이 퍼져 지금까지도 연장 따위를 라틴어로 부르는 버릇이 남아 있습니다. 나의 경우 6년 동안은 프랑스어이건 페리고르어이건 아라비아어이건 들어 본 적이 없었습니다.

그래서 책도 문법도 규칙도 없이, 그리고 매질도 눈물도 겪지 않고, 학교 선생님이 아는 것만큼 순수하게 라틴어를 배웠습니다. 왜냐하면 나는 그것을 섞거나 다르게 말할 수 없었기 때문입니다. 만일 시험을 보거나 학교에서 하는 방식으로 숙제를 내주려면, 다른 아이들에게는 프랑스어로 내주고 내게는 틀린 라틴어로 내주어 정확한 말로 고치게 했습니다.

그리고 《데코미티스 로마노룸》을 쓴 그루시나, 아리스토텔레스를 주해한 게랑트, 저 스코틀랜드의 위대한 시인 조지 뷰카난이나, 당시 프랑스와 이탈리아에서 최대의 웅변가로 알아주던 뮈레와 나의 가정교사들은, 내가 어릴 적에 라틴어에 아주 능숙했기 때문에, 내게 와서 말을 걸어보기가 두려웠다고 종종 말했습니다. 뷰카난은 그 뒤 드 브리사크 원수를 모시고 있을 때 만나보았습니다만, 그는 내 사례를 들어 아동 교육론을 써보겠다고 말하기도 했습니다. 그는 당시, 후일에 그렇게도 큰 용기와 의협심을 보여준 저 브리사크 백작을 보살펴주고 있었습니다.

나는 그리스어를 거의 알지 못합니다만, 아버지께서 나에게 이 말도 새 방법을 택해 토론과 연습의 형식으로 가르쳐보려고 시도하셨습니다. 우리는 어미변화를 탁자 위에서 장난해 가며 수학과 기하를 배우는 격식으로 익히고는 했습니다. 아버지께서는 내게 학문과 숙제를 하는 데도 내 의사를 무시하지 않고 스스로 하게 함으로써, 강제성 없이 내 마음을 순하게 자유로이 가꾸도록 하려는 생각이셨습니다. 그리고 어느 분이 아침에 잠자는 아이를 갑자기 깜짝 놀라게 하여 깨워 일으키면 뇌수에 혼란을 일으키게 된다고 하는 말을 듣고 ─ 아이들은 어른보다 훨씬 더 깊이 잠들어 있으니까요 ─ 아버지께서는 악기를 연주시켜 음악소리로 내 잠을 깨웠습니다.

이 사례 하나만으로도 나머지를 모두 가늠해 볼 수 있습니다. 이렇게도 선한 아버지의 조심성과 애정은 모든 사람들이 칭송하기에 충분합니다. 그리고 이런 미묘한 교육방법을 써주신 보람도 없이 아무런 성과도 거두지 못했다고 해도, 아버지를 원망할 수는 없습니다. 그 원인에는 두 가지가 있었습니다.

첫째, 내 바탕이 척박하고 부적당했습니다. 나는 건강체였고 성질도 순하고 취급하기 쉬웠습니다마는, 워낙 둔하고 유약하고 흐리멍덩하여, 장난을 시켜보려고 해도 게으른 성미를 깨우쳐 일으킬 수 없었습니다. 나는 내가 관심을 가지는 것은 잘 보았습니다. 그러나 나는 나의 둔중한 기질로, 내 나이에 넘치는 과감한 사상과 관념들을 가꾸고 있었습니다. 나의 정신의 깨우침은 느려서 지도하는 대로 따라가지 못했습니다. 이해력은 둔하고 구상력도 허술했으며, 그리고 무엇보다도 기억력이 믿을 수 없을 만큼 모자랐습니다. 이런 모든 사정에서 내 정신이 값어치 있는 업적을 내놓지 못했다 해도 그것은 전혀 놀랄 일이 아닙니다.

둘째, 마치 병이 낫기를 원하는 자가 모든 종류의 권고에 유혹되는 것처럼 아버지께서는 전념하는 일이 실패할까 염려하며 ─ 당시에는 그가 이탈리아에서 받아왔던 처음 계획을 충고해준 분들이 옆에 없었기 때문에 ─ 일반적인 방법을 좇았습니다. 그래서 내가 여섯 살 때쯤 당시 프랑스에서 가장 훌륭하고 대단히 번성하던 기엔 중학교로 나를 보냈습니다.

그 학교에서는 아버지의 심려를 덜어줄 아무것도 없었고, 유능한 가정교사를 찾아볼 길도 없었습니다. 또한 그 학교의 교육방법과는 다르게, 아버지가 생각해 낸 여러 가지 독특한 체계의 교육방법도 쓸 수 없었습니다. 그러나 어떻든 그것은 체계 잡힌 유명한 중학교였습니다. 나의 라틴어는 바로 퇴보되고, 얼마 지나지 않아서는 쓸 줄도 모르게 잊어버렸습니다. 그리고 내가 받은 이 새 교육은 단번에 나를 6학년 학급에 넣은 것밖에는 아무 효용도 없었습니다. 나는 열세 살 때―그들이 말하는―학업을 마치고 학교를 나왔는데, 실은 거기서 얻은 소득이란 아무것도 없었습니다.

나는 책을 읽는 재미를 오비디우스의 《윤회》에서 얻었습니다. 열여덟 살 때 는 이것을 읽느라고 모든 다른 재미를 버렸습니다. 그 언어가 내 모어(母語)가 되었습니다. 그리고 이것이 내가 알기에 가장 쉬운 책이었으며, 그 재료가 어린 내 나이에 가장 적합했습니다. 나는 다른 아이들이 잘 읽는 《호수의 란슬 로》나 《아마디스》나 《유용 드 보르도》, 그리고 다른 책 나부랭이는 이름도 몰랐으며 아직도 그 내용을 모릅니다. 그만큼 나의 훈련은 엄격했습니다. 지정받은 다른 학과들은 대충대충 배워갔습니다. 여기서 나는 그 이해성 있는 가정교사와 공부한 것이 아주 잘 맞았습니다. 그는 교묘하게도 내가 공부는 하지 않고 딴전만 부리는 이 수작과 저 수작들을 못 본 체해 주었습니다.

이 작품을 거쳐 나는 단숨에 베르길리우스의 《아에네이스》를 읽었고, 이어 테렌티우스(Publius Terentius Afer), 그 다음엔 플라우투스(Plautus), 그리고 이 탈리아 희극을 읽어갔는데, 모두 이야기의 재미에 유혹되었습니다. 만일 내 선생이 미친 수작으로 이런 짓을 못하게 막았던들, 귀족들이 모두 그렇듯 나도 학교에서 책에 대한 염증밖에 아무것도 얻지 못했을 것입니다. 그는 나를 교묘하게 유도했습니다.

아무것도 보지 않는 체하면서 그는 그런 책들을 몰래 탐독하도록 부추겨주었고 규정된 공부도 힘들지 않게 하도록 했습니다. 왜냐하면 아버지께서 나를 맡긴 선생들에게 요구하는 주요한 소질은 심정의 호방함과 안이한 기풍이 었으니까요. 그런 만큼 내게는 느릿하고 게으른 것밖에 다른 결점이 없었습니다. 위험은 내가 나쁜 일을 하지 않을까 하는 데 있지 않고 아무것도 하지 않게 되지나 않을까 하는 데 있었습니다. 아무도 내가 악인이 되리라고 예언하지는 않았으며, 그 대신 무용한 인간이 되리라고 보았습니다. 사람들은 내 기질을 보고 악인은 아니고 건달이 되리라고 예측했던 것입니다.

내 귀에 따갑게 들려오는 사람들의 불평은 이런 것들이었습니다. '게으르고, 친구나 친척간의 일에, 그리고 공공의 일에 냉담하며, 사람이 너무나 괴짜' 라는 것입니다. 가장 욕되는 말이란 '왜 그런 것을 가져갔어? 왜 값을 치르지 않았어?' 가 아니라 '왜 빚을 갚지 않아? 왜 더 주지 않아?' 라는 것이었습니다.

나는 사람들이 내게 이런 것들밖에 요구하지 않는 것을 고맙게 생각합니다. 그들은 자기들이 빚지고 있는 것을 스스로에게 요구하는 것보다 훨씬 더 엄격하게 내가 빚지지 않은 것을 내라고 요구합니다. 그러하니 그러한 요구는 그들의 잘못입니다. 그렇게 강요함으로써 그들이 내게 해준 행동의 혜택과 내가 감당해야 할 감사의 마음을 상쇄시킵니다. 그보다도 내가 내게 좋은 일을 해준 게 아무것도 없음을 생각해 보면, 내 손으로 적극적으로 해준 좋은 행동은 더한층 무게를 지녔을 법합니다.

나는 재산이 내 것인 만큼 더 자유로이 처분할 수 있습니다. 그렇지만 내가 자신의 행동을 채색하는 자였던들, 아마도 나는 사람들의 이런저런 책망을 듣는 대로 반박했을 것입니다. 그리고 내가 그렇게 하지 않을 뿐이지, 하려 들기만 하면 어떤 자는 호되게 모욕을 느끼게 되었으리라는 것을 그들에게 가르쳐 주었을 것입니다.

그러는 동안 내 마음은 그 자체로서 확고한 움직임과 내가 알고 있는 주변 사상들에 관한 명백하고도 확실한 판단을 가지고 있었으며, 누구와 상의하지 않고 혼자서 그 내용들을 이해해 갔습니다. 무엇보다도 내 심령은 권세와 폭력 앞에서 결코 굴복하지 않았으리라고 확신하는 바입니다.

내 유년시절의 소질로 하여 내가 맡은 역할의 표정에는 자신이 있었으며, 목소리와 자세가 부드러웠다는 것을 아울러 말씀드릴까요? 왜냐하면 나이도 차기 전 —

　　겨우 내가 열두 살이 되었을 무렵
　　— 베르길리우스

　나는 기엔 중학교에서 뷰카난이나 게랑트, 뮈레의 라틴어 비극의 주요인물 역을 맡아 당당하게 연기했습니다. 우리 교장 선생님 앙드레아드 고베아뉘스는 그의 직책의 전반에 걸쳐 비길 바 없이 프랑스에서 제일가는 교장이었습니다. 내가 숙달된 명수로 불린 이들 연극은 점잖은 집 아이들에게 권장하지 못할 바가 전혀 없는 훈련이었습니다. 그리고 우리나라 왕공님들도 점잖은 옛사람들을 본받아 칭찬을 받아가며 몸소 거기에 열중하는 것을 보았습니다. 그리스에서는 귀족 출신들이 이것을 직업 삼아 해도 좋았습니다.

　"그는 자기 계획을 비극 배우 아리스톤에게 고백한다. 그는 가문과 재산으로 명망이 있는 인물이었으나, 그의 직업은 결코 그에게 수치가 되지 않았다. 왜냐하면 그리스에서는 이것이 결코 수치가 아니었기 때문이다."(리비우스)

　나는 이런 오락을 책망하는 자들을 무례하다고 비난했습니다. 점잖은 우리 도시에서도 대접받을 만한 배우들이 들어오는 것을 거절한바, 시민들이 즐길 수 있는 공공의 오락을 부당하게 여기는 자들을 나는 언제나 책망했습니다. 유능한 정부는 종교의 엄숙한 의식에서와 같이 경기와 연극도 시민들과 함께 실시하는 데 유의합니다. 그렇게 함으로써 교제와 우정이 두터워집니다. 그리고 시민들에게 사람들이 있는 데서, 바로 관리 앞에서 하는 이런 오락보다 더 절도 있는 즐거움을 제공할 수도 없습니다.

　관리와 왕공들이 자기들 비용으로 시민들에게 어버이다운 애정과 호의로 이런 연극을 상연하고, 인구가 많은 도시에서 은밀하게 행해지는 나쁜 짓에서 마음을 돌리도록 연극 등을 상연하는 지정된 장소를 둔다는 것은 좋은 일이라고 생각합니다.

처음의 이야기로 돌아와서, 아이의 교육에는 욕망과 애정을 북돋아주는 것보다 더 좋은 방법이 없습니다. 그렇지 않으면 책을 짊어진 당나귀밖에 만들지 못합니다. 사람들은 그들을 매질하여 그 주머니에 학문을 잔뜩 넣어줍니다만, 학문을 잘하기 위해서는 남아두기만 해서는 안 됩니다. 자기 것을 만들어야 합니다.

우정에 대하여

나는 집에 데리고 있는 화가의 작업과정을 보고 있다가 나도 그를 본뜨고 싶은 충동을 느꼈다. 그는 벽면 하나하나 한복판의 가장 좋은 자리를 택해 심혈을 기울여 그림을 그린다. 그리고 주위의 빈자리는 잡다하고 괴이하며 우아한 점이라곤 조금도 없는, 광상적인 그림으로 채운다. 그런데 나의 모든 일들 역시 아무렇게나, 질서도 조화도 없이 뚜렷한 형태도 가지지 못하고, 여러 조각들을 붙여놓은 괴기하기도 하고 우스꽝스럽기도 한 덩어리 이외의 무엇이란 말인가?

상체는 미녀인데 하체는 물고기로 끝난다.
— 호라티우스

나는 화가의 작업과정에서 하체에 해당하는 부분의 그림은 짐짓 따라서 해본다. 그러나 처음의 더 나은 상체에 해당하는 부분에는 손도 대지 못한다. 왜냐하면 내 능력은 예술적으로 꾸며진 풍부하고 매끈한 그림을 감히 모방해 볼 만큼 능숙하지 못하기 때문이다. 나는 이 글의 나머지를 빛내줄 에티엔드 라 보에시에게서 하나의 묘사를 빌려올 생각을 했다. 그것은 그가 《임의의 예속》[1]이라고 제목을 붙인 논문에서이다. 모르는 자들은 이 작품을 더 적당하게 《반

---

[1] 1576년에 신교도들이 이 작품을 불온한 팸플릿 속에 끼워서 출판했다.

전제론(反專制論)》이라고 이름 지었다. 그는 폭군에 대한 자유의 옹호를 위해 이를 논문 형식으로 쓴 것이다.

이 논문은 오래 전부터 이해력 있는 사람들에게 읽혀지고 있는데, 마땅히 권장할 만한 가치가 있는 문장이다. 왜냐하면 훌륭하고 알찬 작품이기 때문이다. 하지만 이것이 그가 할 수 있는 최선의 작품이 아님은 말할 나위도 없다. 더 나이가 들어 내가 그를 알게 된 연대에 내가 취한 것과 같은 의도로 그의 머릿속에 떠도는 생각을 글로 써둘 생각이 났더라면, 그는 많은 귀중한 작품들로, 우리를 고대의 영광에 더욱더 접근시켜 줄 수 있었을 것임에 틀림없다. 본성의 소질에 관한 부문에서 나는 그에 비길 만한 사람을 알지 못한다. 그러나 그가 써놓은 것으로는 이 논문밖에 남아 있지 않다. 그는 이것이 그의 손에서 사라진 이후 다시는 보지 못했으리라고 생각한다. 그리고 또 하나, 내란 때문에 유명해진 '정월 칙령'[2]에 관한 비망록 몇 편이 있는데, 이것은 아마 다른 사람의 손에 의해 그 진가를 빛내고 있을 것이다.

이것이 내가 그의 유작으로 찾아낼 수 있었던 전부이다. 그는 운명할 때 애정에 찬 유언은 물론 유서에서 내가 출판한 그의 작품인 소책자 말고도 나를 그의 장서와 서류의 상속자로 지정해 주었다. 이 작품은 우리가 처음 알게 된 인연이기도 하기 때문에, 나는 그것에 더욱 특별한 애착을 가지고 있다. 나는 그를 만나기 오래 전에 이 작품을 읽어보고 처음으로 그의 이름을 알았고, 하나님이 허락하시는 동안 우리는 일찍이 이와 같이 전적이고 또한 완전한 것은 어떤 책에도 기록된 일이 없고 인간들 사이에 실천되었던 자취도 찾을 수 없는 우정을 가꾸어가도록 정해졌기 때문이다. 이런 우정을 이루기에는 많은 사람들이 서로 만나보아야 하며, 이는 3세기 동안에 한 번 이루어지기도 어려운, 정말 대단하고도 희귀한 우정이었다.

---

2 1562년 정월에 내린 관용의 칙령.

본성이 우리를 사교성보다도 다른 방향으로 가게 하는 것으로 보이는 일은 아무것도 없다. 아리스토텔레스는 말하기를, 우수한 입법자들은 정의보다 우정을 더 소중하게 가꾸었다고 했다. 우정의 마지막 완성을 위한 지점은 이러하다. 대개 탐락이나 이익, 공적이며 사적인 필요성이 꾸며내고 가꾸는 모든 우정은 그 때문에 우정 자체보다는 다른 원인이나 목적과 보상을 우정에 혼합함으로써 본래의 우정만큼 아름답지도 너그럽지도 않으며, 진정 우정답지도 못하다. 옛날부터의 자연적인 교제, 사교적인 교제, 주객 인연적(主客因緣的)인 교제, 성적(性的)인 교제는 따로 떼어서건 합쳐서건, 이 말에는 부합하지 아니한다.

아이들의 아버지에 대한 심정은 존경심이다. 우정은 의사소통으로 가꾸어지는 것인데, 그들 사이에는 차이가 너무 심해 우정은 있을 수 없으며, 그것은 아마도 자연의 의무에 위배될 것이다. 왜냐하면 아버지의 비밀스러운 생각들을 자녀에게 터놓고 전달하는 것은 격에 맞지 않는 친밀성이며, 우정의 제일차적인 봉사의 하나인 견책과 교정은 자녀들이 아버지에게 행사할 수 없는 일이기 때문이다. 어느 나라에서는 관습으로, 그들 사이에 일어날 수 있는 장해를 피하기 위해 아들이 아비를 죽이고, 아비가 아들을 죽였다. 그런 일들은 그 나라에서는 당연한 일로 한편이 잘되기 위해서는 다른 편이 없어져야만 했던 것이다.

철학자 중에는 이 자연적인 결연을 경멸하는 자도 있었으니, 아리스티포스가 그러한 예이다. 어느 때 누군가가 그에게 자식은 그에게서 나왔으니 자식에게 애정을 가져야 한다고 다짐했다. 그 말에 그는 침을 뱉으며 이것도 자기에게서 나왔다고 하고, 이와 벌레들도 사람에게서 나온다고 했다.

형제란 자애에 찬 아름다운 이름으로, 그런 이유에서 우리, 그와 나는 의형제를 맺었다. 그러나 재산의 혼합과 분배, 그리고 하나가 부유하려면 하나는 빈한하게 된다는 사정은 형제간의 맺음을 놀라울 만큼 약화시키고 풀어지게 한다. 형제들은 한 길과 한 줄을 타서 그들의 앞길을 개척해 나가야 하기 때문에, 그들은 종종 서로 밀어젖히거나 충돌하지 않을 수 없다. 그러한데 그들 사이에 이런 진실하고 완벽한 우정이 나오게 되는 의기투합과 친분이 생길 수 있겠는가? 아버지와 아들은 기질이 서로 다를 수 있으며, 형제간 역시 그러하나. 이 자는 내 아들, 저 자는 내 친척으로, 이때 상대방은 대부분의 경우 사귀기 힘든 자이거나 악한이거나 바보이다. 그리고 이들의 관계는 자연의 법칙과 의무가 명하는 우정이니 만큼, 우리의 선택이나 자유의사의 요소는 더욱 희박해진다. 대체로 우리의 자유의사는 애정과 우정을 생산하는 것보다 더한 자기 고유의 생산을 다하지는 못한다. 그렇다고 내가 이런 친척관계에 있을 수 있는 가장 아름다운 애정을 경험해 보지 않은 건 아니다. 더욱이 내 아버지는 노령에 이르기까지 세상 사람들 가운데 가장 훌륭한 아버지였고 대단히 관대했으며, 또한 형제간의 우애라는 점에서도 모범적이었다.

그리고 나 자신,
내 동생들에 대한 아버지 같은 애정으로 알려졌다.
— 호라티우스

여기 여자에 대한 우정을 비교해 보면, 그것은 우리의 선택에서 나오지만, 우정의 범주에 넣을 수는 없다. 그 불타는 정열을 내 고백하건대 —

사랑의 심려에 쓰디쓴 감미를 섞는 여신도,
나 모르는 바 아니로되.
— 카툴루스(Gaius Valerius Catullus)

더욱 활발하고 태우는 듯 격렬하다. 그러나 절도가 없고 경박하고 동요하는 잡다한 불꽃이며, 작열하다가 갑자기 수그러들기 쉬운, 우리의 한구석밖에 잡지 못하는 열병의 불꽃이다. 우정은 전반적이고 보편적이며, 그러면서도 절제 있는 고른 열이고, 견고하고도 침착한 열이다. 거칠고 찌르는 점이란 전혀 없으며, 아주 보드랍고 매끈한 심정이다. 더욱이 사랑의 열은 우리에게서 빠져 달아나는 것을 잡기 위해 뒤쫓는 강제된 정욕이 있을 뿐이다.

> 사냥꾼은 추위와 더위에도 불구하고
> 산악으로 계곡으로 산토끼를 쫓아간다.
> 그는 이미 포획한 것은 거들떠볼 생각이 없고
> 달아나는 짐승에게만 욕망이 생긴다.
> ─ 아리오스토(Ludovico Ariosto)

사랑은 우정의 경계, 다시 말해 의지의 화합으로 들어가면 바로 사라지며 수그러진다. 육체라는 목표가 있고, 포만에 빠지는 성질이 있기 때문에, 사랑은 향락에 의해 소멸된다. 그와 반대로 우정은 정신적이며 그 실천으로 심령이 세련되기 때문에 욕구함에 따라 기쁨이 오며, 오직 그 향락에 의해서만 일어나고 가꾸어지고 성장한다. 나는 한때 이 완벽한 우정의 지배를 받고 있는 동안 경박한 애정들이 내 속에 자리를 차지한 일이었다. 내 친구[3]는 자기의 시에 이런 심정을 고백하고 있으니, 그의 경우에는 말할 것도 없다. 그리하여 이 두 가지 정열들은 내 속에 들어와 서로 알게 되었으나 결코 비교될 거리는 아니었다. 우정은 고매하고 숭고한 비상(飛翔)으로 그 방향을 유지하며, 사랑이 멀리 저 아래 길을 뚫고 가는 것을 경멸하며 내려다보고 있었다.

결혼으로 말하면, 그것은 들어갈 때 자유로운 흥정일 뿐, 그런 외에도─속박

---

3 라 보에시를 말한다.

과 강제에 의해 지속되며, 우리의 의사보다는 다른 곳에 매여 있다─보통 다른 목적으로 이루어지는 흥정이기 때문에 저 청신한 줄을 끊고 애정을 혼탁하게 하기에 충분한 많은 외부적 사정이 착종(錯綜)되어 있으니, 이를 풀어나가야 한다. 그런데 우정에서는 그 자체밖에는 아무런 일도, 흥정도 없다. 사실대로 말하자면 여자들의 일반적인 능력은 이 거룩한 결연을 가꾸어가는 유모인 화합과 친교에 적합한 소질을 가지지 못했다. 그리고 여자들의 심령은 밀착하여 지속되는 결연의 포옹을 지탱해 갈 만큼 충분히 견실하지도 않다. 남녀간의 애정에서 심령은 전적으로 향락을 누릴 뿐 아니라, 신체도 그 결합에 참여한다. 인간이 전적으로 매이는 저 자유롭고 임의적인 친교가 이루어질 수 있다면, 우정은 그 때문에 더욱 충만하고 완벽하게 될 것이 틀림없다. 여자들은 아직 거기에 도달해 본 적이 없다. 그리고 옛날의 학자들은 전반적으로 여자들을 우정에서 제외시키는 데 의견이 일치하였다.

그리스의 방자한 풍습[4]은 우리 풍속에 의해 정당하게 거부되고 있다. 그리고 이 결연은 그들의 습관에 따라 애인들 사이에 필연적으로 나이의 차가 심하고 그 성질이 다르기 때문에 우리가 요구하는 우정의 조건인 완전한 결합과 조화를 충분히 성취시키지 못할 것이다.

"우정의 사랑이란 무엇인가? 어째서 그것은 못생긴 청년에게도 잘난 노년에게도 결부되지 않는가?"(키케로)

아카데미아[5]가 그려 보이는 묘사도 내가 그에 관하여 생각하는 바를 뒤집어 놓지는 않는다. 곧, 비너스의 아들이 어떤 어린 청춘의 꽃다운 모습으로 애인의 마음에 일으키는 초기의 열정에는 절도 없는 정열의 온갖 당돌한 광태가 섞여 있지만, 싹이 틀 나이가 되기 전이고, 정신의 모습은 가려져 있기 때문에

---

4 동성연애를 말한다.
5 플라톤의 학교.

그 우정은 정신에 작용하지 못한다. 이 열정에 사로잡힌 자가 천한 마음을 가졌다면, 그가 사랑을 추구하는 방법은 재산, 선물, 직위, 승진에 관한 은혜 따위로 대개 사람들에게 비난받는 천한 대가에 의한 흥정이게 마련이다. 만일 더 관후한 덕성을 가진 자에게 이러한 정열이 찾아오면 그 방편은 철학적 교양과 종교를 숭앙하는 훈육, 법률의 준수, 조국을 위한 헌신, 용감성, 예지, 정의감 등 그 사귐은 더 고상해진다. 신체의 미가 퇴색된 다음일지라도 그 심령이 우아함과 아름다움에 의해 애인에게 용납될 수 있도록 노력하며, 이런 정신적인 교제로 더 견고하고 지속적인 관계가 세워지기를 바란다.

이러한 추구가 적절하게 성과를 얻게 될 때—사랑하는 자에게는 한가한 시간과 신중한 사려를 이 추구에 사용하기를 요구하지 않으나, 사랑받는 자에게는 이것을 엄격하게 요구한다. 곧, 그는 알기 어렵고 가려져 잘 발견되지 않는 내적인 미를 판단해야만 한다—그때는 사랑받는 자에게 정신적인 상념의 욕망이 생겨난다. 이것이 중요한 요소이다. 육체적 사랑은 우발적이며 제2차적인 요소일 뿐이다. 이러한 점이 바로 사랑하는 자와는 정반대이다. 이런 이유에서 사람들은 사랑받는 자를 더 소중히 여긴다. 그리고 여러 신들 역시 그쪽을 더 중시한다고 증명하면서, 시인 아이스킬로스가 아킬레우스와 파트로클레스의 사랑에서 그리스에서도 가장 뛰어난 미남자이며 당시 새파란 청년이던 아킬레우스에게 사랑하는 자의 역할을 맡긴 것을 심하게 책망하고 있다.

이러한 친교가 세워진 다음에는 더 주장되고 더 품위 있는 부분이 그 기능을 발휘하며 우세하기 때문에 사적으로나 공적으로 대단히 유익한 성과가 이루어진다고 그들은 말한다. 그리고 이러한 우정은 그 실천이 용납되는 나라의 힘이 되며, 여기서 평등과 자유 수호를 위한 힘이 솟아난다고 한다.

그 증거로 하르모디오스와 아리스토게이톤의 건전한 사랑을 볼 수 있다. 그 때문에 그들은 이 사랑을 신성하고 거룩하다고 생각한다. 그들 생각으로는 폭군들의 포학함과 시민들의 비굴성만이 그들의 적이다. 아카데미아를 칭송해 말할 수 있는 것은 거기서 실천되던 사랑이 우정으로 결실을 맺었기 때문이며, 그것은 스토아 학파의 사랑의 정의와도 어느 정도 부합되는 일이었다.

"사랑은 미모에 끌려서 우정을 조성하려는 시도이다."(키케로)

나는 다시 더 공평하고 성낭한 종류의 우정을 묘사해 보기로 한다.

"인간은 일정한 나이에 이름으로써 성격이 형성되어 굳어진 후가 아니면 우정에 관해 충분히 판단할 수 없다."(키케로)

대체로 보통 친우 또는 우정이라 하는 것은 어느 기회에 편의상 맺어져 우리의 심령이 서로 사귀는 친교와 친밀성에 불과하다. 내가 말하는 우정에서는 심령들이 서로 뒤섞여 융합되기 때문에, 그들을 맺는 매듭조차 지워져 알아볼 수 없다. 누군가 왜 당신은 그를 사랑하느냐고 묻는다면, 나는 그 대답을 명쾌하게 표현할 수 없다. 단지 '그가 그였고, 내가 나였기 때문'이라고밖에는.

나의 모든 사유를 넘어, 내가 사적으로 말할 수 있는 것을 넘어, 이 결합의 매체를 어떻게도 설명할 수 없는 운명적인 힘이 있다. 우리는 서로 사람됨을 풍문으로 듣던 인연으로, 아니, 풍문으로 들었다는 이유가 지니는 것보다 더한 힘이 우리 마음에 작용함으로써, 아마도 하나님이 정해 주신 바에 의해 만나기 전부터 서로 찾고 있었다는 것을 나는 믿는다.

우리는 우정의 이름으로 서로를 포용하고 있었다. 그리고 우리가 처음 만난 것은, 우연히도 시내의 어느 큰 연회석의 사람 많은 자리에서였는데, 우리는 너무나 완전한 마음이 맺어지며 서로 잘 알고 있고 서로 마음을 써주는 사이가 되어, 그때부터 세상에 우리 두 사람보다 더 가까운 사이는 없을 정도였다.

그는 훌륭한 라틴어 풍자시를 하나 썼고, 그것은 출판되었다. 이 시에서 그는 우리의 이해가 그렇게도 급격하게 완벽함에 도달한 것을 설명하고 있다. 이 우정의 준비기간은 너무나 짧을 수밖에 없었는데, 그것은 시작이 그렇게 늦었기 때문이다. 우리 두 사람 다 성인이었고, 그의 나이가 몇 살 더 많았으니, 시간을 낭비할 여유가 없었기 때문이다. 그래서 다른 우정들처럼 먼저 조심하여 상대하며 오래 교제하다가 이루어지는 정상적인 유약한 우정의 본을 따를 것도 없었다. 이 우정은 그 자체밖에 다른 생각이 없었고, 그 자체밖에 달리 어떻게도 인연 지을 수 없었다. 그것은 어떤 고려도 없이 이루어졌으며, 전혀 무엇인지 모르는 것들의 혼합의 정수였다. 그것은 내 온 의지를 사로잡아 그의 의지 속에 몰입시켜 지워버렸고, 마찬가지로 그의 온 의지를 사로잡아 하나의 갈망으로 내 의지 속에 몰입시켜 지워버렸다. 나는 지워버렸다고 했지만, 실은 우리 자신의 것이라고는, 그의 것도 나의 것도 남긴 것이 없었다.

로마의 집정관들이 그라쿠스(Tiberius Sempronius Gracchus)에 대하여 선고를 내리고 나서, 그와 내통하고 있던 자들을 소추하는 자리였다. 라엘리우스가 카이우스 블로시우스—그는 그라쿠스의 친구들 중에 으뜸이었다—에게, 그라쿠스를 위해 무슨 일을 하겠느냐고 심문하였다. 블로시우스는 모든 일을 하겠다고 대답하였다.

"뭐? 모든 일? 그래, 그가 그대에게 우리 사원에 불을 지르라고 했다면?" 카이우스가 다시 물었고, 블로시우스는 대답했다.

"그는 결코 그런 일을 요구하지 않았을 것이오."

"그러나 했다면?"

"복종했을 것이오."

역사에서 말하듯, 그가 그렇게도 완벽하게 그라쿠스의 친구였다면, 그는 이 마지막의 과감한 고백으로 집정관들을 모욕할 필요가 없었을 것이며, 그가 그라쿠스의 의지에 대해 가진 확신을 버려서는 안 될 일이었다. 그렇지만 이 대답을 도발적이라고 비난하는 자들은 이 우정의 신비를 이해하지 못하고, 블로시우스가 그 현실대로 우정의 힘과 이해에 의해 그라쿠스의 의지를 잡고 있었음을 짐작도 하지 못한 것이다. 그들은 시민이기 이전에 친구였고, 자기 나라의 친구나 적이라기보다, 야심이나 반란의 친구라기보다 더한 친구였다. 서로가 마음을 맡겼기 때문에 그들은 완전히 상대방 의향의 고삐를 잡고 있었다. 그리고 이성의 힘과 지도에 의해 이를 몰게 되었기 때문에—그리고 그것 없이 이 우정을 멍에 지울 수 없었을 것이므로—블로시우스의 대답은 당연한 대답이었다. 만일 그들의 행동이 서로 어긋났던들, 그들은 내가 말하는 척도에 의한 상호간의 친구가 아니며, 그들 자신에게도 친구가 아니었을 것이다.

그뿐 아니라 이 대답은, 만일 누가 나에게, 당신의 의지가 당신 말을 죽이라고 명령한다면 그렇게 하겠느냐고 묻는데, 내가 동의했으리라 하는 것과 같이 전혀 진실처럼 들리지 않는다. 나는 내 의지에 대해, 그리고 친구의 의지에 대해 의심을 품을 여지가 없으므로, 그런 행동을 하는 데 내가 동의하리라는 예측 같은 것은 전혀 불필요하다. 이 세상의 어떠한 변론의 힘을 가지고도 내 친구의 의향과 판단력에 대해 가진 나의 확신을 버리게 할 수는 없다. 그의 행동이 어떠한 모양으로 나타나든 내가 그 동기를 알아보지 못할 리는 없다. 우리의 심령은 완벽하게 하나였고, 너무나 열렬한 애정으로 각자의 오장육부까지 드러내놓았기 때문에 나는 그의 마음을 내 마음같이 알고 있었고, 내 일에 대하여 나를 믿기보다 그를 더 기꺼이 믿을 정도였다.

우리의 우정을 세상의 범속한 우정 따위와 같이 취급할 수는 없다. 나는 어느 누구보다도 우정에 관해, 그리고 가장 완벽한 것에 대해서도 잘 알고 있지만, 이 두 우정의 규칙을 혼동하라고 충고하지는 않는다. 그렇게 하는 데서 오해가 생길 것이기 때문이다. 세상의 다른 우정에서는 고삐를 손에 단단히 잡고 조심하고 주의하지 않으면 안 된다. 결코 그 결합은 서로 믿지 못할 일이 없도록 맺어져 있지 않기 때문이다.

킬론은 말했다.

"어느 날 그를 미워할 것같이 그를 사랑하라. 어느 날 그를 사랑해야 할 것이라고 생각하며, 그를 미워하라."

사람들이 주장하는 최고의 우정에 너무나 가증스럽게 울리는 이 교훈은 일반적인 우정의 실천에서는 알맞은 생각이지만, 이런 경우에는 아리스토텔레스가 자주 말한 다음의 말을 적용해야 할 것이다.

"오, 내 친구들이여, 친구란 없다."

이런 고상한 교제에는, 세상의 일반적인 우정을 가꾸어내는 봉사와 혜택 따위는 고려할 값어치도 없다. 우리 의지의 그러한 충만한 혼동이 그 이유이다. 내가 자신에 대하여 가진 우정은 스토아 학파들이 무슨 말을 하건 내가 필요한 때 받는 도움 때문에 증가하지도 않고, 내가 자신에게 해주는 봉사에 아무 감사도 느끼지 않는 것과 마찬가지로 이들 친구의 결합은 완전하다. 그러하기 때문에 이 우정은 그들 사이에 의무의 관념을 없애고 은혜, 의무, 감사, 간청, 치사 따위의 분리와 차별을 의미하는 말을 쓰기를 거부하고 배척하게 한다. 사실상 그들 사이에는 의지, 사색, 판단, 재산, 여자, 어린아이, 명예, 생명 등 모두가 공통이며, 그들의 화합은 아리스토텔레스의 타당한 정의에 의하면, 한 심령이 두 육체에 있는 까닭에 그들은 서로 무엇을 빌린다든가 준다든가 할 수 없다. 그 때문에 법을 만드는 자들이 결혼에 이 거룩한 결합의 상상적 유사성으로 명예를 주기 위해 남편과 아내 사이에 증여행위를 금지한다. 이렇게 법을 만드는 의도는, 그리하여 모든 것이 각자의 것이 되며 둘이 아무것도 쪼개거나 떼어 갖지 못하게 하려는 것이다.

내가 말하는 우정에서는 한 친구가 다른 친구에게 무엇을 준다면, 그것을 즐겁게 받음으로써 상대방에게 오히려 은혜가 되고, 감사의 마음을 가지게 한다. 왜냐하면 각자 무엇보다도 상대방에게 좋은 일을 하고 싶은 마음이 지극하여 그런 기회를 만들어내는 자가 가장 바라는 일을 스스로보다 상대방에게 먼저 실현시킴으로써 친구를 만족스럽게 하는 것이기 때문이다. 철학자 디오게네스는 돈이 떨어지면, 친구들에게 달라고 하지 않고 돌려달라고 하였다 한다. 이런 일이 실행되었던 실상을 좀더 잘 보여주기 위해 나는 옛날의 기특한 사례를 하나 들어보겠다.

코린트 사람 에우다미다스에게는 시키온 사람 카리크세노스와 코린트 사람 아레테우스 이렇게 두 친구가 있었다. 자기는 가난한 형편이었으며, 죽어가고 있었다. 그리고 친구들은 부유하였다. 그는 이렇게 유언을 작성했다.

"나는 아레테우스에게 내 어머니를 봉양하고 그 노후를 보살펴줄 일을 상속한다. 카리크세노스에게는 내 딸을 결혼시키고, 힘이 닿는 한의 지참금을 줄 일을 상속한다. 그리고 둘 가운데 하나가 죽게 될 때는, 살아남은 자에게 이 권리를 대행시킨다."

이 유서를 본 자들은 비웃었다. 그러나 그 피상속자들은 만족해하며 유언의 내용대로 할 것을 수락했다. 그 닷새 뒤에 카리크세노스가 죽었고, 그에게 주어진 권리는 아페테우스에게 돌아갔다. 아페테우스는 에우다미다스의 어머니를 잘 봉양하고, 자기 재산 5탤런트 중에서 2탤런트 반은 자기 외동딸에게, 나머지 2탤런트 반은 에우다미다스의 딸에게 주어, 같은 날 결혼식을 올리게 했다.

이 사례는 한 조건, 곧 친구가 둘이라는 조건을 제외하고는 완전하다. 왜냐하면 내가 말하는 완벽한 우정은 도저히 둘 이상으로 나눌 수 없기 때문이다. 자기 전체를 한 친구에게 맡기는 까닭에, 다른 사람과는 더 나눌 수가 없다. 반면에 그는 자기가 둘, 셋, 넷이 아니어서 여러 심령과 여러 의지를 갖지 못함으로써 이 모두를 한 대상에게 넘겨줄 수 없어서 한이 된다.

일반의 우정은 여럿으로 분할될 수 있다. 이 사람에게는 미모를, 저 사람에게는 그 허물없음을, 또 다른 사람에게는 관후성을, 저 사람에게는 친척 됨을, 또 다른 사람은 형제이니까 하는 식으로 사랑하는 방향이 다를 수 있다. 그러나 우정은 심령을 소유하여 지상권을 가지고 지배하는 만큼 그것이 이중으로 된다 함은 전혀 불가능하다. 만일 둘이 동시에 구원을 청한다면 어디로 향해 가겠는가? 만일 그들이 그대에게 반대되는 봉사를 요구하면, 어느 요구부터 받아들이겠는가? 만일 한 사람은 알고 싶어 하는 것을 다른 사람은 비밀로 해 달라고 당부한다면 어떻게 할 것인가? 유일하며 주체적인 우정은 모든 다른 의무를 면제해 준다. 아무에게도 말하지 않겠다고 스스로 맹세한 비밀을, 나와 다른 자가 아닌 그자 곧, 친구에게는 망설임 없이 알려줄 수 있다. 그는 나다. 자기가 이중이라는 것은 하나의 큰 기적이다. 자기를 삼중으로 할 수 있다고 말하는 자는 이 우정의 높이를 이해하지 못한다. 대등한 것이 있는 정상(頂上)이란 있을 수 없다. 내가 그들 중 어느 편이나 똑같이 사랑하고, 그들도 내가 그들을 사랑하는 만큼 서로 사랑하고, 나를 사랑한다고 예상하는 자는 — 이는 가장 유일하고 단일한 것으로 되어 있으며, 단 하나라도 이 세상에서 찾아보기 힘든 일인데 — 이런 우정을 조합으로 여럿을 만든다.

이 이야기의 다른 부분은 내가 말하는 바에 아주 잘 들어맞는다. 왜냐하면 에우다미다스는 자기의 친구들을 필요한 대로 이용하는 것을 그들에게 은혜와 혜택을 주는 일로 생각하기 때문이다. 그는 그들을 자기 관후성의 피상속자로 삼는다. 관후성이란 자기에게 혜택을 줄 수 있는 방법을 마련하는 일이다.

그리고 우정의 힘은 아레테우스의 사실에서보다 그의 사실에서 더 풍부하게 나타난다. 결국 이는 우정을 알지 못하는 자들로서는 상상할 수도 없는 행동이다. 그리고 이 때문에 나는 한 젊은 병졸이 키루스에게 한 대답을 훌륭하다고 칭찬한다. 키루스가 그 병졸에게 경기에서 승리한 말을 얼마나 주면 팔겠느냐고, 왕국을 주면 말하고 바꾸겠느냐고 물었다. 그 물음에 병졸은 다음과 같이 대답했다.

"못합니다, 임금님. 그러나 내가 친구 될 수 있는 한 사람을 만난다면, 그를 친구로 얻기 위해 이것을 내놓을 수는 있습니다."

그는 '내가 친구 될 수 있는 한 사람을 만난다면' 이라고 잘 말했다. 아무라도 피상적으로 사귀기에 적당한 사람은 쉽게 찾아낼 수 있다. 그러나 마음을 속속들이 터놓고 행동하며, 서로 남겨둔 것이 없는 우정에서는 행동의 모든 원천이 완벽하고 명료하고 확실해야만 할 일이다.

한끝으로밖에 매여 있지 않은 결연에서는, 특히 이 한끝에 관계되는 불완전한 것만의 보충을 받을 뿐이다. 그리고 나와 나를 섬기는 자들이 세우는 가족적인 친지관계에서는 나도 같은 행동을 한다. 내 의사나 변호사의 종교가 무엇이건 내게는 아무 상관도 없다. 이런 일은 그들이 내게 해주어야 할 우정의 봉사와는 전혀 관련성이 없다. 나는 하인이 정숙한가에 대해서는 별로 따져보지 않는다. 그가 부지런하기만을 요구한다. 그래서 마부가 노름을 하건 말건, 내 요리사가 욕을 잘하건 무식하건 상관하지 않는다. 나는 세상에서 해야 할 일은 어떻다고 참견하지 않는다 ― 다른 사람들은 잘 참견한다 ― 다만 나는 내가 하는 일만을 참견한다.

나는 내 일을 이렇게 처리한다, 그대는
그대 일이 잘되도록 하라.
― 테렌티우스(Terentius)

나는 식탁에서의 친밀성에는 신중성보다도 재미를, 침대에서는 착한 것보다도 예쁜 것을, 토론의 자리에서는 정직성이 없더라도 능력을 결부시켜 본다. 일에 대해서도 이와 마찬가지이다.

막대기[6]를 말이라고 걸터타고 아이들과 함께 놀고 있다가 이 모습을 본 자에게 아버지가 되기까지 아무 말도 하지 말고 있으라고, 그때에는 마음에 애정이 일어나 이런 행동의 공평한 비판자가 되리라고 한 자와 같이, 나 역시 내

---

[6] 막대기 말. 아게실라오스의 고사.

가 말하는 것을 경험해 본 사람들에게 전하고 싶다. 그러나 이러한 우정이 언제나 있는 것과는 얼마나 인연이 멀며, 얼마나 드문 일인가를 잘 알고 있다. 그래서 나는 이에 대한 정당한 비판자를 찾아보리라고 기대하지도 않는다. 이 문제에 관해 옛날부터 내려온 이야기도 내가 우정에 대해 가진 심정에 비하면 느즈러진 것같이 보인다. 그리고 이 점에서 그것은 철학의 교훈 자체보다도 훨씬 더 훌륭하다.

내가 양식이 있는 한, 좋은 친구와 비교될 것은 아무것도 없다.
— 호라티우스

옛날 메난데르는 단지 친구의 그림자라도 만나볼 수 있는 사람이라면, 그는 행복한 자라고 말했다. 맞는 말이다. 그 자신의 경험에 의한 것이라면 충분히 그렇게 말할 만하다. 내가 일생을 생각해 볼 때, 후반에는 하나님의 돌보심으로 편안하고 순탄한 생애, 친구를 잃은 외에는 심한 고통이 없었고, 다른 어떤 재미도 찾을 것 없이 내가 본성으로 지닌 재미만을 얻어왔다. 그러나 일생을 내가 이 인물과 함께 감미로운 사귐으로써 지내며 누릴 수 있었던 4년 동안의 세월에 비한다면, 내 한 생애는 운무(雲霧)와 같이 컴컴하고, 지루한 밤에 불과하다. 내가 그를 잃은 날부터 —

내가 눈물 흘리며 칭송하기를 그치지 못할 날이며,
이것이 그대들의 의지였느니, 오, 신들이여!
— 베르길리우스

나는 힘없이 쇠진할 뿐이다. 내게 오는 쾌락마저 나를 위로하기는커녕 그를 잃은 설움을 한층 더 절절하게 느끼게 한다. 우리는 서로의 반쪽이었다. 나는 내가 그의 몫을 빼앗고 있는 것만 같다.

　　그리고 내가 나와 생명을 나누어 가졌던 자와 같이 얻지 못하는 한,
　　나는 어떠한 쾌락도 더 가질 수 없다고 결심했다.
　　─테렌티우스

　나는 어느 곳에서나 그의 반신(半身)으로서 있었는데, 그것이 버릇이 되어
이제는 반쪽으로밖에 살아 있지 않는 것 같다.

　　일찍이 죽음의 타격이 내 영혼의 반을 빼앗아간 이래로,
　　나머지 반인 나는 어째서 여기 어물거리고 있는가.
　　이제는 아까운 목숨도 아니고, 살아 보람 있을 목숨도 아닌데,
　　그날이 우리 서로의 마지막이었노라.
　　─호라티우스

　행동에서건 사상에서건, 그가 있었더라면 모든 일이 잘될 것 같아, 그의 부
재(不在)가 원통하기만 하다. 왜냐하면 그는 모든 능력과 덕성에서 나와 비교
할 수 없을 정도로 탁월했고, 아울러 우정의 의무에서도 그러했기 때문이다.

　　그렇게도 소중한 생명을 잃은 통한(痛恨) 앞에 수치니 절제니 하는 것이
　있을 수 있으랴?
　　─호라티우스

　　오! 슬프도다, 형제여, 그대를 잃다니.
　　그대의 달콤한 우정이 인생을 고르던 우리 희열은 모두

그대와 더불어 단번에 사라졌도다.

그대 죽음으로써 내 온 삶은 부서진다, 형제여!

그대와 더불어 우리 심령은 무덤으로 내려가고,

그대 죽은 후 나는 내 심령의 모든 열락(悅樂)을 내 마음에서 쫓아냈다.

그대에게 다시는 말도 못할 것인가?

그대 목소리 다시는 듣지 못할 것인가?

다시는 그대를 볼 수 없을 것인가?

생명보다도 더 소중한 형제여!

나는 언제까지나 그대를 사랑하리라.

—카툴루스

그러나 이제 열여섯 살 된 이 소년의 말을 좀 들어보자.

이 작품은 그 후 우리의 정치 상황을, 그 개선 여부는 염두에도 두지 않고, 오히려 혼란시키려고 하는 자들의 사악한 의도에 의해 출판되어, 그들 특유의 다른 문장들 속에 섞어놓았다. 그래서 나는 그것을 여기 같이 올릴 생각은 그만 접었다. 그리고 나의 이 작가에 대한 추억이, 그의 사상과 그의 행동을 가까이서 잘 관찰하지 않은 자들 때문에 손상을 받지 않도록 나는 그가 어린 시절에 다만 공부의 방법으로 많은 서적에서 따온 범속한 재료를 가지고 이 작품을 꾸며냈음을 그들에게 알린다. 나는 그가 기록한 것을 그대로 믿고 있었다고 하는 사실은 결코 의심하지 않는다. 그는 장난으로 하면서도 거짓말은 하지 않을 정도로 충분히 양심적이었기 때문이다.

내가 그에 대하여 더 알고 있는 것은, 만일 그가 택할 수 있었더라면 그는 샤를라크에서보다 베니스에 출생했을 것이라는 사실이다. 그것은 당연하다. 그에게는 깊이 감명을 준 교훈이 있었다. 그것은 자기가 출생할 나라의 법률에 경건하게 복종하고 예속되려는 의지이다. 그보다 더 선량한 시민은 없었고,

그보다 더 국가의 안녕을 위해 근심한 자는 없었으며, 그보다 더 자기시대의 동요와 개혁사상에 반대하는 자는 없었다. 그는 그들을 격려하고 지원하기보다 차라리 그것을 종식시키기에 자기 능력을 사용하고 싶었을 것이다. 그는 이 시대보다 옛 시대의 틀에 정신을 박아냈던 것이다.

그러면 이 근실하고 정직한 작품 대신에 다른 한 작품을 대치해 놓겠다. 이것은 그와 같은 연대에 쓴 것으로서 더 쾌활하고 희롱조이다.

절도(節度)에 대하여

마치 우리의 접촉이 불결한 일이듯 우리는 스스로 조작하기 때문에 그 자체로는 아름답고 좋은 사람들을 부패시키고 있다. 우리가 거칠고 맹렬한 욕망으로 도덕을 아우르면, 우리는 그것으로써 악이 구성되는 식으로 도덕을 파악하는 수가 있다. 도덕에는 결코 과분함이 없다고 말하는 자들은 만일 과분함이 있으면 도덕이 아니기 때문이라고 한다. 그러나 그것은 장난에 불과하다.

만일 도덕에서 절도를 잃으면,
현자는 몰상식한(沒常識漢)으로, 정의로운 자도 불의한 자로 불릴 만하다.
― 호라티우스

이는 철학상의 미묘한 고찰이다. 사람은 도덕을 사랑하는 데에도 지나칠 수 있고, 정당한 행동도 지나칠 수 있다.

"필요 이상 현명하지 말고, 적당하게 현명하라."

이러한 성서의 말씀은 틀린 것을 옳다고 주장하는 말에 부합된다.

나는 어느 권세 있는 자가 자기 지체에 맞는 예에서 벗어나는 신앙심을 보이다가, 좋지 않은 평판을 듣는 것을 보았다. 나는 절도 있는 중용의 마음씨를 좋아한다. 선을 행함에도 절도가 없으면, 역겹지는 않다 해도 놀랍고, 그것을 뭐라고 해야 좋을지 당황스럽다. 파우사니아스의 어머니가 아들의 죽음을 가장 먼저 알려주고 나서 그 무덤에 최초의 돌을 날렸다든가, 집정관 포스투미우스가 자기 아들이 젊은 혈기로 대열을 벗어나 적지에 쳐들어갔다고 하여, 비록 성과를 올리기는 했지만, 그를 죽이게 한 것 따위는, 내게는 정당하기보다는 괴상하게 보인다. 그래서 나는 이렇게 촌스럽고 천하며 희생이 심한 도덕을 따르라고 권하고 싶지는 않다.

과녁 너머로 활을 쏘는 자는 화살이 과녁에 못 미친 경우와 같다. 과녁을 맞히지 못하여 실패하기는 마찬가지이기 때문이다. 우리의 눈은 캄캄한 곳으로 나아갈 때처럼 너무 밝은 빛으로 나아갈 때도 잘 보이지 않아 혼란스럽다. 플라톤에 나오는 칼리클레스는 과도하게 치우친 철학은 유해하다고 하며, 이익이 되는 정도를 넘어 대상에 빠져들지 말라고 충고한다. 철학을 절도 있게 받아들이면 유쾌하고 유익하지만, 무절제하게 빠져들면 마침내는 사람을 거칠고 악하게 만든다고 한다. 곧, 일반적인 종교와 법률을 경멸하게 하고, 사람들과의 교제를 피하게 하며, 인간적인 쾌락을 적대시하게 하고, 모든 정치적 사건의 처리나 남을 돕는 일, 아니, 자기를 지키는 일까지도 불가능하게 하여 이유 없이 뺨을 얻어맞아도 대항 한번 못하는 인간이 되게 한다고 한다. 그의 말이 옳다. 철학을 과도하게 공부하면 그 앎이 우리의 타고난 자유를 속박하게 된다. 오히려 배운 꾀가 탈이 되어 자연이 우리에게 그어준 좋고 탄탄한 길에서 벗어나게 되기 일쑤이다.

우리가 아내에게 애정을 가지는 것은 극히 정당하다. 그런데 신학에서는 이 애정도 억제하고 제한하라고 주장한다. 나는 전에 성 토마스의 글, 친척간의 금지된 결혼을 비난하는 대목에서, 이 경우 여자에 대한 애정이 절도를 잃는 것을 무엇보다도 큰 이유로 들고 있던 사실을 기억한다. 당연히 그래야 하지만, 만일 남편의 애정이 완전하다면, 친척으로서 갖는 애정은 넘치는 과도함으로, 이 경우 남편의 아내에 대한 애정은 이성의 한계를 벗어나게 될 것이기 때문이다.

신학이나 철학과 같이 인간의 행동을 규제하는 학문은 모든 일에 참견한다. 아무리 개인적이고 비밀스러운 행동이라도 그들의 심사와 비판으로부터 벗어날 수 있는 것은 없다. 그들이 자유를 비판하는 것은 풋내기의 소리이다. 여자들이란 남자와 통하려면 얼마든지 몸을 내놓지만, 의사의 치료를 받기 위해서는 수치심 때문에 망설인다. 그러므로 만일 그들 중에 그들이 아내와 함께 누리는 쾌감에 절도를 지키지 않는다고 해도 마땅히 책망 받아야 한다. 그렇게 해야 하는 이유는 그 경우에도 불법적인 교제에서처럼 방자하고 음탕한 짓으로 실수할 염려가 있기 때문이다. 우리의 최초의 열기에 의한 이런 염치없는 행동은 아내들에 대하여 점잖지 못할 뿐 아니라, 해롭기까지 하다. 여자들은 이러한 몰염치는 약간이나마 다른 데서 배워야 한다. 그녀들은 언제나 우리의 필요를 위해 충분히 깨어 있다. 나는 이를 위하여 자연스럽고 단순한 방법밖에는 쓰지 않았다.

결혼이란 신앙적인 경건한 결합이다. 그 때문에 그로 인한 쾌감은 조심스럽고 성실하고, 약간은 엄격성에 관련이 있어야 한다. 그것은 어느 면, 신중하고 양심적인 탐락이라야 한다. 그리고 그 주요한 목적이 출산에 있는 까닭에 여자가 늙었다든가 잉태한 경우처럼 우리가 그 성과를 목적으로 하지 않을 때도 여자의 포옹을 탐할 수 있는가 하고 의심을 품는 자들도 있다. 그것은 플라톤이 언급한 내용이기도 하다. 어느 나라에서는, 특히 회교 국가에서는 잉태한 여자와 관계하는 것을 극기(極忌)한다. 또 여러 나라에서는 월경 중에 관계하는 일을 꺼린다. 제노비아[1]는 남편을 한 번밖에 받아들이지 않았고, 잉태 중에는 남편이 자유롭게 방황함을 허용했으며, 해산을 한 뒤에라야 다시 시작하는 권한을 주었다. 결혼생활의 장하고도 관후한 본보기이다.

다음은 플라톤이 오랫동안 쾌락에 굶주렸던 어느 시인에게서 빌려온 이야기

---

[1] 기원전 2세기의 팔뮈라 여왕. 아우렐리아누스 황제에게 사로잡혔다. 정숙한 여성의 상징.

이다.[2] 주피터 신은 어느 날 자기 아내에게 너무 심하게 빠져, 그녀가 침대에 까지 가는 것도 참지 못해 마룻바닥에 뉘어놓았다. 그리고 그 쾌감이 너무 강렬했기 때문에 그의 하늘 궁전에서 다른 신들과 방금 결정한 중대한 일까지 잊어버렸다. 그의 이런 행동은 그가 처음으로 부모 몰래 그녀의 처녀성을 빼앗던 때만큼이나 좋았다고 그는 자랑했다.

페르시아의 왕들은 향연에 아내들을 불러내었다. 그러나 술에 취해 열이 오르며 욕망을 억제할 수 없게 되면, 그들은 절도 없는 정욕을 보여주지 않기 위해, 아내들을 집으로 돌려보냈다. 그러고는 아내들 대신에 이러한 존경의 의무를 느끼지 않는 여자들을 데려오게 했다.

모든 쾌락과 혜택이 모든 사람에게 조화로운 것은 아니다. 에파미논다스(Epaminondas)는 방탕한 한 사내아이를 감옥에 집어넣었다. 그의 가까운 친구 펠로피다스(Pelopidas)가 자기를 보아서라도 그 아이를 방면해 달라고 간청했지만 거절한 그는, 역시 방면을 간청해 온 자기 집 계집애를 보아 허락했다. 그러고는 이런 일에는 여자들의 청이라면 모르지만, 장수의 청으로는 들어줄 것이 못된다고 말했다.

소포클레스(Sophocles)가 페리클레스(Pericles)와 함께 집정관으로 있을 때였다. 마침 예쁜 남자아이가 지나가는 것을 보고 소포클레스가 말했다.

"야, 저 아이 참 예쁘구나."

그 말에 페리클레스가 말했다.

"그런 말은 집정관이 아닌 다른 사람이 하는 말이라면 좋소. 하지만 집정관은 손뿐 아니라 눈도 깨끗해야만 하오."

베루스(Lucius Verus) 황제는, 그가 다른 여자들의 뒤를 쫓아다닌다고 아내가 불평을 터뜨리자 대답하기를, 결혼생활을 위해서는 명예와 품위를 지켜야 하

---

2 호메로스의 《일리아드》에 나오는 이야기이다.

기 때문에 장난으로 하는 외설적인 간음이 아닌 이상, 양심적인 동기에서 다른 여자들과 희롱하는 것이라고 했다. 우리의 고대 종교가들은 여자가 자기 남편의 너무 외설스럽고 절도 없는 욕망에 응하려 하지 않고 쫓아낸 것을 명예로운 일이라고 이야기한다. 결국 절도 없고 과도한 결과로서 책망받지 않는 타락이란 없다.

그러나 인간이란 얼마나 가련한 동물인가? 인간은 자연스러운 조건에서 단 한번이라도 완전하고 순결한 쾌락을 맛보게 되면, 바로 다시 수고해 가며 사색함으로써 그것을 억제해야만 한다. 기교와 연구를 해가며 사색함으로써 억제해야만 한다. 기교와 연구를 해가며 자기의 불행을 더하지나 않는다면, 그의 신세는 덜 가엾기나 할 것이다.

우리는 운명의 비참함을 증가시키는 데 자기 기술을 사용하였다.
— 프로페르티우스(Sextus Propertius)

인간의 예지는 불행을 채색하여 그 심정을 가볍게 하려는 꾀를 쓰는 데는 유리하고 교묘하지만, 자기 차지인 쾌락을 깎아 내리려고 기교를 부리는 일에는 어리석기 짝이 없다. 내가 이에 대한 결정권을 가졌다면 나는 보다 자연스러운 다른 길을 택했을 것이다. 진실을 말하는 편이 더 편리하고 신성하다. 나라면, 스스로를 충분히 강하게 처신하게 할 뿐, 그런 것을 제한하는 짓은 하지 않았을 것이다.

우리의 정신적 또는 육체적 의사들은, 마치 그들끼리 음모라도 꾸민 듯, 고초와 고통과 고생에 의해서밖에 육체나 정신의 질병을 고쳐줄 아무런 치료방법도 발견하지 못하고 있다. 도대체 이게 무슨 당치도 않은 말인가. 밤새우기, 단식, 말총 셔츠, 고독한 원격지로의 추방, 연속적인 감방생활, 매질, 그리고 다른 고통들이 이 때문에 도입되어 왔다. 그런데 이러한 것들은 진실한 고통으로, 찌르는 듯한 아픔이 있어야만 한다. 그러니까 갈릴레오에게 있었던 일이 일어나지 않는 조건으로만 시행되어야 했던 것이다. 처벌을 받기 위해 레스보스 섬으로 추방당한 갈릴레오는 거기서 오히려 편하게 지냈다. 그에게 고통이 되라고 한 처벌이 오히려 그에게 편안함이 되었다는 소문이 로마에 전해졌다. 그들은 즉시 갈릴레오에게 내린 벌과 그 느낌이 부합되게 하려고, 그를 다시 자기 집 아내 옆으로 옮겨 꼼짝 말고 있으라고 명했다. 단식으로 오히려 건강과 쾌활성을 회복하고 생선이 고기보다 더 맛있다는 자, 치료법에서 약을 맛있게 먹는 자에게는 그 처방이 맞지 않듯, 이런 처벌은 조금도 좋은 징벌이 되지 못한다. 쓴맛과 고난이 있는 사정들이 그들의 처벌에 도움이 된다. 대황(大黃)을 버릇처럼 먹는 자에게는 그것을 써보아도 효과가 없고, 위를 고치려면 위를 자극하는 약을 써야 한다. 그래서 사물은 그 반대되는 사물로 고쳐진다는 고통의 법칙이 여기서는 성립되지 않는다. 악이 악을 고친다.

이런 관념은 어떤 점에서는 옛 사람들의 생각과 일치한다. 그들은 우리의 학살과 살인행위로 하늘의 비위를 잘 맞추어준다고 생각하였다. 그래서 이런 일은 종교 측면에서도 허락되었고, 실천되어 왔다. 우리 조상들 시대에도 위축되는 이스트모스를 함락시켰을 때, 그리스 청년 600명을 아버지의 망령에 바쳐, 이 피로 고인의 죄를 속죄해 주기를 기원했다. 그리고 우리 시대에 발견된 신대륙에서는, 우리 땅에 비하면 처녀지인 그곳에서는, 이러한 잔혹한 습관이 도처에서 용납되고 있었다. 그들은 모든 우상들에게 사람의 피를 부어주는데 그 같은 끔찍하고 잔혹한 실례는 다른 곳에서는 찾아보기 어려울 정도이다. 그 고장에서는 사람들을 산 채로 태우는데, 반쯤 탔을 때 불에서 꺼내어 심장과 내장을 뽑아낸다. 다른 자들, 곧 여자들에게는 산 채로 껍질을 벗겨 피가 흐르는 사람 가죽을 다른 사람들에게 입히고 씌워준다. 더욱이 이렇게 하는 데에는 그에 못지않게 강한 믿음에 바탕을 둔 지조와 결심이 있다. 이렇게 희생되는 사람들은, 노인이나 여자, 어린애 할 것 없이 며칠 전서부터 스스로 자기들의 희생에 공물로 바치기 위해 제물을 얻으러 다닌다. 그러고는 자신을 희생물로 바치는 자리에 참석하는 자들과 함께 춤추고 노래하며 도살장으로 나아간다.

멕시코 왕의 대사들은 페르난도 코르테즈에게 자기들 왕의 위대성을 들려준다. 왕에게는 각기 10만 전사를 모을 수 있는 신하 30명이 있고, 하늘 아래 가장 아름답고 가장 강력한 도성에 살고 있다고 하였다. 그렇게 말한 후, 왕은 신들에게 일년에 5만 명의 인간을 제물로 바친다고 덧붙였다. 그들은 자기 나라 청년들을 훈련시키기 위해서뿐 아니라, 전쟁에서 사로잡은 포로들로 제물대에 바칠 거리를 장만하기 위해, 이웃 큰 나라와의 전쟁을 일삼고 있다는 것이었다. 다른 도성에서는 앞서 말한 코르테즈를 환영하기 위해, 50명의 인간을 제물로 바치기도 했다.

이런 이야기를 또 하나 들어보겠다. 그곳 어느 나라에서는 왕에게 패전당하고 나서 친교를 맺기 위해 사신을 보냈다. 사신은 노예, 향, 날개깃의 세 가지 선물을 왕에게 올리며 엄숙하게 말했다.

"대왕님, 여기 노예가 다섯 명 있습니다. 그대가 살과 피를 먹고 사는 오만한 신이라면 이것을 드십시오. 우리는 그만큼 더 그대를 사랑하리라. 그대가 호방한 신이라면 여기 향과 날개깃이 있습니다. 그대가 사람이라면 여기 가져온 새와 실과를 드십시오."

옷 입는 습관에 대하여

나는 무슨 짓을 하려고 해도 번번이 습관의 장벽을 넘어야 한다. 그만큼 습관은 조심스레 나의 모든 행동을 제한하고 있다. 나는 이 추운 계절에 최근 알게 된 여러 나라에서 습관상 사람들이 알몸뚱이로 다니는 것은, 우리가 인도 사람이나 아프리카 사람을 두고 말하듯 더운 날씨 때문에 생긴 불가피한 방식인지, 아니면 그것이 인간 본연의 상태인지를 생각해 보았다. 성경에 의하면, 하늘 아래 있는 모든 것이 동일한 법칙의 지배를 받고 있다. 그러한 이상, 이해력 있는 사람들은 이 법칙을 고려하여 그로부터 본연의 법칙과 인위의 법칙을 구별해 내며, 아무것도 꾸민 것이 있을 수 없는 이 세상의 보편적 질서에 의거하는 습관을 가진다.

그런데 모든 다른 생물은 혹독한 더위나 추위 속에 그 존재를 지속하기 위하여 정확한 분량의 실과 바늘이 공급되어 있는데 인간들만이 결함 있는 불충분한 상태로 출생하여 외부의 도움 없이 자기의 몸을 유지할 수 없는 상태에 있다고는 믿을 수 없다. 나는 식물들이나 살아 있는 모든 것은, 더위나 추위 같은 계절의 침해에 방비하기 위하여 자연적으로 충분한 피복을 갖추고 있다고 생각한다.

이런 이유에서 거의 모든 존재들은
피부, 모발, 패각(貝殼), 경피(硬皮) 또는 수피(樹皮) 등으로 덮여 있다.
—루크레티우스

우리 인간 역시 그러했다. 그러나 인공적인 광명을 지우는 자들과 같이, 우리는 빌려온 방법으로 우리가 타고난 방법을 지워버렸다. 이러한 사례에서 불가능이 아닌 것을 불가능하게 만드는 것이 습관임은 쉽게 알 수 있다. 왜냐하면 의복에 관하여 아무것도 아는 것이 없는 사람들 중에는 우리와 같은 기후와 환경에서 살고 있는 자들도 있기 때문이다.

우리의 신체 중 가장 연약한 부분은 눈과 입과 코와 귀 등 오히려 우리가 늘 내놓고 다닌다. 그리고 우리 고장 농부들은 우리 조상들처럼 가슴과 배를 내놓고 다닌다. 우리가 치마나 그리스 남자의 치마를 입어야 할 환경에서 출생했다면, 자연은 계절의 시달림을 받게 될 우리 신체의 부분들을, 손가락 끝이나 발바닥과 같이 더 두꺼운 피부로 무장해 주었으리라는 것은 정말 그럴싸하지 않은가? 어째서 그것이 믿기 어렵다는 말인가?

내가 옷을 입는 방식과 내 고장 농민의 옷을 입는 방식, 농민의 옷 입는 방식과 자기 피부만 입고 있는 인간들의 방식, 우리는 인간의 옷을 입는 방식에서 큰 차이가 있음을 볼 수 있다. 많은 사람들, 특히 터키에서는 신앙심으로 벌거벗고 다니지 않는가? 어떤 사람이 겨울에 셔츠 바람으로 다니는 거지가 귀까지 수달피 가죽으로 감싸고 다니는 자만큼이나 유쾌하게 지내는 것을 보고 어떻게 추위를 참아내느냐고 물었다. 그 물음에 거지는 대답했다.

"한데 나리, 어떠시오? 나리도 얼굴은 벗었지요? 나는 몸뚱이 전체가 얼굴이오."

이탈리아 사람들이 플로렌스 공작의 어릿광대를 두고 한 말인 듯싶다. 그의 주인이 자기도 추위를 참기 어려운데, 옷도 입지 않고 어떻게 참아내느냐고 물어보자 그는 말했다.

"내가 내 옷을 가지고 하듯 나리도 가지고 있는 옷을 모두 걸쳐보십시오. 나보다 더 춥지는 않을 것입니다."

마시니아 왕은 늙을 때까지, 춥거나 바람이 불거나 비가 와도 머리를 덮고 다니지 않았다. 세메루스 황제도 그러했다고 한다.

이집트 사람들과 페르시아 사람들 사이에 일어난 전쟁에서, 헤로도토스(Herodotos)는 다른 사람과 같이 보았다고 하며 한 사실을 이야기해 주었다. 곧, 거기에 죽어 쓰러진 자들을 보니, 이집트 사람의 머리가 페르시아 사람의 것보다 비교도 되지 않을 정도로 더 단단하더라고 하며, 그 이유는 후자는 머리에 늘 모자를 쓰고 그 위에 터번을 덮어쓰고 있었고, 전자는 어릴 적부터 머리를 깎고 벗고 다녔기 때문이라고 하였다.

그리고 아게실라오스 왕은 노쇠할 때까지 겨울이나 여름이나 똑같이 옷을 입는 습관을 지켰다. 카이사르는 언제나 부대의 선두에 서서 해가 뜨거나 비가 오거나 간에 대개는 머리와 발을 벗고 걸어다녔다고 수에토니우스(Suetonius)는 말한다. 한니발 역시 이와 같이 했다고 한다.

그때에 그는 벗은 머리에
억수 같은 폭우를 얻어맞았던 것이다.
—실리우스 이탈리쿠스(Silius Italicus)

한 베니스 사람이 폐구 왕국[1]에서 오랫동안 머물다가 최근에 돌아와서 쓴 글에, 그곳의 남자들과 여자들은 다른 부분에는 옷을 걸쳤지만, 발은 언제나 벗고 다녔는데 심지어 말을 탈 때도 맨발이었다고 한다. 그리고 플라톤은, 몸 전체의 건강을 위하여 발과 머리에는 자연이 준 것 이외에는 걸치지 말라고 감탄할 만한 충고를 했다.

우리 왕[2]이 폴란드를 떠나온 후 그곳 국민이 자기들의 왕으로 선택한 분은

---

1 페루.
2 1554년 앙리 2세가 프랑스 왕이 되어 돌아오기 전까지 그는 폴란드 왕으로 있었다. 그 뒤 스테판 바토리가 왕위를 계승했다.

진실로 우리 세기의 가장 위대한 왕 중의 한 사람이지만, 그는 결코 장갑을 끼는 일이 없다. 겨울이건 날씨가 어떻건 집안에서 쓰는 모자를 바꿔 쓰지도 않는다.

내가 단추를 끼지 않거나 끈을 풀고 다니지 못하는 것과 마찬가지로 내 이웃 농부들은 그런 단장으로는 몸을 꽁꽁 묶고 다니는 것같이 느낄 것이다. 우리가 신이나 높은 관리 앞에 나갈 때 모자를 벗도록 명령받는 것은, 존경의 이유에서보다는 우리의 건강을 위하여, 그리고 기후의 영향을 받지 않게 몸을 단단히 하기 위해서라고 바로(Marcus Terentius Varro)는 주장한다.

이왕 추위에 관한 말이 나왔고, 그리고 우리 프랑스 사람들은 색깔 있는 옷을 입는 버릇이 있으니 — 내 말이 아니다. 나는 아버지를 본받아 검정과 흰 것밖에 입지 않는다 — 다른 이야기를 덧붙이겠다. 마르탱 뒤 벨레 부대장은 룩셈부르크로 진군했을 때 추위가 너무 심해 포도주가 얼어붙자 도끼로 깨서 군졸들에게 나누어주며, 바구니에 담아 가져갔다고 한다. 그리고 오비디우스도 이와 비슷하게 말한다.

포도주는 술병 밖으로 꺼내도 그 형체를 보존한다. 이것은 액체 음료가 아니라 마시라고 내주는 덩어리이다.
— 오비디우스

팔루스 마에오티데스 만[3]의 얼음은 대단하였다. 미트리다테스의 부관은 발을 적시지 않고 전쟁을 하여 승리한 바로 그 자리에서, 여름에는 해전으로 승리했던 것이다.

로마 군들은 플라첸티아 옆에서 카르타고 군과 전쟁을 벌였을 때 몹시 불리

---

3 아조프 바다.

한 상황에 빠졌다. 왜냐하면 로마 군은 추위에 피가 얼고 사지가 오그라들면서 접전에 들어갔는데, 한니발은 그 반대로 진영마다 불을 피워 군졸들은 따뜻하게 하고 기름을 배급해 주어 몸에 바르게 하여 근육을 부드럽게 풀어주며 땀구멍을 막아 불어대는 찬바람에도 견뎌내게 했기 때문이다.

그리스 사람들의 바빌론[4] 철군에서 그들이 극복한 무서운 고통에 대해서는 이미 잘 알려진 이야기이다. 그들은 아르메니아 산중에서 무서운 눈보라를 만나 사방으로 포위당하여 그 고장이 어디며 길도 모른 채 하루 낮과 하루 밤을 먹지도 마시지도 못하고, 짐승은 대부분 죽고, 그들 중에도 많은 사람들이 어떤 자는 죽고 어떤 자는 눈보라와 눈빛에 눈이 멀고, 어떤 자는 손과 발끝이 얼어 떨어지고, 어떤 자는 정신은 멀쩡하나 몸이 마비되어 움직이지도 못했다. 알렉산드로스가 한 나라에 가보니, 겨울에는 과일나무를 땅에 묻어서 얼어 죽지 않게 하고 있었다.

옷 입는 문제에 관하여 말하자면 멕시코 왕은 하루에 네 번씩 옷을 갈아입는데, 한번 벗은 옷은 결코 다시 입지 않으며, 버리는 옷은 사람들에게 상으로 내주었다. 그의 부엌이나 식탁에서 쓰인 항아리와 접시 등의 도구도 두 번 다시 쓰는 일이 없었다.

---

4 크세노폰 원정군의 회군 이야기.

이름에 대하여

아무리 야채의 종류가 많다고 해도, 그것은 모두 샐러드라는 이름 속에 포함된다. 마찬가지로 이름에 관한 고찰에서, 나는 갖가지 조항의 잡탕을 만들어보려 한다. 각 나라들은 어쩐 일인지 나쁜 의미로 쓰이는 몇 가지 이름을 쓰고 있다. 그리고 우리에게서는 장, 기욤, 브노아 등이 그러하다.

왕들의 족보에는 운명적으로 붙는 이름들이 있다. 이집트의 왕들 중에는 프톨레마이오스가 그렇고, 영국에서는 헨리, 프랑스에서는 샤를, 폴란드에선 보두앵, 그리고 우리 옛날 아키텐에서는 기욤이 그렇다. 이름에서 기엔이라는 지명이 나왔다고 한다. 실은 플라톤에게도 마찬가지로 생생한 예는 아니라고 해도, 일치되는 점이 있다.

다음 것은 변변치 않은 일이지만, 그 이야기가 괴기하고 또 직접 본 사람이 써놓은 일이니 기억해 둘 만한 가치가 있다. 곧 영국의 헨리 3세의 아들인 노르만디 공작 헨리는 프랑스에서 한 향연을 베풀었다. 그 향연에 모여든 귀빈들이 무척 많아서, 시간을 보내기 위해 닮은 이름들끼리 무리를 지어보았다. 제1단은 기욤(윌리엄)이라는 이름이었는데, 소귀족들과 하인들은 빼놓고도, 기사로서 그 이름을 가지고 식탁에 앉은 사람이 110명이나 있었다.

게타 황제가 음식 이름의 첫 글자를 보아 식탁을 차리게 했던 것처럼, 식탁에 앉은 사람들에게 그 이름에 따라서 음식을 분배해 주는 것도 재미있다. 그는 M자로 시작하는 살코기, 양(mouton), 돼지고기(marcassin), 대구(merlus), 돌고래(marsouin) 식으로 차려냈다. 좋은 이름을 가지면 좋다는 말이 있다. 그러면 신용과 명성을 얻는다는 것이다. 발음하기 쉽고 듣기 좋은 아름다운 이름을 갖는다는 것은 편리한 일이다. 왜냐하면 왕공들과 세력가들이 우리를 더잘 기억해 주고, 쉽사리 잊어버리지도 않기 때문이다. 그리고 우리를 섬겨주는 자들까지도 이름이 바로 입에서 나오는 자들에게 더 빈번하게 명령도 내리고 일도 시킨다. 내가 아는 바에 의하면 앙리 2세는 가스코뉴 지방 출신인 한 귀족의 이름을 한번도 정확하게 발음하지 못했다. 그리고 여왕의 한 시녀에게 자기 가문의 성을 붙여주는 것이 좋다는 의견이었다. 그녀의 아버지 성이 그에게는 너무 괴팍하게 들렸던 것이다. 그리고 소크라테스는, 어린아이들에게 좋은 이름을 지어주는 것은 아버지 된 자로서 마음을 써야 할 일이라고 했다.

사람들 말에 의하면, 푸아티에의 노트르담 라 그랑드 대사원의 창설에는 다음과 같은 내력이 있다. 그 지역에 살고 있던 한 방탕한 청년이 어떤 말괄량이 여자를 만나서 그 이름을 물어보았다. 마리아라는 대답을 듣고 청년은 갑자기 우리 구세주의 어머니 되시는 거룩한 성처녀와 같은 이름에 존경심과 신앙심이 너무 생생하게 솟아나, 단박에 그 여자를 쫓아버렸다. 그러고는 남은 그의 한평생을 속죄하는 생활로 보냈다. 이 기적을 기념하여 이 청년의 집이 있던 자리에 노트르담이라는 이름의 사원이 세워졌고, 그것이 후에 지금의 교회가 되었다는 것이다.

이 이야기에서 드러나듯 음성과 청각과 신앙심에 의한 개과천선은 곧바로 심령에 도달한다. 또 하나의 그와 비슷한 이야기를 사례로 들어보자. 이 이야기는 청각을 통한 육체적 감각에 의하여 침투해 들어간 예이다. 피타고라스는 청년들과 한자리에 있을 때, 그들이 향연으로 흥분되어 정숙한 여인의 집을 침범하러 가려는 것을 알아차리고 악사에게 명하여 느리고 무거우며 엄숙한 가락의 음악을 연주시켜 고요히 그들의 열기를 진정시켰다.

오늘날 우리 종교개혁파는 세상의 과오와 악덕을 타도하고 신앙심과 겸양과 복종과 평화와 모든 종류의 도덕으로 세상을 채웠다. 그뿐만 아니라, 우리가 옛날 조상들로부터 전해 받은 세례명 샤를, 루이, 프랑수아 등을 타도하고 마투살렘이나 에스겔이나 말라기 따위의 훨씬 더 신앙심이 느껴지는 이름들을 세상에 펼쳐놓기까지 했으니, 후세에서 이 개혁을 두고 미묘하고 정확했다고 어찌 말하지 않겠는가? 내 이웃에 사는 한 귀족은 우리 시대보다도 옛날 풍습이 편리했다고 생각하며, 동 그뤼메당, 퀘드라캉, 아제실랑 등, 그 시대 귀족들의 이름이 존대(尊大)하고 장엄했던 것을 잊지 않고 있었다. 그 말소리의 울림을 듣기만 해도 그는 옛사람들이 피에르, 기욤, 미셸 따위와는 훨씬 다른 인간들이었던 것같이 느껴진다는 것이었다.

나는 아미요(Jacques Amyot)가 프랑스어로 된 강의록에 라틴어 이름을 프랑스어 음조로 물들여 고치지 않고, 원어대로 남겨둔 것을 고맙게 생각한다. 처음에는 그것이 좀 어색하게 보였으나, 이 용법은 그의 《플루타르코스 전(傳)》으로 벌써 신용을 얻었고 귀에 익어서 조금도 이상하게 들리지 않는다. 나는 가끔 라틴어로 우리 역사를 쓰는 분들이 우리의 이름을 부르는 그대로 써주었으면 하고 바랐다. 왜냐하면 보드몽을 발레몬타누스로 하며, 이런 것을 그리스식 또는 로마식으로 변조하여 장식해 가기 때문에, 우리는 어디가 어디인지, 무슨 이야기인지 알지 못하게 되고 만다.

이런 이야기는 그만 끝내기로 한다. 우리 프랑스 사람들이 각자의 토지와 영지의 이름으로 부르는 것은 비굴하고도 대단히 나쁜 결과를 가져오는 버릇으로, 세상에서 자기 혈족을 혼란시키고 알아보지 못하게 하는 수작이다. 한 영토로 토지를 가졌고, 그 땅 이름으로 세상에 알려지고 존경을 받아오던 좋은 집안의 차남 이하는 정당하게 그 이름을 버릴 수 없다. 그런데 그가 죽은 지 3년이 지난 후 그 땅은 다른 사람의 손으로 넘어가고, 이번에는 그 사람이 그 이름을 사용한다. 이러한 경우 어떻게 해야 이 사람들을 알아볼 수 있는지 생각해 보라. 굳이 다른 예에서 찾으려 할 것 없이, 우리 왕들의 집안만 보아도 그에 대한 대답은 충분하다. 땅을 분배해 주면 그만큼 이름이 생긴다. 그럭저럭 대를 이어가는 동안 그 줄기의 근본은 잡아볼 길이 없어진다.

이런 변경에는 자유의 폭이 너무 심하다. 우리 시대에도 운이 좋아 높은 지위에 오른 사람으로, 즉시 자기 조상의 이름을 무시하고 새 족보의 칭호를 가지고 어느 유명한 족보에 접붙이지 않는 자를 본 적이 한 번도 없다. 그리고 이름이 알려지지 않은 가문일수록 뜯어고쳐 꾸미기에 더욱 쉽다. 그들 계산으로는 대체 우리 프랑스에 왕가(王家)가 얼마나 많다는 것인가? 그들은 왕가가 다른 어떤 집안보다도 더 많다고 생각함에 틀림없다.

내 친구 하나가 이에 대하여 멋지게 말하지 않았던가. 한 영감이 다른 분과 말다툼하는 자리에 여러 사람이 몰려와 있었다. 사실은 그 다른 분이 범상한 귀족보다는 높은 집안에서 성장해 칭호와 인척관계에서 우위를 차지하고 있었다. 이 우위 문제로써 각자는 상대방에게 대등하려고 애쓰며 하나가 한 근원을 말하면 하나는 다른 근원을 말하고, 하나가 이름의 닮음을 말하면, 하나는 문장을, 하나는 오랜 집안의 문서를 드러내는 식으로, 그 가운데 가장 못한 것이 어느 먼 바다 건너 임금의 손자뻘이라는 식이었다.

식사 때 이분은 자기 자리를 찾아가 앉는 대신 큰절을 하고는 물러서서 모인 사람들에게 용서를 바랐다. 자기가 당돌하여 이제까지 그들과 친하게 지내왔는데, 이제 그들의 오래된 문벌을 알아 등급에 따라 그들을 존경하니 이날 저녁, 이렇게 많은 왕공들 사이에 앉아 있을 수는 없다고 했다. 그러고 나서는 그들에게 신랄하게 퍼부어댔다.

"하나님이 무서운 줄 알거든 당신들 조상이 만족하던 바와 자기가 처해 있는 현실로 만족하시오. 그것만 잘 유지해도 충분하오. 우리 조상들의 신분과 지위를 부인하지 맙시다. 그리고 건방지게 큰 것을 주장하는 자들이 으레 가지고 있는 어리석은 공상은 버립시다."

문장(紋章)도 이름만큼이나 확실하지 못하다. 우리 집 문장은 감색에 금빛

클로버가 뿌려져 있고 같은 빛깔의 사자 앞발톱에 붉은색으로 된 것이 가운데 새겨져 있다. 이 그림은 특히 내 집에 머물러 있을 무슨 특권을 가졌는가? 사위 하나는 이것을 다른 집안으로 가져갈 것이다. 어느 변변치 않은 자가 이것을 매수하면, 자기 집 첫 문장으로 삼을 것이다. 이보다 더 변화와 혼란이 심함을 만나볼 수는 없을 것이다.

이러한 고찰에서, 나는 다른 면으로 옮겨가지 않을 수 없다. 좀더 가까이서 살펴보자. 그리고 제발 세상이 야단법석을 떠는 영광이나 명성을 무슨 기반에 결부시키고 있는지 짐짓 차분하게 생각해 보자. 우리가 그렇게 고생하며 찾고 있는 이 명성을 어디에 갖다 둘 셈인가? 결국 이것을 가지며 보관하고, 거기에 관심을 두는 자는 피에르가 아니면 기욤이다. 오! 덧없는 인생이 한순간의 생명 속에 무한함과 광대함, 영원 등을 찬탈케 하는 인간의 헛된 희망이라니, 진정 용감한 소질이로다. 대자연은 여기 우리에게 재미있는 장난감을 주었다. 그런데 피에르건 기욤이건, 기껏해야 한 목소리 이외에 무엇이란 말인가? 또는 네댓 번 붓대를 끼적거린 글자일 뿐이다. 첫째로 아주 변하기 쉬운 것이니, 그렇게 많은 저 승리의 영광은 누구에게로 돌아가는가? 게스캥[1]에게냐, 글레스캥에게냐, 또는 게아캥에게냐 진정으로 묻고 싶다. 이런 일은 루키아노스(Lucianos)의 M이 T에게 소송을 걸었다는 문법 소송보다도 더 피상적이다. 왜냐하면 ―

장난삼아 걸어놓은 하찮은 상을 위해 경쟁하는 것이 아니다.
― 베르길리우스

거기에는 중대한 문제가 있기 때문이다. 이 글자들 중의 어느 것에 그 유명한 원수의 그 많은 도성 공격과 전투, 부상과 투옥, 프랑스 왕가에 대한 충성

---

1 뒤 게클랭(Du Guesclin)이 여러 가지로 와전된 이름을 들어본 것이다.

등의 명예가 돌아가야 하느냐. 바로 이것이 문제된다. 니콜라 드니즈[2]는 자기 이름의 글자만을 문제삼았다. 그러고는 이 글자를 바꾸어 맞추어 알시노아의 이야기를 지어 자기의 시와 묘사로 이 이름에 영광을 주었다. 그리고 역사가 수에토니우스(Suetonius)는 자기 이름자의 뜻만을 사랑하였다. 그 아버지의 이름이던 레니스[3]를 떼어버리고 트란킬루스[4]를 자기 문장의 명성의 상속자로 두었다. 베이야르 장군[5]은 그가 피에르 테라유의 공적에서 얻은 것밖에 다른 명예가 없었다고 한들 누가 믿을 것인가? 그리고 안투안 에스칼랭[6]은 그렇게 많은 항해와 육지에서의 공격을 풀랭 선장과 드 라 가르드 남작에게 자기 눈앞에서 도둑맞게 둔다고 하면 누가 사실이라고 곧이들을 것인가?

둘째로, 이런 것은 많은 사람들에게 공통적인 문자이다. 다양한 혈족에는 동성동명(同姓同名)이 얼마나 많은가? 그리고 잡다한 민족과 시대와 국가에도 또한 얼마나 많은가? 역사상에는 소크라테스가 셋, 플라톤이 다섯, 아리스토텔레스가 여덟, 크세노폰이 일곱, 더메트리오스가 스물, 그리고 테오도르가 스물이나 있었다. 이밖에 역사에 알려지지 않은 경우 또한 얼마나 많을지 생각해 보라. 그리고 내 집 마부가 폼페이우스 대장군의 이름을 붙인다 한들 누가 그것을 막겠는가? 그러나 결국 내 집에서 죽은 마부나 이집트에서 목이 잘린 다른 인물 그 누구에게 유익하도록 결부시키며, 그들에게 칭송하는 음성과 붓대로 그린 명예로운 글줄을 연관시켜 볼 방법이나 재료가 과연 있기는 한가?

그것이 사자(死者)들의 유해나 망령들에게 무슨 상관이 있는가?
— 베르길리우스

---

2 16세기 롱사르(Pierre de Ronsard)가 영도하던 브리가드 파 시인군(詩人群)의 일원.
3 고요하다는 뜻.
4 역시 고요하다는 뜻이다.
5 15, 6세기에 걸쳐 이탈리아 원정 등 혁혁한 무공을 세운 프랑스의 무장. 테라유는 그 조상의 이름이다.
6 보잘것없는 무관에서 1544년 해군 부사령관이 되었다. 드 라 가르드 풀랭 등도 그의 이름이다.

에파미논다스(Epaminondas)를 위해 입으로 전해 오는 영광스러운 시구 —

　내 공훈으로 라케데모니아의 영광을 무색케 한다.
　—키케로

아프리카누스(Scipio Africanus)를 위한 또 다른 시구 —

　태양이 뜨는 곳에서부터 보에오티스 호수 너머까지 아무도 그 공훈이 내
게 비견할 자 없다.
　—키케로

　이들 시구로 사람들 사이에 그 용감성의 지도권을 잡고 있는 이 두 동료는
어떠한 심정을 가지고 있는가?
　살아남은 자들은 이런 이름의 달콤함을 혼자서 좋아하며 즐긴다. 그리고 이
런 것으로 질투와 욕망을 품고 바로 주책없는 공상으로 자기 자신들의 심정을
죽은 자들에게 옮겨놓으며, 스스로의 희망에 속아서 자기들도 그런 일을 할
수 있다는 생각에 잠긴다. 이게 될 법이나 한 말인가!
　그렇지만 —

　그 때문에 희망은
　로마와 그리스, 그리고 야만국 장군들을 분기시켰고
　그 때문에 그들에게 수많은 위험과 노고를 겪게 하였다.
　인간이 도덕보다 영광을 탐냄은 너무나도 진실하도다.
　—주베날리스

판단력의 불확실성에 대하여

이에 대해서는 바로 이 시구가 잘 말하고 있다.

좋게든 나쁘게든, 말할 방법은 얼마든지 있다.
— 호메로스(Homeros)

옳거나 그르거나 간에 여러 면으로 말하는 법은 많이 있다. 예를 들면—

한니발은 로마 군을 이겼다. 그러나 그는
이 승리를 이용할 줄 몰랐다.
— 페트라르카(Francesco Petrarca)

이 사고방식에 찬성하여 최근 몽콘툴에서 얻은 승리를 추격하지 않은 과오를 잘했다고 보거나, 스페인 왕이 우리 군대에 대하여 생캉탱에서 얻은 승리를 이용할 줄 몰랐다고 비난하는 자는, 이 과오가 그 심령이 자기 행운에 도취되고, 그 마음이 행운의 시초에 만족감으로 충일되어, 벌써 획득한 바를 고이 키워갈 생각을 잊은 데서 나온 것이라고 할 수 있다. 그는 한 아름 잔뜩 껴안아서 더 잡을 여유가 없었으니, 운수가 그의 눈에 이러한 좋은 수를 담아줄 가치가 없었던 것이다.

그런데도 그가 적에게 다시 기운을 차릴 수 있는 여유를 준다면, 현실적으로 무슨 이득을 얻을 수 있을 것인가? 적군이 분쇄되어 놀라 흩어졌는데도 감히 추격하지 못한 사람, 그렇게 할 수 없었던 자가 어떻게 적이 재기하여 울분과 복수의 마음으로 다시 무장하고 나오는데 공격을 감행하리라는 희망을 가질 수 있는가?

　　운이 전부를 끌어갈 때, 전부가 공포에 눌렸을 때.
　　―루카누스

　그러나 과연 그가 방금 잃은 것보다 더 나은 일이 있으리라고 기대할 수 있는가? 그것은 타격으로 승리가 결정되는 격검과는 다르다. 적이 제 발로 걷는 한 다시 싸움을 해야 한다. 전쟁은 끝을 맺지 않으면 승리한 것이 아니다. 카이사르는 저오리쿰 시 근처에서 겪은 최악의 전투에서 폼페이우스의 군사들에게, 만일 그들의 부대장이 승전하는 법을 알았더라면 자기가 패했을 것이라고 그들을 조롱하였다. 그리고 자기 차례가 왔을 때는 전혀 다른 방법으로 적을 추격하였다.
　그러나 그와는 반대로, 그것을 욕심에 한계를 두지 못하고 만족해할 줄 모르는 조급한 정신의 소치이고, 하나님의 은총을 남용하는 짓이며, 승리에 이어 위험에 뛰어든다는 것은 승리를 또 한 번 운에 내맡기는 짓, 군사기술의 가장 큰 예지의 하나는 적을 절망에 몰아넣지 않는 일이라고 어째서 말하지 못할 것인가? 실라와 마리우스는 전쟁에서 마르시 족들을 패배시키고 난 뒤, 남아있는 적의 한 부대가 광분한 맹수와 같이 그들에게 돌격해 오는 것을 보고 맞아 싸울 생각을 하지는 않았다. 드 포와 경의 경우, 만일 라벤나의 승전에서 너무 심하게 패잔군을 추격하지 않았더라면, 자기의 죽음으로 그 승리에 오점을 남기지 않았을 터이다. 그러나 그에 대한 역사적인 기억이 너무 생생했기 때문에 당기앵 경은 세리졸의 승전에서 그런 참변을 피할 수 있었다.

사람이 무기를 들 수밖에 달리 피할 도리가 없을 정도까지 공격하는 일은 위험하다. 왜냐하면 불가피성이란 사나운 스승님이기 때문이다.

"극단적인 궁지에 몰리면 약자도 강자가 될 수 있다."(포르키우스 라트로)

죽음에 도전하는 적을 치기에는 승리의 대가는 크고도 무겁다.
― 루카누스

그 때문에 화락스는 라케데모니아 왕이 만티네아 인들에게 승리한 날, 패전의 궤멸을 모면한 1천 명의 아르고스 인들을 추격하여 도전하지 못하게 막고 그냥 자유로이 달아나게 두어서 패배에 분격한 용맹을 떨치기 위해 대들지 않도록 하였다. 아키덴 왕 클로도미르[1]는 부르고뉴의 왕 공드말에게 승전하고, 그가 패배하여 도주하는 것을 추격하였다. 그러다가 마침내는 달아나던 적이 몸을 돌려 싸우지 않을 수 없게 하였고, 승전의 성과를 잃었다. 왜냐하면 자기가 그 싸움에서 죽었기 때문이다.

마찬가지로 자기 군졸들을 화려하게 무장시킬 것인가, 또는 다만 필요한 정도로 무장시킬 것인가, 둘 중에서 택해야 한다면, 많은 사람들은 전자의 경우를 유리하게 생각할 것이다. 이것은 세르토리우스, 필로포에멘, 브루투스, 카이사르 등이 선택한 방법이다. 화려하게 장식해 주면, 영예욕을 자극한데다가 자기의 무기를 재산이나 귀한 상속물처럼 아껴야 하기 때문에, 군사들은 전투에 더 악착스러워진다. 크세노폰이 말하기를, 이 때문에 아시아 인들은 전쟁할 때 그들의 가장 소중한 재물과 아울러 아내와 첩도 데리고 간다고 했다.

그러나 한편 군사들에게 자기의 생명을 보전할 생각을 키우기보다는, 오히려 이런 생각을 버리게 해야 하는 수도 있다. 왜냐하면 이런 방법으로는 병사

---

1 511~524년, 클로비스의 둘째아들인 오를레앙 왕. 부르고뉴 군과 싸우다 전사하였다.

들은 이중으로 모험을 무릅쓰기가 두려워지기 때문이며, 더욱이 적에게는 풍부한 전리품을 목표로 승리할 욕심을 북돋아주는 일이 되기 때문이다.

그 옛날 로마 군이 삼니트 족과 대전할 때, 그렇게 함으로써 놀랄 만큼 군의 사기를 북돋아주었던 일이 주목되기도 했다. 안티오쿠스는 한니발에게, 자기가 로마 군에게 대항시키려고 준비한 군대의 장비가 모든 점에서 화려하고 훌륭함을 보여주며 말했다.

"로마 군들은 이 군대로 만족할까?"

그 말에 대답했다.

"그들이 만족하겠느냐고? 물론 만족하고말고! 그들이 아무리 탐욕스럽다 해도 말이야."

라쿠르고스는 부하들의 장비를 화려하게 꾸밀 뿐 아니라, 패전한 적을 약탈하는 것조차 금지하여, 싸움도 잘하고, 그와 함께 검소함이 빛나기를 원한다고 말했다.

도시 공격에서나 다른 어떤 전투에서 적에게 접근하는 경우, 우리가 군사들에게 달려들며 온갖 욕설을 퍼부어 모욕하고 경멸하는 짓을 마음대로 하게 두는 것은 터무니없는 일은 아니다. 그들이 그렇게 모욕한 자에게서 기대할 거리가 없음을 깨닫게 하며, 적이 사정과 체면을 보며 싸우리라는 희망을 버리고, 자기들이 살아날 방도는 승리의 길밖에 없다는 사실을 알게 하는 일은 매우 중요하다. 그러나 비텔리우스(Aulus Vitellius)의 경우는 그렇게 되지 않았다. 오토(Otho)와 대전했을 때 그의 군졸들은 오랫동안 전쟁을 해본 일이 없었고, 도회의 유쾌한 생활에 젖어 있었으므로 용기 없고 약해져 있었다. 그러자 그는 군사들에게 로마에 두고 온 여자들이나 잔치 생각만 하는 겁쟁이라고 약을 올렸는데, 그것이 다른 어떤 방법으로도 이룰 수 없을 정도의 용기를 무력한 군사들에게 불어넣었다. 그래서 적의 주먹을 자기 자신에게 끌어와서는 마침내는 힘껏 적들을 밀어낼 도리밖에 없게 된다. 진실로 가슴 저리게 목욕을 받으면, 자신을 위하여 싸울 수밖에 없다. 왕의 싸움을 위해서는 비굴하던 자들도 자신의 싸움이 되면 용기를 내어 싸운다.

한 군대의 지휘관은 모든 군사들이 중시하고 의지하며, 적의 목표가 주로 그의 목을 노리는 만큼, 그의 안전을 보장하는 일이 얼마나 중요한가는 다시 말할 필요도 없다. 위대한 장수들이 뒤섞여 싸울 때 변장하는 술책을 쓴다고 함은, 우리가 보아온 바에 의하면, 의심을 품을 수 없는 일이다. 그러나 이 방법을 쓰기 때문에 입게 되는 피해는, 그렇게 함으로써 얻는 소득에 비하여 결코 적지 않을 것이다. 부하들이 자기 대장을 알아보지 못하여, 그를 본떠 떨치고 일어설 용기도 생겨나지 않으며, 대장이 죽었거나, 또는 전투 상황에 절망하여 도망쳤다고 겁을 낼 수도 있다.

경험으로 보아, 장수는 어느 때는 이 방도를 따르고, 또 어떤 때는 다른 방도를 취한다. 퓌로스가 이탈리아에서 집정관 라이비누스와 싸우던 때 당한 사건은 이 양면을 모두 생각하게 한다. 그는 데모가 클레스의 갑옷으로 자기를 감추고 그에게 자기 갑옷을 대신 입힌 탓으로 생명은 구했으나, 그날의 전투는 패할 뻔했기 때문이다. 알렉산드로스와 카이사르와 루쿨루스(Lucius Licinius Lucullus)는 전투할 때 특별히 찬란한 색채의 화려한 옷차림과 무기로 자신을 드러내 보였다. 이와는 달리 아기스(Agis)와 아게실라오스(Agesilaos), 그리고 저 위대한 퀼리포스는 제왕의 장식 없이, 드러나 보이지 않게 차리고 전장으로 나갔다.

파르살리아 전투에서 폼페이우스는 다른 어떤 책망보다도 그의 군대를 우두커니 세워두고 적이 오기만을 기다리게 한 것으로 비난 받는다. 왜냐하면 ─ 나는 플루타르코스의 말을 빌려오겠다. 그쪽이 내 말보다 낫다 ─

"달음질의 처음 타격은 격렬성을 약화시킨다. 동시에 고함소리와 달음질로 용기를 북돋우며 서로 세게 맞부딪칠 때 다른 무엇보다 스스로의 마음을 맹위와 광분으로 채우는 전사들 상호간의 힘찬 기세를 없앤다. 말하자면 군사들의 열기를 식히고 얼게 한다."

이것은 바로 파르살리아 전투를 두고 한 말이다. 그러나 만일 카이사르가 패했던들, 아니, 반대로 가장 강력하고 견고한 차림으로 한 자리에 꽉 박혀 전진을 정지시키고 자기 힘은 필요한 때 쓰려고 압축하여 두었다가, 저편에서 먼저 움직여 달음질쳐오는 동안에 벌써 숨결의 반은 소모된 자들에 대항하여 싸우는 것이 훨씬 유리했다고 누가 말하지 못할 것인가? 또한 군대는 각각이 모여 구성된 조합체인 까닭에, 광분 속에서 정확하게 한결같은 동작으로 움직이고, 그 때문에 무너지지 않고 가장 활발한 자가 동료들이 지원 오기 전에 먼저 대들어 싸우지 않기는 불가능하다. 저 페르시아의 두 형제의 더러운 싸움에서, 키루스 편의 그리스 군사를 지휘하던 라케데모니아 인 클레아르코스는, 서두르지 않고 공격하기 위하여 군사들을 데리고 가다가, 약 50보 앞에서 그들을 달음질시켰다. 이렇게 그 뛰는 거리를 단축하여 그들의 질서와 숨결을 아껴주는 한편, 군사들과 사격 무기에 최대한 능률을 발휘하게 하였다. 다른 자들은 그들의 용병에 관한 의문점을 이런 방식으로 조절하였다. 곧, 적군이 달려들면 가만히 서서 기다리고, 그들이 가만히 기다리고 있으면 오히려 달려드는 것이다.

칼 5세 황제의 프로방스 원정 때, 프랑수아 왕은 이탈리아로 가서 그를 맞아 싸우건, 자기 땅에서 기다리고 있건 그의 마음에 달려 있었다. 그는 자기 나라에 전쟁의 영향이 미치지 않게 국토를 온전하게 보존하고 자기 군대에 필요한 금전과 물자를 공급하는 편이 훨씬 유리하다는 사실을 잘 알고 있었다. 그리고 전쟁에는 불가피하게 파괴가 따르며, 자신의 재산을 온전하게 하고 할 수는 없는지라, 농민들은 적이거나 자기편의 약탈을 가만히 앉아 참지 않고 반란을 일으킬지도 모를 일이다. 도둑질과 약탈하는 자유는 자기 나라에서는 허용되지 않지만, 전쟁시 병사들은 심심풀이로 이런 짓이라도 하지 않고는 못 견디는 법이다. 급료밖에 바랄 게 없는 자들의 입장에서 보면 처자와 집 가까이에서는 복무를 충실히 하기 어려운 일로, 식탁은 흔히 차려내는 자가 그 비용을 물게 되는 법이다. 또한 공격하는 편이 방비하는 것보다는 더 유쾌하고, 국토 안에서 패하는 날이면 그 충격은 너무나 크다. 격정 중에서 공포심만큼 빠져들기 쉬운 것은 달리 없고, 패전의 소문같이 사람들이 잘 믿어 급격히 번져나가는 것 또한 없는 만큼, 이 충격으로 군대 전체가 붕괴되지 않기란 어려운 일이다. 그리고 도시들 중에 이런 폭풍우 같은 소문을 성문 앞에서 들으며 헐레벌떡 몰려오는 부대장이나 병사들을 맞아들일 경우, 이 격동 속에 주민들이 좋지 않은 소동을 꾸미지나 않을까 하는 점도 우려되는 일이다.

아무튼 왕은 산 너머 이탈리아 땅에 두었던 군대를 돌려 적이 오기를 기다리기로 작정했다. 왜냐하면 그는 영토 안에서는 자기편에 둘러싸여 있으니, 모든 편익을 실수 없이 풍부하게 얻을 것이고, 강물이나 통로는 자기에게 충성을 바치며 식량과 필요한 물자를 호위 없이도 안전하게 운반해 줄 것이다. 그리고 신하들은 위험이 가까운 만큼 더 헌신적으로 적에 대처할 것이며, 방비를 위한 많은 도시와 요새가 있으니, 기회와 편익에 따라서 싸움을 걸기도 걸지 않기도 할 수 있으며, 지체할 필요가 있을 때는 성안에 들어앉아 편하게 쉴 수 있다. 그러는 동안, 적군은 적대하는 땅에서 앞이나 뒤나 옆이나 싸움을 걸지 않는 것이란 없고 군대를 교체시키거나 확대할 아무 방법도 없다. 병이 나돌게 되면 부상자들을 뉘어 치료할 만한 집도 없고, 휴식하며 숨쉬게 할 여가도 없으며, 금전도 식량도 창을 들고 약탈해 와야만 하고, 복병이나 기습을 막기 위해 그 나라 그 고장의 지형과 지세를 잘 아는 자도 없다. 이러한 곤란에 질려 적군은 저절로 붕괴될 수 있고, 만일 전투에 패하는 날이면 많은 군대는 수습할 길도 없다고 생각할 수 있다. 우리 주위에서 이렇게 하는 것이나 저렇게 하는 것 어느 사례도 쉽게 찾아볼 수 없는 것이 아니다.

스키피오는 땅을 지키며 자기가 있는 이탈리아에서 적과 싸우기보다는 아프리카로 건너가서 적의 땅을 공격하는 편이 낫다고 생각하고 그렇게 했는데,

그것은 잘한 일이었다. 그러나 한니발은 전쟁에서 정복한 나라를 버리고 자기 땅을 지키러 가다가 패망했다. 아테네 사람들은 자기 땅에 적군을 남겨두고 시칠리아로 건너갔다가 반대의 운명에 부딪쳤다. 그러나 시라쿠사 왕 아가토클레스(Agathocles)는 자기 고장의 전쟁은 놓아두고 아프리카로 건너가 행운을 얻었다. 그렇기 때문에 사건과 결과는, 특히 전쟁에서는 대부분 운수에 달려 있고, 그 운수는 우리 생각이나 조심성에 따르는 것이 아니라고 우리는 버릇처럼 말하는데, 지당한 말이다. 다음의 시도 그러한 점을 말해 준다.

> 흔히 소홀한 조치가 성공하고, 조심하다 실수한다.
> 운수는 반드시 행운을 받을 만한 자에게만
> 도움을 주는 일없이, 피차를 가리지 않는다.
> 우리 위에 군림하며 우리를 지배하는 특별한 힘이 있어
> 모든 인생의 사물을 그의 법 아래에 둔다.
> — 마닐리우스(Marcus Manilius)

그러나 잘 생각해 보면, 우리의 의도와 고려가 많이 개입되어 있으며, 역시 운수가 사고방식을 혼란스럽게 하고 불확실하게 한다.

우리는 함부로 날뛰며 분별없이 추리한다. 그것은 우리와 같이 우리의 사고력은 대부분 우연에 매여 있기 때문이라고 《플라톤》에서 티마에오스는 말한다.

언어의 허영됨에 대하여

지난 시대의 한 수사학자는, 그의 직업은 작은 일을 크게 보이고 큰 것으로 생각하게 하는 일이라고 했다. 그것은 작은 발에 큰 구두를 만들어줄 방법을 알고 있는 구두장이와 같다. 이런 속임수의 기술을 직업으로 하는 자에게 스파르타에서는 매질을 가했을 것이다. 스파르타 왕 아르키다모스(Archidamos)는 투키디데스의 대답을 놀라움 없이는 듣지 못했을 것이다. 이 왕이 투키디데스[1]에게 페리클레스와 싸우면 누가 승리하겠느냐고 물었다. 그 물음에 그는 대답했다.

"그것은 증명하기 어렵죠. 내가 씨름으로 그를 쓰러뜨리면, 그는 그 장면을 본 자들에게 그가 쓰러진 것이 아니라고 설득하고 상은 그가 타기 때문이오."

여자들에게 가면을 씌워서 분칠하는 자들의 일은 그보다는 덜 나쁘다. 왜냐하면 여자들을 본 얼굴대로 보지 않는 것은 대단한 손실이 아니기 때문이다. 그런데 이자들은 우리의 눈을 속이는 것이 아니라, 판단력을 속여 사물의 본질을 왜곡시키고 부패시키는 일을 직업으로 삼는다. 정치가 잘되어 정돈된 국가에서는 크레테와 라케데모니아에서와 같이, 웅변가들을 그렇게 존중하지 않았다.

아리스톤은 수사학을 현명하게 정의하여 '사람들을 설복시키는 학문' 이라

---

1 역사가 투키디데스가 아니라, 페리클레스의 정적(政敵)인 귀족 당수 밀레시오스의 아들 투키디데스를 말한다.

고 했다. 소크라테스와 플라톤은 이것을 '속이고 아첨하는 기술'이라고 했다. 그리고 일반적인 정의로 이를 부인하는 자들은 사방에서 그들의 교훈으로 이 것을 증명한다.

회교도들은 어린애들에게 수사학이 불필요하다고 하여 그런 것을 가르치지 못하게 한다. 그리고 아테네 인들은 수사학의 실행이 그들의 도시에 대단히 유행하며 너무 심한 해를 끼치는 것을 보고, 그 주요한 부분인 사람의 심정을 격동시키는 대목과 서론, 결론은 제거하도록 규정했다.

이것은 질서 없는 군중과 시민들을 조종하고 선동하려고 꾸며낸 도구이며, 약품과 같이 병든 국가 외에는 사용되지 않는 도구이다. 아테네나 로데스, 그리고 로마 인들같이 속인들과 무식한 자들이 모든 일을 처리할 수 있어, 언제나 사물들이 혼란상태에 빠져 있는 나라로 웅변가들은 몰려갔다. 그리고 그런 나라에서는 웅변의 도움 없이 큰 신임을 받아온 자는 찾아보기 힘들다. 폼페이우스, 카이사르, 크라수스(Crassus), 쿠쿨루스, 렌툴루스(Lentulus), 메텔루스(Metellus) 등은 그들이 마침내 도달한 큰 권세에 이르는 데에 이 방법으로 큰 힘을 얻었다. 그리고 가장 훌륭했던 시대의 여론과는 반대로 무기보다도 여기에 더 많은 도움을 받았다. 불룸니우스는 파비우스와 데키우스를 집정관으로 당선시키기 위하여 군중에게 말하였다.

"이 사람들은 전쟁을 위해 태어났고 행동력으로 위대하다. 말씨름에는 서투르나 진정으로 집정관다운 정신의 소유자들이다. 꾀바른 자들이나 웅변가들, 학자들은 도시 생활을 위한 법률을 맡아보는 재판관으로나 적당하다."

웅변술은 로마 정국이 최악의 상태에 있고 내란이 세상을 뒤흔들 때 가장 번창했다. 사람이 손대지 않고 놀리는 밭의 풀은 무성하게 자란다. 그 때문에 왕정(王政)에 의존하는 국가에서는 다른 나라들보다 그런 인물들의 필요가 적은 것 같다. 어리석고 속기 쉬운 민중 속에서 잘 볼 수 있는 성질로서, 이 웅변의, 귀에 달콤하고 조화로운 소리에 쉽사리 조종되고 지배되는 결함 때문에, 이성의 힘으로 사물의 진리를 이해하지 못하는 성격, 사실상 이렇게 쉽게 넘어가는 인간은 단 한 사람 왕에게서는 그렇게 쉽사리 찾아볼 수 없다. 그는 좋은 제도와 좋은 의견에 의하여 이 해독의 영향을 받지 않도록 자신을 보호하기가 더 쉽다. 마케도니아나 페르시아에서는 이름난 웅변가는 나오지 않았다.

내가 지금 한 이야기는 작고한 카라파(Carafa) 추기경이 죽을 때까지 요리사로서 그를 섬겨왔던 한 이탈리아 인과 방금 내가 이야기한 데서 생각났다. 내가 그에게 직책에 관하여 이야기해 보라고 하니까, 그는 마치 신학상의 큰 문제를 다루기나 하듯 장중하고 점잖은 태도로 요리학에 관하여 이야기했다. 그는 식욕의 여러 가지 양상에 관하여 설명하며, 굶다가 먹을 때의 식욕, 두 번째와 세 번째에 내놓은 음식의 맛, 단지 입맛에만 맞게 하는 법, 어느 때는 입맛을 돋우도록 자극을 주는 법 등에 관하여 말했다. 그리고 소스 조미법에 대해서도 먼저 일반적인 방법을 말하고, 다음에는 재료의 성질과 효과를 분류하였다. 그리고 계절에 따라서 다른 샐러드의 차이, 데워서 차려내야 하는 것, 차게 차려내야만 하는 것, 그것을 보기 좋게 만들기 위하여 장식하는 법 등에 대해 설명했다. 그러고 나서는 아름답고 장중한 고찰로 충만하게 음식을 차려내는 순서의 장으로 들어갔다.

실로 토끼를 자르는 방법과, 영계를 자르는 방법을 구별하기란 여간 중요한 일이 아니다.
　─주베날리스

그리고 이 모두 풍부하고 장중한 말로 확대되어, 마치 한 제국의 정치를 다루는 데 쓰는 말투까지 사용되었다. 문득 내가 좋아하는 작가의 생각이 떠올랐다.

이것은 짠맛이 지나치고, 이것은 지나치게 구워졌고, 이것은 맛없고,

저것은 참 맛있다! 다음번에도 이와 같이 맛이 있도록 요리하라.

나의 빈약한 지식이 허용하는 한 이런 것을 조심스레 교시하련다.

여하튼 데메아여, 나는 그들에게, 거울에 비치듯,

음식이 그릇에 반영되게 하도록 권하면서 필요한 모든 일을 알려주는도다.

— 테렌티우스(Publius Terentius Afer)

그리스 인들까지도 파울루스 아에밀리우스가 마케도니아에서 돌아와, 그들에게 베푼 향연에서 지키던 질서와 규모를 칭찬했다. 그러나 나는 여기서 그 행동을 말하려는 것이 아니고, 언어에 관하여 말하려 한다.

다른 사람도 나와 같은지 모르겠으나, 나는 건축가들이 멋대로 벽기둥, 주초, 주두(柱頭)라는 둥, 코린트 식, 도리아 식이라는 둥 하면서 전문어로 엄청난 말을 끌어내면, 마치 아폴리돈 궁전[2]에 관한 것같이, 내 상상력으로는 파악할 수 없다고 말하지 않을 수 없다. 그리고 사실 이런 것은 내 집 부엌문간의 변변치 않은 부분들을 가지고 하는 말이라는 것을 나는 잘 알고 있다.

전유법(轉喩法), 은유법, 또는 우의법(寓意法)이라고 문법학자들이 붙이는 이런 따위의 이름들을 들어보라. 무엇인지 희귀하고 괴상한 언어 형태를 말하는 것 같지 않은가? 이것은 그대의 집 침모가 나불거리는 말법에 관하여 붙인 명칭이다.

우리나라의 직무들에 대하여 로마 사람들의 장엄한 칭호로 부르는 것은 ─ 그 사이에 아무런 닮은 점도 없고 더욱이 그만한 위엄과 권능도 없는 터이니 ─ 지금 말한 것과 비슷한 속임수이다. 그리고 또 당치않게도 옛날 몇 백 년 동안에 한두 사람에게만 바친 가장 영광스러운 이름을 우리가 하고 싶은 대로

---

2 15세기의 스페인 소설 《아마디스》에 나오는 경이의 궁전.

아무에게나 사용한다는 것은, 다음에 보면 우리 시대의 특이한 어리석음을 드러내놓는 증거가 된다고 생각한다. 플라톤은 아무도 비판할 수 없이 거룩한 것으로 모두가 승인하는 이 이름을 차지했다. 그런데 이탈리아 인들은 일반적으로 다른 나라 사람들보다 더 민감한 정신과 건전한 사상을 가졌다고 당당하게 자랑하고 있는 터에 아레티노(Pietro Aretino)에게 이 이름을 주고 있다. 사실이 작가는 말법이 과장되고 가는 곳마다 재치가 번득이며 교묘하지만, 너무나 뽐내며, 결국 웅변조라는 것밖에 자기 시대의 보통작가보다 낫다고 할 만한 점은 보이지 않는다. 어디에도 옛날의 거룩한 학자에게 미칠 영향은 없다. 그리고 '대왕'이라는 이름을 우리는 서민의 위대성보다 아무것도 더 나을 것 없는 왕들에게 붙여주고 있다.

나이에 대하여

나는 우리가 나이의 지속기간을 정하는 방식을 용납할 수 없다. 나는 학자들이 여느 사람들 생각에 비하여 나이를 심하게 단축하는 사례를 드물지 않게 본다. 소(小) 카토 (Marcus Porcius Cato)는 자기의 자살을 막으려는 자들에게 말했다.

"글쎄, 내가 지금 인생을 버리기가 너무 빠르다고 책망할 수 있는 나이인가?"

그러나 그때 그의 나이는 마흔여덟 살이었다. 그는 그 나이에 도달하는 사람도 대단히 드물 것으로 생각하여, 자기는 매우 성숙하고 상당히 나이가 들었다고 여기고 있었다. 그러나 어떻게 계산하였는지 모르지만, 그것이 자연스러운 일이라고 하며 그보다 몇 살 더 약속한 나이를 살겠다고 생각하는 자들은, 만일 우리 각자가 자연스러운 굴복으로 언제 당할지 모르며, 사람들이 자기는 그만큼 살겠다고 작정하는 나이를 마음대로 중단시킬 수 있는 수많은 변고들을 당하지 않도록 면제받는 특권이라도 가졌다면, 바로 그러한 경우에만 그들은 그만큼 살아볼 수 있을 것이다.

극도의 노령으로 힘이 쇠약해져서 죽기를 기대하며, 생명의 이러한 지속을 목표로 삼는다는 것은 이런 죽음이 지금은 통용되지 않는 가장 드문 일인바 그 무슨 꿈을 꾸고 있는 수작인가? 우리는 말에서 떨어져 목이 부러진다거나 난파선에서 숨 막혀 죽는 것, 갑작스럽게 페스트나 폐렴에 걸려서 죽는 것은 마치 자연적인 죽음과는 반대되는 일이고, 평상시의 조건은 이런 불길한 사건들을 제공하지 않을 것처럼, 노쇠하여 죽는 것을 자연사라고 부른다. 이런 고운 말을 좋아하지 말자. 아마도 우리는 언제나 있는 보편적이고 또한 전반적인 것을 차라리 자연이라고 불러야 할 것이다.

늙어서 죽는다는 것은 오히려 희귀하고 특이하고 심상치 않은 일이며, 다른 죽음들보다도 오히려 자연스럽지 않다. 앞길이 멀면 멀수록 더욱 우리로서는 그런 생각을 바라기가 어려워진다. 그것은 우리가 그 너머까지 갈 수 없으며, 그리고 자연의 법칙이 그것을 넘지 못하게 정해 놓은 한계이다. 그러나 그때까지 우리가 생명을 지속한다는 사실은 자연이 주는 희귀한 특권이다. 그것은 2, 3백년 동안에 단 한 사람에게 특수한 은총으로 내리는 면제이며, 이 오랜 동안 운명이 다른 사람들에게 제공하는 역경과 곤란을 그 사람들에게만 면해 주는 일이다.

그래서 내 생각으로는, 우리가 지금 도달한 나이를 보면, 그것은 몇 사람도 도달하지 못하는 드문 나이이다. 범상한 생애로서는 사람들은 여기까지 이르지 못하는 만큼, 이것은 우리 나이가 상당히 많다는 걸 뜻한다. 그리고 우리가 인생의 진실한 척도인 어느 한계를 넘은 이상, 이 나이를 더 넘어보려는 생각은 하지 말아야 한다. 세상 사람들이 쓰러지는 것을 너무도 많이 보면서 죽음의 기회를 피해 왔으니, 보통의 관례를 벗어나 이만큼 우리 목숨을 유지시켜준 이 심상치 않은 운수는 더 계속될 수 없음을 인정해야 한다.

이러한 그릇된 공상을 한다는 것은 법칙 자체의 결함이다. 법률은 사람이 스물다섯 살이 되기 전에 자기 재산을 관리하는 일을 원치 않는다. 그는 그때까지 기껏 자기 인생의 관리나 하면 고작이다. 그런데 아우구스투스는 로마의 옛날 법령에서 다섯 살이나 낮춰서, 법률에 관한 직책을 맡을 수 있는 것은 서른 살이면 충분하다고 했다. 세르비우스 툴리우스(Servius Tullius)는 마흔일곱 살을 넘은 기사들에게 전쟁에 나가는 고역을 면제해 주었다. 아우구스투스는 그 나이를 다시 마흔다섯으로 낮췄다.

쉰다섯 살이나 예순 살 전에 사람을 맡은 일에서 은퇴시킨다는 데는 별달리 큰 이유가 있다고는 보지 않는다. 나는 직책과 직업에서의 은퇴시기를 연장시켰으면 한다. 그러나 나는 다른 면에 과오가 있음을 본다. 그것은 일찍부터 우리에게 직무를 맡기지 않는 일이다. 아우구스투스는 열아홉 살에 전세계의 심판자가 되었는데, 다른 사람은 빗물 홈통을 달 자리를 판단하는 데 서른 살이 되길 요구당한다.

나로서는 우리의 심령은 스무 살이 되면, 무언가 할 수 있다고, 기반이 다 닦여 미래에 대한 능력을 모두 약속해 준다고 본다. 이 나이에 자기 능력의 명백한 징조를 보여주지 않는 심령으로서 그 후에 그런 능력의 증거를 보여준 예는 없다. 자연의 소질과 덕성은 이 시기가 되면 그 심령이 가진 강력하고 아름다운 표시를 보여준다. 그렇지 않으면 영원히 보여주지 않는다.

그래서 도피네 사람들은 말한다.

가시는 돋칠 때 찌르지 않으면,
다시는 찌르는 일이 없다.

내가 알고 있는 모든 아름다운 인간의 행동 가운데—그것이 무슨 종류이건—옛 시대나 오늘날에나 그 대부분은 30세 이후보다도 그전에 이루어진 것을 더 많이 찾아볼 수 있다. 그렇다. 한 인간의 생애를 두고 보아도 흔히 그러하다. 한니발의 생애나 그의 위대한 적수인 스키피오의 생애를 보아도 확신을 가지고 그렇게 말할 수 있지 않은가?

그들 생애의 아름다운 반생을 그들은 젊었을 때에 얻은 영광으로 살았다. 그러고 나서 자신의 생애를 모든 다른 사람들과 비교해 보니 위대하였다. 그러나 그들 자신으로서 비교해 보면 결코 그렇지는 않다.

나로서는 이 나이로부터는 내 정신이나 육체는 불어나기보다 줄어들었고,

전진했다기보다는 후퇴만을 거듭해 왔다고 확신한다. 시간을 잘 이용하는 자에게는 학문과 경험은 나이와 함께 자랄 수 있다. 그러나 활기와 민첩성과 견고성, 그리고 우리 자신에게 있는 더한층 중요하고 본질적인 다른 소질들은 시들고 쇠약해 간다.

세월의 강력한 공격이 신체를 부서뜨려 우리의 체력이 떨어지고 팔다리가 약해질 때엔 판단력도 발을 절고 말과 정신은 고장이 난다.
— 루크레티우스

때로는 신체가 먼저 노령에 항복하고 어느 때는 심령이 먼저 항복한다. 나는 위장과 다리보다도 뇌수가 먼저 쇠약해지는 것을 보았다. 뇌수의 쇠약을 겪는 자는 그 쇠약이 잘 느껴지지 않고 잘 드러나지 않으므로 그만큼 더 위험하다. 나는 법률이 우리를 너무 늦게까지 일을 시키는 것을 불평하는 것이 아니라, 더욱 오래도록 우리에게 일을 시키지 않는 것을 불평한다. 우리 인생의 위약(危弱)함을 고찰하면, 그리고 자연의 범상한 암초에 사람들이 얼마나 자주 많이 부딪히는가를 생각해 보면, 인생의 대부분을 출생과 여가와 훈련에 할당해서는 안 될 것으로 보인다.

행동의 일관성 없음에 대하여

인간의 행동을 일삼아 검토하는 자들은, 그것을 하나의 전체로 맞추어보려고 할 때 더할 수 없이 당황한다. 행동들은 이상하게도 서로 모순되어, 도무지 그것이 한 공장에서 만들어진 물건이라고 보기는 불가능하기 때문이다. 소(小) 마리우스(Marius)는 어느 때는 마르스 신의 아들이며, 어느 때는 비너스의 아들이 된다. 보니파치오는 교황직에 임명되었을 때는 여우 같았고, 죽을 때는 개와 같았다고 한다. 그리고 누군가 그 앞에서 한 죄인의 사형선고 판결문에 시인하라고 일반적인 격식에 따라 내놓자 바로 저 잔인성의 표본이었던 네로는 괴로움에 못이겨 이렇게 혼잣말을 했다.

"내가 글씨를 쓸 줄 모른다면 얼마나 좋았을까!"

이렇게 말했던 자가 네로였다는 것을 과연 믿을 수 있는가? 모든 일에는 이런 사례가 너무나 많다. 그래서 누구든 이런 예는 쉽게 찾아볼 수 있다. 결단성 없음은 우리의 천성에 가장 공통되고 명백한 악덕인 탓에 나는 언제든지 지각 있는 사람들이 이런 것을 둘러맞추려고 애쓰는 모습을 보면 이상한 생각이 든다. 희극작가 푸블리우스(Publius)의 저 유명한 시구가 그것을 증명한다.

다시 생각해 볼 수 없는 결심은 나쁜 결심이다.
―푸블리우스 시루스

사람은 자신의 생활에서 가장 범상한 특징을 가지고 판단해야 하는 이유가 있다. 그러나 우리의 행동이나 사상은 본성부터 확고하지 않기 때문에, 나는 종종 훌륭한 작가들까지도 우리를 지조 있는 견고한 구조를 소유하는 인간으로 만들어내려고 고집하는 것은 잘못이라고 생각한다. 그들은 인간의 보편적 자세를 골라낸다. 그 모습을 따라서 모든 인물들의 행동을 정리하여 해석한다. 그리고 제대로 맞추어지지 않으면 그것을 감추려고까지 한다.

그들은 아우구스투스의 모든 것을 파악하지는 못했다. 왜냐하면 이 인물은 그의 전 생애를 통하여 행동이 너무나 명백하고 급박하며 끊임없었기 때문에, 가장 과감한 심판자에게도 그는 다른 모든 점보다도 견실성이 있다고는 믿어지지 않으며 줏대가 없다고 생각하는 편이 더 용이하다. 인간을 단편적으로 세밀한 점 하나하나를 가지고 명확하게 판단하는 자가 더 자주 진실을 말할 기회를 가질 수 있다.

고대를 통해 예지의 주요 목적인 줏대가 확고한 삶을 산 인간은 열 손가락을 꼽기도 어렵다. 왜냐하면 삶을 한마디로 이해하여 우리 인생의 모든 법칙을 하나로 파악하면, 그것은 언제나 같은 일을 원하거나 또는 원치 않는다고, 옛 사람(세네카)은 말했다.

"나는 '의지가 정당하다면'이라고 붙여 말할 생각은 없다. 왜냐하면 만일 의지가 정당하다면 그것은 항상 하나로 있기가 불가능하기 때문이다."

사실 나는 지난날, 악덕이라는 것은 무질서와 절도의 결여에 불과하며, 따라서 거기에 줏대를 세우기는 불가능함을 알았다. 모든 도덕의 시초는 의논과 숙고에 있고, 목표와 완성은 지조에 있다고 한 것은 데모스테네스(Demosthenes)의 말이라고 한다. 만일 무언가 생각함으로써 우리가 확실한 길을 잡을 수 있다고 한다면, 우리는 가장 아름다운 것을 잡을 수 있을 터이다. 그러나 아무도 그렇게 생각한 자는 없다.

그가 원하던 바를 그는 거부한다.

그는 다시 포기한 바를 원한다.

그는 항상 움직이는데, 그의 인생은 끊이지 않는 모순이다.

— 호라티우스

우리가 여느 때 하는 방식은 욕망의 경향에 따라서 좌우로 또는 위아래로 기회의 바람이 우리를 실어가는 대로 따라가는 일이다. 우리는 우리가 원하는 그 순간밖에 원하는 것을 생각하지 않으며, 마치 차지한 자리의 빛깔에 따라서 보호색을 띠는 동물과 같이 변한다. 우리가 지금 이 시간에 제안한 바를 우리는 금세 변경하며, 금방 걸어온 길을 되돌아간다. 그것은 요동하는 것이며, 지조가 결여된 것이다.

우리는 타인의 끄나풀에 조종되는 인형같이 움직인다.

— 호라티우스

우리가 가는 것이 아니다. 우리는 떠내려가는 사물처럼, 물이 격동하거나 잔잔한 것에 따라서 때로는 순하게, 때로는 맹렬하게 실려갈 뿐이다.

인간은 자기의 원하는 바를 모르고 끊임없이 찾으며

마치 이렇게 하여 자기의 무거운 짐을 벗어 던질 수 있는 듯

계속 자리를 바꾸는 것을 우리는 보지 않는가?

— 루크레티우스

날마다 새로운 공상을 하며, 우리의 기분은 날씨의 변화에 따라 움직인다.

인간의 사상은 주피터가 그들에게 보내는 풍부한 태양 광선과 함께 변한다.
— 호메로스

　우리는 여러 의견 사이에 떠돈다. 우리는 아무것도 자유롭게, 아무것도 절대적으로, 아무것도 줏대 있게 원하지 않는다. 확실한 법칙과 확실한 지침을 머릿속에 결정하여 세워놓은 자에게 균형 잡힌 습관과 질서와 사물들 상호간의 일관된 관계가 그의 인생을 통해 빛나는 것을 볼 수 있다. 엠페도클레스(Empedocles)가 주목한 바에 의하면, 아그리겐툼 사람들은 마치 내일 죽을 것처럼 쾌락에 탐닉하고, 마치 영원히 죽지 않을 것처럼 건설해 가는 모순된 습성을 가지고 있었다.

　저 —법을 세워 가진 — 인물의 사상은 소 카토의 경우에서 보는 바와 같이 이해되기 쉬운 일이다. 심금(心琴)의 한 줄을 쳐보면 그 모든 줄을 쳐본 것과 같다. 그것은 서로 어긋날 수 없이 극히 잘 조화된 화음을 낸다. 우리에게는 그 반대로 행동의 수만큼 다른 판단이 있어야 한다. 가장 확실한 판단은 사물들을 너무 깊이 파고 들어가서 다른 결론을 내리지 않고, 이런 행동들을 그 가장 가까운 사정에 비추어 고찰한 결과일 뿐이다.

　우리나라가 혼란상태에 빠져 있을 때 전해들은 이야기인데, 내가 머물러 있는 곳 근처에 사는 한 소녀는 자기 집에 손님으로 들어온 뜨내기 병정이 범하려고 덤벼드는 것을 피하기 위해 자기 몸을 칼로 찔렀다. 옆에서 사람들이 말렸는데, 그 때문에 그녀는 심하게 다쳤다. 그녀의 고백에 의하면, 그 병정은 다만 그녀를 요구하고 간청하며, 선물을 갖다준 외에 아무 행동도 하지 않았는데, 그녀는 마지막으로 강제수단이 나올 것을 미리 두려워했던 것이다. 말로나 행동으로나, 그녀가 몸을 지키려고 생명을 걸어 피까지 흘린 이 도덕의 증거는 루크레티아(Lucretia)가 세상에 다시 나온 것 같은 태도였다. 그러나 알고 보니 그 계집애는 그 전에도 그 후에도 그렇게 행동한 적이 없는 말괄량이였을 뿐이다. 이야기에도 있지만, 그대가 아주 미남자요 얌전하게 굴었는데도 그대 수작이 성공하지 못했다고 하여, 바로 그대 애인이 침범할 수 없게 정조를 지키는 열녀라고 결론짓지는 말 일이다. 그 어떤 마부라도 그녀에 대한 요행수를 얻지 못할 일이 아닐 수도 있기 때문이다.

안티고스는 그의 병사 하나가 용감하고 기백이 대단하여 가상히 여겼다. 그래서 그 병사가 오랫동안 고생하고 있던 만성적인 지병을 치료하게 해주었다. 그런데 병이 나은 뒤로 그 병사는 직무에 소홀해졌다. 이를 보고 안티고스는, 누가 그대를 이렇게 비겁하게 만들어놓았느냐고 물었다. 그는 대답했다.

"당신께서 그러셨습니다. 나로 하여금 생명을 지푸라기같이 여기게 하던 병을 당신께서 없애주셨지 않습니까."

루쿨루스의 한 병사는 적에게 약탈당하고 나서 그들에게 보복하기 위해 용감하게 공격을 감행하더니, 빼앗긴 만큼 다시 찾아왔다. 루쿨루스는 그 병사를 가상하게 여겼다. 그래서 병사에게 —

비겁한 자라도 용기를 북돋아 일으킬 만한 말씨로
— 호라티우스

그가 생각할 수 있는 가장 좋은 말로, 어느 위험한 작전에 나가기를 권하였다. 그랬더니 그 병사는 펄쩍 뛰며 말했다.

"그 일은 적에게 약탈당한 어느 가련한 병사에게 시키시오."

아무리 촌부일망정
'지갑을 빼앗긴 자라면 그대 원하는 곳에 가리다.'
— 호라티우스

그 병사는 단호하게 출정하기를 거절했다.

마호메트는 그의 친위대장 샤산의 부대가 헝가리 군대에 돌파당해 싸움에 비겁하게 임하는 모습에 직면하여 그를 호되게 나무라며 모욕했다. 샤산은 아무 대답도 없더니, 그대로 무기를 잡고는 혼자 닥치는 대로 적진 속으로 뛰어들어 순식간에 그 속에 말려들어 버렸다. 이야기의 내용으로 보면, 이 행위는 그가 명예를 회복한 것이라기보다는 생각을 바꾼 때문이고, 그의 천성이 용맹했기 때문이 아니라, 그는 그때 울화통을 터뜨렸을 뿐이라고 생각할 수밖에 없다.

어제는 대단한 모험을 무릅쓰던 자가 오늘은 바보 노릇을 한다고 이상해할 것은 없다. 그는 부아가 났거나, 필요에 몰렸거나, 친구 때문이거나, 술이 시켰거나, 또는 나팔소리에 배짱이 생겼을지도 모른다. 이성의 힘으로 용감해진 것이 아니라, 사정에 몰려서 강해진 터. 그러니 반대되는 사정에 그가 아주 딴 사람이 되었다고 하여 조금도 놀랄 것은 없다.

우리의 태도가 이렇게 애매하고 잡다하고 모순된 것을 보고, 어떤 자는 우리가 두 가지 심령을 가졌다고 한다. 또 어떤 자는 두 가지 힘이 우리를 따라다니며 하나는 좋은 편으로, 하나는 나쁜 편으로 우리를 조종한다고 하며, 이렇게도 급격한 변화는 도저히 단 하나의 주체에서는 나올 수 없는 일이라고 한다.

사건들의 바람은 제멋대로 우리를 이끌어간다. 그뿐 아니라, 그밖에도 내 자세의 불안정 때문에 내 자신이 흔들리면 혼란에 빠진다. 그리고 조심스레 이러한 상태를 관찰한 자는 자기가 두 번 같은 상태에 있는 것을 보지 못한다. 나는 뉘어놓은 방향에 따라서 내 심령을 어느 때는 이 모습으로, 어느 때는 다른 모습으로 보여준다. 내가 나를 여러 가지로 말한다면, 그것은 애가 나를 여러 가지로 보는 까닭이다. 어떤 괴벽이나 어떤 방식에 따라서 모든 모순이 거기 나타난다. 부끄러워하고 건방지고, 정숙하고 음탕하고, 수다스럽고 시무룩하고, 억세고 연약하고, 약하고 멍청하고, 울적하고 온후하고, 박학하고 무식하고, 거짓말쟁이이고 정직하고, 관대하고 인색하고, 낭비하는 이 모든 것을 나는 어느 점에서 내가 처하는 대로 내 속에서 알아본다. 누구든 세밀하게 자기를 관찰하는 자는 자기 속에, 진실로 자기의 판단력 속에도 이런 변전과 알력이 있음을 발견하게 될 것이다. 나는 절대로 단순하고 견고하게, 혼란이나 혼동 없이, 또는 한마디로 나를 말할 구실은 없다. 'Distingo(잡다하다)'는 내 논리의 가장 보편적인 항목이다.

비록 나는 늘 선(善)을 선이라고 말하고, 선으로 볼 수 있는 일은 좋은 편으로 해석하려는 생각이긴 하지만, 우리 인간조건은 괴상하여 착한 일을 하는 것이 반드시 의향으로만 판단되는 것은 아니다. 여하튼 우리는 악덕에 몰려서 선을 행하는 일이 종종 일어날 수도 있다. 그러므로 한 용감한 행위를 보고 그 자가 용감하다고 결론지어서는 안 된다.

진정으로 용감하게 행하는 자는 어느 때나, 어느 경우에나 용감하게 행한다. 그것이 도덕에서 나온 습관이고 돌발적인 충동이 아니라면, 이 습관은 한 인간을 혼자 있을 때나 진영에서나 전시에, 모든 사건에 결단성 있게 행동하도록 한다. 왜냐하면 사람이 어떻게 말하건, 길거리의 용감함과 진영 안의 용감함에 대한 구별은 없기 때문이다. 그러한 자는 병석에서 병도 용감하게 겪어내며, 자기 집에서와 마찬가지로 돌격전에서도 죽음을 두려워하지 않을 것이다. 한 동일한 인간이 공성전(攻城戰)에서는 확고하게 처신하고, 다음에 소송 사건에 졌다거나 아들을 하나 잃었다고 하여 여자처럼 속상해하지는 않는다.

모욕을 받고는 비굴하게 굴지만 빈궁함에는 꿋꿋하며, 외과의의 수술도 앞에서 겁을 내지만 적수의 칼날 앞에서는 완강할 때, 그 행동은 가상하나 그 인물됨은 그에 미치지 못한다고 보아야만 정확할 것이다.

많은 그리스 인들은 적 앞에서는 당당하지 못하지만 병에 걸리면 군세게 견디며, 킴브리아 인들과 켈베리아 인들은 그 반대였다고 키케로는 말한다.

"사실 확고한 원칙에서 나오는 것이 아니면, 아무것도 인정할 수 없다."(키케로)

그 예로 보아 알렉산드로스의 경우보다 극단적인 용감성은 더는 없다. 그러나 그것은 한 종류에 불과할 뿐, 모든 면에서 전반적으로 충만한 것은 못된다. 다른 것은 이에 비하면 볼거리도 안 되지만, 그렇다고 그 용감성에 오점이 없는 것은 아니다. 자기의 생명에 대한 음모에는 아주 사소한 의심에라도 마음이 움직이며, 그 수사에는 맹렬하고도 조심성이 없으며 정당성을 잃는다. 그리고 공포 때문에 타고난 이성마저 뒤집힌다. 그는 너무 미신을 믿은 나머지 좀 겁쟁이가 된다. 클리토스를 살해하고 나서 그가 지나친 고행을 참아낸 것은, 역시 그의 용기가 고르지 못한 증거이다.

우리의 행동은 여러 조각을 모아 꾸민 것에 불과하며, '탐락을 경멸하지만 고통을 받으면 비굴해지고, 영광은 모멸하나 세상의 평이 언짢으면 용기가 꺾인다.' (키케로) 가짜 간판을 세워놓고 영광을 얻으려 하지만, 도덕은 그 자체를 위해서밖에는 추종받기를 원하지 않는다. 그리고 만일 우리가 가끔 다른 목적으로 그 가면을 빌려오면, 도덕은 바로 이것을 얼굴에서 떼어 내던져버린다. 심령이 도덕에 잠겼을 때는 생생하고 강력한 염색으로, 그 조각이 떨어져 나가지 않고는 빛깔이 없어지지 않는다. 그렇기 때문에 한 인간을 판단하려면 오랫동안 그 행동의 자취를 더듬어보아야 한다.

만일 그가 지조를 그 자체를 위하여 지키는 것이 아니라면 '자기가 가고자 원하는 길을 심사하고 난 다음에 택한 자' (키케로)는 만일 잡다한 사정들에 따라서 그가 보조를 바꾸고 있는 것이라면 ― 나는 길이라고 말한다. 왜냐하면 보조는 빨라질 수도 느려질 수도 있기 때문이다 ― 제멋대로 가게 내버려두어라. 우리 탈보트[1]가 좌우명 삼아 말하듯, 그 자는 바람결을 따라가는 자이다.

한 옛사람[2]은 말하기를, 우리는 우연 속에 살고 있으니, 우리에 대한 우연의

---

1 영국의 무장(武將). 옛날에는 가스코뉴 지방이 영국 왕의 영토였고, 탈보트의 활동무대였으므로 몽테뉴는 그를 '우리' 탈보트라고 한 것이다.
2 세네카를 말한다.

힘이 크다는 것에 그렇게 놀랄 일은 아니라고 하였다. 자기의 인생 전체에 대하여 한 확실한 목표를 세우지 않은 자는 특수한 행동을 처리해 갈 방법이 없다. 낱낱이 이루어진 전체 형태가 머릿속에 가다듬어지지 않은 자는 그 조각들을 정리하는 것이 불가능하다. 무슨 그림을 그릴지 모르는 자에게 물감을 공급해 준다는 것은 아무 소용도 없다. 아무도 자기 인생에 대한 확실한 계획을 세우지 않는다. 그리고 우리는 그 한 부분밖에 고찰하지 않는다. 활 쏘는 자는 먼저 어디를 겨눠야 할지 알아야 한다. 거기다가 손과 활, 시위, 화살, 그리고 동작을 맞추어야 한다. 우리 의도는 종잡지 못한다. 왜냐하면 거기에는 아무런 방향도 목표도 없기 때문이다. 가야 할 항구가 없는 배에는 항로를 잘 아는 어떤 사람도 소용없다.

나는 소포클레스(Sophocles)의 비극 하나를 보고 나서 그의 아들의 비난에 반대하며, 소포클레스에게 집안일을 살펴볼 능력이 있다고 결론짓는 사람들의 의견에 찬성하지 않는다. 그리고 밀레토스 인들을 계몽하기 위해 파견된 파로스 인들이 그들을 보고 결론지은 추측도 충분한 것이라고 보지 않는다. 이 섬을 찾아가 보니, 땅은 잘 경작되고 농가는 훌륭하게 관리되어 있었다. 그래서 그들은 도시민들의 집회 식으로 집주인들을 등록시키고 주인들 중에서 이 지방의 새 장관과 관리들을 임명하였다. 그것은 이 섬 사람들이 자기의 일들을 잘 처리하니까, 공적인 일도 잘 해내리라고 판단했기 때문이다.

우리는 모두 조각들로 되어 있으며, 더구나 너무나 형편없고 잡다하게 구성되어 있어서 조각들 하나하나가 시시각각 제멋대로 논다. 그리고 우리와 우리 자신들 사이에는 우리와 남들 사이만큼이나 차이가 있다.

"언제나 동일한 인간으로서 행세하기는 대단히 곤란함을 명심하라."(세네카)

대망(大望)은 사람에게 용감성과 절제, 관대함, 진실로 정의까지도 가르칠 수 있으며, 탐욕은 이름 없이 무위(無爲) 속에 자라난 가게의 사환 아이 마음에, 가정의 품을 차던지고 분노하는 해신과 파도의 위험에 몸을 맡겨 작은 배를 타고 멀리 떠나볼 결심을 심어준다. 지각과 조심성까지 가르쳐주는 비너스도 아직 매질과 함께 훈련을 받는 젊은이에게 결단성과 용감성을 불어넣어주고, 어머니의 품을 떠나지 못하는 소녀의 연약한 마음에 이를 이겨낼 힘을 주는 만큼—

> 비너스의 인도를 받아, 소녀는 잠든 보호자의 감시를
> 남몰래 벗어나 어두운 밤에 홀로 애인을 만나러간다.
> — 티불루스(Albius Tibullus)

밖에 나타난 우리의 행동은, 단지 침착한 이성만으로 판단할 수는 없다. 속까지 뒤져보아서 어떤 원동력이 사람을 움직여 행동하게 하는가를 보아야 한다. 그러나 이것은 고매하고 위태로운 기도(企圖)인 만큼, 나는 그런 일에 참견하는 사람이 많기를 원치 않는다.

양심에 대하여

우리나라 내란시대의 어느 날 나는 드 라 브루스 성주인 내 형님과 여행을 하다가 점잖은 한 귀인을 만났다. 그는 우리 와는 반대당이었다. 그러나 그렇지 않은 체하고 있었기 때문에 나는 그 사실을 전혀 모르고 있었다. 이런 내란의 시기에서 가장 흉한 일은, 사정이 뒤죽박죽이어서 모두 같은 법률 밑에 살며 풍속도 풍채도 같기 때문에, 적인지 내 편인지 외모로나 언어로나 태도로는 분간할 수 없다. 그 때문에 혼란과 무질서를 피하기는 무척 어려운 일이었다.

나로서도 검문당하거나 더 나쁜 일이라도 당할까봐, 내가 알려지지 않은 고장에서는 우리 부대를 만나는 것조차도 두려워 조심했다. 그럴 만한 일이 내게도 있었기 때문이다. 나는 단순한 오해로 하인들과 말들을 잃었다. 그 가운데서도 마음 아픈 것은 다른 사람들의 경우보다 내가 보살펴 키우던 이탈리아 귀족 출신의 시동이 살해되어, 장래가 창창하던 젊은 생명 하나를 사라지게 한 일이었다.

이 아이는 무서움으로 정신을 잃고 말 탄 사람을 만날 때나, 왕이 계신 도시를 지날 때마다 죽을 듯 괴로운 표정이었다. 그 모습에 나는 이 아이가 양심의 가책을 느끼고 있기 때문이라고 짐작했다. 이 가련한 자의 경우, 사람들이 그의 가면과 외투에 달고 다니는 십자가를 뚫어 마음속 깊이 간직된 비밀의 의향을 잃어가듯, 내게 그런 모습으로 보였다. 양심이 우리 속을 탄로시키며, 우리 자신을 비난하고 우리 자신과 싸운다. 외부의 증인이 없어도 양심은 우리의사에 반하여 우리 속을 드러내 보인다.

우리를 보이지 않는 채찍으로 매질하며, 그 자체가 우리의 형리가 된다.
— 주베날리스

다음은 아이들의 입에 잘 오르는 이야기이다. 파이오니아 인 베소스는 장난으로 참새 집을 때려부수고 새를 죽였다는 책망을 받고 말하기를, 이 작은 새들은 줄곧 자기에게 아버지를 죽였다고 비난하기를 그치지 않아 그렇게 한 것이므로 자기가 한 일은 옳다고 하였다. 살부행위(殺父行爲)의 범죄는 그때까지 드러나지 않아서 아무도 아는 사람이 없었다. 그러나 양심의 복수신은 누가 죄를 받아야 할 것인가를 본인으로 하여금 탄로 나도록 만든다.

헤시오도스(Hesiodos)는 징벌은 죄악의 뒤를 바로 가까이 좇는다고 한 플라톤의 말을 정정한다. 뒤좇는 것이 아니라 벌은 죄악과 동시에 생겨난다는 것이다. 징벌을 기다리는 자는 누구든 그것을 당한다. 징벌을 당할 만한 자는 누구든 그것을 기다린다. 곧, 악행은 자기 자신을 괴롭히는 고민을 만들어낸다.

악은 특히 그것을 지은 자를 압박한다.
— 겔리우스(Aulus Gellius)

악행의 진행은, 일벌이 남을 찌르지만, 자기 자신을 더 해치는 것과 같다. 일벌은 그 때문에 자기 바늘과 힘을 영원히 잃는다.

악행은 자기가 만든 상처 속에 생명을 버려둔다.
— 베르길리우스

가뢰라는 독충은 자연에 의한 상반(相伴)으로 그들의 독에 대한 해독제로 쓰이는 부분도 함께 가지고 있다. 그와 같이 사람도 악덕에서 쾌락을 얻을 때에는 양심에 그 반대되는 불쾌감이 생기며, 그것이 우리를 갖가지 공상으로 괴롭힌다.

> 죄인들 중에는 그들의 잠꼬대나
> 병중의 헛소리로 자기 자신을 비난하여,
> 오랫동안 드러나지 않은 과오를 폭로시킨 자가 많다.
> ─루크레티우스

아폴로도로스(Apollodoros)는, 스키다이 족들이 자기의 살갗을 벗겨 냄비 속에 삶고 있는데, 자기 마음은 '내가 네게 이 모든 불행의 원인이 되었다.' 고 수군거리는 꿈을 꾸었다.

"어떠한 숨을 곳도 악인에게는 소용없다. 왜냐하면 양심이 그들 스스로에게 그것을 폭로시키기 때문에, 어떤 안전한 곳에 숨었다 해도 안심할 수는 없다." (에피쿠로스)

> 죄인들의 최초의 징벌은 그들이 결코
> 자기 자신의 재판정에서 면죄될 수 없다는 일이다.
> ─주베날리스

양심은 우리를 공포심으로 채운다. 또한 그와 마찬가지로 우리를 안심과 신념으로 채워준다. 나는 내 의지와 의향의 깨끗함을 내 마음속에서 알고 있는 덕택으로, 많은 위험한 경지를 더한층 확고한 걸음으로 지나왔다고 할 수 있다.

양심이 각자에게 주는 증명에 따라,
사람의 마음은 공포 또는 희망으로 채워진다.
— 오비디우스

이러한 예는 수없이 많다. 동일한 인물에게서 다음과 같은 세 가지 예를 들어보면 충분할 것이다. 스키피오는 어느 날 중대한 문책으로 로마 시민들 앞에 고발당했을 때, 자기를 변명하거나 심판관 앞에서 아첨하는 대신 다음과 같이 말했다.

"그대들은 모든 사람을 심판할 권위가 있는 두뇌를 가지고 심판하기만 하면 될 것이오."

그리고 또 한 번은 사람들이 그에게 죄를 뒤집어씌우고 시민재판에 붙이자, 그는 사건에 대하여 자기를 변호하는 대신 말했다.

"자, 우리 시민들, 그전에 먼저 오늘과 같은 날에 모든 신들이 카르타고 인들에 대하여 내게 베풀어준 승리에 감사하러 신들 앞으로 나아갑시다."

말을 끝낸 그가 사원을 향하여 걸어가기 시작하니, 모인 군중과 그의 고발자 역시 그의 뒤를 따랐다. 그리고 페틸리우스가 카토의 교사를 받고, 그에게 안티오쿠스 지방에서 사용한 금전의 내용을 밝히라고 요구했을 때의 일이다. 스키피오는 그 때문에 원로원에 나타나서 옷자락 밑에 가지고 있던 계산서를 내보이며, 그 속에 수입과 지출이 사실대로 적혀 있다고 말했다. 그 장부를 재판관 앞에 제출하라고 하자 그는 거절하며, 자기 자신은 그런 수치스러운 짓은 못한다고 말하고, 원로원 의원들 앞에서 장부를 조각조각 찢어 던졌다.

나는 양심의 가책을 받는 사람이 이런 자신 있는 행동을 흉내낼 수 있다고는 생각지 않는다. 그는 천성이 용맹하고 너무 고상한 행동에만 버릇이 들어서 자기가 죄인의 지위에 서서 무죄를 변명하는 따위의 천한 짓을 할 수 없는 인물이었다고 리비우스는 말한다.

고문은 인간의 위험한 발명이다. 그것은 진실에 대한 시험이라기보다는 참을성에 대한 시험이다. 고문을 참아낼 수 있는 자는 진실을 감추고, 참아내지 못하는 자 역시 그러하다. 어째서 고통은 있었던 사실을 있다고 자백하도록 강제하기보다 없는 사실을 있다고 자백하게 하는 것인가? 반면에 누군가 고발한 사실을 범하지 않은 자가 이런 고초를 참아낼 수 있을 만큼 인내성이 있다면 그 보답으로 생명을 보존할 수 있을 텐데, 그것을 행하지 않은 자가 어째서 행하지 않았다고 끝까지 버티지 못하는 것인가?

내 생각으로는 이 제도를 꾸며낸 기초는 양심의 힘을 고려한 점에 있다고 본다. 왜냐하면 죄인에게는 고초를 주면 그 과오를 자백시키는 데 양심이 거들고 그의 마음을 약하게 만들며, 반대로 양심은 죄 없는 자를 고문에 대하여 더 강하게 만드는 것같이 보이기 때문이다. 진실을 말하면, 이것은 아주 불확실하고 위험한 방법이다. 인간이 심한 고통을 피하기 위하여 무슨 말이나 무슨 짓인들 못하겠는가?

고통은 죄 없는 자에게도 허언(虛言)을 강요한다.
─ 푸블리우스 시루스

그 결과 재판관이 한 인간을 억울하게 죽게 하지 않기 위하여 고문을 행하는 경우, 그 자는 무죄인데도 불구하고 고문을 당하고 죽어가게 되는 일이 일어난다. 수많은 자들이 그들의 그릇된 자백으로 목숨을 잃는다. 그 가운데서도 나는 알렉산드로스가 필로타스에게 행한 고발과 당사자가 당한 고통의 경과를 보아서, 필로타스를 이 예로서 든다.

어떻든 고문은 인간의 약점이 발명해 낸 것들 중에서 비교적 덜 악질적인 편에 든다고 사람들은 말한다. 그렇지만 내 생각으로는 극히 비인간적이며, 아주 쓸데없는 짓이다. 그리스 인들과 로마 인들이 야만적이라고 부르지만, 그들보다는 훨씬 야만적이 아닌 여러 나라에서는, 한 인간의 잘못이 아직 확실치 않을 때, 그에게 형벌을 가하고 그의 사지를 찢는 행위를 징그럽고 잔인한 짓이라고 본다. 어째서 그가 그대의 무지에 대하여 책임을 져야 하는가? 그대가 이유 없이 그를 죽이지 않기 위해 죽이는 것보다 더 심한 짓을 하고 있는 것은 부적당한 일이 아닌가? 사리가 그러하므로, 저 형의 집행보다도 더 힘들며, 그 혹독함이 형의 집행을 넘어 사람을 죽이는 일이 생기기도 하는 심문을 겪기보다는 차라리 이유 없이 죽기를 택하는 수가 얼마나 많은가에 대해 생각해 보라.

　이 이야기는 누구한테 들었는지 기억나지 않지만, 정확하게 우리 재판제도의 양심을 말하는 것이다. 한 시골 부인이 장군인 대법관 앞에서, 그 군대가 마을 주변을 약탈하는 동안 그 부인이 어린애에게 먹이기 위하여 남겨둔 우유죽을 한 병정이 빼앗아갔다고 고발하였다. 그런데 증거는 없었다. 장군은 잘 생각하여 말하라고 요구해도 그 부인이 고집을 부리자 그 말이 진실인가를 밝히기 위하여 병정의 배를 갈랐다. 그리하여 그 여자의 말이 진실임을 밝혀냈다는 것이다. 매우 교훈적인 방법이다.

실천에 대하여

사색과 교양은 기꺼이 신임하는 바이지만, 경험에 의하여 우리의 마음이 의도하는 방향으로 나아가도록 훈련시키지 않으면, 사색과 교양이 우리를 행동으로 향하게 할 만큼 충분히 강력한 힘을 갖기는 어렵다. 심령이 실제의 행동에 들어설 때, 탁월한 경지에 이르고자 원하는 자들은, 싸움에 서투른 상태에서 경험 없이 세파에 엄습당하기라도 할까봐, 혹독한 운명으로부터 몸을 숨긴 채 편안하게 기다리는 것만으로 만족하지 않는다. 그래서 그들은 운명의 앞으로 나아가, 진정으로 고난과 시련에 뛰어들기도 하였다. 어떤 자들은 자진하여 빈한함으로 단련받기 위하여 부귀를 버렸고, 또 어떤 자들은 불행과 노고에 몸을 튼튼히 하기 위하여 힘든 노동과 고통을 찾아서 행동하였다. 그리고 또 어떤 자들은 심령이 해이해져 그 견고성이 무뎌질까봐 두려워한 나머지 시각이나 생식기관 같은 신체의 가장 중요한 부분을 끊어내기도 했다.

그러나 우리가 완수해야 할 최대의 과업인 죽음에 관해서는 어떤 수련으로도 전혀 도움이 되지 않는다. 고통과 수치와 곤궁 등 이런 따위의 변고에 대해서는 습관이나 경험으로 마음을 강하게 만들 수 있다. 그러나 누구라도 죽음은 한 번밖에 시험해 보지 못한다. 죽음에 이르러서는 우리 모두가 신입생이다.

옛날에는 탁월하게 시간을 아끼며 죽음까지도 맛보고 음미해 보려 하고, 정신을 긴장시키면서 죽음에의 통과를 시도한 사람들이 있었다. 그러나 그들은 그 소식을 전해 주기 위해 돌아오지 못했다.

죽음의 차디찬 휴식을 맛본 자는 다시 잠에서 깨어나지 못한다.
— 루크레티우스

도덕과 의지가 강하기로 뛰어난 로마의 한 귀족 카니우스 줄리어스가, 악당 칼리굴라(Caligula) 때문에 사형선고를 받았다. 그때에 그의 강직한 마음을 보여준 여러 가지 경이로운 행적들 중에 다음과 같은 일화가 있다.

사형 집행인들이 카니우스 줄리어스에게 사형을 집행하려는 순간 그의 친구인 한 철학자가 물었다.

"카니우스, 지금 자네의 영혼은 어떤 상태인가? 어떻게 하고 있나? 무슨 생각을 하는가?"

친구의 물음에 그는 대답했다.

"온 힘을 다하여 긴장한 마음으로 준비한 채 이 짧고 간단하게 넘어갈 죽음의 순간에 영혼이 이사 가는 경과를 지각할 수 있는 것인가, 그리고 영혼이 떠나갈 때 어떤가를 보고 나서, 가능하면 돌아와 내 친구들에게 알려주어야겠다고 생각하고 있네."

이 인물은 죽을 때까지가 아니라 바로 죽음에 이르러서도 철학자였다. 이렇게 자기의 죽음이 가르침이 되기를 바라고 이렇게 중대한 순간에 다른 생각을 할 여유가 있었다니, 그 얼마나 큰 신념을 가진 용기 있는 자란 말인가!

그는 죽어가는 영혼에도 이러한 지배력을 견지하였다.
— 루카누스

그렇지만 나는 우리를 어떻게든 죽음과 친해지게 하고, 그것을 경험으로 삼는 방법이 있을 것이라고 믿는다. 우리는 전적으로 완벽하지는 못할망정, 전혀 쓸데없지는 않게 우리에게 힘을 주고 자신을 갖게 하는 방식으로 그것을 경험해 볼 수는 있지 않을까. 그러하다. 거기까지 도달은 못하더라도 접근할 수 있고, 그것을 정탐해 볼 수는 있다. 그리고 그 요새까지는 침입하지 못할망정, 그리로 향하는 길을 보고 알아둘 수는 있다.

우리가 잠들었을 때의 상태는 죽음과 비슷한 점이 있다. 그러므로 바로 수면을 관찰해 보는 것도 무의미한 일은 아니다. 얼마나 쉽게 우리는 잠깬 상태에서 잠든 상태로 넘어가는가! 어떻게 하여 손실도 거의 느끼지 않고 우리는 광명과 의식을 잃는 것인가! 아마도 자연은 이 수면에 의하여 우리에게 살아 있을 때가 죽었을 때와 같은 것이라고 이승에서 미리 저승으로 넘어간 뒤의 영원의 상태를 보여주며, 그런 상태와 미리 친해져 두려운 마음을 없애주려는 것이 아닐까. 그렇지 않다면 수면의 작용은 우리에게 모든 행동과 모든 심정을 제거하는 것이 무의미하고 천성에 반하는 일로 보이도록 할 것이다.

어떤 참변을 당함으로써 무의식 상태에 빠져 의식을 잃어본 자는, 내 생각에는 죽음의 본연의 모습을 아주 가까이서 보고 온 자이다. 왜냐하면 저승으로 넘어가는 순간에는, 우리는 아무런 느낌도 여유도 갖지 않기 때문에 그때에는 자기에게 고통이나 불쾌감을 가질 수는 없는 일일 것이다.

우리의 고통에는 시간이 필요하다. 그런데 죽음의 순간은 너무도 빠르고 짧게 넘어가기 때문에 그때에는 필연적으로 어떤 감각도 느낄 수 없을 것이다. 거기로 접근해 갈 때 공포심이 느껴진다고 하는 것은 경험이 있기 때문에 일어날 수 있는 일이다.

많은 사람에게는 사실보다 공상 때문에 그것이 더 크게 또는 더 작게 보인다. 나는 내 나이의 대부분을 거의 완벽하리만큼 건강한 몸으로, 경쾌하고 혈기왕성하게 보냈다. 나는 정력에 넘치는 유쾌한 상태에서는 병을 무섭게 생각해 왔기 때문에, 내가 그 고통을 경험하게 되었을 때는 두려워하던 것보다는 별로 대수롭지 않고 싱겁게 느껴졌다.

이제 와서 나는 날마다 이렇게 느낀다. 밖에서 폭풍이 휘몰아치는 밤에 나는 안온한 방안에서 편안하게 지내지만, 이런 때 들판에서 고생하고 있는 사람들을 생각하면, 나는 가슴이 아파진다. 그러나 내가 그런 처지에 있을 때는, 단지 고통을 피하기 위하여 다른 곳에 있고 싶다는 생각은 하지 않는다.

방 한구석에 처박혀 있다는 생각도 내게는 참을 수 없다. 그렇게 지내기를 한 주일에서 한 달쯤 겪어보니, 내가 보기에도 딱할 만큼 사람이 변하고 마음이 약해졌다. 그리고 건강했을 때 가련하다고 보아온 병자들의 처지를 내가 직접 경험하고 나니, 그렇게 가련할 것도 없었다. 나는 공상하는 힘이 사실의 본질과 진실을 거의 배로 늘려주고 있음을 알았다. 아마 죽음에 대하여 어려운 일이라고 미리 준비하고, 그렇게도 힘든 그 고비를 지탱하기 위하여 도움을 청해 놓은 만큼 이제 노력을 하지 않아도 되지 않을까. 그러나 어떻든 죽음에 대해서는 아무리 준비해 놓아도 지나치지 않다.

우리나라에 내란이 일어났을 때—두 번째인지 세 번째인지는 생각이 잘 나지 않는다—의 어느 날 나는 내 집에서 4킬로미터 가량 떨어진 곳으로 소풍을 갔다. 그곳은 프랑스 내란의 중심이 되는 위치였으나 집에서 가까운 곳이었기 때문에 나는 안전하다고 생각하였다. 그래서 호위할 사람도 몇 명밖에 데리고 가지 않았고, 타기 편한, 그러나 튼튼하지 못한 말을 타고 나갔다. 돌아오는 길에, 갑자기 이 말이 여느 때 당해 보지 못했던 일에 부닥쳤다. 순간, 내 하인 중에 억세고 키가 큰 사내 하나가 있었는데, 입버릇이 무척이나 험하고 기운찬 그는 억센 붉은 말을 타고, 용감한 체하며 나를 구하기 위해 동료들을 제치고는 전속력으로 달려왔다. 그 바람에, 사람이나 말이 거꾸로 곤두박질치게 되었고, 나는 열두어 발짝쯤 앞으로 굴러떨어졌다. 내 얼굴은 상처투성이가 되었고, 손에 쥐었던 칼은 열 걸음쯤 앞에 떨어졌으며, 혁대는 조각이 나버렸다. 감각을 잃고 꿈틀거리지도 않는 내 모습은 나무토막과 다름없었다. 이것이 내가 지금까지 경험해 본 단 한번의 기절 상태였다.

나와 함께 가던 자들이 온갖 방법을 동원하여 나를 살려내려고 애쓰다가, 드

디어 죽은 것으로 판단하고 간신히 끌어 2킬로미터나 되는 집까지 옮겨놓았다. 오는 도중과 그 후 두 시간 동안 죽은 것으로 간주되던 나는 겨우 몸을 꿈틀거리며 숨을 쉬기 시작했다. 왜냐하면 내 뱃속에 엄청난 분량의 피가 괴어 있어서, 그것을 쏟아내야만 했기 때문이다.

사람들은 돌아오는 도중에 몇 번이나 내 발을 잡고 거꾸로 세워서 거품이 이는 피를 토해내게 했다. 그러고 나서 나는 조금씩 숨을 돌리기 시작했던 것이다. 그렇게 되기까지는 오랜 시간이 걸렸다. 내가 느낀 처음 감각은 살아 있는 것이라기보다는 훨씬 더 죽음에 가까운 것이었다.

소생(蘇生)이 아직도 불확실하며,
혼란된 영혼이 다져질 수가 없다.
— 타소(Torquato Tasso)

죽음에 관하여 내 마음 깊이 새겨진 이 추억은 그 모습과 관념을 천성에 가까이 그려 보이기 때문에 도무지 내 일같이 느껴지지 않는다. 당시 내가 무엇을 의식하기 시작했을 때, 시각은 아주 혼돈되고 약하고 죽음이나 다름이 없어서, 나는 어슴푸레한 광명밖에는 아무것도 분간할 수 없었다.

눈을 감았다 떴다 하며,
반은 잠자고 반은 잠깬 사람과 같다.
— 타소

영혼의 기능으로 말하면, 그것은 신체의 기능과 함께 살아나기 시작했다. 정신을 차려보니 몸이 피투성이였고, 겉옷은 토한 피로 붉게 물들어 있었다. 맨먼저 느낀 것은, 머리에 총탄을 맞았다는 느낌이었다. 사실은 이와 때를 같이 하여 총소리가 사방에서 들려왔다. 그때 나의 생명은 간신히 내 입술 끝에 매달려 있는 듯싶었다. 나는 이것을 거들어 밖으로 밀려나는 듯 눈을 감았다. 그리고 기운이 빠지며 혼이 나가버리게 두는 것이 더 즐거웠다. 이것은 영혼의 표면에 둥실둥실 떠도는 공상에 불과하였다. 다른 모든 부분들처럼 매우 흐늘거리며 극도로 힘이 없는 것이었으나, 사실은 전혀 불쾌감이 없었을 뿐 아니라, 마치 잠이 솔솔 올 때와 같은 달콤함이 섞여 있었다.

나는 죽음의 단말마 속에 허약해져 실신하는 자들이 느끼는 상태도 그럴 것이라고 생각한다. 그리고 우리가 그들이 심한 고통에 뒤흔들리며, 그 영혼이 호되게 고역스러운 사색에 억눌려 있다고 보고, 그들을 가련히 여기는 것은 이유 없는 일이라고 생각한다. 여러 사람들의 의견이나 에티엔 드 라 보에티의 의견과는 반대로, 내 생각은 언제나 이러하였다. 종말이 가까워올 때 드러누워 잠든 자들이나 오랜 병에 지친 자들, 또는 중풍으로 졸도했거나 노환에 걸린 자들—

> 병의 발작에 전도(顚倒)되어,
> 병자는 벼락 맞은 것처럼 우리 앞에 쓰러진다.
> 입에는 거품을 뿜고 고통으로 신음하며 사지는 떨린다.
> 그는 헛소리를 낸다. 그의 근육은 굳어지고 허우적거리며
> 호흡하기도 힘들고, 기진하여 동작이 혼란되며……
> —루크레티우스

또는 머리에 부상을 입고 신음소리를 내며 때로는 찌르는 듯한 한숨을 내쉬는 자들, 그들에게 아직 의식이 남아 있는 것 같은 어떤 표적이 있고, 신체가 어떤 움직임으로 꿈틀거리는 것을 보기는 하지만, 사실은 나는 언제나 그들의 영혼과 육체가 잠들어 묻혀 있다고 생각하였다.

그는 살아 있다. 그러나 자신의 생명에 대한 의식은 없다.
— 오비디우스

그리고 나는 사지가 이렇게 심하게 마비되고 감각이 극심하게 쇠약해진 처지에는 영혼의 내부에 자기를 의식할 아무런 힘도 유지하지 못하고, 따라서 그들에게는 그들을 괴롭히며 그들 처지의 비참함을 느끼고 판단하게 할 수 있는 아무런 사고력도 없으므로 그들은 대단히 가련할 수도 있다고 생각했다.

나로서는 영혼이 생생한 채 고통 받으면서도 그것을 표현해 볼 길이 없는 만큼, 참을 수 없이 참혹한 상태는 상상해 볼 수도 없다. 확고하고 장중하게 진행되어 그 묵묵한 태도가 점잖아 보이는 죽음이 되는 경우는 제외하고, 혀를 끊기는 고형을 당하는 자들의 경우이거나, 이 시대의 비천한 살인의 하수인인 병졸들의 손에 걸려 가련한 피해자들이 그 이행이 불가능하리만큼 과도한 몸값을 강요당하느라고 온갖 잔인한 수단으로 고초를 받으며 그 동안 그들의 생각이나 참상을 알릴 아무런 방법도 없는 상황에 처해 있는 상태와 같은 경우임을 나는 말하려는 것이다.

시인들은 이렇게 쇠잔하는 죽음을 질질 끄는 자들을 해방시키기 위해 신들이 호의를 품는 것으로 묘사하고 있다.

내가 받은 생명에 맞도록
나는 머리털을 뽑아 지옥의 신께 바쳐
너를 네 자체에서 해방시킨다.
— 베르길리우스

이런 죄인들의 귀에 대고 고함을 지르며 야단치고, 그들에게서 빼앗아낼 흐트러진 짧게 토막난 대답, 또는 그들이 당하는 요구에 동의하는 듯한 동작 따위는 그래도 그들이 살아 있다는 증거, 적이나 그들이 전적인 생명을 살고 있다는 증거는 아니다. 그것은 우리가 아직 잠이 깊이 들지 않아 주위에서 일어나는 일을 꿈속처럼 느끼며, 사람들의 말소리는 혼란스럽고 불확실한 청각으로 더듬어 영혼의 언저리에 닿을까말까, 사람들의 마지막 말에 대답한다는 것이 운수가 좋아서 무슨 의미가 되는 잠꼬대에서도 이런 일이 일어난다.

그런데 내가 경험해 본 현재에 이르러서는 이때까지 판단을 잘못했다는 것에 대해 아무런 의문을 품지 않는다. 첫째로 나는 아주 기절하여, 내 손가락만으로—나는 무장하고 있지 않았다—내 웃옷을 제쳐보려고 애썼다. 그러나 나는 내 손가락이 움직이는 아무런 감각도 느낄 수 없었다. 우리에게는 우리가 시키지 않은 움직임이 얼마든지 있을 수 있다.

반은 죽어서 손가락이 떨리는 중에 다시 칼을 잡는다.
—베르길리우스

말에서 떨어지는 사람들은, 본능적인 충동으로 말에서 떨어질 때 팔을 앞으로 뻗는다. 이렇게 우리의 팔다리는 제대로 일을 하며, 우리의 사고력과 관계없이 움직인다.

전차(戰車)에 장비된 낫이 순식간에 팔다리를 절단하여
그 아픔이 영혼에 이르기 전에
—절단은 그렇게도 신속하여—
잘린 팔다리는 땅에 떨어져 꿈틀거린다고 한다.
—루크레티우스

내 배는 엉긴 피로 꽉 차 있었고, 내 손이 저절로 그리로 가는 것은 마치 우리가 가려움을 느낄 때 긁듯 의지와 반대로 손이 움직이는 것과 같았다. 여러 동물들은, 그리고 사람들도 역시 죽은 다음에 근육이 오그라들고 꿈틀거리는 것을 볼 수 있다. 시키지도 않았는데, 흔히 시체의 일부가 흔들리고, 쳐들리고, 늘어지는 것은 누구나 다 경험하는 일이다. 그런데 우리의 피부에 스치는 이러한 감각은 우리의 것이라고 말할 수 없다. 그것이 우리 것이 되려면 심신 전체가 그것에 관련되어야 한다. 잠자는 동안에 손이나 발에 느끼는 고통은 우리가 느끼는 것이 아니다.

내가 우리 집에 당도하니 말에서 떨어졌다는 소식이 먼저 도달하여 우리 집 식구들은 이러한 경우에 으레 터뜨리는 울부짖음으로 나를 맞이하였다. 그때 나는 누군가 묻는 말에 몇 마디 대꾸했을 뿐 아니라, 이상하게도 내 아내에게 말을 한 필 갖다주라고 하더라고 사람들은 뒤에 나에게 말해 주었다. 그때 내게는 그녀가 험준하고 위험한 곳에서 허우적거리며 고생하고 있는 것으로 보였다. 전혀 엉뚱한 이런 생각도 내 영혼에 정신이 있었기 때문에 가능했을 것이다.

그러나 결코 그렇지 않다. 이런 것은 눈과 귀의 감각으로 이루어진, 구름 위를 떠도는 허황된 생각이다. 그것은 내게서 나온 생각이 아니다. 반대로 나는 내가 어디서 오는지, 또 어디로 가는지 몰랐으며, 사람이 내게 묻는 의미를 헤아리거나 생각해 볼 수도 없었다. 그것은 습관처럼 감각이 저절로 꾸며가는 가벼운 효과였다. 영혼이 거기에 참여함은, 감각이 매우 연약하여 꿈속에 스쳐 지나며, 잠깐 핥아주는 식이었을 것이다.

사실 그 동안 나는 아주 편안했다. 남을 위해서도 나를 위해서도, 괴로울 일이 없었다. 몸은 고통 없이 노곤하고 극도로 허약한 기분일 뿐이었다. 나는 내 집을 보고도 알아보지 못했다. 누군가 나를 뉘어주었을 때, 나는 이 휴식이 무한히 달콤했다. 나는 이 사람들이 가엾게도 그 멀고 험한 길을 수고하며 서로 두서너 번 번갈아 나를 메고 오느라고 지쳐버렸고, 내 몸은 몹시 흔들렸다는 것을 알았다.

　사람들이 여러 가지 약을 권했으나 나는 먹지 않았다. 머리에 치명상을 받았다고 생각했던 것이다. 그때 받아들일 수 있었더라면 아주 행복한 죽음이었을 터, 그것은 전혀 틀린 말이 아니다. 나는 사고력이 극히 미미했기 때문에 아무것도 판단할 수 없었고, 신체가 허약했기 때문에 아무것도 느끼지 못했으니 말이다. 나는 이보다 더 가벼운 움직임은 느껴본 일이 없을 정도로 아주 살며시 아주 부드럽고 편안한 모습으로 늘어져 있었다. 내가 다시 살아나서, 다시 힘을 얻게 되었을 때는―

　　내 감각이 마침내 약간의 정력을 회복한 때에는……
　　―오비디우스

　두세 시간 뒤의 일이었다. 나는 갑자기 고통을 느끼기 시작했으며, 내 팔다리는 낙상(落傷)의 후유증으로 온통 아프고 쑤셔댔다. 그리고 2, 3일 뒤에는 어찌나 아프고 괴롭던지, 나는 다시 한 번 매우 호된 죽음을 당할 뻔했다. 그래서 지금도 그때의 쑤시고 아팠던 충격을 생생하게 되살릴 수 있을 정도이다.

　내가 무엇보다도 생각해 볼 수 없었던 일은 바로 이 낙상한 사실이었음을 잊고 싶지 않다. 그것을 이해하기까지는 몇 번이고 내가 어디로 가던 길인가, 어디서 오던 길인가, 몇 시에 그 일이 일어났던가 하고 사람들에게 물어보아야 했다. 내 낙상한 모양에 관해서는 그 원인이 된 자를 덮어주기 위하여 모두가 사실을 숨기고 꾸며서 말했다. 그러나 그 후 오랜 시간이 지난 뒤, 내 기억력이 열리며, 말이 내게 달려들던 것을 지각한 순간을 더듬어보았을 때―나는 그 말을 내 발뒤꿈치에서 보았고, 나는 죽는다고 생각했으나, 너무나 급격했기 때문에 공포심이 생겨날 겨를이 없었다―마치 벼락에 내 영혼이 얻어맞아서 저승에 갔다가 돌아오는 길인 것 같았다.

이 사건은 너무나 경미하여, 내가 그 일에서 조그만 교훈을 끌어내지 않았던들 다만 변변치 않은 이야기였을 뿐이다. 왜냐하면 사실 죽음과 친해지기 위해서는 그 가까이에 가보는 수밖에 없다고 보기 때문이다. 그런데 플리니우스(Plinius)의 말처럼, 사람은 누구나 가까이서 자기를 충분히 연구해 볼 기회만 있다면 각자가 그 자신에게 대단히 좋은 연구대상이 된다. 나는 여기에 내 학설을 내놓는 것이 아니라, 내 연구결과를 피력하는 것이다. 남에게 주는 교훈이 아니라 나 자신에게 주는 교훈이다.

내가 그런 일을 전해 준다고 하여 사람들이 나를 원망할 것은 아니다. 내게 소용되는 일은 우연히 남에게도 소용이 될 수 있다. 그뿐 아니라 나는 아무것도 망쳐놓지 않는다. 나는 내 것만을 사용한다. 그리고 내가 미친 짓을 한다 해도 내 손해가 될 뿐, 다른 사람에게는 해를 끼치지 않는다. 왜냐하면 그것은 내 속에서 사라지는 미친 짓이고, 아무런 결과도 남기지 않기 때문이다.

이런 길에 대한 것으로는 옛사람 두서넛에 관한 이야기가 전해 올 뿐이다. 그 사람들조차 이름만 알려졌을 뿐 자세한 내용이 전해지지 않아, 그 방식이 나와 같았는지는 말할 수 없다. 아무도 그들의 발자취를 따라가 보지 않았다. 그리고 우리의 정신같이 잘 헤매는 움직임을 좇으며 우리 내심에 자리한 주름살의 불투명함 속으로 침투하여, 그 요동하는 수많은 세밀한 모습을 하나씩 포착해 보려는 기도는, 생각하기보다 훨씬 힘든 가시밭길이다. 그러나 그것에는 세상에 흔히 있는 일을 내던지고, 그리고 사람들이 권장하는 일마저 집어치우고, 한 번 해볼 만한 새롭고도 이상한 재미가 있다.

벌써 여러 해 전부터 내 사색의 목표는 나 자신밖에 없었다. 나는 자신만을 살피며 연구해 왔다. 내가 다른 일에 관심을 가진다면, 그것은 바로 자신에게 적용해 보기 위해서였다. 이와는 비교할 수 없이 작은 다른 학문에서와 같이 내가 여기서 배운 바는—결코 그 진척에 대하여 만족하는 것은 아니지만— 그것을 남에게 전한다고 해도 내가 실수하는 일이라고 생각지 않는다. 자기 자신에 대한 묘사만큼 어려운 것도 없으며, 그만큼 유용한 것도 없다. 이것을 밖에 내놓으려면, 그만큼 더 질서정연하게 정리해야만 한다. 그런데 나는 줄곧 내 자신을 장식하고 있다. 나는 끊임없이 나를 묘사하고 있을 뿐이다.

우리의 풍습은 자신에 대하여 말하는 것을 악덕으로 본다. 사람들은 언제나 자기 자신을 증명하는 데 따라다니는 것처럼 보이는 자기 자랑을 미워하기 때문에 이 짓을 완고하게 금하고 있다. 그것은 마치 아이에게 코를 풀게 해준다는 것이 아이의 코를 잡아 비트는 것과 같다고나 할까.

한 과오를 피하려다가 범죄로 이끌린다.
— 호라티우스

나는 이런 치료법에는 좋은 점보다도 나쁜 점이 더 많다고 본다. 그러나 사람들에게 자신의 말을 하는 것이 자만이 되는 것이 사실이라고 해도 그것이 내 속에 있는 바에, 내 일반적인 의도에 따라서 병적인 특질을 공표하는 행동을 거부해서는 안 된다. 내가 실천하고 있을 뿐 아니라, 공개하고 있는 이 결점을 숨겨두어도 안 된다. 내 생각으로는, 술을 마시고 나서 많은 사람들이 주정을 부린다고 하여 술을 비난하는 것은 잘못이다.

좋은 일이 아니고는 남용(濫用)이란 있을 수 없다. 그리고 자기에 대한 말을 하지 말라는 이 규칙은 속인들의 이런 결함에나 적용되어야 한다. 그것은 바보들에게 매어줄 고삐이지 우리가 높이 그 말씀을 받드는 성자들이나 철학자들, 신학자들을 얽매어둘 고삐는 못 된다. 나는 하찮은 존재이지만 그것은 내게도 적용되지 않는다. 그들은 자기를 묘사하는 일을 뚜렷한 목표로 삼지는 않지만, 사정이 그렇게 되면 이 버릇 좇기를 주저하지 않는다.

소크라테스는 자기의 말보다 무엇을 더 크게 취급했던가? 자신에 대해 말하기, 책을 읽는 학파가 아니라 자기들 심령의 됨됨이와 움직임을 가지고 하는 이외의 다른 무엇으로 제자들의 말을 더 자주 지도했는가? 우리 이웃 친구[1]들이 온 시민들에게 하듯 우리는 하나님과 참회사에게 신앙심 깊게 말한다. 우리는 우리 자신에 대한 비난밖에 말하지 않는다고 사람들은 말하겠지. 그러나 우리는 모든 일을 말한다. 왜냐하면 우리의 도덕 자체에도 과오와 회개할 거리가 있기 때문이다.

내 직업과 내 기술은 살아가는 일이다. 내 지각과 경험과 실천에 따라서 그것을 말하지 못하게 막는 자는, 건축가에게 자기의 의견이 아니라 다른 사람의 지식으로 말하게 하는 것이다. 자기의 재간에 따라 지닌 생각을 공표하는 것이 교만이라면, 어째서 키케로는 호르텐시우스(Quintus Hortensius)의 웅변을 내놓지 않았던 것인가?

그들은 내가 자신에 관하여 적나라한 언어 표현이 아니라, 작품과 행동으로 보여주라는 뜻으로 그렇게 말하는지도 모른다. 나는 주로 내 사유를 표현한다. 그것은 형체가 없어 행위로는 표명될 수 없는 재료이다. 갖은 애를 쓰면서 나는 공기같이 요동하는 말소리의 형태로 그것을 내놓는다. 현명하고 경건한 사람들은 모든 드러나는 행위를 피해 가며 살지만, 내 행위들은 내 자신보다 내 운명을 더 잘 말해 줄 것이다. 행위들은 그들의 역할을 말한다 하더라도 그것은 불확실하다. 그들은 세부만을 보여주는 표본이다. 나는 내 자신의 전체를 맡긴다. 그것은 하나의 해부용 시체라고 할 수 있다. 한눈에 혈맥과 근육과 힘줄들이 각기 제자리에 나타난다. 기침이 나오는 것은 내 일부를 드러낸다. 얼굴이 파래지는 것, 가슴이 두근거리는 것은 다른 부분을 나타낸다. 어떻든 믿음직스럽지 못한 표현이다.

내가 글 쓰는 것은 내 몸짓이 아니다. 그것은 나, 곧 나의 본질이다. 나는 자기 자신을 평가함에는 신중해야 하며, 천하게 보이든 고상하게 보이든 간에

---

1 신교도를 말한다.

자신에 대한 표현은 양심적이어야 한다고 생각한다. 만일 내가 내게 좋게나 현명하게 또는 그런 것에 가깝게 보인다면, 나는 힘껏 소리 높여 내 말을 하겠다. 실제로 있는 것보다 더 못하게 말함은, 어리석음이지 겸손이 아니다. 자기의 값어치보다 못한 짓을 하는 것은, 아리스토텔레스에 의하면, 비겁한 짓, 겁쟁이의 짓이다. 어떠한 도덕도 거기에서는 도움을 받지 못한다. 진리는 결코 과오의 재료가 되지 않는다. 사실보다 과장되게 자기를 말한다고 하여 언제나 교만이라고 할 수는 없다. 그것은 종종 어리석음에서 나오기도 한다. 사실보다 지나치게 잘났다고 생각하고는 분별없이 자기 자랑에 빠지는 것은 내 생각으로는 이 악덕의 실체이다. 그것을 고치는 최상의 치료법은, 자기를 말하는 버릇부터 바꾸게 하여, 그 결과 더욱 자기를 생각하기를 금지하는 자들이 명하는 바를 거꾸로 행하는 데 있다. 자존심은 사상 속에 있다. 여기서 입은 가벼운 역할밖에 맡지 못한다.

그들에게는 자기에게 전념함은 스스로 만족하는 일로 보이며, 늘 자기를 찾아보고 실천하려 함은 자기를 총애하는 수작으로 보인다. 그럴 수도 있다. 그러나 이런 과오는 피상적으로만 자기를 만지며, 자기의 일을 보면서 자기를 관철하고, 자기 자신을 보살피는 일은 몽상이며 나태이고, 자기를 세워가는 것은 사상누각을 짓는 일이며, 자기 일을 제삼자의 일같이 보고, 자기 자신의 일을 남의 일 다루듯 하는 자들에게서 나온다.

만일 어떤 자가 자기보다 못한 것만을 내려다보며 자기의 학식에 도취해 버린다면, 그에게 지나간 시대를 향하여 눈을 위로 돌리도록 해야 한다. 그러면 그는 그 발밑에도 따르지 못할 사람을 몇 천 명이라도 발견하며 머리를 숙일 것이다. 그가 자기의 용기에 으쓱해지며, 잘난 체하고 싶어지거든 저 두 스키피오나, 많은 군인들, 많은 시민들의 생애를 회상해 보아야 한다. 감히 그들의 뒤를 따를 엄두도 내지 못할 것이다. 자기가 가진 많은 불완전하고 허약한 소질들과 마지막에는 인간 조건의 허무함까지도 고려에 넣는 자는, 어떠한 특수한 소질을 가지고도 자만해할 수 없을 것이다.

소크라테스는 홀로 '너 자신을 알라.' 는 그 자신의 교훈을 성실하게 이행하였다. 그리고 이 과정에 의하여 자기를 낮추기에 이르렀기 때문에 그는 '현자'라는 별명을 받을 가치가 있다고 간주되었다. 그렇게까지 자기 자신을 이해하는 자는 용감하게 자신에 대해 자기 입으로 말하며 알려줄 일이다.

부성애에 대하여

부인, 대체로 사물들의 가치를 규정하는 진기하고 참신한 맛이 내 글을 구제해 주지 않는다면, 나는 글을 쓴다는 이 어리석은 노릇에서 명예롭게 벗어나지 못할 것입니다. 그러나 내 글은 너무나 광상적이며, 평범한 습관과는 동떨어지게 다른 모습을 가졌기 때문에, 그것으로 그냥 통용될지 모릅니다. 맨 처음 내가 글을 쓰고 싶다는 생각을 가져본 때는 수년 전으로, 내가 스스로 찾아든 고적한 생활에서 슬픈 심정이었을 때, 따라서 내 천품과는 반대되는 아주 우울한 기분에서 시작한 일입니다. 그리고 소중하게 다루어야 할 재료라고는 하나도 갖지 않았고 속이 비었기 때문에 나는 내 자신을 논거와 제목으로 스스로에게 제시했습니다. 물론 이것은 황당무계하고 조야한 시도이며, 이런 종류의 작품은 세상에 단 하나 이것뿐입니다. 그런 만큼 이 시도에 주목받을 만한 것은, 그 진기한 점뿐입니다. 왜냐하면 이렇게도 허황되고 비천한 제목을 가지고는 세상에서 가장 뛰어난 작가라 할지라도 이야기해 볼 값어치가 있는 방식으로 꾸며볼 수 없기 때문입니다.

그런데 부인, 스스로를 생생하게 그려보고자 하는 이 시점에서, 내가 언제나 부인의 품위에 바쳐온 영광을 표현하지 않는다면 이 글의 중요한 특징을 망각하는 일이 될 것입니다. 그리고 자녀들에게 보여주시는 부인의 애정은 다른 착한 소질들 중에도 제일가는 것이기 때문에, 나는 특히 이 장의 첫머리에서 밝히려고 합니다.

바깥어른인 데스티사크 경께서 부인을 이 세상에 남겨두고 가신 때의 부인 연세로 보아, 부인의 지체에 있는 어느 프랑스 귀부인에게도 못지않을 그 많은 위대하고 영광스러운 혼담을 물리치고, 그 거친 고난의 세월을 오랫동안 참고 견디신 지조와 결심, 그리고 부인께서 맡은 사무를 처리하기 위하여 프랑스 방방곡곡을 바쁘게 돌아다니시고 지금도 벗어나지 못하시는 처지에서, 오로지 부인의 예지로 또는 행운으로 원만히 처리해 오시는 것을 아는 자는 누구라도, 부인보다 더 명백한 모성애를 품은 분은 이 시대에 찾아볼 수 없다고 나와 함께 기꺼이 말할 수 있습니다.

부인, 나는 그 애정이 이렇게 훌륭하게 사용되도록 하신 하나님을 찬양합니다. 왜냐하면 부인의 자제인 데스티사크 씨 자신이 훌륭한 장래성을 보여줌으로써 성장한 뒤 착한 아들의 복종과 감사를 부인께서 받으실 것을 충분히 보장하시기 때문입니다. 그러나 아직 어린 탓으로 부인께서 쏟아온 극진한 사랑을 몸으로 느끼지 못하는 터이니, 나는 어느 날 이 문장이 아드님의 손에 들어가기를 바랍니다. 그래서 내가 직접 말해 줄 입도 말도 없어진 때, 내 글을 읽어보고, 이런 사실을 제대로 알게 되어, 하나님께서 원하시면, 그가 이 글에서 느낀 좋은 성과로, 프랑스의 귀한 가문 중에 자기만큼 어머님의 은혜를 입은 사람은 없고, 부인께서 어떠한 분이신가를 알아봄으로써밖에 장래에 자기의 착한 마음과 도덕심의 증거를 달리 보여줄 길이 없다는 사실을 명백하게 깨닫게 되길 바랍니다.

진실로 자연의 법이라는 것이 세상에 있다면, 다시 말하여 짐승들에게나 우리에게나 모두 박혀 있는 보편적이며 변함없이 나타나는 본능이라는 것이 있다면 —여기에 모순이 없는 바 아니지만— 내 생각으로는 모든 동물들의 생명 보존의 본능과 자기에게 해로운 것을 피하려는 본능 다음에는 낳아놓은 자가 출생한 자에 대해 가지고 있는 애정이 이 계열의 둘째 자리에 위치한다고 할 수 있습니다. 자연은 자기의 신체를 계승하는 부분들을 연장시켜 앞으로 내보낼 목적에서 이 본능을 부여한 것으로 보이는 만큼, 거꾸로 자손으로부터 조상에게 거슬러 올라가는 애정이 그렇게 크지 못하다는 것은 놀랄 일은 아닙니다.

아리스토텔레스가 다른 면에서 고찰한 바에 의하면, 남에게 좋은 일을 하는 자는, 자기가 사랑받는 것보다도 더 그 자를 사랑한다고 하며, 남에게 혜택을 입힌 자는 혜택을 입은 자보다 더 잘 사랑하는 것입니다. 곧, 모든 제조자는 그 작품에 감정이 있다면 자기가 사랑받는 것보다 더 그 작품을 사랑하는 것이라고 합니다. 그 때문에 생명은 우리가 소중히 간직하는데, 이 생명은 움직임, 곧 행동으로 구성됩니다.

사람들은 각기 어떤 점에서 자기의 작품 속에서 살고 있습니다. 선을 행하는 자는 아름답고 영광스러운 행동을 하는 것입니다. 받는 자는 다만 유용한 행동을 합니다. 그런데 유용성은 영예보다 별로 아름답지 못합니다. 영예는 안정되고 항구적이며, 그것을 행한 자에게 꾸준한 만족을 제공합니다. 유용성은 쉽게 없어지며 사라집니다. 그리고 그것에 대한 기억은 생생하지도 못하고 달콤하지도 않습니다. 우리에게 더 힘든 사물이 우리에게 한층 더 소중합니다. 그리고 주기는 얻기보다 더 힘듭니다.

하나님 덕분에 우리는 짐승들처럼 공통의 법칙에 지배되지 않습니다. 자기 의사에 따른 판단과 자유를 행사하도록 어느 정도의 사색 능력을 가지고 있는 이상 우리는 자연의 권위를 세워주어야 하지만, 자연이 횡포하게 끌고 가는 대로 맡겨서는 안 됩니다. 다만, 이성만이 우리의 심정을 지도해야 합니다.

우리 판단력의 조정과 중재 없이 우리에게 생겨난 경향 따위에는 내 취미가 이상하게도 둔감합니다. 따라서 내가 말하는 자녀 교육의 문제에 관해서는, 겨우 세상에 나왔을까 말까 하여 영혼의 움직임도 없고, 신체의 형체도 아직 확실하지 않아 더욱 귀여운 아이를 정신없이 껴안는 버릇을 나는 받아들일 수 없습니다. 그리고 아이들을 내 옆에 두고 양육하는 것을 참고 지내지도 못합니다.

잘 조절된 진실한 애정은 아이들 자신이 보여주는 장래를 알아봄으로써 생겨나고 증폭되어 가야 할 것입니다. 그리고 그때 아이들이 귀여워할 만하더라도 본능적인 심정을 이성과 병행시키며, 진실한 부모의 애정으로 아이들을 키워야 할 것입니다. 그리고 아이들이 그렇지 못하다면, 본성의 충동에도 불구하고 언제나 이성에 호소하여 그들을 판단해 가야 할 것입니다. 그러나 현실에서는 그와 반대되는 수가 너무나 많습니다. 우리는 거의 모두가 아이들이 철이 들어서 행동하는 것보다, 장난스럽게 발버둥치며 어리석게 노는 모습에 더 감동합니다. 그것은 아이들을 어른의 노리갯감으로, 원숭이처럼 귀여워하는 것이지 결코 사람으로 보는 게 아닙니다.

그리고 아이들이 자라서 필요한 경우에 돈을 주는 데에는 인색하게 굴면서도, 어릴 때 장난감을 사주는 데는 아주 후한 사람도 있습니다. 실은 우리는 이미 세상의 재미를 포기하려는 즈음에 아이들이 세상에 나와서 삶을 즐기는 것을 보는 데 따른 질투심에서 아이들에게 돈을 주기를 아끼며 인색하게 구는 것 같습니다. 아이들이 우리를 따라오는 것이 우리를 몰아내는 것 같아서 속이 상합니다. 사물의 질서는 우리의 존재와 생명을 희생시킴으로써 아이들이 살아갈 수 있도록 한 것인데, 그것이 두렵다면 처음부터 아비가 될 일이 아닙니다.

나로서는 아이들에게 능력이 생긴 뒤에는, 자기 재산을 아이들과 공동으로 나누어 가지며 집안 살림살이도 알려주고 함께 처리해 가지 않는 것은 부당하고 가혹하다고 생각합니다. 그리고 이런 목적으로 아이들을 낳는 것이니, 아이들의 편익을 위하여 자기 편익을 줄이고 절제해야 합니다.

늙어 죽어가는 아버지가 집안 한구석에서 재산의 혜택을 혼자 누리며, 여러 아이들의 발전과 교제에 지장을 주고, 그러는 동안에 아이들이 젊은 시절에 공공 사무에 참여하여 세상 사람들에 관한 지식을 얻을 기회를 잃게 하는 것은 옳지 않은 일입니다. 그런 때 아이들에게는 아무런 희망도 없어집니다. 그래서 부정한 방법을 써서라도 자기에게 필요한 것을 얻으려 하게 마련입니다.

나는 우리 시대에 도둑질하는 버릇에 빠져서 어떠한 징벌로도 고치지 못하는 좋은 집안의 청년들을 많이 보았습니다. 그 가운데 하나는 아주 좋은 가문의 청년이었는데, 대단히 점잖고 호탕한 귀인인 그 형이 내게 와서 간청하여 나는 그 청년과 함께 말을 나누어보았습니다. 그 청년은 고백하기를, 자기 아버지가 너무 엄격하고 인색했기 때문에 이런 더러운 짓을 하게 되었으며, 이제는 그 버릇이 골수에 박혀 스스로도 억제하지 못한다고 했습니다. 그때 그는 어느 부인이 베푼 파티에 참석했던 터에 그 부인의 반지를 훔치다가 들켰습니다.

그 청년의 모습에서 나는 다른 귀인에 관하여 누구에겐가 들은 이야기가 생각났습니다. 그는 어릴 때 그 버릇에 물들어 있었는데, 자기가 재산을 마음대로 할 수 있는 주인이 된 후에도 이 버릇을 버리지 못했습니다. 굳게 결심해 보지만, 그래도 상점을 지나다가 필요한 물건을 보면 훔치지 않고는 견딜 수 없어, 그는 일단 훔치고 난 다음에 그 값을 치르는 수고를 했다고 합니다. 나는 많은 사람들이 이런 버릇 때문에, 친구 사이에 예사로 서로 도둑질하며 다음에 돌려주는 모습들을 보았습니다.

나는 가스코뉴 사람입니다. 그렇지만 이 짓보다 더 성미에 맞지 않는 것은 달리 또 없습니다. 나는 도벽(盜癖)을 내 판단으로 비난하기보다 오히려 기질 때문에 더 혐오합니다. 욕심이 나더라도 나는 어떤 것도 그냥 가지지는 않습니다. 사실 이 지방은 프랑스의 다른 어떤 지방보다도 더 심하게 그 버릇 때문에 비난받습니다. 우리는 여러 번 다른 지방에서 온 좋은 집안 사람들이 여러 가지 가증스러운 도둑질로 처형받는 것을 보았습니다. 나는 이런 행위에 관하여, 아버지의 악덕을 원망해야 하는 것은 아닌가 하여 두렵습니다.

이에 대해서는 어느 날 이해력이 깊은 한 귀인이 한 바와 같은 대답을 할 수도 있습니다. 그는 자기 재산을 절약하여 재산을 관리하는 것은 더 소득을 올려 풍부하게 쓰기 위해서가 아니라, 자기 집 사람들에게 존대받기 위하여 하는 일이라고 했습니다. 나이가 많아서 다른 힘은 모두 없어졌으니, 이것만이 자기 집에서 자기의 권위를 유지하고 경멸을 면할 수 있는 유일한 힘이라는 것입니다─실로 아리스토텔레스에 의하면, 인색은 노년뿐 아니라 모든 시기에 걸쳐 허약함에서 나옵니다─물론 그것이 방편은 됩니다. 그러한 치료법이 필요한 병은 발생하기 전에 미리 막아두어야 합니다.

단지 경제적 도움 때문에만 아들의 애정을 받는 아버지가 있다면, 그는 정말 가련하기 짝이 없는 사람입니다. 그러한 것도 애정이라고 할 수 있다면 말입니다. 사람은 자기의 도덕과 능력으로 존경 받아야 합니다. 그리고 선하고 점잖음으로 사랑 받아야 합니다. 풍부한 물질은 그 불탄 재에도 값어치가 있다 합니다. 그리고 영광 받던 인물들의 유해와 유물까지도 숭배를 받는 것은 항상 있는 일입니다. 노년이 되어 아무리 노쇠하고 좋지 않은 냄새가 나더라도 젊었을 때 존경 받고 지낸 인물은, 그 자식들에게서 존경받지 않는 일이 없습니다. 그는 아이들로 하여금 이치에 맞게 의무를 다하도록 지도한 것이고, 궁하거나 필요에 못 이겨, 또는 강제와 억압으로써 존경하게 만든 것이 아닙니다.

권위가 애정보다
우위일 때에 더 견고하고 확실하다고 생각하는 것은 대단한 잘못이다.
─테렌티우스

어린아이를 명예와 자유가 어떠한 것인지 알며 자라도록 하기 위하여 그 연약한 마음을 폭력으로 교육하는 일에 나는 반대합니다. 엄격하고 강제적인 교육에는 노예적인 측면이 있습니다. 이성과 예지와 숙련으로 되지 않는 일은 결코 폭력으로도 되지 않는다고 생각합니다. 나는 이런 방식으로 교육받았습니다. 나는 소년시절에 단 두 번, 그것도 아주 부드럽게밖에는 매 맞은 일이 없습니다. 나는 내 자식들에게도 그와 같이 해야만 했는데, 그들은 모두 젖먹이 때에 죽었습니다. 이런 불행을 면한 외딸 레오노르는 제 어미가 너그럽게 길러서, 어린아이다운 잘못에 아주 순한 말로밖에 다른 징계나 지도를 받지 않고 여섯 살이 넘도록 컸습니다.

그 결과 내가 원하는 바에 실망스러운 결과가 나타났다 해도, 정당하고 자연스럽다고 믿고 있는 내 교육방법을 탓할 일은 아닙니다. 거기에는 나무라야 할 다른 이유가 있습니다. 내게 사내아이가 있었다면 나는 좀더 엄격하게 키웠을 것입니다. 왜냐하면 남자란 좀더 자유로운 상태로 향하려는 성향이 있으므로 그 점에 더욱 신중을 기해야만 합니다. 나는 그들이 거리낌 없고 솔직하게 자라기를 바랐을 것입니다. 나는 매질하는 일로는, 마음을 더 비굴하게 만들거나 더 심술궂은 고집쟁이로 만드는 것밖에 다른 효과를 보지 못한다고 확신합니다.

우리는 아이들에게 사랑 받고 싶은 것일까요? 그들에게 우리가 빨리 죽기를 바라는 기회와 인연을 없애고 싶은 것일까요? ─ 이러한 가증한 소원은 정당하지도 또한 용서될 수도 없습니다 ─

"어떠한 범죄도 당위성 위에 세워질 수 없다."(리비우스)

우리는 그들의 생활을 우리 힘이 닿는 한, 이치에 맞게 조절해 주어야 합니다. 그러기 위해서는 우리 나이가 그들의 나이와 거의 혼동되리만큼 젊을 때 결혼해서는 안 됩니다. 그것은 불편하게도 우리를 여러 가지 큰 곤란에 빠지게 만들기 때문입니다. 나는 특히 생활조건이 여유로운, 소위 연금으로만 살아가는 귀족들을 두고 말합니다. 자기가 벌어서 살아가는 다른 처지의 가정에서는 많은 아이들과 같이 사는 것이 생활의 구성요소가 되며, 아이들과 함께 사는 만큼 새 일꾼이 늘고 또한 벌어들이는 도구가 되기 때문입니다.

나는 서른세 살에 결혼했습니다. 그리고 아리스토텔레스가 말했다는, 서른 다섯 살 설(說)에 찬성합니다. 플라톤은 서른 살 전의 결혼에 찬성하지 않았습니다. 그가 쉰다섯 살 이후 결혼하려는 자들을 조롱하며, 그들의 소생은 먹여 살릴 값어치가 없다고 보는 것은 옳습니다.

탈레스는 여기에 가장 진실한 한계를 두었습니다. 그는 젊었을 때 그에게 결혼하라고 재촉하는 어머니에게, 아직 때가 되지 않았다고 대답했습니다. 그러고는 그 나이가 넘은 다음에는 이미 때가 지났다고 했습니다. 모든 귀찮은 행동에는 좋은 기회를 거절해야 합니다.

옛날 골 인들은 스무 살 전에 여자를 안다는 것을 비난받을 일로 생각했습니다. 그리고 특히 전쟁을 위하여 훈련받는 남자들에게는 여자를 앎으로써 용기가 없어지고 흐트러지기 때문에 나이가 들 때까지 그들의 동정을 지키도록 장려하였습니다.

그때엔 젊은 처와 결합하고
아이를 갖는 기쁨으로 아버지와 남편으로서의 애정에 그의 용기가
약화된 것이다.
— 타소(Torquato Tasso)

그리스 역사에는 타레툼 인 이코스, 아스틸로스, 디오폼포스 및 많은 선수들이 올림픽 때 치러지는 마라톤 등의 경기에 대비하여 그들의 신체를 튼튼하게 유지하기 위한 훈련이 계속되는 한 모든 종류의 장난을 삼간 것을 지적하고 있습니다.

칼 5세 황제가 다시 자기 나라에 복귀시킨 튀니스 왕 물레 하산은 자기 아버지가 여자를 너무 찾아다니던 것을 비난하여, 느림보니, 여자 같으니, 아이 제조장이니 하고 불렀습니다. 스페인령 인도 어느 나라에서는 남자들에게 마흔 살이 되기 전에는 결혼을 허가하지 않으나 소녀들에게는 열 살에 허가하고 있습니다.

나이 서른다섯 살 되는 한 귀인이 스무 살 되는 아들에게 자리를 물려줄 시기는 아닙니다. 그때는 그 자신이 세상에 나아가고, 전쟁에 나가야 하며, 왕의

궁정에 나아가야 할 나이입니다. 그에게는 자기 몫이 필요하고, 그것을 확실히 따로 가져야 합니다. 타인을 위하여 자기 것을 없애서는 안 됩니다. 그리고 아버지가 보통 입에 올리는 다음과 같은 대답은 이런 경우에 적합합니다.

"나는 자러 가기 전에 옷을 벗고 싶지 않다."

그런데 세월과 불행에 지쳐 몸이 허약할 대로 허약해진 한 아버지가 사람들과 교제할 기회도 얻지 못하고, 산더미 같은 재물 무더기를 쓸데없이 혼자 품고 있는 것은, 자기에게도 그의 가족에게도 잘못하는 일입니다. 그가 현명하다면, 잠자러 가려고 옷을 벗을 때가 되었음을 알아야 합니다. 속옷까지 벗으라는 것은 아니지만, 너무 무거운 잠옷까지는 벗어야 합니다. 아직 가까이 있는 듯한 화려한 생활은 이제 그에게는 소용없는 터이니, 그런 것은 자연의 질서에 따라 차지해야 할 자들에게 기꺼이 선사해야 합니다. 자연이 그에게서 그런 것을 거두어갈 때는 그들에게 그 사용권을 넘겨주어야 합니다. 그렇지 않으면 반드시 악의와 시기심이 생기게 됩니다.

칼 5세 황제—그는 1555년에 양위하고 독일 제국을 아우에게, 스페인과 이탈리아는 아들에게 물려주었다—의 행적 중에 가장 아름다운 점은 그와 대등한 위인인 옛사람들 몇몇을 본받아서 자기 의장이 짐이 되고 거북해진 때 그것을 벗어던지고, 다리에 기운이 없어진 때는 누우라고 이성이 우리에게 명하는 바를 깨달은 일입니다. 그는 자기의 영광으로도 사무를 처리할 힘과 견고성이 부족하다는 것을 느꼈을 때 자기의 재산과 위대성과 권세를 아들에게 물려주었습니다.

그대, 도정(道程)의 말기에 실패하여 허덕이며 조소의 대상이 되기를 원치 않거든
때맞추어 그대 마차의 늙은 말을 풀어놓을 지혜를 가지라.
—호라티우스

늙으면 모든 사람에게 중대한 육체와 영혼에 ─영혼이 그 반 이상을 차지하는 것이 아니라면─ 고르게 닥쳐오는 무기력과 극도의 변화를 일찍이 제때 인식하지 못하는 과오 때문에, 세상의 위인들 대부분의 명성이 땅에 떨어지고 말았습니다. 나는 우리 시대에 당당한 권세를 가진 인물들을 알고 또 친하게도 지냈습니다만, 내가 알고 있는, 옛날에 그들이 명성을 떨치던 전성시대의 능력이 쇠잔해 가는 것을 곁에서도 분명하게 느낄 수 있습니다. 나는 그들이 공무나 군사상의 직책은 이미 어깨에 짊어질 수 없게 되었으니, 그만 물러가서 편안하게 집에 들어앉았으면 싶습니다.

나는 전에 독신이 된 매우 연로한 귀인과 친하게 지냈습니다. 그는 늙었다고 해도 기력은 정정했고, 그분에게는 결혼시킬 딸이 여러 명 있었습니다. 그 때문에 그의 집은 갖가지 비용이 많이 들었고, 외인의 방문까지도 부담이 되었습니다. 그는 절약해야 한다고 근심 속에 생각했으며, 연령 탓으로 우리와는 다른 생활형태를 원할 뿐 여러 일을 좋아하지 않았습니다. 나는 어느 날 그분에게 내 버릇대로 용감하게 이르기를, 그만 우리에게 자리를 내놓으라고, 아들에게 본집은 물려주고 ─살기 좋은 집은 그것뿐이었습니다─ 이웃 땅에 은퇴하여 살면 아무도 그의 안정을 방해하지 않을 것이라고 말했습니다. 왜냐하면 그 자녀들의 사정으로 보아 달리 이 불편을 면할 도리가 없었기 때문입니다. 그는 그 뒤에 내 말대로 하여 편하게 잘 지냈습니다.

아이들에게 재산을 맡긴다는 것이, 다시는 물리지 못하는 의무를 진다는 말은 아닙니다. 역시 거의 그런 역할을 할 나이가 된 나로서는 아이들에게 내 집과 내 재산의 이용은 시키되, 그것을 후회할 자유는 보류하겠습니다. 나는 재산을 향유하는 것이 불편하게 되었으니, 그 사용은 그들에게 맡기고 사무의 큰 덩어리에 관한 권한은 내 마음이 결정될 때까지 보유하고 있겠습니다. 왜냐하면 늙은 아비로서는 자기 자신이 사무를 관리하는 경과를 아이들에게 알려주고, 한평생 그들의 행동을 통솔하며, 자기가 얻은 경험을 상고하여 그들에게 교양과 충고를 주고 이제는 상속자들 손에 달린 자신의 옛날의 명예와 질서를 스스로 지도하며, 그것으로 그들의 장래 행위에 관하여 가질 수 있는 희망에 책임지는 것은, 한 늙은 아비에게 큰 만족이 될 것이라고 늘 생각해 왔기 때문입니다.

이 목적에서 나는 그들과 같이 사는 것을 피하지 않겠습니다. 그들 옆에서 일을 밝혀주며, 내 나이의 조건에 따라 그들의 즐거움과 환락을 즐기겠습니다. 내가 그들 속에 살지 않는다 해도―내 나이로 우울해지고, 내 병에 얽매여 그들의 모임에 나가면 흥을 깨뜨리지 않을 수 없으며, 그리고 또 내가 그때 갖게 될 생활규칙과 방식을 억제하고 강요하지 않을 수 없을 것이니―나는 그들 옆, 내 집 한구석에서, 드러나게가 아니라, 내게 가장 편하게 살면서 지내겠습니다.

그러나 내가 몇 해 전에 찾아본 생틸레르 드 포아티 수도원장처럼 하지는 않겠습니다. 그는 우울증 때문에 고독에 빠져, 내가 그의 방에 들어섰을 때까지 20년 동안이나 한 걸음도 방 밖에 나가지 않았다고 합니다. 천식 때문에 불편한 외에는 그의 모든 행동은 자유롭고 편안한데도 말입니다. 그는 겨우 일주일에 한 번쯤 누가 그를 방문하는 것을 허락할 뿐이었습니다. 하인이 하루 한 번 식사를 들고 들어왔다 나가는 것밖에, 그는 늘 방문을 안에서 잠그고 있었습니다. 그가 하는 일은, 방안을 왔다갔다하며 책이나 읽는 것이었습니다―왜냐하면 그에게는 학문이 있었기 때문입니다―이런 생활방식으로 죽어가기를 고집하다가 그 후 얼마 안 가서 그는 죽었습니다.

나는 부드러운 교제로, 내 편에서는 생생한 애정과 꾸미지 않은 호의를 가지고 아이들과 접하려 합니다. 이러한 태도는 천성을 점잖게 타고난 사람이라면 쉽게 얻을 수 있는 일일 것입니다. 만일 지금 세상에서 많이 찾아볼 수 있듯 그들이 광분한 짐승들 같다면 그런대로 경원하고 피하면서 말입니다.

나는 아이들에게 마치 자연이 우리의 권위에 충분히 능력을 공급하지 않은 것처럼 아버지가 가진 이름을 버리고, 다른 데서 따온 더 존경받을 만한 이름을 붙이는 관습을 좋게 보지 않습니다. 우리는 전능하신 하나님을 아버지라고 부르며, 우리 아이들이 우리를 그 이름으로 부르는 것을 경멸합니다. 그리고 또 아버지와 친하게 지낼 나이가 된 아들에게 그렇게 하지 못하게 하면서 엄숙하고도 경멸하는 투를 지키며, 그렇게 하여 자기를 두려워하고 자기에게 복종하기를 바라는 것은, 옳지 않을 뿐만 아니라 어리석은 수작입니다. 왜냐하면 이것은 아주 쓸데없는 광대 짓이며, 자녀들에게 아버지들을 지겹게 보이는 인물로 만들고, 더 나아가서는 우습게 보이도록 하기 때문입니다.

아이들은 젊음과 힘을 가졌으니, 따라서 세상의 풍요로움과 은총을 받고 있습니다. 그리고 심장에도 혈맥에도 이미 피가 말라붙은 인간의 오만하고 횡포한 얼굴을 그들은, 삼밭에 세운 허수아비로밖에는 보지 않습니다. 그래서 경멸할 뿐입니다. 나는 나를 두려워하게 할 줄 안다고 하더라도, 그보다는 사랑받기를 원합니다.

노인에게는 너무 결함이 많고 기력이 없습니다. 그들의 그러한 조건은 경멸받기에 너무도 적당하기 때문에, 그들이 얻을 수 있는 가장 좋은 일은 가족들의 애정과 사랑입니다. 명령과 두려움을 주는 위엄은 무기일 뿐입니다. 나는 젊었을 때 이런 성질이 대단히 강한 한 인물을 보았습니다.

나이가 많아졌을 때, 그는 아무리 건전하게 지내려 해도, 어느새 때리고 물어뜯고 욕설이나 퍼붓는, 프랑스에서 가장 야단법석 치는 사람이 되고 말았습니다. 그는 조심하여 집안일을 두루 살피느라고 속을 썩입니다. 그러나 그의 이런 모든 일은 광대 짓에 지나지 않습니다. 가족들은 저마다 딴 수작, 천장과 다락에서부터 지하실에 이르기까지, 그의 돈주머니 속까지도 다른 자들이 가장 좋은 몫을 이용해 먹고 있었습니다. 그 동안 그가 열쇠를 눈보다도 소중히 손가방 속에 간직하고 있다는 것이 그 모양입니다.

그가 절약하며 검소한 식사에도 만족하고 있는 동안 집안 구석구석은 잔치

판입니다. 노름판에 빠지고 돈을 물 쓰듯 하고, 늙은이의 헛된 분노와 조심성을 헐뜯기에 야단들입니다. 어쩌다가 마음 약한 하인이 노인에게 애착심을 느껴 보살펴주려 하면 바로 그로부터 의심을 받게 마련입니다. 이 의심이란 늙은이들이 즐겨 갖는 성질입니다. 얼마나 여러 번 그는 자기가 가족들을 잘 통솔한다고, 정확한 복종과 존경을 받고 있다고 내게 자랑했는지 모릅니다. 얼마나 그는 자기 일을 잘 살핀다고 말했는지 모릅니다.

오직 그 혼자만이 모든 일을 모른다.
―테렌티우스

나는 그 사람만큼 천성적으로, 그리고 배워 얻은 바로 지배욕을 보존하기에 알맞으며, 그러고도 어린아이와 같이 거기에 속고 있는 자를 알지 못합니다. 그래서 나는 내가 아는 이런 사정에 빠진 사람들 중에서 그를 가장 재미있는 예로 든 것입니다.

이래야 좋을지 저래야 좋을지, 이것은 스콜라 학파가 문제삼을 만한 재료입니다. 그의 앞에서는 모든 이가 그에게 양보합니다. 사람들은 이 헛된 수작을 그의 권위에 맡겨둡니다. 그들은 그에게 결코 저항하지 않습니다. 사람들은 그를 믿어줍니다. 그를 두려워합니다. 실컷 그를 존경해 줍니다. 그가 하인을 하나 내쫓으면 그 하인은 짐을 싸서 나가버립니다. 그러나 그의 눈앞에서만 나가는 것입니다. 늙은이의 걸음이란 너무나 느리고 지각은 흐려서, 그 하인이 같은 집에서 일년 동안 일하며 살아도 알아차리지 못할 것입니다. 그리고 때가 되면 멀리서 가련한 신세로 용서를 간청하며, 이제부터는 일을 잘하겠다고 잔뜩 약속하는 편지를 써보내 용서를 받습니다.

영감님이 그들의 비위를 거스르는 무슨 지시를 하거나 편지를 부쳐보지요. 그러면 그들은 시치미를 떼고 무시해 버리며, 다음에 그럴듯하게 꾸며서 시킨

대로 하지 않은 일, 또는 편지 답장이 없는 이유를 변명합니다. 외부에서 오는 어떠한 편지도 먼저 그에게 가져오는 법이 없습니다. 그는 언제나 자기가 알아도 되는 편지밖에는 읽지 못합니다. 만일 어쩌다가 편지를 그가 직접 받는 수가 있다고 해도 결과는 마찬가집니다. 그가 믿고 습관처럼 읽어달라고 하는 사람이 있기 때문에 그를 모욕하는 편지를 가지고도 마치 그에게 용서를 청하는 편지인 듯 그때그때 꾸며 맞추어버립니다. 결국 그는 될 수 있는 한 그에게 슬픔을 주지 않고 분노하지 않도록, 그리고 그를 만족시키도록 꾸며놓은 가짜 모습으로밖에는 자기 일을 보지 못합니다. 나는 여러 가지 형태로 아주 꾸준히 지켜오던 살림이 이와 같은 결과로 된 예를 상당히 많이 보았습니다.

여자들은 언제나 그 남편들과는 반대 의견을 가지는 경향이 있습니다. 그녀들은 남편들에게 반대하기 위해서라면 두 손 다 내밀어 모든 구실을 잡습니다. 한 가지라도 변명할 꼬투리가 있으면 그녀들의 모든 일이 정당하다는 증거가 됩니다. 남에게 그냥 물건을 많이 주기 위하여 남편에게서 잔뜩 훔쳐내는 여인을 보았습니다. 그녀는 그 내용을 사제에게 고백하는 것입니다. 이런 경건한 시여(施與)의 베품을 말대로 믿어보세요! 어떠한 수작도 남편의 양보를 얻어서 한 것이라면 충분한 권위가 서지 않습니다. 이런 행동에 고상함과 권위를 세우려면, 농간을 부려서든 무례한 수작으로든 간에 언제나 정당하지 않은 방법으로 남편들의 권한을 빼앗아야만 합니다.

내가 여기서 다루는 문제에서와 같이 가련한 늙은이에 대항하여 아이들 편을 드는 경우, 그녀들은 이것을 구실로 삼고 영광으로 여기며, 스스로 만족해합니다. 그리고 모두 같은 노예상태에 있는 것처럼, 그녀들은 아이들과 결탁하여 걸핏하면 그의 지배와 지휘에 반항하려고 음모를 꾸밉니다. 그러다가 사내아이가 성장하여 기운이 차면 그들을 강제로 매수하여 요리사와 회계원, 기타의 가족들을 손아귀에 넣어버립니다.

아내도 자녀도 없는 사람들은 이런 불행에 빠지지는 않지만, 더 잔혹하고 부당한 대접을 받습니다. 대(大) 카토는 다음과 같이 말하였습니다.

"하인의 수가 많으면 그만큼 적이 많다."

사람의 마음이 순진하던 그의 시대와, 지금 이 시대의 차이를 생각해 보세요. 그는 아직 아내와 아들과 하인의 수만큼 적이 있다고 말하지는 않았습니다.

노쇠한 경우 이러한 사태를 잘 알아차리지 못할 뿐 아니라, 알지 못한 채 잘 속아 넘어가는 것은, 우리가 받는 달콤한 이득입니다. 여기에 악을 쓰며 대들어보았자, 특히 재판관들이 우리의 분쟁을 해결해야 할 때에는 대개 꿍꿍이속, 젊은이의 편을 드는 걸 우리가 어쩌란 말입니까?

나는 이런 속임수를 보지 못하는 경우라도, 적이나 내가 속아 넘어가기 쉽다는 사실이 내 눈에 띄지 않을 수는 없습니다. 친구 하나를 갖는다는 것이 얼마만한 값어치가 있으며, 그것이 얼마나 민법상의 결연(結緣)[1]과 다른가는 아무리 주장해도 지나치지 않습니다. 짐승들 사이에서 볼 수 있는 지극히 순결한 우정의 모습까지도 나는 경건하게 존경합니다.

설사 다른 사람들이 나를 속인다고 해도, 나는 그런 일을 당하지 않을 수 있다고 자신을 평가하기 위하여, 또는 속지 않도록 속을 썩이기 위하여 나 스스로를 속이지는 않습니다. 나는 남이 하는 일을 알아보려고 안절부절못하며 속이 뒤집히기보다는 차라리 기분전환과 결단성으로 내 가슴속에 일어나는 이런 배반행위를 피해 갑니다.

나는 어떤 자의 사정에 관하여 무슨 말을 들으면 그의 생각에 빠지지 않고, 즉시 눈을 내게로 돌리며 내가 어떠한 처지에 있는가를 살펴봅니다. 그에 관한 일들은 모두 내 일이 되며, 그에게 일어나는 일은 그 방면의 내 처지를 알려줌으로써, 나로 하여금 정신을 차리게 합니다. 생각을 밖으로 뻗치는 것과 마찬가지로 안으로 돌릴 줄 안다면, 날마다 시간마다 우리 자신의 문제로 생각

---

1 결혼을 말한다.

해야 할 일을 우리는 남의 일이라고 말하고 있습니다. 많은 사람들은 이 모양으로 자기들이 공격하는 사연을 당돌하게 찾으러 나섰다가 적에게 던진 화살이 도리어 자기 자신에게 튀게 하여 자기들의 주장을 해치고 있습니다.

돌아가신 드 몽뤼크(de Monluc) 원수는 그 아들이 마데이라 섬에서 죽었을 때, 아들은 진실로 용감하고 장래가 촉망되는 사람이었기 때문에, 다른 슬픔보다도 자기의 마음을 죽은 아들에게 털어놓지 못했던 일을 통탄했습니다. 아비로서 늘 엄하게 꾸짖는 얼굴만 보이다가, 아들의 마음도 알아주지 못하고, 지극히 사랑하는 자기의 마음과 아들의 도덕심을 높이 평가하고 있었다는 사실을 아들에게 말하지 못했다고 슬퍼하는 모습을 보고, 나는 그의 인격을 대단히 존경했습니다. 그는 이렇게 말했습니다.

"그래서 이 가련한 아이에게, 내가 늘 찌푸리고 경멸하는 얼굴만 보였기 때문에, 내가 저를 사랑하지도 알아주지도 않는다고 믿어버리게 하였소. 내 마음속에 품고 있던 이 애정을 누구에게 보여주려고 간직한다는 말이오? 그 아이가 알고서 기뻐하고 고맙게 여겨주어야 할 일 아니겠소? 나는 가면을 뒤집어쓰고 있어서 불편할 뿐 아니라 괴롭기도 했소. 더구나 그렇게 함으로써 그 아이와 사귀는 재미와 그 아이의 애정까지 잃고 말았소. 그 아이는 내게서 엄격한 취급밖에 받지 못했고 폭군의 태도밖에 알지 못했으니, 나를 아주 냉정한 인물로밖에 기억하지 않을 것이오."

그렇습니다. 나의 경험으로 너무나 확실하게 알고 있는 일이지만, 우리가 친구를 잃었을 때 가장 위안이 되는 것은, 그들과의 사이에는 서로 모르는 일이 없고, 완전히 마음을 터놓고 지냈다는 사실입니다.

나는 내 아내에게 ─될 수 있는 대로─ 내 속을 털어놓습니다. 그리고 그들에게 아주 기꺼이 내 마음과 내가 그들에 관하여 판단한 바를 알려줄 뿐 아니라, 서둘러 내 마음을 알려주고 내 속을 보여줍니다. 나는 좋건 나쁘건 상대방이 나를 오해하기를 바라지 않기 때문입니다. 옛날 우리 골 족이 가졌던 다른 특이한 습관 중에도 카이사르가 지적한 이런 말이 있습니다. 아이들은 아버지 앞에 나가지 못하고, 그들이 무기를 들기 전에는 아버지와 함께 다른 사람들 앞에 나오지 못한다고, 무기를 드는 그때에야 비로소 아버지들은 아이들과 친하게 지낼 시기가 된 것을 말하는 것 같다고 말입니다.

나는 우리 시대의 아버지들이 잘못하는 일로 그들의 생애 동안, 그 아들들이 당연히 누려야 할 재산이용의 향유를 박탈하는 것만으로도 부족해, 그들이 죽은 다음에 아내에게 그 재산에 관한 권한을 넘겨주는 것을 보았습니다. 그리고 어떤 귀족은 우리 왕실의 제일가는 무신으로부터 권리를 넘겨받을 수도 있는 연금이 5만 에퀴나 있었는데, 50세가 지나기까지 궁하게 빚에 몰려 지내다가 죽는 것을 보았습니다. 그의 어머니가 아버지의 명령으로 노령에 이르기까지 집안의 전 재산을 향유하며, 80세 가까이 살았기 때문입니다. 이런 일은 내게는 결코 정당하게 보이지 않습니다.

또한 나는 번성하는 집안의 남자가 많은 지참금을 짊어지고 들어올 아내를 찾아 돌아다니는 것을 잘하는 일이라고는 보지 않습니다. 밖에서 들어오는 부채(負債)보다 더 크게 집안에 파멸을 가져오는 것은 없습니다. 우리 조상들이 충실하게 이 의견을 좇은 것은 잘한 일이고, 나 역시 그렇게 했습니다. 그러나 부잣집 딸들은 다루기가 힘들고, 감사한 마음을 갖지 않을 우려가 있으니, 그런 데서 아내를 맞이하지 말라고 권하는 사람들은 그런 경솔한 추측 때문에 실질적인 이익을 잃는 수가 종종 있습니다. 지각없는 여자라면 이런 이치를 눈감아 주거나 저런 이치를 눈감아 주거나 간에 결과는 마찬가지입니다. 그런 여자들에게는 그녀들의 가장 못된 점이 가장 자랑거리가 됩니다. 그 여자들은 옳지 못한 일에 이끌립니다. 그것은 마치 정숙하고 착한 여자들이 도덕적인 행동을 하는 명예에 이끌리는 정도와 같습니다. 여자들이란 마음이 착하면 처지가 부유할수록 마음가짐이 더 너그럽고, 얼굴이 예쁠수록 더 정숙한 몸가짐을 즐깁니다.

아이들이 법이 정하는 대로 재산을 관리할 수 있는 나이가 되지 않았을 때는, 어머니들에게 집안일의 처리를 맡기는 것이 옳습니다. 그러나 여성은 지각이 좀 부족한 터인데, 아이들이 이미 그 나이에 도달해서도 자기 아내, 곧 아이의 어머니보다 더 총명하게 처리하기를 기대할 수 없다면, 아버지들이 아이들을 잘못 길러낸 것입니다. 그렇지만 실은 어머니들을 아이들의 손에 매여 지내게 하는 것은 극히 도리에 어긋나는 일입니다. 여자들이 남자들보다 곤궁하고 부족한 생활을 견디기에 적당하지 않은 점으로 보아, 여자들에게는 집안 형편과 나이에 따라서, 그녀들의 지체를 유지하기에 충분할 만큼 넉넉하게 재산을 남겨주어야 합니다.

대체로 우리가 죽을 때 재산을 가장 공평하게 분배하는 방법은, 자기 나라의 관습에 따라 분배하는 것이라고 생각합니다. 법률은 이 점에 대해 우리보다 더 잘 생각하고 있으며, 우리가 독단적으로 실행하다가 실수하는 것보다는 법률이 정하는 바에 따르다가 실수하는 편이 더 낫습니다. 재산은 본래 우리 것이 아닙니다. 왜냐하면 민법의 규정은 우리의 의견을 참작하지 않고 재산이 일정한 피상속자에게 돌아가도록 마련했기 때문입니다. 우리가 그 규정을 넘어 행할 수 있는 어떤 자유를 가졌다 해도, 그 신분으로 재산을 받게 되어 있고, 일반적인 이치로 보아 주기로 되어 있는 자에게 상속권을 박탈하는 데는 중대하고도 명백한 이유가 있어야 합니다. 재산처리에 관한 자유를 우리의 개인감정으로 경박하게 행사하는 것은 이 자유를 부당하게 남용하는 일이라고 생각합니다. 내 처지는 다행스럽게도 내게 이런 유혹적이고도 일반적이며 합법적인 규정에서 벗어나게 하는 애정을 가질 수 있는 기회를 주지 않았습니다.

나는 노인에게 오랜 세월 극진하게 봉양하는 것이 헛수고로 돌아가는 예를 자주 봅니다. 악의를 가지고 슬쩍 한마디 한 것으로 10년 공부 허사가 되고 맙니다. 마침 숨이 넘어갈 무렵에 비위를 맞춰주는 자가 요행을 얻지요! 마지막에 해준 행위가 승리합니다. 가장 좋고 가장 횟수가 많은 봉사에 보답이 오는 것이 아니라, 가장 마지막에 당장 그 자리에서 해주는 행위가 효과를 봅니다. 이해관계가 있다고 주장하는 자들의 행동 하나하나를 가지고 상을 주거나 징벌을 하기 위하여 유언으로 노름을 하는 것입니다. 이렇게 순간마다 이리저리 끌려다니기에는 그 결과가 너무나도 중대하고, 또한 오랫동안 그 영향이 미치는 일입니다. 그러므로 현자들이라면 이런 일에 대해서는 이성의 판단과 공적인 관습에 비추어 단호하게 결정합니다.

우리는 양자를 들여서라도 남자에게 하는 상속(繼後相續)을 너무 중요하게 여깁니다. 그리고 자신의 가명(家名)을 영구히 지속시키려 함은 우스운 생각입니다. 우리는 유치한 관념으로 미래의 일에 관한 헛된 추측을 매우 중요하게 생각합니다. 내가 정신의 훈련이나 동작에서 무겁고 둔해, 형제들뿐 아니라 우리 시골 아이들보다도 공부하는 데 오래 걸렸고 싫증을 냈다고 하여, 미리 내 신세를 현재의 지위에 있지 못할 것으로 정해 놓는다면 그것은 부당한 일입니다. 우리를 잘 속이는 점쟁이의 말을 믿고 앞날을 결정한다는 것은 어리석습니다. 만일 우리가 규칙을 어기고, 점쳐서 나오는 괘에 따라 상속자를 정하며, 사람의 운명을 변경시켜도 좋다면, 차라리 신체의 불구라든지, 영원히 고칠 수 없는 악덕이 있다든지, 또는 미의 위대한 감식가로 자처하는 우리로서 극히 중대한 결함으로 보일 때 이를 고려하여 피상속자를 변경하는 편이 오히려 사리에 맞을 듯합니다.

플라톤에 나오는 입법자와 그의 시민들과의 재미있는 대화는 이 조항에 참고가 될 것 같아 옮겨봅니다.

그 시민은 죽음이 가까워오는 것을 느끼며 말했습니다.

"어째서 우리는 우리 것을 우리 마음대로 처리하지 못한단 말이오. 원, 이런 참! 우리 집안사람들이 우리가 병들었을 때, 우리가 늙었을 때, 우리가 일을 처리할 때, 우리를 섬겨준 공에 따라서 다소간 우리 마음대로 그들에게 재산을 줄 수 없다니, 이런 잔인한 일이 어디 있단 말이오?"

그 말에 입법자는 이렇게 대답했습니다.

"이 사람들, 자네들은 얼마 안 가서 죽게 될 터, 델포이 신탁의 '너 자신을 알라'는 가르침에 따라 그대들이 그대들 자신을 안다거나 그대들 것이 무엇인가를 알기는 쉬운 일이 아니오. 법을 만드는 나로서 보면, 그대들이 누리려는 그것도 그대들 것이 아니오. 그대들 재산이나 그대들은 과거에나 미래에나 그대들 가족의 것이오. 따라서 만일 그대들이 늙었을 때나 병들었을 때, 또는 어느 감정에 사로잡혔을 때 아첨하는 사람들이 그대들에게 정당하지 않은 유언을 해달라고 간청한다면, 내가 그렇게 하지 못하도록 막겠소. 국가공동의 이익과 그대들 가정의 이익을 고려하여 나는 법을 세우며, 이치에 맞게 개인의 편익은 공공의 이익을 위하여 양보해야 함을 알려주겠소. 인간의 요청이 그대들에게 호소하는 바에 따라 호의를 가지고 순순히 물러가시오. 나는 어느 한 일을 다른 일보다 더 중하게 여기지 않는 처지에서 내가 할 수 있는 한, 전체를 보살피는 것이니, 그대들이 남긴 재산을 처리하는 것은 내가 할 일이오."

다시 우리의 화제로 돌아와, 나는 어머니의 지배나 타고난 신분에 의한 결제외하고는 남자들이 흥분한 심정으로 자진하여 여자들에게 굴복하여 벌을 받는 경우가 아니면, 남자들을 지배할 권한은 어떠한 방식으로라도 여자들에게 돌아가서는 안 된다고 봅니다. 그러나 우리가 여기서 말하는 늙은 여인의 경우에는 문제가 다릅니다. 이러한 고찰이 정당하기 때문에 우리나라에서는 이제까지 강제로 여자에게 이 나라 왕위를 계승하는 일을 금지하는 법에 타당한 근거를 주었으며, 그리고 세상의 어느 왕국에서도, 이 법에 권위를 주는 지당한 이유가 주장되지 않는 예는 없습니다. 그러나 운수에 따라 그것은 어느 나라에서는 다른 나라에서보다 더 신용을 얻고 있습니다.

아이들 중에 선택하여 상속재산을 배정하는 일을 여자들의 판단에 맡기는 것은 위험한 일입니다. 그 판단은 어느 때나 변덕스럽고 공평하지 못합니다. 왜냐하면 그녀들은 잉태했을 때의 무절제한 욕망과 병적인 취미를 어느 때나 그 정신에 지니고 있기 때문입니다. 일반적으로 여자들은 가장 약자 또는 못 난 자들에게 애정이 쏠리며, 아직 목에 매달려 있는 자가 있다면 그를 사랑합니다. 골라야 할 만한 자를 선택할 충분한 판단력을 갖지 못하고, 특별히 인상이 강하게 남는 편으로 이끌리기 쉽기 때문입니다. 그것은 마치 동물들이 자기 새끼들을 젖꼭지에 매달려 있을 동안만 알아보는 것과 마찬가지입니다.

그러므로 우리는 경험상 그렇게 권위를 세워주는 타고난 애정이라는 것도 그 근거가 박약하다는 것을 이해할 수 있습니다. 우리는 날마다 극히 변변치 않은 이득을 주어 어미들 품에서 그의 어린아이를 밀어내고 우리 어린아이를 맡깁니다. 그러면 그 여자들은 자기 아이를 우리가 아이를 도저히 맡기고 싶지 않은 다른 허약한 유모나 염소에게 맡겨 젖을 먹입니다. 그리고 어떠한 위험이 닥쳐와도 자기 아이에게는 자기 젖을 빨리지 않을 뿐만 아니라, 우리 아이들을 보살피기 위하여 자기 아이는 전혀 돌보지도 않습니다. 여자들의 대부분은 얼마 안 가서 습관으로 남의 아이에 대한 애정이 자기 아이에 대해서보다 더 강해지며, 자기 자신의 아이보다도 남의 아이를 살리려는 데에 더 큰 열성을 보입니다.

내가 염소에 관해 말한 이유는, 우리 집 근처 시골 여자들이 자기 젖으로 어린아이를 기르지 못할 때는, 보통 염소의 도움을 받고 있기 때문입니다. 그리고 지금 내 집에 있는 하인들은 평생 동안 8일밖에는 엄마의 젖을 맛보지 못합니다. 이 염소들은 바로 아이들에게 젖 먹이는 일에 길이 들어 아이가 울면 알아듣고 쫓아옵니다. 그 염소가 먹이지 않던 다른 아이에게는 젖을 주지 않습니다. 그리고 아이도 다른 염소의 젖은 빨지 않습니다. 나는 지난번에 한 아이에게서 그 염소를 떼어가는 걸 본 적이 있습니다. 이웃사람들에게서 빌려온 염소였기 때문입니다. 그래서 다른 염소를 갖다대었더니 그 아이는 도무지 빨려고 하지 않고, 끝내는 그대로 굶어죽고 말았습니다. 짐승들도 우리와 마찬가지로 쉽사리 타고난 애정을 바꿔 옮길 수 없습니다.

헤로도토스가 리비아의 어느 지방에 관하여 이야기하는 바에 의하면, 거기서는 여자들과의 상관(相關)은 무차별하게 하며, 아이가 걸음마를 할 때쯤, 군중 속에 데려다놓고 첫걸음이 향하는 자를 아비로 삼는데, 잘못 잡는 경우가 많다고 합니다. 우리는 아이를 낳았다는 단순한 인연 때문에 그 아이를 다른 우리 자신이라고 부르며, 사랑합니다. 그런데 우리에게서 나오는 다른 생산물이 있으니 그것은 아이들 못지않은, 아니 더욱 값어치가 있다고 생각됩니다. 우리가 영혼으로 생산하는 것, 우리의 정신과 마음과 능력으로 생산하는 것은 우리의 육체보다 더 고상한 부분으로 생산되며, 더한층 우리의 것이기 때문입니다.

우리는 이 생산물에 대하여 동시에 아버지와 어머니가 됩니다. 그 생산은 출산보다 훨씬 더 힘들고, 거기에 좋은 점이 있다면 그것은 우리에게 더 큰 명예를 주는 일입니다. 우리의 아이들이 지닌 값어치는 우리보다는 차라리 여자들의 것이며, 거기서 얻는 우리의 몫은 아주 가벼운 것일 뿐입니다. 그러나 이편의 생산에서는 그 본래의 아름다움과 우아함과 가치가 우리의 것입니다. 그래서 이러한 작품이 다른 작품[2]들보다 더 생명 있게 우리를 대표하며 우리를 세상에 알립니다.

플라톤은 말하기를, 이런 산물은 영원불멸의 아이들이라고 합니다. 그 아버지[3]들을 영원불멸케 하고, 진실로 리쿠르고스(Lycurgos)나 솔론이나 미노스(Minos)의 경우와 같이 그들을 신격화한다고 하였습니다. 그런데 역사상에는 아버지들의 아이들에 대한 이러한 공통된 애정의 예가 너무나 많습니다. 그래서 그러한 사례를 몇 가지 골라보는 것도 격에 맞지 않는 일은 아니라고 보입니다.

2 앞의 것은 영혼의 산물, 뒤의 것은 아이들을 말한다.
3 작가를 말한다.

트리케아의 저 어진 주교님 헬리오도로스(Heliodoros)는 자기 딸을 버리기보
다는 차라리 그렇게도 존경받는 사교의 직위와 이득과 신앙생활을 버리겠다
고 했습니다. 그 딸은 아주 얌전하게 지금도 살아 있는데, 아마도 성직자인 사
교의 딸로서는 좀 지나치게 공들여 마음을 녹이리만큼 치장되어 있고, 너무
사랑에 밴 냄새를 풍기고 있습니다.

로마에 라비에누스라는 권세 있는 자가 있었는데, 용기가 대단한 인물로, 다
른 소질보다도 문장에 능했습니다. 그는 골르 전쟁 때에 카이사르 휘하에서
제일가는 장수로 있다가, 다음에 저 위대한 폼페이우스 편으로 넘어가 카이사
르가 스페인에 진격하여 그를 격파할 때까지 용감하게 폼페이우스를 지지했
던 저 위대한 라비에누스의 아들이라 생각됩니다.

내가 지금 말하는 라비에누스에게는 그의 덕성을 시기하는 자가 많았습니
다. 그리고 그 시대 황제들의 총신들은 그가 아버지에게서 물려받은 솔직성과
폭군 정치에 반항하는 기질을 좋게 보지 않았을 법한데, 그런 기분은 그의 문
장이나 작품에 배어 있었을 것으로 생각됩니다. 그의 적들은 그를 관청에 고
발하여 출판한 작품들을 불태우라는 판결을 내리게 하였습니다. 이 새로운 방
식의 형벌은 그로부터 시작되어 로마에서 여러 사람들에게 시행되었는데, 그
것은 인간에 대한 가혹한 형벌로, 문장과 연구 논문까지도 사형에 처하는 일
이었습니다. 이제 더 이상 잔혹한 짓을 할 방법과 재료가 부족하여 정신의 고
안과 명성, 시신(詩神)의 학문과 업적에까지 물질적 고통을 적용시키는 것이
었습니다.

라비에누스는 이런 손실을 참고 지낼 수도, 그렇게도 소중한 소생을 잃은 채
살아갈 수도 없었습니다. 그는 조상들의 무덤에 자기를 실어가게 하여 그 속
에 산 채로 파묻혀 자살과 매장을 동시에 감행했습니다. 자기 소생에 대하여
이보다 더 강렬한 애정을 보여줄 수는 없는 일입니다.

카시우스 세베루스는 뛰어난 웅변가로 라비에누스의 친구였습니다. 친구 라

비에누스의 책을 불태우는 것을 보고 그는 같은 판결문으로 자기도 함께 산 채로 불태워야 한다고 소리 질렀습니다. 왜냐하면 작품 속에 있는 것이 그의 머릿속에 남아 보존되어 있기 때문이라는 것이었습니다.

그렌티우스 코르두스도 그의 작품에 브루투스(Brutus)와 카이우스(Caius)를 칭찬했다고 고발당하여 같은 처벌을 받았습니다. 티베리우스보다도 더 나쁜 상전을 섬긴 저 천하고 비굴하고 부패한 원로원은 그의 문장을 화형에 처했습니다. 자기의 저서와 동행하는 것에 기꺼이 동의한 그는 저서에 대한 처형과 함께 음식을 끊고 자살했습니다.

저 선량한 루카누스(Lucanus)는, 네로에게 처단 받아 생명의 마지막 순간, 자기를 죽이려고 의사로 하여금 끊게 한 팔목의 혈맥에서 피가 흘러나와 손끝과 발끝이 싸늘해지고 찬 기운이 생명의 심장부에 가까워지자 그의 머릿속에 파르살리아 전쟁에 관한 자기 작품의 몇 구절이 떠올랐습니다. 그 시구를 마지막으로 소리쳐 읊으며 그는 숨을 거두었습니다. 이것은 그가 자기 아이들에게 주는 애정에 찬 작별인사였으며, 죽어가면서 자기 가족에게 주는 굳은 포옹과 고별이었습니다. 이는 바로 최후의 순간에 우리가 살아 있는 동안 가장 친밀한 사물을 떠오르게 하는 타고난 경향에 의한 것이 아니고 무엇이겠습니까?

에피쿠로스에게는 그의 말처럼 담석증의 극심한 통증으로 괴로워하면서 죽어갈 때, 그가 세상에 남긴 학설의 아름다움이 모든 위안이었습니다. 그에게서 태어난 잘 키워진 아들들이 있었다 해도, 그들에게서 그의 풍부한 저작의 생산에서만큼 만족을 얻을 수 있었겠습니까? 그리고 잘못 키워진 못난 아이와, 어리석고 못된 작품 중에서 하나를 죽은 뒤에 남겨두어야 한다면, 그가 아니라도 그런 능력을 가진 모든 사람들이라면 후자보다도 전자의 불행을 택할 것이라고 생각지 않습니까? 성 아우구스티누스도 — 예를 들자면 — 우리 종교가 거기서 큰 효과를 얻고 있는 그의 작품을 땅에 파묻거나 또는 그에게 자식이 있다고 하고, 그 아이들을 파묻든지 하라고 제안할 때, 그가 차라리 아이들을 묻기를 원하지 않는다면 아마도 불경한 일이 될 것입니다.

나는 내 아내와 관계하여 잘난 아이를 얻는 것보다 시신(詩神)과의 관계에서 완전한 작품 하나를 얻는 걸 더욱더 좋아하지 않을 것인지는 알 수 없습니다. 다만, 이 작품을 생긴 그대로 여기 내놓는 것은 육체적인 아이와 같이 순수하게 고칠 수 없다는 마음에서입니다. 이 작품에게 준 작은 재산은 이미 내 마음대로는 되지 않습니다. 그것은 이미 내가 아는 것보다도 더 충분히 사물들을 알고 있으며, 내게서 나 자신이 담아두지 못한 것을 가져갔습니다. 아무 관계도 아닌 다른 사람처럼 필요한 때에는 오히려 빌려와야 하는 경우가 있을 수도 있습니다. 내가 내 작품보다 더 현명할지는 모르지만, 내 작품은 나보다 더 부유합니다.

시에 열중하는 사람치고 로마에서 제일가는 미소년을 낳기보다는 《아에네이스》를 내놓기를 원하지 않을 자 없고, 전자보다도 후자를 잃는 것을 슬퍼하지 않을 자 없습니다. 왜냐하면 아리스토텔레스에 의하면, 모든 제작자들, 그 중에서도 특히 시인들은 자기 후손으로는 딸들만 남겨, 그녀들이 다음에 조상들에게 영광을 주리라고 자랑하던 에파미논다스(Epaminondas) ─ 이 딸들이란 그가 라케데모니아 인들에 대해 두 번 얻은 고귀한 승리를 의미하였습니다 ─ 가 그녀들을 그리스 전국의 화사한 미녀들과 바꾸었으리라고는 믿어지지 않기 때문입니다. 또한 알렉산드로스나 카이사르가 자기 아들과 상속자가 아무리 완벽하고 완성된 인물이라고 해도 그들을 얻는 소득을 위하여 자기들이 전쟁에서 얻은 영광스럽고 위대한 공훈을 갖지 않아도 좋다고 했으리라고는 생각되지 않기 때문입니다.

피디아스(Phidias)가 또 다른 탁월한 조각가들이 오랜 노력과 면학으로써 예술적으로 완성한 탁월한 조상(彫像)이 잘 보존되어 영원히 남기를 바란 만큼, 그가 낳은 아이들이 계속하여 보존되기를 원했을까 하는 것은 의심스럽습니다. 그리고 가끔 아버지들이 자기 딸들에 대하여, 어머니들이 자기 아들들에 대하여 열중한 악덕이라고 할 수밖에 없는 광태의 사랑으로 말하면, 그런 예는 이 다른 종류의 부자지간에서도 찾아볼 수 있습니다. 그 증거로 피그말리온(Pygmalion)에 관하여 사람들이 이야기하는 바에 의하면, 그는 특이한 아름다움을 갖춘 여인의 조상을 만들고 나서, 자기 작품에 대한 너무나 강렬한 사랑에 사로잡혔습니다. 그래서 그의 광기에 가까운 열정을 만족시키기 위하여 여러 신들은 이 조상에 생명을 불어넣어주어야 했습니다.

그가 그 상아를 만지니, 그것은 딱딱함을 잃고 유연해지며
그의 손가락에 눌려 들어간다.
— 오비디우스

교만에 대하여

세상에는 다른 종류의 자만심이 있으니, 그것은 우리가 우리 자신에 대하여 품는 너무나도 지나친 호평의 말이다. 그것은 우리가 우리 자신을 지나치게 중시하는 분수없는 심정이며, 우리를 우리 자신에게 실제와는 다르게 보이게 하는데, 마치 사랑의 정열 때문에 마음속에 있는 인물이 아름다움과 단아한 기품을 가진 것으로 보이게 하며, 연모하는 자들이 혼란되고 변질된 판단력으로 사랑하는 대상을 실제와는 달리 더욱 완벽한 것으로 보는 식이다.

그렇다고 하여 나는 사람이 이러한 점에서 실수할까 염려하여, 자기를 잘못 판단하거나 사실보다 못난 것으로 생각하기를 바라지는 않는다. 판단력은 모든 방면에 권한을 유지해야 하고, 이 문제에도 다른 경우와 같이 진실이 보여주는 대로 보는 것이 지당한 일이다. 카이사르의 경우라면 그는 스스로를 세상에서 가장 위대한 장수로 보아야 한다.

우리는 격식밖에는 차리지 않는다. 그래서 격식에 끌려 사물들의 실체를 놓치고 만다. 우리는 지엽말단(枝葉末端)에 구애받으며 본체를 버리고 있다. 우리는 부인들에게 그녀들이 실행하기를 조금도 두려워하지 않는 일을 가지고, 단지 말하는 것만 들어도 얼굴을 붉히도록 가르쳐주었다. 우리는 우리의 기관을 똑바로는 감히 부르지도 못하면서 그것을 모든 종류의 방탕한 행동에 사용하기를 두려워하지 않는다.

우리의 범절은 우리에게 합법적이며 자연스러운 사물을 말로 표현하는 것을 금하며, 우리는 그래야 한다고 믿고 있다. 이성으로 생각하면 그것은 비합법적이거나 나쁜 일로 볼 수 없는 일인데 아무도 그대로는 믿지 않는다. 나는 범절의 법칙에 얽매여 있다. 범절을 따르기 위하여, 자기를 좋게 말해서도 나쁘게 말해서도 안 되기 때문이다. 이 문제는 당장은 건드리지 말고 그대로 두기로 하자.

운수 ― 그것을 좋게 부르건 나쁘게 부르건 ― 가 좋아 높은 지위에서 인생을 보낸 자들은, 공적 행동으로 그들이 어떠한 인물인가를 보여줄 수 있다. 그러나 운수가 단지 평범한 사람으로 살게 했고, 자기가 말하지 않으면 아무도 자기에 대하여 말해줄 자가 없는 사람들은 홍미를 가지고 자기의 일에 대해 알아보려는 자들에게 루킬리우스(Gaius Lucilius)의 본을 받아 과감하게 자기 일을 말해도 용서될 만하다.

> 그는 충실한 친구에게 하듯이,
> 그의 모든 비밀을 문장(文章)에 올렸다.
> 불행하게 지냈건 행복했건,
> 어느 다른 것에 회포를 푼 일 없이,
> 마치 봉납의 현판에 새기듯,
> 늙은 그의 온 생애를 남김없이,
> 여기에다 묘사하였다.
> ― 호라티우스

그는 종이에 자기의 행동과 사상을 기탁하며 자기 자신을 느끼는 대로 묘사해 나갔다.

"그리고 루킬리우스와 스카우루스가 그것으로 신용 받지 않거나 멸시당하거나 한 일은 없었다."(타키투스)

나는 어릴 적부터 내 몸짓과 자세에 어딘가 헛되고 어리석고 교만한 태도를 가졌다고 사람들의 주목을 끌던 일이 생각난다. 나는 첫째로 우리 자신에게 독특하게, 완전히 몸에 배어버려 자기가 느끼고 알아보고 할 방법이 없을 정도로 된 조건과 경향을 갖는다는 것은 언짢은 일이 아니라고 말하고 싶다. 그리고 이런 타고난 경향은, 자신이 알지도 못하고 동의한 일도 없이, 신체가 그 버릇을 종종 보유하고 있는 것이다. 알렉산드로스가 머리를 한쪽으로 좀 기울이고 다녔고 알키비아데스의 말투가 부드럽고 소탈했던 것은 어느 점으로 보아 자기 용모를 뽐내는 의식적인 태도였다. 줄리어스 카이사르는 무슨 생각에 골똘히 잠긴 사람처럼 늘 손가락으로 머리를 긁고 있었다. 그리고 키케로는 콧등을 찌푸리는 버릇이 있었던 것 같은데, 이것은 그가 타고난 조롱꾼임을 의미한다. 우리에게는 이런 몸짓이 자기도 모르는 사이에 일어나는 수가 있다.

사람들은 인사나 경례하는 동작 따위는 일부러 꾸미기도 하는데 ─나는 이 점에 관해서는 말하지 않지만 ─이런 것으로 종종 사실과는 다르게 아주 겸손하고 예절바르다는 명예를 얻기도 한다. 사람은 교만으로 겸손할 수도 있다. 나는 특히 여름에는 흔히 모자를 벗고 인사한다. 그리고 내가 부리는 사람이 아니면, 상대가 누구이건 인사를 받으면 반드시 답례한다. 내가 아는 어느 군주들은 인사를 좀 아끼면서 적당히 해주었으면 한다. 왜냐하면 이렇게 인사를 남발하면 무게가 없어지기 때문이다. 분별없이 하는 인사에는 효과가 없다.

주책없는 태도 가운데서도 콘스탄티누스(Constantinus) 황제의 위엄을 위하여 굳힌 딱딱한 태도는 잊을 수 없다. 그는 대중 앞에서도 언제나 고개를 똑바로 쳐들어 이쪽저쪽 돌아보지도 않고, 고개를 숙이지도 않으며, 누가 옆에서 인사해도 쳐다보지도 않고, 부동자세를 취하고는 마차가 흔들려도 움직이지 않는다. 사람들 앞에서는 감히 침도 못 뱉고 코도 못 풀며 땀도 닦지 않았다.

나는 사람들에게 주목받던 내 자세가 이 첫번째 부류였는지, 그리고 물론 있을 수 있는 일이지만, 내게 이런 악덕에 대한 비밀스러운 경향이 있었는지는 알 수 없다. 그래서 몸의 움직임에 관해서는 나로서도 책임지지 못한다. 그러나 마음의 움직임에 관해서는 내가 느끼는 것을 여기에서 고백하고자 한다.

이런 교만함에는 두 종류가 있다. 곧, 자기를 높이 평가하는 태도와 남을 충분히 존경하지 않는 태도이다. 전자의 경우 고려해야 할 것으로 보이는 점은, 내게 불유쾌하고 부당하며 폐스럽다고 여겨지는 심령의 과오 때문에 내가 압박받고 있음을 느끼는 일이다.

나는 이 점을 고치려고 애써본다. 그러나 아주 뽑아 없애는 일을 할 수는 없다. 내가 소유하는 사물들은 내 소유이기 때문에 그 값어치를 깎아내리며, 그것이 내게 없거나 남의 것이거나 내 것이 아닌 때에는 그런 사물들의 값어치를 올리기 때문이다.

이런 심정은 어지간히 확대된다. 예를 들면 권위라는 특권을 가진 까닭에 남편들이 자기 아내를 악랄하게 경멸에 찬 눈으로 보고, 많은 아버지들이 자식들을 그렇게 보듯 나 역시 그러하며, 두 가지 같은 사물이라도 나는 언제나 내 것을 불리하게 평가한다. 나의 발전과 개선을 위한 열성 때문에 내 판단력이 혼란스러워지며, 내 자신에게 만족하지 않기 때문이 아니다. 그보다도 자기가 지배권을 가지면 저절로 지배하는 것에 대하여 경멸감이 생기게 되는 연유에서이다.

먼 나라의 정치와 풍습, 그리고 그 언어들은 내게 좋게 보인다. 그리고 아이들과 속인들처럼 라틴어는 그 권위 때문에 실제 지닌 값어치 이상으로 그 말에 유리하도록 스스로를 속이고 있음을 나는 알고 있다. 살림살이나 가옥, 말 등 이웃사람의 것은, 같은 값어치의 것이라도 내 것이 아니기 때문에 더 낫게 보인다. 더구나 나는 내 일을 아주 모르고 있기 때문에 그 점은 더하다. 나는 내가 알 수 있는 것이 없고, 내가 할 수 있다고 감히 책임질 수 있는 것이 거의 없는데, 남들은 각기 자신감과 포부를 지니고 있어 나를 놀라게 하고는 한다. 나는 내 방법을 분류하고 정리하여 가진 것이 없으며, 결과를 보기 전에는 아무엇도 알지 못한다. 나는 다른 모든 일과 마찬가지로 나 자신의 역량을 의심하며, 그래서 내가 우연히 어떤 일을 잘하는 경우가 있으면 그것은 내 역량에 의해서라기보다는 운수가 좋아서라고 생각한다. 어떻든 나는 이런 일을 우연에 맡기고 의구심을 품은 채 계획한다.

내가 하는 수작은 대체로 옛사람들이 인간 전체를 두고 품던 사상들 가운데 내가 가장 즐겨 품는 것에 따르며, 가장 애착을 느끼는 것은 우리를 가장 경멸하고 천시하고 무시하는 사상이다. 내 생각으로 철학은 우리의 교만과 허영심을 공격하며, 철학 자체의 허약성과 무지와 미해결을 성심으로 인정할 때보다 더 잘할 수는 있는 일은 없어 보인다. 공적으로나 사적으로 가장 그릇된 사상을 가꾸는 주요한 원천은 사람이 자기 자신을 높이 평가하는 데 있다고 본다.

수성(水星)의 띠에 걸터앉아 하늘을 멀리 내다보는 자들, 그들은 나를 골탕 먹이고 있다. 왜냐하면 내가 인간이라는 제목을 가지고 하는 연구에서도 사람들의 판단이 너무나 잡다하고 피차간에 풀어볼 수 없는 너무나 깊은 미궁이 있기 때문이다. 바로 예지의 학파에서도 학설들이 너무 잡다하고 불확실하니, 그들의 눈앞에 부단히 놓여 있고, 그들 속에 존재하는 그들 자신과 바로 그들 고유의 조건인 지식에 관해서도 해결 지을 수 없었던 바에, 그리고 그들 자신이 움직이는 것이 어째서 움직이는지, 그들 자신이 잡고 조종하는 것의 장치가 어떻게 되어 있는지도 풀어 설명하지 못하는 바에, 그들이 나일 강이 불고 줄어드는 원인에 관하여 설명하는 것을 어떻게 믿어달라는 말인지 생각해 보면 알 것이기 때문이다. 사물을 알아보려는 호기심은 하나님이 인간에게 내린 처벌이라는 말씀이 성경에 있다.

내 개인의 문제로 돌아와, 내가 나 자신을 평가하는 만큼 어느 누구도 그 자신을 더 못하게 보거나, 나를 더 못하게 평가하기는 어려운 일일 것이다. 나는 나를 평범한 부류에 속한다고 보는 사실 하나만 빼놓고, 나 자신 평범한 부류에 속한다고 본다. 가장 속되고 천한 결함을 가진 죄는 있어도 그런 것을 떳떳

이 자백하지 않았거나, 변명한 죄는 없다. 그리고 자신의 값어치를 알고 있는 이상으로 나를 평가하지도 않는다.

여기에 교만이 있다면 그것은 내 기질의 배반 때문에 내게 피상적으로 주입되었을 뿐, 내 판단 앞에 나타날 만한 실체를 가진 것이 아니다. 나는 그것으로 끼얹어져 있을 뿐, 물들어 있지는 않다. 실로 정신의 효과로 말하면, 어떤 방식으로 되었건 나를 만족시켜 줄 만한 것이 내게서 나올 방법은 전혀 없다. 그리고 남이 칭찬해 주는 것은 칭찬의 구실을 못한다. 내 취미는 나약하고도 몹시 까다롭다. 특히 나 자신에 관하여 그렇다.

나는 끊임없이 나 자신을 부인한다. 나는 어느 경우에도 허약하여 들떠 있고 휘어지는 것을 느낀다. 내 것으로 판단력을 만족시킬 수 있는 것은 아무것도 없다. 나는 상당히 명철하고 절도 있는 관찰력을 가지고 있다. 그러나 막상 일에 부닥치면 혼란을 일으키고 만다. 이러한 혼란은 특히 시가(詩歌)에서 경험하는 일이다. 나는 시가를 무척 좋아하며, 남의 작품은 어느 정도 알아보기도 한다. 그러나 사실은 스스로 시가를 써보려 하는 욕망을 떨쳐버리지 못함으로써 유치하게 되어버려 스스로도 참을 수 없게 된다. 사람은 다른 데서는 그곳이 어디이든 어리석은 수작을 할 수 있지만, 다만 시가에서는 그럴 수 없다.

> 신들도 인간도,
> 작품을 첨부하는 기둥도 시인들의 범용은 용서하지 않는다.
> ― 호라티우스

우리의 모든 출판사 사옥 앞에 이 격언이 붙어 있어서, 그 많은 사이비 시인들이 작품을 들여놓지 못하게 하면 얼마나 좋을 것인가!

진실로

용렬한 시인보다 더 자신만만한 자는 없다.

— 마르티알리스(Marcus Valerius Martialis)

어째서 우리에게는 이런 사람들이 없는가? 선대 디오니시우스(Dionysius)는 자기의 재간 중에서 시를 짓는 것을 가장 자랑으로 삼았다. 올림픽 때 그는 화려하기가 다른 어느 것보다도 더한 수레들을 늘여세우고, 제왕답게 금박을 입히고 수놓은 천막에 깃발을 날리며, 시인들과 음악가들에게 자기의 시를 제출케 하였다. 그의 시가 제출되었을 때 처음에는 그 운율이 우아하고 탁월한 데서 백성들의 주의를 끌었다. 그러나 다음에 백성들은 이 작품의 변변치 않은 내용을 알아보았다.

백성들은 처음에는 경멸했다. 그러다가 점점 그 판단이 명확해짐에 따라, 울화통을 터뜨리더니, 금세 광분하여 달려나가 깃발을 쓰러뜨리고 찢어 팽개쳤다. 그의 수레들 역시 경기에서 아무런 성적도 올리지 못했고, 그의 부하들을 실어오던 배는 시칠리아로 귀환하지 못하고 폭풍우에 밀려 타란토 해안에서 부서졌다. 난파 소식에 민중들은 확실히 신들도 그들과 같이 이 못된 시에 분개하였음에 틀림없다고 생각하였다. 더욱이 난파에서 액을 면한 뱃사람까지도 백성들의 의견에 가담하고 있었다.

디오니시우스의 죽음을 예언한 신탁 역시 어딘가 백성들의 뜻에 기우는 것 같았다. 그 신탁은 디오니시우스가 자기보다 우수한 자들에게서 승리를 거두었을 때, 그의 종말이 다가올 것이라고 내려져 있었다. 우수한 자들을 그는 자기보다 우세한 카르타고 인들이라고 해석하였다. 그리고 그들과 싸움을 하게 되었을 때 그는 이 예언의 뜻에 거스르지 않기 위해 여러 번 승리할 기회를 저버리기까지 했다. 그러나 그는 신탁의 내용을 잘못 해석했다. 왜냐하면 신은 그가 아테네에서 자기보다 우수한 비극 시인들과 경쟁하여 〈베네치아 사람들〉이라는 제목의 작품을 상연시키고, 매수행위와 부정으로 승리를 거두는 때를 그 시기로 정해 놓았기 때문이다. 이 승리 뒤에 그는 갑자기 죽었다. 그것은 그가 이때 느낀 과도한 기쁨 때문이기도 했다.

내가 내 작품을 변명할 수 있는 것은 그 자체와 실제가 그러해서가 아니라, 사람들이 신용하는 다른 나쁜 작품들과 비교하여 하는 말이다. 나는 자기 작품이 잘되었다 생각하고 기뻐하는 자들의 행운을 부러워한다. 사람들은 이 기쁨을 자신에게서 끌어내고 있으니, 그 기쁨을 얻는 안이한 방법 때문이다. 특히 그들의 견해에 견고성이 좀 있을 때 특히 그러하다. 내가 아는 한 시인은 우수한 자들에게서나 약한 자들에게서나, 군중 속에서나 방안에서나, 하늘과 땅 모두에서 그가 시라는 것이 무엇인지도 모른다는 꾸지람을 듣고 있다.

그는 누가 뭐라고 하건 상관하지 않고 자기가 지어놓은 압운 하나 고치려 하지 않고, 줄곧 자기 생각을 고집하였다. 그리고 자기 의견을 지지하는 사람이 자기뿐인 만큼 더욱 강경하게 그 태도를 견지하였다. 그런데 내 작품은 내게 기쁨을 주기에는 너무나 모자라서 음미해 볼수록 더욱더 화만 치밀어오른다.

나는 다시 읽을 때 얼굴을 붉힌다.
많은 문장이,
작가인 내가 판단하기에도 마땅히 삭제되어야 하기 때문이다.
― 오비디우스

나는 늘 내 마음속에 한 상념과 뒤섞인 영상을 가진다. 마치 꿈속에서처럼 내가 써 내놓는 것보다 더 나은 형태를 보여주는데, 나는 그 영상을 파악하여 전개시킬 수가 없다. 그리고 영상 자체도 중간쯤밖에 진행되지 못한다. 나는 이에 대하여 추론해 본다. 지난 시대의 풍부하고 위대한 심령들이 내놓은 작품들은 내 상상력의 극한을 훨씬 넘는다. 그들의 문장은 나를 만족시키고 채워줄 뿐 아니라, 나를 깜짝 놀라게 하며, 감탄으로 넋을 잃게 한다. 나는 그들의 아름다움을 판단하며, 그 아름다움을 눈으로 본다. 그 전부를 이해하지는 못하더라도 나도 써보기를 갈망하지만, 그 자체가 불가능함을 알고는 있다.

무슨 일을 기도하건 우아의 신들에게 은총을 청하기 위해 플루타르코스가 누군가를 두고 말하는 식으로, 나는 그들에게 희생을 바쳐야 할 일이다.

사람을 즐겁게 해주는 모든 것은,
인간의 감각에 달콤하게 흘러드는 것은,
모두 귀여운 우아 신들의 혜택이다.

그러나 이 여신들은 어디서나 나를 저버린다. 내가 하는 일은 거칠며, 상냥하고 아름다운 맛이 없다. 나는 사람들을 기껏 그것이 가진 값어치밖에, 그 이상으로 만들 줄을 모른다. 내 방식으로는 아무것도 재료에 보태줄 수 없다. 그 때문에 내게는 그 자체로 잡힐 거리가 많고, 그 자체로 빛나는 강력한 재료가 필요하다. 내가 평범하고 유쾌한 재료를 잘 다루는 것은, 내 방식을 좇기 위해서이다. 나는 세상 사람들이 하는 식으로 엄숙하고 음침한 예지를 즐기지 않는다. 그리고 장중하고 엄숙한 재료를 잘 취하는 내 문체—나의 형편없고 무질서한 말투나, 아마파니우스와 라비우스처럼 비속한 사투리나, 정의할 수 없는 방식과 구분도 결론도 없이 혼란스러운 것을 문체라고 불러야 한다는 말인데—를 유쾌하게 만들려는 것이 아니라, 스스로 즐거워지기 위해서이다.

나는 사람을 대할 때 기분 좋게도 즐겁게도 마음 가볍게도 해줄 줄 모른다. 세상에서 가장 재미있는 이야기도 내 손에 걸리면 무미건조해진다. 나는 정직하게 말할 줄밖에 모른다. 내 동료들 중에 많은 자들이 그러하듯이 아무하고나 닥치는 대로 이야기하며 사람들의 주의를 끌고, 아무 재료나 만나는 대로 사용할 줄 알며, 상대하는 자들의 기분과 이해 정도에 맞추어줄 줄 아는 아량을 가지지 못하였다.

그렇기 때문에, 왕의 귀를 온갖 말로 지루하지 않게 해주는 그런 재간이 내게는 없다. 임금들은 딱딱한 이야기는 전혀 즐기지 않는다. 그리고 나는 헛된 이야기를 즐기지 않는다. 사람들이 일반적으로 가장 잘 받아들이는 일차적으로 가장 쉬운 논법을 나는 사용할 줄 모른다. 나는 설교자로서는 낙제생이다. 모든 재료에 관하여 나는 내가 아는 가장 마지막 일을 즐겨 말한다. 키케로는 철학 논문에서 가장 어려운 부분은 서론이라고 하지만, 사실이 그렇다 하더라도 나는 결론에 집착한다.

우리는 모든 종류의 곡조에 줄을 맞추어놓아야 한다. 가장 높은 곡조는 가장 드물게 연주된다. 의미 없는 내용을 전개시키는 데에는 무게 있는 내용을 지탱해 나가는 것과 마찬가지로 완벽한 재주가 필요하다. 때로는 사물들을 피상적으로 다루어야 하고, 때로는 깊이 파고들어야 한다. 사람들은 대부분 사물을 피상적으로만 파악하므로 얕은 단계에 머물러 있다. 그러나 크세노폰이나 플라톤 같은 위대한 스승들은 흔히 이 얕고 범속한 방식으로 능쳐 사물들을 다루며, 그들에게 무궁무진한 우아미로 흥을 돋우어간다.

그밖에도 내 언어는 유창하고 매끈한 맛이 없는 대신, 거칠고 오만하며 멋대로 노는 방종한 경향이 있다. 그리고 내 판단은 아닐지라도 경향으로는 이대로가 내 취미에 맞는다. 그러나 나는 때때로 지나치게 이런 식으로 흘러 기교와 허식을 피하려다 도리어 다른 면으로 빠져듦을 느낀다.

간결하려고 노력하다가
나는 난삽(難澁)함에 빠진다.
― 호라티우스

플라톤은 말하기를, 길고 짧은 것은 문장의 가치를 줄이지도 늘리지도 않는 소질이라고 하였다. 내가 고르고 잘 정돈된 다른 문체를 따른다면, 도저히 거기에 도달하지 못할 것이다. 그리고 살루스투스 문장의 간결미와 격조의 높음이 내 기분에 더 맞지만, 카이사르의 문체는 더 위대하고 더 모방하기 어렵다. 그리고 내 경향은 한층 세네카 화법의 모방으로 기울지만, 플루타르코스의 문장을 더 평가하는 데 망설이지 않는다.

나는 행동에서와 같이 말하는 데에도 단순히 내가 타고난 방식을 좇을 뿐이다. 아마도 그 때문에 나는 글쓰기보다도 말하기에 더 능한 것이리라. 동작과 행동은 말에 활기를 준다. 내가 그러하듯 특히 몸을 갑자기 움직이며 흥분 잘하는 자들일수록 더욱 그렇다. 거동, 용모, 목소리, 의상, 태도 등은 수다와 같이 그 자체에는 아무런 가치도 없는 사물들에 가치를 준다. 타키투스에 나오는 메살라는, 그 시대에 유행하는 몸에 꽉 끼는 의상과 웅변가들이 연설할 때 올라앉아야 하는 의자가 웅변의 힘을 약화시킨다고 불평한다.

나의 프랑스 어는 내 고향 사투리가 거칠기 때문에 발음 등이 변질되어 있다. 나는 남쪽 사람들치고 사투리가 심하지 않고 순수한 프랑스 어를 익혀 귀에 거슬리지 않도록 말하는 사람을 본 일이 없다. 그렇다고 내가 페리고르 어에 썩 능하다는 것은 아니다. 사실 나는 그 말이나 독일어나 마찬가지로 별로 쓰지 않으며, 그렇게 해도 내게는 아무런 불편이 없다. 이 말은 내 주위의 이쪽이나 저쪽 다른 지방인 포아투나 생통주, 앙구무아나 리모주, 그리고 오베르뉴 사투리같이 무르고 길게 끌며 수다스럽다. 저 위 산중에는 가스코뉴 어가 있는데, 그 말은 무척 아름답고 야무지며, 짧고 함축성이 있어, 내가 들어본 어느 다른 지방의 말보다도 더 남성적이고 군대식이다. 프랑스 어의 우아하고 미묘하고 풍부한 맛과 대등하게 이 말은 줄기차고 강하고 직설적이다.

라틴 어로 말하면 내가 모국어처럼 배운 말이지만, 쓰는 습관을 버렸기 때문에 그 말은 일찍이 사용할 수 없게끔 되었다. 전에는 라틴 어에는 선생이란 말을 들었는데, 지금은 글 쓰는 것조차 못하게 되었다. 그래서 나는 이 방면에도 그렇게 대단하지 못하다.

아름다운 용모는 사람들과의 교제에서 중요한 추천장이며, 사람들 사이에서 화합을 이루는 좋은 방편이다. 사람이 아무리 거칠고 퉁명스럽다 해도 그 아름다움에 전혀 마음이 움직이지 않는 자는 없다. 육체는 우리 인생에서 큰 몫을 차지하며, 그만큼 그 역할도 크다. 그 때문에 신체의 구조와 기질을 존중하는 것은 당연한 일이다. 우리의 이 두 가지 중요한 부분을 떼어 분리시키려고 하는 것은 잘못이다. 이 둘을 짝지어 맞추어놓아야 한다. 영혼에게는 육체에서 떨어져나와 육체를 경멸하고 저버리는 것이 아니고 — 영혼 역시 그렇게 하려고 해도 꾸며댄 원숭이 노릇밖에 하지 못할 것이다 — 반대로 육체와 결합하여, 그것을 애지중지하고, 제어하며, 충고하고, 부추기며, 길을 잘못 들 때는 다시 이끌어와 마침내는 결혼까지 하여 육체의 남편 노릇을 하며, 그들이 해낸 성과가 반대되는 것이 아니라, 서로 조화를 이루어 한 길로 나가도록 해야 한다고 영혼에게 명해야 한다.

기독교도들은 이 통합에 관하여 특수한 교육을 받고 있다. 그들은 하나님의 정의가 육체와 영혼의 협조와 결합을 허락하며, 육체에게 영원한 보상을 받을 수 있게 하고, 그리고 인간이 그 공적에 따라서 벌을 받거나 상을 받도록 하는 것을 안다.

모든 학파 중에서 가장 교제적인 페리파테티크 학파는 현자에게, 단지 제휴된 두 부분들에 공통되는 선(善)을 만들어 제공하는 배려만을 맡긴다. 그리고 다른 학파들이 이 융합에 관한 고찰에 집착하지 않기 때문에 같은 과오에 빠져 어느 학파는 육체 편에, 다른 학파는 영혼 편에 편파적으로 기울어 자기들의 주체인 인간과 그들이 일반적으로 자기들의 안내자라고 인정하는 본성을 격리시키고 있음을 보여준다.

인간들 사이에 있었던 최초의 우대와 다른 자들에 대하여 상위를 내준 최초의 배려는 분명히 아름다운 용모의 장점을 보아서 한 일일 것이다.

그들은 토지를 나누며, 용모와

체력과 소질에 따라서 분배한다.

아름다운 용모는 크게 평가되고 체력은 존숭(尊崇)되었기 때문이다.

—루크레티우스

내 키는 중키가 좀 못된다. 이 결함은 그 자체로써 보기 싫을 뿐 아니라, 바로 책임자의 직책을 맡은 자에게는 더욱 불편한 조건이다. 왜냐하면 훌륭한 외모와 체구의 위풍당당함이 주는 권위가 부족하기 때문이다.

마리우스(Gaius Marius)는 키가 여섯 자가 못 되는 군졸은 잘 받아들이지 않았다. 《궁신론(宮臣論)》에서는, 그가 훈련하는 귀족을 위하여 다른 키보다는 차라리 보통의 키를 원하고, 사람들에게 손가락질 받을 만한 특징의 용모와 체격을 거절한 것은 당연한 일이다. 그러나 키에 넘치는 것보다 모자라는 것을 택해야 한다면, 나는 군인으로는 그를 뽑지 않겠다. 키 작은 사람들은 귀엽기는 하지만 수려하지 못하며, 몸집과 키가 큰 신체에 훌륭한 풍채가 엿보이듯 위대한 행동에서 위대한 심령을 알아볼 수 있다고 아리스토텔레스는 말한다.

에티오피아 인들과 인도인들은 그들의 임금과 관리들을 뽑을 때 체격이 당당하고 키가 큰 것은 염두에 두었다고 하는데, 그러한 규정은 의미 있다. 키가 크고 몸집이 당당한 장수가 군대 선두에서 걸어가는 것을 보면, 그를 따르는 자들에게는 존경심이 일어나고 적군에게는 공포심을 일으키기 때문이다.

첫줄에는 투루누스 자신이 무기를 들고 당당한 몸집으로,

머리는 군중 위로 드러내고 위풍당당하게 나아간다.

—베르길리우스

우리가 그분의 모든 사정을 조심성과 신앙심과 존경심을 가지고 주목해야

할 하늘에 계신 거룩하신 하나님도 훌륭한 신체의 권장을 거부하지 않았다.

"그는 인간의 아들들 중에 가장 아름다운 용모였다."(《시편》)

그러므로 플라톤은 그의 국가의 수호자들이 절제와 용기와 아울러 아름다운 용모를 갖기 원한다.

그대의 집 사람들 중에서 누군가 그대에게 말을 걸며 '나리는 어디 계신가?' 하고 이발사나 서기한테 하는 인사밖에 안 되는 말로 물어본다면 울화통이 터질 것이다. 저 가련한 필로포에멘이 그런 창피를 당했다. 그는 자기를 기다리는 집에 자기 패들보다 먼저 도착했는데, 그의 외모가 변변치 않았기 때문에 집주인은 그를 알아보지 못하고 그에게 필로포에멘을 대접하기 위하여 여자들을 거들어 물을 긷고 불을 피워달라고 하였다. 자기 패의 신사들이 와서 그가 이 훌륭한 일을 하고 있는 것을 보고 — 왜냐하면 그는 명령받은 것을 그대로 실행하고 있었기 때문이다 — 무엇을 하고 있느냐고 물었다. 그러자 그는 대답하였다.

"나는 내 못난 꼴의 값을 치르고 있소."

다른 종류의 아름다움은 여자에게 필요하지만 신장의 아름다움만은 남자들에게 해당된다. 몸집이 작으면 이마가 넓고 둥글건, 눈이 빛나고 상냥하건, 코의 크기가 알맞건, 귀와 입이 작건, 이가 고르게 나고 희건, 갈색 피부에 갈색 수염이 보기 좋고 그럴듯하건, 머리털이 곱슬곱슬하건, 머리가 알맞게 둥글건, 얼굴빛이 하얗건, 용모가 부드럽건, 몸에서 냄새가 나지 않건, 팔다리가 알맞은 비율이건 간에 그를 풍채 좋은 남자로는 만들지 못한다.

어떻든 나는 몸이 굳세고 균형이 잡혀 있으며, 얼굴은 통통하기보다는 탄력 있고, 기질은 쾌활함과 우울함의 중간이며, 적당히 혈기 있고 정열도 있으며 —

나의 다리와 가슴팍엔 털이 무성하며,
— 마르티알리스(Marcus Valerius Martialis)

그리고 억세고 경쾌한 건강으로 나이가 상당히 든 지금까지 병으로 고생한 일이 거의 없었다고 기억된다. 사실 난 마흔을 넘은 지 오래지만, 지금 이 시간에도 노년의 길에 들었다고는 생각지 않는다.

청춘의 힘과 정기는 점점 없어지고,
나이와 함께 우리는 늙어간다.
—루크레티우스

이제부터 내가 되어갈 것은 반쪽의 존재이며, 그것은 이미 내가 아니다. 나는 날마다 조금씩 사라지며, 내 자신에게서 빠져나간다.

흘러가는 세월은 하나하나 우리의 행복을 빼앗아간다.
—호라티우스

나는 재간과 민첩성을 가져보지 못했다. 그렇지만 나는 대단히 쾌활한 성격을 노령까지 계속 유지하신 아버지의 아들이다. 신체의 훈련으로 그에 비할 만한 인물을 나는 아직 본 일이 없다. 내가 달음박질 말고는—이것은 중간쯤은 갔다—나를 이기지 못하는 인물을 본 일이 없는 식이다. 내 목소리는 성악에 부적당했고 악기도 잘 다루지 못했기 때문에 아무도 내게 음악을 잘 가르쳐줄 수 없었다. 춤과 테니스와 투기에서는 극히 변변치 않은 능력밖에 발휘하지 못했다. 수영과 격검에 봉고도(棒高跳)와 도약은 전혀 못한다. 손은 너무 투박하여 자신을 위해서도 글씨를 쓰기가 힘들다. 그래서 내가 끼적거려놓은 것을 풀어 읽기보다는 아예 다시 쓰는 편이 힘이 덜 든다. 다시 써보아도 잘 읽히지 않는다. 내가 말할 때 내 말을 들어주는 사람들은 힘이 드는 것 같다. 그렇지만 않다면 쓸 만한 학자일 텐데.

나는 편지 하나 똑바로 접을 줄 모르며, 펜촉을 깎을 줄 모르고, 식사에 초대받아서도 먹음직한 것 하나 잘라낼 줄 모른다. 말에 안장 하나 얹지 못하고, 매 한 마리 주먹에 얹어 다니며 놓아주고를 모르고, 개나 새나 말에게 말 한 번 걸지 못한다.

나의 육체적인 소질들은 결국 내 영혼과 아주 잘 조화된다. 경쾌한 맛은 하나도 없으나, 다만 충만하고 견고한 정력이 있다. 나는 고된 일을 잘 참아낸다. 내 의지로 그렇게 할 생각이 있어 그런 욕망에 이끌렸을 때에만 말이다.

> 일의 쾌감은 고됨을 잊게 한다.
> ─호라티우스

내가 쾌감에 유인된 것이 아니라면, 그러니까 내가 순수한 자유의지 없이 다른 지도자 밑에 있다면 나는 쓸모없는 인간이다. 나는 건강과 생명을 위한 것이 아니면, 다른 일로 내 손톱을 깨물거나, 정신적인 고민과 강제받는 대가를 치러가며 얻고 싶은 것은 아무것도 없는 심경이기 때문이다.

> 그만한 대가로는 바다로 흘러가는 사금을 준다 해도,
> 타고스 강의 모래 전부를 준다 해도 원치 않으리라.
> ─어머니

동시에 나는 본성과 기술에서 극도로 게으르고 극도로 자유분방하다. 나는 수고해 주기보다는 즐겨 피를 내줄 것이다.

내게는 자기 식으로 행하는 버릇을 가진 전적으로 자체 위주의 심령이 있다. 나는 지금 이 시각까지 나를 강제하는 지휘자나 윗사람을 가져본 일이 없기 때문에, 마음 내키는 대로 내 보조로 걸어왔다. 그 때문에 내 성질은 물러지고 남

을 위한 일에는 소용없는 인물이 되었으며, 나 자신에게밖엔 쓸모가 없어지고 말았다. 그리고 나로서는 이 둔하고 게으르며 무위무책(無爲無策)한 성질을 강제할 필요를 느낀 일이 없다. 왜냐하면 나는 태어날 때부터 그런대로 만족할 만한 정도의 재산을 물려받고 있고, 가질 만하게 가졌다고 느낄 정도의 지각을 가졌기 때문에, 나는 더 얻으려고 한 일도 없고, 더 얻어들인 것도 없다.

북방의 순풍은 내 돛을 부풀게 하지 않으며 남방의 역풍 역시 내 행로를 방해하지 않는다. 체력으로나, 재간으로나, 덕성으로나, 가문으로나, 재산으로나,
나는 제일급의 말류(末流)이며, 최하급의 일류에 속한다.
―호라티우스

나는 내 몫에 만족하는 능력밖에 다른 능력이 필요하지 않았다. 그렇기는 하지만, 좋게 생각하면 모든 종류의 조건에서 한결같이 어려운 심령의 조절된 상태이며, 그리고 경험에 의하면 그것은 풍부함보다 부족한 생활 속에서 더 쉽게 찾아볼 수 있는 것임을 우리는 본다. 그것은 우리의 모든 정열의 진행이 그러하듯이, 재물의 탐욕은 재물의 결핍에서보다 그것을 사용하기 위해서 더 맹렬해지며, 절제의 도덕은 인내의 도덕보다 훨씬 더 드물다. 그래서 나는 하나님께서 관대하신 마음으로 손에 넣어준 재산을 순하게 누려갈 필요밖에 느끼지 않았다. 나는 진력나는 노동은 아무런 것도 겪어본 일이 없고, 내 일밖에는 처리해 본 적이 없다. 또 설사 남의 일을 맡아보게 된 일이 있었다 해도 그것은 나를 신용해 재촉하는 일이 없고 나를 알고 있는 사람들의 부탁으로 내가 하고 싶은 시간에 내 방식대로 실행한다는 조건으로 수락한 일이었다. 그야말로 전문가들은 움직이기를 싫어하며 숨을 헐떡이는 타마(駄馬)에게서도 무언가 부릴 점을 찾아낸다.

나는 어릴 때도 순하고 자유로운 지도를 받았고, 엄격한 복종을 강제 받아본 일이 없었다. 이런 모든 조건은 내 기질을 나약하게 하고 근심을 참지 못하게 만들었다. 그래서 내 일에 관한 손실과 혼란까지 왔다. 내 지출의 항목에는 나를 나태하게 먹여 살리고 보살펴주는 데 드는 비용도 계산되어 있다.

이런 일이 바로 주인을 속이고,
도둑들에게 이득을 주는 낭비이다.
—호라티우스

나는 내가 손해보는 것을 좀 덜 정확하게 느끼고 싶기 때문에, 내가 가진 것에 대한 계산을 모르고 지내기를 좋아한다. 나는 나와 함께 살면서 정이 붙지 않고 좋은 능률을 올리지 못하는 자들에게, 나를 속여서라도 외양만은 잘 꾸며달라고 간청한다. 나는 우리가 자주 당하듯 일이 제대로 되어가지 않는 귀찮은 사건들을 감내해 갈 만큼 마음이 견고하지 못하고, 늘 긴장하여 일의 질서를 세우고 정돈하며 처리할 수 없기 때문이다. 그래서 될 수 있는 한 내일을 전적으로 운수에 맡기고, 모든 일이 아주 잘못되어 가는 것이라고 미리 작정해 놓는다. 그리고 최악의 사태를 순하게, 참을성 있게 견뎌내기로 결심한다. 이것이 단 하나 내가 노력하는 일이며, 나의 모든 사색을 그리로 돌리는 목표이다.

한 위험을 당하면 나는 그것을 어떻게 피할까 하는 생각보다 피해도 별수 없다고 생각한다. 그런 일을 당한다 해도 그런 것은 상관없다. 나는 사람들을 조절할 능력이 없으므로 나 자신을 조절하며, 사건들이 내게 맞춰오지 않으면 내가 사건들에 적응해 나간다. 나는 운수를 피하여 모면하거나 거슬러 밀고 나가며, 조심스레 사물들을 나에게 맞도록 꾸며서 이끌어나가는 재주는 전혀 갖지 못했다. 더욱이 거기에 필요한 거칠고 힘든 수고를 견뎌낼 참을성도 갖지 못했다.

이러한 내게 가장 힘든 것은 급한 일에 부닥쳐서 결정을 내리지 못하고 공포와 희망 사이에서 진정을 못하는 일이다. 대수롭지 않은 일을 가지고 심사숙고하기는 귀찮아진다. 그리고 내 정신은 일을 저질러놓고 결말이 어떻게 되건 상관하지 않고 일단 안심하기로 작정하는 것보다 무슨 일에 의문이 나서 숙고하는 우여곡절의 잡다한 동요와 충격을 참아내는 것을 실로 힘들게 느낀다.

나는 큰 충격을 받고 잠을 이루지 못한 적은 드물다. 그러나 조금이라도 무슨 일을 깊이 생각하다 보면 정신이 혼란스러워진다. 길을 가는 때도 마찬가지로, 나는 낭떠러지와 미끄러져 떨어지는 길을 피하고, 그보다는 진흙구덩이에 박히더라도 더 아래로 가려고 해야 더 이상 갈 수 없는 단단한 길로 들어서서, 그곳에서 안정을 찾는다. 나는 불행을 둘러맞추다가 생기는 불확실성 때문에 더 이상 나를 단련시키고 곯리고 하지 않는다. 그보다는 단번에 나를 직접 고통 속으로 밀어넣는 아주 순수한 불행을 당하는 편이 낫다.

불확실한 병폐는 더 심한 고통을 준다.
―세네카

일을 당하면 나는 씩씩하게 처리해 낸다. 일의 처리는 유치하게이지만. 그리고 추락에 대한 공포심이 내게는 추락 자체보다도 더 심한 열병을 일으킨다. 노름을 하는 일은 촛불 정도의 값어치도 안 된다. 구두쇠는 자기의 성벽 때문에 가난뱅이보다도 더 셈이 맞지 않는다. 그리고 질투하는 사람은 속는 사람보다 더 손해 보게 마련이다. 소송을 하기보다는 아예 포도원을 빼앗기는 편이 불행이 덜하다. 가장 얕은 길이 가장 단단하며 견실성이 있다. 거기에는 자신 이외에는 아무도 없다. 견실성은 여기에 기초를 두며, 전적으로 자기에게 의존한다.

많은 사람들이 알고 지낸 한 귀인의 예에는 철학적인 풍모가 있지 않을까? 그는 젊어서 바람을 피우다가 상당히 나이가 들어서 결혼했다. 이야기에도 명수인 멋진 한량이었다. 바람피우는 아내를 둔 사내들과 말도 많이 했고, 남을 놀리기도 많이 한 것만을 생각하며, 자기는 그런 곤경을 당하지 않으려고 누구라도 돈만 치르면 차지할 수 있는 사회에서 한 여인을 골라서 결혼하였다. 그는 그녀와 인사는 이렇게 하자고 약속을 했다.

"안녕한가, 이 갈보!"

"안녕하슈, 이 속은 서방!"

이렇게 그는 조롱꾼들이 숨어서 하는 욕설을 막고, 험담의 예봉을 꺾었다. 야심으로 말하면 그것은 교만과 이웃간이랄까. 그보다는 딸 뻘이기는 하지만, 내가 출세하려면 운수가 와서 내 손목을 끌고 갔어야 할 것이다. 왜냐하면 불확실한 희망 때문에 수고하며 인생행로의 초두(初頭)에 남의 신용을 얻으려고 하는 자들이 당하는 모든 고난을 겪어내는 일 따위는 나 같으면 못해 냈을 것이기 때문이다.

나는 이 값으로는 희망을 사지 않는다.

―테렌티우스

나는 내 눈으로 보고 내 손에 잡히는 일에 집착한다. 그리고 항구에서 멀리 떠나지 않는다.

한 노는 물을 치고, 한 노는 기슭을 긁으라.

―프로페르티우스(Sextus Propertius)

그뿐만 아니라 사람은 먼저 자기 운수를 내걸지 않고는 영달을 얻는 일이 드물다. 그리고 내 의견으로는 자기가 출생하여 성장해 운수대로 유지하면 충분할 것을, 그 운수를 더 키우기 위해 불확실한 일을 하다가 손에 잡은 것마저 놓치는 일은 어리석은 짓이다. 운수를 못 타서 자기가 살아갈 발판을 닦아 평온하고 안정된 생활을 세워보지도 못하는 자라면 어차피 궁핍에 몰려 운수를 터보아야 하는 이상, 가진 것을 우연의 모험에 던져넣어도 그것은 용서될 만한 일이다.

불행 속에 있을 때는 험한 길을 취해야 한다.
— 세네카

그리고 나는 한 가문의 명예를 맡고 자기 잘못이 아니면 빈궁하게 지낼 까닭이 없는 장남의 경우보다는 차라리 차남 이하로 태어난 자들이 상속재산을 도박에 내던져보아도 변명할 구실이 있다고 본다. 나는 지난날 착한 친구들의 충고를 받아들임으로써 더 간단하고도 쉬운 길을 택하여 지금은 이런 욕망을 버리고 가만히 들어앉아 있다.

우승의 월계관 없이 편안한 생활을 누리는 자.
— 호라티우스

그리고 또 내 역량으로는 위대한 일을 성취할 수 없다는 것을 제대로 판단하고, 지금은 고인이 된 올리비에 재상이 한 말이 생각난다. 그는, 프랑스 인들은 마치 이 가지에서 저 가지로 기어 올라가며 꼭대기까지 쉬지 않고 올라간 원숭이가 결국 꼭대기에 올라가서는 궁둥이를 드러내 보이는 식이라고 하였다.

힘에 겨운 짐을 머리에 이다가 무릎이 꺾여 바로 짐을 내려놓는 것은 수치스러운 일이다.

— 프로페르티우스

내가 가지고 있는, 책망할 거리가 안 되는 소질들까지도 이 시대에는 소용없음을 알고 있다. 안이한 내 습성을 사람들은 비굴함이나 나약함이라고 부를 것이고, 신의와 양심은 여기서는 소심하고 미신적이라고 할 것이며, 솔직히 터놓은 마음씨는 체면 없고 주책없고 건방지다고 할 것이다. 불행도 소용되는 곳이 있다. 이렇게 심하게 타락된 시대에 태어난 것도 좋은 일이다. 왜냐하면 다른 사람들에 비하여 그대는 싼값으로 도덕군자라는 말을 듣게 되기 때문이다. 시부범(弑父犯)이나 독신한(瀆神漢)밖에 되지 못하는 자는 우리 시대에는 착하고 점잖은 인간이다.

요즘 세상에 그대의 친구가, 그대가 맡겼던 돈을 부인하지 않고,
그대의 녹슨 동전이 든 지갑을 그대로 돌려준다면 그것은 토스카나의 서적에 기입될 만한 기적으로, 마땅히 양을 희생으로 바쳐서 축복할 가치가 있다.

— 주베날리스

그리고 지금 이 시대와 이 장소에서만큼 군주들을 위하여 선생과 정의에 대한 더 확실하고 더 위대한 보답이 제공된 일은 없었다. 가장 먼저 이 방법으로 은총과 신용을 얻으려고 일을 추진시켜 갈 생각을 가진 자가 있는데, 만일 그 자가 힘 안 들이고 그의 동료들보다 선수를 잡지 않는다면 나는 실망할 것이다. 힘과 폭력으로 어떤 일을 할 수는 있다. 그러나 언제든지 무슨 일이라도 할 수 있는 것은 아니다.

장사꾼이나 마을의 재판관들과 장인(匠人)들이, 용감성과 군사지식에서 귀

족들과 대등한 것을 볼 수 있다. 그들은 공적으로나 사적으로나 명예롭게 전투한다. 그들은 우리 전쟁에서 도성들을 공격하고 방어한다. 한 군주의 위엄도 이런 군중 속에서는 묻혀버린다. 그가 아무리 인의(仁義)와 진리와 신의와 절도, 특히 정의로 빛나 보여도, 그런 것은 이 나라에서는 드물고, 알아보는 이도 없고, 이미 밀려난 표징(表徵)들이다.

그는 오로지 백성의 의사에 의해서만 자기의 일을 처리할 수 있다. 그런데 어느 다른 소질도 이런 소질만큼 그들의 의사에 영합될 수 없다. 이런 소질이 다른 것보다 훨씬 더 그들에게 유익하기 때문이다.

선(善)보다 더 인기 있는 것은 없다.
―키케로

이런 데에 비교해 보면 나는 위대하고 희귀한 인물로 보였을 것이다. 마치 단지 복수심을 절제하고, 남에게 받은 모욕을 그냥 넘겨버리고, 약속을 지키는 데에 진지하고, 겉과 속이 다르지 않고, 술책을 쓰지 않고, 또한 남의 의사에 따라, 사정에 따라 자기 신앙을 조절하지 않는 것을 보아도, 그리고 다른 더 강력한 소질이 결합되지 않으면 범속하게 보였던 지난 어느 세기의 인물들과 비교해 보면, 나는 난쟁이 족속의 속물로 보였을 것과 같은 식이라고나 할까.

나 같으면 일을 하려고 내 신앙을 비틀기보다는 차라리 일의 목이 부러지게 그냥 둘 것이다. 지금 이 시대에 신용을 얻고 있는 가면과 은닉이라는 새 도덕으로 말하면, 나는 그것을 무엇보다도 증오한다. 모든 악덕들 중에 어느 것도 그만큼 비굴하고 천박한 것은 없다고 생각한다. 사람이 가면 밑으로 변장하고 다니며 있는 그대로의 자기를 감히 나타내 보이지 못한다는 것은 노예적인 비겁함의 절정이다. 이런 것으로 요즈음 사람들은 배신의 훈련을 받는다. 거짓말을 하도록 길들여졌기 때문에 그들은 약속을 어기고도 양심에 가책을 느끼지 않는다. 덕망 있는 자는 자기 사상을 배반하지 않는다. 그는 마음을 속속들이 들여다보게 둔다. 그 속이 모두 착하든지, 또는 적으나마 그 모든 것은 인간답다.

아리스토텔레스는 터놓고 미워하고 사랑하는 것과, 전적으로 솔직하게 판단하고 말하는 것, 그리고 진실의 대가로 타인들의 찬성과 반대는 문제삼지 않는 것을 큰 도량의 의무라고 간주한다.

아폴로니우스(Apollonios)는, 거짓말은 노예가 할 짓이고, 진실을 말하는 것은 자유인의 할 일이라고 하였다. 진실은 도덕의 가장 기본적인 요소이다. 진실은 그 자체를 위하여 사랑해야 한다. 대체로 진실을 말하지 않으면 안 되게 되고, 자기에게 소용되기 때문에 진실을 말하거나, 아무에게도 상관이 없을 때는 거짓말하기를 두려워하지 않는 자는 충분히 진실하지 못한 자이다. 내 심령은 그 기질이 거짓말을 기피하며, 그것을 생각하는 것조차 싫어한다. 가끔 그런 일이 생기지만 어쩌다 나도 모르게 주책없이 마음이 동요되어 거짓말을 하게 되는데, 그럴 때면 나는 마음으로 수치심을 느끼며 가슴이 아프도록 양심의 가책을 받는다.

사람은 언제나 모든 일을 말할 필요는 없다. 그것은 어리석은 일이기 때문이다. 그러나 말하는 바는 생각하는 것과 같아야 한다. 그렇지 않으면 그것은 악의이다. 사람들이 끊임없이 거짓을 꾸미며 속을 감추는 일은, 그들이 진실을 말할 때도 남이 신용하지 않기를 바라는 것이 아니라면 무슨 이로운 일을 기대하는 것인지 모를 일이다. 한 번이나 두 번은 사람들을 속일 수 있다.

그러나 우리 왕들 가운데 몇몇이 하던 것처럼, 자기들은 속을 감춘다고 공언하며, 만일 셔츠가 그들의 진실한 의도를 알고 있다면, 이 셔츠를 불에 처넣겠다¹고 거짓을 꾸밀 줄 모르는 자는 나라를 다스릴 줄 모른다고 자랑하는 것은

---

1 마케도니아의 메텔로스가 한 말이다.

그들과 상종하는 자들에게 자기들이 말하는 것은 사기와 거짓말에 지나지 않는다는 것을 알려주는 수작이다.

"인간이 약고 기만을 잘할수록, 정직하다는 평판을 잃은 뒤에는 더욱 배척당하고 의심받는다."(키케로)

티베리우스가 하던 식으로 속과 겉을 항상 다르게 가지는 자들의 용모나 말에 넘어가는 것은 대단히 순박한 자들의 일이다. 그리고 현금으로 받아들일 수 있는 말은 아무것도 내놓지 않는 이런 인간들이, 사람들과 무슨 교섭을 가질 수 있다는 것인지 정말 모를 일이다.

진실에 불충실한 자는 거짓에도 불충실하다.

우리 시대에 군주의 의무를 규정함에, 오로지 정책의 편의만을 고려하고 신의와 양심을 지키는 것을 중요하게 여기지 않는 자들은, 단 한 번 약속을 어긴 덕택으로 정치의 기초를 굳힐 수 있었던 제왕에게는 배신이 부득이했다고 할 것이다. 그러나 일이란 반드시 그렇게 되지만은 않는다. 사람들은 자주 같은 교섭에 부닥친다. 한평생에 여러 번 강화도 하고 조약도 맺는다. 그들에게 처음으로 불신행위를 하게 한 이득―그리고 다른 모든 악질 행위에서와 같이, 거기서는 거의 늘 이득이 생긴다. 신에 대한 모독, 살인, 반란, 배반 등은 어떠한 성과를 바라기 때문에 기도된다―은 다음에 무한한 손해들을 끌어오며, 또한 불신행위를 한 군주는 그 배신행위 때문에 모든 교섭과 협상을 맺을 모든 방법을 잃는다. 내가 어렸을 적의 일이다. 약속이나 조약을 지키는 데 별로 조심하지 않는 종족인 오토만 족의 솔리만은, 그의 군대를 오트란토에 상륙시켰을 때, 앞서 협약한 바와는 반대로 메르쿠리노데 그라티나레와 카스트로의 주민들이 항복하고 나서 포로가 되어 잡혀 있다는 사실을 알고, 그들을 방면하라는 명령을 보냈다. 그리고 이 나라에 대한 다른 거대한 계획도 세우고 있는 터이며, 이런 불신행위에 대해서는 당장 어떤 드러난 이익이 있다 하여도 미래에 비난과 불신을 초래하여 극히 불리한 사태를 초래할 것이라고 말하였다.

그런데 내 생각에는, 속을 감추고 아첨하는 것보다는 차라리 극성스럽고 조심성 없이 행동하는 편이 낫다. 내가 이렇게 다른 사람은 염두에 두지 않고 전적으로 자기를 드러내놓은 태도에는, 어떤 교만과 고집이 들어 있을 수 있다고 자백한다. 나는 그렇게 해서는 안 될 곳에서 너무 방자하게 놀며, 상대방을 무시하고 열을 올리는 일이 있는 듯하다. 역시 재간이 없어서 그렇게 하는 것이 본성대로 노는 것일지도 모른다. 나는 집에서 하는 버릇인 방자한 화법과 태도를 세도가들 앞에서도 가지며, 그것이 얼마나 버릇없고 실례되는 일인가를 느낀다. 그러나 내 인품이 이렇게 생겼을 뿐 아니라, 나는 사람이 갑자기 물어보는 것을 살짝 비켜서며 딴전을 부리거나 진실을 숨기는 재치도 없고, 그것을 유지할 만한 자신감도 없다. 속이 약하기 때문에 겉으로 강한 체한다. 그 때문에 나는 순박성을 그대로 드러내놓고 늘 생각하는 대로 말한다. 내 기질과 이성이 그렇기 때문에 나는 그 결과가 되어가는 것을 운수에 맡겨둔다.

아리스티포스(Aristippos)는 말하기를, 그가 철학에서 끌어낸 주요한 성과는 아무에게나 자유로이 터놓고 말하게 된 일이라고 하였다.

기억력이란 놀랍게도 쓸모가 있으며, 그리고 그것 없이는 판단력이 거의 제 구실을 하지 못하는 도구이다. 내게는 이 기억력이 전혀 없다. 누가 내게 무엇을 제안하려면 조금씩 나누어 내놓아야 한다. 왜냐하면 여러 잡다한 조항이 들어 있는 문제에 대답하기란 내 힘으로는 불가능한 일이기 때문이다. 나는 수첩에다 적어넣지 않고는 남의 부탁을 맡을 수 없다. 그리고 중요한 일에 관하여 연설을 해야 할 경우, 그 말이 길 때에는 내가 해야 할 말을 한 마디 한 마디 외우지 않으면 안 되는 비굴하고도 가련한 궁지에 몰리게 되고는 한다. 그렇게 하지 않으면 기억력이 나빠서 실수나 하지 않을까 하는 걱정 때문에, 체면도 자신도 갖지 못한다. 그러나 이 방법도 그렇게 쉬운 일은 아니다. 세 줄의 시구를 외우자면 세 시간은 걸린다. 그리고 내가 쓰는 글에는, 순서를 바꾸고 말을 고치고, 재료를 끊임없이 갈아넣는 자유와 권한을 사용하고 있기 때문에 기억에 담아두기가 더욱 힘이 든다.

그런데 이렇게 기억력을 믿지 못할수록 내 기억은 더욱 엉키고 혼란스러워진다. 아무렇게나 말할 때 오히려 기억은 더 순조롭다. 마음을 편하게 먹고 기억이 우러나기를 축원해야만 한다. 생각해 내려고 안달하다가는 그만 기억이 놀라고 말기 때문이다. 그리고 기억은 한 번 흔들기 시작하면 캐어들어 갈수록 점점 더 헝클어지며 막혀버리고 만다. 기억은 자기가 오고 싶은 시간에 오는 것이지 내가 바라는 시간에 오는 것이 아니다.

이 기억력에서 느끼는 바를 나는 여러 다른 부분에서도 느끼고 있다. 나는 지휘하거나 책임지거나 강제 받는 일은 피한다. 내가 쉽사리 자연스럽게 하는 일이라도 일부러 떠맡겨서 엄격한 명령으로 하도록 명령받으면, 나는 그만 그 일을 할 수가 없어진다. 신체의 다른 부분에 관해서도, 그 자체에 특수한 자유와 권한을 가진 기관은 어느 시간, 어느 점에서 결부시켜 필요한 일을 하라고 시키면 가끔씩 거부할 때도 있다. 이렇게 전제적으로 강제하여 미리 정해 주는 일은 해당 신체의 기분을 상하게 한다. 그것은 공포와 울분으로 오그라들며 기운이 마비된다.

얼마 전 사람들이 술을 마시라고 권하는 말에 응하지 않으면 안 될 자리에 나갔을 때, 나는 거기서 자유롭고 예의바른 대접을 받으며 그곳 습관에 따라 참석한 부인들을 위하여 잘 어울려주려고 애썼다. 그런데 일은 재미있게 되었다. 왜냐하면 나는 습관과 본성에서 벗어나야 한다는 위협감과 긴장감 때문에 목구멍이 죄어들어서 술을 한 방울도 마실 생각이 나지 않았고, 식사에 필요한 술마저도 마시지 못하고 말았기 때문이다. 나는 상상력에 몰입되어, 마시지 않고도 목이 축축하고 취한 듯한 기분이었다.

이런 효과는 상상력이 풍부하고 맹렬한 자들에게 더욱 현저하게 나타난다. 이러한 현상은 극히 자연스러운 일이며. 조건이 그러한 상황으로 몰아갈 때 그렇게 느끼지 않는 사람은 거의 없다. 누가 사형선고를 받은 한 탁월한 궁수에게 뛰어난 궁술을 시험해 보이면 그의 생명을 구해 주겠다고 제안했다. 죽음을 앞둔 궁수는 그러나 그 시도를 거절했다. 그는 자기가 너무 긴장한 탓에 손이 제대로 움직이지 않아 생명도 구하지 못하고 활쏘기 명수라는 평판까지 잃지 않을까 두려웠던 것이다.

생각이 다른 데에 있는 사람은 자기가 늘 거닐고 있는 길을 똑같은 수의 걸음으로 거의 한치의 오차도 없이 걸어간다. 그러나 만일 재거나 헤아리며 주의를 기울이면, 평상시에 아무렇게나 할 때에는 잘되던 일도 그렇게 정확하게 맞지 않는다. 한번 해보면 그러한 사실을 확인할 수 있을 것이다.

내 서재는 이 마을 서재들 중에서도 훌륭한 축에 들며, 내 집 한구석에 자리 잡고 있다. 어쩌다가 문득 한 상념이 떠오르거나, 서재로 올라가 찾아보고 적어두어야 할 때면, 단지 안마당을 건너다가 생각을 놓칠까 두려워 나는 그것을 다른 사람에게 맡겨두어야 한다. 누구와 이야기하다가 그 화제에서 조금이라도 벗어나는 짓을 하다가는 반드시 기본 줄기를 놓치고 만다. 그래서 나는 일을 명령할 때는 일부러 말을 적게 한다. 나는 집에서 부리는 자들도 직책이나 태어난 고장의 이름으로 불러야만 한다. 나는 그들의 이름을 잘 기억하지 못하기 때문이다. 실로 나는 그 이름이 세 철자로 되었고, 소리가 억세고, 어느 글자로 시작되거나 끝난다는 것은 말할 수 있을 뿐이다.

내가 오래 살아간다면, 다른 자들처럼 나 자신의 이름마저 잊어버리지 않을 것이라고 자신 있게 말하지도 믿지도 못한다. 메살라 코르비누스(Marcus Valerius Messalla Corvinus)는 2년 동안 전혀 기억의 자취도 없이 지냈다. 조르주 드 트레비종드에 관해서도 같은 말이 전해지고 있다. 나는 내 처지로 보아 그들의 인생이 도대체 어떠했는가, 그리고 기억력 없이 내가 어떤 안락을 누리며 삶을 지탱할 구실이 남아 있나 하며 가끔 혼자 생각해 보기도 한다. 만일 이 결함이 전적인 현상으로 나타난다면 심령의 모든 기능이 상실되지는 않을까 염려된다.

"기억력은 단지 철학에 관계되는 부분뿐 아니라, 인생의 실천에 관계되는

모든 것과 기술들에 필요한 유일한 용기이다."(키케로)

나는 온몸에 구멍이 뚫렸다. 나는 사방으로 새어나간다.
—테렌티우스

나는 세 시간 전에 내가 주었거나 또는 남에게서 받은 암호를 잊어버리고, 그리고 키케로가 뭐라고 말하건, 내 지갑을 어디에 감추어두었던가를 잊어버리는 경우가 한두 번이 아니다. 나는 특별히 주의하여 간직하는 것은 오히려 더 잘 잃어버린다.

기억력이라는 것은 학문을 담는 그릇이며 집이다. 나는 기억력이 너무 없어서 아무것도 알지 못한다고 하지만, 그렇게 서러워할 일만은 아니다. 나는 대개 기술의 이름과 그런 것이 무엇을 취급하는가는 알고 있다. 그러나 그 이상은 모른다. 나는 책을 뒤적거리기는 하지만 공부는 하지 않는다. 거기서 내게 남는 것은, 벌써 남의 것이라고 인정하지 않는 내용이다. 단지 이것이 내 판단력이 얻은 소득으로, 그 사상과 관념 등으로 내 판단력은 구성된다. 그 작가, 그 글의 소재, 그 어구, 그리고 다른 사정들은 그 자리에서 잊어버린다.

나는 너무나 잘 잊어버려서 내가 쓴 문장과 글귀까지도 다른 것과 마찬가지로 잊어버리고 만다. 나는 생각도 안 나는데 사람들은 종종 내 《수상록》을 인용하곤 한다. 누군가 내가 이 책에 쌓아놓은 시구와 예문들이 어디서 왔는가를 알고 싶어 내게 묻는다면, 나는 그 대답에 당황스럽고 또한 여간 난처해지는 게 아닐 것이다. 풍부하고도 명예로운 작가의 손으로 된 것이 아니면 내용이 풍부한 것만으로 만족하지 않고, 잘 알려진 유명한 대가의 문장에서밖에 구걸해 오지 않았기 때문에, 여기서는 권위가 사리와 정확하게 합치되어 있다. 내 작품이 다른 서적들과 거의 같은 운명을 걷게 되며, 내 기억력이 내가 읽는 것과 함께 내가 쓰는 글을, 그리고 내가 받는 것과 아울러 내가 주는 것을 잊어버리게 한다고 해도 놀랄 만한 일은 아니다.

기억력이 나쁜 외에도, 내게는 무식을 거들어주는 다른 결함들이 있다. 나는 머리가 둔하고 무디다. 조금만 흐릿한 점이 있어도 그만 거기에 걸려서, 예를 들면, 아주 쉬운 수수께끼조차 풀어볼 엄두를 내지 못한다. 나는 극히 쉬운 간교(奸巧)함에도 당황한다. 머리를 써야 하는 노름으로, 장기나 트럼프, 바둑 따위는 대강 노는 방법밖에 모른다.

이해력은 느리고 혼탁하다. 그러나 한번 이해한 것에 대해서는 기억하고 있는 동안은 매우 보편적으로 긴밀하고 심오하게 파악한다. 내 관찰력은 멀리 뻗치고 건전하며 온전하다. 그러나 노력하는 데 따라 쉽게 피로해지며 흐려진다. 이런 경우 나는 남들의 도움을 받지 않고는 오래도록 책들과 교섭을 갖지 못한다. 젊은 플리니우스(Plinius)는 이러한 방편을 시도해 보지 않은 자들에게, 이런 지체(遲滯)가 이 직업에 전념하는 데 얼마나 중요한가를 가르쳐주고 있다.

아무리 허약하고 조야한 심령에도, 잘 찾아보면 장점이 있는 법이다. 아무리 묻혀 있는 정신이라도 어느 부분으로든지 튀어나온 귀퉁이가 있게 마련이다. 그리고 다른 일에는 모두 맹목적이고 잠들어 있는 정신이, 어떻게 하여 어느 특수한 방면에는 생기 있고 명석하게 되는가는 대가들에게 물어보아야만 알 수 있는 일이다. 아름다운 심령들은 보편적인 재질을 가지고 모든 방면에 밝아서 대성할 수 있으며, 교육받은 것이 없더라도 가르쳐볼 수 있는 심령들이다. 이것은 내 머리를 비난하려고 하는 말이다. 왜냐하면 허약해서건 게을러서이건 ─ 우리의 발에 채이는 것이나 우리 손아귀에 들어 있는 것과 같이 일상생활에 더 밀접한 관계가 있는 일들을 아무렇게나 내버려둔다는 것은 내 지론과는 매우 거리가 먼 이야기이다 ─ 알아두지 않으면 수치가 되는 아주 범속한 사물들에 관해서 나만큼 무능력하고 무식한 자는 없기 때문이다. 예를 몇 가지 들어보겠다.

나는 시골 농부들 속에서 출생하고 자랐다. 내가 지금 누리고 있는 재산을 나보다 앞서 소유하고 있던 분들이 그 자리를 내게 물려준 이래로 집안 살림과 일 처리를 내가 맡아보고 있다. 그러나 나는 주판을 쓰거나 펜을 들어 계산할 줄 모르고, 우리가 쓰는 돈의 종류도 대부분은 알지 못한다. 그리고 곡식들은 토지에 있는 것이건, 광 속에 있는 것이건 뚜렷하게 특징이 드러나 있지 않으면 그 차이를 분간하지 못하고, 그리고 밭에 있는 양배추와 상추도 거의 구별할 줄 모른다.

나는 가장 간단한 세간의 이름도 모르며, 아이들도 알고 있는 농사의 기본 지식도 알지 못한다. 기계기술이나 무역, 상품의 지식, 과일류, 포도주, 식료품 등 잡다한 종류와 성질은 더 모르고, 새를 기르는 법도, 말이나 개에게 약을 쓰는 법도 모른다. 그리고 이왕 실컷 흉을 보는 판이니, 누룩이 빵 만드는 데 소용되는 것과 포도주를 발효시키는 것이 무엇인지 모르다가, 사람들 앞에서 창피를 당한 것이 한 달도 안 된다. 옛날 아테네에서는 추측하기를, 나뭇단을 솜씨 있게 잘 묶는 사람은 수학에 재능이 있다고 했다. 사람들은 내게서는 아주 반대되는 결론을 얻을 것이다. 왜냐하면 나는 식사 준비에 필요한 도구를 전부 갖추어 주어도 굶고 있을 수밖에 없기 때문이다.

내가 여기서 고백하는 글을 가지고 사람들은 나에게 불리한 다른 사실도 상상해 볼 수 있다. 그러나 나에 관해 무슨 일을 말해도 나에 대하여 사실대로 알려주는 이상, 나는 내 일을 하는 것이다. 그래서 이렇게 천하고 경박한 말을 감히 글로 적어놓으며, 변명도 않는다. 제목이 비속하니 그럴 수밖에 없다. 내 의도를 비난해도 나로서는 어쩔 수 없는 일이다. 그러나 내 태도는 비난하지 못한다. 아무튼 남이 알려주지 않아도, 이런 일이 가치 없는 짓이고, 내 의도가 미친 수작이라는 것도 알고 있다. 내 판단이 잘못되지 않았으면 그것으로 충분하다. 이 글은 바로 그것의 시도이다.

그대 코가 어떻게 생겼건, 아틀라스 신도

가지고 싶어하지 않을 코라도,

그대가 라티누스 신을 조롱할 수 있을지라도,

내가 나 자신을 말하는 이런 부질없는 소리보다,

더 못난 말은 못했을 것이다. 무엇 때문에 헛되이 씹는가?

씹어서 배불리 먹으려면 고기가 필요하다. 헛수고 말라.

독설(毒舌)은 자화자찬하는 자를 위해 간직해야 한다.

나는 이런 모든 것이 부질없는 일인 줄 너무 잘 안다.

― 마르티알리스

나는 어리석은 짓이 무엇인지 알고 있으며, 그 일로 나를 속이지 않는 이상, 내가 어리석은 일을 말해서 안 된다는 법은 없다. 그리고 바른 정신으로 실수하는 것은 내게는 종종 있는 일이기 때문에, 나는 다른 식으로는 실수하지 않는다. 나는 결코 우연한 사고로 실수하는 일은 없다. 나의 서투른 행동들을 건방진 탓으로 돌리는 것은 별로 큰 문제가 되지 않는다. 왜냐하면 내 악덕스러운 행동들에 대해서는 그런 탓으로 돌리지 않을 수 없기 때문이다. 나는 어느 날 바를르뒤크에서 사람들이 시칠리아 왕 르네의 덕을 추모하며 왕 자신이 그린 자화상을 프랑수아 2세에게 바치는 것을 보았다. 그는 화필로 자기 자신을 그렸는데, 어째서 작가는 펜으로 자기를 그려서는 안 되는가?

그 때문에 나는 대중 앞에 내놓기는 적당하지 않은 이런 흥까지도 잊어버리지 않고 그려낸다. 그 흥이란 세상일의 교섭에 대단히 불리한 결함인 우유부단함을 말한다. 나는 성공이 의심스러운 계획에는 좀처럼 결심이 서지 않는다.

내 속마음은 옳다고도 그르다고도 말하지 못한다.

― 페트라르카

나는 한 의견을 지지할 줄은 알지만, 그것을 택할 줄은 모른다.

인간의 일에 관해서는 어느 판단으로 기울건, 그것을 긍정하게 할 여러 이유가 있기 때문에—그리고 철학자 크리시포스(Chrysippos)는 자기 스승인 제논(Znn of Elea)과 클레안테스에게서 단지 교양만을 배우겠다고 말하였다. 왜냐하면 설명과 이치에 관해서는 그 자신이 충분히 제공하겠다는 것이다—나는 어느 쪽을 돌아보아도 늘 그쪽 의견을 주장하기 위한 이유와 근사성을 찾아낸다. 그래서 나는 사정이 임박하기까지는 의문과, 그리고 택하는 자유를 내게 남겨둔다. 그리고 진실을 말하면, 대부분의 경우 사람들의 말처럼 깃털을 바람결에 던지듯, 모든 일을 운수에 맡긴다. 나는 극히 가벼운 사정을 따라 마음 내키는 방향으로 쏠리고 있다.

마음속에 의문이 있으면 정신은 작은 이유로도 이리저리 끌린다.
　—테렌티우스

내게는 판단이 너무 불확실하여 대부분의 사정들이 모두 똑같이 보인다. 그래서 결정하지 못하고 주저하기 때문에, 제비를 뽑는다든가 주사위를 던져서 결정짓는 것을 좋아할 정도이다. 그리고 성경의 이야기에도, 의심이 나는 일의 선택과 결정은 운수와 우연에 맡기는 습관을 우리에게 남겨놓았다.

"추첨해 보니 마티아스로 결정되다."(《사도행전》)

〈사도행전〉의 예를 보아도 인간의 이성이 얼마나 허약한 것인가를 깊이 주목하게 한다. 인간의 이성은 양쪽으로 날이 선 위험한 칼날이다. 그리고 이성의 가장 긴밀하고 친근한 친구인 소크라테스의 손에 들려주어도 이것이 얼마나 여러 갈래의 모서리를 가진 몽둥이인가를 밝히 알 수 있다.

나는 남의 의견을 좇는 것밖에는 재간이 없다. 그리고 쉽사리 군중이 하는 대로 끌려간다. 나는 사람을 지휘하거나 지도할 만한 힘을 충분하게 가지고 있지 못하다. 나는 내가 나아갈 길을 남이 터놓아 주어야만 안심한다. 불확실한 일들 중에서 택해야 할 경우에 부닥치면, 누구든지 자기 의견에 확신을 가지고 있는 자의 뒤를 따르기도 하며, 기초와 지반이 흔들리는 내 의견보다 더 그의 의견에 가담하고 싶어진다. 그렇지만 나는 반대 의견에도 똑같은 약점이 있는 것을 알기 때문에 한번 잡은 의견을 쉽사리 변경하지 않는다.

"동의하는 습성 자체가 위험하고 위태롭게 보인다."(키케로)

특히 정치문제에서는 동요와 논쟁의 좋은 분야가 열리는 것이다.

그러므로 양쪽 접시에 같은 무게가 실려 있을 때
저울은 어느 편으로 내리지도 오르지도 않는다.
— 티불루스(Albius Tibullus)

예를 들면 마키아벨리의 논법은 그 제목에 관해서는 견고한 논거가 있었다. 그러나 그것을 공박하기는 아주 쉬운 일이었다. 그렇다고 그것을 공박한 자들도 자기들의 이론에 공박당할 재료를 남겨두었다는 말은 아니다.

이런 논법에는 얼마든지 답변, 재답변, 반박, 삼박(三駁), 사박(四駁) 따위의 논거를 찾아볼 수 있으며, 그것은 마치 우리 소송사건의 변론을 위하여 얼마든지 토론을 길게 끌어나가는 논조와도 같다.

우리는 맹렬히 공격당하고, 동일한 살상으로 적을 격파한다.
— 호라티우스

이성은 경험밖에 다른 기초를 갖지 않았고, 인간의 잡다한 사건들은 모든 종류의 형태로 무한정한 예들을 보여준다.

우리 시대의 한 박학한 인물은 말하기를 누가 우리 달력에 덥다고 적힌 날에

춥다고 하고, 건조하다고 적힌 날에 습하다고 하는 식으로, 늘 달력이 예언하는 것을 반대로 말할 때, 그 어느 편에 내기를 걸어야 한다면, 크리스마스에 심한 더위가 온다든지 생장절(節)에 혹한이 온다는 식으로 불확실성이 있을 수 없는 경우를 제외하고는, 어느 편을 잡아도 무관하다고 하였다. 그대는 무슨 역할을 맡게 되더라도 너무 두드러지게 드러나는 원칙에 저촉되지만 않는다면, 다른 동료들과 어울려 훌륭히 해나갈 수 있다.

그렇기 때문에 공적인 일에 관해서는 나이가 차고 지조를 지키기만 하면, 일을 아무리 나쁘게 처리해도 변혁과 동요보다는 더 잘해나가는 것이라고 나는 생각한다. 우리의 풍습은 부패하여 더욱 악화되는 방향으로 기울고 있다. 우리의 법률과 습관으로 말해도, 해괴망측하고 야만적인 것이 얼마든지 있다. 그러나 우리의 사정을 개선하기가 극히 어렵고 이 사회가 붕괴하려는 위험에 처하여 내가 이 사회의 수레바퀴에 쇠막대기를 질러 이 지점에서 정지시킬 수만 있다면, 나는 진심으로 한번 해보겠다.

그보다 더 나쁜 것은 남아 있지 않을 정도로 그토록 가증스럽고 수치스러운 사례는 없다. ·
—주베날리스

우리 사회의 최악의 사정은 불안정성이며, 법률이 우리의 의복과 마찬가지로 아무런 결정된 형태를 잡을 수 없다는 점이다. 인간이 하는 모든 일은 불완전함으로 충만해 있기 때문에, 한 정부가 불완전하다고 비난하기는 아주 쉬운 일이다. 한 백성에게 예로부터 지켜져 오는 습관에 경멸감을 안겨주기는 아주 쉬운 일이다. 인간으로 이런 일을 기도하여 성취해 보지 않은 자는 없을 정도이다. 그러나 그전 것을 부수고, 그 대신 더 나은 상태를 세우는 일을 기도한 자들 가운데 많은 사람들이 헛수고만 하였다.

나는 내 행동에 관하여 신중성을 그렇게 중요시하지 않으며, 세상의 공공질서에 기꺼이 순종한다. 사리를 따지느라고 속을 썩이지 않고, 명령을 내리는 자보다 명령을 받은 것을 더 잘 실천하며, 하늘이 굴러가는 대로 순하게 굴러가는 백성은 행복하도다. 사리를 따지며 논란을 일삼는 자들은 그 복종이 순수하지 못하다.

결국 내 이야기로 돌아와, 자신에게 값어치가 있다고 보는 단 하나의 근거는 어떠한 사람이라도 반드시 가지고 있다. 그런데 스스로 하는 자기 추천은 비천하고 평범하며 범속하다. 도대체 누가 자기에게 지각이 없다고 생각해 본 적이 있었던가? 이것은 그 자체 모순을 품고 있는 제언이다. 이 병은 결코 그것이 이 병이 나타나는 곳에 있지 않다는 데 있다. 이 병은 끈덕지고 억세며, 마치 태양의 눈이 짙은 안개를 뚫듯 환자의 눈의 광선이 한 번 그 증세를 뚫어 보면 당장에 흩어지는 병이다. 이 문제에서는 자기를 비난함은 자기를 변명하는 일이며, 자기를 처단함은 자기를 사면하는 일이 된다. 도둑이건 여자이건 자기 필요에 충분한 지각을 가졌다고 생각하지 않은 자는 없다. 우리는 다른 사람들에게는 용기나 체력, 경험, 민첩성, 미모 등의 장점이 있다고 쉽사리 인정한다. 그러나 판단력의 장점은 아무에게도 양보하지 않는다. 그리고 다른 사람들이 단순하고 자연스러운 추리로 내놓은 논법들은 그쪽을 쳐다보기만 해도 찾아냈을 것같이 보인다. 다른 사람들의 작품에서 볼 수 있는 학식과 문체 등은 그것이 우리의 것보다 우수하다는 사실을 쉽사리 느끼게 한다.

그러나 오성의 단순한 산물들의 경우에는 각자가 같은 것을 자기 속에 찾아본다고 생각한다. 그러나 비교가 안 될 만큼 커다란 차이가 있어 알아보는 경우가 아니면, 그것의 무게와 그것을 얻기가 힘들다는 점을 알아보기는 진정으로 어렵다. 그런 까닭에 나의 이 시도는 권장이나 칭찬을 바랄 구실로는 극히 변변찮은 수련이며, 명성을 떨칠 구실이 되지 못하는 문장의 방식이다.

그대는 누구를 위하여 글을 쓰는가? 책의 판정을 일삼는 학자들은 학문 이외의 다른 값어치를 알아보지 못하며, 우리의 마음에 학식과 기술밖에 다른 것을 용인하지 않는다. 만일 그대가 두 스키피오를 혼동하고 있다면, 그대에게 무슨 쓸만한 말이 남아 있단 말인가. 아리스토텔레스를 모르는 자는, 그들에 의하면 그 일 자체로써 자기를 모르는 것이다. 평범하고 속된 심령들은 고매하고 섬세한 사상의 이치를 이해하지 못한다. 그런데 이 두 가지 전형의 인물들이 세상을 채우고 있다. 세 번째의 부류는 그대가 그들의 손아귀에 걸려들지만 그 자체로 조절되고, 강력한 심령들의 이 부류는 너무나 희귀하기 때문에 우리 사이에는 이름도 지위도 갖지 않는다. 이런 인간들에게 즐거움 주기를 갈망하여 수고해 보지만, 그 반은 헛수고가 된다.

사람들은 일반적으로 말하기를, 자연이 은총을 우리에게 나누어준 가장 정당한 몫은 감각이라고 한다. 자연이 자기에게 분배해 준 감각으로 만족하지 않는 자는 아무도 없으니, 이는 당연한 말 아닌가. 그러므로 그 너머를 넘겨다 보려는 자는 자기 시야 너머를 보려는 것이다.

나는 정당하고 건전한 사상을 가졌다고 생각한다. 그러나 누가 자기의 사상을 생각하지 않을 것인가? 내가 그러한 사상을 가졌다는 최상의 증명의 하나는 내가 나 자신을 대수롭게 평가하지 않는다는 점이다. 이들 사상이 그만큼 확고하지 않았다면, 애정을 거의 전적으로 내 자신에게로 끌어오며 그 너머로 흐트러뜨리지 않는 것이 내 일인 만큼, 내 사상들은 나 자신 속에 특수하게 자리하고 있는 애정에 쉽사리 넘어갔을 것이다. 다른 사람들이 많은 친구와 친지들에게 그들의 영광과 위대성에 분배하는 애정 전부를 나는 모두 내 정신의 안정과 나 자신에게로 끌어온다. 거기서 다른 데로 빠져나가는 몫은 본시 내 이성의 명령에 의한 것이다.

정녕 나를 위해 강하고 튼튼하게 살아가도록 훈련받아서.
— 루크레티우스

내 의견들은 내가 보기에는 내 무능력을 책망하는 데 무한히 과감하고 견실하다. 진실로 이것은 내가 다른 어느 문제보다 더 판단력을 행사하는 부분이다. 세상 사람들은 늘 서로 상대방을 쳐다본다. 그러나 나는 내 눈길을 돌려 내 안을 들여다본다. 각자는 자기 앞만 쳐다보는데, 나는 내 안을 들여다본다. 내게는 나밖에 일이 없다. 나는 끊임없이 나를 고찰하고 검토하며 나를 맛본다. 다른 자들은 잘 생각해 본다면 늘 다른 곳으로 가고 있었음을 알게 될 것이다. 그들은 늘 앞으로 간다.

아무도 자기 안으로 내려가려고 시도하지 않는다.
— 페르시우스(Persius)

나는 내 안에서 굴러다닌다. 내 안에 있는 진실이 무엇이건 그 진실을 추려내는 능력과 내 신념을 쉽사리 굽히지 않는 자유의사를 나는 주로 내게서 얻었다. 내가 가진 가장 견실하고 일반적인 사상들은, 말하자면 나와 함께 출생한 것이기 때문이다. 그것은 자연스럽고 또한 전적으로 내 것이다. 나는 이 사상들을 마냥 단순하고 과감하며 강력한 생산으로, 그러나 좀 뒤섞이고 불완전하게 생산하였다.

그 후 나는 남의 권위에 의하여, 그리고 내가 판단력을 기르는 데 적당하다고 본 몇 사람들의 건전한 사상에 비추어, 내 사상을 세우고 강화시켰다. 그 몇몇 인물들이 내 사상을 확고히 파악하게 하였고, 그것을 더 완전히 누리고 소유하게 하였다. 각자가 활기 있고 기민한 재치로 남의 칭찬을 받으려고 하는 바를, 나는 절도에 의하여 얻으려고 한다. 특수하고 혁혁한 행동이나 특수한 능력에서 얻으려고 하는 바를, 나는 질서와 상호이해와 평온한 사상과 행동으로 얻겠다고 주장한다.

"무엇이든 칭찬할 만한 일이 없는 행위의 균제성(均齊性)이다. 만약 타인의

것을 모방하기 위하여 자기 생활양식을 포기하다가는 이 균제성은 보전하지 못할 것이다."(키케로)

그러니 내가 교만의 악덕에 속한다고 말한 이 과오를 내가 어느 정도나 범하고 있는가를 느낄 수 있다. 그리고 남을 충분히 존중하지 않는 과오에 대하여 말하면, 내가 그렇게 잘 변명할 수 있을지 모르겠다. 왜냐하면 일이 아무리 괴롭더라도 나는 있는 그대로 말하려 하기 때문이다.

그런데 고인(古人)들과의 계속되는 심정의 교섭과 지난 시대의 풍부한 사상이 나로 하여금 남들과 나 자신 모두에게 싫증을 느끼게 한다. 사실 우리는 극히 진부한 일밖에 내놓지 않는 세기에 살고 있다. 어떻든 나는 대단히 감탄할 만한 것이라고는 본 일이 없으며, 또 그런 일을 판단해 볼 정도로 친숙하게 알고 지내는 사람도 없다. 그리고 내 지체에서 내가 예사롭게 교제하는 사람들 대부분이 심령의 교양에는 관심이 적다. 그들에게는 행복이라는 명예가 있을 뿐이고, 인격의 완전성이라고는 용감성밖에 없다.

남이 훌륭한 점을 가졌다고 생각되면, 나는 그 점으로 하여 그를 진심으로 칭찬하며 존경한다. 진실로 나는 내가 생각하는 바를 과장하기까지 한다. 그리고 그런 정도로 나를 속이는 수도 있다. 왜냐하면 나는 거짓 재료를 꾸며낼 줄 모르기 때문이다. 나는 친구들에게 칭찬할 점이 있기 때문에 즐겨 그것을 증언한다. 그리고 한 치쯤의 값어치라면 한 치 반쯤으로 말한다. 그러나 그들에게 없는 소질을 가졌다고는 하지 못하며, 그들이 가진 불완전한 점도 터놓고 변명해 주지 못한다.

내 적들에게 내가 알려주어야 할 영광도 나는 솔직히 인정한다. 내 심정은 변하지만 내 판단력은 변하지 않는다. 나는 내 싸움과, 그것에 관계없는 다른 사정들을 혼동하지 않는다. 그리고 판단력의 자유를 너무나 아끼기 때문에 어떠한 격정에 끌려가도 이 자유를 쉽게 버리지는 못한다. 내가 거짓말을 한다면, 그것은 내 거짓말의 대상이 된 자보다도 나 자신에게 더 큰 욕이 된다. 페르시아 인들은 불구대천의 원수로 맹렬히 싸움을 하고 있는 자들의 용기 있는 공적에 대해서는 명예롭고 공평하게 말하는데, 이렇듯 상을 주어도 아깝지 않을 관후한 습관은 특히 주목할 만하다.

나는 여러 가지 훌륭한 소질을 가진 많은 사람들을 알고 있다. 누구는 정신이, 누구는 용기가, 누구는 재간이, 누구는 양심이, 누구는 문체가, 누구는 학문이, 그리고 또 누구는 다른 어떤 점이 탁월하다. 그러나 위인으로서 훌륭한 소질을 가진 인물을 두고 보면, 사람들이 놀랄 정도로 한 소질에 특출하거나, 우리가 영광을 바치는 지나간 시대의 인물들에 비교해 볼 수 있는 자는, 내 운수로는 하나도 만나본 일이 없다.

그리고 그 심령의 타고난 소질을 두고 하는 말이지만, 산 사람으로 내가 알고 지낸 가장 위대하고 훌륭한 재능을 타고난 인물은, 에티엔 드 라 보에티이다. 그의 심령은 진실로 충만하였고, 그는 모든 방면에서 훌륭한 사람이었다. 옛날의 풍모를 지닌 그는 운수만 잘 타고났던들 그 풍부한 천성에 학문과 연구로 대성하여 위대한 업적을 이루었을 것이다.

그러나 웬일인지 모르지만, 사실인즉 — 일은 정녕 그랬다 — 문장의 천직과 서적에 의존하는 직무에 참여하며, 남보다 더한 능력을 가졌다고 표명하는 자들이, 다른 어떤 사람들에게서도 볼 수 없으리만큼 허영심이 많고 이해력이 박약하다. 그것은 아마도 사람들이 그들에게 많은 것을 요구하고 기대가 크며 심상한 결함도 용서하지 않기 때문이거나, 또는 그들은 박식하다는 생각에서 더 과감하게 자기를 표현하고 너무 지나치게 자기를 드러내놓으면서, 모두들 제정신을 잃고 자신을 배반한 때문이 아닐까 한다.

이는 장인(匠人)이 재료를 풍부하게 구하여, 이것을 어리석게도 규칙에 반하여 자기 작품에 뒤섞어 맞춰놓으면, 나쁜 재료를 썼을 때보다 자기의 못난 꼴을 더 잘 드러내 보이는 것과 같다. 석고로 만든 조상보다도 황금의 조상에 드러난 결함이 더욱 사람의 눈에 거슬린다. 문사(文士)들은 제자리에 두면 그 자체로는 괜찮은 사물들을 앞에 내놓다가 같은 실수를 한다. 그들은 자기의 이해력은 고려하지 않고 기억력에 명예를 주다가 이런 문장을 조심성 없이 인용하기 때문이다. 그들은 키케로와 갈레노스(Galenos), 올피아노스, 성(聖) 히에로니무스(Eusebius Hieronymus)에게는 영광을 바치며, 그들 자신은 꼴불견이된다.

나는 우리의 교육방법 중에서 잘못된 점을 즐겨 되풀이하며 고찰한다. 교육은 우리를 선량하고 현명하게 만드는 것이 아니라 학자를 만드는 것에 목적이있고, 그렇게 달성되어 왔다. 교육은 우리에게 도덕과 예지를 좇고 파악하라고 가르치지 않고, 말의 유래와 어원의 지식을 주입시킨다. 우리는 도덕을 사랑할 줄은 몰라도, 도덕의 어미를 변화시킬 줄은 안다. 우리는 효과와 경험으로 예지가 무엇인지는 몰라도 잠꼬대로 외워 이 말을 안다.

우리는 이웃과 그 가문과 친척, 인척 등이 어떠한가를 아는 것으로 만족하지않고, 그들과 친교를 맺고 어떤 교섭과 양해를 갖기를 원한다. 교육은 우리에게 족보에 나오는 이름과 가계를 가르치는 식으로 도덕의 정의와 구분, 세분만 가르치고, 우리와 도덕 사이에 있는 어떤 친밀성과 정다운 우정의 실천을세워볼 생각은 하지 않는다. 교육은 우리를 수련시키기 위하여 더 건전하고진실한 사상이 적힌 서적을 주는 것이 아니라, 가장 훌륭한 그리스 어와 라틴어가 실려 있는 서적을 골라주며, 그 아름다운 문자들 속에서 고대의 가장 헛된 심정들이 우리의 사상 속으로 흘러들게 한다.

훌륭한 교육이라면 그것은 판단력과 행동을 고쳐주어야 한다. 그것은 저 방탕아이던 그리스 청년 폴레몬이 겪었던 일이다. 그는 우연히 크세노크라테스(Xenocrates)의 강의를 들으러 갔다가 그 웅변과 능력에 주목했을 뿐만 아니라, 재료적인 지식을 가지고 집에 돌아왔다. 곧, 그의 초기생활에서 급격한 변화와 개선이라는 현저하고 견실한 성과를 얻어 돌아왔다. 우리의 교육에서 누가이런 성과를 경험해 본 일이 있는가?

그대는 그 옛날 폴레몬이,

개심한 바를 행하겠는가? 단식재계(斷食齋戒)하는 스승이,

질책하는 소리를 듣고 음주 후에 목에 걸었던 화환을,

남몰래 벗어 던졌다고 사람들이 말하듯, 그대는 광기의 성장(盛裝)인

리본이나 쿠션이나 목의 장식 등을 벗어 던질 수 있는가?

— 호라티우스

　사람들 가운데 경멸 받지 않을 조건은, 그 순박성 때문에 가장 낮은 지위에 있고, 우리와 더 조절된 교섭을 맺는 자들의 생활일 것이다. 농민들의 습관과 언동은 일반적으로 철학자들의 것과는 다른, 진실한 철학이 규정하는 바에 따라서 더 절도 있는 것으로 보인다.

　"속인은 자기에게 필요한 만큼 현명한 까닭에 더욱 현명하다."(호라티우스)

　그 외부에 나타난 모습으로 가장 특기할 인물들이라고 내가 판단한 자들은—내 식으로 판단하자면, 그들은 더욱 가까이서 밝게 보아야 할 일이다—전쟁의 공적과 군사적인 능력으로 보아 저 오를레앙에서 전사한 드 귀즈 공작과 고(故) 스토로치 원수일 것이다. 능력과 아울러 범상하지 않은 도덕을 가진 인물로는 프랑스의 재상 올리비에(Emile Ollivier)와 로피탈(Michel de L' Hospital)이다.

　시가(詩歌)에서도 역시 우리 시대에는 한 유행이 있었던 것 같다. 우리는 이 직업에 도라(Jean Dorat), 베즈(Theodore de Beze), 뷔카낭, 로피탈, 몽도레, 투르네부스 등, 많은 탁월한 장인(匠人)들을 가지고 있다. 프랑스 어로 쓰는 작가들은 이 부문을 있을 수 있는 최고의 수준으로 올려놓았다고 나는 생각한다. 그리고 롱사르(Pierre de Ronsard)와 뒤 벨레(Joachim du Bellay)가 우수하게 성취한 부분에 대해서는 나는 그들이 결코 고대의 완벽성에 뒤지지 않는다고

본다. 아드리아누스 투르네부스는 자기 시대와 과히 멀지 않은 그 전 시대의 어느 누구보다도 더 많이 알고 있었고, 자기가 알고 있는 바에 대해서는 더 잘 알고 있었다.

최근에 죽은 알바 공작과 우리 몽모랑시(Anne, duc de Montmorency) 원수는 고귀한 생애를 보냈고, 그 운수에서도 희한에게 닮은 점이 많았다. 그러나 그만한 노령에 파리 시민과 왕을 섬기며 그들의 눈앞에서 가장 친근한 자들에게 대항해 승전하는 군대의 선두에서 지휘하다 그렇게도 훌륭하고 영광스럽게 쓰러진 몽모랑시 원수의 죽음은 우리 시대의 특기할 만한 사건들 중의 하나로 꼽아야 할 일이다.

그리고 또 드 라 누 경이 진짜 반역과 비인간상과 강도들의 도당인 무장한 파당의 부정 속에서도 대단한 경험을 쌓은 위대한 무인으로 성장하여, 꾸준히 선한 마음과 상냥한 처신과 온건한 양심을 간직했던 것도 특기할 만한 일이다.

나는 내 양딸 마리 드 구르네 자르에 대하여 품은 희망을 여러 곳에서 즐겨 말했다. 그녀는 친부모 이상의 애정을 내게서 받으며, 나의 이 고적한 은둔처에 살면서 내 생명 자체에서 최선의 부분과 같은 존재가 되었다. 나는 이 세상에서 그녀에게밖에 기대를 걸지 않는다. 청소년기가 미래를 예언해 줄 수 있는 것이라면, 그녀의 심령은 장차 훌륭한 일을 할 수 있을 것이다. 그리고 무엇보다 여성으로서 도달할 수 있다고 할 수 없을 정도의 거룩한 우정의 완벽한 경지에 도달할 것이다. 그녀 처신의 성실성과 견고성은 이미 충분하고, 그녀의 나에 대한 애정은 과분한 정도 이상이며, 쉰다섯 살의 나를 만난 후 내 여생이 멀지 않으리라는 염려가 그녀에게 너무 혹독하게 근심을 끼치지만 않는다면, 더 이상 바랄 나위 없는 인물이다. 그녀가 내 《수상록》의 첫 권을 읽고 내린 비평, 그리고 이런 시대에 그렇게 젊은 여자가, 나를 만나기 전에 자기의 고향에서 혼자 내 작품을 읽고 나를 이해한 것으로 소문이 날 정도로 내 작품을 애독하고 오랫동안 나를 알고자 열망해 왔다는 사실은 진실로 가상하게 생각된다.

다른 덕성들은 이 시대에는 거의, 또는 전혀 평가되지 못하고 있다. 그러나 용감성으로 말하면 그것은 우리나라 내란 중에는 예사로운 일로 되어버렸다. 그리고 이 방면에서는 완벽할 정도로 지조가 굳은 인물들이 수없이 많기 때문에 그 가운데서 어느 누구를 든다는 것은 불가능한 일이다.

이것이 이제까지 흔히 보지 못한 심상치 않은 위대성으로서 내가 알아본 전부이다.

모든 일에는 때가 있다

자기 자신의 살해자인 저 소(小) 카토와 검열관 카토를 비교해 보는 자는 가까운 형태의 훌륭한 두 천성(天性)을 비교하게 된다. 후자는 더 많은 모습으로 천부의 재능을 떨쳐 보였고 군사적 공로와 유익한 공공봉사에 탁월하였다. 그러나 소 카토의 덕성은 어느 누구와 비교한다는 것조차 모독이 될 만큼 깨끗하였다. 저 검열관에게서 심성의 선함에서나 탁월한 모든 소질에서 그 자신 또는 그의 시대 어느 누구보다 훨씬 더 위대했던 스키피오의 명예를 감히 공격한 그 시기심과 야심을 감히 누가 면제해 줄 수 있단 말인가?

사람들이 그에 관하여 말하는 바에 의하면, 다른 일보다도 그가 노령에 이르러 마치 오랜 갈망을 충족시키듯 열렬한 의욕을 가지고 그리스 어를 배우기 시작했다고 하는데, 그것은 그에게 그리 명예로운 일로 보이지 않는다. 그것은 바르게 말하면, 다시 아이로 퇴화하는 노릇이라고 말하는 편이 낫다.

모든 일에는 적당한 때가 있다. 좋은 일이건 좋지 못한 일이건 간에 모든 것이 그러하다. 하나님께 올리는 기도에도 적절한 시기가 있다고 할 수 있다. 퀸 티우스 플라미니우스는 장수로 있으면서, 비록 승리하기는 했지만, 한창 싸움이 계속되는 중에 혼자 따로 떨어져 하나님께 기도를 올리느라고 꾸물거리고 있었기 때문에 심하게 비난받았다.

현자는 덕행에도 한계를 둔다.

　—주베날리스

　에우데모니다스는 크세노크라테스가 늙어서도 자기 학파의 공부에 열중하는 것을 보고 빈정거리며 말했다.

　"아직도 배우고 있다니, 그래 언제나 사리를 알게 된다는 말인가?"

　그리고 필로포에멘(Philopoemen)은 프톨레마이우스(Ptolemaeus of Mauretania) 왕이 무기를 가지고 날마다 신체를 단련시키는 것을 높이 칭찬하는 자들을 보고 말했다.

　"그 나이의 왕으로 무기로 몸을 단련하는 것은 칭찬할 만한 일이 아니다. 이제 그는 그것을 실지로 사용해야 한다."

　젊은이는 자기 준비를 해야 하고, 늙은이는 그것을 누려야 한다고 현자들은 말한다. 그리고 우리의 천성에서 그들이 주목하는 가장 큰 결함은, 우리의 욕망이 끊임없이 다시 젊어지는 일이다. 우리는 늘 삶을 다시 시작한다. 우리의 공부와 욕망은 때로는 늙음을 느껴야 한다. 우리의 한 발은 무덤 속에 있는데, 욕망과 추구는 새롭게 출생을 하고만 있다.

　그대는 죽음에 임박해서도,

　무덤 생각은 하지 않고 대리석을 깎으며 집을 짓는다.

　—호라티우스

　내 계획은 가장 긴 것이라 해도 일년이 넘지 않는다. 나는 이제부터는 마지막을 장식할 생각밖에 하지 않는다. 나는 내게서 모든 새로운 희망과 계획을 벗어 던지고, 이제 두고 떠나려는 모든 장소에 마지막 작별을 고한다. 그리고 날마다 내가 가진 것을 포기해 간다.

"오래 전부터 나는 잃지도 따지도 않는다. 내게는 앞으로 가야 하는 노정(路程)보다 더 많은 노자가 남아 있다."(세네카)

나는 살아보았다. 그리고 운명이 정해 준 길을 끝마쳤다.
— 베르길리우스

결국은 내 마음속에서 세상의 되어가는 형편에 관한 걱정, 재산에 관한 걱정, 위대성이나 지식이나 건강에 관한 걱정, 나 자신에 관한 걱정, 인생을 심란하게 만드는 여러 욕망과 번뇌를 사라지게 하는 것이 노령기에 발견하는 모든 위안이다. 저자[1]는 영원히 입 다무는 것을 배워야 할 때, 겨우 말하는 법을 배운다. 우리는 어느 때라도 공부를 계속할 수 있다. 그러나 학교 공부는 그렇지 않다. 늙은이가 ABC를 배우는 어리석음이라니!

사람은 각기 다른 흥미를 가졌으나 모든 연령에 모든 일이 적합한 것은 아니다.
— 막시미아누스(Marcus Aurelius Valerius Maximianus)

공부해야 할 것이라면, 누군가 노년기에 이런 공부는 왜 하느냐고 물을 때, '그것으로 더 나아져서 더 편하게 떠나려고'라고 한 자와 같이 대답할 수 있도록 우리의 조건에 맞는 내용을 공부하자. 소 카토가 가까워지는 종말을 느끼며, 영혼의 영원성에 관한 플라톤의 토론에서 만나본 바와 같은 것이 이러한 공부이다.

우리가 믿어야 할 일은, 소 카토가 오래 전부터 이러한 출발(죽음)을 위한 온

---

1 검열관 카토.

갖 종류의 장비로 준비되어 있지 않았다는 것이 아니다. 견고한 의지와 학문에 관하여 그는 플라톤이 그의 문장 속에 가진 것보다 더 많은 것을 가졌고, 그의 지식과 마음은 이 점에서는 철학을 초월하고 있었다. 그는 죽음을 편안히 하려고 이를 일삼은 것이 아니고, 이러한 중대한 고찰 속에 잠자는 것도 중단하지 않은 자로서, 그는 선택도 변경도 없이 그의 인생에 일상화된 다른 행동들과 함께 그의 공부를 계속했던 것이다.

검열관의 직책을 거절당한 날, 그는 놀이로 그 밤을 보냈다. 또한 죽어야 했던 날 밤에는 책을 읽으며 보냈다. 생명이나 직책을 잃는다는 것, 그 모든 것이 그에게는 마찬가지였다.

도덕에 대하여

나는 심령의 혼미한 충동과 결단성 있는 견실한 습관 사이에는 큰 차이가 있음을 경험으로 알고 있다. 그리고 우리에게는 할 수 없는 일이 없고, 진실로 자기의 근본조건으로 무감각해지는 것보다 자체의 힘으로 무감각해지는 것은 대단한 일인 만큼, 신격(神格)을 능가하기까지 한다고 어떤 자[1]는 말하며, 그리고 인간의 허약성에 신의 결단성과 확신을 결부시키기까지 하는 것을 나는 잘 알고 있다. 그러나 그것은 발작적으로 일어난다. 그리고 지난날 영웅들의 생애에는 어느 때는 기적 같은 특색이 있는데, 그것은 우리가 타고난 힘을 크게 뛰어넘는 것같이 보이지만, 이런 것은 단순한 특색들에 불과하다. 이렇게 앙양된 소질들로 심령이 염색되고 축여져서 그것이 심령에 본래 있었던 것같이 대수롭지 않게 될 수 있다고는 믿기 어려운 일이다.

인간의 파치(破—)밖에 못되는 우리 자신에게도, 때로는 우리 심령이 다른 사람의 사상이나 본보기에 잠깨어, 그 평범한 상태 너머 저 멀리 비상하는 수가 있다. 그러나 이것은 심령을 밀어 흔들며 어딘가 심령 자체 밖으로 내쫓는 일종의 걱정이기도 하다. 왜냐하면 선풍(旋風)을 거치면 우리의 심령은 생각도 없이, 그 마지막 단계에까지는 아닐지라도 이미 고양되었던 심령이 어느새 풀어짐을 보게 되기 때문이다. 그래서 그때는 어느 경우에나 우리는 거의 속

---

1 세네카를 말한다.

인들 중의 하나처럼, 새를 한 마리 잃었다든가 유리잔 하나 깬 것을 가지고 흥분하게 된다.

질서와 절도와 지조 있는 일 외에는, 대체로 크게 결함이 있고 실수 많은 인물에게도 모든 일들이 할 만하다고 나는 생각한다. 이런 이유에서 한 인물을 정당하게 판단하려면, 주로 그의 일상적인 행동을 검토하고, 보통 때의 버릇을 순간적으로 포착해야 한다고 현자들은 말한다.

모든 진실한 철학자들처럼, 무지에서 학문을 세워놓은 퓌론은 그의 생활을 그의 학설에 부합시키려고 시도했다. 그는 인간의 판단력이 보잘것없어서 무슨 결정을 하거나 방향을 잡을 수가 없다고 주장하며, 모든 사물들을 무관심하게 관찰하고 받아들였다. 그러한 그는 판단을 줄곧 주저하며 미루었기 때문에 항상 동일한 태도와 용모를 유지할 수 있었다고 사람들은 말한다.

그는 말을 한번 시작하면, 자기가 말하는 상대방이 이미 가버린 다음에도 반드시 자기 말을 끝까지 다 해버렸다. 그리고 길을 가다 어떠한 장애물에 부딪쳐도 길을 멈추는 법이 없었다. 그래서 절벽에서 떨어지거나 차량에 충돌하거나 다른 사고가 일어나지 않게 그의 친구들이 보호해 주어야만 했다. 무슨 일을 두려워하거나 피한다는 것은, 감각 자체에 어떤 선택의 능력이나 확실성을 인정하지 않는 그의 주장에 저촉되었기 때문이다. 어느 때는 살을 절개하고 불로 지지는 수술을 받아도 그는 눈 하나 깜짝하지 않았다.

마음을 이러한 사상으로 이끌어오는 것은 대단한 일이다. 그리고 행동에 옮긴다는 것은 더욱 대단한 일이다. 그렇지만 불가능한 일은 아니다. 그런데 보통의 습관과는 너무나 거리가 먼 이러한 기도(企圖)에서, 이것을 일상적인 생활방식으로 세워갈 수 있는 인내와 지조를 가지고 실천한다는 것은, 사람이 할 수 있는 일이라고는 생각할 수 없다. 그가 어느 때 자기 집에서 그의 누이와 심하게 말다툼하는 것을 보고, 그것은 그의 무관심의 원칙에 저촉되지 않느냐고 누군가 책망했을 때 그는 말했다.

"뭐? 이 못난 여자까지도 내 규칙의 증인이 될 수 있단 말인가?"

한 번은 달려드는 개를 그가 막고 있는 것을 사람들이 보았다. 그는 말했다. "인간의 버릇을 완전하게 박탈하기는 대단히 어려운 일이다. 그러므로 우리는 사물을 우선 실행으로, 그리고 이론이나 논증으로 극복해 가려고 노력해야 한다. 그리고 그것을 의무로 삼아야 한다."

약 7, 8년 전 일이다. 8킬로미터쯤 떨어진 마을에 사는 자는, 지금도 살아 있지만, 오래 전부터 마누라의 질투 때문에 머리가 돌아 있던 터에, 어느 날 일하고 집에 돌아오니 마누라가 여느 때 버릇처럼 고함으로 그를 맞아들였다. 그러자 그는 너무나 화가 치밀어 그 자리에서 손에 들고 있던 낫으로 그녀가 그렇게 열에 들떠 야단치는 물건을 싹 끊어서 그녀의 코앞에 던져버렸다.

그리고 우리 고장의 젊은 귀족 한 분은 사랑에 빠져, 꾸준히 졸라대다 마침내 아름다운 애인의 마음을 사로잡았다. 그러고는 마침 일을 시작하려는 참인데, 그 자신이 그만 기운이 빠져버렸다.

남자답지 못하게,
그의 기관은 노쇠한 귀두(龜頭)밖에 쳐들지 못하니.
—티불루스(Albius Tibullus)

그는 절망해 집에 돌아와서 갑자기 그것을 잘라 피투성이의 잔인한 희생물을 자기가 끼친 모욕에 대한 속죄로 그녀에게 보내주었다는 말이 있다. 만일이것이 키벨레(Cybele, 大母神이라고도 함) 여신의 제관(祭官)들같이 사색과 신앙심에서 나온 일이라면, 이렇게도 고매한 기도에 대하여 우리는 무슨 말인들하지 못할 것인가?

며칠 전에 내 집에서 10킬로미터쯤 떨어진 도르도뉴 강 상류의 브라주라크에 사는 한 여자는 전날 밤에 성격이 까다로워 화를 잘 내는 남편에게 들볶임을 받고 얻어맞았다. 그런 뒤, 자기의 생명을 희생시킴으로써 남편의 난폭함을 면하려고 결심하였다. 다음날 그녀는 평상시와 같이 이웃사람들과 만나 그들에게 자신에 대한 처리를 몇 마디 남겼다. 그러고 나서 여동생의 손을 잡고 다리 위로 가서는 마치 장난하는 것처럼 그녀에게 작별인사를 하더니, 별다른 기색도 보이지 않고 밑으로 뛰어내려 강물 속으로 사라졌다. 여기서 더 장한 일은 이 생각이 하룻밤 사이에 머릿속에서 성숙했다는 점이다.

　인도의 여자들 일은 이와는 전혀 다르다. 그들의 습관에 의하면 남편들은 많은 아내들을 거느리게 되어 있고, 그녀들 중에서 가장 총애받은 여자가 남편의 뒤를 따라 죽게 되어 있었다. 여자들은 각기 평생의 계획으로 동료들을 젖히고 이 특권을 얻으려고 노력한다. 그녀들은 남편에게 해준 극진한 봉사에 대하여 죽음의 길에 동행으로 뽑히는 것 이외에는 다른 보상을 바라지 않는다.

　사해(死海)의 침대에 최후의 횃불이 밝혀지자 처첩들로 이루어진 경건한
무리는 산발적으로 그 옆에 선다.
　그리고 남편을 따라가려는 황천으로의 사투가 시작된다.
　죽음이 허용되지 않음이 단 하나의 수치이다.
　싸움에 이긴 여자는 동시에 젖가슴을 불길에 제공하며,
　그녀들의 타는 입술을 남편의 입술에 갖다댄다.
　　─프로페르티우스

한 인물은 우리 시대에 와서도 동방의 나라에서는 이 습관이 장려되고 있으며, 아내들뿐 아니라 그 남자가 관계한 여자 노예들까지도 함께 매장되는 것을 보았다고 기록하고 있다. 그 방법은 이렇게 실행된다. 남편이 죽으면 그 미망인은 원한다면 자기의 일을 처리하는 데 두서너 달의 여유를 요구할 수도 있지만, 그렇게 하려는 여자는 거의 없다. 그날이 오면, 그녀는 결혼식을 하는

것처럼 치장하고 말을 탄다. 그리고 밝은 얼굴로 한 손에는 거울을, 다른 손에는 화살촉을 들고 가는데, 마치 남편과 동침하러 가는 것 같다고 한다. 친구들, 친척들, 그리고 축제 분위기의 많은 사람들과 행렬을 이루어 돌고 나서, 그녀는 바로 광장으로 안내된다.

그 광장은 넓은 마당인데, 한복판에 나뭇단으로 가득 채워진 구덩이가 있다. 미망인은 그곳에 접해 있는 네댓 개의 층계로 된 높은 자리 위로 안내되고, 그 앞에는 진수성찬이 차려진다. 이어 그녀는 춤추며 노래하기 시작한다. 그리고 자기가 좋다고 생각하는 때에 불을 지르라고 명령하고는 아래로 내려온다. 그러고는 남편의 가장 가까운 친구의 손을 잡고, 함께 가까운 강에 가서 완전히 발가벗은 뒤, 친구들에게 귀중품과 의복들을 나누어준다. 그런 다음, 마치 자신의 죄를 씻으려는 듯 물 속으로 뛰어든다. 물에서 나와서는 열네 발 길이의 노란 천으로 몸을 두른 다음, 같이 온 남편 친구의 손을 잡고 둑 위로 올라와 사람들에게 말한다. 자식들이 있을 때는 그들의 일을 당부한다.

둑과 구덩이의 사이에는 활활 타오르는 불더미가 보이지 않게 사람들이 장막을 쳐준다. 어떤 여자들은 용기를 보여주려고 장막도 치지 못하게 금한다. 말을 끝내면 한 여자가 기름이 가득 찬 항아리를 내주어 머리와 온몸을 기름으로 바르게 한다. 그 일이 끝나면 항아리를 불 속에 던지고 그녀 자신도 그 속에 뛰어든다. 그러면 사람들은 순식간에 그녀 위에 장작더미를 올려, 여자가 오래 괴로워하지 않게 해준다. 그리고 그들의 모든 기쁨은 애곡(哀哭)과 비탄으로 변한다.

가문이 좋지 않은 사람들의 시체는 사람들이 매장하기 원하는 자리로 실어가 제자리에 앉혀놓은 뒤, 미망인이 앞에 무릎을 꿇고 그를 꼭 껴안은 자세로 있는 동안, 사람들은 그들의 주위에 담을 쌓아올린다. 담이 그들의 어깨에 다다를 때쯤 식구 중 한 사람이 뒤에서 그녀의 머리를 잡고 목을 비튼다. 그녀가 숨을 거두면 담은 급격히 쌓여 닫히고, 그들은 그대로 매장된다.

바로 이 나라에서 나체행자(裸體行者)들 사이에 다음과 같은 일이 있었다. 남의 강제를 받은 것도 아니고, 급격한 심정의 강렬한 충동에서도 아니며, 그들의 규칙에 명시된 서원(誓願)으로 하는 일이었다. 그들의 방식으로는 어느 나이에 이르거나 또는 질병으로 죽음에 직면하면 나뭇더미를 쌓게 하고, 아름답게 꾸민 침대를 그 위에 올려놓는다. 그러고는 친지나 친구들과 유쾌하게 향연을 베풀고 난 다음, 그 침대 위에 올라앉는데, 불을 지르고 나서도 그들이 손발을 움직이는 것을 본 적이 없다고 한다. 그들의 하나인 칼라누스는 알렉산드로스 대왕의 군대 앞에서 이렇게 죽었다.

그들 사이에서는 이렇게 자살하여 이승에서 받은 모든 것을 태워버린 다음, 자기의 영혼을 불로 씻고 정화해 보내지 않은 자들은 성자라고도 하지 않고, 지복자(至福者)로 간주되지도 않는다고 한다. 일생을 통한 이러한 확고하고도 불변한 획책, 이것이 기적을 만든다.

우리의 다른 논쟁들 중에는 '운명'에 관한 논쟁이 섞여든다. 그리고 장차 올 사물들과 우리의 의지 그 자체를 확실하고 불가피한 필연성에 결부시키기 위하여, 사람들은 아직도 '하나님이 확실히 그렇게 하시는 것처럼, 하나님께서 예견하신 일들은 그대로 일어난다.'고 하는 예정설의 논법을 쓴다. 이에 대하여 신학자들은, 어떤 일이 일어나는 것을 본다는 것은, 우리가 그렇게 하고 하나님도 그렇게 하시듯이 — 모든 일이 하나님께는 현존으로, 그는 앞일을 예견하기보다는 차라리 현재를 보는 것이기 때문이다 — 그 일이 일어나는 까닭에 보는 것이지, 우리가 예견하는 까닭에 사물들이 일어나는 것은 아니다. 곧, 이루어지는 일이 지식을 만드는 것이지, 지식이 일을 일어나게 하는 것은 아니다.

우리가 일이 되어짐을 보는 것은 반드시 이루어지지만, 그러나 그 일은 달리 이루어질 수도 있다. 하나님께서 예견하시는 일들이 일어나는 원인을 기록해 둔 장부에다, 우리가 우발적으로 일어나는 일이라고 부르는 사건들의 원인도 기록해 두시고, 우리의 판정에 맡겨두신 우리의 자유의사에 달려 있는 듯한 임의적인 행동에 의한 사건들의 원인도 기록해 두셨다. 우리가 실수하리라는 것까지 알고 기록해 두셨다.

그러나 나는 많은 사람들이 이 운명적 필연성이라는 사상으로 자기 부대를 독려하는 것을 보았다. 왜냐하면 우리의 마지막 시간이 확정된 한 점에 고정되어 있다면, 적들이 아무리 총질을 하거나, 우리가 과감한 행동에 나서도, 그리고 도망을 치거나, 비겁하게 굴어도 이 시간을 당기지도 밀어내지도 못할 것이기 때문이다.

그 말이야말로 참 훌륭하다. 그러나 누가 그 말을 실현시키는가 알아보라. 그리고 한 강력하고 확고한 신념이 그 위에 같은 행동을 끌어오도록 되어 있다면, 우리가 입 속 가득 넣고 다니는 이 신앙은, 그것이 사업에 대하여 품는 경멸감 때문에 이런 사업을 벗 삼는 것마저 경멸하게 하는 외에는, 우리 시대의 너무나도 경박한 사상이다.

아무튼 바로 이 문제를 가지고, 다른 모든 일에서처럼 믿을 만한 증인인 조앵빌 경은 생루이 왕이 성지에 갔을 때, 그들과 말썽이 있었던 사라센 족과 섞여 사는 민족인 베두인 족들에 관하여 다음과 같이 이야기한다. 그들은 자기들의 종교에서 각자 죽을 날짜는 미리 결정되고 불가피한 선정운명(先定運命)이라고 확고하게 믿고 있기 때문에, 몸에 터키 군도 한 자루와 흰 마포만을 걸친 채, 알몸으로 전쟁터로 나간다. 그리고 그들이 자기 편 사람들에게 화를 낼 때 언제나 입에 담는 가장 심한 욕설은 이렇게 소리치는 것이었다.

"죽음이 두려워 무장하는 놈처럼 저주받아라!"

이 말은 그들이 우리의 것과는 아주 다른 신념과 신앙을 가진 증거라고 할 수 있다.

그리고 우리 조상들의 시대에 플로렌스의 두 수도승이 보여준 증거 역시 이런 종류에 속한다. 그들은 학문 문제로 논쟁을 하다가, 각기 자기의 학설이 옳다는 것을 증명하기 위하여 광장으로 나아가 시민들이 보는 앞에서 동시에 불

속으로 뛰어들기로 하였다. 준비가 다 되어 집행만 남았을 때, 예기치 않은 사건이 발생하여 일은 중단되고 말았다.

터키의 한 젊은 귀족은 방금 전투를 시작하려는 아무라트와 후니아드 두 부대가 보고 있는 앞에서 개인적으로 눈에 드러난 공훈을 세웠다. 그때 아무라트가 그에게 그렇게 젊고 경험도 없는 처지에 ─ 처음 출전한 전쟁이었다 ─ 어떻게 그렇게도 호탕한 기개의 용맹을 가질 수 있었느냐고 물었다. 그 물음에 그는 용기의 최상의 스승으로 토끼 한 마리를 본받았노라고 다음과 같이 말하였다.

"어느 날 사냥을 갔다가 나는 토끼 한 마리가 굴속에 있는 것을 보았습니다. 그때 나는 훌륭한 사냥개 두 마리를 데리고 있었으나, 토끼를 놓치지 않기 위해 내 활을 사용하는 것이 더 낫다고 생각했습니다. 과연 토끼는 알맞은 과녁이 되었습니다. 나는 화살을 쏘아댔습니다. 그러나 화살통에 있던 화살 마흔 대를 다 쏘도록, 토끼를 죽이지도 못했을 뿐 아니라 잠을 깨우지도 못했습니다. 맨 나중에 나는 사냥개를 풀어 뒤쫓게 했으나 결국 토끼를 잡지 못했습니다. 나는 토끼가 자기 운명에 의하여 보호받고 있음을 알았습니다. 그리고 화살이건 칼이건 운명의 허가 없이는 상처를 입히지 못하고, 운명을 밀어내거나 끌어오거나 하는 것은 우리의 소관이 아님을 분명하게 알았습니다."

이 이야기는 우리의 이성이 얼마나 많은 종류의 인상에 영향 받기 쉬운가를 보여주는 한 사례이다.

나이로, 이름으로, 위엄으로, 그리고 학문으로 위대한 인물 한 분은 그가 외부로부터 충격을 받아 자기의 신앙에 대단히 중대한 어떤 변화를 일으켰다고 내게 자랑하고는 했다. 그런데 내게는 너무나 괴이하고 이치에 맞지 않는 일이었기 때문에, 나는 반대로 해석하는 편이 더 타당할 것이라고 생각하였다. 그는 그 일을 기적이라고 했는데, 나는 그와는 다른 의미에서 역시 기적이라고 했다.

터키의 역사가들은, 그들에게는 각각의 생존 기일이 고쳐볼 수 없을 만큼 운명적으로 결정되어 있다는 확신이 일반적으로 널리 퍼져 있기 때문에, 오히려 명백히 위험에 대처할 자신을 갖게 하는 데에 힘이 된다고 말한다. 나는 한 위대한 군주[2]가, 만일 운수가 계속하여 그를 도와준다면, 바로 그 점에서 고귀하게 이득을 보고 있음을 안다.

우리가 기억하는 바에 의하면, 도랑주 태공의 암살을 음모한 두 명의 자객이 취한 결단성보다 더 경탄할 만한 성과를 거둔 일은 없다. 그의 동료가 할 수 있는 모든 일을 하고서도 일이 그렇게 언짢게 되어버린 거사에서, 그 일을 수행한 두 번째 자객의 의지는 어떠한 고무를 받았던 것일까? 도랑주 태공은 동일한 무기를 가지고 최근에 그런 일을 당했던 터라 신변의 위험을 경계하여 무장하고 있었으며, 강력한 친구들과 같이 있었고, 그 역시 체력이 건장한 성주였다. 그런데다 모두가 그에게 호의적이고 헌신적인 도시에 있는 그의 방에서 호위병에게 둘러싸여 있었는데, 어떻게 그를 처치하러 들어갈 수 있었는지, 정말 경이로운 일이다.

암살자는 이 일에 단호한 손과 힘찬 정열과 분격의 경지에 이른 용기를 사용하였다. 적을 쓰러뜨리려면 단도가 더 확실하다. 그러나 단도는 권총보다 더 큰 동작과 힘이 필요하기 때문에 그것으로 치려면 자칫 빗나가거나 동요되기 쉽다. 이 암살자가 확실한 죽음 속으로 뛰어든 것은 의심할 바 없다. 그에게 어떤 희망을 주려고 해보아도 그것은 침착한 이해력으로는 용납될 수 없기 때문이다. 그리고 그의 공적을 살펴보면 그에게는 이해력도 용기도 부족함이 없었다. 이러한 강력한 소신의 동기는 여러 가지 있을 수 있다. 우리의 공상은 자기[3]와 우리[4]에 관하여 자기가 좋을 대로 생각하게 한다.

---

2 앙리 4세를 가리킨다.
3 신도교를 말한다.
4 카톨릭 교도를 말한다.

오를레앙 근처에서 감행된 암살행위는 또 이와는 다른 경우였다.[5] 그 행위에는 힘보다 운수가 더 작용했다. 운수가 도와주지 않았던들 그 저격은 치명적이 될 수는 없었다. 말을 타고 멀리서 말이 움직이는 대로 흔들리는 사람을 쏜다는 것은 도망치는 데 따르는 실수보다도 일의 수행에 따르는 실수를 더 바라는 자의 짓이라고 볼 수 있다. 다음에 일어난 일로 그것이 밝혀졌다. 과연 그는 이렇게도 엄청난 일을 수행했다는 생각에 얼이 빠지고 혼미하여 도망칠 방도를 찾지 못했고, 심문당할 때의 대답에도 조리 있는 말이 나오지 않을 정도로, 완전히 지각을 잃고 정신이 뒤집혔다. 그는 강물을 건너 우군의 구원을 청하는 외에 달리 무슨 방법이 있었던가? 그것은 내가 아주 어쭙잖은 위험에도 취해 온 방법이지만, 폭이 아무리 넓더라도 말이 들어갈 곳, 찾기가 쉽고, 물의 흐름을 따라 건너편에 상륙하기 쉬운 강둑을 미리 보아두면 위험도 적게 마련이다. 먼젓번 사람[6]은 그 끔찍한 선고를 받았을 때 말했다.

"각오하고 있었소. 그대들은 내 참을성을 보고 놀랄 것이오."

페니키아에 예속된 아사신 족들은 마호메트 교도들 사이에서도 지극한 신앙심과 순결한 풍습을 가진 것으로 간주되어 있다. 그들은 천당에 들어갈 자격을 얻는 가장 확실한 방법이란 누구든지 반대 종교를 믿는 자를 살해하는 일이라고 생각한다. 그래 위험을 경멸하며 한 명이나 두 명을 적진 속으로 들여보내 적의 살해를 ─ 그들의 이름에서 이 assassiner라는 말이 유래하였다 ─ 감행하는 것이다. 이런 자들에 의해 우리 레이몽 드 트리폴리 백작은 자기의 도성 안에서 살해당했던 것이다.

---

5 귀즈 공작의 암살사건. 1563년 2월 18일 풀트로 드 에레의 총격을 받았다.
6 기욤 도랑주를 살해한 발타자르 제라르.

분노에 대하여

플루타르코스는 모든 점으로 보아 감탄할 만하지만, 주로 그가 인간의 행동을 판단할 때에는 더욱 그러하다. 그가 리쿠르고스(Lycurgos)와 누마(Numa)의 비교에서, 아이들을 국가에 맡기고 아버지들의 책임 아래 기른다는 것은 엄청나게 어리석은 일이라는 문제를 가지고 논한 훌륭한 글들을 읽을 수 있다. 아리스토텔레스가 말하는 바와 같이, 우리 대부분의 국가에서는 퀴클로프스[1]가 하는 식으로, 여자와 아이들은 어리석고 철부지 같은 생각대로 각자에게 맡겨두고 있다. 그런데 라케데모니아 인들과 크레테 인들만은 아이의 훈련을 법률에 맡기고 있다. 한 국가에서는 모든 일이 국가의 훈육과 부양에 달려 있음을 볼 수 있지 않는가? 그러나 부모들이 아무리 주책없고 어리석고 패악하다 해도, 그들이 하고 싶은 대로 하도록 아이들을 맡겨두어야 한다.

다른 일 가운데도, 나는 거리를 지나다가 어느 아비나 어미가 광분하고 화가 치밀어올라 피부가 벗겨지고 상처가 나도록 아이를 마구 두들겨패는 것을 보고, 얼마나 여러 번 그 아이의 원수를 갚고 싶어 했던가? 아비와 어미 되는 사람들의 눈에서 독살스러운 불덩어리가 튀어나오는 것을 보라.

간장(肝臟)은 광기로 불타며,

---

1 그리스 신화에 나오는 외눈박이 반신(半神).

마치 산꼭대기에서 바위가 굴러 깎아지른 벼랑 아래로 떨어지듯,
그들의 분노는 터진다.
―주베날리스

―히포크라테스에 의하면 가장 위험한 질병은 얼굴을 변형시키는 질병이라고 한다―게다가 그들은 칼로 찢는 듯한 목소리로 유모의 품에서 겨우 떨어진 아이를 마구 야단치는 일조차 있다. 매 때문에 아이들은 얼이 빠지고 다리병신이 되기까지 한다. 그런데 우리의 법률은 이런 절름발이와 다리병신은 우리 국가의 일원이 아니라는 듯이 이런 일에 대해서는 고려하지도 않는다.

그대가 그를 나라에 바치며 밭갈이에 쓸모 있고,
전쟁의 복역과 아울러 평화의 노동에 쓸모 있게 만들어준다면,
그대는 조국과 국민에게 한 시민을 제공한 것으로 감사받을 만하다.
―주베날리스

분노만큼 판단력을 어지럽히는 정열은 다시 없다. 재판관이 분노 때문에 죄인을 처단한다면, 이 재판관을 사형에 처해야 한다는 데 아무도 반대하지 않을 것이다. 그러면 어째서 아버지들과 선생들이 분노하여 아이들을 때리고 벌주는 것이 허용된단 말인가? 그것은 이미 징계가 아니다. 그것은 보복이다. 징계는 아이들에게는 약이 된다. 그런데 약을 처방해 주어야 할 의사가 그의 환자에 대한 흥분으로 화를 낸다면, 우리는 그대로 참고 보겠는가?

우리 자신이 올바르게 처신하려면, 분노가 우리에게 남아 있는 동안 결코 하인들에게 손을 대서는 안 된다. 우리의 맥박이 뛰며 흥분을 느끼는 동안은 하려던 동작을 중지해야 한다. 흥분이 가라앉아 냉철해지면 사물들이 아주 다르게 보일 것이다. 흥분했을 때에는 격정이 지배하고 말하는 것이지, 우리가 말

하는 것이 아니다.

격정을 통하여 보면, 마치 안개를 통하여 보는 물체와 같이 과오들이 우리에게 더 크게 보인다. 배고픈 자는 음식을 찾는다. 그러나 징계를 사용하고자 하는 자는 벌을 주고 싶은 생각에 굶주리고 목이 말라서는 안 된다. 무게와 신중함을 가지고 행사하는 징벌은 그것을 당하는 자가 더 잘, 그리고 더 많은 성과를 가지고 달게 받는다. 그렇지 않으면 그는 분노와 분격으로 심란해진 사람에게서 정당하게 벌을 받았다고 생각하지 않는다. 그리고 그의 상전이 심상치 않은 동작을 하며 얼굴이 상기되고 평상시에 하지 않던 욕설을 퍼붓고 마음이 진정되지 않아 서두르는 수작을 들어서, 도리어 자기가 옳다고 변명하는 구실로 삼는다.

얼굴은 분노로 충혈되고 혈관의 피는 검푸르게 되며
눈은 고르곤의 눈보다 더 흉악한 빛으로 번쩍인다.
— 오비디우스

수에토니우스(Suetonius)의 이야기에 의하면, 사투르니누스(Lucius Appuleius Saturninus)가 카이사르에게 형의 선고를 받았을 때 ─ 그가 호소한 ─ 시민들의 호의를 사서 승소하게 된 것은, 카이사르가 이 선고를 내렸을 때 품었던 적의와 난폭성 때문이었다고 한다.

말하는 것은 행하는 것과 종류가 다르다. 설교하는 것과 설교하는 자는 각기 따로 고찰해야 한다. 우리 시대에 우리 교회의 성직자들의 악덕을 들어 우리 교회의 진리를 공격하려고 한 자들은 비겁한 수단을 쓴 것이다. 교회의 진리는 그 증명을 다른 곳에서 끌어온다. 이런 행위는 어리석은 추론방식이며, 모든 사물을 혼란에 빠뜨리는 수작이다. 행실이 점잖은 사람도 그릇된 의견을 가질 수 있으며, 악인이나 진리를 믿지 않는 자라도 진리를 설교할 수 있다. 행실과 말이 일치되어 간다면 그것은 아름다운 조화라 할 수 있다. 그리고 말에 실행이 수반될 때에는 가장 큰 권위와 효력이 생긴다는 것을 나는 부인하지 않는다. 그것은 에우다미다스가 한 철학자의 전쟁에 관한 강의를 듣고 다음과 같이 말한 것과 같다.

"이런 말은 참 훌륭하다. 그러나 그것을 말하는 자가 그렇게 할 수 있다고는 믿어지지 않는다. 왜냐하면 그는 전고(戰鼓) 소리에 익숙한 귀를 갖지 않았기 때문이다."

그리고 클레오메네스는 한 수사학자가 용감성에 관하여 연설하는 것을 듣고 배를 잡고 웃었다. 그 모습에 수사학자가 분개하자, 그는 말했다.

"제비가 그렇게 말한다면 나는 똑같이 웃겠다. 그리고 그것이 독수리라면 나는 기꺼이 그 말을 들어주겠다."

옛사람들의 문장 중에 자기가 생각한 바를 쓴 자의 문장은, 그런 생각을 가진 체하고 말하는 자보다 더 큰 감명을 주는 것에 주목해야 한다. 키케로가 자유애(自由愛)에 관해서 말하는 것을 들어보라. 그리고 브루투스가 같은 제목으로 말하는 것을 들어보라. 그 문장 자체에서, 후자는 생명을 내걸고 자유를 살 인물이라는 숨은 소리가 들려온다.

웅변의 조종(祖宗)인 키케로에게 죽음의 경멸을 말하게 해놓고, 세네카에게 같은 문제를 다루게 해보라. 전자는 기운 없이 끌어간다. 그리고 자기가 결단을 내리지 못하는 것을 그대에게 결단을 내리게 하려고 한다는 것을 그대는 느낀다. 그는 그대에게 조금의 용기도 주지 않는다. 왜냐하면 그 자신이 그것을 갖지 않았기 때문이다. 후자는 그대에게 활기를 주고 불을 지른다. 나는 작가들, 특히 도덕과 의무에 대하여 언급하는 작가들은 그 자신이 어느 종류의 인물인가를 살펴보지 않고는 결코 그 작품을 읽지 않는다.

에포르스는 스파르타에서 한 결단성 없는 인물이 시민들에게 유용한 충고를 하는 것을 보고는 그에게 침묵을 명하고, 한 착한 인물에게 그 사상을 자기 것으로 만들어서 시민들에게 제안하라고 간청하였다.

플루타르코스의 문장에는, 잘 음미해 보면 그 인물이 충분히 드러나 보인다. 그리고 나는 그의 심령 속까지 속속들이 들여다본다고 생각한다. 그렇지만 나는 그의 생애에 관한 기록이 우리에게 남아 있으면 한다. 그리고 겔리우스 (Aulus Gellius)가 그의 습관에 관한 이야기를 우리에게 남겨준 일을 고맙게 생각하며, 거기에 이 분노에 관하여 내 제목에 관련되는 말이 나오기에 나는 여기서 여담으로 들어간다.

플루타르코스의 노예 하나는 마음이 나쁘고 행실이 도리에 어긋나고 흉악했으나 철학적 교훈이 얼마간 귀에 젖은 자였다. 무슨 잘못한 일 때문이었는지 플루타르코스의 명령으로 사람들이 그의 옷을 벗기고 매질을 하였다. 그는 처음에는 부당하다고 하며 자기에게는 아무 죄도 없다고 불평을 했다. 그러나 마지막에는 울며불며 그의 주인에게 욕설을 퍼부었다. 주인은 스스로 자랑하는 것처럼 철학자가 아니었다고 비난하고, 자기는 그가 쉽게 화를 내는 것은 못난 짓이라고 말하는 것을 들었으며, 주인은 그 내용으로 책도 한 권 썼다고 말하였다. 그리고 주인이 분노에 차서 이렇게도 잔인하게 자기를 매질하게 하는 것은 전적으로 그의 문장과 모순되는 일이라고 하였다. 이 말을 듣고 플루타르코스는 아주 냉철하고 침착하게 말하였다.

"뭐? 무엇을 가지고 너는 내가 지금 노하였다고 판단하느냐? 내 얼굴이, 내 목소리가, 내 빛깔이, 내 말이 내가 흥분했다는 증거를 보여주느냐? 나는 눈을 무섭게 뜨고 있다고도, 얼굴이 일그러졌다고도, 무섭게 고함을 지르고 있다고도 생각하지 않는다. 내가 얼굴을 붉히느냐? 입에 거품을 무느냐? 내 입에서 내가 다음에 후회할 말이라도 나오느냐? 내가 부르르 떠느냐? 분노를 참지 못해 전율하느냐? 네게 말하건대 이런 것들이 분노의 진실한 표정이니라."

그러고는 매질하던 자를 돌아보며 그는 말했다.

"계속 하던 일을 하게. 그 동안 나는 이 자하고 토론이나 하겠네."

이것이 겔리우스가 그의 습관에 관하여 남긴 이야기이다.

타렌툼의 아르키타스(Archytas of Tarentum)는 총대장이 되어 지휘하던 전쟁에서 돌아왔다. 그런데 자기 집 세간은 엉망이 되고, 그의 사음(舍音)이 관리를 잘못하여 토지도 황폐해진 것을 알았다. 그는 사음을 불러 말했다.

"가거라! 내가 화가 치밀지 않았더라면, 도리깨질을 해주었을 것이다."

플라톤도 역시 그의 노예 하나에 대하여 울화를 느끼며, 자기는 분격하고 있기 때문에 그에게 손을 대지 못하겠다고 변명하듯 말하며, 그를 징벌하는 책임을 스페우시포스(Speusippos)에게 맡겼다. 라케데모니아 사람 카릴로스는 자기에게 너무 무례하고 건방지게 구는 엘로트에게 말했다.

"제기랄! 내가 화만 나지 않았던들 나는 당장 너를 죽여버렸을 것이다!"

이 분노는 그 자체에서 쾌락을 느끼며, 그 자체에 아부하는 격정이다. 얼마나 여러 번 우리는 그릇된 원칙 아래 혼미해져서, 누군가 와서 우리 앞에 정당한 변호와 변명을 제시할 경우, 진리 자체나 무의미한 일에 대하여 분개하는 것인가? 나는 이 문제에 관하여 옛날의 한 경이로운 예를 기억하고 있다.

피소는 다른 점으로는 모두 탁월한 도덕을 가진 인물이었다. 그는 자기 부하 병졸이 풀을 베러갔다 혼자 돌아와서는 함께 갔던 동료를 어디에 두고 왔는지 사정을 똑똑히 말하지 못하였다. 그 모습에 화가 난 그는 이 자가 함께 간 동료를 죽인 것이 명백하다고 당장 그에게 사형을 선고하였다. 그래서 그를 사형대에 올려놓았을 때 마침 길을 잃었던 동료가 돌아왔다.

군대 전체는 이를 큰 경사로 여겼다. 두 병졸은 한참 서로 껴안고 반가워하였다. 그런 후, 피소 자신에게도 이 일은 대단히 기쁘리라고 기대하고, 사형 집행인이 두 병졸을 그의 앞으로 데려갔다. 그러나 사정은 정반대였다. 왜냐하면 수치와 울분으로, 속에서 치밀어오르는 화가 터져버렸기 때문이다. 그들 중의 하나에 대한 무죄가 확실해진 까닭에 그는 홧김에 세 사람 모두에게 죄를 씌워 형장으로 보내버렸다. 격정이 갑자기 꾸며낸 궤변으로, 처음의 병졸은 선고를 받았으니 유죄였고, 길을 잃었던 두 번째 병졸은 그의 동료의 죽음의 원인이 되었으니 유죄였다. 그리고 사형 집행인은 그가 받은 명령에 복종하지 않은 까닭에 유죄라는 것이었다.

완고한 여자들과 교섭한 일이 있는 자들은, 여자들이 흥분한 경우 침묵과 냉담으로 대하며, 그 분노를 북돋아줄 생각을 내주지 않으면 얼마나 그녀들의 흥분이 심한가를 경험해 보았을 터이다. 웅변가 켈리우스는 화를 잘 내는 성미였다. 그와 한자리에서 식사하던 자는 순하고 대화도 부드럽게 이끌어가는 사람으로, 그의 기분을 거스르지 않기 위해 그가 말하는 모든 것에 찬성하고 거기에 동의하기로 작정하고 있었다. 그러나 켈리우스는 자기의 불쾌한 심정이 자극을 얻지 못하고 이렇게 넘어가버리는 것을 참을 수가 없어서 불쑥 말했다.

"제기랄 무엇이건 좀 반대를 해보오! 두 사람이 있다는 표가 나야지."

그와 마찬가지로 여자들은 사랑의 법칙을 본떠, 상대방에게 맞장구쳐 화를 나게 하기 위해서밖에는 달리 화를 내지 않는다. 포키온(Phocion)은 누가 그의 말을 훼방 놓으며 심하게 욕지거리를 하자, 아무런 대꾸도 없이 잠자코 상대방으로 하여금 실컷 화풀이를 하게 했다. 그리고 그 소란이 끝나자, 그에 대해서는 한마디도 없이 자기 말을 끊어두었던 부분에서부터 다시 시작해 갔다. 이러한 반응보다 더 뼈아픈 반응은 없다.

프랑스에서 가장 화를 잘 내는 사람에—분노는 언제나 불완전한 성격이다. 그러나 군인의 경우에는 드물게 용서되기도 한다. 이 직업에서는 이것 없이 넘길 수 없는 경우가 있기 때문이다—그는 내가 아는 한 가장 화를 잘 참는 참을성 있는 사람이다. 분노는 맹위를 가지고 너무나 난폭하게 그를 뒤흔들기 때문에—

그와 같이 청동가마 밑에 명랑한 소리 내며,
장작의 불꽃이 장쾌하게 타오를 때.

물은 끓어 치솟으며 속에 갇혀 광분하고,

거품은 높이 굽이쳐 분류로 넘쳐흐른다.

이 물결 억누를 길 없으니 김은 공중에 서리며 난다.

— 베르길리우스

이것을 조절하기 위해 굳세게 자기를 억제해야만 한다. 그리고 나로서는 격정을 누르지 못하고, 그것을 가리며 버텨나가는 데 이렇게 힘든 것은 알지 못한다. 나는 예지에 비싼 값을 붙이고 싶지 않다. 나는 그것이 성취해 놓은 것보다는 일을 더 나쁘게 만들어놓지 않은 데에 얼마나 힘이 드는가를 더 중시한다.

다른 한 분은 내게 자기의 행습(行習)이 규칙에 맞고 온화함을 자랑했지만, 그것은 특이한 일이다. 나는 그에게 그분과 같이, 특히 사람들의 눈을 끄는 탁월한 지위에 있는 분들에게는 항상 자기를 조절하여 세상에 내보이는 것은 어려운 일이지만, 중요한 일은 내부적으로 역량을 담아두는 일이며, 속으로 끙끙 앓는 것은, 내 생각으로는 자기 일을 잘 처리하는 것이 못된다고 말했다. 나는 그가 외면적인 가면과 이런 절제 있는 외모를 지키느라고 그러한 꼴을 당하지는 않는가 두려워했던 것이다.

사람들은 분노를 숨기다가 그것이 몸에 배어들게 한다. 그것은 마치 데모스테네스가 주막집에서 사람들에게 들킬까봐 속으로 기어들어가는 것을 보고, 디오게네스가 빈정거리며 말한 대로이다.

"그대는 속으로 물러나 들어갈수록 더욱 그 속으로 들어가게 된다."

나는 이렇게 점잖은 겉모습을 보이느라고 속으로만 고민하는 것보다는 차라리 예절바르지 않더라도 하인의 뺨을 한 대 치는 편이 낫다고 충고한다. 그리고 나는 고생하며 울화통을 덮어두기보다는 차라리 그것을 밖으로 터뜨리는 것이 낫다고도 말해 주고 싶다. 격정은 새어나가서 밖으로 표현되면 힘이 약해진다. 격정의 화살은 속으로 굽어서 우리를 해치는 것보다 밖으로 작용시키는 편이 낫다.

"모든 노출된 악덕은 비교적 경미하다. 가면을 쓴 건전성 밑에 은폐된 악덕이 최고의 악질이다."(세네카)

나는 내 집안에서 화를 낼 권한을 가진 자들에게 경고한다. 첫째로, 그들의 분노를 아끼고 아무렇게나 퍼붓지 말아야 한다. 왜냐하면 그것은 분노 효과와 무게를 감소시키기 때문이다. 평상시에 주책없이 고함을 지르고 다니면 버릇이 되어 모두가 그를 깔보게 된다. 하인이 도둑질을 해서 야단을 쳐보아도 그것은 유리잔을 잘못 닦았다거나 의자를 잘못 놓았다고 그에게 백 번을 사용해오던 것과 같은 꾸지람인 만큼 별로 대단하게 느껴지지 않는다. 둘째로, 허공에 대고 화를 내서는 안 된다. 이 꾸지람이 자기가 불만스럽게 생각하는 자에게 도달하도록 유의해서 해야 한다. 어떤 자는 대개 꾸지람을 받을 자가 앞에 나오기도 전에 고함을 지르며, 가버린 뒤에도 한 세기를 두고 계속해서 소리를 지른다.

> 광증은 그 흥분 속에서 자신에게로 돌아와 소란 떤다.
> ― 클라우디아누스(Claudius Claudianus)

그들은 자기들의 그림자를 몰아대며, 이런 요란스러운 목소리를 듣고도 어떻게 해볼 도리가 없는 사람들밖에 아무도 그 때문에 아파하지도 않고 관심도 갖지 않는 자리로 소란을 몰아간다. 나는 마찬가지로 말다툼에서 상대자도 없는데 발악을 하며 화를 내는 자들을 비난한다. 이런 허풍은 효과를 낼 기회가 올 때까지 묻어두어야 한다.

> 한 황소가 싸움을 시작하려 할 때는,
> 우선 무섭게 포효하며, 그의 분노와,

뿔을 시험하여 나무 둥치를 들이받고 바람을 치며,
공격의 서곡으로 발밑을 파헤쳐 흙먼지를 던진다.
— 베르길리우스

나는 화가 치밀 때는 맹렬하게 터뜨린다. 그러나 될 수 있는 한 아주 짧게 그리고 은밀하게 해치운다. 나는 너무 황급하고 맹렬하여 성정을 가라앉히지 못한다. 그러나 아무렇게나 되는 대로 온갖 종류의 욕설을 퍼붓고 돌아다니며, 내 호통이 어디에 들어맞아야 가장 아프게 느낄 것인가를 차근히 찾아보지 못할 정도로 혼란에 빠지는 일은 없다. 왜냐하면 나는 대개 내 연구실에서밖에는 잘 사용하지 않기 때문이다.

작은 일에도 나는 놀라 떨어지지만, 내 하인들은 작은 실수보다도 큰일을 저질렀을 때는 조금 덜 당한다. 불행한 일로 사람이 낭떠러지에 서면, 누가 어떻게 밀건 늘 바닥까지 떨어지게 마련이다. 추락 그 자체가 돌진과 격앙과 추진력을 제공하기 때문이다. 큰일을 저질렀을 때는 내 분노가 너무나 정당한 것이기 때문에 모두들 내게서 울분의 분노가 터져 나오리라고 기대한다. 그런데 그것이 내게 만족감을 주고, 그 만족감 때문에 나는 그들의 기대를 뒤집기를 잘한다.

나는 마음을 긴장시키며 분노에 대항하여 단속한다. 이 분노를 그대로 좇아가다가는 머리가 혼란스러워 볼꼴 사납게 정신을 잃게까지 된다. 그러나 나는 거기에 빠지는 일은 쉽게 피한다. 모두들 기대하고 있고, 거기에 아무리 맹렬한 원인이 있어도, 격정의 충동을 충분히 물리칠 만큼 나는 강하다. 그러나 이 격정이 미리 내게 들어앉아서 나를 사로잡기만 하면 이유가 아무리 하찮아도 나는 그만 정신을 잃게 된다.

그래서 나는 내게 말다툼을 걸 수 있는 자들과 다음과 같이 흥정한다.

"내가 먼저 흥분한 것이 느껴지거든, 옳건 그르건 그대로 두시오. 나도 내가 당할 때 그렇게 하겠소."

　폭풍우는 서로 맞부딪치기 때문에 잘 일어나는 분노의 경쟁에서밖에 생겨나지 않는다. 분노는 한쪽에서만 터져 나오는 게 아니므로, 그것이 각기 따로 터지게 놓아두자. 그러면 우리는 언제나 평화롭게 지낼 수 있다. 그렇게 하는 것은 유익한 방법이다. 그러나 실천하기는 힘이 든다.

　때때로 나는 조금도 격한 일 없이 집안일을 조정하기 위하여 화가 난 체하는 수도 있다. 나이가 들어 성미가 더욱 까다로워짐에 따라, 나는 거기에 대항하려고 노력한다. 그리고 나는 성정이 울적하고 날카로워져도, 그리고 더 변명하기 좋고 더 그렇게 기울어지기 쉬운 처지에 있을수록ㅡ하기는 지금까지도 나는 가장 그렇지 않은 축에 들었지만ㅡ할 수 있으면 이제부터 더욱 그렇지 않도록 해보겠다.

　이 장을 맺기 위하여 한마디만 더 하자. 아리스토텔레스는 말하기를, 분격은 때로는 용덕(勇德)과 용감성을 위한 무기 노릇을 한다고 하였다. 그것은 그럴듯한 말이다. 그렇지만 이 말에 반대하는 자들은 그것이 새로운 용도의 무기라고 농담조로 대답한다. 왜냐하면 다른 무기는 우리가 그것을 움직이지만, 분노라고 하는 무기는 반대로 우리를 움직이기 때문이다. 우리의 손이 그것을 조종하는 것이 아니라 그것이 우리의 손을 조종한다. 분노라는 무기가 우리를 잡고 있는 것이지 우리가 이 무기를 잡고 있는 것은 아니다.

후회에 대하여

다른 사람들은 인간을 꾸미지만, 나는 인간을 이야기한다. 그리고 아주 잘못 만들어진 한 개인으로서의 인간을 표현한다. 그것을 내가 다시 고쳐 만든다면, 진정 나는 지금 있는 것보다는 아주 다르게 만들어놓을 것이다. 그러나 이제는 해볼 도리가 없다.

그런데 내가 묘사하는 글은 아무리 잡다하게 변해 간다 해도 그릇되게 그려지는 않는다. 세상은 영원한 변동에 불과하다. 거기서는 모든 일들이 끊임없이 흔들린다. 땅이나 코카서스의 바윗돌이나 이집트의 피라미드나 모두가 공통으로 흔들리며 각개로 흔들린다. 항구함이라는 것도 아주 느린 흔들림에 불과하다.

나는 내 대상, 곧 나 자신을 확보하지 못한다. 그는 늘 타고난 취몽(醉夢)으로 혼돈 속에서 비틀거리며 간다. 나는 그가 있는 대로 내가 그에게 흥미를 갖는 그 순간에 그를 잡아본다. 나는 그 존재를 묘사하지 않는다. 나는 그 통과를 묘사한다. 한 연대에서 다른 연대에로, 또는 사람들의 말과 같이 7년씩의 통과가 아니라, 매일 매순간의 통과를 그린다. 내 이야기는 시간에 맞추어가야 한다. 나는 운수뿐 아니라 의향으로도 금세 변할 것이다. 나는 변해 가는 잡다한 사건들과 갈피를 잡을 수 없는 공상들, 그리고 반대되는 생각들이라도 있으면 있는 대로 기록해 보는 것이다. 내가 다른 나 자신이 되거나, 다른 사정이나 고찰로 제재를 파악하게 되거나 간에 그대로 적어간다. 아마도 나는 모순되는 말을 하고 있는 것 같다. 그러나 데마데스(Demades)가 말하듯, 나는 진실을 거꾸로 말하지는 않는다. 만일 내 심령이 자리를 잡을 수 있다면, 나는 《수상록》을 시도하지 않고 결단을 내릴 것이다. 내 심령은 항상 수련하는 중이며 교정받는 중이다.

나는 변변치 않고 광채 없는 인생을 드러내놓는다. 상관없다. 사람은 가장 풍부한 옷감으로 입힌 인생에서와 마찬가지로, 평민적이며 개인적인 인생에도 전도덕철학(全道德哲學)을 결부시켜 본다. 사람들은 제각기 인간 조건의 온전한 형태를 지니고 있다.

작가들은 자기를 특수하고 외부적인 표정으로 사람들에게 전달한다. 나는 맨 먼저 미셀 드 몽테뉴로서의 보편적인 존재인 나를 전해 주는 것이지, 문법학자나 시인이나 법률가로서의 나를 보여주는 것이 아니다. 만일 사람들이 내가 너무 내 말을 많이 한다고 꾸짖는다면, 나는 그들이 자기 자신의 생각조차 하고 있지 않다고 탓하겠다.

그러나 행습(行쬡)이 이렇게 다른데도 나를 널리 알려준다는 것이 옳은 일일까? 세상에는 겉치레를 하고 기교 부리는 일이 그렇게도 신용을 얻고 권위를 가지는데, 나 같은 생소하고 단순한 본성의, 그것도 아직 극히 허약한 내 본성의 소산을 세상에 내보이는 것이 과연 옳은 일일까? 학문도 기교도 없이 책을 쓴다는 것은 돌 없이 담을 쌓거나, 그와 비슷한 짓을 하는 것이 아닐까? 음악가의 환상은 예술에 의해 지도되지만, 내 망상은 운수로 지도된다.

첫째로, 약간이나마 나는 내가 계획하여 행하는 일에 관해서는, 세상에 어느 누구도 나보다 더 잘 이해하고 앎으로써 그 재료를 다루어본 자는 없었으며, 이 제재에 관해 나는 어느 누구도 감당하지 못할 학자이다. 둘째로, 어느 누구도 나만큼 자기 재료에 더 깊이 들어가보지 못했고, 더 특수한 그런 부분들도 없다는 것이 내 나름대로 얻은 정보이다. 이 목적을 완수하기 위하여 여기에서는 충실성밖에 가져볼 거리가 없다. 충실성은 세상에 있을 수 있는 가장 성실하고 순수한 상태로 있다.

나는 진실을 말한다. 하고 싶은 대로 실컷 하지는 못하지만, 감히 할 수 있는 데까지는 말한다. 그리고 늙어가면서 좀더 과감해진다. 왜냐하면 습관이 이 나이에 횡설수설하며 조심성 없이 말하는 자유를 더 주는 것 같기 때문이다. 나는 작가와 그의 작품이 서로 어긋나는 경우를 자주 보았지만, 여기서는 그런 일은 거의 일어나지 않는다. '교제해 보면 그렇게 점잖은 사람이 어떻게 그런 어리석은 글을 썼을까? 라거나 '그렇게 교제가 부실한 사람이 어떻게 박식한 문장을 썼을까? 대화는 평범한 자가, 문장은 희귀한 것을 썼구나.' 다시 말하면 그 능력은 자기에게 있지 않고 그가 빌려온 것에 있다고 하는 말은 나올 수 없다. 박식한 인물이 모든 일에 박식한 것은 아니다. 그러나 능력 있는 사람은 모든 일에 능력이 있다. 일을 모르는 경우도 마찬가지이다.

나는 일치하여 내 책과 함께 한 걸음으로 나아간다. 다른 데서는 작품을 쓴 자와는 따로 그의 작품을 추켜주든지 비난하든지 할 수 있으나, 여기서는 그렇게 할 수 없다. 하나를 건드리면 다른 것도 건드리게 된다. 이런 사정을 알지 못하고 이 작품을 판단하다가는 내게보다도 자기에게 잘못을 저지를 것이다. 이러한 사정을 잘 알아주는 자에게 나는 전적으로 만족한다. 내게 무슨 지식이 있고, 그 지식을 이용할 능력이 있으며, 내 기억력이 나를 도와줄 만한 값어치가 있다고 이해성 있는 사람들에게 느끼게 할 만큼 일반의 평가를 얻을 수만 있다면, 나는 받을 값어치 이상의 행복을 누리는 자이다.

내가 자주 말하는 바와 같이, 나는 후회하는 일이 드물고, 내 양심은 천사나 말(馬)의 양심 같지는 않아도, 사람의 양심으로서 그 자체에 만족한다. 이 후렴은 격식으로서의 후렴이 아니라 순박하고 본질적인 순종의 후렴으로, 이렇게 덧붙여서 변명하고자 한다.

"나는 알지 못하니까 깊이 연구하며, 순수하고 단순하게 일반의 합법적인 신앙에 의한 결정을 참조하여 말한다."

나는 가르치는 것이 아니다. 나는 이야기할 뿐이다.

악덕 중에 사람의 비위를 거스르지 않고, 순수한 판단의 비난을 받지 않는 진실한 악덕이라고는 없다. 왜냐하면 악덕에는 너무나 명백하게 추악하고 불편한 점이 있어서, 이런 일은 주로 어리석음과 무지의 소산이라고 하는 말이 옳기 때문이다. 그렇기 때문에 악덕을 알고도 그것을 미워하지 않는다는 것을 생각하기는 어려운 일이다.

악의는 자체의 독을 대부분 들이마시고 스스로 중독되고, 악덕은 몸의 종기와 같이 영혼에 후회를 남긴다. 그리고 이 후회는 항상 제 상처를 긁어서 피를 흘리게 만든다. 왜냐하면 이성은 다른 슬픔과 고통을 지우지만, 후회의 고통을 낳으며, 그 속에서 나오는 만큼 더 심하게 아프기 때문이다. 이것은 마치 열병의 오한이 밖에서 오는 경우보다 더 혹독한 것과 같다―각기 그 척도로 따지지만―나는 이성과 본성에서 배격하는 것뿐 아니라, 법률과 습관에 의하여 당연한 일로 간주되어 오는 일이라고 여론이 꾸며낸 것, 다시 말하면 거짓되고 그릇된 것들을 악덕이라고 본다.

마찬가지로 선행 중에는 잘 태어난 본성을 즐겁게 해주지 않는 것이 없다. 우리 자신 속에는 우리를 즐겁게 해주는 선을 행하려는, 무엇인지 모르는 축원과 양심을 따라다니는 너그러운 자존심이 있다. 용감하고 악덕스러운 마음은 어떤 경우 안정성으로 자체를 장식하는 수가 있다. 그러나 그 심령은 스스로에게 기쁨과 만족을 줄 수 없다. 이렇게도 부패한 시대의 악덕에 전염되지 않고 자기가 보존되어 있는 것을 느끼며, 자기에게 다음과 같이 말할 수 있는 자의 기쁨은 가벼운 쾌락이 아니다.

"누가 내 마음을 들여다보아도, 내가 사람을 해쳤거나 망하게 하지 않았으며, 복수심으로나 시기심으로, 또는 법률을 공공연하게 어긴 일로나, 새 것을 즐기는 취미, 소란을 일으키는 일, 약속을 어겼다는 일 따위로 내게서 잘못을 찾아내지는 못할 것이다. 그리고 이 시대의 방자한 풍조에 의하여 아무나 해도 좋다고 되어 있지만, 그래도 나는 어느 프랑스 인의 재물에 손을 대본 일이 없고, 전시나 평화시에 내 것으로밖에는 살아본 일이 없으며, 보수를 주지 않고는 어떠한 수고도 받아본 일이 없다."

양심의 이런 증명은 유쾌하다. 그리고 이런 타고난 기쁨이란 우리에게 큰 이익이 되며, 언제나 결핍되는 일이 없는 단 하나의 보수이다.

남이 칭찬해 주는 것이 도덕적 행동의 진정한 보수라고 생각하는 것은, 그 근거가 불확실할 뿐만 아니라 혼란스럽다. 특히 지금처럼 부패하고 몽매한 시대에는 사람들이 좋게 보아준다는 것이 도리어 모욕이 될 수도 있다. 어느 누구의 말을 믿고 칭찬할 만한 일을 볼 줄 안다고 할 것인가? 누구나 이것이 명예스러운 일이라고 자찬하면서 내세우는 그런 선인이 될 생각은 하지 말아야 한다.

"지난날의 악덕이 오늘날에는 풍습이 되었다."(세네카)

내 친구들 중의 몇몇은 자진해서건 또는 내 청을 받아서건 가끔 내게 마음을 터놓고 훈계하거나 책망하고는 했다. 그것은 점잖은 마음을 가진 사람이 그 유익성으로뿐 아니라, 우정의 상냥한 마음으로 할 수 있는 모든 봉사보다 나은 호의에서 나오는 일이었다. 나는 언제나 거기에 예절과 감사를 다하며, 트인 마음으로 받아들였다. 그러나 지금 이 시간에 양심적으로 말하자면, 곧잘 그들의 책망이나 칭찬 속에 그릇된 의견이 너무 많은 것을 보았기 때문에, 나는 차라리 그들이 종종 잘 저지르는 실수를 피하려고 애썼다.

우리의 개인생활을 자기 자신에게밖에 보여줄 데가 없이 살고 있는 우리 따위는, 주로 우리의 행동을 검열하기 위해 우리 가운데 모범을 세우고 그것으로 우리의 행동을 심사하며, 거기에 따라서 우리를 칭찬하기도 하고 징계하기도 한다. 나는 나를 판결하기 위해 내 법률과 재판정을 가지고 있다. 그리고 다른 데보다도 자주 거기에 호소한다. 나는 아주 잘 남의 의견에 따라서 내 행동을 억제시킨다. 그러나 내 의견에 의해서밖에는 행동을 확대시키지 않는다.

그대가 비굴한지 잔인한지, 믿음직한지 신앙이 깊은지를 아는 것은 그대뿐이다. 다른 사람들은 그대를 보지 못한다. 그들은 불확실한 추측으로 그대를 짐작한다. 그들은 그대의 기교를 보는 만큼 그대의 본성을 보지는 못한다. 그대, 그들의 판결에 얽매이지 말라. 그대 자신의 판결에 의존하라.

"그대가 자신에게 하는 판단을 사용해야 한다."(키케로)

"양심이 자신에게 해주는 악덕과 도덕의 증명은 한층 더 중요하다. 이것을 제거한다면 전부가 무너져 내린다."(키케로)

그러나 흔히 말하는 바와 같이, 후회는 죄악의 뒤에 가까이 따라다닌다는 말은, 우리 속에 마치 자기 집인 것처럼 무거운 장비를 가지고 들어앉아 있는 죄악과는 상관이 없는 것처럼 보인다. 격정들이 우리를 갑자기 사로잡아서 몰아넣는 악덕은, 자기 것이 아니라고 부인할 수 있다. 그러나 오랜 습관에 의하여 억세고 강력한 의지가 되어 우리 속에 닻을 내리고 뿌리박고 있는 죄악은 부정할 길이 없다.

후회는 우리의 의지를 부인하는 것이며, 우리를 아무데로나 되는 대로 끌고 돌아다니는 우리의 광증에 대한 반대 심정에 불과하다. 그것은 자신의 지난날의 도덕과 순결성을 부정하게 한다.

어째서 오늘의 나의 심정은 젊은 날의 나의 것이 아닌가?
또는 순진하던 나의 두 뺨은 어째서 이 정신에게로 되돌아오지 못하는가?
— 호라티우스

개인적인 생활에까지 질서를 유지하는 것은 훌륭한 인생에서 찾아볼 수 있는 일이다. 각자는 광대놀이에 참가하여 무대 위에서는 점잖은 인물을 연기해낼 수 있다. 그러나 요점은 우리의 모든 일이 허용되고 모든 것을 감추어두고 있는 가슴속, 마음속에 질서를 세워보는 일이다. 그 다음 단계는 아무에게도 보고할 필요가 없고, 연구도 기교도 없이 살아가는 자기 집에서의 일상적인 행동에 질서를 세우는 일이다. 그러므로 비어스는 가정생활에서의 훌륭한 태도를 묘사하며 이렇게 말한다.

"한 가정의 주인은, 그가 밖에서 나라의 법과 사람들의 평판이 두려워 처신하는 식으로, 집안에서도 그대로 행해야 한다."

줄리어스 드루수스가 직장(織匠)들에게 한 말은 점잖았다. 장인(匠人)들이 그에게 3천 에퀴만 내면 그의 집을 예전과 같이 이웃사람들이 안을 들여다볼 수 없도록 만들어주겠다고 하자 그는 다음과 같이 대답하였다.

"내가 6천 에퀴를 주겠으니 누구든 어느 구석을 들여다보아도 좋게 만들어 놓으라."

아게실라오스(Agesilaos)가 여행할 때, 그의 숙소를 항상 사원 안에 정하며, 사람들이나 신들이 모두 그의 개인적인 행동까지 볼 수 있도록 한 것은, 칭송할 만한 일이라 할 수 있다. 자기 아내와 하인이 보아도 별로 눈에 띌 일이 없게 살아간 자는, 놀랄 만한 인물이다. 집안사람들에게 숭배 받았던 인물은 거의 없었다.

아무도 자기의 집에서나 자기의 고향에서 예언자 구실을 한 자는 없었다고 역사가들은 경험을 통해 말한다. 대수롭지 않은 일에도 마찬가지이다. 이런 비속한 예에서 위인들의 모습이 보인다. 우리 가스코뉴 지방에서는, 내 글이 인쇄되어 나오는 것이 우스꽝스럽게 생각될 정도이다. 나를 알게 되는 사람들이 내 집에서 멀리 있을수록 내 값어치는 올라간다. 나는 기엔에서 돈을 써가며 내 글을 인쇄하지만, 다른 데서는 사람들이 내 글을 사간다. 그 때문에 죽은 뒤에 신용을 얻으려고 현재 살아 있는 동안에 몸을 감추는 자들에게 그럴싸한 이유가 생긴다. 나는 차라리 신용을 덜 얻겠다. 그리고 내가 지금 세상에서 얻고 있는 몫밖에는 나를 세상에 내놓지 않겠다. 그가 누구이든 세상을 떠난 뒤에는 신용이건 무엇이건 다 소용없어진다.

사람들은 공적인 행동으로는 황공하여 작가를 그의 집 문 앞까지 바래다준다. 집에 들어선 그 자는 그의 옷과 더불어 그의 역할도 벗어놓는다. 그는 높게 올라갔던 만큼 낮게 내려온다. 그는 자기 집안에서는 모든 일이 엉망진창이다. 질서가 서 있다 해도 이런 변변찮은 개인적인 행동 속에서 그것을 알아보려면 예민하게 식별하는 판단력이 필요하다. 질서는 침침하고 희미한 덕성으로 알아보기도 쉽지 않다.

성벽을 무찌른다, 외국으로 사절단을 데려간다, 백성을 다스린다 하는 것은 혁혁한 행동들이다. 그러나 자기 집 사람들이나 자기 자신을 부드럽고 올바르게 꾸짖으면서도 웃고, 팔고 사며, 사랑하고 미워하고, 이웃과 교섭하며, 되는 대로 일하지 않고, 자기 말을 어기지 않는 것 등은 눈에는 드러나지 않지만 더 희귀하고 어려운 일들이다. 그 때문에 누가 어떻게 말하건, 은퇴한 생활은 다른 생활과 같을 정도로, 또는 그보다 더하게 억세고 긴장된 의무들로 지탱해 나간다.

개인은 관직에 있는 자들보다는 더 힘들고 고매한 도덕을 섬긴다고 아리스토텔레스는 말한다. 우리는 양심보다도 명예욕으로 영예로운 자리에 준비하고 나선다. 영광에 도달하는 가장 가까운 길은 우리가 영광을 위하여 하는 일을 양심적으로 하는 데 있을 것이다. 알렉산드로스가 그의 활동무대에서 보여준 덕성은, 소크라테스가 그 대수롭지 않고 희미한 행동에서 보여준 것보다 훨씬 힘이 덜 드는 일이었다고 생각된다. 나는 소크라테스가 알렉산드로스의 자리에 있었다면 그 일을 훌륭히 해냈을 것으로 생각한다. 하지만 알렉산드로스가 소크라테스가 한 일을 해냈으리라고는 생각할 수 없다. 누가 전자에게 무엇을 할 수 있는가 하고 물어보면, 그는 '세상을 정복하는 일'이라고 대답할 것이다. 후자에게 같은 질문을 하면, 그는 '타고난 조건에 맞게 인생을 살아가기'라고 대답할 것이다. 이것은 보다 일반적이며, 보다 중하고 정당한 지식이다. 심령의 가치는 높이 올라가는 데에 있지 않고, 질서 있게 살아가는 데에 있다.

심령의 위대성은 위대성에서 행세하지 않고, 일상생활에서 한다. 우리의 마음을 들여다보고 판단하는 자들은 우리의 공적인 행동의 광휘를 대단한 것으로 보지 않고, 흙탕물에서 튀어오른, 실낱같이 가느다란 물줄기의 광채와도 같은 하찮은 것으로 본다. 그와 같이, 우리를 그 씩씩한 외양으로 판단하는 자들은 마음까지도 그와 같을 것으로 결론지으며, 우리를 동떨어지게 높은 사람으로 보기 때문에, 그들의 눈을 놀라게 하는 외모 속에 그들과 다름없는 평범한 소질이 있다는 것을 생각해 보지 못한다.

그래서 우리는 마귀들에게 무서운 상(相)을 꾸며준다. 그리고 티무르(帖木兒)를 생각할 때, 치켜 솟은 눈썹과 벌어진 콧구멍과 무서운 얼굴, 그리고 그 이름만 듣고 상상해 보는 공상 속의 엄청난 키다리로 생각하지 않을 자가 어디 있겠는가? 누가 다른 날 내게 에라스무스(Desiderius Erasmus)를 보여주었더라면, 그가 그의 주인마님과 하인에게 말하는 것까지 모두 금언이나 경구로 들렸을지도 모른다. 우리는 한 직장(織匠)이 화장실에 앉은 모습이나 부인과 동침하는 것을 적당하게 상상해 보지만, 그 풍채와 능력으로 존경할 만한 대법원장이 그러는 것은 생각해 보기 힘들다. 이런 사람들은 그 높은 자리에서 비천한 생활에까지 끌어내려지지는 않을 것 같다.

악덕스러운 마음을 가진 자도 곧잘 어떤 외부의 충동을 받아서 선한 일을 하게끔 이끌리는 수가 있듯이, 도덕성이 강한 사람도 역시 악한 일을 행하는 수가 있다. 그러므로 사람의 마음은 언제나 외부로부터 영향 받기 쉬우므로, 안정된 상태로 자기의 자리에 있는 모습으로, 또는 그들이 약간이나마 안정된 자연스러운 위치에 더 가까이 있을 때 판단해야 한다.

타고난 경향은 교육의 도움을 받아서 강화된다. 그러나 사람의 마음은 결코 변화되고 굴복되지 않는다. 우리 시대의 수많은 사람들은 본성과 반대되는 단련에 의해 도덕이나 악덕으로 달려나갔다.

야수들은 숲속의 습관을 잃고 포로가 된 생활에 젖어,
그들의 위협적인 모습을 버리고 인간의 지배가 습관화될 때,
만일 한 방울의 붉은 피가 그들의 타오르는 입술에 닿기만 하면,
광분과 용맹성은 되살아나 피의 단맛에,
코끝이 벌어져 살기가 끓어오른다. 이런 광분 속에
무서워 떠는 주인을 갈가리 찢지 않고는 견디기 어려운 일이다.
— 루카누스

  우리는 이 근원의 소질들을 뽑아 없애지 못한다. 그들은 그것을 덮어 감춘다. 라틴 어는 내게는 타고난 말과 같다. 나는 그것을 프랑스 어보다 더 잘 알아듣는다. 그러나 벌써 40년 동안 나는 말하는 데에도 글 쓰는 데에도 라틴 어는 쓰지 않았다. 그런데 내가 평생에 두서너 번 겪어본 일이지만, 극단적인 격정에 빠졌을 때 — 언젠가 아주 건강하시던 아버지께서 갑자기 기절하시며 내 위에 쓰러지시던 때의 일이다 — 맨 먼저 내 입밖으로 튀어나오는 말은 언제나 라틴 어였다. 본성은 오랜 습관을 거슬러 튀어나오며, 그 자체를 표현한다. 이 예 하나로도 많은 다른 일들을 알 수 있다. 우리 시대에 새로운 사상을 가지고 풍습을 고쳐보려고 시도한 자들은 피상적인 악덕들은 개혁하지만, 본질 속의 악덕들은 그들이 늘려놓은 것이 아니면 그대로 남겨둔다. 더욱이 그 악덕이 불어간다는 것은 두려운 일이다.

  우리는 힘을 들이지 않고 큰 명성을 얻는 외부적이고 독단적인 개혁사상 때문에, 다른 모든 착한 일들은 하지 않고 쉬고 있다. 그리고 그것으로 내적이고 동질적인 다른 타고난 악덕들을 쉽게 만족시킨다.

  우리의 경험에 본성이 어떻게 비치는가를 살펴보라. 자기 말을 들어보고, 자기 속에 자기가 받은 교육에 대항하여, 마음에 반대되는 격정의 폭풍에 대항하여 싸우는 고유의 형체가 있다는 것을 발견하지 못하는 자는 없다. 나는 어

떤 충격으로 마음이 뒤흔들리는 일은 결코 없다. 나는 몸이 무겁고 묵직한 사람들이 하듯, 늘 내 자리에 있다. 자리에 있지 않는다 해도 나는 늘 그 근처에 있다. 나는 방자하게 놀아도 너무 심하게 탈선하지는 않는다. 거의 극단적인 것이나 괴이한 것은 아무것도 없다. 그리고 적기는 하지만 나는 건전하고 힘찬 회복력을 갖는다.

우리 인간들의 일반적인 태도에 관련되는 진실한 비난은 그 은퇴생활까지도 부패와 더러움으로 충만하여 있다는 점이다. 그들에게 개선의 관념은 혼탁하고, 뉘우침은 죄악과 같이 잘못되고 병들어 있다. 어떤 자들은 타고난 애착으로 악덕에 달라붙어 있거나, 또는 오랫동안의 습관 때문에 더러움을 알아보지 못한다.

다른 자들에게는 ― 나는 그들의 대열에 속하지만 ― 악덕이란 거북살스럽다. 그들은 쾌락이나 다른 일에서 균형을 찾는다. 그리고 희생을 겪으며 악덕을 용인하고 그쪽으로 기운다. 그렇지만 그것은 악덕스럽고 비굴한 일이다. 그것은 아마도 우리가 유용성에 관하여 말하듯 그 사이의 정도 차이가 너무 심해 쾌락이 죄악에 대한 정당한 변명이 된다고 생각해 볼 수도 있는 일이다. 그것은 절도에서와 같이 우발적이며 죄악이 되지 않는 경우뿐 아니라, 여자와의 관계에서처럼 이 악덕을 실천하는 데에 대한 유혹이 너무나 강렬하여 때로는 극복할 수 없다고까지 사람들은 말하고 있다.

지난번 내가 아르마냐크에 갔을 때 친척 한 분의 영지에서, 나는 좀도둑이라는 별명으로 불리는 한 농부를 보았다. 그는 자기가 살아온 내력을 이렇게 이야기하고 있었다. 그는 가난한 집에 태어나 자기가 일하는 것 가지고는 가난을 면할 도리가 없었기 때문에, 좀도둑이 되기로 작정했다. 그리고 그는 청춘의 강한 체력을 이용하여 이 직업을 안전하게 유지해 왔다. 왜냐하면 그는 남의 땅에 가서 곡식이나 포도를 걷어오는데, 멀리 떨어진 곳으로 가서 꽤 큼직하게 해왔기 때문에 아무도 하룻밤에 그만큼 어깨에 짊어지고 갔으리라고는 생각하지 못했다. 그리고 그는 자기가 저지르는 손해를 조심스럽게 골고루 널리 폈기 때문에 그 손실이 각 개인에게는 그렇게 심한 타격이 되지 않았다.

그 농부는 그 덕택에 늙은 지금에는 그와 같은 처지의 사람들 중에서는 넉넉한 편이었다. 그는 이 사실을 공공연하게 실토하였다. 더욱이 자신의 재산축적에 관하여 하나님과 화해하기 위하여 그는 이제부터는 날마다 그에게 도둑맞은 사람들의 후손에게 좋은 일을 해나갈 작정이라고도 말했다. 그리고 그가이 일을 완수하지 못하면 — 왜냐하면 그는 일시에 모두에게 갚을 수는 없기때문이다 — 후계자들에게 그 책임을 지울 생각이라고 했다.

진실이건, 거짓이건, 그는 이런 이야기로 도둑질이 못된 일이라는 것을 인정하고, 그것을 혐오한다. 그러나 가난보다는 나쁘지 않다고 생각하는 것도 사실이다. 그는 이 일을 단순솔직하게 후회한다. 그러나 그의 과거의 행동은 이렇게 보상되고 변상될 수 있으니 그는 아마도 이제 후회도 하지 않을지 모른다. 그렇다고는 하지만, 물론 이 사례는 우리를 악덕에 야합하게 하여 우리의오성까지 적응시켜 버리는 습관은 아니다. 그리고 우리의 심령에 충격을 주고뒤흔들어서 맹목적으로 만들며, 당장 판단력이나 모든 것을 악덕의 힘 속에밀어넣는 거센 폭풍 또한 아니다.

나는 습관적으로 내가 하는 일은 전부 그것도 단숨에 해치우는 식으로 진행시킨다. 그런데 그 진행에서 내 이성에 숨기거나 거기서 이탈하려는 행위라고는 없고, 내 몸의 모든 부분이 분할되거나 내적 소란을 일으키는 일 또한 없다. 내 판단력은 전적으로 비난받거나 전적으로 칭찬받거나 한다. 그리고 한번 잘못이 있으면 다음번에도 마찬가지, 그대로이다. 왜냐하면 출생할 때부터 내판단력은 한결같기 때문이다. 똑같은 경향이고, 똑같은 길이며, 똑같은 힘이다. 그리고 일반적인 사상의 문제로는, 나는 어릴 적부터 내가 매여 있어야 할자리에 머물러 있다.

죄악에는 강력하며 신속하고 급격한 것이 있다. 그러나 그런 것은 일단 옆으로 치워두고, 너무 여러 번 되풀이되고 계획되고 숙고된 다른 죄악이나, 또는 체질의 죄악, 다시 말하면 직업적이며 천부적인 죄악에 대해서는 한번 살펴보자. 나는 그런 죄악을 가지고 있는 자의 이성과 양심이 그것을 계속 원하거나 이해하는 일이 없는데도, 그토록 오랫동안 동일한 마음속에 부식되어 있다고는 생각할 수 없다. 그리고 그가 어떤 순간에 후회를 한다고 자랑하는 것은, 나로서는 상상하기가 힘들다.

피타고라스 학파는 다음과 같이 주장한다.

"신탁을 받기 위해 신들의 영상 옆으로 가까이 갈 때, 사람들은 새로운 영혼을 갖는다."

그러나 나는 피타고라스 학파의 견해에 동의하지 않는다. 그들의 영혼이 그 지극정성에 마땅하게 정결과 순화의 표징을 신들에게 보여주지 않는 이상, 바로 심령이 그 당장 빌려온 아주 다른, 새로운 영혼이라야 한다고 말하려는 것이 아니라면 말이다.

그들은 스토아 학파들이, 우리에게 마음속에 인정하는 불완전한 일과 악덕들을 교정하라고 명령하며, 그렇다고 그런 것 때문에 슬퍼하고 고민해서는 안 된다고 금하고 있는, 이 교훈과는 정반대로 모든 일을 행한다. 이런 자들은 마음속에 심한 후회와 양심의 가책을 느끼는 것같이 우리에게 믿도록 하려고 한다. 그러나 개과천선이나 나쁜 행실의 중지 같은 기미를 보여주지 않는다든지, 악을 벗어 던진 것이 아니면, 악에서 치료된 것은 아니다. 후회가 저울접시를 누르고 있다면, 그것은 죄악을 유예할 뿐이다. 우리가 습관과 생활을 신앙심에 조화시키는 것이 아니라면, 신앙의 실천보다 더 모방하기 쉬운 일은 없다. 그 본질은 난해하고 비밀스럽지만, 그 겉모습은 본뜨기 쉽고 화려하다.

나로 말하면, 대체로 다른 자가 되기를 바랄 수도 있다. 나는 나의 일반적인 형태를 불만족스럽게 그리고 불쾌하게 생각한다. 그래서 나를 전적으로 바꾸어주고 나의 타고난 약점을 용서해 주기를 하나님께 탄원할 수 있다. 그러나 그것을 후회라고 할 수는 없다. 내가 천사나 카토의 못된 불만을 후회라고 할 수는 없는 것과 같다.

　내 행동은 나라는 인물과 내 처지에 알맞게 조절되어 있다. 나는 지금 상태보다 더 잘할 수는 없다. 그리고 후회는 바로 스스로 할 수 없는 일과는 관계가 없다. 그렇다, 섭섭한 생각은 있다. 나는 내 본성보다 무한히 더 고매하고 더 절도 있는 본성들을 부러워하기도 한다. 그렇지만 나는 내 소질들을 더 낫게 만들지는 못한다. 그것은 다른 사람의 팔이나 정신이 더 힘세게 되지 않는 것과 마찬가지이다. 만일 보다 더 고상한 행동을 생각하고 바라는 것이 우리에게 후회를 일으킨다면, 더 탁월한 본성을 가진 사람은 더 완벽한 품위를 가지고 행동했을 것이라고 생각한다. 그리고 우리도 같아지고 싶어질 터이니, 우리가 더 순진한 행동을 가지도록 후회해야만 했을 것이다.

　젊었을 때와 늙어서의 나의 행동을 비교해 보면, 나는 한결같이 내 식으로 질서 있게 행한 것을 알 수 있다. 이것은 내가 저항할 수 있는 한계이다. 나는 자랑하는 것이 아니라, 같은 사정에서는 늘 한가지이다. 내가 오염되는 것은 어느 부분의 반점이라기보다 전면적인 염색이다. 나는 피상적이나 어중간한 형식으로 하는 후회를 모른다. 내가 후회한다고 말하려면, 그에 앞서 후회가 나의 모든 부분에 배어 있고 하나님이 나를 보시듯 심각하게, 그리고 전반적으로 내 오장육부를 짓이겨 고통을 주고 있어야 한다.

　업무의 처리로 말하면, 나는 묘수를 쓰는 재간이 없어서 여러 번 유리한 기회를 놓치고는 했다. 그렇지만 사람들이 제공하는 상황에 따라서 내가 하는 판단은 비교적 잘되었다. 내 방식은 언제나 가장 쉽고 확실한 것을 택하는 것이다. 나는 과거의 일처리에 관한 고찰에서, 내게 주어진 일의 상황을 내 규칙에 따라서 현명하게 처리해 나갔다고 할 수 있다. 그리고 나는 지금부터 천년 후라도 같은 상황에서라면 그와 동일하게 행할 것이다. 나는 그것이 지금 어떤가는 보지 않는다. 다만 내가 그것을 두고 고찰했을 때 어떠했던가를 본다.

모든 계획의 견실성은 시기에 달려 있다. 각각의 상황과 재료들은 끊임없이 구르고 변해 간다. 나는 생각을 잘못해서가 아니라, 운수를 잘못 만나서 평생에 중대하고 괴로운 과오를 몇 번 저질렀다. 사람들이 다루는 대상들에는 짐작할 수도 없는 비밀에 잠긴 부분들이 있다. 특히 인간의 본성에는 드러나지 않게 잠겨 있고, 때로는 당사자도 모르다가 어떠한 상황에 부닥쳐서야 비로소 깨어나 알게 되는 조용한 조건들이 있다.

나는 내 예지로 그 속을 들여다보고 예측하지 못했다고 하여 결코 불평하지는 않는다. 예지의 책임은 그 능력의 한도 안에 있다. 사건이 나를 억누르며, 내가 거절한 편을 든다고 해도 어찌할 도리가 없다. 나는 나를 원망하지 않는다. 나는 내 탓이 아닌 운수를 비난한다. 물론 이러한 심정은 후회라고 부를 성질의 것은 아니다.

포키온(Phocion)은 아테네 사람들에게 어떤 충고를 했지만, 그들은 듣지 않았다. 그런데 일은 그의 의견과는 달리 잘되어 나갔다. 한 사람이 비웃기라도 하듯 그에게 말했다.

"그래, 일이 이렇게 잘되어 가네. 그대는 만족한가?"

그는 웃으며 대답했다.

"이번 일이 이렇게 잘되어 나는 대단히 만족스럽네. 하지만 나는 내가 한 충고를 후회하지는 않네."

친구들이 내게 충고해 달라고 하면, 나는 거의 모든 사람이 하는 식으로 일이 어떻게 될지 모르니까, 내 생각과는 거꾸로 될 수도 있는 일이므로, 그들이 내 충고를 책망할지도 모른다는 생각 때문에 주저하는 일 없이 자유롭고 명백하게 충고한다. 그러면서도 나는 아무 걱정도 하지 않는다. 왜냐하면 그들이 일을 잘못할 수도 있으니, 내가 그들에게 이러한 봉사를 거절해서는 안 될 일이기 때문이다.

나는 내 잘못이나 운수가 좋지 않은 것으로, 나보다도 남을 원망하지는 않는다. 왜냐하면 나는 사실의 진상을 알아볼 필요가 있는 경우를 제외하고는, 체면을 세워주기 위해서가 아니라면 사실상 남의 의견대로 하는 법이 없기 때문이다. 판단력만을 사용해야 하는 일에는 다른 사람들의 충고는 내게 힘이 되는 수가 있지만, 내 의견을 돌리게 하는 일은 드물다. 나는 남의 말을 호의를 가지고 예절을 지켜 모두 들어준다. 그러나 내가 생각하는 한, 나는 여태껏 내 말밖에 믿지 않았다. 내 생각으로는 남의 의견 같은 것은 파리나 먼지만큼밖에 내 의지에 영향을 주지 않았다. 나는 내 의견을 그렇게 존중하지는 않는다. 그러나 마찬가지로 남의 의견도 존중하지 않는다. 운수는 정당하게 나를 대한다.

나는 남의 의견을 받아들이지 않는 반면에 남에게 의견을 제공하는 일도 극히 드물다. 그런 요구를 받은 일도 대단히 드물며, 더욱이 내 말을 믿어주는 사람도 드물다. 그리고 공적이나 사적인 사업으로서 내 의견에 의하여 세워졌거나 바로잡아진 경우를 나는 알지 못한다. 어딘가 내 의견에 매여 지낼 운수를 타고난 자들까지도 나보다는 더 뛰어난 다른 사람의 머리를 빌려서 일을 하려고 했다. 내 권한에 붙은 권리를 아껴온 나로서는, 그렇게 하는 편이 더 좋다. 그러니까 나를 그대로 놓아둔다면, 사람들은 내가 표명하는 원칙에 따라서 행한다. 그 원칙은 나를 완전히 내 속에 세우고, 내 속에 담아두는 것이다. 나는 남의 일에 아무 관계도 없고, 그들을 보장해 줄 책임을 면하게 된 것이 즐겁다.

모든 일이 지나간 다음에는 그 일이 어떻게 되어 있건 나는 거의 후회하지 않는다. 나는 일은 그렇게 되어야만 했다고 생각하고, 그렇게 하면 고민거리는 없앨 수 있다. 곧, 모든 일은 우주의 큰 흐름 속에 있으며, 스토아 학파가 말하는 원인들의 연쇄 속에 있다. 그러므로 그대의 사상은 과거나 미래를 통틀어, 모든 사물의 질서가 뒤집히지 않고는 소원으로나 사상으로나 그 속의 점 하나라도 움직일 수 없다.

또한 나는 나이 탓으로 일어나는 우발적인 후회의 정서를 혐오한다. 옛사람들의 생각과 같이, 나이 탓으로 탐락에 끌리지 않게 되었다고 고마워하는 사고방식은 내 의견과는 전혀 다르다. 나는 결코 나이 때문에 좋은 일을 누릴 수 없음을 고맙게 생각하지는 않는다.

"사람들이 약점까지도 최선의 사람들이 위치한 대열에 배치되어 있다고 생각하리만큼, 신의 뜻은 결코 그 피조물에 적대적이지 않다."(퀸틸리아누스)

우리의 정욕도 노년기에는 쇠퇴한다. 그리고 끝난 다음에 심한 포만감에 사로잡힌다. 나는 그 점에서 양심이 있는 것을 보지 못한다. 침울함과 허약함은 우리에게 류머티즘에 걸린 비굴한 덕성밖에는 남겨주지 않는다. 우리는 그것 때문에 우리의 판단력을 변질시킬 정도로 자연적인 변화(늙음)에 끌려가서는 안 된다. 나는 전에도 청춘과 탐락 때문에 탐락 속의 악덕을 분간하지 못한 일은 없었다. 그리고 지금 이 시간에도 나이 탓으로 느끼는 염증 때문에, 악덕 속에 있는 탐락의 모습을 분간하지 못하는 일은 없다. 때는 이미 지났지만 지금 나는 그때와 마찬가지로 판단한다.

지금 이성을 강화시켜 조심스레 진작시키고 있는 나는, 이제 늙어가며 약화되어 못쓰게 된 것이 아니라면, 내 이성은 더 방자하던 시절과 같은 상태로 있다고 본다. 신체의 건강에 해로울까 염려하여 이성이 나를 이 탐락의 도가니 속에 집어넣기를 거절하는 것은, 옛날과 마찬가지로 정신의 건강을 위해서도 그런 짓을 못하게 하는 것은 아닐 터이다. 나는 이성이 전투력을 잃었다고 하여 더 용감해졌다고는 보지 않는다. 나의 유혹받은 마음은, 너무 시달리고 부서졌기 때문에 결코 이성으로 대항할 만하지 않다. 나는 오히려 손을 앞으로 내밀며, 이런 유혹을 간청할 뿐이다. 누가 그 옛날의 색욕을 내 이성 앞에 내준다면 나는 이 이성이 옛날에 가졌던 만큼 거기에 저항할 힘을 갖지 못할까봐 두려워한다. 나는 이성이 그때 판단하던 것보다 그 자체를 벗어나 달리 판단하는 것을 보지 못했으며, 그것이 어떤 새로운 광명을 얻었다고도 보지 않는다. 그 때문에 거기에 무슨 회복이 있다 해도 그것은 더 나아지지 않은, 오히려 나빠진 회복이다.

병 덕택에 건강을 얻다니, 참 가련한 치료법이로다! 우리의 불행이 이러한 봉사를 해주는 것은 아니다. 우리 판단력의 행운이 그렇게 해준다. 사람들은 내게 모욕이나 고통을 주어도 내가 그를 저주하는 외에는 아무 일도 하게 하지 못한다. 그런 일은 매질하지 않고는 잠깨지 않는 사람들에게나 해줄 일이다. 내 이성은 번영 속에서 더 자유로이 움직인다. 이성은 쾌락보다도 고통을 소화하기에 더 방심해지고 분망해진다.

날씨가 좋은 날에는 더 잘 보인다. 질병보다는 건강이 더 상쾌하고 더 유익하게 일을 깨우쳐준다. 나는 즐겨야 할 건강을 가졌을 때 내가 할 수 있는 한 나를 교정하고 조절하는 일에 진전을 보았다. 이 노쇠기의 불행과 불운이 건강하고 싱싱하고 힘차던 시절보다 더 좋다고 생각해야 하며, 내가 전과 같은 상태가 아니고 또 그렇게 있지 못하게 된 지금의 상태를 가지고 존경받아야 할 것이라면, 나는 오히려 수치와 굴욕을 느낄 것이다.

내 생각으로는 안티스테네스(Antisthenes)가 말한 바와 같이, 인간의 지복(至福)은 행복하게 죽는 것이 아니라 행복하게 사는 것이라고 본다. 나는 괴상망측하게도 파멸된 한 인간의 머리와 몸뚱이에다 철학자의 꼬리를 매달고 다니게 될 것이라고는 전혀 기대하지 않았다. 그리고 이 빈약한 꼬리가 내 인생의 가장 아름답고 충실한 긴 시절을 인생의 몹쓸 부분이라고 배척해야 한다고는 생각해 본 일도 없다. 나는 어디서나 똑같은 모습으로 나를 내놓으며 보여주고 싶다. 내가 처음부터 다시 살게 된다면, 나는 전에 살아온 대로 살 것이다.

나는 과거를 돌아보며 슬퍼하지 않고, 미래를 생각하여 두려워하지 않는다. 그리고 내가 잘못 생각하는지도 모르지만, 나의 외면도 내면과 함께 걸어왔다. 나의 육체상태의 경과가 모든 일을 그 계절에 맞추어왔다는 것은, 내가 운명에게 고맙게 여기는 중요한 사항들 중의 하나이다. 나는 내 계절의 풀과 꽃과 열매를 보았다. 그리고 지금은 그 말라가는 것을 본다. 그 과정은 자연스럽게 되어온 것으로, 정말 다행한 일이라고 할 수밖에 없다. 나는 질병들이 모두

제철에 왔으며, 그들이 지난날의 오랜 행복을 더 유리하게 회상시키는 만큼, 이 불행들을 수월하게 참아 넘긴다.

그와 마찬가지로 내 예지도 이 시절에나 그 시절에나 같은 높이라고 생각할 수 있다. 그러나 예지는 꼬부라지고 투덜거리며 힘겨워진 지금보다 싱싱하고 유쾌하며 순진하던 지난날에 더 훌륭한 일을 하였고, 또 더 우아했다. 그래서 나는 이런 천방지축의 고통스러운 종교개혁은 단념한다.

하나님은 우리의 마음에 감동을 주셔야 한다. 우리의 양심은 정욕의 약화에 의해서가 아니라, 이성의 강화에 의하여 개선되어야 한다. 탐락 그 자체는 눈곱이 끼여 흐린 눈으로 보는 것처럼 희푸른 것도 퇴색한 것도 아니다. 우리는 하나님이 명령하셨기 때문에 절제를 사랑하며, 정숙을 사랑한다. 우리에게 오는 천식이나 당뇨병 덕택으로 우리가 얻은 것은 정숙도 절제도 아니다. 사람은 탐락의 우아함도 그 힘도 가장 매력 있는 아름다움으로 보거나 알지 못하면서, 탐락을 경멸한다거나 타도한다고 자랑할 수는 없다.

나는 양쪽을 다 알고, 또한 그것을 말할 수도 있다. 그러나 우리의 심령은 노년기에는 젊은 시절보다 더 번거로움과 불완전, 그리고 질병에 매이기 쉬운 것처럼 보인다. 나는 젊었을 때 그런 말을 했다. 그때 사람들은 내 맨송맨송한 턱을 보고 비웃었다. 나는 백발 때문에 사람들의 신용을 얻고 있는 지금 이 시간에도 같은 소리를 한다. 우리는 기분이 까다롭고 현재의 사물들에 대해 염증이 난 것을 예지라고 부른다.

사람들은 악덕을 바꾸어보기는 하지만 결코 버리려 하지는 않는다. 어리석고 노쇠한 자존심과 진력나는 잔소리, 사귈 수 없는 까다로운 성미, 미신, 그리고 사용할 기회도 없는데 재산에 관한 우스운 걱정을 하는 외에도 더 많은 시기심과 정의롭지 못함과 악의를 발견한다. 노년은 우리의 이마보다도 정신에 더 깊은 주름살을 새겨준다. 그리고 늙어가며 시어지고 곰팡내 나지 않는 심령이란 전혀 없으며, 있다 해도 매우 드물다. 사람은 그 전체가 그의 성장과 쇠퇴로 향해 간다.

　소크라테스의 예지와 그가 선고를 받았을 때의 상황을 살펴보면, 그는 고의로 그런 사태를 자청했다고까지 생각하게 된다. 그의 나이 이미 일흔이었으며, 그의 정신의 풍부함과 사람들을 찬탄하게 했던 예지의 찬란한 빛도 얼마 안 가서 희미해질 지경이었으니 말이다.

　나는 노년기가 많은 내 친지들에게 얼마나 큰 변화를 일으키고 있는가를 보지 않았던가! 노년이란 자연히 자기도 모르는 새에 저절로 흘러드는 한 강력한 질병이다. 노년이 우리에게 짊어지우는 결함을 피하려면, 또는 적게나마 그 진전을 막으려면, 대단히 많은 연구와 조심스러운 준비가 필요하다. 나는 아무리 몸을 아껴도 노년이 한 걸음 한 걸음 나를 이겨나감을 느낀다. 나는 힘 닿는 대로 버텨볼 뿐이다. 그러나 나는 그것이 마침내는 나를 어디로 데려갈 것인지를 모른다. 어떻게 되든 내가 어느 단계에서 쓰러졌는가를 사람들이 알아주기만 하면 나는 만족한다.

세 가지 사귐에 대하여

우리는 자기의 성격과 기질에 지나치게 집착해서는 안 된다. 우리의 주요한 능력은 여러 가지 일에 전념할 줄 아는 것이다. 필요에 의해 한 진로에 매여 지냄은 존재하는 것이지 사는 것은 아니다. 가장 훌륭한 심령들은 가장 변화가 많고 가장 적응력이 있는 심령들이다. 다음의 말은 대 카토에 관한 한 명예로운 증언이다.

"그는 모든 직무에 동일하게 순종하는 극히 적응력이 강한 정신을 소유하며, 그가 어떠한 일을 기도하든지 그는 오로지 그 일을 위해서만 출생한 것이라고 말 수 있다."(리비우스)

내가 내 식으로 자신을 훈련하는 것이 내게 달린 일이라면, 내가 한 조건에서 떨어져 나가지 않도록 매여 지내기를 원할 정도로 좋은 방식이라고는 하나도 없다. 인생은 고르지 못하고 불규칙하며, 여러 가지 다양한 움직임으로 되어 있다. 자기를 끊임없이 좇으며, 자기 경향에 얽매여 벗어나지 못한 채 비틀어보지도 못한다는 것은, 스스로의 친구로서도 아니고, 하물며 자신의 주인 노릇은 더욱 하지 못한다. 결국은 자신의 노예가 될 뿐이다.

지금 이 시간에 내가 이런 말을 하는 것은, 영혼이 어떤 일에 열중하지 않으면 흥겨워할 줄도 모르고, 팽팽하게 긴장되어 있지 않으면 아무것도 하지 못하여, 심령이 나를 귀찮게 하는 처지를 쉽사리 벗어나지 못하기 때문에 하는 말이다. 아무리 그 취급하는 제목이 가볍더라도 내 심령은 기꺼이 이것을 높이며 온 힘을 다하여 매여 있어야 할 정도로 그것을 늘려놓는다. 내 심령이 한

가로우면 내게는 고역이며, 그 때문에 건강을 해치기도 한다. 정신의 대부분은 마비상태에서 풀려나와 움직이기 위하여 외부의 재료가 필요하다. 내 정신은 차라리 진정되어 휴식하기 위하여 그것이 필요하다.

"한가로움의 악덕은 노고에 의하여 면해야 한다."(세네카)

내 정신이 가장 많이 노력하는 주요한 공부는 정신 자체를 공부하는 일이기 때문이다.

서적은 내 정신을 공부에서 벗어나 방탕하게 하는 부류에 속한다. 무엇이든 어떤 생각이 떠오르면 내 심령은 동요하며, 사방으로 그 힘을 시험해 본다. 그 조각을 때로는 힘의 편으로 때로는 질서와 우아함으로 향하여 행사하며, 자체를 정돈하여 가지런히 하고 절제를 지키고 강화한다. 내 정신은 그 자체로서 소질을 잠깨워 가질 거리를 간직하고 있다. 본성은 모두에게 해주듯 내 정신의 소용에 충분한 재료와, 생각하여 판단할 제목을 충분히 주고 있다.

자기를 살펴서 힘차게 일을 시킬 줄 아는 자에게는, 명상은 또한 강력하고 충만한 공부가 된다. 나는 내 심령의 장비를 갖추어주기보다 차라리 심령을 만들기를 좋아한다. 심령의 됨됨이에 따라서 자기의 사상을 다루는 일보다 더 쉬운 일도 더 힘든 일도 없다. 가장 위대한 인물들은 이것을 천직으로 삼는다.

"그들의 삶은 사색함이다."(키케로)

그렇기 때문에 자연은 심령에게 우리가 이보다 더 오래 할 수 있는 것도, 이보다 더 일상적이고 손쉽게 몰두할 수 있는 행동도 없도록 하는 특권을 베풀어주었다. 이에 대하여 아리스토텔레스는 말했다.

"사색함은 여러 신들의 직무이며, 신들이 사색함으로써 거기서 신들의 복지(福祉)와 아울러 우리의 복지가 나온다."

독서는 특히 여러 가지 재료로 내 사색을 잠 깨우며, 기억력이 아니라 판단력을 일하게 하는 데 소용된다.

그러므로 대화는, 맥없고 노력이 들어 있지 않는 대화는 내 주의를 멈추게 하는 일이 드물다. 우아함과 아름다움은 중후함과 심오함만큼, 또는 그보다 더 내 마음을 채우며 사로잡는다. 그리고 다른 많은 교제에서 내 마음은 잠들어, 내 주의력의 껍데기밖에 빌려주지 않기 때문에, 내가 맥빠진 비굴한 이야기로 자리를 꾸미는 말에서는, 아이가 하기에도 유치하고 우스운 군말이나 바보 같은 이야기라든가, 또는 더 서투르고 무례한 수작으로 고집하며 침묵을 지키는 일이 곧잘 일어난다. 나는 내 자신 속으로 물러가 몽상하는 버릇이 있으며, 다른 한편으로는 여러 가지 평범한 일에 유치하고 둔중하고 무식하다. 이 두 가지 소질에서 나는 사람들이 다른 사람들과 하는 것처럼 바보 같은 이야기 대여섯 가지는 나하고 그럴듯하게 해낼 수 있는데, 그것이 소득이라면 소득이다.

다시 내 이야기로 돌아와서, 나는 기질이 이렇게 까다롭기 때문에, 사람들과의 교제에 힘이 든다. 그래서 상대할 사람을 주의하여 골라야 하며, 평범한 행동에도 불편을 느끼게 된다. 우리는 사람들과 사귀며 살아가야 하는데, 이 사귐이 귀찮아서, 천하고 속된 사람들 상대하기를 피하고, 그리고 또 이 천하고 속된 사람들이 사리에 밝은 사람들만큼 절도를 지키는 것이라면 ─ 보통 인간의 어리석음에 조화되지 않는 모든 예지는 어리석은 것이다 ─ 일이 공적이건 사적이건 이런 사람들과 해결해야 하는 것이라면, 우리 자신의 일도 남의 일도 처리해 볼 도리가 없어질 것이다.

마음은 가장 자연스럽고 긴장이 덜할 때가 가장 아름답다. 가장 좋은 직무는 강제가 가장 적은 직무이다. 예지가 자신의 힘에 맞춰서 욕망을 조절해 주는 사람들에게는, 그 예지가 얼마나 좋은 일을 해주는 것일까? 그보다 더 유용한 지식은 없다. 소크라테스가 버릇처럼 하던 말이지만 '자기 힘에 맞게' 라는 말은 대단히 타당한 말이다. 우리는 욕망을 가장 쉽고 가까운 것으로 설정하여 바로 거기에서 멈추게 해야 한다.

내 교제와 관계가 없는 한두 사람에게 집착하거나, 또는 내 손에 넣어볼 수 없는 사물에 대한 허황된 욕망 때문에 내 운수가 거기에 매여 지냄으로써, 그들 없이는 해나갈 수 없는 많은 사람들과 화합하지 못한다는 것은 내 심령이 어리석은 탓 아닌가? 나는 유약한 습관에서 오는 거칠고 하기 싫은 일은 싫어하기 때문에, 적의나 시기심 같은 것은 쉽사리 벗어 던진다. 사랑받는다고는 말하지 않는다. 그러나 미움 받지 않는다는 점에서는 나만큼 기회를 얻은 자도 없다. 그러나 사람과의 교제에 냉담한 탓에 나는 당연히 많은 사람들의 호의를 잃었고, 그 사람들이 나의 이러한 태도를 아주 나쁘게 해석해도 어쩔 수 없다.

나에게는 희귀하고 미묘한 우정을 얻어 유지해 갈 능력이 있다. 나는 내 취미에 맞는 사람과의 친교를 갈망하기 때문에 적극적으로 나서서 몰두하므로, 내가 집착하여 기꺼이 주는 우정의 인상을 남기는 데 쉽게 실패하지 않는다. 나는 이것을 멋지게 증명한 일이 몇 번 있다. 나는 평범한 우정에는 어딘가 멋쩍고 냉담해진다. 왜냐하면 내 행동은 마음속을 완전히 드러내지 않으면 자연스럽지 못하기 때문이다. 더구나 나는 운수가 좋아서 젊었을 때 유일무이한 완벽한 우정에 맛을 들인 뒤로 습관이 되어 있는 까닭에, 실로 다른 식으로 사귀는 것은 싫다. 옛사람의 말처럼 우정은 한 떼의 가축이라기보다는 친구 같은 애물(愛物)이라는 생각이 내 마음속에 박혀 있다. 그 때문에 나는 사람과 사귀는 데 마음을 반만 열어서 내보이는 식으로, 저 수많은 불완전한 우정의 교제에서 사람들이 권하는 식의 그 의심 많고 비굴한 조심성을 갖는 사귐은 힘이 든다. 그러나 사람들은, 특히 이 시대에는 의구심을 품고 거짓으로밖에는 세상일을 말할 수 없다고 주장한다.

그러나 나와 같이 인생의 안락을 목적으로 삼는 자는—본질적인 안락을 뜻하지만—심령을 까다롭고 미묘하게 쓰는 것은 악질(惡疾)과 같이 피해야 한다. 나는 한 심령이 여러 단계로 되어 있어 동시에 긴장하기도 하고 풀리기도 하며, 운수가 매어주는 어느 자리에서도 잘해 가며 자기 이웃과 자기의 건물이나 수렵, 소송사건 같은 것으로 담소하고, 목수나 정원사와도 즐겨 말하는 식의 심령을 칭찬하고 싶다. 나는 자기 하인들과 같은 가장 천한 자와도 정답게 지내며, 그들이 하는 식으로 말을 주고받는 버릇을 가진 자들을 부러워한다.

그리고 하인들과는 여자이건 남자이건 친밀히 대하거나 희롱하는 일 없이, 주인다운 말을 써야 한다고 하는 플라톤의 훈계는 내 비위에 맞지 않는다. 왜냐하면 내가 든 이유 외에도, 여러 가지 운수의 특권에 너무 큰 값어치를 두는 일은 비인간적이고 정당하지 않기 때문이다. 그리고 하인들과 주인들 사이에 불평등함을 많이 두지 않는 정치가 내게는 가장 공평한 정치로 보인다.

다른 사람들은 그들의 정신을 신장시켜 추어올리려고 고심한다. 그런데 나는 그것을 재우려고 고심한다. 정신은 확대에 의해서만 결함이 생긴다.

> 그대는 아이아코스(Aiakos)의 족보와,
> 성스러운 일리온의 성벽 아래에서 전개된 전투에 대해 진술하지만,
> 키오의 포도주 값을 얼마나 지불할 것인가,
> 어느 때 어느 집으로, 펠리냐의 추위를 피하러 심방할 것인가에 대해서는
> 그대는 말이 없도다.
> ─루크레티우스

그래서 라케데모니아 전법에서는 당돌한 광분으로 저돌할까봐 두려워하며, 전쟁터에서 용감성을 달래려고 부드럽고 우아한 피리소리로 조절해 줄 필요를 느꼈다. 그런데 모든 다른 백성들은 대개 군졸들의 용기를 지나치게 북돋우는 날카로운 곡조와 강력한 음성을 사용하고 있다. 그러나 나는 역시 보통의 형식과는 달리 우리의 정신을 움직이려면 대개의 경우 날개보다는 납뭉치의 추를 매달아야 하고, 열기와 흥분보다는 냉정과 휴식이 더 필요하다고 생각한다. 특히 어리석지 않은 사람들 축에서는 잘난 체하거나, 언제나 긴장한

말투로 '삼지창 끝으로 뒤져서 이야기하는' 식은 어리석은 짓으로 보인다. 그대와 함께 있는 자들의 수준으로 약간 낮춰서 때로는 무식한 체하기도 해야한다. 힘과 계교는 따로 간직해 두라. 보통의 관계에는 그에 상당한 질서를 유지하는 것만으로도 충분하다. 남들이 좋아하거든 그 동안 땅을 기어라.

학자들은 흔히 이 돌에 잘 채인다. 그들은 언제나 자신들의 학자 투를 뽐내며 책에서 얻은 그들의 지식을 사방에다 뿌리고 다닌다. 요즈음 그들은 이런 것을 부인들의 규방과 귀에 너무 심하게 쏟아 부었기 때문에, 그녀들은 그 실질은 파악하지 못했을지라도 그런 인상만은 풍기고 다닌다. 모든 종류의 제목과 재료에, 그녀들은 대수롭지 않고 평범한 일이라도 새롭고 유식한 말투와 문장의 방식을 사용하며 뽐낸다.

> 이와 같은 말투로 그녀들은 무서움과 분노, 기쁨, 걱정,
> 마음의 비밀 모두를 쏟아놓는다. 이밖에 또 무엇을?
> 그녀들은 사랑의 고백까지도 박식하게 한다.
> ─주베날리스

그리고 어느 누구라도 증언해 줄 사물들을 가지고, 구태여 플라톤과 아퀴나스(Saint Thomas Aquinas)를 인용하여 말한다. 그녀들의 머릿속에 들어가지 못한 학설은 그녀들의 혀끝에 머물러 있다.

점잖은 여인들이 내 말을 믿는다면, 그녀들은 그 고유의 자연스러운 보배들을 빛내는 것으로 만족해야 할 것이다. 그녀들은 밖에서 들어온 아름다움으로 자신들의 아름다움을 덮어 감춘다. 빌려온 광채로 빛나기 위하여 자기의 광채를 없애는 일은 어리석은 짓이다. 그녀들은 기교 속에 덮여서 묻혀 있다.

"미장원에서 방금 나온 상(相)이다." (세네카)

그렇게 된 것은 그녀들이 자신을 잘 모르기 때문이다. 세상에 그녀들보다 더

아름다운 것은 없다. 그녀들이 기술에 영광을 주며, 백분(白粉)에 분칠을 해준다. 그녀들은 사랑받고 숭배받으며 살아가는 외에 무엇이 더 필요할까? 그녀들은 그 무엇을 너무 많이 가졌고, 그러한 사실을 너무 잘 알고 있다. 그녀들에게 있는 소질들은 잠 깨워 일으켜주는 것만이 필요하다. 그녀들이 수사학이나 법학, 논리학, 이와 비슷한, 그녀들에게 아무 필요도 없는 헛된 약방문에 매여 있는 것을 보면, 그에 대해 충고하는 남자들이 그 핑계로 여자들을 지배할 권한을 가지려 하는 것이 아닌가 하고 두려워진다.

과연 거기에 무슨 다른 변명이 있을 수 있는가? 그녀들은 우리의 도움 없이도 우아한 눈을 유쾌하고 엄격하게 또는 상냥하게 굴리며, 거절할 때도 쌀쌀하고 은근하게, 그리고 호의를 가진 눈길로 양념해 줄 줄 알면 족하다. 그녀들에게 봉사하기 위해 하는 말에 통역을 붙여주려고 하지 말아야 한다. 이런 지식만 가지면, 그녀들은 매를 손에 든 것이고, 선생들과 학교를 지배하게 된다.

그렇지만 그녀들이 남자에게 무엇이건 양보하기가 싫고 호기심으로 서적 등과 사귀고 싶다면, 시는 그 필요에 맞는 취미이다. 그것은 여자와 같이 촐랑거리고 미묘하게 장식되는 말재간이며, 재미있고 화려한 예술이다. 그녀들은 역사에서도 역시 여러 가지 편익을 얻을 것이다. 철학에서의 그녀들은 인생에 소용되는 면에서, 남자들의 심경과 조건을 판단하고 남자들의 배반에서 몸을 지키며, 그녀들 자신의 벅찬 정욕을 조절하고, 그녀들의 자유를 아끼고, 인생의 쾌락을 늘리며, 하인이 하는 일에 믿음성이 없다든가, 남편이 혹독하게 대한다든가, 나이가 들어 주름살이 잡힌다든가 하는 걱정 따위를 인간적으로 참아내게 하는 가르침을 얻게 될 것이다. 이것이 내가 여자들에게 기껏 학문에 관하여 지정해 주고 싶은 부분들이다.

사람들 중에는 세속의 일을 싫어하고 내성적인 특수한 기질을 가진 사람도 있다. 나의 본질적인 형태는 나를 표현하고 사람과 교제하는 데 적합하다. 나는 천성이 사교와 우정을 즐기며, 모든 것을 털어놓고 명확하게 보여준다. 나는 고적함을 즐기고 권유하기도 하지만, 그것은 주로 내 심정과 사상을 나 자신에게 끌어오는 데 그친다. 그것은 내 생활이 아니라 내 욕망과 근심을 제한하여 압축하기 위해서이며, 외부적인 상황으로 외로워지는 것도 단념하고, 굴종과 부담을 극도로 피하기 때문이며, 사람이 많은 것이 싫어서가 아니라 번거로운 것이 싫어서이다. 내가 선 자리가 고적한 것은, 진실을 말하면 오히려 나를 왕성하게 뻗어나게 해 밖으로 키워주려 하기 때문이다.

나는 혼자 있을 때 더 즐겁게 국가와 우주의 일에 열중한다. 루브르 궁이나 군중 속에서의 나는 나의 껍데기 속으로 오그라 들어간다. 군중은 나를 나 자신 속으로 몰아넣는다. 그리고 조심스레 예의를 차리는 점잖은 자리에서보다 더 방자하게 개인적인 일로 내가 나 자신과 환담하는 일은 결코 없다. 우리의 미친 수작들은 나를 웃기지 않는다. 우리의 예지가 나를 웃긴다.

내 기질로는 궁궐 안의 법석거리는 분위기가 싫지 않다. 나는 거기서 내 생의 일부를 보냈고, 이따금 사이를 두어 내 기분에 맞는 때이면, 사람이 많은 곳에서도 유쾌하게 지낼 수 있는 것과 같다. 그러나 내가 말하듯 판단력이 단단하지 못하기 때문에 나는 어쩔 수 없이 고적함에 매여 있다. 번잡한 가정과 사람들이 잘 찾아오는 집안에서도 역시 그러하다. 나는 상당히 많은 사람들을 보지만, 내가 함께 이야기하고 싶은 사람은 드물다. 그리고 나는 나를 위해서나 다른 사람들을 위해서나 다시없는 자유를 보유한다. 사람을 대접하며 시중하고 맞이하는 범절이나 우리의 예절이 요구하는 다른 괴로운 절차는 치워둔다 ─ 오오, 노예적인 거북스러운 습관이지! ─ 누구나 다 자기가 좋을 대로 살아가며, 자기가 가지고 싶은 사상을 품는다. 나는 혼자 있으면서 몽상하며 손님들의 비위를 거스를 것 없이 침묵을 지킨다.

내가 친분을 가지고 교제하고 싶은 사람들은 점잖고 재능이 있다고 알려진 사람들이다. 이런 사람들의 모습을 보면 다른 자들에게는 싫증이 난다. 그것은 잘 생각해 보면, 우리 중의 가장 희귀한 전형이며, 주로 본성에서 받아온 전형이다. 이 교제의 목적은 단지 친분과 우의와 이야기 상대를 갖는 것이다. 곧, 심령의 단련일 뿐이지 다른 성과는 없다. 우리의 이야기에서는 무슨 제목이든지 똑같다. 무게나 깊이가 없어도 상관없다. 거기에는 늘 아담함과 온당함이 있다. 모든 것이 성숙하고 지조 있는 판단으로 물들어 있고, 호의와 솔직성이, 쾌활함과 우정이 섞여 있다. 우리의 정신이 아름다움과 힘을 보이는 것은 계보와 대체에 관한 문제와 군주의 사무에 관해서만이 아니다. 개인적인 담소에서도 마찬가지이다. 나는 내 동료들을 그들의 침묵과 미소에서도 잘 알아본다. 그리고 회의실에서보다도 식탁에 앉아 있을 때 그들을 더 잘 알아본다. 히포마코스가 투기사들이 단지 거리를 걸어가는 것만 보아도 그 수준을 바로 알아볼 수 있다고 한 말은 지당한 말이다.

학문이 우리가 심심풀이로 주고받는 이야기에 참여하고 싶다면 물리치지는 않는다. 그러나 여느 때와 같이 위풍당당하고 명령적이며 번거로워서는 안 된다. 그 자체 종속적이며 유순해야 한다. 우리는 한가롭게 시간을 보낼 생각밖에 없다. 교육과 설교를 받을 시기에서의 학문은 그 옥좌로 찾아갈 것이다. 이러한 자리에서는 제발 우리에게 굽혀주어야 한다. 왜냐하면 학문이 아무리 유용하고 그럴 만한 값어치가 있다 해도, 그것이 필요한 때도 그것 없이 얼마든지 지낼 수 있고, 우리의 할 일을 다할 수 있기 때문이다. 좋은 가문에서 출생하여 교제에 익숙한 사람은 그 자체만으로 충분히 사람들의 마음에 든다. 기술은 이러한 사람들의 심령이 생산해 내는 바의 목록과 기록에 불과하다.

예쁘고 우아한 여자들과 교제하는 것도 내게는 하나의 포근한 재미이다.

"우리도 역시 그 점에 박식한 안목을 가졌기 때문이다."(키케로)

심령이 이 점에서는 예전보다 누릴 구실을 갖지 못한다 해도, 이편에 더 많이 참여하는 육체적 감각, 내 생각으로는 그 비중이 같은 것은 아니지만, 곧 여자와의 교제는 전자에 가까운 정도의 무게를 준다. 그러나 이 방면의 교제에는 미리 경계하며 대들어야 한다. 특히 나와 같이 육체생활의 비중이 큰 자에게는 더욱 그러하다. 나는 젊었을 때, 시인들이 즐겨 말하는, 절도 없이 무비판적으로 끌려가는 자들이 흔히 그렇게 된다는 뜨거운 행동을 많이 보았고, 그리고 모든 광분의 고통을 겪었다. 이 호된 매를 맞은 것이 다음에 내게 교훈이 된 것은 사실이다.

> 아르고의 함선을 타고 카팔레아의 암초를 피해 온 자는 누구든지, 언제나
> 에우보이아의 수로(水路)에서 이물을 돌린다.
> — 오비디우스

우리의 온 생각을 거기에 매어두고 무분별하게 맹렬한 정열로 덤벼드는 것은 철부지 같은 짓이다. 그러나 한편에는 사랑도 의지의 책임도 없이, 연극배우처럼 풍습과 나이 모두 뒷받침하는 버릇처럼 달려들며, 말로만 하고 마음을 주지 않는 일은 안전을 도모하는 길이지만, 그 비굴한 모양은 마치 위험이 무서워 명예도 버리는 것과 같다. 이러한 실천 자세로 그런 교제를 하는 자는 한 아름다운 심령을 감동시키거나 만족시킬 성과는 아예 바랄 수 없다. 진심으로 누려보았으면 하는 바가 있다면, 진심으로 바라야만 한다.

운수가 부당하게 그들 가면의 사랑을 유리하게 꾸며준 때에도 마찬가지이다. 이런 일은 여자들이 아무리 팔자를 잘못 타고났다고 해도, 자기가 아주 예쁘게 생겼다고 생각하지 않거나, 자기 나이로나 그 웃는 모습으로나 그 동작으로 자기가 잘났다고 생각하지 않는 여인은 하나도 없기 때문에 자주 일어나는 일이다. 왜냐하면 전체적으로 예쁜 여자가 없듯이 전체적으로 못생긴 여자도 없기 때문이다. 그래서 브라만 교도의 처녀들은 별다른 장점이 없으면 장터로 나가 이런 취지로 소리 질러 사람들이 몰려왔을 때에 그녀들의 여자로서의 부분을 들추어 보이는데, 그것만으로도 남편을 얻을 수 있는 값어치가 있나 없나를 알아볼 수 있다는 것이다.

자기에게 정성을 다하겠다고 하는 처음의 맹세에 쉽사리 넘어가지 않는 여자는 없다. 그런데 오늘날 남자들이 여자를 쉽게 배반하는 탓에, 이미 경험이 우리에게 보여준 일이 올 수밖에 없는 것은, 여자들이 남자를 피하기 위해 단결하여, 스스로 물러서거나 자기들끼리 놀게 되었기 때문이다. 또는 어느 때는 우리가 보여주는 것을 모방해 그녀들도 연극을 꾸미면서 정열도 생각도 사랑도 없이 교제를 한다.

"자기에게 오건, 타인에게 오건 그 여자들은 정열에 무감각하다."(타키투스)

그리고 《플라톤》에 나오는 리시아스(Lysias)가 설득하는 바와 같이, 우리가 여자들을 사랑하는 마음이 적으면 적을수록 그녀들은 우리에게 유리하고 편리하게 몸을 맡길 수 있다고 생각한다. 그런 경우 연극과 같은 것이 될 것이며, 사람들은 여기서 연극배우들만큼의, 또는 더 많은 재미를 볼 것이다.

나로 말하면 아이 없는 모성애를 생각할 수 없는 것과 마찬가지로, 큐피드 없는 비너스를 생각해 볼 수 없다. 그것은 서로 자신의 본질을 빌려줌으로써 부채를 지는 사물들이다. 결국 이 속임수는 그것을 행하는 자에게 되돌아온다. 그에게 부담되는 것은 아무것도 없다. 그 대신 그는 쓸모 있는 것 역시 아무것도 알지 못한다. 비너스를 여신으로 만든 자들은 그녀의 중요한 아름다움을 육체적이며 정신적인 것으로 보았다. 그러나 그 자들이 찾는 여자는 인간적인 것도 아닐뿐더러 짐승적인 것도 아니었다. 짐승들도 그렇게 둔하고 속된 것은 바라지 않는다.

우리는 공상과 욕망이 육체에 앞서서 그들에게 열이 오르게 하는 것을 본다. 짐승들은 무리 속의 이성 사이에도 애정에 취사선택이 있으며, 그들 사이에는 오랜 호의의 친교가 있다. 늙어서 체력이 떨어진 자들마저 여전히 몸을 치떨며 사랑으로 소리 지르고 울부짖으며 전율한다. 우리는 이 짐승들이 일에 앞서 희망과 열성으로 충만함을 본다. 그리고 육체가 할 일을 하고 나서도 여전히 그 추억의 달콤한 맛에 취하며, 그리고 그 때문에 의기양양하여 뽐내며, 피로하고 포만하면서도 축하와 승리의 노래를 불러대는 것을 본다. 신체를 생리적 욕구로부터 해방시키려 하는 자는 그렇게까지 복잡한 마음의 준비를 함으로써 다른 사람에게 성급하게 굴 필요는 없다. 그것은 야만적이고 하등(下等)인 기갈 들린 사람에게 필요한 음식은 아니다.

나는 있는 대로의 나보다 나를 더 낫게 보아주기를 바라지 않기 때문에, 젊어서의 과오들 가운데 하나를 말해 보겠다. 건강으로 보아도 위험이 있을 뿐만 아니라―나도 처신할 줄을 몰라 두 번이나 걸려들었지만, 그러나 가볍고 일시적인 증세였다―공공연하게 몸을 파는 여자들과는 경멸감 때문에 친교를 맺어보려고 열중하지도 않았다. 나는 당황스러운 가운데 정욕, 그리고 명예감으로 쾌감을 자극하려고 했다. 연애를 하는 데 다른 어떠한 소질보다도 여자의 정숙함과 품위를 구한 티베리우스(Tiberius) 황제와 같은 방식과, 그리고 독재자나 집정관, 감찰관이 아니면 상대하지 않고 자기 애인들의 지위로 쾌감을 느꼈던 창녀 플로라와 같은 기분으로 놀고 싶었다. 이 일에는 실로 진주와 비단은 직품(職品)과 종자의 수와 아울러 강력한 보탬이 된다.

그뿐만 아니라 나는 정신력을 대단히 중시한다. 그러나 그것은 신체에 아무런 결함도 없다는 것을 조건으로 하는 말이다. 왜냐하면 내 양심에 비추어 대답하건대, 이 두 가지 아름다움 중 어느 하나가 필연적으로 빠져야 한다면 나는 차라리 정신적인 면을 단념하기로 했을 것이기 때문이다. 정신은 더 나은 곳에 쓸모가 있다. 그러나 사랑의 문제는 주로 시각과 촉감에 관련되기 때문에 이들 감각으로 확인할 수 있는 우아미가 없으면 아무것도 되지 않는다. 미모라는 것은 부인들의 진실한 장점이다. 미모는 완전히 그녀들 차지이기 때문에, 남자들에게는 좀 다른 특징을 요구한다. 남자들에게 요구하는 점은 어린애다운 아름다움, 수염 안 난 애송이의 아름다움으로서 여자들의 아름다움과 거의 구별되지 않는다. 사람들의 말에 의하면, 터키 황제의 궁전에서 미모 때문에 상전을 섬기는 남자들은 그 수가 몹시 많으나 스물두 살쯤 되면 쫓겨난다는 것이다.

이성과 예지와 우정의 봉사는 남자들 편이 더 낫다. 그 때문에 그들은 세상의 모든 일을 처리한다.

이 두 가지 교제는 우연적이며 개인의 의지와는 상관없는 다른 조건에 매여 있다. 하나는 얻기가 어려운 것이 흠이고, 또 하나는 나이와 더불어 시들어버린다. 그래서 이 두 가지는 내 인생의 필요를 충분히 채워주지 못하였다. 세 번째 것으로 책들과의 교제는 훨씬 더 확실하며 우리 차지가 더한층 용이하다. 이것은 다른 장점에서는 먼저 것들만 못하지만, 제 몫을 유지하기로는 언제나 꾸준하며, 또한 봉사를 얻기 쉽다는 장점이 있다. 이것은 언제나 내가 가는 곳에 있으며 어디서나 나를 도와준다. 또한 노년기에, 그리고 내 고적 속에서 나를 위로해 주며, 내가 한가로운 때의 권태감을 늦추어준다. 그리고 어느 시간에라도 내게서 귀찮은 친구들을 떼어준다. 그것은 내 번민이 극도로 심하지 않을 때는 고통까지도 덜어준다. 불쾌한 생각을 풀어보려면 책들의 도움을 청하기만 하면 되는 것이, 책들은 쉽사리 괴로운 생각들을 흩어준다. 또한 책들은 보다 실제적이고 생생한 자연의 쾌락인 다른 편익을 얻지 못하는 때만 그들을 찾아도 불평하지 않고 늘 같은 얼굴로 나를 맞는다.

말고삐를 쥐고 가는 자는 걸어가도 속이 편하다는 말이 있다. 그리고 나폴리와 시칠리아의 지배자인 우리 자크 임금님은 미남자요, 젊고 건강하며, 들것에 타고 못된 털베개 위에 누워서 회색 천의 옷을 입고 천의 모자를 쓰고, 한편에는 크고 화려한 임금다운 행렬로 침대 교자와 모든 종류의 손으로 끄는 말들과 귀족들과 장교들을 데리고 나라를 순행하며, 나약하고 흔들리는 바람에도 엄격성을 나타내고 있었다.

병자는 그 치유방법을 손에 쥐고 있는 경우, 가련하게 생각해 줄 필요가 없다. 내가 서적에서 끌어내는 모든 성과는 이런 어구의 실천과 적용으로 되어 있다. 사실 나는 책을 모르는 자들만큼이나 책을 들여다보지 않는다. 나는 구두쇠들이 보물을 가지고 즐기듯, 책을 가지고 즐긴다. 왜냐하면 내가 하고 싶을 때 언제든지 그것을 즐길 수 있음을 알고 있기 때문이다. 내 마음은 이것을 소유하는 권리에 포만감을 느끼도록 만족스럽다.

나는 평화시든 전시든 언제나 책을 가지고 여행을 한다. 그러나 며칠이건 몇 달이건 책을 들추어보지도 않고 보내는 수도 있다. 조금 있다가 하거나 내일 하거나 아무 때라도 생각날 때 하자고 나는 말한다. 내가 이렇게 미루고 있는 동안에도 세월은 달음질쳐 흘러간다. 그렇다고 내 마음이 상할 것도 없다. 왜냐하면 책들이 내 옆에 있으며, 내가 하고 싶은 시간에 언제든지 내게 쾌락을 줄 것이라는 생각이 있기 때문이다. 이 생각 때문에 얼마나 내 마음이 편안하고 가벼워지며, 이 책들이 내게 얼마나 도움을 주는지 이루 다 말할 수 없다. 이것은 내가 인생행로에 갖추고 있는 최상의 장비라 할 수 있다. 그리고 나는 이해력 있는 사람으로 이런 준비가 없는 자들을 지극히 가련하게 생각한다. 이것만은 내게 부족하지 않을 것이기 때문에, 모든 다른 종류의 오락은 아무리 보잘것없더라도 그대로 받아들인다.

집에 있을 때는 나는 대개 서재에 있으며, 거기서 집안일도 손쉽게 보살펴간다. 나는 입구에 자리 잡고, 내 아래로 정원과 양계장, 안마당, 그리고 내 집안의 대부분을 내려다본다. 거기서 나는 이때에는 이 책, 저때에는 저 책을 아무런 생각도 없이 그냥 뒤져보며, 때로는 몽상도 하고 이리저리 거닐기도 하면서, 다른 사람에게 내 생각하는 바를 불러주어 그 내용을 적게도 한다.

서재는 탑의 4층에 있다. 2층은 나의 예배실이고, 3층은 거처하는 방과 그 부속실이며, 혼자 있고 싶은 때는 거기서 자는 일이 많다. 위에는 커다란 의장실이 있다. 그것은 전날 내 집에서는 가장 쓸모없는 곳이었다. 나는 이 서재에서 내 생애의 대부분과 하루의 대부분의 시간을 보낸다. 그러나 밤에는 결코 거기에 있는 일이 없다. 그곳에 연이어 상당히 조용한 방이 있는데, 겨울에는 불을 피울 수 있고, 창문이 기분 좋게 뚫려 있다. 내가 비용뿐만 아니라 마음

쓰기를 두려워하지 않는다면 — 그런 데에 마음 쓰다가는 다른 일을 아무것도 하지 못하게 되기 때문에 — 나는 무엇보다 먼저 창문의 양편에 길이 100보, 넓이 12보의 복도를 붙이겠으며, 성벽들은 내게 필요한 높이로 쌓아올려 모두 다른 일에 필요하도록 만들 것이다. 은퇴한 사람에게는 산책할 곳이 필요하다. 나는 앉아서 생각하면 생각이 잠들어버리고, 다리가 흔들어주지 않으면 정신이 움직이지를 않는다. 책 없이 연구하는 자들은 모두가 그 모양이다.

이 서재의 형태는 둥글며, 판판한 곳이라고는 내 탁자와 의자 놓을 곳밖에 없고, 그 주위 전부에 다섯 층계로 정렬해 놓은 책들이 굽어들며 그 모두가 내 앞에 한눈에 보인다. 이 탑은 삼면으로 풍부하고 끝없는 조망이 내려다보이며, 실내에는 직경 16보의 공간이 있다. 겨울에는 나는 줄곧 거기 있지는 못한다. 왜냐하면 내 집은 그 이름이 말하듯 언덕 위에 올라앉아 있어서, 여기보다 더 바람 타는 곳은 세상에 달리 없기 때문이다. 그러나 위치가 외떨어져 찾아오기가 힘들기 때문에 사람들의 소란도 물리쳐주고, 글을 읽기에도 효과적이어서 더욱더 나의 마음에 든다. 바로 이곳이 내 자리이다. 나는 이 장소를 순수하게 내 지배 아래 두고, 이 구석 하나만은 아내나 자식, 일반 사람들, 그리고 공공생활에도 구애받지 않게 간직하려고 한다. 다른 데에서의 나는 모두 본질적으로 확실하지 못한 명목상의 권위밖에 가지지 않는다. 자기 집에 있으면서 자기대로 있을 곳도, 자기만의 궁전을 차릴 곳도, 몸을 감출 곳도 없는 자들은 내가 보기에는 아주 가련한 신세들인 것 같다! 자기 하인이 많다고 마치 장터의 조상처럼 남에게 자랑을 하는 야심은 정말 비싸게 먹힌다고나 할까.

"큰 재산이란 큰 노예생활이다."(세네카)

그들은 물러나 들어앉을 편안한 자리 하나 없다. 나는 엄격한 생활로는, 어느 종단의 수도사들의 실천하는 생활을 들 수 있다. 하지만 규칙적으로 줄곧 한자리에 모여 살며, 무슨 일을 하든지 그들끼리 많은 회합을 가지는 등의 생활보다 더 혹독한 예는 없다고 나는 생각한다. 그리고 늘 혼자 있을 수 없는 것보다는 언제나 혼자 있는 편이 내게는 훨씬 더 견디기 쉽다.

학문을 단지 노리개나 소일거리로만 삼는 일은 시신(詩神)들을 천대하는 짓이라고 말하는 이가 있다면, 그는 쾌락과 노리개와 소일거리의 값어치가 얼마나 큰가를 모르고 있다고 보아야 한다. 그들은 자칫 다른 모든 목표는 꼴사나운 일이라고까지 말한다. 나는 그날그날 살아간다. 그리고 좀 말하기 거북하지만 나를 위하여만 살아간다. 내 의도는 거기까지, 바로 거기서 그쳐버린다.

나는 젊어서는 남에게 자랑하기 위하여 공부했다. 다음에는 나를 만족시키기 위하여 했다. 그러나 지금은 재미로 한다. 소득을 위하여 한 적은 결코 없다. 이런 종류의 가구[1]를 가지고 내 필요에 충당할 뿐, 나를 치장하려던 낭비적인 헛된 심정은 오래 전에 버렸다.

책은 그것을 택할 줄 아는 자들에게는 많은 유쾌한 소질을 준비하여 가지고 있다. 그러나 좋은 일로 수고가 들지 않는 것이라고는 없다. 이 역시 다른 것과 마찬가지로 깨끗하고 순수하기만 한 쾌락은 아니다. 거기에도 상당히 힘든 나름의 불편이 있다. 심령은 거기에서 훈련받는다. 그러나 ─ 그것도 나는 보살피기를 게을리 하지 않았지만 ─ 신체는 그 동안 움직이지 않고 굳은 자세로 있어 무기력해지고 우울해진다. 나는 노쇠해 가는 나이에 이렇게 과도하게 사용하는 것보다 더 내게 해롭고 피해야 할 일을 알지 못한다.

이것이 내가 총애하는 내 개인의 세 가지 직무이다. 나는 국민의 의무로 세상에 대하여 부담해야 하는 직무에 대해서는 말하지 않았다.

---

[1] 책자를 말한다.

기분전환에 대하여

나는 전에 상심하고 있는 한 부인을 진정으로 위로하려고 애써 본 일이 있었다. 왜냐하면 여자들이 비탄에 빠지는 것은 대부분 가장(假裝)이기 때문이다.

여자는 단지 명령만 내리면 어떠한 방법으로든 넘쳐흐르도록 대기하고 있는 풍부한 눈물을 언제나 준비하고 있다.

—주베날리스

사람들은 이 격정에 대항하려다가 오히려 더 단단히 걸리고 만다. 대항하면 그것은 더 격렬하게 자극하는 셈이 되어 여자들을 더한 슬픔 속으로 밀어넣기 때문이다. 말로 따지다가는 더욱 흥분하게 하고, 그래서 여자들로 하여금 더 악을 쓰게 한다. 내가 별 생각 없이 한 일상적인 말에 대하여 누가 반박한다면 나는 정색을 하며 내가 가졌던 관심보다 훨씬 더 강경하게 내뱉은 내 말을 내 의견으로 삼는다. 이렇게 하다가는 의사가 처음 환자를 대할 때 상냥하고 쾌활하고 기분 좋게 대해야 하는 것과는 반대로, 위로하려는 선의가 그 시초부터 거칠어지게 마련이다.

무뚝뚝하고 못난 의사치고, 이런 일에 성공한 사람은 없다. 여자들의 비탄은 당초에 누르며 달랠 것이 아니라, 그 반대로 거들어주고 격려하며, 그것이 어느 점에서는 지당한 일임을 증명해 주고 변명해 주어야 한다. 이렇게 양해해

줌으로써 달리 손써 볼 신용을 얻음으로써, 그 마음을 상대방 스스로도 모르는 사이에 손쉽게 조종하여 더 확실하게 여자들의 비탄을 달래주는 데 적당한 말을 늘어놓을 수 있다.

나는 주로 나를 쳐다보는 좌중의 눈을 속일 생각만을 했기 때문에 이 어색한 사정에 대해서는 눈감기로 작정했다. 그리고 나는 남은 설득하는 데 서투르고 대부분의 경우 효과를 내지 못하는 것을 경험으로 잘 알고 있었다. 나는 무미건조하고 날카로운 이치를 따지듯 내놓지 않으면, 떠오르는 말을 생각해 보지도 않고 조심성 없이 불쑥 지껄이고 만다. 나는 처음 얼마 동안 그녀가 괴로워하는 것을 보살펴주면서도, 그 비탄을 강력하고 생생한 이성으로 깨우쳐서 달래려고 하지 않았다. 왜냐하면 내게는 그렇게 할 재간이 없었기 때문이다. 그리고 나는 다른 수단을 쓰는 편이 낫다고 생각했다.

철학이 이러한 고민을 위로하는 데 가르쳐주는 여러 가지 방법들이 있다. 클레안테스는 이렇게 말했다.

"사람들이 불쌍히 여겨주는 것은 불행이 아니다."

페리파테티크 학파[1]는 또 짧막한 다음과 같은 말 한마디로 가볍게 처리해 버린다.

"그것은 가벼운 불행이다."

그리고 크리시포스(Chrysippos)는 다음과 같이 말했다.

"비탄하는 것은 정당한 일도, 칭찬받을 만한 일도 아니다."

그런데 나는 크리시포스처럼 생각하지는 않았다. 또한 내 방법에 좀더 가까운 에피쿠로스처럼 언짢은 일에 관한 생각을 다른 재미있는 일로 바꾸게 한다거나, 키케로처럼 이 모든 치료법의 한 뭉치를 짊어진 채 경우에 따라 사용해 보지도 않았다. 나는 우리의 이야기를 아주 부드럽게 점차 그 사정에 가까운

---

[1] 아리스토텔레스 학파를 말한다.

화제로 돌려갔다. 그녀가 내 말에 귀를 기울여주면, 좀더 인연이 먼 일로 말을 끌어가며 자연스럽게 괴로운 생각에서 벗어나게 함으로써 좋은 얼굴빛으로 돌아오며 나와 같이 있는 동안은 완전히 마음을 진정하도록 해주었다. 나는 기분전환의 방법을 썼던 것이다. 다음에 다른 사람들이 내 뒤를 이어서 그 여인을 달랬다. 그러나 그 심정은 조금도 누그러진 것이 아니었다. 왜냐하면 내가 그 원인을 뿌리 뽑지 못했기 때문이다.

나는 다른 데서 공공사무의 기분전환에 관하여 다루어보았다. 그리고 페리클레스가 펠로폰네소스 전쟁 때, 그리고 다른 여러 장수들이 수많은 경우에 자기 나라에서 적군의 세력을 물러나게 하는 수단으로서, 그런 사례를 사용한 경우가 역사상 매우 많다.

부르고뉴 공작이 리에주 시를 포위 공격하며, 그 시민들에게 이미 합의를 본 항복조건을 집행시키려고 앵베르쿠르 경을 성 안에 들여보냈을 때, 그가 동시에 자기와 다른 사람들을 구출한 방법은 실로 교묘한 계략이었다. 시민들은 그 준비를 하려고 밤에 집합했다가 과거에 체결한 협정에 반대하여 폭동을 일으켰고, 그중 몇몇은 자기들의 손아귀에 든 협상자를 습격하려고 모의하였다.

그는 군중의 노도와도 같은 첫 물결이 자기의 숙소에 와서 부딪치는 것을 보고 시민 두 사람에게 ─ 시민 몇 사람이 그와 함께 있었기 때문에 ─ 이런 사정에 몰려 당장에 꾸며낸 가장 온화한 새로운 제안을 그들의 회의에 전달하라는 사명을 주어 급히 그들이 있는 곳으로 내보냈다. 그들 두 사람은 흥분한 군중을 시 청사로 데리고 가서 자기들의 맡은 바 새로운 제안을 전하고, 시민들에게 그 조건을 토의하게 함으로써 폭풍우의 첫 물결을 막았다. 토의는 매우 간단하였다.

두 번째 폭풍이 또 터져 나왔는데, 이 역시 처음 것만큼 맹렬하였다. 그는 이번에는 더한층 그들을 만족시킬 수 있는 제안을 내놓겠다고 주장하며, 네 명의 새로운 중재자에게 처음의 경우와 비슷한 임무를 주어 시민들 앞으로 내보냈다. 시민들은 그들이 가져온 제안에 대하여 토의하기 위해 회의장으로 몰려갔다. 결국 이렇게 농락하는 수단으로 그가 그들의 맹위를 돌려 헛된 토의로 마음을 혼란스럽게 하며 바람을 재우는 동안 마침내 날이 밝았다. 이것이 그가 노린 점이었다.

다른 이야기 하나도 역시 이와 같은 범주에 속한다. 절세의 미인이며 놀라우리만큼 기민한 주력(走力)을 지녔던 아틀란타(Atalanta)는, 자기와 결혼하겠다고 밀려오는 수많은 구혼자들을 물리치기 위하여 한 규칙을 내세웠다. 곧, 그 여자는 자기와 달리기를 하여 승리하는 자의 말을 들을 것이며, 실패하는 자는 생명을 잃을 것이라고 선언하였다. 이 경주에는 그러한 위험을 무릅써 볼 만한 값어치가 있다고 생각한 자들이 상당히 많았다. 그러나 그들은 모두 그녀의 잔인한 홍정의 제물이 되었다.

히포메네스(Hippomenes)는 남들이 다 하고 난 뒤에야 이 시합에 나섰다. 그는 이 사랑을 이루기 위한 열성으로 그의 수호 여신에게 호소하며 도와달라고 간청하였다. 여신은 그의 탄원을 받아들이고, 그에게 황금사과 세 개를 주고 그 사용법을 가르쳐주었다. 그리고 경주가 시작되었다. 그는 앞서 출발했으나 곧 사랑하는 여인이 자기의 발뒤꿈치에 바싹 따라붙는 것을 느꼈다. 그 순간 그는 마치 실수인 듯이 사과 한 개를 땅 위에 떨어뜨렸다. 금방이라도 따라잡을 듯이 바싹 뒤쫓던 아름다운 그 여자는 사과의 고운 빛깔에 마음이 끌려 돌아서서는 그것을 주웠다.

> 소녀는 찬란한 과실에 사로잡혀
> 내닫다 말고 뒤돌아서며 발밑에 구르는 황금을 줍는다.
> ―오비디우스

그는 이렇게 때를 맞추어 두 번째 사과와 세 번째 사과를 사용해 여자로 하여금 한눈을 팔게 함으로써, 마침내 목숨을 내건 사랑의 경주에 이겼다.

의사들은 카타르를 씻어낼 수 없을 때는 그 방향을 전환시켜서, 위험이 적은 다른 부분으로 돌려놓는다. 나는 이것이 심령의 질병에도 가장 적당한 치료법이라고 생각한다.

"때로는 정신을 다른 취미와 생각, 그리고 심려와 노고로 전환시킬 필요도 있다. 결국 정신은, 기력을 차리지 못하는 병자와도 같이 자주 장소를 옮겨 요양시켜야 한다."(키케로)

정신의 고통에는 직접 충격을 주는 일은 피해야 한다. 그 상처를 부추기거나 꺾지 말아야 한다. 다만 상처를 기울여 충격이 빗나가게 한다.

이 다른 교훈은 너무 고매하고 곤란한 방법이다. 순수하게 사물에 멈추어 고찰하고 판단하는 일은 제일급의 인물들이나 할 만한 일이다. 죽음과도 태연한 얼굴로 상대하며, 친밀해지고, 희롱하는 태도는 오직 소크라테스 같은 일급 인물만이 할 수 있는 일이다. 소크라테스는 사물의 밖에서 위안을 찾지 않는다. 죽음은 그에게 대수롭지 않은, 자연스러운 사건으로 보인다. 그는 시선을 죽음으로 향한 채 다른 곳은 쳐다보지도 않고 스스로 정한다.

헤게시아스의 제자들은 그의 가르침의 아름다운 사상에 빠져듦으로써 굶주림으로 죽어가면서도 동요됨이 없었다. 그 정도가 지나쳤기 때문에 프톨레마이우스 왕은 그에게 살인적인 사상에 의한 학교 경영을 금하였다. 그들은 죽음 자체를 고려하지 않는다. 죽음 자체에 대한 판단조차도 하지 않는다. 그들은 그들의 사상을 멈추지 않고, 더욱 달려가며 새로운 존재를 노린다.

저 교수대에 올라가는 가련한 자들은 열렬한 신앙심으로 충만하여 그들이 할 수 있는 한도의 모든 감각을 매어두며, 그들에게 해주는 설교에 귀를 기울이고, 눈과 팔을 하늘로 뻗치고 끊임없이 억센 감격 속에 커다란 목소리로 기도를 올릴 때, 그들은 필연적으로 이런 궁지에 빠져서는 칭찬할 만한 일을 한다.

그들은 신앙심으로는 칭찬받을 만하다. 그러나 지조로서는 그렇지 못하다.

그들은 투쟁을 피한다. 그들은 마치 아이들에게 절개도(切開刀)를 쓸 때 다른 곳을 보게 하듯, 죽음에서 그들의 생각을 옮긴다. 나는 그들 중에 가끔 시선이 주위에 전개되는 사형집행 준비의 무서운 광경에 부딪치면, 마음이 뒤집히며 미친 듯이 생각을 다른 곳으로 돌리는 자들을 보았다. 무서운 낭떠러지 옆을 지나는 자들에게는 눈을 가리거나 다른 곳을 쳐다보라고 사람들은 말한다.

수브리우스 폴리비오스는 네로의 명령으로, 하필이면 함께 전쟁터에서 싸우던 니게르의 손으로 사형을 받게 되었다. 니게르가 집행장소로 데리고 갔을 때, 그는 시체를 묻으려고 파놓은 구덩이가 고르지 못하고 형편없음을 보고 참석한 졸병들을 돌아보며 잘못된 일상사를 지적하듯 말했다.

"이것마저 군대의 규율에 맞지 않는구나."

그리고 고개를 단단히 쳐들라고 말하는 니게르에게 명확하게 말했다.

"치는 것이나 똑똑히 쳐라."

폴리비오스의 짐작은 맞았다. 니게르는 팔이 떨려서 여러 번 쳐야만 했다. 폴리비오스는 자기의 생각을 똑바로 단단하게 문제의 초점에 두었던 것으로 보인다.

혼전 속에서 무기를 손에 들고 죽는 자는 그 순간에 죽음을 생각하지는 않는다. 그는 느끼지도 생각하지도 않는다. 그의 정신은 싸움의 열기에 휩쓸려 있을 뿐이다. 내가 잘 아는 한 점잖은 분은 위책(圍柵) 안에서 결투하다가 쓰러진 채 적의 칼에 열 번 가량 찔리는 것을 느꼈고, 사람들이 그를 향해 하나님께 자기의 양심을 당부할 생각을 하라고 소리를 칠 때까지, 이것은 그가 다음에 내게 한 말이지만, 그는 사람들의 말소리가 들리기는 했지만 마음은 아무 느낌도 없었다고, 오로지 적의 칼끝을 비켜서 복수할 생각 외에는 없었다고 말했다. 그는 바로 이 싸움에서 그의 상대를 죽였다.

실라누스에게 사형선고의 통지를 하러온 자는 그에게 큰일을 해주었다. 그는 실라누스가 죽음에 임하는 준비는 되었지만 범죄자들의 손에 죽지는 않겠다고 한 순간, 그를 강제로 끌고 가려고 그의 졸병들과 함께 달려들었다. 실라누스는 자기가 당하기로 되어 있던, 오래 끌도록 준비된 죽음의 괴로운 심정을 그 당장의 소란스러운 분노로 태우며, 맨손으로 방어하며 그들에게 맞서 완강하게 싸웠다. 사형선고 통지를 하러온 그는 결국 이 싸움에서 실라누스를 죽였다.

우리는 늘 다른 여러 가지 일들을 생각하고 있다. 더 나은 인생을 가져보리라는 희망, 또는 자손들이 훌륭한 인물이 되리라는 기대, 또는 우리의 명성이 가져다 줄 미래의 영광, 또는 인생의 불행을 도피할 생각, 또는 우리의 죽음을 가져올 자에 대한 복수심 따위가 살아갈 수 있도록 우리를 이끌며 부축해 주고 있다.

만일 정의로운 신들의 권세를 가졌다면,
그대가 암초의 한복판에서 온갖 고초를 당하며, 디도의 이름을 되풀이해 부르짖기를 나는 바란다……
나는 들으련다. 그 소식은 하계의 망령들 속 내게까지 이를 것이다.
— 베르길리우스

크세노폰(Xenophon)은 화관을 쓰고 제물을 바치고 있었다. 그때 그의 아들 그릴로스가 만티네아의 전투에서 죽었다는 소식을 누군가가 전해 주었다. 그는 이 소식을 들은 충격으로 화관을 땅바닥에 내던졌다. 그러나 그의 아들이 대단히 용감하게 싸우다가 죽었다는 것을 알고는 화관을 다시 집어서 머리에 썼다.

에피쿠로스(Epicouros)도 그의 만년에는 자기 문장의 영원성과 유용성에 위안을 느꼈다.

"영예와 명성에 수반되는 모든 노고는 견디기가 보다 용이하다."(키케로)

같은 조건에서 같은 정도로 고생해도, 한 군대의 장수는 한 졸병만큼 그 괴로움을 느끼지 않는다고 크세노폰은 말했다. 에파미논다스(Epaminondas)는 승리가 자기편으로 넘어왔다는 소식을 듣고, 가벼운 마음으로 죽어갔다.

"이것이 진실로 가장 심한 고난에 대한 위안이며 진정제이다."(키케로)

그리고 이러한 사정들 때문에 사물 자체에 대한 우리의 생각은 빗나가며 혼란을 일으킨다.

진실로 철학적 논법은 어느 때나 일 자체의 언저리를 돌아서 피해나가며, 자신의 그 껍질조차 스쳐보지 않는다. 철학의 최초 학파의 제일인자이며 다른 학파의 총감독 격이던 저 위대한 제논은 죽음에 대하여 다음과 같이 말했다.

"어떤 악도 영광스럽지 못하다. 그러나 죽음은 영광스럽다. 그러므로 죽음은 악이 아니다."

술주정에 관해서는 또 이렇게 말했다.

"아무도 자기 비밀을 주정꾼에게 맡기지 않는다. 각자의 비밀을 현자에게 맡긴다. 그러므로 현자는 주정꾼이 될 수 없다."

이것이 정곡을 찌른 말일까? 이러한 지도적 심령들까지도 우리 공통의 운명에서 벗어날 수 없음을 보는 것은 진정 흥미로운 일이다. 그들이 아무리 완벽한 인물이라고 해도, 언제나 변함없이 우매한 인간일 뿐이다.

복수라는 것은 자연스럽고 커다란 감명을 주는 달콤한 격정이다. 나는 그런 경험이 없지만 그것을 잘 안다. 최근에 어떤 젊은 왕공이 그런 생각을 지닌 것을 돌려놓으려고, 나는 일부러 그에게 자비심의 의무로 왼쪽 뺨을 맞거든 오른쪽 뺨을 내놓아야 한다고 말하러 가지 않았다. 또 시가 이 격정을 묘사하듯 비극적인 사건들을 이야기하러 가지는 않았다. 그것은 치워두고, 나는 그가 너그럽고 착한 마음으로 얻게 될 명예와 은고(恩顧)와 호의 등, 그와 마음을 야심 쪽으로 돌렸다. 사람이란 이런 것이다.

'만일 그대의 사랑에 대한 심정이 너무나 강하거든 흐트러뜨려라.' 고 사람들은 말하는데, 그것은 옳은 말이다. 왜냐하면 나는 곧잘 그런 일을 시도함으로써 득을 보았기 때문이다. 그러한 격정은 여러 가지 욕망으로 부수고, 하고 싶거든 그 가운데 하나, 지배적이고 주장되는 욕망을 두면 된다. 그러나 그것이 그대를 포학하게 지배해서는 안 될 일이므로, 그것을 분할함으로써 약화시키고 정체시켜야 한다.

주책없는 혈맥이 울적하게 각근부(脚筋部)에서 고동칠 때……
— 페르시우스

집적된 액수(液水)는 누구의 몸에라도 투사하라.
— 루크레티우스

그리고 그대가 한 번 걸리거든—

그대 새로운 상처로 옛 상처를 교란하지 않으면,
그것이 산뜻한 동안 무분별한 사랑에 옛 사랑의 근심을 맡기지 않으면.
— 루크레티우스

그 때문에 그대가 고민에 빠지지 않도록 일찌감치 서둘러 대비하라.

한때 나는 내 기질대로 심각한 비통에 잠겨 보았지만, 그것은 심각하기보다는 한층 정당한 비탄이었다. 내가 그때 단순히 내 힘만 믿었다면 어쩌면 그 때문에 죽었을지도 모른다. 그 생각을 떨쳐버리기 위해서는 심정의 맹렬한 전환이 필요했기 때문에, 그때의 나이 탓도 있고 하여 나는 기교적인 편법으로 연애를 해보았다. 연애는 내게 위안을 주었으며, 우정에서 생긴 불행을 잊게 해주었다.

그 뒤로 나는 다른 모든 일에도 마찬가지 방법을 썼다. 괴로운 생각에 사로잡혔을 때는 그것을 억제하기보다는 변질시키는 편이 좋다고 본다. 그 반대의 일을 할 수 없다면 다른 것으로 바꾸어 넣는다. 변화는 언제든지 덜어주고 풀어주며 흩어준다. 싸워서 이길 수 없으면 나는 빠져나가며, 대상을 피하려고 비켜선다. 나는 계략을 쓰는데, 장소와 일과 친구를 바꾸며, 다른 직무와 생각을 가진 무리들 속으로 달아난다. 그러면 그 속에 휩쓸려서 나는 그만 내 자취를 잃는다.

본성은 이렇게 무절제의 혜택을 입으며 진척된다. 본성이 우리 정열의 고민을 해결해 주는 가장 좋은 치료법으로 우리에게 준 세월은, 주로 우리의 생각할 거리로 다른 일을 연달아 대어주어서 처음에 우리를 사로잡은 심정이 아무리 강하다 해도 그것을 풀어서 흐트러뜨리며 삭여버린다.

현자는 그의 친구의 죽음에서 당하는 슬픔을 그 첫해나 그 25년 뒤에나 거의 다름없이 한결같이 느낀다. 에피쿠로스에 의하면, 그 슬픔의 정도는 조금도 덜어지지 않는다. 과연 그는 이런 일을 예상했거나 당한 뒤 여러 해가 지난다고 해도 그 슬픈 심정이 완화되는 것을 보지 못한다. 그러나 많은 다른 생각들이 이 심정을 거쳐 지났기 때문에, 그 괴로운 마음은 물러나며 마침내 지쳐버린다.

알키비아데스(Alcibiades)는 사람들의 화제의 방향을 돌리려고 그의 예쁜 개의 귀와 꼬리를 잘라서 장터로 몰아내었다. 그가 그렇게 한 것은 사람들을 떠들썩하게 하여 관심을 돌려놓고, 그 동안 다른 행동에 방해를 받지 않기 위해서였다. 나는 또 여자들이 사람들의 평판과 추측을 전환시키고 쑥덕공론을 빗나가게 할 목적으로, 가짜 연애를 꾸며서 진짜를 숨기는 것을 보았다. 그러나 나는 어느 여자가 이렇게 꾸미다가 가짜 애인 때문에 진짜 애인을 버리는 것을 보았다. 그래서 나는 자기가 진짜라고 안심하며 이런 가짜 수작을 묵인하는 것은 바보짓임을 알았다. 사람들 앞에 터놓고 응수하며 이야기하는 역할이

이 꾸며댄 심부름꾼에게 맡겨졌을 때, 그자가 그대의 자리를 빼앗고 그대를 자기 자리로 밀어내지 못한다면 그가 똑똑하지 못한 사람인 경우에만 그렇다는 것을 생각하라. 그렇게 하는 것은 마치 남에게 구두를 신어달라고 재단하고 꿰매는 수작과 같다.

　우리의 심정을 돌려 해치는 일이란 많지 않다. 왜냐하면 우리의 심정을 잡아두는 일부터 많지 않기 때문이다. 우리는 결코 일을 뭉쳐서 하나로 보지 않는다. 우리에게 강한 인상을 주는 것은 피상적이며 작은 조각들이나 사정들이고, 원래의 크기에서 벗겨져 나가는 헛된 껍데기들이다.

　마치 매미들이 여름철에 벗게 되는 얇은 허물과도 같다.
　─루크레티우스

　플루타르코스도 딸이 죽자, 어릴 때 재롱부리던 모습을 회상하며 애석해하였다. 작별하던 모습과 행동, 애교스러움, 마지막 당부 등 하나하나의 회상이 우리 마음을 상하게 한다. 카이사르의 옷─카이사르가 죽을 때 입었던 피문은 옷을 전시한 것─은 온 로마를 떠들썩하게 하였다. 그가 죽었을 때도 그렇게까지는 하지 않았을 정도였다. 단지 이름을 부르는 어조에 지나지 않았는데, '가엾은 주인 나리님!' 또는, '나의 절친한 친구!' '아, 친애하는 아버님!' 또는 '내 착한 딸아!' 이런 말들이 귀에 쟁쟁 울렸다. 그리고 더 자세히 살펴보면 그것은 한낱 문법이나 모음에 관한 탄식인 것을 본다. 그것은 마치 설교사들의 절규가 곧잘 그들 말의 이치보다도 청중들을 감동시키며, 우리 식탁에 올리기 위하여 죽이는 짐승의 측은한 울음소리가 우리에게 깊은 인상을 주는 것과 같다. 그런데 나는 그 대상의 본질과 실체에 침투하여 저울질해 본 일도 통찰해 본 일도 없었다.

이런 가식을 끝으로 고민은 저절로 더친다.

— 루카누스

이러한 것이 우리 고민의 기초이다.

나의 담석증은 특히 신경(腎莖)에 완고하게 붙어서 어느 때는 3, 4일 동안이 나 소변을 못 보게 하며, 죽음에로 점점 나아가는 처지이다. 이런 상태에서 오 는 고통이 아주 잔혹하다고 그것을 피할 수 있기를 바라거나 요구한다는 것은 어리석은 짓이다. 오, 저 착한 티베리우스 황제는 죄인들의 신경을 잡아매게 하여 소변을 못 보게 하여 죽게 했으니, 그는 분명 사형집행의 대가이리라!

내 사정이 이렇고 보니, 나는 얼마나 미미한 원인과 목적으로 상상력이 인생 에 대한 애석함을 생생하게 해주며, 얼마나 작은 일이 세상을 떠나는 길을 무 겁고 힘들게 만들고, 이렇게 중대한 사건에서 얼마나 하찮은 생각에 자리를 내주게 되는가 하고 생각해 보았다. 한 마리의 개, 한 필의 말, 한 권의 책, 하 나의 유리잔, 그리고 또 다른 무엇들이 내 죽음에서 고려의 대상이 된다. 내 생 각으로는 다른 자들도 한 가지로 어리석게 그들의 야심에 찬 희망이나 금전, 학문과 지식 따위로 속을 썩이고 있다. 나는 보편적으로 죽음을 인생의 끝이 라고 대수롭지 않게 보며, 전체적으로는 그것을 극복한다. 그러나 작게 보면 죽음은 나를 괴롭힌다. 하인의 눈물 한 방울, 헌옷 분배해 주기, 친지와의 악수 한 번, 범속한 위문 하나가 내 속을 썩이고 나를 슬프게 한다.

이렇게 우리는 이야기 속의 비탄으로 마음이 움직인다. 그리고 베르길리우 스와 카툴루스(Gaius Valerius Catullus)에 나오는 이야기를 믿지 않는 사람들까 지도, 디도와 아리아드네가 이별하는 대목에서는 감격한다. 이런 이야기를 읽 고도 아무런 감동도 느끼지 않는다면, 그것은 사람들이 폴레몬의 기적이라고 말하는 것처럼 그 성질이 완고하고 딱딱하다는 증거이다. 그렇기 때문에 그는 미친개가 허벅다리의 살점을 물어뜯어도 얼굴빛 하나 변하지 않았다. 그리고 허황한 사건으로밖에는 동요될 수 없는 눈과 귀이고 보면, 아무리 예지가 높다 해도 현실적인 문제에 영향 받지 않고, 그 판단력으로 비애의 원인을 아주 산뜻하게 전적으로 파악해 볼 수는 없는 일이다.

기술까지도 우리의 어리석음과 타고난 우둔을 이용하여 이득을 본다고 하니, 이게 될 말인가? 수사학에서 가르치기를, 웅변가는 그의 변론의 희극에서 자기 목소리의 음조와 꾸며낸 몸짓으로 스스로 감격하며, 자기가 표현하는 격정에 속아야 한다고 말한다. 그는 자신이 연기하는 속임수의 방법으로 본질적이며 진실한 비탄을 느끼고, 자기보다도 사건에 대한 관심이 적은 재판관에게 그 심정이 통하도록 해야 한다. 그것은 마치 초상집에 고용되어 장례의식을 거들어주려고 눈물과 설움을 무게와 양으로 파는 인간들이 사용하는 방법이다. 왜냐하면 그들은 꾸며서 하는 형식으로 슬퍼한다고 하지만, 몸가짐을 그렇게 습관처럼 가짐으로써 곧잘 흥분하여 진실로 슬픈 심정을 모르는 사이에 받아들이는 것도 확실하기 때문이다.

그라몽 경이 라 페르 전투에서 전사하여, 그 유해를 소아송으로 이송할 때, 나는 그의 다른 여러 친구들과 함께 따라갔다. 그런데 우리가 지나가는 곳마다, 만나는 사람들은 모두 이 장례 행렬의 엄숙한 광경만으로 울음을 터뜨리는 것을 볼 수 있었다. 거기서는 고인의 이름조차 알려지지 않았는데도 말이다.

퀸틸리아누스(Marcus Fabius Quintilianus)는 어떤 배우들은 상(喪)을 당한 자의 역할에 너무 열중한 나머지 집에 가서도 울고 있는 것을 보았으며, 자기도 남이 받은 충격이 자신의 것으로 느껴져서 눈물을 흘린 적이 있고, 비탄에 잠긴 사람의 태도에 상심되어 얼굴이 창백해진 것을 사람들에게 들켰던 적이 있다고 말한다.

산악지대 근처 어느 고장에서는, 여자들이 마르탱[2] 신부 노릇을 한다고 한

---

2 전설상의 신부. 미사를 드릴 때 혼자 신부와 부제의 역할을 동시에 하며 자문자답했다고 한다.

다. 그녀들은 죽은 남편이 살아 있을 때 행한 착하고 훌륭했던 일을 생각하면 애통함이 더 커져, 그 마음을 경멸감으로 돌려 어떤 보상이라도 얻으려는 듯, 줄곧 죽은 남편의 약점을 찾아서 떠들고 다닌다. 그것은 우리가 누구든지 죽으면 꾸민 칭찬으로 그를 추어올림으로써 살아 있을 때와는 정반대의 인물로 만들기를 주저하지 않으며, 마치 애석해하는 마음이 교양 있어 보이거나, 또는 전에는 못 보던 일을 눈물이 둔감함을 씻어서 잘 보이게 한 것처럼 행동하는 것보다는 훨씬 더 점잖은 일이다. 나는 내가 죽은 뒤 받을 만해서가 아니라, 죽었기 때문에 사람들이 내게 주려고 하는 유리한 증언을 받는 것은 미리 사양하겠다.

누가 전투를 앞둔 무장에게 다음과 같이 물어본다고 하자.

"이 공격전이 당신과 어떤 관계가 있소?"

그 물음에 아마 그는 이렇게 대답할 것이다.

"사람의 모범이 되기 때문이고, 대왕께 복종해야 하기 때문이오. 나는 아무런 이익도 바라지 않소. 명예로서는 나 같은 개인에게도 조그만 몫이 올 것을 아오. 그뿐, 나는 적에게 분개한 적이 있다거나, 내가 싸움을 건 것이 아니오."

그러나 다음날 가서 보라. 그는 사람이 변하여 공격하려는 부대의 선두에 서서 분노로 이글이글 끓고 있을 것이다. 그것은 쇠붙이와 포화가 번쩍거리며 대포소리와 북소리가 쾅쾅 울리는 통에, 그의 혈관에 새로운 억센 증오감이 흘러들기 때문이다.

우리 마음은 흔드는 데는 이유가 필요 없다. 형체도 명목도 없는 공상이 지배하며 뒤흔든다. 나는 종종 누각을 쌓는데, 공상은 그곳을 호화판으로 꾸며, 내 마음은 그것을 진실로 흡족히 느끼며 즐거워진다. 얼마나 자주 우리는 이런 그림자 때문에 정신이 비애와 분노로 혼미해지며, 광상적인 격정에 휩쓸려 심신이 변질되는가! 이런 공상은 얼마나 우리 얼굴을 일그러뜨리며, 얼마나 우리의 팔다리와 목소리를 뒤흔들며 격발시키는가! 이 자는 혼자 있으면서 다른 사람들과 교제하거나 내심의 악마에게 박해당하는 헛된 환각을 가진 것으로 보이지는 않는가? 변화를 일으키는 대상이 어디에 있는가? 찾아보라. 도대체 대자연에는 무(無)로 양육되며 그 지배를 받는 것이 우리 외에 또 무엇이 있는가?

캄비세스 왕은 자기 동생이 페르시아의 왕이 될 것이라는 꿈을 꾸었기 때문에, 사랑하는 동생을 죽여버렸다. 메세니아의 왕 아리스토데모스는 자기의 개가 짖는 소리를 무슨 나쁜 징조로 잘못 생각하고 자살하였다. 그리고 미다스 왕은 그가 꾼 불쾌한 꿈 때문에 속을 썩이다가 역시 자살을 하였다. 꿈 때문에 생명을 버리다니, 그것은 생명을 바로 그 값어치대로 평가한 증거이다.

그렇지만 우리 심령이 육체의 비참함과 약점, 그것이 받는 모든 변화와 손상의 표적이 되는 점을 극복하여 가는 것을 보라.

심령은 실로 이렇게 말할 만하다.

오! 프로메테우스가 주물러 내놓은 최초의 점토의 불행함이여!
그는 이 작품을 만들면서 정말로 조심을 적게 했나니,
그는 이 기술에서 몸만 보고 정신은 생각하지 않았도다.
그는 정신부터 시작했어야 했을 것이다.
— 프로페르티우스(Sextus Propertius)

대화의 기술에 대하여

다른 자들을 경계하거나 타이르기 위하여 어떤 자를 처벌하는 것은, 우리나라 법 시행의 습관으로 되어 있다. 잘못을 저질렀기 때문에 처벌한다는 것은 플라톤이 말하듯 어리석은 수작일 것이다. 한번 저지른 일이 처벌로 상쇄되거나 돌이킬 수는 없기 때문이다. 그보다는 그들이 같은 잘못을 다시 저지르는 일이 없도록, 또는 다른 사람들이 그 본을 뜨지 않게 하기 위하여 처벌하는 것이다.

사람들은 목을 졸라 죽이는 자의 행실을 고쳐주는 것이 아니다. 그에 의하여 다른 자들의 행실을 고친다. 내 과오들은 어떤 때는 고칠 수 없는 타고난 것이라고 느껴진다. 점잖은 사람들의 처신이 대중들에게 본받을 구실을 주어 이롭게 한다면, 나는 아마도 나를 본받지 않게 하는 일로 대중에게 이익을 줄 것이다.

> 그대는 알비우스의 아들이 얼마나 못되게 살아가며,
> 바루스는 얼마나 비참한 꼴인가를 보지 않는가!
> 어버이의 유산을 낭비하지 못하게 할 훌륭한 훈시요 본보기이다.
> ─호라티우스

나의 불완전한 점을 공개하고 비난하면, 두려워 피하는 사람도 있을 것이다. 내가 나 자신에게 가장 높이 평가하는 것은, 나를 추켜세우기보다는 나를 비난하는 일이다. 그 때문에 나는 그 점에 유의하여 더 자주 내 문제를 다룬다. 그러나 모두 이야기하고 나면, 말한 것은 아무래도 손해가 된다. 자기에 대한 사람들의 비난은 늘 불어가고, 자기에 대한 칭찬은 줄어든다.

아마 나처럼 시범보다는 반발로, 추종보다는 회피로 자기를 가르쳐가는 성미를 가진 자들도 더러 있을 터이다. 카토는 어리석은 자들이 현자에게서 배우는 것보다, 현자들이 어리석은 자에게서 더 많이 배운다고 하였다. 파우사니아스(Pausanias)가 하는 이야기, 한 늙은 음악가가 제자들에게, 바로 앞집에 사는 서투른 악사의 연주를 강제로 들으러 보내 틀린 음정과 제멋대로인 박자의 부조화스러움을 느껴 알도록 했다는 것은, 바로 이런 종류의 훈련을 노렸던 것이다.

나는 관대성의 모범에 끌리기보다 잔인성을 미워하는 마음에서 더한층 관대함을 배운다. 능숙한 기수의 역할은 검사나 베니스 인이 말을 타는 방식만큼 내게 말 타는 법을 잘 가르쳐주지 못한다. 그리고 올바른 어법보다 서투른 방식이 나의 어법을 더 정확하게, 그리고 잘 고쳐준다. 나는 날마다 다른 사람의 좋지 않은 점을 보고 내 모습을 살펴보며 바로잡아 간다. 기분 좋은 일보다 속상한 일이 내게 자극을 주어 쉽게 잠을 깨운다. 이 시대는 찬성보다는 반대로, 닮기보다는 다르게 처하기로 후퇴방법을 써서 우리에게 개선의 길을 찾아준다. 좋은 본보기로는 배울 점이 적기 때문에 나는 나쁜 본보기를 더 흔히 교재로 사용한다. 나는 남에게 폐를 끼치는 자들을 많이 보았기 때문에 그만큼 남에게 좋게 해주려고 노력했고, 마음 약한 자들을 많이 보기 때문에 더 견실해지려고 노력했다. 또한 어리석은 자들을 보았기 때문에 그만큼 더 슬기로워지려고 노력하였다. 그러나 나는 도달할 수 없는 어떤 표준을 세우고 있었다.

우리의 정신에 가장 효과 있고도 자연스러운 훈련법은, 내 생각으로는 사람과 대화하는 일이다. 나는 이 훈련법으로서의 대화사용이 우리 인생의 다른 어느 행동보다도 더 감미롭다고 본다. 이런 이유에서 만일 내가 이제부터 택해야 할 입장이 된다면, 듣기와 말하기를 버리기보다는 차라리 보기를 버리는 편에 동의할 것이다. 아테네 인들은, 더욱이 로마 인들은 더한층 이 대화의 훈련을 숭상했다. 우리 시대에는 이탈리아 사람들이 이런 흔적을 보존하고 있는데, 이것은 우리의 사고력을 그들과 비교해 보면 그들이 얼마나 이 혜택을 입고 있는가를 알 수 있다.

서적에 의한 공부는 동작을 나태하게 하고, 탈진하게 만들며, 열기를 올릴 수 없게 한다. 그런데 대화는 단번에 가르쳐주고 훈련시킨다. 내가 한 힘찬 심령과, 그리고 한 강직한 창기(槍技) 선수와 대화를 하면 그는 내 옆구리를 밀고 왼쪽 오른쪽을 찌르며, 그의 관념은 내 관념을 약동시킨다. 적개심과 명예와 경쟁심은 나를 밀어서 본래의 나보다 위로 추어올린다. 그리고 대화에서 같은 음조는 사람을 물리게 하는 소질이다.

우리의 정신은 힘차게 조절된 정신과의 소통에서 강화되기 때문에, 우리가 병적으로 저속한 정신들과 끊임없이 접함으로써 얼마나 타락하며 손해를 보는 것인지는 상상조차 할 수 없다. 이보다 더 잘 전염되는 것은 달리 없다. 나는 경험으로 그 정도가 얼마나 심한가를 알고 있다. 나는 토론과 변론하기를 즐긴다. 그러나 적은 수의 사람들과 하며, 나 자신을 위하여 한다. 왜냐하면 세도가들 앞에 구경거리가 되며, 다투어서 자기 재치와 말주변을 펼쳐 보이는 일은 점잖지 못한 행동이라고 생각하기 때문이다.

어리석음은 언짢은 소질이다. 내가 늘 그러한 경우를 겪지만, 그것을 참고 견디지 못하고 걸핏하면 화를 내며 고민하는 것은 그 폐단이 어리석음에 못지 않은 다른 종류의 폐단임을 드러내준다. 그래서 나는 이제 이것으로 나를 책망하고자 한다.

내 심정은 어느 의견이 뚫고 들어가 깊이 뿌리내리기에는 적당하지 못한 터전이기 때문에, 나는 아주 자유롭고 안이하게 논변과 토론에 들어간다. 어떠한 주제도 나를 놀라게 하지 않으며, 어떠한 신앙도, 내 신앙과 아무리 반대되는 교리를 가졌다 하더라도 내 비위를 거스르지는 않는다. 나는 아무리 경박하고 허황한 생각이라도 인간정신의 생산에 맞지 않는 것은 없다고 본다. 우리의 판단력에 결정을 내릴 무슨 권한을 주지 않는 우리로서는 여러 가지 반대되는 사상들도 부드럽게 보아주며, 판단을 내리지 않는다 해도 그 말에 쉽사리 귀를 기울여준다. 저울의 한쪽이 아주 비어 있을 때라도, 나는 거기에 노파의 꿈 같은 미신을 올려놓아서라도 다른 추와 평행이 되게 한다. 그리고 내가 차라리 기수(奇數)를 받아들이고, 금요일보다는 목요일이 좋고, 식탁에서는 열세 번째보다는 열두 번째나 열네 번째를 좋아하고, 여행할 때에는 토끼가 길을 가로지르는 것보다는 길가를 따라가는 편을 좋아하고, 신발을 신을 때에는 왼발을 먼저 내놓는다고 해도 용서될 만한 일이라고 본다. 우리 주위에서 신용 받고 있는 이런 모든 망상은 들어줄 만한 값어치는 있다. 나는 이런 것이 무위(無爲)보다는 낫다고 생각한다. 경우가 어쨌든 무위보다는 무게가 있다. 그리고 그런 생각에 끌리지 않는 자들은 미신의 악덕을 피하다가 완고성의 악덕에 빠진다.

그러나 판단의 모순은 내게 역하지도 않고, 그것이 나를 변하게 하지도 않는다. 그것은 다만 내 정신을 잠 깨워 단련시킨다. 우리는 교정을 피한다. 이런 일은 교권(敎權)을 가지고 하는 것이 아니고, 특히 변론의 형식으로 올 때는 환영하면서 맞이해야 한다. 어떤 반대에 부딪히면 사람들은 그것이 정당한가를 보지 않고, 옳건 그르건 간에 어떻게 거기서 벗어날 것인가에 대해서만 생각한다. 우리는 팔을 내밀기는커녕 발톱을 내민다.

나는 내 친구들이 다음과 같이 비난해도 버텨낼 것이다.

"너는 바보다. 너는 꿈을 꾼다."

나는 활달한 사람들끼리는 서로 과감하게 표현하며, 말과 생각이 부합되기를 바란다. 우리는 청각을 강화하고, 예의를 차리는 약해빠진 음조에 대해서는 경계해야 한다. 나는 억세고 씩씩한 현실성의 교제와, 그리고 피가 맺히도록 물어뜯고 할퀴고 하는 등 억세고 힘찬 사귐을 통한 우정을 좋아한다.

우정은 싸울 일이 생겼을 때 싸우는 것이 아니라, 예의를 찾고 기교를 부리며 상대방의 감정을 상하게 할까봐 두려워한다. 이렇듯 자기를 억제하는 태도로써는 충분하게 힘차고 너그러운 것이 될 수 없다.

모순 없는 토론은 없다.
—키케로

누가 내게 반대하면, 그 자는 내 노여움이 아니라 주의력을 일깨우는 것이다. 나는 내게 반대하는 자를 나가서 맞이하는데, 거기서 배우는 바가 있다. 진리의 원칙은 양쪽에 공통되는 원칙이라야 할 것이다. 그가 무엇이라고 대답할 것인가. 그의 판단력은 벌써 분노의 격정에 사로잡혀 있다. 그렇게 되면, 이성에 앞서 판단력이 혼란에 빠진다. 우리의 논쟁에는 내기를 걸어 우리의 패배에 물리적인 표적이 나타나게 함으로써 우리가 그것을 기록해 두고, 하인이 다음과 같이 말할 수 있게 하면 유익할 것이다.

"나리께서는 지난해에 스무 번이나 쓸데없이 고집을 부리다가 100에퀴나 잃으셨습니다."

나는 진리가 어느 누구의 손에서 발견되었다 해도 기꺼이 환영하며, 아무리 멀리서 오는 것일지라도 가벼운 마음으로 항복하고 무기를 그 앞에 내놓는다. 그리고 학교 선생님 식으로 너무 명령조로만 나오지 않는다면, 사람들이 내 문장에 대하여 하는 비평에 날 세우지 않고 잘 듣게 된다. 그리고 글은 고쳐야 할 필요에서가 아니라 예절상의 필요에서 고친 일도 적지 않다. 쉽게 양보하여 남에게 좋은 일을 함으로써 누구든지 내게 알려주고 싶은 일을 자유로이 알려주게 하기 위해서이다. 정히 내게 손해가 되더라도 그렇게 한다.

그렇지만 우리 시대의 사람들을 그렇게 하도록 끌어오기는 쉬운 일은 아니다. 그들은 스스로 그들의 생각을 고쳐볼 용기가 없기 때문에, 남을 고쳐줄 용기도 갖지 못하고 서로 늘 감춰가며 말한다. 나는 남의 충고를 받아서 사리를 알게 되는 것을 무척 좋아하기 때문에, 내 판단이 두 형태 중의 어느 편에 있어도 무방하다. 내 생각 자체가 나의 생각을 반대하고 비난하는 일이 많으며, 남이 반대하는 것도 이와 마찬가지로 받아들인다. 물론 나는 남의 책망에 대하여 내가 주고 싶은 권위밖에는 인정하지 않는다. 나는 자기 의견을 좇아주지 않으면 모욕으로 생각하고, 자기를 믿어주지 않으면 자기 일을 공연히 알려주었다고 후회하는 자들을 알고 있는데, 그렇게 나오는 자들과는 인연을 끊는다.

소크라테스는 자기의 주장에 반대하는 사람에게 언제나 웃는 얼굴로 대했다. 그가 그렇게 할 수 있었던 것은, 그의 역량이 대단히 컸으며, 장점이 자기 편에 있다고 확신함과 아울러 반대를 새로운 영광의 재료로 생각했기 때문일 것이다. 그러나 우리의 경우, 스스로에 대한 우월감과 상대방에 대한 경멸감보다 더 우리를 민감하게 만드는 것은 없다. 그리고 이치로 보아 약한 쪽이 도리어 고마운 마음으로 자기를 바로 세워주는 반대 의견들을 받아들여야 할 것이다. 실로 나는 나를 두려워하는 자들보다는, 나를 거칠게 다루는 자들과 더 자주 사귀려고 한다. 우리를 숭배하고, 우리 앞에 자리를 물려주는 자들과 상종하는 쾌락은 멋쩍고 해롭다. 안티스테네스(Antisthenes)는 아이들에게, 자기들을 추켜세우는 자들을 결코 고맙게 여기지 말라고 훈계하였다. 나는 열을 올리며 토론하다가 상대방이 나보다 약하여 승리할 때의 나의 쾌감보다, 상대방의 올바른 이론 앞에 내가 굴복할 때의 나 자신에 대하여 얻는 승리감에 훨씬 더 큰 자존심을 갖는다.

어떻든 나는 나를 공격하는 힘이 아무리 약한 것이라도, 정확하게 내 약점을 지적하는 공격은 모두 받아들이며 내 잘못을 인정한다. 그러나 아무런 형태도 없이 오는 공격은 참아내지 못한다. 내게는 주제가 무엇이든 상관없으며, 모든 의견들이 마찬가지이다. 그리고 어떤 논제가 이기고 지는 데는 전혀 관심이 없다. 토론의 줄기가 질서 있게 이어지면, 나는 하루 종일 점잖게 토론해 갈 것이다.

나는 논법의 힘과 꾀보다는 질서를 요구한다. 양치기들과 가게를 보는 아이들 사이에의 말다툼은 언제 보아도 이치에 맞지만, 우리에게는 그것이 없다. 그들이 상식을 벗어난다면, 그것은 예절이 없기 때문이다. 우리도 마찬가지이다. 그들이 아무리 참지 못하고 소란을 피워도 논제에서 벗어나는 일은 없다. 그들의 말은 한 논제를 끌어가며, 남의 말을 기다리지 않고 서로 상대방을 앞질러서 말하는 일은 있어도 대개는 서로 이해한다. 사람들이 격에 맞게만 대답한다면 내게는 언제나 너무 훌륭한 대답이다. 그러나 논쟁이 흐트러져서 혼란에 빠지면, 나는 사리를 버리고 철부지같이 울분에 넘쳐서 형식만 따진다. 그리고 고집스럽고 심술궂은 억지를 부리는 토론의 방식에 빠진다. 그러고는 마음에 부끄러움을 느낀다. 어리석은 자와 진지하게 토론하기는 불가능하다. 강제적으로 강하게 나오는 자의 손에 걸리면 내 판단력뿐만 아니라 양심마저 썩어버린다.

우리의 논쟁은 다른 언어에서의 범죄와 마찬가지로 금지되고 처벌되어야 했다. 언제나 분노에 지배되고 명령받으니, 어떤 악덕인들 일깨워서 쌓아놓지 못할 것인가! 우리는 먼저 이성에 대하여, 그리고 다음에는 사람들에 대하여 적의를 품게 된다. 우리는 반대하기 위해서만 토론하기를 배운다. 각자가 반박하며 반박을 받으니, 논쟁의 성과는 진리의 상실과 말살밖에 안 된다. 그래서 플라톤은 그의 《국가론》에서, 소질이 없고 어리석은 자로 태어난 자들에게는 이 논변의 훈련을 금지한다.

그 하는 행위와 태도가 아무런 값어치도 없는 자와, 존재하는 것(진리)을 찾아보려고 한들 무슨 소용이 있겠는가! 다룰 방법을 찾기 위하여 논제를 떠날 때는 그것을 잘못 다루는 것이 아니다. 나는 스콜라 학파의 기교적인 방법을 말하는 것이 아니라, 건전한 이해력을 가지는 자연스러운 방법을 말한다. 기교적인 토론은 마지막에 어찌되는가? 하나는 동쪽으로 가고, 하나는 서쪽으로 간다. 그들은 주요 논제를 버리고 무수한 지엽말단들 속으로 논제를 밀어낸다. 폭풍우가 한 시간쯤 맹위를 떨치다 지나가면, 그들은 무엇을 찾고 있었는지조차도 이해하지 못한다. 하나는 아래에, 하나는 위에, 하나는 옆에 있다. 이 자는 낱말과 비교에 집착하고, 저 자는 상대방이 자기에게 무슨 말을 가지고 대항하는 것인지도 모른 채, 어떻든 자기 달음질에 매여 자기를 좇을 생각뿐 상대방의 논지를 좇아볼 생각은 없다. 어떤 자는 고삐가 약하다고 보고 그저 두렵기만 하여 모든 것을 거부하고, 처음과 마지막을 뒤섞으며 토론을 뒤죽박죽으로 만든다. 또는 실컷 토론하다가 갑자기 침묵하며 납작 엎드려버린다. 자기의 무지에 울화가 치밀어 거만하게 상대를 경멸하는 체거나, 또는 바보같이 겸손한 척하며 토론을 회피한다. 이 자는 공격하기만 하면 자기의 지식이 바닥 날 것인가는 문제 삼지 않는다. 다른 자는 자기의 말마디를 헤아리며 달아보고, 그것을 이치라고 따진다. 저 자는 자기의 목소리와 허파의 힘이 센 것밖에는 사용하지를 않는다. 그러니 자기의 생각과는 반대의 결론을 내리는 자가 생기고, 쓸데없는 서론과 잡설로 상대방을 압도하는 자도 생긴다. 또 다른 자는 자기의 논제를 압박하는 이치로 따져오는 토론에 상대하지 않으려고 순수한 욕설로 무장하고, 이치에 어긋나는 독일식의 싸움을 걸어온다. 마지막으로 저 자는 이치라고는 아무것도 모르나, 자기 어법의 변증법적 구절과 그 기술의 격식만을 가지고 상대방을 궁지에 몰아넣었다고 생각한다.

그런데 우리가 학문의 용도를 고찰할 때 '아무것도 치유해 주지 못하는 이 문자들을 가지고' (세네카) 인생의 필요를 위하여 어떤 견고한 성과를 얻을 수 있을 것인지 의심스러워서, 학문에 회의를 느껴보지 않은 자가 있을까? 논리학에서 누가 이해력을 얻어 보았던가? 학문의 아름다운 약속은 모두 어디 있는가? '더 잘 사는 방법도, 잘 추리하는 방법도' (키케로) 이것을 직업으로 삼는 자들의 공적 토론에서보다 생선장수 부인들의 떠드는 소리에 더 심한 혼란

이 섞여 있던가? 나는 내 아들로 하여금 학교에서 웅변학을 배우게 하기보다
는 술집에서 말하는 법을 배우게 하겠다.

한 학사님을 모셔와서 토론을 해보라. 어째서 그는 그 기교의 탁월성을 느끼
게 하지 못하는가? 어째서 그는 우리를 지배함으로써 그가 원하는 대로 우리
를 설복시키지 못하는가? 토론에 대한 재료와 논법에는 그렇게도 유식한 사람
이, 어째서 그의 토론에 무절제한 욕설과 광분을 섞는 것인가? 그의 두건과 가
운과 라틴 어를 벗겨보라. 그의 아주 순수하고 극히 실속 있는 아리스토텔레
스를 가지고 우리의 귀를 치게 하지 말라. 그도 우리 같은 하나이거나 오히려
우리보다도 어리석게 보일 것이다.

그들이 어법을 이리저리 읽어 꾸며서 우리를 몰아대는 모습은 마치 요술쟁
이의 잡기처럼 보인다. 그들의 약은 재주는 우리의 감각을 싸워가며 몰아대지
만, 우리의 확신은 조금도 흔들어놓지 못한다. 이런 속임수를 제외하고는 그
들은 일상적이고 평범한 일밖에 아무것도 하지 못한다. 그들은 더 박식하기는
하지만 서투르기는 우리와 매한가지이다.

나는 학문을 가진 자들만큼이나 학문을 사랑하고 존경한다. 그리고 적당한
용도에 쓸 줄만 안다면, 그것은 사람들이 가질 수 있는 가장 고상하고 훌륭한
소득이라고 할 수 있다. 그러나 이 학문에 그들의 기본적인 능력과 값어치를
두고, 이해력보다 기억력을 신뢰하여 '타인의 그늘 밑에 숨어서'(세네카) 책으
로 하지 않으면 아무것도 하지 못하는 자들 — 그들의 수는 무한히 많다 — 에
게는, 감히 말하자면 바보 같은 짓보다 이런 것을 더 미워한다.

우리나라, 그리고 우리 시대에서 학문은 돈지갑을 꽤 두둑하게 해준다. 그러
나 심령을 채워주는 일은 드물다. 학문은 둔중한 심령들을 만나면 소화되지
않은 그대로의 뭉치로 심령들을 눌러서 질식시켜 버린다. 예민한 심령들이라
면 학문은 기꺼이 그들을 순화하고 명석하게 하며, 허허로움에 이르기까지 정
밀하게 작용한다. 그것은 거의 무관심한 소질의 사물이다. 잘 태어난 심령에

게는 대단히 유용한 부속품이며, 다른 심령에게는 유해하고 손실을 끼친다. 그보다도 차라리 싼값으로는 소유를 허용하지 않는 대단히 소중한 용도에 쓰이는 사물이다. 어느 손에 들어가면 이것은 왕홀(王笏)이 되고, 다른 손에 들어가면 어릿광대의 희홀(戲笏)이 된다. 계속해 살펴보자.

그대의 적에게, 그대와 싸워 결코 이기지 못한다는 것을 알려주기보다 더 큰 승리가 또 있을까? 그대의 제언으로 유리한 위치를 차지할 때는 진리가 이기는 것이다. 그대가 질서와 논법으로 유리한 위치를 차지할 때는 그대가 이기는 것이다. 플라톤과 크세노폰의 저서에서 소크라테스는 토론보다 토론자를 위하여 토론하며, 에우티데모스(Euthydemos)와 프로타고라스에게 그들의 기술이 부당하다는 것보다도 그들이 부당하다는 것을 지적해 주기 위하여 토론한다. 그는 한 문제를 밝혀주기보다 더 유용한 목적을 가지고 어떤 문제라도 든다. 다시 말하면, 그는 그가 조종하여 훈련시키려는 정신들을 밝혀주기 위하여 하는 것이다.

동요와 추격은 우리의 본분이다. 그것을 언짢고 부당하게 실행한다는 것은 용서될 수 없다. 잡는 데 실패한다는 것은 문제가 다르다. 왜냐하면 우리는 진리를 탐구하려고 태어났기 때문이다. 진리를 소유하는 일은 한층 더 위대한 힘을 가진 자의 소관이다. 데모크리토스가 말하듯 진리는 심연 속에 감추어져 있는 것이 아니고, 거룩한 지식의 무한한 높이로 올려져 있다. 우주는 진리탐구의 한 학교에 지나지 않으며, 가르침의 목적은 누가 과녁을 맞히느냐에 있지 않고 누가 가장 잘 달려가느냐에 있다. 허위를 말하는 자보다 진실을 말하는 자가 어리석게 보일 수도 있다. 왜냐하면 우리는 말하는 태도를 문제 삼지, 그 재료를 문제 삼지는 않기 때문이다. 내 심정은 알키비아데스(Alcibiades)가 사람들에게 하던 것처럼 실체와 마찬가지로 형식을 중요시하며, 소송사건에서와 같이 변호사의 태도를 주시한다.

그리고 나는 날마다 여러 작가들을 읽으며, 그 속에서 그들의 학문은 돌아보지도 않고, 그들의 제재가 아니라 방식을 찾아보기에 흥겨워하고 있다. 마찬가지로 내가 어느 유명한 정신과 사귀려는 것은, 거기서 배우려는 의도보다 그 내용을 알아보려는 것이다.[1]

　누구든지 진실하게 말할 수는 있다. 그러나 질서 있게, 현명하게, 능력 있게 말할 수 있는 사람은 찾아보기 어렵다. 그러므로 무지에서 오는 오류를 나는 나무라지 않는다. 그것은 서투름이다. 나는 교제하는 자들의 모든 방식이 어리석었기 때문에, 내게 유익하던 교유관계 여럿을 끊었다. 내 밑에서 일하는 자들의 잘못을 가지고 내가 화를 내는 일은 일년에 한 번도 안 된다. 그러나 그들의 수작에는, 진정 날마다 먹살을 잡고 흔들어대야 할 지경이다. 그들은 무슨 말을 하고 있는지 어째서 그런지 이해하지도 못하고, 대답하는 것도 같은 수작이다. 정말 화가 치미는 일이다.

　나는 남의 머리가 와서 부딪쳐야 내 머리가 아픈 것을 안다. 내 집 사람들의 경박하고 체면을 차리지 않으며 어리석은 수작을 상대하기보다는, 차라리 그들의 악덕을 상대한다. 그들이 무슨 일이든 할 수만 있다면 조금쯤 덜 해도 괜찮다. 거기에는 아직 그들의 의지를 일으켜볼 희망이 있다. 그러나 나무토막 같은 자에게서는 전혀 쓸 만한 일을 찾아볼 여지가 없다.

　그런데 웬 말인가? 내가 사물을 사실과 다르게 판단한 것은 아닐까? 그럴지도 모른다. 그 때문에 나는 참을성 없음을 한탄한다. 그리고 무엇보다도 먼저 이 참을성 없음은 옳은 자에게서나 그릇된 자에게서나 마찬가지로 그릇된 일이라고 생각한다. 왜냐하면 자기가 생각하는 바와 다른 형태를 용납하지 못함은 이기적인 생각이기 때문이다. 그리고 세상에 언제나 있는 어리석은 수작을 가지고 짜증을 내며 분개하는 것보다 더 심하고 더 고질적이며 괴팍한 일도 없다. 왜냐하면 이런 심정은 주로 우리 자신에 대해 화를 내는 것이기 때문이

---

[1] 1595년 판에는 '알아보고 나서 그럴 가치가 있으면 본받으려는 것이다.'로 되어 있다.

다. 그리고 옛날의 한 철학자[2]는 자기를 고찰하는 동안 눈물 흘릴 기회가 많았을 터이다. 그리스 일곱 현인 중의 하나인 뮈손은 티몬(Timon of Phlios)이나 데모크리토스에게 지지 않는 기분으로 있었는데, 누군가가 왜 혼자서 웃고 있느냐고 묻자 대답하였다.

"내가 혼자 웃고 있는 것이 우스워서."

얼마나 많은 어리석은 수작을 나는 나대로 날마다 말하고 대답하는가! 또한 남의 생각을 따라서는 얼마나 더 자주 그렇게 했을 것인가? 내가 그 때문에 고민하고 있다면 다른 자들은 어찌할 것인가? 결국 우리는 살아 있는 사람들 속에서 살아야 하며, 냇물은 우리가 걱정할 필요 없이, 또는 우리를 휩쓸어가지 않게 다리 밑으로 흘려보내야만 한다. 우리는 몸이 기형이거나 못생긴 사람을 만나는 일이 있어도 충격을 받지 않는데, 어째서 정신이 비뚤어진 사람은 화를 내지 않고는 만나볼 수가 없단 말인가? 이런 악덕스러운 마음씨는 과오 자체보다 판단하는 자에게 달려 있다. 플라톤의 이 말을 언제나 입에 담아두어 잊지 않도록 하자.

"내가 무엇을 불건전하게 보는 것은, 나 자신이 불건전한 때문이 아닌가?"

나 자신에게 과오는 없는가? 남의 잘못을 알려준다는 것이 도리어 내가 비난받을 일이 되는 건 아닌가? 사람들의 가장 보편적인 공통된 과오를 힐책하는 것은 현명하고도 거룩한 훈계이다. 우리가 서로 맞대놓고 하는 책망뿐 아니라, 모순된 일에 관하여 따져보는 사리와 논법까지도 대개는 우리에게 되돌아올 수 있으며, 그래서 우리는 칼로 우리 자신을 찌른다. 이런 일에 관하여 고대는 무게 있는 예를 상당히 남겨주었다. 다음의 어구를 생각한 사람은, 여기에 들어맞게 아주 묘한 말을 하고 있다.

---

2 헤라클레이토스를 말한다.

누구에게나 자기의 방귀는 구수하다.
—에라스무스

우리의 눈은 뒤에 있는 것은 보지 못한다. 우리는 하루에 백 번은 이웃사람들의 문제로 우리 자신을 비웃으며, 우리 속에서 더 분명히 보이는 결함을 다른 사람들 속에서 보며 미워한다. 그리고 후안무치(厚顔無恥)하게도 그들의 일에 놀란다.

바로 어제도 나는 한 이해성 있는 점잖은 분이, 어떤 사람 하나가 사람만 만나면 반은 가짜인 자기네 족보나 문벌 자랑으로 사람들의 골치를 아프게 한다고 하며 신이 나서 조롱하는 것을 보았는데—이런 자들은 확실하지 못한 의심스러운 사실을 가지고 더 신이 나서 어리석은 소리를 떠들고 다닌다—그는 자기 일을 돌아볼 때는 자기 처가(妻家) 혈통의 우수성을 자랑하느라고 그 사람에 못지않게 무절제하고 지루하게 늘어놓는다. 오오, 어리석은 자만심이여! 글쎄, 마누라가 바로 자기 남편의 손으로 무장되어서 나오다니! 그들이 라틴어를 한다면, 이렇게 말해 주고 싶다.

잘해라! 그녀 자신이 충분히 미치지 않았거든, 거기에 부채질하라!
—테렌티우스

나는 확실하지 않은 일은 누구건 비평해서는 안 된다고 말하는 것이 아니다. 그러다가는 아무도 비평하지 못할 것이다. 그리고 같은 종류의 과오를 범하지 말아야 한다는 것도 아니다. 다만 우리의 판단력이 당장 문제에 오른 자를 공격한다고 하여, 그것이 내적 비판으로 우리 자신의 잘못의 책임을 면제해 주지는 않는다는 말이다. 자신 속의 악덕을 벗어나지 못하는 자가, 다른 사람의 악덕에는 그 근본이 덜 가혹하고 덜 악인이라도 약간이나마 그것을 없애주려고 애쓰는 일은 자비로운 봉사이다.

그런데 내 잘못을 알려주는 자에게, 그 역시 그 결함을 가졌다고 말하는 것은 그리 적당한 태도라고 생각되지 않는다. 그래서 어떻단 말인가? 아무튼 알려준 일은 진실하고 유익하다. 우리 코가 건전하다면 우리의 배설물 역시 우리 것인 만큼 더 악취를 풍겨야 한다. 그리고 소크라테스의 의견은 자기와 자기 아들과 다른 한 사람이 어떤 폭력이나 부정행위로 죄를 지었을 경우, 자기가 맨 먼저 재판소에 나아가 형 집행인의 손으로 자기 죄를 씻어달라고 간청할 것이고, 둘째는 자기 아들을, 마지막에 다른 사람을 보내야 한다고 했다. 이 교훈은 매우 뛰어난 것으로서, 자기 양심에 의한 처벌에는 자기가 맨 먼저 나서야 한다.

감각은 외부의 사실로밖에 사물들을 알아보지 못하는 우리 자신의 일차적인 심판자이다. 그러므로 우리가 사회에 봉사하는 모든 일들 중에는 피상적인 외양과 격식과 절차의 끊임없고 보편적인 혼합이 있다고 해도 별로 놀라운 일은 아니다. 따라서 정치의 가장 효과적이고 훌륭한 부분은 이런 일로 구성된다. 우리에게 문제되는 상대는 언제나 인간들이다. 그 조건은 놀랍게도 육체적인 점에 있다.

요즈음 전적으로 명상적이며 비물질적인 신앙훈련으로 우리의 생활원칙을 세우려고 한 자들은, 만일 종교가 그 자체로서보다도 인간사회의 분열과 도당의 표징이며 자격이고 도구로서 우리 속에 견지되지 않았던들, 종교가 그들 손가락 사이로 빠져나갔을 것이라고 생각할 것이며, 이는 그다지 놀랄 만한 일은 아니다.

논변에서도 마찬가지이다. 말하는 자의 위엄과 법복과 재산이 흔히 그 말의 공허하고 서투른 내용에 신용을 준다. 추종자가 많고 사람들이 두려워하는 한 관리가, 속에는 비속한 능력밖에는 없다고 생각하거나, 사람들에게서 많은 사명과 책임을 맡고 그렇게도 경멸조로 거만하게 남을 대하는 인물이, 그에게 인사도 멀리서밖에 올릴 수 없으며 아무도 써주는 사람이 없는 다른 인간보다 더 능숙한 재간이 없다고 추측할 수는 없는 일이다.

이런 인물들은 말뿐만이 아니라 찌푸리며 웃는 얼굴까지도 신중히 고려되고 존중되며, 사람들은 저마다 그에 대하여 견고하고 훌륭한 해석을 내려보려고 애쓴다. 그들이 몸을 굽혀 일반의 토론에 참가하기라도 하면 사람들은 그들에게 '지당합니다.' 하는 식의 말과 존경의 말을 내어놓는다. 만일 그 이외의 무슨 다른 말이라도 내놓으면 그들은 '나는 들었노라, 나는 보았노라, 나는 행하였노라.' 식의 그들 경험의 권위를 가지고 다른 사람들을 타박한다.

그들은 경험에 지배당한다. 나는 그들에게, 한 외과의가 자기 경험에서 판단을 얻어내지 못하고, 자기 기술의 실천에 더 현명해졌음을 우리가 느끼게 하지 못한다면, 경험의 성과는 그의 실천의 역사도 아니고, 네 명의 페스트 환자와 세 명의 통풍 환자를 고쳤다는 추억도 아니라는 것을 기꺼이 말할 것이다. 그것은 마치 여러 악기의 합주에서 우리가 류트나 에피네트나 피리소리를 듣는 것이 아니고, 이 모두를 합친 성과인 전체로서의 화음을 듣는 격이다.

그들이 여행이나 또는 직무에서 그 인품이 나아졌다고 하면, 그것은 그들에게 이해력이 생긴 결과이다. 경험을 헤아리는 것만으로는 충분하지 않다. 경험이 지니는 이유와 결론을 끌어내기 위해서는, 그런 것을 저울에 달거나 비교하며 소화하고 증류시켜야만 한다.

지금처럼 역사가들이 많았던 적은 없다. 그들의 이야기를 듣는 것은 언제나 좋고 유익하다. 왜냐하면 그들은 기억의 창고에서 아름답고 칭찬할 만한 가르침을 많이 끌어내어 우리에게 제공해 주기 때문이다. 그 대부분은 우리 인생에 도움이 된다. 그러나 우리는 지금 당장 그런 것을 찾지 않는다. 우리는 이야기하는 자들이나 이야기를 수집하는 자들 자신이 칭찬할 만한 인물들인지를 헤아린다.

나는 말로든 행동으로든 모든 포학을 증오한다. 나는 감각으로 우리의 판단력을 기만하는 이런 헛된 사정들에 기꺼이 대항하여 마음을 굳게 단속한다. 그리고 그런 지극히 위대한 인물들을 엿본 결과, 그런 자들은 기껏해야 다른 사람들과 같은 인간들임을 발견하였다.

이런 높은 신수에 견실한 상식을 갖추기는 매우 어려운 일이다.
— 주베날리스

아마도 그들은 보통사람들보다 일을 더 시도하고 더 크게 보이려고 하기 때문에, 사람들은 그들을 실지의 인물보다 크게 평가하고 알아보게 되었을 것이다. 그러나 그들은 자기 짐의 무게를 이겨내지 못한다. 짐을 진 자에게는 짐보다 더 큰 정력과 힘이 있어야 한다. 자기 짐에 눌려 쓰러지는 자는 그의 역량과 어깨가 약하다는 것을 나타낸다. 그 때문에 사람들은 학자들 중에서 서투른 자들, 곧 다른 사람들보다 더 서투른 자들을 곧잘 발견한다. 그런 인물들은 능숙한 살림꾼이나 장사꾼, 능숙한 직공쯤은 되었을 것이다. 그들은 그 밑에서 짓눌려 버린다. 고귀하고 강력한 재료를 전개시켜서 분배하고, 학문을 사용하여 자기를 돕기 위해서는 그들의 타고난 소질은 충분한 정력도 충분한 기술도 발휘하지 못한다. 강력한 천성을 타고난 사람이 아니면, 학문을 하기란 불가능하다. 그런데 그런 천성을 타고난 자는 대단히 드물다. 소크라테스는 말한다.

"약한 자들은 철학을 조종하다가 그 권위를 추락시킨다."

학문은 나쁜 칼집 속에 들어앉으면 무용할 뿐만 아니라, 자칫 해로움을 끼치기까지 한다. 그 때문에 타고나지 못한 사람들은 다음과 같은 식으로 망신당하며 바보가 된다.

인간의 모방자, 저 유인원을 희롱하려고,
어린애에게 희귀한 비단 옷을 입히고는, 엉덩이와 등을 내놓아서,

사람들의 웃음거리가 되게 한 꼴이다.

— 클라우디아누스(Claudius Claudianus)

우리를 지배하고 지휘하며, 세상을 자기들 손아귀에 넣고 있는 자들도 마찬가지로 보통의 이해력을 가지고 우리가 할 수 있는 일을 할 수 있다는 것만으로는 부족하다. 그들이 우리보다 훨씬 나은 능력을 갖지 못한다면, 우리보다 더 바보스러운 구실밖에는 하지 못한다. 그들은 더 많이 약속하기 때문에 더 많은 부담을 진다. 그 때문에 그들에게는 침묵과 존경과 위엄뿐 아니라, 유리하고 경제적인 풍모가 주어져 있다. 언젠가 메가비소스는 아펠레스(Apelles)가 일하는 것을 보기 위해 그의 화실로 찾아갔다. 그는 얼마 동안 한 마디의 말도 없이 있다가, 작품에 관하여 이야기하기 시작했다. 그는 이때 혹독한 비난을 받았다.

"그대가 침묵을 지키고 있는 동안은 화려한 장식으로 인하여 위대한 인물처럼 보였다. 그러나 그대가 말하는 것을 듣고 난 지금은, 내 상점의 아이조차 그대를 경멸한다."

화려한 장식과 위풍당당한 차림도, 평민과 마찬가지로 무식하게 그림에 대하여 수준 낮은 말을 하는 것은 용서될 수 없었다. 그는 묵묵하게 외부적인 가상의 능력을 유지하고 있어야 했다. 우리 시대에 얼마나 많은 어리석은 인물들이 냉철하고 과묵한 자세로 예지와 능력을 가진 듯이 가장하고 있는가!

위엄과 직무는 필연적으로 인물의 능력보다는 운수로 얻게 된다. 그리고 사람들이 그 때문에 왕을 원망하는 것은 잘못이다. 다만, 그들의 지도력이 그렇게도 부족하며, 운수가 그렇게도 좋은 것은 놀라운 일이다.

제왕에게는 신하를 아는 일이 제일의 공훈이다.

— 마르티알리스(Marcus Valerius Martialis)

왜냐하면 그들은 그 많은 백성들을, 의지와 최상의 가치와 지식이 들어 있는 가슴속을 뚫어보아 그 탁월함을 식별할 만큼 사람을 알아볼 수 있는 능력을 타고난 것은 아니기 때문이다. 그들은 혈통과 재산과 학문과 사람들의 비판 등으로 추측하고 모색하여 인재를 골라내야만 한다. 하지만 이것은 단지 미약한 논법일 뿐이다. 사람들을 올바르게 판단하는 방법과 이성으로 사람을 골라내는 방법을 찾아낼 수 있는 자는, 이 능력 하나로써 완전한 정치형태를 세워볼 수 있을 것이다.

"그렇다. 하지만 그는 이 큰일을 적절하게 처리했다."

이것은 의미심장한 말이다. 그러나 그것만으로는 충분하지 않다. 왜냐하면 지금껏 정당하게 용인되어 오는 다음과 같은 격언이 있기 때문이다.

"결과로서 의도를 판단해서는 안 된다."

카르타고 인들은 장수들이 그릇된 의견을 내놓았을 경우, 요행히 일이 잘 수습되었을 때라도 그들을 처벌했다. 그리고 로마 사람들은 장수의 행위가 그 행운과 부합되지 않을 경우에는, 위대하고 유익한 승전에 대해서도 개선의 행진을 거부하는 수가 종종 있었다. 대개 세상일이 되어가는 것을 보면, 운수는 모든 일에 대한 그 지배력이 얼마나 큰가를 보여주기 위하여 우리의 자만심을 꺾어버리는 데 흥미를 느끼지만, 서투른 자들을 현명하게 만들어주지는 못하고, 도덕에 대항하여 그런 자들에게 행운을 주고 있다. 그리고 순전히 운으로 꾸며지는 일에 참여하여 옹호하기를 즐긴다. 그래서 우리는 우리 주위에서 가장 단순한 머리를 가진 자들이 공적으로나 사적으로 매우 큰 사업을 해내는 예를 흔히 보게 된다. 그리고 마치 페르시아 사람인 시람네스의 경우, 그의 계획은 대단히 현명한데 그 결과는 늘 실패인 것을 보고 의아해하는 자들에게 이렇게 대답할 수 있다.

"일의 계획은 자기의 주관으로 꾸미지만, 일의 진행은 운수가 한다."

또한 이 말을 거꾸로 돌려서 대답할 수도 있다. 세상사의 대부분은 제대로 되어간다.

> 운명들은 그들의 길을 터 나간다.
> ―베르길리우스

그 결과 종종 극히 서투른 행위에도 권위가 부여되고는 한다. 우리는 거의 상투적인 습관으로 참여하는 것에 불과하다. 그리고 대개는 머리를 써서 하는 것이 아니라, 습관과 남이 한 일을 모방하여 한다. 성취한 사업이 위대한 데 놀라서, 나는 전에 그런 일을 끝까지 성취했던 자들을 통하여 그들의 동기와 방법을 알아보았다. 그런데 나는 거기서 가장 평범한 방법밖에는 찾아보지 못했다. 가장 속되고 평범한 의견이 두드러지지는 않지만 실천에는 가장 확실하고 유리한 것 같다.

무슨 말인가? 가장 평범한 이치들이 일을 이루는 데 가장 합당하다면, 그럼 모두가 하는 가장 천하고 비속한 방법이 일 처리에 가장 적합하다는 말인가? 국왕들이 조정의 권위를 유지하기 위하여 속인들의 참여로 처음의 장애를 넘어 앞을 내다보게 할 필요는 없다. 인기를 얻고 싶으면 전체로 신망을 얻고 존경받아야 한다.

나는 행동에 들어가기 전에 먼저 일을 대강 살펴보고, 그 첫 모습을 중심으로 하여 가볍게 고찰해 본다. 그 일의 가장 어렵고 중요한 부분은 하늘에 맡기는 것이 내 버릇이다.

> 나머지 일은 하늘에 맡기라.
> ―호라티우스

내가 생각하기에 행운과 불운은 두 가지 최고의 전력이다. 인간의 예지가 운수의 역할을 대신할 수 있다고 생각하는 것은 진정으로 어리석은 소리이다. 원인과 결과를 파악하며, 스스로 자기 사업을 진전시킬 수 있다고 자부하는 자의 기도(企圖)는 허황하다. 특히 전략의 고찰에서 그러하다. 우리 사이에 가끔 보이는 군사상의 예보다도 더 용의주도한 신중성은 결코 없었다. 그것은 이 대도박의 마지막 결판에 대비하여 중도에 패할 것을 두려워하기 때문인가?

　나는 나아가, 우리의 예지와 사고력 자체가 대부분은 우연에 달려 있다고 말한다. 내 의지와 사유는 이때는 이렇게, 저때는 저렇게 움직이며, 그중에도 많은 움직임은 나 없이도 되어간다. 그리고 내 이성에는 매일 돌발적인 충동과 동요가 있다.

> 심령들의 모양은 변한다. 그리고 그들의 가슴속은,
> 이때는 이 생각, 그러나 한 가닥 회오리바람이 구름을 밀고 가면,
> 그때는 다른 생각을 품게 된다.
> ─베르길리우스

　도시에서 가장 권세 있고 사업이 번성하는 자들을 보라. 대개 그들은 가장 상술이 부족한 자들이다. 여자나 어린애나 정신병자들이 가장 능력 있는 제왕들과 맞설 정도로 큰 나라들을 다스린 일도 있었다. 그리고 지혜 있는 자들보다 우둔한 자들이 대개 더 성공한다고 투키디데스는 말한다. 우리는 그들 행운의 결과를 총명의 탓으로 돌린다.

> 사람이 성공함은 단지 행운의 덕택이다.
> 그런데 그의 득세를 보고서 우리는 그 수완을 칭찬한다.
> ─플라우투스(Plautus)

어떻게 보건 사건의 결과는 우리의 가치와 능력에 대한 뚜렷하지 않은 증거라고 한 나의 말은 옳다. 그런데 나는 마침내 권세 있는 자리에 올라앉았을 때만 보아야 한다는 점에 생각이 미쳤다. 사흘 전에는 그를 대수롭지 않은 인물로 알고 있었다고 해도, 자기도 모르는 사이에 우리의 생각 속으로 위대성과 능력의 모습이 흘러들어와 그의 지위와 권위에 따라 그의 인품도 훌륭해졌다고 믿게 된다.

우리는 그를 그의 값어치로 평가하는 것이 아니고 수패(數牌)를 보고 하는 것과 같이, 그의 지위의 특권에 따라서 인물을 판단한다. 다음에 운이 나빠 그가 영락하여 다시 보통사람들 속에 섞여들었다고 하자. 각자 무엇이 그를 그렇게 높이 추어올렸던가 하고, 그 원인을 따지며 놀라서 묻는다. 그러고는 사람들은 말한다.

"이게 바로 그 사람인가? 그는 거기 있을 때 다른 능력은 없었는가? 제왕들은 그런 애매한 능력에 만족했었나? 우리는 정말 잘난 사람에게 걸렸었군!"

나는 이런 일을 자주 보았다. 실은 연극으로 상연되는 위대한 인물들의 가면을 보고도, 우리는 어느 정도 감명을 받고 속는다. 내가 국왕들을 숭배하는 이유는, 그들의 숭배자가 많다는 사실 때문이다. 모두가 그들 앞에 머리를 숙이고 굴복하게 되어 있다. 단 이해력의 굴복만은 예외이다. 내 이성은 그들 앞에 숙여지지 않는다. 굽혀지는 것은 나의 무릎이다.

멜란티오스는 디오니시우스의 비극을 어떻게 보느냐는 질문에 다음과 같이 대답하였다.

"나는 그것을 보지 않았소. 말이 너무 많아서 이해할 수가 없었소."

마찬가지로 세도가들의 의견을 판단하는 자들의 대부분은 다음과 같이 말해야 할 것이다.

"나는 그의 의도를 들어보지 않았소. 엄숙하고 위대하고 장엄한 위풍에 눌려 알아볼 수가 없었소."

안티스테네스(Antisthenes)가 어느 날 아테네 인들에게 그들의 나귀를 말처럼 밭갈이에 부려보라고 권유했는데, 그들은 이 짐승은 그런 데에 쓰려고 태어난 것이 아니라고 대답했다. 그러자 그는 다음과 같이 말했다.

"나귀도 말과 마찬가지요. 그대들의 명령에 달려 있소. 가장 무식하고 무능한 인간을 전쟁의 지휘자로 세워도, 그대들이 그를 그 일에 고용했으므로 그는 당당하게 그 직책을 맡아보오."

많은 사람들의 풍습에 관계되는 문제이지만, 자기들 속에서 뽑아내어 국왕의 권한을 바치는 자들은, 그에게 주는 것만으로 만족하지 않고 그를 숭배한다. 멕시코 사람들은 국왕의 대관식이 끝나고 나면 감히 맞서 그 얼굴을 보지도 못한다. 그러고는 그들은 이 왕위를 가지고 마치 그를 신격화한 것처럼 그에게 그들의 종교와 법과 자유를 유지하고, 용감하게 정의롭고 호탕하기를 맹세시킨다. 또한 국왕은, 태양에게는 그 광명으로 운행하게 하고, 구름들에게는 때에 맞춰 비를 내리게 하며, 강물들에게는 물의 흐름에 따라서 흐르게 하고, 땅에게는 그의 백성들에게 필요한 모든 것을 생산하도록 하겠다고 맹세한다.

이 경우 나는 보통의 격식과는 다르다고 생각한다. 그리고 국왕들이 운이 닿아 위대해지고 백성들의 칭송을 받는 경우, 나는 그 능력에 한층 더 불신을 갖는다. 우리는 그가 숭배와 존경으로 떨고 있는 좌중들 앞에서 때맞추어 말하고, 요점을 택하며, 상전다운 권위로 말을 끊고, 또는 화제를 돌리며, 자기의 의견에 반대하는 자가 나오면 고개를 한 번 끄덕이거나 미소를 띠거나 침묵함으로써 막아내는 것이 어느 정도의 일인가를 주의해 보아야 한다.

한 파격적인 운수를 타고난 인물이, 자기의 식탁에서 경솔한 말들이 오가는 자리에 주책없이 끼여들어 간섭하며, 바로 다음과 같이 말을 시작했다.

"이 말과 다르게 말하는 자는 거짓말쟁이가 아니면 무식한 사람이지만……"

손에 단도를 들고 이 철학적인 말을 깊이 생각해 보라.

그와는 달리, 나에게는 다음의 고찰이 대단히 유익한 참고가 되었다. 토론에서 어느 논법이 그저 좋게 보인다고 즉석에서 받아들여서는 안 된다는 것이다. 사람들은 대개 남에게서 빌려온 재간으로 일을 많이 처리한다. 어떤 자는 멋진 말투나 대답이나 문구를 말하는데, 그 뜻이 무엇인지도 모르고 내놓는 수가 있다. 남에게서 빌려온 것이 그대로 자기 것이 되지 못한다는 사실은 아마 스스로에 의하여 증명될 것이다.

사람의 말에 아무리 진리나 아름다운 점이 있다고 해도, 그렇다고 바로 넘어가서는 안 된다. 차라리 진짜로 그 말을 논박하든지 또는 잘 알아듣지 못한 체하며 물러나서 모든 면에서 더듬어보며, 그 관념이 그 작가에게는 어떤 의미를 가진 것인가를 생각해 보아야 한다. 우리는 공격의 예봉을 맞으며, 토론의 효과가 그 한도를 벗어나게 전개되도록 할 수도 있을 것이다.

나는 전에 토론의 급박한 공격에 몰려 비상작전을 쓰다가, 내 의도와는 전혀 다르게 상대방의 예봉을 헛치게 한 일이 있었다. 나는 수만 채워 내놓은 것을 상대방은 무게로 받아들인 것이다. 마치 심하게 대드는 사람과 토론하면서 상대방의 결론을 앞질러 말하고, 그에게 자기 의견을 설명하는 수고를 덜어주며, 그의 완성되지 않은, 방금 싹터 나오는 생각을 앞질러 알아내려고 애써보듯—그의 사고방식의 질서와 적절성이 멀리서부터 그것을 알려주며 나를 위협한다—이렇게 다른 자들과는 나는 전혀 반대의 태도를 취한다. 여기서는 그들에 의하지 않고는 아무것도 이해해서는 안 되며, 아무것도 미리 짐작해서는 안 된다. 그들의 상투적인 말투 '이것은 좋다, 저것은 그렇지 않다.'고 하는 논법이 들어맞을 때는, 그것이 운수가 좋아서 맞은 것이나 아닌지 알아보아야 한다.

그들이 어구의 윤곽을 지어 의미를 좀 수습하며, '어찌어찌하여 이렇다. 이러니까 그렇다.'고 말한다면, 내가 평범한 일로 보는 보편적인 판단에는 아무런 의미도 없다. 그들은 온 백성을 뭉쳐 전체로서 인사하는 자들이다. 백성들을 잘 알고 있는 자들은, 사람을 하나하나 지적하며 이름을 부르며 인사하기도 한다. 그러나 이것은 위험한 수법이다. 그런 데서 나는 자주 지식의 기초가 빈약한 자들이 똑똑한 체하며, 어떤 작품을 읽고 그 장점을 지적하려다가 엉뚱한 부분에 탄복하는 꼴이, 그 작가의 탁월한 점을 알려주기는커녕 자기의 무식을 드러내기만 하는 것을 보았다.

베르길리우스의 시를 한 페이지만 듣고 나서 '그것 참 좋군!' 하고 감탄하면 그것은 확실하다. 약은 자들은 이렇게 하여 피한다. 그러나 시 한 구절씩을 따라가며, 명확한 판단으로 훌륭한 작가가 어떻게 난점을 극복하고 어느 점에 가치를 높이는가를 지적하려고 하고, 낱말과 어구, 그리고 착상을 하나하나 저울질해 보는 일에서는 어서 물러나도록 하라!

"각자의 어법을 검토할 뿐 아니라, 그의 사상과 상상의 근거를 깊이 연구해 보아야 한다."(키케로)

나는 날마다 바보들이 바보 같지 않은 소리를 하는 것을 듣는다. 그들은 논리 정연한 말을 한다. 이런 때에는 그들이 어느 정도를 이해하고 있는지, 어디서 그것을 얻어왔는지 알아보아야 한다. 우리는 그들을 거들어 그들의 소유가 아닌 이러한 아름다운 말과 훌륭한 이치를 그들로 하여금 사용하게 한다. 그들은 그것을 보관하고 있을 뿐이다. 그들은 더듬어가며 이런 것을 아무렇게나 내놓는다. 우리는 값어치대로 이들 어구를 외상으로 그들에게 맡겨둔 것이다.

그대는 그들에게 어떤 말을 쓰도록 거들어준다. 그게 무슨 소용이 될까? 그들은 그런 도움을 고마워하지도 않는다. 그리고 그 때문에 더욱 서툴러진다. 그들을 거들지 말고 내버려두라. 그들은 이 재료를 마치 열탕(熱湯)을 가지고 하듯 더듬더듬 다룰 것이다. 그들은 그것을 바꾸어 써보지도, 그 의미를 캐어보지도 못할 것이다. 조금이라도 흔들어볼 엄두를 못 내고, 그것이 아무리 좋은 재료라도 마침내는 집어치운다. 그것은 좋은 무기들이지만 자루를 잘 맞춰놓지 않았다고나 할까. 얼마나 여러 번 나는 이런 꼴을 보았는가!

그런데 그대가 그 의미를 밝혀서 확인해 주면, 그들은 즉시 그대 해석의 장점을 빼앗아가며 이렇게 말할 것이다.

"내가 한 말이 바로 그 말이오. 내가 바로 그 의미로 말했던 것이오. 내가 그렇게 표현하지 않은 것은 어법이 부족하여 그랬소."

패를 넘기라. 이런 어리석은 자만심을 교정하는 데는 심술도 좀 부려야 한다. 헤게시아스의 다음과 같은 의견은 다른 경우에는 모두 옳다.

"미워하지도 비난하지도 말고 가르쳐주라."

그러나 여기서는 그렇게 해도 소용없다. 그리고 그렇게 하여 더 나쁘게 될 자를 거들어서 고쳐준다는 것은 비인간적이고 옳지 못한 처사이다. 나는 그들이 진창에 빠지듯 자기 논법 속에서 심하게 허우적거리게, 가능하면 자기의 무식함을 인정하기까지 아주 몰아넣는 것을 좋아한다.

어리석음과 지각의 혼란은 잠깐 가르쳐주어서 될 일이 아니다. 이런 것을 교정하는 문제에는, 곧 전투에 임하려는 마당에 군대의 사기를 북돋아달라고 재촉하던 자에게 키루스(Cyrus)가 대답한 말이 바로 적용된다.

"사람들은 훌륭한 연설 한마디로 당장 용감해지거나, 잘 싸우게 되지는 않는다. 그것은 좋은 노래를 듣고, 바로 음악가가 되지 못하는 것과 마찬가지이다."

그것은 오랫동안의 꾸준한 훈련으로 이루어져야 한다.

우리는 가족에 대해서는 부족한 지식을 열심히 교정하며 깨우쳐가야만 한다. 그러나 아무나 지나가는 사람을 붙들고 설교하며, 그의 미숙함과 무식함을 고쳐주려는 버릇을 나는 매우 언짢게 생각한다. 말을 주고받는 상대가 그러한 결점을 보여도 교정해 주는 일은 거의 없다. 무슨 교사나 되는 듯이 초보부터 깨우치게 하는 것보다는 그대로 버려둔다. 어느 모임에, 또는 다른 사람들 앞에서 말하는 일을 가지고 그릇되고 어리석은 말이라고 판단해도, 나는 말로건 몸짓으로건 결코 간섭하지 않는다. 뿐만 아니라 한 어리석은 자가 어떠한 사리에 만족하기보다 자기의 어리석음 자체에 만족하는 모습을 보는 경우보다 더 화나는 일은 없다.

완고하거나 주책없는 논법이 그 주인들의 마음을 편안하고 유쾌한 기분으로 채우는 자리에서, 스스로는 총명하기 때문에 만족을 갖지 못하며 불만을 품고 자리를 떠야 하는 경우는 불행한 일이다. 이런 때는 가장 서투른 자들이 남을 경멸하고, 어깨 너머로 넘겨다보며, 토론에서 의기양양하게 승리를 거두고 돌아간다. 그리고 거의 언제나 오만한 말투와 유쾌한 얼굴이 좌중에서 우위를 차지하는데, 좌중이란 대개 이해력이 약하고 판단력이 없으며, 장점을 식별할 줄 모르는 자들이다. 자기 사상을 열렬하게 고집하는 것은 어리석다는 가장 확실한 증거이다. 그래, 확고하고 결단적이며, 경멸조이고 명상적이며, 장중하고 근직한 것으로 당나귀보다 더한 것이 또 무엇이 있는가?

토론과 의사소통이라는 제목에, 우리는 친구들끼리 가벼운 사담으로 생기 있고 유쾌하게 서로 농담을 주고받으며 흥겨워하는 싹싹한 잡담을 넣어서는 안 될 것이다. 이런 좌흥(座興)은 내 타고난 유쾌한 기질에 아주 잘 맞는다. 그것은 내가 지금 말해 온 것처럼 긴장되고 근직하지는 않을망정, 그와 같이 예민하고 교묘하지 못한 것도 아니며, 리쿠르고스(Lycurgos)가 생각하듯 유익하지 않은 것도 아니다.

나로 말하면 이런 자리에서는 재치라기보다 그저 자유롭게 말이 이어지며, 착상이라기보다는 용이하게 말이 나온다. 나는 남의 자만을 참아내는 데는 완벽하다. 매우 지각없는 반박에도 얼굴빛이 변하지 않고 견뎌내기 때문이다. 그리고 내가 공격을 받을 경우, 당장에 반격할 구실이 없으면 끈덕지게 매달려서 지루하고 비굴한 언쟁으로 말꼬리 좇기를 좋아하지 않는다. 그것은 그냥 넘겨둔다. 그리고 유쾌하게 귀를 기울이며, 더 좋은 어느 시기에 내 밑천을 찾기로 한다. 장사꾼이라고 늘 벌어들이는 것만은 아니지 않는가.

사람들은 대개 힘이 부족하면 얼굴빛과 목소리가 달라진다. 그리고 격에 맞지 않게 지나친 분노는, 앙갚음보다도 오히려 자기의 약점과 참을성 없음을 한꺼번에 폭로하고 만다. 우리는 가끔 침착한 기분으로 모욕을 주지 않고는 견딜 수 없는 일이라도, 이 흔쾌한 잡담에서 상대방의 불완전한 면의 비밀스러운 금선(琴線)을 건드린다. 그래서 우리는 피차 유익하게 우리의 결함을 서로 알려준다.

그밖에 프랑스식의 철없고 거친 결투[3]가 있지만, 나는 그것을 몹시 싫어한다. 내 피부는 부드럽고 민감하다. 나는 내 생애에 우리 왕실 혈통의 두 분을 땅에 묻는 것을 보았다. 즐겁게 지내다가 싸우는 것은 추한 일이다. 어쨌든 나는 누군가를 판단하려면 그가 얼마나 자기 자신에 만족하고 있으며, 그의 어법과 행동이 어느 정도까지 자기 마음에 드는가를 그에게 물어본다.

"나는 놀며 그 일을 했소. '이 작품은 아직 미완성인 채로 모루에게 가져왔소.' (오비니우스) 나는 이것을 위해 한 시간도 걸리지 않았소. 그리고 그것을 다시 들여다보지도 않았소."

이러한 식의 멋진 변명을 피하고 싶다. 나는 물을 것이다.

"그럼 이런 물건은 치워둡시다. 당신의 일 전체를 대표하는 작품을 보여주시오. 그것으로 당신의 역량을 알아볼 수 있는 것 말이오. 당신 작품 중에 가장 아름답게 보는 것은 무엇이오? 이것이오? 이 부분이오? 저 부분이오? 우아미요? 재료요? 착상이오? 판단이오? 또는 학문이오?"

왜냐하면 나는 사람들이 남의 작품이나 마찬가지로 자기 자신의 작품도 판단할 눈이 없음을 깨닫기 때문이다. 애정이 섞일 뿐, 그것은 깨닫고 식별해 갈 능력이 없다. 작품은 그 자체의 힘과, 그리고 운수의 힘으로써 직공[4]의 착상과 지식 이외에 그를 도와줌으로써 직공의 역량을 초월하는 수가 있다. 나로서는 남의 작품의 값어치를 내 것보다 더 흐리멍덩하게 판단하는 일은 없다. 그리고 이 《수상록》도 때로는 얕게, 때로는 높게 아주 줏대 없이 의심스럽게 평가한다.

---

3 1559년 창술시합에서 사고로 죽은 프랑스 왕 앙리 2세, 1560년 무술시합에서 부상을 입고 죽은 보프레오 후작, 혹은 1546년에 장난하다가 궤짝에 얻어맞고 죽은 당갱 백작을 가리키는 것 같다.
4 작가를 가리킨다.

서적들 중에는 그 제재 때문에 유익한 것이 있는데, 그것은 작가에게는 아무런 공로도 되지 않는다. 그리고 직공에게 도리어 수치를 주는 좋은 제품이 있듯이 좋은 책들도 있다. 나는 우리의 향연에 참석한 자들의 태도나 의복의 유행에 관하여 써보겠으나, 그렇게 마음이 내켜서 하는 일은 아니다.

나는 우리 시대의 법령들과 일반에게 공개될 왕공들의 편지를 출판할 수 있다. 나는 한 좋은 책을 가지고 축소본을 만들 수 있다―한 양서(良書)를 요약하여 만든 축소판은 모두 어리석은 책이다―그리고 그 원본은 일실(逸失)되거나 그와 비슷한 편의를 얻을 것이다. 그런데 그것이 내 운수가 좋아서 그렇게 된 것이 아니라면 무슨 영광이 될 것인가? 유명한 서적들의 상당한 부분이 이런 조건 아래 있다.

몇 해 전에 내가 필립 드 콤민의 작품을 읽었을 때, 그는 실로 훌륭한 작가였으며, 나는 그의 이 말을 범속하지 않은 생각이라고 보았다. 그 말은 상전이 자기에게 적당한 보상을 줄 수 없을 정도로 너무 과하게 섬기지 않도록 조심해야 한다는 것이다. 나는 이 착상을 칭찬해 주어야 했지만, 작가를 추켜세울 수는 없었다. 나는 같은 사상을 얼마 전에 타키투스의 저서에서 읽었다.

"선행은 그 부채를 보답할 수 있는 한도 안에서는 유쾌한 일이다. 그러나 한계를 초월하면 감사 대신에 우리는 증오로써 이것을 갚는다."(타키투스)

이에 대하여 세네카는 힘차게, 키케로는 완강하게 이를 돌려서 말하였다.

"왜냐하면 보답할 수 없음을 수치로 여기는 자는 보답해 줄 자가 없기를 원하기 때문이다."(세네카)

"그대에게 부채를 다 갚지 못했다고 생각하는 자는 그대의 친구가 될 수는 없다."(키케로)

한 작품에서 그 작가에게 고유하고 값있는 소질, 그의 심령의 힘과 아름다움을 판단하려면, 그의 것은 무엇이고, 무엇이 그의 것이 아닌가, 또한 그의 것이 아닌 것 중에서는 재료 선택과 배치와 꾸밈, 그리고 그가 제공한 언어 등을 잘 살펴보고, 그의 공로가 어느 정도인가를 알아야 한다. 자주 일어나는 일이지만, 그가 남의 재료를 따다가 오히려 악화시켰다면, 우리는 서적과의 접촉이 적기 때문에 새로운 시인에게 아름다운 착상을 발견하거나, 어떤 설교사에게서 강력한 논거를 찾았을 때, 이 작품이 그들 고유의 것인지 또는 남의 작품에서 따온 것인지 학자에게 문의해 보지 않으면 감히 칭찬해 줄 수도 없다는 괴로운 점이 있다. 나는 그때까지는 늘 조심하는 태도를 견지한다.

나는 요즈음 타키투스를 단숨에 읽어 내려갔다—이는 흔히 있는 일이 아니다. 나는 20년 이래로 한 시간을 계속하여 책을 읽은 적이 없었다—그리고 나는 개인적으로 용기가 있고, 능력과 착한 마음에 지조가 굳으며, 그 형제들 역시 모두 그렇게 때문에 프랑스 인 전부가 그를 존경하는 한 귀인의 권고로 이 책을 읽은 것이다.

나는 작가로서 이 사람만큼 공적인 사건의 기록에 개인적인 습관과 경향에 관한 고찰을 섞어넣은 예를 본 적이 없다. 내가 보기에는, 그의 생각하는 바와는 반대로 많은 현저한 행적들, 특히 신하들에 대한 잔인한 처사에까지, 모든 종류의 형태가 극단적으로 잡다한 제왕들의 생애를 살펴보게 되었다. 그는 온 세상의 전쟁과 전란에 관하여 말해야 할 것보다도 이런 면을 고찰하고 진술하기에 더 강력하고 흥미 있는 재료를 가졌던 것으로 보였다. 그래서 나는, 그가 저 아름다운 죽음들이 너무 많아서 지루해질까 염려하는 듯 대강 넘겨버렸기 때문에 그를 거칠다고 보고 있다.

이런 형태의 역사는 한층 더 유익하다. 공적인 일의 움직임은 운수에 더 매여 있고, 사적인 일은 우리의 지도에 달려 있다. 이것은 역사의 서술이라기보다는 하나의 판결이다. 그래서 이야기보다 교훈이 더 많다. 이것은 읽는 책이 아니라 연구하고 배워갈 책이다. 옳은 일에 관한 교훈으로 가득한 작품은 세계를 움직이는 지위에 오른 인물들의 준비와 장식을 위한 윤리적이며 정치적인 고찰의 묘상(苗床)이다. 그는 자기 시대의 수식적인 문체를 좇아서 예리하고 미묘한 방식으로, 언제나 견고하고 강력한 사리를 가지고 변론한다. 당대의 사람들은 과장된 표현을 즐기며, 일 자체에 첨단적이고 기묘한 것을 찾아보지 못하면 그들은 언어에서 그런 표현을 빌려왔다. 그의 문장은 더 날카로운 것 같다. 그의 저작은 현재 우리 상태와 같이 혼란되고 병든 국가를 섬기기에 더 적합하다. 읽는 동안 나는 그가 자주 우리를 묘사하고 비판한다고 말하고 싶었다.

그의 성실성을 의심하는 자들은 어떤 다른 이유에서 그를 원망하는 것으로써 자기를 책망하게 된다. 그는 건전한 사상으로 로마의 사정을 말하며, 정당한 당파의 편을 든다. 그렇지만 나는 당시 폼페이우스와 같이 살고 교제했던 점잖은 사람들이 이 인물의 업적을, 좀더 은미(隱微)하기는 하지만, 마리우스나 실라와 대등하게 평가한 의견보다 폼페이우스를 더 신랄하게 비판한 것이 좀 불만이다. 사람들은 폼페이우스의 정사(政事)를 맡아보려는 야심이나 그의 복수 의향을 간과하지 않았다. 그리고 그의 친구들도 만일 그가 승리했더라면 이치에 벗어나는 짓을 하지나 않을까 두려워하였으나, 그렇다고 광적인 정도에까지 이르리라고는 보지 않았다.

그의 진술이 순박하고 성실하다는 점은, 그가 조금도 자신의 생각을 굽히지 않고 우리에게 보여주는 소재를 넘어 자기가 취한 경향을 따른 그의 결론에, 그의 진술이 늘 정확하게 부합되지는 않은 점을 가지고도 추론할 수 있다. 그가 자기를 지배하던 법칙에 따라서 자기 시대의 종교를 승인하고, 진실한 종교[5]를 모르고 지냈다고 하여 변명할 필요는 없다. 그것은 그의 불행이지 그의 잘못은 아니다.

나는 주로 그의 판단을 고찰해 보았을 뿐, 그 모든 면을 밝힌 것은 아니다. 티베리우스(Tiberius) 황제가 늙고 병들게 되자 원로원에 편지를 보내어 한 말 —

5 기독교를 말한다.

"여러분, 지금 이때 내가 그대들에게 무엇을 써보낼 것인가? 어떻게 써보내야 할 것인가? 또는 무엇을 써보내지 말아야 할 것인가? 내가 그것을 안다면 신들과 여신들이, 내가 날마다 받고 있는 괴로움보다 더 혹독한 죽음을 내려도 좋다."

어째서 그는 이렇게도 확실하게 그 편지를 티베리우스의 양심을 괴롭히는 뼈저린 가책의 탓으로 돌리고 있는지 알 수 없다. 내가 그 책을 읽었을 때에는 이해하지 못했다. 그는 로마에서 어떤 명예로운 관직에 있었다는 말을 해야만 했던 처지에 자랑으로 하는 말이 아니라고 변명하는 것이, 내게는 약간 비굴하게 보였다. 이런 필법은 그런 지위에 있는 처지로 보면 좀 천한 일이다. 왜냐하면 자기 일을 감히 터놓고 말하지 못하는 것은 용기가 부족하기 때문이다. 건전하고 확실하게 판단하는 고매한 판단력은 자기 개인의 일이거나 남의 일이거나 간에 모든 사정에 영향을 미치고, 그 자체의 일이나 제삼자의 일에 대해서나 똑같이 솔직하게 증언한다. 진리와 자유를 위하여 범절에 관한 사람들의 규칙 따위는 그냥 넘겨버려야 한다.

나는 단지 내 일에 대해 거침없이 말할 뿐 아니라, 내 말만은 확실하게 한다. 나는 이웃사람이나 나무를 보듯 멀리서 나를 식별하고, 고찰할 수 없을 정도로 무분별하게 나를 사랑하지도 않고, 나 자신에 파묻혀 스스로에게 집착하지도 않는다. 사람의 값어치를 분별해 내지 못하거나, 자기가 보는 것보다 더 많이 말하는 것은 똑같은 실수이다. 우리는 우리 자신보다 하나님을 더 사랑해야 하는데, 하나님의 일은 더 알지 못하면서도 우리는 마음껏 하나님에 관한 일을 말한다.

그의 문장이 자기 사정에 관하여 진술하면 그는 곧고 용감하며, 미신적인 도덕이 아니라 철학적인 너그러운 도덕을 가진 위대한 인물이었다. 사람들은 그가 증언하는 데 과감하다고 할 수 있다. 한 병졸이 나뭇짐을 지고 가다가 손이 굳어 그 짐에 들러붙었는데, 어찌나 심했던지 손이 팔에서 떨어져 나가 짐에 들러붙은 채 죽어 있었다고 하는 식으로 말이다. 나는 이런 일에는 위대한 증인의 권위에 굴하는 것이 습관으로 되어 있다. 그가 또 말하는 바, 베스파시아누스(Vespasianus)는 세라피스 신의 은고(恩顧)를 받아 알렉산드리아에서 한 여자 장님의 눈에 침을 발라 눈을 뜨게 해주었다는 등의 기적에 대한 언급은, 모든 선량한 역사가들이 예와 의무로써 하는 일이다.

그들은 중요한 사건들의 기록을 맡아보고 있다. 항간에 떠도는 소문이나 의견들도 역시 공적 사건들에 속한다. 일반이 믿는 바를 정리하는 것이 아니고, 그대로 기록하는 것이 그들의 역할이다. 이 정리하는 면은 양심을 지도하는 신학자들과 철학자들이 해야 할 일이다. 그렇기 때문에 그와 대등하게 위대한 그의 동료는 다음과 같이 대단히 현명하게 말한다.

"사실 나는 내가 믿는 것보다 더 많이 기록한다. 왜냐하면 나는 의심하는 바를 확인해 볼 길도 없고, 그렇다고 전설이 내게 전해 준 바를 삭제할 수도 없기 때문이다."(퀸투스 쿠르티우스)

그리고 다른 사람은 이렇게 말한다.

"이런 것은 애써 확인할 필요도 반박할 필요도 없는 일들이다…… 이런 것들은 소문대로 좇아야 한다."(리비우스 Titus Livius)

기적을 믿는 일이 줄어들기 시작하는 시대에 기록된 것이니, 고대에 수많은 점잖은 사람들이 그렇게도 대단한 존경을 품고 믿어온 사연들을 배척하며, 그의 《연대기》에 삽입하지 않고 두기를 원하지는 않는다는 것이다. 그것은 아주 옳은 말이다. 그들은 마땅히 스스로 생각하는 것보다도 전해 받은 것에 따라서 역사를 전해 주어야 한다.

나는 내가 취급하는 일에는 왕이며, 아무에게도 매여 지낼 필요가 없기 때문에 결코 그렇게 생각하지 않는다. 나는 종종 내 정신이 트집을 잡는 수가 있기 때문에 이 점을 경계한다. 그리고 언어의 농간에 속을까봐 내 귀도 경계한다. 그러나 나는 이런 일을 자유롭게 되어가는 대로 둔다. 그런 일을 자랑으로 삼는 자들도 있다. 나 혼자 이런 일을 비판할 것이 아니다. 나는 나 자신을 세워서나 뉘어서, 앞으로나 뒤로, 바로나 옆으로 하여 내가 타고난 모든 주름을 있는 대로 내보인다. 정신들은 그 힘이 같은 경우일지라도 그 적용과 취미가 언제나 같지는 않다.

이상이 대강의, 그것도 아주 불확실하게 내 기억에 남아 있는 사연들이다. 모든 판단력을 통합해 보면 흐리멍덩하고 불완전하다.

허영에 대하여

아마도 허영에 관하여 이렇게 헛되이 써나가는 것보다 더 허영기 있는 노릇은 없을 것이다. 사리를 아는 사람들은, 이에 관해 하나님께서 우리에게 그렇게도 거룩하게 밝혀주신 바를 신중하게 끊임없이 명상해 보아야 한다.

세상에 잉크와 종이가 있는 한, 내가 노력할 필요도 없이 해나갈 길을 잡았다는 것을 누가 보지 못하는가? 나는 내 인생을 행동에 따라서 기록해 갈 수는 없다. 내 운수는 그런 것을 적어두기에는 너무 천하게 만들어져 있다. 나는 그것을 내 생각으로 적어간다. 이런 식으로 나는 한 귀인이 오로지 자기 뱃속의 작용만으로 자기 인생을 전해 주는 것을 보았다. 그의 집에 가보면 7, 8일 분의 침실용 변기 순서를 자랑삼아 보여준다. 그것이 그의 공부이며, 그의 사상이었다. 다른 모든 이야기는 그에게는 냄새가 나는 것이었다.

여기 나오는 것은 조금 더 점잖아서 헐어빠진 정신이 어느 때는 단단하게 어느 때는 묽게 쏟아놓는 배설물인데, 늘 소화되지는 않은 채로이다. 그런데 무슨 제목을 가지고 다루건 끊임없이 흔들리고 변해 가는 내 생각을 묘사하는 일을, 나는 언제나 끝마치려는 것인가? 저 디오메데스(Diomedes)는 문법이라는 제목 하나로도 6천 권의 책을 채워놓지 않았던가? 그렇게 더듬거리며 언어를 풀어가면서도 이 엄청난 책의 무게로 세상을 질식시키는데, 이런 군소리는 무슨 일을 저지르지는 않을 것인가? 단지 말로써 그렇게 말이 많아지다니! 오오, 피타고라스여, 이런 쏟아지는 말의 폭풍우는 왜 그대의 주문으로 쫓아버리지 못했던가!

옛날 갈바(Galba)라는 자는 태만하게 살아간다고 사람들의 비난을 받았다. 그러자 그는 대답하였다.

"사람은 각기 휴식이 아니라 행동에 책임을 진다."

그는 잘못 알고 있었다. 왜냐하면 법은 일하지 않는 자에 대해서도 심사하여 처벌하는 것이기 때문이다.

부랑자와 게으름뱅이들에 대해 징벌이 있듯, 서투르고 쓸모없는 작가들에 대해서도 강권이 행사되어야 한다. 나와 같은 부류 100여 명은 우리 국민의 손에 의해 추방당해야 마땅하다. 농담이 아니라, 글줄을 끼적거리는 버릇은 이 세기가 문란해진 징조이다. 우리는 동란 이후보다 글을 더 쓴 일이 있었던가? 그리고 사람들의 정신이 세련된다는 것은 한 국민이 현명하게 된다는 것이 아님은 제쳐두고, 이런 한가로운 일에 매여 지낸다는 것은 각자가 자기 직무를 맡아보는 데 태만해져 게으름을 부리기 때문이다.

이 시대의 부패상은 우리 각자의 개인적 기여로 이루어진다. 어떤 자들은 그들이 더 강하니까 배반으로 기여하고, 다른 자들은 비행, 무신앙, 폭언, 탐욕, 잔인성 등으로 각기 더 강한 대로 이바지한다. 더 약한 자들은 어리석음과 허영됨과 한가로움을 가져오는데 나는 이 축에 든다. 아마도 이제 우리가 손해되는 일에만 쏠리는 것은, 헛된 일의 계절이 왔기 때문인 것 같다. 나쁜 짓을 하는 것이 일반화된 지금은 쓸데없는 짓을 하는 것은 칭찬받을 만한 일로 보인다. 나는 손을 대어 처치해 버려야 할 자들 중에서 마지막에 든다는 생각에 위안을 느낀다. 사람들이 급한 일을 처리하는 동안, 내게는 행실을 고칠 시간적인 여유가 있을 것이다. 왜냐하면 커다란 폐단이 발호하는 이때, 사소한 허물을 추소(追訴)한다는 것은 사리에 어긋나는 일이기 때문이다. 그래서 의사 필로티모스는 손가락을 붕대로 싸매 달라고 찾아온 한 환자의 얼굴과 숨결을 통해 그가 허파에 종기가 난 것을 알고 말했다.

"이 사람아, 자네는 지금 손톱을 가지고 장난할 때가 아닐세."

그러나 나는 몇 해 전에 이 문제에 관하여 그에 대한 추억을 특별히 염두에 두고 있는 한 사람[1]이, 그때나 지금이나 똑같이 법도 정의도 관리도 제 구실을 하지 못하는 우리의 큰 재난 한복판에서, 의복과 요리와 소송 사무에 관한 대수롭지 않은 개혁을 주장하는 책을 세상에 내놓는 것을 보았다. 이런 일은 사람들이 학대받는 민중들에게, 그들을 전적으로 잊어버린 것은 아니라고 말하기 위하여 대접으로 하는 흥밋거리는 된다. 또 다른 축들은 같은 식으로, 지금 국민들이 모든 종류의 더러운 악덕으로 망해 가는 판에, 말하는 격식과 춤과 노름하는 방법 따위를 고쳐주려고 줄곧 애쓰고 다닌다. 사람이 위험한 열병에 걸렸을 때는 때를 벗긴다, 몸을 씻는다 하는 것이 문제가 아니다. 생명이 극도로 위험한 지경에 이르렀을 때 머리를 빗는 일 따위는 스파르타 사람들이나 할 일이다.

나로 말하면 덧신 하나를 비뚤어지게 신으면 셔츠도 망토도 거꾸로 입는 못된 버릇이 있다. 나는 반만 갖는 것을 경멸한다. 그래서 나쁜 상태에 있을 때는 나쁜 편으로 가려고 애를 쓴다. 절망으로 자포자기하며 타락의 방향으로 떨어지게 두고, 사람들 말처럼 도끼가 빠지면 자루까지 내던진다. 나는 악화를 고집하며, 나를 보살펴줄 값어치가 없다고 생각한다. 아주 잘되든지 아니면 그 반대이다.

이 세태의 황폐가 나의 황폐한 나이에 부합하여 내게로 온 것은 하나의 혜택이다. 나는 내 편안한 생활이 난맥에 빠지는 것보다는 내 병이 덮쳐오는 것을 더 잘 참아낸다. 내가 불행한 때의 내 표현은 대체로 울분의 말이다. 내 마음은 그래서 납작해지지 않고 오히려 엄살을 더 피운다. 그리고 다른 사람들과는 반대로, 크세노폰의 이성을 따르는 것이 아니라면, 그의 교훈을 따라서 운수

---

1 몽테뉴가 주장하는 인물은 미셸 드 로피탈, 또는 보르도의 재판장 리주바통으로 추측된다.

가 나쁜 때보다도 좋은 때에 신앙심이 더 깊어지며, 행운을 애걸하기보다는 감사의 눈빛으로 하늘을 우러러본다. 나는 건강하지 않을 때보다는 건강할 때 더 조심하여 몸을 보살핀다. 다른 사람들에게는 불운과 채찍이 훈련이 되지만, 내게는 번영한 상태가 훈련과 수양이 된다. 마치 행운은 양심과는 상극인 것처럼, 사람들은 운수가 나쁠 때에만 착한 사람이 된다. 내게는 행운이 절제와 겸양에 대한 자극제가 된다. 간청에는 양보하고 위협에는 반발한다. 은고는 나를 굽히고, 공포는 나를 강직하게 만든다.

인간의 조건들 중에는 나의 것보다 남의 것을 더 좋아하고, 동요와 변화를 즐기는 성미가 공통적으로 존재한다.

> 햇빛 자체도 시간의 준마를 갈아타고 달리는 것 외에는,
> 우리에게 희열을 주지 않는다.
> ─페트로니우스

나는 주어진 내 몫을 받는다. 이와는 달리 극단을 좇아 자신에게 만족하고, 다른 모든 것보다 자기가 가진 것을 존중하며, 자기가 보는 것 이외에는 결코 아름다움을 인정하지 않는 자들은 총명하지는 않을지 몰라도, 그들은 행복한 사람들이다. 나는 그들의 예지는 부럽지 않지만, 그 행운은 부럽다. 아직 알지 못하는 새로운 사물들을 탐하는 성미는 여행에 대한 욕망을 가꾸도록 거들어준다. 그러나 그 결정에는 여러 사정들이 상당한 정도로 관여한다. 나는 기꺼이 나의 살림살이에서 벗어난다. 사람을 지휘하는 것과 광 속에서만이라도 집안 식구들의 복종을 받는 것은 쾌감을 느끼게 한다. 그러나 이런 쾌감은 일률적이며 이완되어 있다. 그리고 필연적으로 여러 가지 언짢은 심려가 섞여든다. 때로는 보살펴주는 국민들이 곤궁에 빠져 의기소침해 있고, 때로는 이웃간의 싸움, 때로는 그대가 어떤 권리의 침해를 당한다는 등으로 속을 썩

인다.

> 그대 포도원이 우박에 손상되었거나,
> 토지 수익이 줄었거나, 수목이 장마에 축이 갔거나,
> 때로는 가뭄으로 땅이 갈라지고,
> 때로는 엄동의 추위가 엄습하며 ―
> ― 호라티우스

그러고는 6개월도 못 가서 하나님께서는 좋은 계절을 보내주어 그대의 집사가 만족스러워하고, 그것이 포도나무에 좋으면 목장에도 이롭다.

> 태양의 지나친 열기에 수확물이 말라붙거나,
> 갑작스러운 폭우나 서리로 수확이 줄어들거나,
> 또는 회오리바람이 전원을 황폐하게 한다.
> ― 루크레티우스

옛이야기에 나오듯 예쁜 구두에 발이 벗겨진 것[2]은 남이 보지 못한다는 식으로, 그대의 가정에 평화로운 질서를 꾸며 보이는 데는 얼마나 힘이 드는가. 아마도 그 살림을 유지하기 위하여 너무 큰 희생을 치르고 있음을 다른 사람들은 결코 이해하지 못할 것이다.

나는 살림을 늦게 시작하였다. 나보다 앞서 이 세상에 나온 분들은 내게 오랫동안 그 부담을 면제해 주었다. 그 동안 내게는 벌써 내 기질대로의, 살림에

---

2 플루타르코스의 이야기. 한 로마 인이 예쁜 아이까지 낳아준 아름다운 아내를 내쫓은 것에 대해 그의 친구들이 책망을 하자 "이 구두는 새롭고 예쁘지 않은가? 그러나 그 때문에 내 발이 벗겨진 사실을 자네들은 모를 걸세." 하고 대답했다.

는 맞지 않은 성벽이 생겨버렸다. 어쨌든 내가 본 바에 의하면 이것은 어렵다기보다는 귀찮은 직무이다. 아무라도 다른 일을 할 수 있는 자라면 이 일은 쉽게 할 수 있다. 내가 부자가 되고 싶은 생각을 가졌다면, 이 길은 너무 오래 걸린다고 생각했을 것이나, 나의 소질은 잘하지도 못하지도 않는 정도이다. 내 인생의 다른 면과 부합되게 벌어놓은 것도 없고 낭비한 것도 없으며, 그저 세월을 보낼 생각만이라는 평판밖에 요구하지 않은 이상, 고마운 일로 그리 큰 주의를 하지 않고도 해나갈 수 있다.

사정이 극도로 악화되면, 빈곤에 앞서 비용의 삭감으로 줄곧 달음질해 보라. 그러나 그에 앞서 빈궁에 쪼들리기 이전의 내 행실을 고치는 일이 그것에 대비하는 방책이다. 또한 가진 것보다 적은 것으로 지낼 수 있는 상태를 여러 단계로 마음속으로 세워본다. 곧, 만족하고 지낼 수 있는 상태 말이다.

"수입에 대한 계산에서가 아니라, 각자의 생활방식과 교양으로 그대의 부(富)는 측정되어야 한다."(키케로)

내게 진실로 필요한 물자는 내 재산을 다 써버려야 할 정도가 아니라면 운수라 할지라도 나를 어찌해 볼 수 없을 것이다.

아무리 집안일을 경시하며 아무것도 모른다고 해도, 내가 있는 것이 집안일 처리에 큰 힘이 된다. 그렇지만 나는 일을 보기는 하지만 귀찮아하며 한다. 더구나 내 집 형편은, 내 편 촛불이 끝에서 약하게 타고 있는 동안 다른 끝은 조금도 아끼는 일 없이 태워지고 있다.

여행은 무엇보다도 그 비용 때문에 쉽지 않다. 그것은 힘겨울 만큼 무거운 부담이다. 수행원을 데리고 가는 습관은 필요할 뿐 아니라 체면을 지키는 일이기 때문에 그만큼 기한을 짧게 그리고 횟수를 적게 해야 한다. 저축해 놓은 예산 이외의 돈만을 사용하는 까닭에, 여유가 생길 때까지 연기하며 때를 기다릴 수밖에 없다. 그리고 나는 돌아다니는 쾌락 때문에 휴식의 쾌락을 제쳐놓고 싶지는 않다. 그 반대로 이 두 가지가 서로 거들고 서로 가꾸어주도록 하고 싶다.

나는 이 점에서는 운명의 도움을 받았다. 이 인생에서 내가 주장하는 주요 목표는 낙천적으로 살아가는 일이며, 바쁘기보다는 차라리 여유를 부리며 살아보자는 것이다. 다행히 나는 많은 후계자들에게 물려주려고 재산을 늘려가야 할 걱정도 없었다. 하나 있는 상속자에게는, 내가 풍부하게 지내온 것이 그 아이에게는 충분하지 못하다면 그것은 어쩔 수가 없다. 그 아이의 어리석음 때문에 그 아이를 위하여 내가 더 많은 것을 욕심내야 할 필요는 없다. 그리고 사람은 각기 포키온[3]을 본떠 자기보다 더 못살지만 않게 해주면 자식들에게 넉넉히 물려주는 것이다. 나는 크라테스(Crates)의 처사에 결코 찬성하지 않는다. 그는 자기 돈을 은행에 맡겨두고 다음과 같은 조건을 붙여놓았다.

"내 아들들이 바보이거든 그들에게 나누어주라. 그러나 그들이 똑똑하거든 민중 가운데 가장 순박한 자에게 나누어주라."

이러한 조처는 마치 바보들은 돈이 없으면 절대로 살아갈 수 없으니까, 그만큼 더 재산을 사용할 수 있다는 것과 같은 생각이다.

어떻든 내가 집에 없기 때문에 손해가 난다고 해도 어떤 수단으로든 해나갈 수 있는 터에, 나는 이런 힘든 일을 면해 볼 기회가 내 앞에 오는 것을 물리쳐야 할 필요가 있다고는 생각지 않는다. 엉망으로 되어가는 일은 얼마든지 있다. 어느 때는 이 집 일, 어느 때는 저 집 일의 교섭에 끌려 지낸다. 그대는 모든 일을 너무 가까이서 밝히려 한다. 그대가 너무 자세히 따지는 것이 다른 데서 해를 끼치는 만큼 여기서 그대에게 해를 끼친 나는, 속을 썩일 일은 면할 기회만 있으면 피한다. 그리고 잘되지 않는 일을 알아보려고 하지 않는다. 그래도 나는 내 집에서 계속 무엇이든 불쾌한 일에 부닥치지 않고는 못 배긴다. 그

---

3 코르넬리우스 네포스의 《포키온 전》. "아이들이 나를 닮았다면 시골의 내 적은 재산이 그들의 처신에 족할 것이다⋯⋯ 그렇지 않다고 해도 나는 그들의 지위를 위한 비용을 만들고, 그들의 사치를 위하여 돈을 대주는 일은 거절한다고 그는 어느 날 말했다."

리고 사람들이 애써서 내게 감추려고 하는 도둑질은 내가 거들어가며 숨겨주어야만 하는데, 이것은 부질없는 심로(心勞)이다. 때로는 부질없지만 속이 썩기는 마찬가지이다.

가장 사소하고 뚜렷하지 않은 피해가 가장 괴롭다. 그리고 작은 글씨가 눈을 아프게 하고 피로하게 하는 것처럼, 사소한 일이 가장 마음을 상하게 한다. 크고 맹렬한 불행보다도 수많은 작은 불행들의 뭉치가 사람을 더 해친다. 가정생활에서 이런 가시들은 갑자기 나타나며, 가늘고 빽빽하게 돋아남에 따라서 위협도 없이 우리를 더 날카롭게 물어뜯는다.

나는 철학자가 아니다. 불행은 그 무게에 따라, 형체에 따라, 재료에 따라 나를 짓밟고 억누른다. 때로는 더 심한 것을 나는 속인들보다 더 잘 알고 있다. 어떻든 그런 것은 내게 상처를 주지 않는다고 해도 모욕은 준다. 인생이란 너무 연하고, 또한 동요되기도 쉽다. 내가 고난의 길로 고개를 돌린 뒤부터 —
"처음의 충격에 한 번 패배하면 다시는 저항하지 못한다."(세네카)

아무리 하찮은 일도 나는 이 방면의 불쾌한 기분에 자극된다. 이 기분은 다음에는 제 힘으로 자라나며, 제 힘으로 악이 나며, 이 일 저 일 끌어서 가꾸어 갈 거리를 쌓아올린다.

한 방울 한 방울 떨어지는 물이 바위를 뚫는다.
— 루크레티우스

이런 작은 물방울들이 나를 좀먹는다. 보통의 괴로움은 결코 가벼운 일이 아니다. 이런 것은 지속적이나, 특히 집안 식구들에게서 나오면 지속적이며 피할 수 없는 것이 된다.

내가 자신의 일을 멀리서 전체로 살펴보면, 기억력이 정확하지 못한 탓인지도 모르지만, 내가 따져보는 계산과 이치 이상으로 지금까지는 모든 일이 잘

되어온 것 같다. 나는 있는 재산 이상의 소득을 올리는 듯하다. 이런 행운은 내 기대에 어긋난다. 그러나 일의 속을 들여다보고, 이 모든 조각들이 되어가는 꼴을 보면—

그때 우리 심령은 온갖 심려로 분열되며.
—베르길리우스

수천 가지 일들이 이랬으면 싶고 걱정도 된다. 전체를 그대로 내버려두기에는 아주 쉬운 일이다. 속을 썩이지 않고 그 일을 보는 것은 대단히 어렵다. 보는 일마다 일거리가 되고 마음을 쓰게 하는 위치에 있는 것은 안타깝다. 그리고 남의 집의 쾌락을 누리는 편이 훨씬 더 즐겁고, 소박한 취미를 얻는 것 같다. 디오게네스는 내 생각과 같이 어떤 종류의 포도주가 가장 맛이 좋으냐는 물음에 '남의 집의 것'이라고 대답하였다.

내 아버지는 몽테뉴 성(城) 쌓기를 즐기셨다. 그는 그곳에서 출생했다. 나는 모든 집안일의 처리에 아버지의 흉내를 내고, 그의 규칙에 좇기를 좋아한다. 그리고 될 수만 있다면 내 후계자들도 그렇게 시키겠다. 내가 그를 위하여 더 잘해 줄 수 있다면 그렇게 해보고 싶다. 나는 그의 의사가 아직도 작용하고, 내 손으로 시행되고 있는 것을 영광으로 생각한다. 그렇다. 이렇게도 선하신 아버지의 생활방식을 그대로 내가 실천해 나가지 못한다면 말도 안 된다. 내가 성벽의 어느 면을 완공시키고 이 건축에서 잘못된 방을 정리해 놓았다고 해도, 그것은 내 만족보다도 그의 의향을 생각하여 한 일이다.

아버지가 집을 잘 꾸미려고 시작해 놓은 일을 계속하여 완성시키지 못하고 있는 내 무능력이 원망스럽다. 더욱이 나는 혈통의 마지막 소유자[4]로, 마지막

---

4 몽테뉴에게는 딸 하나가 있을 뿐, 남자 상속자가 없었다.

손을 이어가야 하는 처지에 있다. 내 개인적인 취미로는 보통 사람들이 매력을 느낀다고 하는 집 짓는 재미도, 사냥도, 정원 가꾸기도, 은퇴 이후 생활의 여러 가지 취미들도 그렇게 흥미롭지 못하다. 나의 불편한 생각들과 마찬가지로 괴로운 일일 뿐이다. 나는 이런 생각들이 안이하고 내 인생에 적합하기만을 바랄 뿐, 강력하고 박식한 것으로 가지기 위하여 마음 쓰지는 않는다. 내 생각들은 유익하고 유쾌하기만 하면 충분히 진실하고 건전하다.

내가 집안일을 보살피는 데 무능하다고 말한다면 그건 농사를 경멸하기 때문이다. 내가 높은 학문에 마음을 두고서 농사에 필요한 농기구나 때, 포도주 만드는 법, 꺾꽂이하는 법 등을 배우거나, 풀과 과일들의 이름과 먹고사는 음식을 만드는 법, 내가 입은 옷감의 이름과 가격 등을 알아둘 생각도 하지 않는다고 내 귀에 대고 속삭이는 자들은 사람을 죽이는 것과 다름없다. 그것은 영광이라기보다는 바보짓, 아니 그보다도 천치의 수작이다. 나는 훌륭한 논리학자가 되기보다는 훌륭한 방패수가 되고 싶다.

어째서 그대는 더 유익한 직업에 종사하지 않는가?
버들가지나 부드러운 갈대로 바구니라도 엮지 않는가?
—베르길리우스

우리는 우리 없이도 잘되어 가는 일반적인 일과 우주의 원인과 진척에 관하여 생각하느라고 머리를 썩이며, 인간이라는 문제보다 훨씬 더 가까이 내게 관계되는 사실과 이 미셸[5]은 뒤로 미뤄둔다. 그런데 나는 스스로에게 더 잘 구애되며, 다른 데보다는 여기에 재미를 붙이고 싶다.

---

5 몽테뉴 자신의 이름.

내 거기서 노년을 보냈으면!

해륙의 여행과 군대생활에 피로하여, 이곳에 휴식을 찾았으면!

— 호라티우스

내가 이 소원을 이룰 수 있을지는 알 수 없다. 나는 아버지가 다른 상속재산 대신, 노령에 집안일에 열중하던 취미를 내게 물려주었으면 한다. 그는 자기의 욕망을 재산을 돌보는 방향으로 돌리고, 가진 것에 만족하며 대단히 행복해했다. 만일 내가 그와 같이 한번 집안일에 취미를 가져볼 수 있다면, 정치철학이 제아무리 내 직무의 비속하고 천박한 것을 비난한다 해도 아무 소용없다. 내 생각으로는 가장 명예로운 직무는 나라에 봉사하며, 많은 사람들에게 유익하게 되는 것이다.

"우리는 가까운 사람들과 함께 즐거움을 누리는 것보다 천재나 도덕이나 모든 우월성의 성과를 더 잘 향유할 수는 없다."(키케로)

나로서는 그런 생각은 포기한다. 그 일부는 내 양심에서 나오고 — 이런 직책에 수반되는 무거운 책임을 생각해 보면 나는 또 그런 일에 별로 힘이 될 수 없는 것을 안다. 그래서 모든 정치사상의 대가인 플라톤은, 그런 일을 단념하기를 망설이지 않는다 — 다른 일부는 내가 겁쟁이이기 때문이다. 나는 세상일을 열심히 하지 않으면서도 세상을 즐길 수 있고, 내게도 남에게도 짐이 되지 않아, 그만하면 용서할 수 있는 인생을 살아가는 것에 만족한다.

나만큼 낙천적으로 내 일을 보살피며 관리해 나가는 능력 있는 사람은 없었을 것이다. 지금 당장의 내 소원은 늙은 나를 편안하게 먹여주고 잠재워 줄 사위를 얻어 그의 손에 모든 재산의 관리와 사용의 권한을 넘겨주고, 그가 진실로 고마워하며 친절한 마음을 쏟는다면, 나는 내가 하는 식으로 그가 이 재산을 관리하고 내가 여기서 얻는 바를 대신 갖게 했으면 하는 생각이다. 그런데 우리는 자기 친자식의 충실성도 알 수 없는 세상에 살고 있다.

여행중인 내 돈지갑을 보관하는 자는 완전히 나의 재산을 맡고 있어, 계산을 하면서 얼마든지 날 속일 수 있다. 그러나 그가 악마가 아닌 이상 나는 그를 완전히 신임하여 맡기고, 일을 잘할 수밖에 없도록 책임을 지운다.

"많은 사람들은 그들이 속을까봐 남들을 속이도록 가르치며, 그들의 불신으로 타인에게 불신행위를 정당화시킨다."(세네카)

내 집 사람들에 관하여 내가 취하는 가장 안전한 방법은 잊어버리고 지내는 일이다. 나는 직접 보기 전에는 나쁜 일이 있다고 생각하지 않으며, 젊은이들은 아직 나쁜 행위에 물들지 않았다고 보기 때문에 그들을 미더워한다. 나는 저녁마다 3에퀴, 5에퀴, 7에퀴로 너무 썼다는 말을 귀 아프게 듣기보다는 두 달 후에 400에퀴의 낭비가 있었다고 듣는 편을 좋아한다. 그러나 그렇게 함으로써 다른 사람들보다 더 도둑맞은 것도 없다.

내가 일부러 모르고자 하는 것은 사실이다. 나는 고의로 금전의 계산을 흐리고 불확실하게 해두며, 그런 일이 가능했으리라고 의심을 마무리할 수 있는 것에 만족한다. 하인에게는 불충실하거나 부주의할 수 있는 여유를 좀 주어야 한다. 전체적으로 보아 일할 수 있는 남의 몫이 있다면, 운수의 후덕한 잉여는 운수대로 되어가게 둘 것이며, 이삭 줍는 이의 몫도 남겨야 한다. 결국 나도 내 집 사람들이 끼치는 손해는 대수롭게 여기지 않지만, 그들이 그렇게 착실하다고는 보지 않는다. 오오, 자기 돈을 재미로 만져보고 달아보고 헤아리면서 연구하다니, 이 얼마나 어리석고 추잡한 일인가! 여기서부터 탐욕은 세력을 얻는다.

나는 재산을 관리해 온 지 18년이 되었지만, 반드시 내가 보살펴야 했던 일로 나의 토지 소유권이나 주요한 사무에 대하여 잘 알아봐야 한다는 필요성으로 스스로를 설복시키지 못했다. 이것은 사라진 현세적인 사물들에 대한 철학적 경멸에서 하는 일이 아니다. 나는 그렇게 순화된 취미를 가지고 있지 않다. 그리고 이런 일에 대하여 그 값어치대로는 평가한다. 그러나 이것은 용서할 수 없는 유치한 나태이며 소홀함이다. 많은 사람들이 돈을 벌겠다는 생각으로 하듯 내 일 처리에 노예가 되며, 더 못할 일로 남의 흥정에 대한 노예가 되어서 계약서를 읽어가거나 서류뭉치의 먼지를 터는 외에 무슨 일을 못할 것인가? 내게는 근심과 수고보다 더 비싼 것이 없으며, 느긋하고 무기력하게 살아가는 것밖에 더 바랄 거리가 없다.

나는 나의 의무를 지거나 종속관계에 묶이지 않을 수만 있다면, 남의 재산으로 살아가기에 알맞게 되어 있다고 생각한다. 그러므로 더 자세하게 살펴보면, 내 성미와 팔자로는 나보다 더 훌륭하게 태어난 분으로 나를 좀더 편하게 지도해 줄 사람의 종자가 된 경우 겪어야 할 것보다, 내가 일의 처리나 하인들 문제로 속을 썩어야 하는 것이 더 더럽고 귀찮고 고통스러운 일이 아닌지 모르겠다.

"노예 신분이란 스스로 의지적 주인이 되지 못하는 비굴하고 허약한 정신의 굴종이다."(키케로)

크라테스는 더 심한 짓을 했는데, 가정생활의 잡다한 일들과 근심을 피하기 위하여 빈한(貧寒)의 자유 속에 몸을 던졌다. 그렇지만 나는 그런 짓은 하지 않는다—나는 고통과 가난을 똑같이 싫어한다—그러나 그보다 좀 덜 용감하고 덜 바쁜 종류의 생활로 바꿔보고는 싶다. 내가 집에 없는 동안은 이런 온갖 생활을 벗어 던진다. 그리고 탑이 하나쯤 무너졌다고 해도 집에 있을 때 기왓장 하나 떨어지는 것만큼도 느끼지 않는다. 떠나 있으면 나는 종종 태평스럽게 지낸다. 그러나 돌아와 있으면 포도원의 주인만큼은 마음을 기울인다. 나의 말고삐가 비뚤어졌다든가, 등자의 가죽 끝이 다리에 닿는다든가 해도 내 기분은 하루 종일 언짢다. 불편한 일에 마음은 분노로 들끓지만, 눈은 그렇지 못하다.

감각! 오, 이놈의 감각!

나는 집에서는 잘되지 않는 모든 일에 책임을 진다. 나 같은 중간쯤의 위치에 있는 자를 두고 하는 말이지만, 그리고 그렇게 할 수 있다면 더 행복하겠지만, 주인으로서 책임의 대부분을 자기가 맡지 않고 보조자들에게 맡겨두고 안심할 수 있는 사람은 드물다. 그런 때는 누가 갑자기 찾아온다고 해도 대접하는 데 어쩐지 내 체면이 깎이며 ─ 어쩌다가 손님을 붙들어둘 수 있다고 해도 불청객처럼, 내 인품이 좋아서가 아니라 아마 그중의 어떤 자는 우리 집의 음식 맛이 좋아서 남아 있는 수도 있다 ─ 내가 집에서 손님을 맞이한다거나 여러 친구들과 모임을 가지면서 느낄 수 있었던 재미의 대부분을 잃어버린다. 한 귀인의 가정에서의 가장 어리석은 꼴은 집안일을 보살피기에 분주한 눈치로, 이 하인에게 귀띔하고 저 하인에게 눈을 흘기는 등의 수작이다. 집안일의 처리는 눈에 띄지 않게 해나가며, 모든 일이 일상적으로 보여야 한다. 그리고 손님들에게 자기가 대접하는 것이 어떻다거나, 미안하다거나 자랑하는 말을 하는 것은 추잡하게 보인다. 나는 풍부한 것보다는 오히려 질서 있고 정결한 것이 좋다.

　　접시와 유리잔은,
　　자기 자신의 풍모를 나타낸다.
　　─호라티우스

　그리고 우리 집에서는 꼭 필요한 것만을 고려하고, 장식에는 신경을 쓰지 않는다. 하인이 남의 집에서 싸운다거나, 누가 접시의 음식을 엎질러도 그냥 웃으며 넘겨버린다. 그대는 취침중이다. 그 동안 주인나리는 내일 그대를 대접할 일로 요리사와 의논하고 있는 것이다.

　나는 이런 일을 내 식으로 말한다. 그렇다고 대개 질서 있게 잘해 나가며 평화롭게 집안일이 꾸려지는 집안이 어떤 성질을 가진 사람들에게는 얼마나 달콤한 재미인가를 생각하지 않는 것도 아니고, 나 자신의 잘못과 결함을 여기에 결부시키고 싶지도 않다. 그리고 각자는 아무런 잘못 없이 자기의 일을 처리하는 것보다 더 행복한 일이 없다고 말한 플라톤의 말을 반박하려는 것도 아니다.

나는 여행을 할 때는 나 자신과 내가 쓰는 돈의 용도밖에 생각할 거리가 없다. 그것은 단 하나의 규칙으로 처리된다. 돈을 벌려면 무척 많은 소질이 필요하다. 나는 돈 쓰는 일에 관해서는 어느 정도 알고 있다. 그리고 돈 쓰는 보람에 대해 설명하는 것 같지만, 이것이 진실로 그 요점이다. 그러나 나는 너무 야심을 가지고 처리하기 때문에 그 용도가 매우 고르지 못하며, 절약하는 데나 소비하는 데나 마찬가지로 절도가 없다. 돈을 쓰면 보람이 보이거나, 어디 소용 있는 일이 생기면 나는 거리낌 없이 쓴다. 그러나 쓰는 보람이 없고 내게 좋게 보이지 않으면, 조심성 없이 주머니를 봉한다.

그것이 누구이건, 기술로건 본성으로건, 남들과의 관련에 의하여 살아가는 조건을 강조하며 심어주는 자는, 우리에게 좋은 일보다도 언짢은 일을 해주는 것이다. 우리는 사람들의 의견에 따라 겉치레에 애쓰다가 자신의 이익을 사기당한다. 우리는 우리 존재가 우리 자신에게는 어떠한가보다, 우리가 사람들에게 어떻게 알려져 있는가에 더 신경을 쓴다. 정신의 기쁨도, 그리고 예지라도 우리 자신만이 그것을 누리고, 다른 사람들의 눈에 드러나 동의를 얻지 못하면 별로 성과 없는 일처럼 보일 뿐이다.

세상에는 사람의 눈에 띄지 않게 땅 밑으로 황금을 쏟아놓은 자가 있다. 다른 사람들은 돈을 나뭇잎처럼 얄팍하게 쳐서 늘어놓는다. 그래서 어느 자에게는 한 푼의 값어치로 나가고 다른 자에게는 그 반대로 나간다. 세상은 외관으로 용도의 가치를 평가한다. 재산을 가지고 조금이라도 주의하는 눈치를 보이면 인색한 사람이 된다. 돈을 쓰는 일과 후한 처사도 너무 조직적이거나 기교를 부리면 역시 그렇게 된다. 그것은 애써 주의하고 조심하는 것만 못하다. 재물은 적당하게 쓰려는 자가 꼼꼼하게 절약하여 쓴다. 돈을 담아두건 써버리건, 그 자체로는 무관한 일이다. 그것이 좋게 또는 나쁘게 보이는 것은 오로지 우리 마음의 씀씀이에 달려 있다.

이렇게 나로 하여금 여행이 하고 싶도록 만드는 다른 이유는, 우리나라 현재의 도덕적인 불안상태 때문이다. 공공의 이익이라는 입장에서 생각한다면, 이 세상의 부패상에도 쉽사리 위안을 느낄 것이다.

철의 시대보다 더 악한 시대이니,
스스로 그 죄악상의 이름을 찾아주지 못하고,
그 본성이 어느 금속 이름으로도 지칭할 방도가 없는 시대이다.
—주베날리스

나는 이 시대로 하여 너무 큰 고통을 받는다. 왜냐하면 우리 집 근처에서는 오랜 내란의 무절제한 생활로 혼란과 정체상태 속에서 늙어 있기 때문에 —

정(正)과 악이 뒤섞여서.
—베르길리우스

실은 이 형태가 유지된다는 것이 놀라운 일이다.

사람들은 무장하고 땅을 갈며, 그리고 끊임없이,
새로운 도둑질이나 하고 약탈로 살아갈 생각만 한다.
—베르길리우스

어쨌든 나는 우리의 예로, 인간사회는 어떤 희생을 치르고서라도 서로 매이고 얽혀 살아가는 것을 본다. 마치 잘 결합되지 않은 물체들을 질서 없이 자루에 쑤셔넣으면 그들끼리 서로 얽매이는 방식을 찾아가며, 흔히 그것이 때로는 기술적으로 정리해 넣은 것보다 더 질서정연한 것처럼, 사람들은 어느 장소에 갖다놓아도 움직이며, 서로 덮치다가 쌓이며 정돈되어 간다. 필리포스 왕은 행실이 못된 나머지 도저히 고쳐볼 방도가 없는 인간들을 그가 찾아낼 수 있는 대로 모두 한곳에 모아놓고, 그들을 위하여 한 도시[6]를 세운 다음 그 도시의 이름을 붙여주었다. 나는 그들이 악덕을 가지고도 그들끼리 한 정치기구를 세워 편리하고 정당한 사회를 이룩했다고 생각한다.

나는 사람들의 행동에 한 번이나 세 번, 백 번이라고 정한 것이 아니고, 사람들이 지키는 풍습으로서, 특히 그 비인간성과 비신실성으로, 나로서는 악덕들 중의 최악의 종류이며, 내 마음으로는 소름이 끼치지 않고는 품어볼 수 없는 행동이 용납되어 있는 것을 보며, 내가 그것을 혐오하는 것과 거의 같은 정도로 감탄한다. 이 이채로운 악랄성의 훈련은 과오와 혼란과 아울러 정력과 힘찬 심령의 표정을 지니고 있다.

사람들은 필요에 따라 모여들며, 조직을 만들어낸다. 이 우연히 꾸며지는 조직은 법이 된다. 왜냐하면 그 중에는 인간 사상으로는 지울 수 없을 정도의 횡포한 것들도 있었으나, 그것을 플라톤이나 아리스토텔레스가 만들 수 있었던 것만큼 건전하게 오랜 생명을 가지고 그 본체를 유지해 왔기 때문이다.

그리고 이런 공상적인, 기술로써 꾸민 정치제도에 대한 묘사는 모두 엉터리이므로 실천하기에 부적당하다. 사회제도의 가장 좋은 형태와 우리를 매어놓은 가장 편리한 규칙에 대하여 오랫동안 지속되어 온 논쟁은, 다만 우리의 정신을 훈련시키기에 적당한 논쟁에 지나지 않는다. 그것은 마치 인문과학의 본질이 동요와 구론(口論)으로 되어 있고, 그 이상 아무런 생명도 없는 제재가

---

6 플루타르코스에 나오는 포네로폴리스(악인)의 도시.

많다는 식이다. 이러한 정치형태의 묘사는 새로운 세상에서는 실시해 볼 만한 일이지만, 우리는 인간이 이미 어떠한 습관에 매여 형성된 것으로 믿는다. 우리는 피라[7]나 또는 카드모스[8]가 하던 식으로 사람을 만들어내지는 못한다. 어떠한 방법으로 우리가 사람들을 일으켜서 새로운 질서로 정돈할 수 있는 권력을 잡는다고 해도 우리가 전부를 부서뜨리지 않고는 그들의 굳어버린 습관을 비틀어 고쳐놓지는 못한다. 사람들이 솔론에게, 그가 아테네 인들을 위하여 할 수 있는 가장 좋은 법률을 제정했느냐고 물어보자, 그는 대답했다.

"그렇소. 그들이 용납할 수 있는 법률로는 최상의 것이오."

바로는 이런 식으로 변명한다. 곧, 종교에 관하여 모든 것을 다시 써내야 할 입장이라면 그가 생각하는 바를 말하겠지만, 종교는 이미 형성되어 용납되고 있으므로, 그는 본성보다도 습관에 따라서 말하겠다고 하였다. 한 의견으로서가 아니라 진심으로 나라에 따라 최선의 훌륭한 정치는 현재 유지되고 있는 정치체제이다. 그 형태와 본질적인 편의는 습관에 매여 있다. 우리는 걸핏하면 현재의 조건에 불만을 터뜨린다. 그렇지만 나는 민주국가에서 소수의 지배를 바란다거나, 군주국가에서 다른 종류의 정치를 바라는 것은 어리석은 악덕이라고 본다.

> 지금 그대가 보는 대로의 나라를 사랑하라.
> 왕국이거든 왕위를 사랑하고,
> 과두정치이거나 사회 공동체이거든,
> 역시 그것을 사랑하라. 신은 그대를 그곳에 출생하게 하였다.
> ─피브라크

---

7 노아의 홍수 뒤에 돌을 던져서 인간을 만들었다는 신인(神人).
8 카드모스가 용의 이빨을 뽑아서 뿌리자, 그것이 무인으로 화했다고 한다.

작고한 지 얼마 안 되는 드 피브라크 경[9]은 지극히 고상한 정신과 건전한 사랑과 온전한 사상과 온순한 습관을 지닌 분이었지만, 그분과 동시에 드 푸아 경[10]이 작고한 것은 우리 왕국을 위해서는 대단한 손실이다. 나는 우리 국왕들의 보필을 위하여, 그 성실성과 역량으로 가스코뉴 출신의 이 두 분에 비길 만한 다른 사람을 대치할 수 있을지 알 수 없다. 그들의 심령이 이 시대 사람과는 다르게 아름답고 확고했으며, 각기 개성적인 풍모로 드물게 훌륭한 분들이었다. 그런데 그분들에게 적합하지 않고 격에 맞지 않은 이런 부패와 소란의 시대에 누가 그런 분들을 나오게 한 것인가?

한 국가에 변혁보다 더 심한 억압을 주는 일은 없다. 단순한 변화는 폭군정치를 만들어내는 것이 고작이다. 어느 한쪽이 무너지면 떠받쳐놓으면 된다. 우리는 모든 일들이 자연스러운 변질과 부패로 처음의 상태와 원칙에서 너무 벗어나지 않도록 대비할 수 있다. 그러나 국가와 같은 거대한 덩어리를 녹여 거대한 기구를 기초부터 갈아치우려 하는 것은 명화에 때가 묻었다고 그림을 지워버리는 경우와 같다. 곧, 특수한 결함을 교정하려다가 전체를 혼란에 빠뜨리는 식이며, 병자를 고치려다가 죽여버리는 수작이다.

"정부를 변화시키기보다 파괴하기를 바란다." (키케로)

세상은 그 자체를 고치기에는 부적당하다. 그것은 자체를 압박하는 것을 도저히 참아내지 못하며, 얼마나 희생이 클 것인가를 생각하지 않고, 압박을 벗어던지려고만 한다. 우리는 자기 손해로 치유되는 예를 얼마든지 찾아볼 수 있다. 현재의 악을 벗어나는 일에는, 전반적인 개선이 필요하다. 그것 없으면 치유되는 것이 아니다.

외과의사의 목적은 나쁜 살을 죽이려는 것이 아니다. 그것은 치료의 과장에

---

9 Guy de Faure de Pibrac:1529~84, 저명한 중요 사상가이며, 문인으로, 4행시의 작가.
10 Paul de Foix:1528~84, 고문관, 대사. 몽테뉴는 《수상록》 중의 한 장을 이 백작에게 바치고 있다.

지나지 않는다. 그는 한 수를 넘어서, 새 살이 돋아나 그 부분이 성할 때의 상태로 돌아올 것을 내다보고 있다. 아픈 곳을 때우려고만 하는 자는 바로 수단이 막히고 만다. 왜냐하면 나쁜 일 뒤에 반드시 좋은 일이 온다는 법이 없고, 다른 더 나쁜 일이 닥쳐올지도 모르기 때문이다. 카이사르를 살해한 자들이 겪은 일처럼. 그 때문에 나라가 혼란에 빠져, 그들은 자기들이 참견했던 일을 후회해야만 했다. 그 후에도 우리 시대에 이르기까지 그런 일은 얼마든지 있었다. 우리 당대의 프랑스 인들은 이런 사정을 너무도 잘 알고 있다. 모든 큰 변동은 국가를 뒤흔들어 혼란에 빠지게 한다.

병을 고쳐보려는 행동에 앞서 깊이 생각하는 자는 환부(患部)에 손을 댈 생각이 없어져버린다. 파쿠비우스 칼라비우스는 독특한 방법을 써서, 이런 식으로 병폐를 시정하였다. 그의 도시인들이 관청의 일에 반대하며 폭동을 일으켰다. 카푸아 시에서 큰 권세를 누리고 있던 그는, 어느 날 꾀를 내어 원로원 의원들을 궁전 안에 감금시켰다. 그러고는 시 광장에 시민들을 소집해 놓고 말했다.

"시민들을 그렇게 오랫동안 압박하던 원로원들을 잡아 무장 해제를 시켰소. 이제는 마음대로 그들에 대한 복수를 시작합시다. 제비를 뽑아서 하나씩 따로 따로 끌어내다가, 그에 대하여 판결이 나는 대로 형을 집행하는 것이 좋겠소. 다만 관직에 공석이 생겨서는 안 되니, 처단되는 피고의 자리는 즉각 적당한 인물을 선출하여 채우도록 합시다."

그들 중 한 원로의 이름이 나오자, 그를 불만족스럽게 생각하는 반대자들의 고함소리가 여기저기서 일어났다. 그러자 파쿠비우스는 말했다.

"잘 알겠소. 이 사람은 악인이오. 선량한 인물로 바꿉시다."

갑자기 침묵이 흘렀다. 모두 이 선택에 곤란함을 느꼈던 것이다. 어느 당돌한 자가 입후보하여 이름을 내세우면, 그를 거부하고 그의 부족한 점과 거절해야 할 정당한 이유에 관한 동의투표가 더 많았다. 이렇게 반대의 분위기가 격화되자 두 번째와 세 번째로 나오는 후보자에게는 더욱더 불리했다. 파면시키는 데 의견이 일치되었던 것에 비하여 새 의원의 선거에는 의견의 불일치가 심했다. 거듭되는 소란에 싫증나고 피곤해지자, 그들은 여기저기서 슬금슬금 대회장을 빠져나가기 시작했다. 사람들은 각기 이제까지 잘 알려진 구악(舊惡)은 아직 경험해 보지 않은 신악보다 참아내기가 쉽다는 생각을 품고 돌아갔다.

우리가 아주 비참하게 혼란에 빠져 있는 것을 보건대 — 우리가 하지 않는 일이 무엇인가? —

오오, 골육상잔의 죄악과 상처로 우리 모두가 수치에 파묻히도다.
이 혹독한 시대에 우리는 어떤 일을 피했는가?
무슨 범행에 저촉되지 않고 지냈는가?
우리 청춘의 손은,
어디에 신들의 두려움을 보존했는가?
어느 제단에 모독을 면제했던가?
— 호라티우스

나는 당장에는 다음과 같은 결론을 내리지는 않는다.

살루스(안전의 여신) 자신이 원할지라도,
이제 이 가문을 구하지는 못하리라.
— 테렌티우스

그렇다고 우리의 사정이 마지막 고비에 도달한 것은 아니다. 국가의 보전은 우리의 이해력을 넘어서는 일인 듯싶다. 플라톤의 말과 같이, 한 국가의 정치체제는 강력하고 해체되기 힘들다. 그것은 흔히 내부의 치명적인 질환에 대항하여, 부당한 법률의 침해에 대항하여, 폭군에 대항하여, 관리들의 월권과 무지에 대항하여, 국민들의 방종과 반란에 대항하여 존속된다.

우리는 종종 자기 위에 있는 자들과 비교하며 더 잘 사는 자들을 쳐다본다. 우리보다 못한 자들에게 자기를 견주어보자. 아무리 신수가 사나운 자라도 위안거리는 있게 마련이다. 자기보다 못한 예를 보면 기분이 좋고 자기보다 나은 자들을 보면 언짢아지는 것은, 우리가 악덕에 물들어 있기 때문이다. 솔론은 다음과 같이 말한다.

"만일 세상의 모든 불행을 한곳에 뭉쳐 쌓아놓고 이 불행의 더미를 똑같이 나누어 가지라면, 그보다는 차라리 자기가 가졌던 불행을 택하지 않을 자는 하나도 없다."

우리나라의 정치는 잘되어 가지 않는다. 그렇지만 이보다 더 나쁜 처지에 있으면서 멸망하지 않는 나라들도 있다. 신들은 우리의 공을 가지고 놀 듯 장난하며, 멋대로 손을 놀리고 있다.

신들은 우리 인간을 장난감 삼아 놀린다.
─플라우투스(Plautus)

별들은 이러한 종류의, 그들이 보일 수 있는 본보기로서, 운명적으로 로마라는 나라를 세워놓았다. 이 나라는 한 국가에 관련되는 모든 형체와 사건, 질서와 혼란, 행운과 불운이 할 수 있는 모든 것을 다 품고 있다. 이 나라 백성들이 당하고 겪어낸 동요와 변화들을 본다면, 누가 자기의 조건에 절망할 수 있을 것인가? 영토가 광대하다는 것이 한 나라의 건강을 뜻한다면─내 의견은 결코 그렇지 않다. 그리고 소크라테스가 니코클레스에게 '넓은 영토를 가진 왕들을 부러워하라.'고 한 말이 내 마음에 든다─이 나라는 가장 행복했다.

　초기 황제들 밑에서는 정부의 형태라고 할 만한 것은 거의 찾아볼 수 없었다. 그것은 사람이 생각해 볼 수 있는 가장 흉측하고 둔중한 혼란이었다. 그럼에도 불구하고 이 나라는 혼란을 잘 견뎌내고 존속해 왔다. 또한 자기 영토로만 한정된 왕조를 보존하는 데 그치지 않고, 그렇게도 잡다하고 거리감 있고, 그렇게도 혼란되게 지배되고 부정하게 정복된 나라들을 유지해 갔다.

　　물과 바다의 지배자인,
　　한 국민에 대항하여 운명의 별은 그의 시기심의 옹호를,
　　어느 국민에게도 베풀지는 않는다.
　　─루카누스

　흔들리는 것 모두가 쓰러지는 것은 아니다. 이렇게 거대한 몸뚱이가 수많은 못에 걸려 있다. 그것은 오랜 세월의 힘만으로도 버틴다. 마치 오래된 낡은 주춧돌이 세월에 패어나가고 벽에 양회를 발라두지 않아도 그 자체의 무게로 버티며 지탱하는 것과 같다.

　　단단한 뿌리로 박힌 것이 아니지만, 그 자체의 무게로 지탱할 것이다.
　　─루카누스

　더욱이 한 요새의 견고성을 판단하기 위해, 단지 그 측면과 성호(城壕)만을 관찰하는 것은 현명한 방법이 아니다. 적이 어디로 접근해 올 것인가, 공격군의 상태가 어떤가를 보아야 한다. 어떠한 선박도 외부 힘의 맹위 없이 제 무게만으로 침몰하는 일은 드물다. 그러면 사방을 둘러보자. 우리 주위에서는 모든 것이 허물어지고 있다. 기독교 국가든 아니든 우리가 아는 모든 큰 국가들을 살펴보

라. 그대는 거기서 변혁과 파멸의 위험을 명백하게 찾아볼 수 있을 것이다.

> 그들 모두 병들어서,
> 같은 폭풍우의 위협을 받는다.
> ─베르길리우스의 시구 변작

점성가들은 그들이 하는 식으로 머지않아 큰 재액과 변란이 있으리라고 언제나처럼 떠들어댄다. 그러나 그들이 예언하는 바는 바로 눈앞에 있어 손에 닿을 수 있는 것이므로 하늘까지 일부러 구하러 갈 필요는 없다.

우리 모두는 보편적으로 불행과 위협을 함께 당하고 있다. 그런 까닭에 위안을 찾아볼 뿐만 아니라, 국가의 존속을 위하여 일종의 희망까지도 가져봄직하다. 왜냐하면 모든 것이 쓰러지는 곳에서는 당연히 아무것도 쓰러지는 것이 없기 때문이다. 보편적인 병폐는 개인에게는 건강이 된다. 화합은 와해에 대한 적대적인 소질이다. 나로서는 이에 절망하지 않으며, 오히려 구원의 길은 거기에 있다고 본다.

> 아마도 한 신께서 요행의 변화로서,
> 우리를 본디의 상태로 돌려주시리라.
> ─호라티우스

하나님이 돌봐주셔서, 중한 병을 오래 앓는 동안 속을 씻어내고 더 나은 상태로 돌려주어 병 때문에 빼앗겼던 건강체보다 더 온전하고 깨끗한 건강을 얻을 수도 있지 않는가. 우리에게 그와 같은 일이 일어나지 않으리라고 누가 단언하겠는가?

가장 괴로운 일은, 우리 불행의 징조를 헤아려보건대 인간의 혼란과 불근신

(不謹愼)에서 일어날 것의 징조만큼 자연히 닥쳐오는 하늘에, 그 자체의 것으로 보이는 불행의 징후들이 보이는 일이다. 별들까지도 우리가 여느 기한 이상으로 상당히 오래 지속해 왔다고 판정하는 것 같다. 그리고 또 내게 괴로운 일은 우리에게 가장 가까이에서 위협하는 불행이 전체로서의 견고한 덩어리 속에 일어나는 변질이 아니라 전체가 분산되고 분열되어 가는 일인데, 이것이 우리에게 최악의 공포를 불러일으킨다.

또한 이런 몽상으로 인해 내 기억력이 박약해져 부주의로 한 번 기록해 놓은 것을 두 번 적어가지 않을까 걱정이 된다. 나는 내가 한 일을 다시 훑어보기가 싫다. 그리고 할 수 있으면 한번 내놓은 글은 결코 다시는 손질하지 않는다. 그런데 나는 지금 새로 배운 것을 말하는 것이 아니다. 이런 것은 늘 하는 공상이며 이런 생각을 아마도 백 번은 해보았기 때문에, 나는 전에 적어놓은 것이나 아닌가 하고 걱정이 된다. 되풀이하여 하는 말은 호메로스에 나오더라도 지루해진다. 일시적이고 피상적이며 외관뿐인 것은 더욱 질색이다.

나는 세네카의 문장에서와 같은 유익한 사상이라도 교훈조로 된 것은 정말 비위에 맞지 않는다. 그리고 그의 스토아 학파의 버릇으로, 모든 제목을 가지고 일반적으로 적용되는 원칙과 전제들을 이모저모로 지루하게 되풀이하며, 공통적이고 보편적인 사리나 논법을 늘 재인용하는 수작이 비위에 거슬린다. 내 기억력은 가혹하게도 날마다 악화되어 간다.

마치 목이 말라 황천의 레테 강물을,
단숨에 들이켠 듯.
—호라티우스

이제부터는—하나님 덕택에 지금까지 큰 과오를 저지른 일은 없지만—다른 사람들이, 무슨 말을 해야 할까 미리 생각해 볼 시간과 기회를 찾는 식과는 반대로, 내가 어떤 의무에 묶여 지내게 될 것이 두렵기 때문에 말을 준비하는 일은 피한다. 어디에 묶여 의무를 지는 일과 내 기억력같이 허약한 연장에 의존하는 일은 나를 진정 심란하게 만든다.

나는 이 이야기를 읽으면, 내 고유의 타고난 울분으로 화가 치밀어오르지 않을 수 없다. 린케스테스는 알렉산드로스에게 음모를 꾸몄다는 죄목으로 그때 관습으로 군대 앞으로 끌려가 무죄를 변호해야만 했다. 그렇게 하기로 된 날, 그는 그 자리에서 할 변호를 미리 머릿속에 넣어가지고 갔는데, 막상 말을 하려고 하니 더듬거려지고 말이 제대로 나오지 않았다. 머릿속은 점점 더 흐트러지고, 그는 죽을힘을 다해 기억을 더듬어내려 애썼다. 그 모습을 가장 가까이에서 보고 있던 군졸들은 그에게 죄가 있다고 단정하고는 그대로 대들어 그를 창으로 찔러 죽였다. 그의 당황해하는 모습과 침묵이 그들에게 범죄의 고백으로 보였던 것이다. 그들의 생각으로는, 그는 감옥에 있을 때 변명할 충분한 시간적 여유가 있었으니 그의 기억력 부족은 있을 수 없고, 양심의 가책으로 말문이 막힌 것으로 보였던 것이다.

참으로 정확한 판단이지! 사람은 단지 말을 잘하려는 욕심밖에 없을 때에도, 장소와 관중, 그리고 기대 때문에 정신이 혼란해진다. 하물며 자기의 생명이 왔다갔다하는 연설인 경우라면 더 말할 나위도 없지 않은가?

나로 말하면, 내가 말해야 할 일에 매여 있는 것만으로도 말이 도망가고 만다. 내가 전적으로 기억력을 믿고 의탁하게 되면, 기억력은 자기 책임에 놀라 더욱 떨어질 수밖에 없다. 기억력에 의지하면 할수록 나는 정신이 뒤얽히며, 안색까지 변한다. 그래서 어느 때는 준비 없이 그 자리에서 나온 것처럼 아주 무심히 말하려는 것이 내 의도였는데, 도리어 내 비굴한 심정을 감추기 위하여 진땀을 뺀 일이 있었다. 그것은 특히 나 같은 사람에게는 맞지 않았으니, 오래 지탱할 수 없는 처지에는 너무 큰 부담이 되었다. 나는 준비해 왔다고 보이기보다는 차라리 쓸모 있는 말 한마디 않고 그냥 넘기는 편이 낫다고 생각했던 것이다. 준비는 실속보다 더 많은 것을 기대하게 한다. 사람들은 종종 망토를 입을 정도도 못되는 처지에, 어리석게도 동의(胴衣)를 입고 나온다.

"타인의 환심을 사기 위하여 자기에게 과중한 기대를 걸게 하는 것보다 더 불리한 일은 없다."(키케로)

웅변가 쿠리오에 관해 남아 있는 문헌에서 살펴보면, 그는 연설문을 네댓 개로 구분하거나 사리와 논법의 구별을 만들어놓고 진술할 때는, 그 가운데 어느 것을 잊어버리거나 다른 것을 한두 개 첨가하는 일이 자주 일어났다고 한다. 나는 내 기억력을 믿지 못할 뿐 아니라, 이런 형식이 너무 기교적으로 흐르기 때문에 싫어하기도 하지만, 그러한 곤경에 빠지지 않도록 언제나 조심하고 있다.

"전사들은 더 단순하게 차리는 것이 분에 맞는다."(퀸틸리아누스)

체! 이제부터 점잖은 자리에서 말하는 책임을 지지 않기로 작정했으면 그만이지! 왜냐하면 원고를 읽으며 말한다는 것은 해괴할뿐더러, 행동으로 무엇인가를 보여줄 수 있는 자에게는 대단히 불리한 일이다. 나는 즉흥적인 생각에 의존하는 연설이나 토론에는 더욱 서투르다. 그리고 생각이 빠르게 떠오르지 않아서 돌발적인 사태에 처하면 어쩔 줄 모른 채 당황하기만 한다.

독자여, 나의 이 《수상록》의 시도와, 그리고 나 자신의 묘사의 나머지 부분들을 세 번째로 연장하여 계속해 가게 내버려두라. 나는 덧붙여갈 것이나 교정을 하지는 않는다. 첫째로 나는 자기의 작품을 세상에 저당잡힌 자에게는 권한이 없다고 생각한다. 할 수 있으면 다른 데서 더 잘 말해 볼 일이다. 그러나 이미 세상에 팔아놓은 것이면 변작(變作)하지 말아야 한다. 이런 자들의 작품은 그들이 죽은 뒤에나 사줄 일이다. 내놓기 전에 잘 생각해 볼 것이지, 왜 그토록 서두르는 것인가?

내 책은 늘 한결같다. 새로 출판하는 데 따라서, 나는 사람들이 빈손으로 가지 않도록 거기 — 마치 잘 맞춰지지 않은 조각같이 — 약간의 장식을 붙이는 일을 허용했을 뿐이다. 그것은 처음의 형태를 못쓰게 만드는 것이 아니다. 그보다는 계속 출판되는 것에 사소하고 야심적인 재롱을 가지고 하나하나 특수한 값어치를 주는 것에 불과하다. 그렇지만 내 이야기는 연대에 따라서 한 것이 아니고 되는 대로 자리를 잡아갔기 때문에, 연대가 제멋대로 바뀌게 될 것이다.

둘째로, 내 일에 관해서는 바꾸다가는 손해를 볼까 두려워진다. 내 이해력은 앞으로만 나가는 것이 아니고, 뒤로 물러나기도 한다. 나는 내 사색이 처음 것이 아니고 두 번째나 세 번째 것이라고, 지난 일이기보다 지금 일이라고 하여 덜 불신하는 것이 아니다. 우리는 흔히 남의 것을 고치는 식으로 어리석게 자기 것을 고친다. 내 책의 초판은 1580년에 나왔다. 그 뒤 상당한 세월이 흘렀고 나 또한 늙었다. 그러나 내가 조금이라도 현명해진 것은 결코 아니다. 지금의 나와 조금 전의 나는 확실히 다르다. 어느 편이 더 나은가? 나는 이에 대해 아무것도 말할 수가 없다. 개선으로 나아가지 않는다면, 늙는다는 것은 좋은 일일 것이다. 그러나 그것은 형태 없이 어지럽게 비틀거리는 주정뱅이의 걸음이거나, 바람이 부는 대로 건들거리는 갈대와 같은 움직임이다.

안티오코스는 아카데미아를 옹호하는 강력한 글을 썼다. 그는 노년기에 접어들어서 다른 입장을 취하였다. 어느 편을 들건, 나는 늘 안티오코스의 의견을 좇는 것이 아닐까? 아무것도 믿을 수 없다는 의문을 세우고 나서 인간사상의 확실성을 세운다는 것은 확실성이 아니라 의문을 세우는 일이며, 누가 그에게 더 살아갈 수 있도록 세월을 준다 해도 그는 다른 때보다 더 나아지거나 하는 일 없이 늘 새로운 동요의 조건 속에 있는 것은 아닐까?

독자들이 환영해 준 덕분으로 나는 기대했던 것보다 좀더 용기를 얻었다. 그러나 내가 가장 두려워하는 것은 내 독자들을 지루하게 하는 일이다. 나는 이 시대의 한 유식한 학자가 하던 식으로 피로하게 만들기보다는 쏘아붙이기를 좋아한다. 칭찬은 누구의 것이건, 어째서 하는 것이건 늘 달콤하다. 그러나 그것을 정당하게 즐기기 위해서는 그 이유를 알아두어야만 한다. 되지 못한 작품도 잘된 것으로 행세하는 방법이 있다. 평범한 사람들의 평가는 잘 선택되는 수가 드물다. 우리 시대에도 가장 못된 문장이 속풍(俗風)의 상위를 차지하고 있는 것이 아니라면 내가 잘못 보았다고 해야 하겠다.

실로 나는 나의 대단하지 않은 노력을 좋게 보아주는 착한 분들에게 감사한다. 이러한 저술의 과오는, 그 자체에 권장할 권리가 없는 소재를 다루고 있는 때만큼 잘 드러나는 일은 없다. 다른 사람들의 공상이나 소홀함에 의하여 오류가 흘러들었다고 해도, 독자여, 나를 원망하지 말라. 손 하나 직공 하나가 각기 자기 것을 가져온다. 나는 철자법에도 구두점에도 상관하지 않으며, 다만 그전의 격식에 따라서 하라고 명령한다. 나는 철자법이나 구두점에는 전문가가 아니다. 그들이 내 문장의 의미를 전혀 통하지 않게 만든다 해도, 나는 그렇게 속을 썩이지 않는다. 왜냐하면 약간이나마 그만큼 내 책임이 덜어지기 때문이다. 그러나 그들이 흔히 하듯 가짜를 바꿔넣어서 내 생각을 그들의 생각으로 돌려놓는다면, 그들은 나를 망치는 것이다. 그러니 문장이 내 글의 힘을 갖지 못할 때는, 선량한 사람들은 그것이 내 글이 아니라고 보아주어야 한다. 내가 얼마나 많이 노력하지 않고 얼마나 멋대로 하는가를 아는 분은, 이런 유치한 교정보다는 차라리 《수상록》을 다시 써나가는 편을 좋아함을 이해해 줄 것이다.

나는 이 새 금속의 깊은 갱도로 파고들어간 시대[11]에 처하여, 나보다는 다른 습관과 사상으로 서로 뭉쳐 단결하고는 다른 모든 사람들과의 결연을 피하는 사람들[12]과는 내가 대단한 친교를 맺을 수 없을 뿐 아니라, 그밖에 우리의 법률을 그 이상 더 못할 정도로 무시하며 세태를 극도로 방자하게 흐르도록 만

---

11 황금시대에서 철기시대 이하로 타락한 이 시대.
12 당시 신교도들에게 둘러싸여 은연중에 박해당하고 있던 몽테뉴의 사정을 의미한다.

드는 무슨 짓을 해도 좋다고 생각하는 자들 사이에서는, 내가 위험을 느끼지 않은 바는 아니라고 앞에서 언급했다. 내게 관계되는 모든 특수한 사정들을 생각해 보면 누구도 나만큼 법을 옹호하는 것은 힘들며, 법률가들의 말처럼 소득은 없고 손해만 생기게 된 사람도 드물다. 어떤 자들은 그들의 열성과 격정으로 용감한 척하는데, 정당하게 평가해 보면 해놓은 일은 나보다도 훨씬 적다.

나의 집은 언제나 개방되어 있어서 찾아오기가 쉽고 누가 와도 친절히 맞아 주기 때문에―나는 내 성을 전쟁의 도구로 삼는 짓은 절대로 하지 않으며, 전쟁 따위는 아주 먼 곳에 있을 때에나 더 기꺼이 참견하는 것이다―내 집은 사람들에게 상당한 호평을 얻었으니, 이 누옥(陋屋)에 관하여 나를 책망하기란 어려운 일일 것이다. 그리고 그 오랜 소란 속에 그렇게도 심한 변란을 근처에서 겪었음에도 불구하고 내 집에서 피를 보거나 약탈당한 일이 없는 것은, 모범적이고 경이로운 걸작의 하나라고 생각한다. 솔직히 말하여 나 같은 기질을 가진 사람이라면 어떠한 형태로건 견실하고 지속적인 형태를 갖지 않을 수도 있었다.

그러나 서로 반대되는 도당들이 번갈아 쳐들어오며 내 주위에 운수의 무상한 변천이 일어나는 것은, 오늘날까지 이 고장의 인심을 더 각박하게 만들면 만들었지 부드럽게 하지는 않았다. 또한 그것은 내게 극복할 수 없는 곤란과 위험으로 덮칠 수도 있지만 나는 면해 왔다. 그것은 내 운이 좋았고 또한 내가 신중했기 때문인데, 정도(正道)에 의해 그렇지 않았던 것이 기분 나쁘다. 그리고 내가 법의 보호 밖에 있고, 그보다도 다른 수호 아래 있는 일이 불쾌하다. 사실 나는 대부분 남의 덕으로 살고 있는데, 그것은 무거운 짐이다. 나는 세도가들이 내가 법을 지키고 살며, 그리고 아무데도 매이지 않은 자유인이라는 것을 인정해 주어서 그들의 호의와 선심을 받거나, 또는 내 조상들이나 내 권속들의 인심이 후한 덕택으로 나의 신분이 보장받게 되는 것을 원하지 않는다. 만일 내가 다른 사람이었던들 일이 어찌 되었을 것인가?

만일[13] 내 처신과 나의 솔직한 언동이 내 이웃이나 친척들에게 혜택을 입혀서 그들이 나를 살려두기 때문에 내게 신세를 갚는 것이 되고, 그들이 다음과 같이 말할 수 있는 것은 너무나 잔혹한 일이다.

"우리는 이 주변의 교회당을 모두 저버리고 파괴해 버렸는데, 그에게 자기집의 성단에 들어가 자유로이 지극한 정성을 바치게 허용하고, 자기의 재산을 누리고 생명을 보존하게 두는 것은 그가 필요한 때 우리 처자들과 소들을 간수해 주기 때문이다."

내 집은 오래 전부터 아테네 시민들의 재정을 전반적으로 맡아서 보호하던 리쿠르고스(Lycurgos)가 받던 것과 같은 칭찬을 받아왔다. 사람은 권한으로 살아야지, 어떤 보답이나 혜택으로 살아서는 안 된다고 생각한다. 얼마나 많은 의협적인 장부들이 은혜를 입고 살기보다는 죽기를 원했던가! 나는 어떠한 종류이건 부채를 지는 일을 피한다. 그 가운데서도 특히 명예의 부채를 지기를 가장 싫어한다. 나는 사람에게서 무엇이건 받고 그 때문에 내 의지가 '감사'라는 것에 저당 잡히는 것보다 더 값비싼 것을 알지 못한다. 그보다는 돈받고 해주는 봉사를 받는 편이 훨씬 더 마음 편하다. 왜냐하면 나는 이런 자들에게 돈밖에는 내놓지 않는데, 다른 자들에게는 나 자신을 내주어야 하기 때문이다.

명예의 법칙으로 맺어진 관계는 민사상의 제약으로 맺어진 것보다 더 긴박하고 무겁게 나를 속박하는 것 같다. 나 자신에게 묶이는 것보다 공증인에게 묶이는 편이 훨씬 덜 고되다. 사람이 단순히 내 양심을 믿어주는 경우, 내 양심이 더 얽매이는 것은 당연한 일 아닌가? 다른 경우에는 내 신의를 저버리는 일이 없다. 왜냐하면 아무도 양심에게 빌려준 것이 없기 때문이다. 사람들은 나

---

13 몽테뉴 성의 성벽 아래로 여러 도당들이 몰려와서 격투를 벌이던 때를 말한다.

를 제쳐놓고 다른 데서 신용이나 보장을 받을 것이다.

나는 내 약속을 부수기보다는 성벽이나 법률의 감옥을 부수는 편이 더 좋다. 나는 약속을 지키는 데는 미신적으로 마음을 쓴다. 그래서 약속은 어느 경우에나 불확실하게 조건을 붙여서 한다. 책임이 전혀 없는 약속이라도 나는 조심스럽게 내 규칙을 존중함으로써 무게를 준다. 규칙은 그 자체의 관심으로 나를 괴롭히고 책임 지운다. 그렇다, 전적으로 내게 매여 있는 자유로운 기도(企圖)에는, 그 요점을 파악해 보면 바로 나 자신에게 그것을 명령하는 것과 같다. 그러나 그것을 남에게 알려주는 경우에는, 그 일 자체를 미리 결정하고, 내가 그 말을 하면 그것을 약속하는 것같이 생각된다. 그 때문에 나는 이런 말을 쉽사리 발설하지 않는다.

내가 나 자신에게 하는 판결은 재판관의 판결보다 훨씬 더 혹독하다. 재판관은 일반적인 의무로밖에 나를 잡지 못한다. 그런데 양심은 나를 더 단단하고 호되게 압박한다. 내가 하려고 한 것이 아니고 다른 사람들이 나를 끌어넣는 의무는 그대로 좇아준다.

"임의로 행함이 아니면 정당한 행동이 못된다."(키케로)

행동에 찬란한 자유가 없으면 그것은 우아하지도 명예롭지도 못하다.

법으로 강요된 것은,

어떤 일도 성의로 이루어지지 않는다.

─테렌티우스

필요에 끌려서 하는 일에는 내 의지를 긴장시키고 싶지 않다.

"부과된 일에는 복종하는 자보다 명령하는 자에게 더 감사하기 때문이다."(발레리우스 막시무스)

어떤 여자들은 옳지 못할 정도로 이런 태도를 취한다. 돌려주기보다는 차라리 그냥 주고, 갚아주기보다는 차라리 빌려주며, 자기가 매여 있는 사람들에게는 성의껏 일하기를 꺼린다. 나는 그렇게까지는 하지 않지만 거의 그에 가깝다.

나는 책임이나 의무를 벗고 싶은 생각이 너무 강하여, 때로는 본성이나 우연에 의해 우정의 의무를 지게 되는 경우, 그들에게 배은이나 모욕, 기타 부당한 일을 당하면 그것을 도리어 내게 유리한 일로 계산하였다. 그것은 그들의 잘못이며, 나는 그만큼 책임이 감소되기 때문이다. 비록 공적인 관계로 계속하여 체면을 지켜준다 해도, 역시 애정을 위하여 하던 일을 정의로 행하며, 안으로 내 의지의 주의와 심려를 좀더 덜어주는 점에서 내 마음이 대단히 가벼워지는 것을 느낀다.

"그는 흥분한 말을 다루듯 우정의 첫 약동을 신중하게 제어한다."(키케로)

이 의지의 심려는 압력받기를 싫어하는 사람을 위하여 내가 마음을 쏟을 때는 너무나 긴박하게 강압적으로 나온다. 그리고 이런 심려의 절약은 나 자신에 관계되는 자들의 불완전한 점에 대하여 어느 정도 위안을 느끼게 한다. 나는 그들이 그렇게 값어치 없는 인간이라는 것이 슬프다. 그런 만큼 내가 그들에게 해줄 책무와 열성은 좀 떨어진다.

나는 자기 아들이 피진(皮疹)에 걸렸거나 곱사등이라고 하여, 그리고 마음씨가 나쁜 경우뿐 아니라 운이 나빠 병신으로 태어난 경우 — 하나님께서도 그것으로 그의 타고난 값어치와 평가를 깎아내렸으니 — 그가 이런 아이에 대하여 애정이 덜 간다고 해도 그의 냉정한 태도에 절제와 의리를 지켜준다면, 이런 심정도 이해해 준다. 내게는 사이가 가깝다고 하여 이런 결함이 작아져 보이는 것이 아니라, 오히려 그 때문에 더 심하게 보인다.

결국은 내가 은혜와 감사에 관한 학문을 이해하는 바로, 그것은 대단히 유용하고도 미묘한 학문이기는 하지만, 나는 이날까지 나만큼 자신에게 부채가 적고 자유로운 처지에 있는 사람을 보지 못했다. 내가 지고 있는 것은 단지 공통되는 타고난 의무뿐이다. 다른 면에서 나만큼 부채를 지지 않은 자는 없다.

　　세도가의 시여(施與)는 내게는 미지의 사항이다.
　　—베르길리우스의 모작

　제왕들은 내게서 빼앗아가지 않으면 내게 많이 주는 것이며, 해를 끼치지 않으면 잘해 주는 것이다. 이것이 내가 그들에게 바라는 전부이다. 오! 나는 얼마나 내가 가진 모든 것을 하나님의 은덕에서 직접 받았고, 특히 하나님께만 의무를 지게 된 처지를 감사하는가? 나는 본질적인 감사의 부채를 결코 아무에게도 지는 일이 없도록 하나님의 거룩하신 사랑에 얼마나 절실하게 간청한 것인가! 여태껏 이렇게 해오도록 한 것은 축복받은 자유일 것이다. 마지막까지 이렇기를!

　나는 어느 누구의 분명한 도움도 받을 필요 없이 지내려고 애쓴다.

　"나의 온 희망은 나 자신에게 있다."(테렌티우스 모작)

　이것은 아무라도 스스로 할 수 있는 일이다. 하나님이 그 생활을 긴박하도록 빈한한 처지에 태어나게 하지 않은 자들에게는 더욱 쉬운 일이다. 남에게 얹혀 지낸다는 것은 딱하고도 위태로운 일이다. 자기의 가장 정당하고 확실한 수단방법인 자신도, 우리에게 충분히 보장되어 있는 것이 아니다. 나는 나 말고는 내 것이란 없다. 그리고 내 소유라는 것은 일부분에 불과하며, 불완전한 것이다. 나는 다른 면에서 모두가 나를 버릴 때 내가 가진 것으로 만족하려고 내 용기와—이쪽이 더 강한 힘이다—그리고 내 마음을 가꾸어 나간다.

　엘리스의 히피아스(Hippias of Elis)는 운수가 명령할 때에는 필요하다면 다른 친구 없이도 즐겁게 시신(詩神)의 무릎 위에서 지낼 수 있게 되기 위한 음악적 지식뿐 아니라, 자기 것으로 마음속으로 만족하고 밖에서 얻어오는 것 없이도 씩씩하게 견뎌내도록 가르쳐주기 위한 철학적 지식을 준비해 가지고 있었다.

또한 그는 독립성이 너무 강하여 요리법과 이발과 재봉과 구두를 만드는 것과 반지 만들기까지 배워 가능한 한 자기 자신이 생활의 터전을 닦으며, 남의 도움을 받지 않고 지내려고 애썼다.

살림이 궁하여 남의 신세를 지고 제약을 받는 향락이 아니라, 그런 것 없이 자기의 의지와 운수로 지낼 수 있는 힘과 방도를 가졌을 때는 남의 재물을 빌려 써도 훨씬 더 자유롭고 유쾌하게 누릴 수 있다.

나는 나를 잘 알고 있다. 그러나 내가 사정이 궁하여 곤경에 빠질 경우, 도대체 어느 누가 내게 불명예나 혹독한 대접, 책망의 기미를 느끼게 하지 않도록 부담 없이 무상으로 나를 후대해 줄 것인지, 그것은 상상해 볼 수도 없다. 남에게 무엇을 준다는 것이 야심적이고 특권적인 신분이라면, 남의 것을 받는 일은 굴복의 신세이다. 그 좋은 예로, 바자제트는 티무르[帖木兒]가 그에게 보내온 선물을 싸우다시피 욕설을 퍼부으며 거절했다. 그리고 캘커타의 황제는 솔리만 황제가 보내온 선물을 보고 분개한 나머지, 자기 조상이 남의 것을 받는 습관은 없었으며, 주는 것은 자기가 할 일이라고 쏘아붙였다. 그러고는 거절했을 뿐 아니라, 선물을 가져온 사신들을 토뢰(土牢) 속에 처넣게 하였다.

아리스토텔레스의 말에 의하면, 테티스가 주피터에게 아첨할 때나 라케데모니아 인들이 아테네 인들에게 아첨할 때마다, 그들은 자기들이 보낸 선물이 상대방을 불쾌하게 만들까봐 두려워 입밖에도 내지 않고, 저편에서 보내온 선물만 상기시켰다. 내가 늘 친숙하게 보는 것처럼 아무나 무턱대고 일을 시키고 그 신세를 지는 자들은, 이 신세지는 일이 얼마나 부담이 되는가를 한 현자가 지적했을 만큼 조심스레 생각해 본다면 그런 짓은 하지 않을 것이다. 이런 신세는 때로는 갚아주는 수도 있지만, 그렇다고 신세진 일이 결코 풀리는 것은 아니다. 자기 팔을 사방으로 휘두를 자유를 찾는 자에게는 그것은 얼마나 큰 결박인가!

내 친지들은 윗사람이건 아랫사람이건 나만큼 남의 부담 지기를 싫어한다. 내가 이 점에서 현대인들의 본보기와 전혀 다르다는 것도 결코 놀라운 일은 아니다. 왜냐하면 내 성미의 많은 부분이 여기에 기인하기 때문이다. 약간의 타고난 자부심, 거절당할까봐 두려워하는 조바심, 내 의도와 욕심에 대한 제약, 서투른 모든 일 처리, 그리고 내가 가장 좋아하는 소질인 무위(無爲)와 자유 등이 그렇게 만들어놓았다. 이 모든 것 때문에 나는 나 아닌 다른 사람에게 의탁하거나 남에게 잡히는 일을 몹시 싫어한다. 나는 아무리 가볍거나 중대한 사정이라도 남의 도움을 받으려 하기 전에, 그런 것 없이도 지낼 수 있는 모든 방도를 취하는 데 마음을 쓴다.

내 친구들이 자기가 제삼자에게 청할 일을, 나를 시켜 청하게 할 때 그들은 나를 몹시 괴롭힌다. 그리고 내게 신세진 사람에게 무슨 일을 당부하며 그가 내게 신세진 것을 변제해 주는 것은, 내게 아무것도 신세진 바 없는 자에게 내 친구를 위하여 무슨 일을 청하는 것보다 결코 힘이 덜 드는 것 같지도 않다. 이런 조건을 면제해 주고, 또 하나 내게 무슨 걱정거리가 될 흥정을 해달라고만 하지 않는다면―왜냐하면 나는 모든 걱정거리에는 한사코 반대하기 때문이다―나는 사귈 만하게 누구의 일이라도 보살펴준다. 그러나 나는 남에게 주려고 하기보다, 남의 것 받기를 더 피해 왔다.

아리스토텔레스에 의하면 주는 편이 역시 훨씬 더 쉬운 일이다. 나의 신수는 남에게 별로 좋은 일을 해줄 여유를 주지 않는다. 내 신수가 허락한 이 뚜렷하지 않은 몫은 어지간히 변변치 못하였다. 내가 사람들 사이에 무슨 지체라도 가질 만한 신수를 타고났더라면, 나는 사람들의 사랑을 받아볼 야심은 가질지라도 남의 숭배나 경외심을 받을 생각은 없었을 것이다. 더 주제넘게 말하면, 나는 실속을 차리기보다는 남을 좋게 해주고 싶었을 것이다.

대단히 현명한 장수 키루스는 훌륭한 철학자의 입을 가지고 지극히 현명한 언변으로, 자기의 용기와 전쟁의 승리보다도 자기의 착한 마음과 행적을 훨씬 더 높이 평가하고 있다. 그리고 스키피오는 자기가 공적을 세우려고 하는 곳이라면 어디서나 그의 용기와 승리보다 그의 관후성과 인간성을 훨씬 더 중하게 보며, 자기나 친구에게와 마찬가지로 자기의 적에게도 자기를 사랑할 거리를 남겨주었다고 하는 이 영광스러운 말을 항상 입버릇처럼 하고는 했다.

내가 말하고 싶은 것은, 부담을 져야 할 일이라면 말하는 이 비참한 전쟁에 얽매여 있는 법칙보다도 더 정당한 자격으로 해야 하고, 내 생명의 온전한 보존 같은 엄청난 부담을 가지고는 말하고 싶지 않다. 그 생각만으로도 나는 압도당한다.

나는 집에서 잠자면서도 누가 나를 배반하여 오늘 밤에 나를 때려죽이러 올지도 모른다고 상상하고, 그런 일을 당해도 놀라거나 기절하는 일이 없도록 운수와 타협해 보는 일이 수없이 많았다. 그러고는 기도를 올리며, 다음과 같이 부르짖는 것이었다.

한 불신의 군졸이,
이렇게 잘 가꾸어진 옥토를 점령하다니!
— 베르길리우스

어찌할 도리가 있을까? 여기는 나와 내 조상들의 대부분이 출생한 곳이다. 그들은 이곳을 사랑하고 자기들 이름을 붙여주었다.[14] 우리는 습관화된 모든 것에 굳어버린다. 그리고 우리가 처해 있는 것 같은 비참한 처지에서의 이 습관은, 대자연이 우리에게 베풀어준 매우 유익한 선물이다. 이 습관이 우리의 온

---

14 자기 가족의 이름을 몽테뉴 성에 붙여주었다는 말이다. 이 성은 그의 조부 때에 사들인 것으로, 그의 아버지가 처음으로 여기서 출생했다. 그러므로 몽테뉴는 본래의 가족명은 아니다.

갖 불행의 고통스러운 심정을 어루만져준다. 내란이 다른 전쟁들보다 더 나쁜 이유는, 각자가 자기 집에 파수를 세워두게 하기 때문이다.

> 생명을 문과 벽으로 보호하며,
> 가옥의 견고성에 겨우 자신을 맡겨두다니,
> 그 얼마나 불행한가!
> ─ 오비디우스

자기 가정의 살림살이와 휴식까지 침범을 당하며 지내다니, 이것은 최악의 불행이다. 내가 살고 있는 고장은 내란이 일어났을 때, 처음부터 마지막까지 전쟁터가 되어, 평화의 그 온전한 모습을 보여준 일이 전혀 없었다.

> 평화로운 때에도 역시 전쟁의 공포로 떨다.
> ─ 오비디우스

> 운명의 신이 평화를 파괴할 때마다,
> 이곳이 전쟁의 요충이었다.
> 오, 운명의 신이여, 내게 주려면
> 차라리 동방의 태양 아래와 대웅좌(大熊座) 아래의 병원 위에,
> 정처 없는 주거를 주어야 했다.
> ─ 루카누스

나는 가끔 방심과 비굴에 관한 이런 상념에 대항하여 정신을 단속할 방도를 찾아본다. 이런 상념들은 역시 어느 정도 우리에게 결단성을 갖도록 이끌어준다. 나는 흔히 치명적인 위험을 상상해 보며, 그런 일을 기다리는 것에 일종의

쾌감을 느낀다. 마치 망망하고 캄캄한 심연 같은 죽음의 속으로, 그것을 고찰해 보거나 알아보지도 않고 머리를 푹 숙이고 우둔하게 뛰어들면, 이 심연은 덥석 나를 삼키는 순간 허무와 무상에 가득 찬 강력한 수면으로 나를 압도해 버린다. 그리고 이런 맹렬하고 짧막한 죽음에서 내가 얻는 결과는 이런 경황의 혼란된 효과보다도 더 많은 위안을 준다. 사람들은 말하기를 인생이 길다고 가장 좋은 것이 못되는 것처럼, 죽음은 길지 않은 것이 가장 좋다고 한다. 나는 죽음과 친분을 맺고 있는 것 같기 때문에 죽었다는 사실에 초연해 있는 것도 아니다. 나는 이 느낄 사이도 없는 신속한 습격으로 정신을 빼앗아갈 폭풍우의 맹위에 몸을 감싸고 웅크린다.

어느 정원사의 말에 의하면, 장미꽃이나 앉은뱅이꽃이 마늘과 파 옆에서 자라면, 그것들이 땅에 있는 나쁜 냄새를 모두 흡수하기 때문에 장미나 앉은뱅이꽃 냄새가 더 향기로워진다고 한다. 마찬가지로 이런 퇴락한 천성들이 내가 사는 공기와 풍토에서 모든 독성물질을 빨아들여 내가 그만큼 더 나아지고 순결해지는 것이라면, 진정 잃고만 있는 것은 아니지 않는가? 그런 것은 아닐지 모르지만, 그러나 이런 일은 있을 수 있다. 즉 착한 마음은 더 희귀한 때 더 아름답고 매력 있게 되며, 대항의식과 영광의 분발심에서 이런 착한 행동을 더 열렬하게 일으킬 수 있다.

도둑들은 내게 개인적으로 원한을 품지 않을 만큼 선심을 가졌다. 내게 그들을 원망할 이유가 있을까? 원망하려다가는 한이 없다. 똑같은 잔인성과 불신실함, 도심(盜心)까지도 깃들인다. 그리고 이런 것은 법률의 그늘 밑에 숨어서 더 비열하고 안전하며, 알려지지 않은 만큼 더 악랄하다. 나는 배신적인 것보다는 드러내놓은 침해를, 평화적이고 합법적인 경우보다 전투적인 것을 덜 미워한다. 열병이 우리의 몸에 닥쳐오지만, 그렇다고 결코 몸이 더 나빠지는 것은 아니다. 불씨는 이미 있었다. 그 불길이 타오른 것이다. 소문이 클수록 피해는 그만큼 작아진다.

나는 여행을 즐기는 이유를 물어보는 사람들에게 다음과 같이 대답한다. "대개 내가 버리고 떠나는 것은 무엇인지 잘 알고 있으나, 이제부터 찾아보려는 것은 무엇인지 잘 모른다."

누가 나에게 외지인들 속에서는 그다지 건강하게 있을 수도 없을 것이며, 그들이 해가는 모습도 우리보다 나을 것이 없다고 말하면, 나는 첫째로—

그렇게도 많이들 범죄의 상을 보는 것.

—베르길리우스

이것은 쉽지 않은 일이라고 대답한다. 둘째로는, 나쁜 상태를 불확실한 상태와 바꾸어보면 언제나 소득이 있으며, 남들의 불행은 우리의 불행만큼 뼈저리게 느껴지지 않는 것이라고 대답한다.

나는 잊어버리고 싶지 않다. 나는 파리를 좋은 눈으로 보지 않을 정도로 프랑스에 대하여 불만을 품은 것은 아니다. 파리는 어릴 적부터 내 마음을 차지해 오고 있다. 그리고 그곳에서 훌륭한 일들도 더러 있었다. 아름다운 도시들을 많이 볼수록 이 도시의 아름다움에 정이 들게 되었다. 나는 이 도시 자체를 사랑한다. 외국의 화려한 장식을 뒤집어쓰는 것보다도 있는 그대로가 더 좋다. 나는 이 도시의 흠이나 오점까지도 마음에 들 정도로 이 도시를 사랑한다.

나는 이 위대한 도시에 의하여만 프랑스 사람이다. 인구도 위대하고 그 자리 잡은 품위도 위대하며, 특히 가지각색의 물품이 매우 풍부한 것이 비길 수 없이 위대하다. 프랑스의 영광이며, 이 세상의 가장 고상한 장식들 중의 하나이다. 하나님의 명령으로 이 나라에 분열이 없어졌으면! 하나로 통일만 되면 우리는 어느 침략에도 굳게 방비할 수 있다. 나는 모든 파당들 중에 이 나라를 불화 속에 처넣는 파당이 가장 나쁘다고 생각한다. 그리고 나는 이 나라를 위하여 이 나라 자체밖에는 다른 어떤 것도 염려하지 않는다. 이 나라의 어느 다른 지방이나 똑같이 나는 이 나라 일로서 염려한다. 이 나라가 존속되는 한 나는 궁지에 몰렸을 때 은둔처를 얻기에 애쓰지 않을 것이며, 그것으로 다른 어느 은둔처를 얻지 못해도 억울한 생각을 버리기에 충분할 것이다.

소크라테스가 그렇게 말했기 때문이 아니다. 실은 이것이 내 심정이며, 조금 지나친 말이겠지만, 모든 인간들을 나의 동포로 보며, 폴란드 인이라도 프랑스 인이나 마찬가지로 포용한다. 그리고 국민간의 연결을 공통적이며 보편적인 인류의 연결 뒤에다 둔다. 나는 내 고장 풍토의 공기에 우쭐해하지는 않는다. 전적으로 나 자신이 나대로 만든 새로운 친지들은, 이웃간에 살아서 우연히 알게 된 보통 친지들만큼의 값어치가 있다. 우리가 찾아서 만든 순수한 우정은 대개는 같은 지방에서 살거나 혈연으로 맺어진 우정 위에 서는 것이다.

우리는 자유롭고 속박 없이 세상에 태어났다. 그런데 우리 스스로 자신을 어떤 좁은 지역에다 감금시킨다. 그것은 마치 페르시아 왕들이 소아스페스 강의 물 외에 다른 물을 마시지 않도록 자신을 얽매어놓고 어리석게도 다른 물의 사용권리를 포기하며, 그들의 눈으로서는 세상의 모든 다른 부분들을 메마른 땅으로 보는 식이다.

소크라테스는 그의 생애 말기에, 자기에 대한 추방선고를 사형선고보다 더 언짢게 생각했다. 그는 내 생각으로는 그렇게 되기까지 의기소침해하거나 그럴 정도로 자신의 나라에 강한 애착심을 갖지는 않았을 것이다. 하늘의 생명들에 관해서는 애착심보다 존경심으로 품어보는 경향을 나는 상당히 깊게 가지고 있다. 그리고 그런 생명들에게는 너무나 고매하며 평범하지 않은 모습이 있기 때문에, 나는 잘 이해할 수 없어서 짐작으로도 상상해 보지 못한다. 온 세상을 자기 도시로 간주하던 소크라테스의 심정에는 아주 미묘한 면이 있다. 그는 외지로 돌아다니기를 경멸했고, 아티카의 영토 외에는 발을 디뎌 본 일이 없었다. 뭐라고? 그는 친구들이 자기의 생명을 구하려고 돈 쓰는 걸 아까워했다고? 부패했던 시대에 법을 어기지 않기 위하여 타인의 주선으로 감옥에서 나오는 것을 거절했다고? 이런 일은 나에게는 제1급에 속하는 모범이다. 내가 이와 같은 인물 속에서 찾아볼 수 있는 다른 사례들은 제2급에 속한다.

소크라테스의 희귀한 사적들 대부분은 나의 행동 능력에는 넘치는 일이다. 또 어느 것들은 내 판단 능력에도 넘치는 일이다. 이런 이유들 외에도 내게는 여행이 유익한 수양으로 보인다. 심령은 여행하는 동안 늘 알지 못하는 새로운 사물들을 주목하느라고 계속 훈련받는다. 그리고 내가 여러 번 말한 바와 같이, 사람에게 끊임없이 다른 나라의 색다른 생활과 사상과 습관 등을 제시해 주며, 우리의 천성이 끊임없이 변해 가는 형태를 음미하게 하는 것보다 인생을 형성하는 데 더 효과적인 학문이 있는가를 나는 모른다. 그 동안 몸은 한가롭지도 바쁘지도 않았으며, 이렇게 알맞은 움직임으로 늘 긴장되어 있다.

나는 담석증을 앓고 있어도 한번 말을 타면 내릴 줄 모르고, 여덟 시간이나 열 시간 동안 싫증내지 않고, '노년의 힘과 건강이 감당할 정도 이상으로'(베르길리우스) 매달려 지낸다.

내리쬐는 햇볕과 극심한 더위보다 더 괴로운 계절은 없다. 옛날 로마 시대부터 이탈리아에서 쓰고 있던 양산은, 머리를 가리기보다는 팔의 짐이 될 뿐이기 때문이다. 나는 크세노폰이 전하는, 저 옛날 페르시아의 사치가 싹트던 시대에 마차에 탄 사람에게 그늘을 만들어주고 시원하게 바람을 일으켜주었다던 장치가 무엇인지 알고 싶다. 나는 거위처럼 비와 흙탕물을 좋아한다. 공기와 풍토를 바꾸어보아도 상관없다. 어느 하늘 아래서건 내게는 마찬가지이다. 나는 거의 내적 변화에 의해서밖에 타격을 받는 일이 없는데, 그런 일은 여행하는 동안에는 잘 일어나지 않는다.

나는 움직이기를 싫어하지만, 그러나 한번 길을 떠나면 가는 데까지 가고 본다. 나는 큰일에나 작은 일에나 똑같이 준비한다. 이웃사람을 찾아가거나 먼 여행을 떠나거나 똑같은 차림으로 나선다. 나는 스페인 식으로 단숨에 가는 일정을 꾸미는 법을 배웠다. 멀고도 알맞은 노정이다. 그리고 더위가 심할 때는, 해질 무렵부터 해가 뜰 때까지 밤길을 간다. 길을 가다가 다른 방식으로 부산하게 서둘러 식사하는 것이다. 여정이 짧을 때는 불편하다.

내 말들은 이런 여행에 잘 견디므로, 나는 결코 말 때문에 불편을 느낀 일은 없다. 어느 것도 첫날 하룻밤은 잘 태워주니까. 나는 아무데서나 말에게 물을 먹인다. 그리고 여정이 넉넉히 남아 있는가를 보아서 물에 뛰어들게 놔두기도 한다. 나는 일어날 때는 몹시 게으르기 때문에, 따라오는 자들은 떠나기 전에 마음 놓고 식사할 여유가 있다. 나는 식사도 별로 꾸며 하지 않는다. 식사를 하려 하면 입맛은 저절로 난다. 그래서 별다른 방도를 쓰지 않는다. 나는 식탁에 앉아야 배고픈 생각이 난다.

어떤 분들은 내가 처자 있는 늙은 몸으로 힘든 여행을 즐겨한다고 불평을 하지만, 그것은 잘 모르고 하는 말이다. 자기 없이도 집안일이 잘되어 가고 그 이전의 형태가 뒤바뀌는 일 없도록 살림에 질서를 세워놓았을 때가, 가정을 버려두고 떠나기에 가장 알맞은 때이다. 자기 집에 충실하지 못한 집지기를 남겨두고, 궁핍에 대비해 놓지도 않고 떠나는 것은 철부지와 같다.

여자에게 가장 유익하고 명예로운 지식과 임무는 살림살이하는 일이다. 욕심 많은 여자는 많지만 지혜로운 살림꾼은 극히 드물다. 이것이 가장 중요한 소질이니, 우리는 가산의 패망과 보전이 매여 있는 유일한 지참 재산처럼 이점을 주의해 보아야 한다. 내게 딴 말을 할 필요가 없다. 내가 얻은 경험으로는 결혼한 여자에게는 다른 어떤 덕성보다도 살림을 잘하는 덕성이 요구된다. 나는 살림 맡을 사람에게 일을 맡기며, 내가 없는 동안 집안일의 모든 처리를 위임한다.

다른 가정에서는 남편이 복잡한 일로 풀이 죽어 애처로운 모습으로 점심때 돌아오는데, 부인이 자기 방에서 머리도 빗지 않고 화장도 하지 않은 모습으로 있으면 화가 치민다. 여왕이라고 표현해도 좋을지 모르지만, 그것은 여왕들이나 할 일이다. 우리는 피땀 흘려 일하면서, 여자들은 빈둥빈둥 놀게 한다는 것은 볼썽사납고 옳지 못한 일이다. 내 재산을 마음대로 걱정 없이 쓰게 할 수 있는 사람은 나 외에는 아무도 없다. 남편이 재료를 공급하는 것이라면 아내는 형체를 만드는 것이 당연히 요청된다.

이렇게 집을 비우면 문제가 일어날 것으로 생각되는 부부간의 애정에 대한 의무로 말하면, 그러나 나는 그렇게 생각하지 않는다. 반대로 너무 오래 함께 붙어 있으면, 도리어 애정이 손상되고 이해심이 줄어들 우려가 있다. 남의 여자는 모두가 점잖게 보인다. 그리고 계속하여 늘 서로 쳐다보고 있으면, 떨어져 있다가 다시 만날 때 느끼는 쾌감을 맛볼 수 없는 것도 누구나 경험하는 일이다. 이런 경험은 내 식구들에 대한 새로운 사랑으로 나를 채워주며, 내 집 살림의 정다운 맛을 다시 돌려준다. 생활의 이런 변화는 내 욕망을 이편으로, 그리고 다음에는 다른 편으로 일깨워준다.

나는 우정이라는 것은 손이 무척 길어, 이 세상의 한 곳에서 다른 구석까지라도 뻗쳐 서로 잡을 수 있음을 안다. 그리고 특히 서로 염려해 주는 통신을 계속 주고받으며, 우정의 의무와 추억을 일깨워주는 경우에는 더욱 그러하다. 스토아 학파들이 말하듯 현자들의 관계는 너무나 친밀하여, 하나가 프랑스에서 먹기 시작하면 이집트에 있는 친구의 배가 불러진다고 하며, 아무데서라도 하나가 손가락을 뻗치기만 하면 사람이 살 수 있는 땅 위의 모든 현자들이 도움을 받는다고 한 말이 옳다.

소유와 향락은 주로 상상력의 소관이다. 상상력은 우리가 찾고 있는 것을 손에 잡았을 때보다 더 열렬하고, 계속 가져 품을 수 있다. 그대의 나날의 명상을 검토해 보라. 친구와 같이 있을 때가, 친구와 떨어져 있을 때임을 알 것이다. 그가 자리에 있으면 그대의 주의력이 해이해져 어느 시각에나, 그리고 모든 기회에, 그대 생각에 그 자리에서 물러나는 자유를 갖게 한다.

로마에서 멀리 내다보며, 나는 내 집과 두고 온 사물들을 손에 잡고 있는 듯 관리한다. 나는 담이 쌓아져 올라가고, 나무가 크고, 연수입이 불거나 줄어가

는 것이 거의 두 치 정도의 상관으로 마치 내가 거기 있는 것처럼 다음과 같이
내 눈앞에 보인다.

눈앞에 집안일이 움직이고 고향의 모양도 전개된다.
— 오비디우스

만일 우리가 손에 잡히는 것밖에 누리지 못한다면 돈도 금고 속에 있으면 내
것이 아니고, 아이들도 사냥하러 나갔으면 내 아이들이 아니다. 우리는 이 모
든 것을 더 가까이하기를 원한다. 들에 있으면 먼 것인가? 반나절쯤의 거리라
면? 40킬로미터 정도 떨어져 있으면 먼가, 가까운가? 그것이 가깝다면, 44킬
로미터는? 48킬로미터는? 52킬로미터는? 이렇게 한 걸음 한 걸음 나가보자.
진실로 아내가 남편에게 '몇 걸음에서 가까움이 끝나고, 몇몇 걸음에서 멀어
지기 시작한다.'고 결정되어 있다면, 내 의견으로는 아내는 남편을 그 중간쯤
에 잡아둘 일이다.

말다툼은 피하고, 될 수 있으면 끝을 내라.
그렇지 않으면 말총을 조금씩 뽑아내듯,
그대의 논거(論據)더미가 줄어들어 내 사리 앞에서 무너지기까지
한 단위 깎아내리고 다시 한 단위 깎아내리리라.
— 호라티우스

그리고 아내들은 과감하게 철학에 구원을 호소할 것이다. 철학은 지나친
것과 부족한 것, 긴 것과 짧은 것, 가벼운 것과 무거운 것, 가까운 것과 먼 것
이 맺어지는 이 끝도 저 끝도 보지 못하는 한, 그 시초도 종말도 알아보지 못
하는 한, 중용을 아주 불확실하게 판단하는 한, 철학은 어떤 자의 비난을 받

을 만하다.

"자연은 인간에게 사물의 한계에 관한 어떠한 인식도 주지 않았다."(키케로)

그녀들은 이 세상의 끝에 있지 않고 이미 저 세상에 있는 죽은 자들의 아내나 친구들이 아닌가? 우리는 이미 있었던 죽은 자들과, 그리고 아직 있지 않은 자들을 파악한다. 부재자들뿐만이 아니다.

우리는 결혼할 때 우리가 늘 보는 작은 동물들처럼, 또는 카렌티의 귀신들린 남녀들이 발정난 수캐와 암캐처럼 늘 붙어다니듯, 결혼한 뒤 줄곧 꽁지를 잡아매고 있기로 했던 것은 아니다. 그리고 아내는 그렇게까지 탐하는 식으로 남편의 앞만 쳐다볼 것이 아니고 필요한 때에는 그 등 뒤를 볼 줄도 알아야 한다.

여자들의 심정을 탁월하게 묘사한 이 작가의 말은, 그녀들의 불평 이유를 표현하기에는 이 자리가 맞는 것 아닌가?

돌아감이 늦으면, 당신의 아내는 애인이 있다든가
다른 여자의 사랑을 받는다든가, 음주나 방탕으로
좋은 일은 당신 혼자만 보고, 나쁜 일은 자기 차지라고 생각한다.
─테렌티우스

반대와 모순은 그 자체로 여자들을 다루고 가꾸어가며, 그녀들이 그대들을 불편하게 긁어주기만 하면 그녀들은 마음 편할 것 아닌가?

진실한 우정에서는, 나는 이 부분의 전문가이지만, 친구를 내게로 끌어오기보다는 나 자신을 친구에게 내준다. 나는 그가 내게 해주는 것보다 내가 그에게 더 잘해 주는 것을 좋아할 뿐 아니라, 그가 나보다 자기 자신에게 더 많이 해주기를 바란다. 그가 자신을 위하여 하는 일은 나를 위하여 하는 것이며, 그리고 떨어져 있는 것이 그에게 유익하고 필요하다면 내 곁에 있는 것보다도 그것이 나에게 더 유익하다. 그리고 서로 소식을 전할 방법이 있는 동안은 결코 부재가 아니다.

우리는 전날 서로 떨어져 있는 것으로 이익과 편의를 얻었다. 서로 떨어져지내며 더 충실하게 인생을 소유하고 확장했던 것이다. 그는 마치 내 곁에 있는 듯 충분히 나를 위하여, 그리고 나는 그를 위하여 살고 즐겼다. 우리가 함께 있을 때, 우리의 한 부분은 한가로웠다. 우리는 하나로 합일되어 있었다. 공간적인 격리는 우리의 의지와 결합을 더한층 풍부하게 해주었다. 육체적으로 같이 있고 싶어지는 채울 수 없는 기갈증은 어느 면으로 보면 심령들의 열락이 허약함을 나타내는 것이다.

사람들은 내가 늙은 것을 탓하지만, 그 반대로 일반 여론에 굴복하고 남을 위하여 자기를 억제하는 것은 젊은 사람들이나 할 일이다. 청춘은 사람들과 자기 자신 모두를 위하여 일할 수 있다. 그러나 우리는 자기 혼자의 몸을 가누기도, 상황을 추측하거나 판단하기도 힘들다. 타고난 안락이 쇠퇴해 감에 따라 우리는 인공적인 안락으로 지탱해 간다. 청춘이 정열을 추구하는 것은 용서하고, 노년이 쾌락을 찾는 일을 금하는 것은 부당하다. 나는 젊었을 때는 불타는 정열을 조심스럽게 은폐했다. 그러나 이제 늙어서는 음산한 심정을 방종으로 풀어준다. 그 때문에 플라톤의 법칙은 편력을 더 유익하고 교양 있는 것으로 만들기 위하여, 40이나 50세 전에 순력(巡歷)하는 것을 금지한다. 나는 바로 이 규칙의 제2항으로 60이 넘어서는 편력을 금지하는 데 기꺼이 동의할 것이다.

"이런 나이에 먼 길을 떠나다가는 다시 돌아오지 못할 것 아니오?"

그게 무슨 상관이란 말인가? 나는 여행에서 돌아오거나 여행을 완수하려고 시도하는 것이 아니다. 나는 단지 움직이는 것이 기분 좋을 동안은 움직이려 한다. 바람을 쐬기 위하여 나는 바람을 쐰다. 이득이나 토끼를 보고 달려가는 자는 달려가는 것이 아니다. 도둑놈 잡기 장난으로, 그리고 달음질 훈련을 위하여 달음질치는 자들이 달려가는 것이다.

내 계획은 어떤 데서라도 떼어낼 수 있다. 그것은 무슨 큰 희망에 근거를 둔 것이 아니다. 날마다가 그날 여정의 마감이다. 내 인생의 여로가 그렇게 지향하고 있다. 그렇지만 나는 누가 붙들어주었으면 하는 그런 정 깊은 고장에도 많이 가보았다. 그런데 왜 그렇게 못할까? 그 모양으로 크리시포스(Chrysippos)가, 클레안테스가, 디오게네스가, 제논이, 안티파트로스(Antipatros)가, 저 준엄했던 학파의 많은 현자들이 아무 불평도 없이 단지 다른 땅의 공기를 즐기고 싶어서 자기들 나라를 버리고 떠난 것이 아니던가? 내 편력의 행로 중에 가장 불쾌했던 일은 내가 마음에 드는 곳에 정착해 볼 결심을 가져보지 못하고, 일반의 기분에 맞춰 늘 돌아오겠다는 말을 해야만 했던 일이다.

내가 내 출생지가 아닌 다른 땅에서 죽지나 않을까 두려워하고, 내 집 사람들을 떨어져서는 편하게 죽지 못할 것으로 생각한다면, 나는 프랑스 밖으로 나가볼 엄두도 내지 못한다. 공포심 없이는 내 교구 밖으로 나가지도 못한다. 나는 죽음이 계속 내 목덜미와 내 허리를 물어뜯고 있는 것을 느낀다. 그러나 나는 다른 사람과는 다르다. 내게 죽음은 어디서나 마찬가지이다. 그렇지만 내가 택할 수 있다면 나는 내 집을 나가서 식구들과는 멀리 떨어져서, 침대 위에서보다는 차라리 말 위에서 죽고 싶다.

자기의 친한 친구들과 고별하기란 위안이 되는 것이 아니라 가슴이 터질 노릇이다. 나는 우리 예절의 의무를 즐겨 잊고 싶다. 왜냐하면 우애의 봉사 중에서 이것만이 불쾌하기 때문이다. 그래서 이 위대한 영원의 고별을 말하는 일은 기꺼이 잊어버리고자 한다. 죽음의 자리에 함께함에 어떤 도움이 있다고 해도, 거기에는 수많은 불편이 따라붙는다. 나는 사람들이 이런 패들에게 둘러싸여 아주 가련한 꼴로 죽어가는 모습을 많이 보았다. 이런 군중이 그들을 질식시킨다. 사람이 편하게 죽어가도록 두는 것은 의무에 위반되며, 애정이 부족하여 보살펴주지 않는 증거가 된다는 것이다. 그래서 하나는 죽는 자의 눈을 괴롭히고, 또 하나는 귀를 괴롭히고, 다른 자는 혀를 괴롭힌다. 그의 감각이건 사지이건 뒤흔들지 않고 가만히 두는 것이 없다. 친한 사람이 울부짖는 소리를 들으면 가슴이 아파지며, 다른 자들이 가면을 쓰고 우는 소리에는 울화가 터진다. 상냥하고 연약한 마음이라면 그 정도는 더욱 심하다. 이런 때 이런 막다른 경지에는 그의 심정에 잘 맞추어주며 가려운 데를 긁어주는 부드러운 손이 필요하고, 그렇지 않으면 아예 긁어주지 말아야 한다. 우리가 세상에 나올 때 조산부[15]가 필요하다면, 우리가 세상에서 나갈 때는 조사부(助死夫)가 더욱 필요할 것이다. 이런 기회의 봉사를 위하여 이런 직업인으로 친절한 자를 상당히 비싼 요금으로 불러와야 할 것이다.

나는 자기 자신으로 힘을 돋우며, 아무것으로도 돕지도 동요시키지도 못하는 저 경멸조의 정력에는 도달하지 못했다. 나는 그보다는 한 점 아래이다. 나는 무서워하는 것이 아니다. 기술적으로 구멍을 찾듯이 이 목정강이를 빠져나가 보겠다. 나는 이 행동에서 내 굳은 지조를 증명하거나 과시하려는 생각은 하지 않는다. 그런데 누구 때문에 하는 걸까? 그때 내게는 세평을 생각해 볼 권한도, 그리고 흥미도 사라진다. 죽을 때 나는 사사로운 내 은퇴생활에 알맞은 고요하고 외로운, 내 죽음 그 자체로 아주 고요하고 평온한 죽음을 얻는 것으로 만족한다.

나는 로마 사람들의 미신으로, 사람이 말을 않고 죽든지 임종시에는 가장 가까운 사람이 눈을 감겨주지 않으면 큰 불행으로 생각하던 것과는 전혀 다르다. 내가 남을 위로해 주기는커녕 나를 위로하기에 바쁘고, 다른 사정으로 새로운 생각을 끌어올 것도 없이 내 머릿속 생각만으로도 힘들며, 남의 일을 끌어올 것도 없이 내 일 처리만으로도 벅차다. 이 부분은 사회의 역할이 아니고

---

15 Sage-femme. 그대로 직역하면 '현명한 여자'라는 뜻이다. 이에 대해 몽테뉴는 Sage-homme(현명한 남자)라는 조어(造語)를 조사부(助死夫)라는 의미로 쓰고 있다.

한 사람의 행위이다. 친지들 속에서 웃으며 살다가, 죽을 때에는 알지 못하는 사람들의 고장에 가서 상을 찌푸리며 죽어가자. 돈만 주면 무관심한 얼굴로 우리의 소원대로 머리를 돌려주고, 발을 문질러주고, 몸을 눌러주고, 그대가 마음대로 불평하거나 반성하게 놓아둘 사람은 얼마든지 구할 수 있다.

나는 날마다 사람들이 자기 불행으로 친구들에게 동정과 상심을 일으키고 싶어하는 이 유치하고 비인간적인 심정을 사색의 힘으로 물리쳐가고 있다. 우리는 그들의 눈물을 자아내려고 자기 고통을 정도 이상으로 과장시킨다. 우리는 각자 완강하게 자기 불행에 버텨 나가는 것을 보고 칭찬하면서, 우리 불행에 관하여 친구들이 그렇게 하면 비난하고 책망한다. 우리는 그들이 우리의 불행을 알아보는 것만으로 만족하지 않고, 그것 때문에 그들이 상심하기를 바란다.

기쁨은 펴주어야 한다. 그러나 슬픔은 될 수 있는 대로 잘라버려야 한다. 괜히 남의 동정을 끌려고 하는 자는, 그럴 만한 이유가 있을 때는 그 의도와는 달리 전혀 동정을 받지 못한다. 아무에게도 가련하게 보이지 않을 정도로 늘 가련한 모습으로 언제나 자기 신세를 한탄만 하는 것은, 아예 남의 동정을 받지 않겠다는 수작이다. 살아서 죽어가는 체하는 자는, 정작 죽어갈 때 살아 있는 사람으로 대접받자는 짓이다. 나는 안색이 좋고 맥이 정상적이라고 하는 말을 들으면 화를 내고, 웃는 것은 병이 나은 증거이니까 웃기를 억제하며, 건강하면 동정의 말을 듣지 못하므로 건강을 싫어하는 자들을 보았다. 더구나 그들은 여자도 아니었다.

나는 다른 사람에게 내 병세에 대하여 잘 알리고 싶어도 언제나 병세대로만 말한다. 병이 악화되어 간다거나, 짐짓 걱정스러운 얼굴로 큰일 났다고 하는 따위의 말은 하지 않는다. 점잖은 병자의 옆에 있게 된 자들은 쾌활한 표정은 피할 수도 있지만, 침착한 얼굴 정도는 가져야 한다. 자기가 남과는 반대되는 상태에 있음을 느낀다고 하여 병자가 건강을 위해 병과 싸우려 대들지는 않는다. 그는 남들의 온전하고 강력한 건강상태를 관찰하고 교제함으로써 건강함을 즐기는 것이 기분에도, 그리고 건강을 위해 병과 싸우는 데에도 좋다.

우리는 기억력이 쇠퇴하는 것을 느낀다고 하여 결코 인생에 관한 상념까지 버리는 것은 아니다. 그래서 일상적인 대화를 피하거나 하지도 않는다. 나는 건강한 때 병을 연구해 보고 싶다. 병이 실제로 왔을 때는 상상력이 거들지 않아도 병 자체가 상당히 절실한 인상으로 우리를 압박해올 것이기 때문이다. 우리는 계획하는 여행을 미리 준비하고, 그리고 결심하고 있다. 말을 타고 떠나야 할 시간의 결정은 동행인들에게 맡겨두고, 그들을 위하여 연기를 한다.

나는 내 습관을 공표함으로써 이것이 내게 규칙이 되는 의외의 소득을 얻는다. 어느 때는 나의 사생활에 관해서는 말하지 말자는 생각도 든다. 이렇게 공적으로 발표해 놓았으니 나는 내 길을 지켜가야 한다. 오늘날 사람들의 심술궂고 병든 판단보다는 일반적으로 변형되고 비뚤어진 면이 덜한 내 생활조건의 모습에 배치되지 말아야 한다는 의무감을 느낀다. 고르고 단순한 나의 생활습성은 해석하기 쉬운 면을 보인다. 그러나 이런 방식은 좀 새롭고 보기 드물기 때문에 자칫 흠 잡히기 쉽다. 그래서 나는 진짜로 모욕하고 싶은 자에게는 헛수고할 염려 없이 내가 터놓고 고백한 결점을 가지고, 실컷 물어뜯고 할퀴고 할 재료를 제공해 놓는다. 만일 내가 나 자신을 비난하고 폭로하는 데 기선을 잡음으로써 그의 물어뜯는 이빨을 불러오는 것으로 보인다면, 그는 과장하고 확대하는 권리를 가져도 좋을 일이다—모욕은 정의의 밖에 제 권한을 가지고 있다—그리고 내가 그에게 내 속의 악덕을 뿌리에서 보여주는 것을 그가 키워서 나무로 보여주고, 나를 사로잡고 있는 악덕들뿐 아니라 나를 위협하는 악덕들까지 사용해 볼 일이다. 질적으로나 양적으로나 욕이 되는 악덕들이다. 그런 것으로 나를 쳐보라!

나는 솔직하게 철학자 디온(Dion, 비온)을 본받겠다. 안티고노스(Antigonos)는 그의 조상을 들어서 그를 매도하려고 하였다. 그는 딱 잘라 말했다.

"나는 농노이며 백정으로 낙인찍힌 자와 창녀 사이에서 태어났다. 아비의 신분이 천하여 이런 여자와 결혼한 것이다. 두 사람은 나쁜 짓을 저질러서 처벌당했다. 한 웅변가가 어린 나를 샀다. 그는 나를 귀엽게 보고 죽을 때 자기 전 재산을 물려주었다. 나는 그 재산을 가지고 아테네 시로 와서 철학에 몰두하였다. 역사가들은 나에 관한 일들을 거리낌 없이 찾아볼 것이다. 나는 그들에게 사실대로 말하겠다."

너그럽고도 솔직한 고백은 책망을 약화시키고 모욕의 길을 막는다.

어떻든 모두 계산해 보면, 사람들은 나를 터무니없이 헐뜯음으로써 보는 족족 나를 칭찬하는 셈이 된다. 그리고 또 나는 어릴 적부터 명예의 지체나 단계에서 내가 차지해야 할 것의 아래보다는 윗자리를 받아온 것 같다. 나는 이런 귀천의 질서가 정비되었거나 경멸받는 나라에서 더 편하게 지낼 것이다. 사람들끼리 앞서 가라든가 먼저 앉으라든가 하는 특권을 가지고 말이 세 번 오고 가면 실례가 된다. 나는 이런 귀찮은 말썽을 피하기 위하여 부당하게 양보하든지 먼저 차지하기를 두려워하지 않는다. 그리고 내가 자리를 내주지 않고 상석을 차지한다고 하여 시기하는 자를 본 일이 없었다.

이렇게 내 말을 쓰는 데서 얻은 소득 말고도 내가 죽기 전에 나와 의기 상통하는 점잖은 사람이 나오면, 그는 나와 만날 길을 찾아볼 터인데, 나는 미리 그에게 나에 대한 유리한 터전을 마련해 준 것이 된다. 왜냐하면 여러 해를 두고 서로 친하게 지내며 얻었을 모든 지식을, 그는 사흘이면 이 기록을 읽고 더 확실하고 정확하게 얻을 수 있을 것임을 나는 이 글로 하여 바랄 수 있기 때문이다. 재미있는 생각이다. 아무에게도 말하고 싶지 않은 일을 나는 모두에게 말한다. 그렇지만 내가 가진 가장 비밀스러운 지식이나 사상을 알아보고 싶으면, 나의 가장 진실한 친구일지라도 책방에 가서 내 책을 사보아야만 한다.

우리는 속마음을 뒤져보라고 내놓는다.
—페르시우스

　만일 이렇게 좋은 표지로 어느 누구든지 내 마음에 맞는 사람을 알게 된다면, 나는 멀리까지라도 그를 찾아갈 것이다. 왜냐하면 마음이 잘 맞는 친구란 내 마음대로 헐값에 살 수가 없기 때문이다. 오, 친구 하나! 이 말의 사용은 물과 불 같은 요소들보다 더 감미롭다고 한 옛말은 얼마나 진실한가!

　나의 이야기로 돌아오기로 하고, 그러니 멀리 떨어져서 혼자 죽어간다는 것이 그렇게 언짢은 일은 아니다. 그래서 우리는 이보다는 좀 덜 흉하고 덜 징그러운 자연스러운 행동을 위하여 물러가야만 할 것이라고 생각한다. 더욱이 긴 생애를 두고 질질 끌며 시들어가는 지경에 이른 자들은, 아예 그들의 비참한 생명으로 많은 가족들에게 폐 끼칠 생각은 말아야 한다. 그 때문에 서인도의 어떤 지방 사람들은 이런 곤경에 빠진 사람들을 죽이는 것이 옳은 일이라고 생각한다. 또 다른 지방에서는 이런 자를 업어다가 버리고는, 스스로 마지막 상황에 대처해 나가게 한다는 것이다.

　이렇게 함으로써 그들은 누구에게도 참을 수 없이 진저리나는 존재가 되지는 않을 것 아닌가? 세상의 의무라도 거기까지는 미치지 못한다. 그들은 여자나 아이나 모두 오랜 습관으로 마음을 강직하게 다져, 가장 친한 친지들에게 자신들의 불행을 느껴 가련히 여기지 않게 하는 잔인성을 강제로 가르쳐준다.

　내가 담석증으로 한숨을 지어도, 그것은 아무에게도 감동을 주지 못한다. 그리고 우리는 그들과 같이 지내는 데서 쾌감을 얻지 못하는 바 아니지만—사람들은 각자의 생활조건이 고르지 못하여 어느 누구나 무슨 일이건 경멸 아니면 시기심을 품게 되기 때문에 그런 일은 자주 있을 수도 있지만—그렇게 함으로써 우리는 오랜 세월을 두고 폐를 끼치는 것 아닌가? 그들이 나를 위해 진심으로 괴로워하는 것을 보면 볼수록 나는 더욱 그들의 상심에 가슴 아파할 것이다.

우리는 서로 의지해 가며 살아갈 권리가 있다. 그렇다고 남을 너무 무겁게 덮어 누르며 그들을 망치고 나만이 살려 해서는 안 된다. 그것은 마치 자기 병을 고치는 데 아이들의 목을 잘라[16] 그 피를 쓴다든가, 또는 밤에 자기의 늙은 삭신을 품게 하기 위하여 어린 처녀들을 부르고, 자신의 무겁고 거친 숨결에 보드라운 숨결을 섞게 하던 자들[17]과도 같은 수작이다. 나는 내 성품이 이렇게 쇠잔한 사정에 이를 때 은퇴할 곳을 정한다면 기꺼이 베니스를 택하고 싶다.

노쇠는 고적한 소질이 된다. 나는 지나칠 정도로 교제를 즐긴다. 그래서 나는 이 귀찮은 꼴을 이제부터는 세상 사람들의 눈에서 멀리하여 나 혼자 속에 품고, 그저 거북이처럼 내 껍질 속에 오그라져 기어드는 것이 옳다고 본다. 나는 사람들을 보아도 그들에게 매달리지 않고 살기를 배운다. 그렇게 하는 것은 이 가파른 길에서는 너무 난폭하고 가슴 아픈 일이다. 그러나 이제 사람을 상대하는 일에는 등을 돌릴 때가 되었다.

"그런데 그렇게 먼 여행을 하다가, 당신은 비참하게도 아무것도 얻을 수 없는 돼지우리와 같은 곳에 멈추고 말 것이오."

나는 필요한 대부분의 물건들을 가지고 다닌다. 그리고 운명이 우리를 엄습하려고 한다면 피할 길이 없다. 내가 병들었을 때는 별다른 것이 필요하지 않다. 환약 한 알이 내가 타고나지 않은 팔자를 고쳐주기를 바라지는 않는다. 나를 쓰러뜨릴 신세가 질병으로 시작되면 바로, 아직 온전하고 건강한 정신에 가까운 때 기독교도의 마지막 의식으로 하나님과 사화(私和)할 것이다.

그러고 나면 자유롭고 짐을 덜어놓은 것 같아, 그만큼 내 병과 무관해진다. 공증인이나 상담역은 의사와 마찬가지로 필요 없다. 내가 건강할 때 다 해치

---

16 루이 14세가 건강 회복을 위해 어린애의 피를 마셨다는 설이 있다. 그러나 목을 자른 것은 아니다.
17 다비드 왕과 수다미트의 여인 아비사그의 이야기를 암시한다.

우지 못한 일들의 처리를, 병든 후에 해치울 것이라고는 기대하지 말라. 죽음의 뒤치다꺼리로 내가 원하는 것은 모두 되어 있다. 나는 그것을 단 하루라도 늦추지 못할 터이다. 그리고 아무것도 해놓은 일이 없다면, 그것은 방법을 택하는 데 의문이 생긴 것이거나 ― 왜냐하면 때로는 택하지 않는 것이 잘 택하는 일이기 때문이다 ― 또는 내가 전혀 아무것도 하고 싶지 않았던 까닭일 것이다.

내가 이 책을 써도, 많은 사람들이 읽지도 않고, 그 명이 오래 가지도 못할 것이다. 오래 존속될 작품이라면 더 견실한 문장이었어야 한다. 지금 이 시간까지 계속 변천만 거듭해 온 프랑스 어의 사정을 보면, 이대로의 형태가 50년 후라도 읽혀지기를 바랄 수 있을 것인가? 이 작품은 날마다 우리 손에서 빠져나간다. 그리고 내가 살아온 이래로 반은 변화했다. 지금 당장은 완전하다고 우리는 말하지만, 어느 시대에나 모두 자기 것은 완전하다고 말하지만, 나는 이 작품이 사라져가며 제대로 변형되어 가는 것을 제자리에 못박아둘 생각은 없다. 훌륭하고 유용한 작품이라면 원형대로 못박아둘 일이다. 그 신용은 우리 사정의 운수에 따라 되어갈 대로 되어갈 것이다.

나는 그 소용이 오늘날 살아 있는 사람들에게만 국한되며, 일반이 알고 있는 일보다 더 깊은, 어떤 자들이 개인적으로만 알고 있는 많은 비밀스러운 사실들을 적은 글을 삽입하는 것도 꺼리지 않는다. 나는 결국 사람들이 '그는 이렇게 생각하고 이렇게 살아간다. 그는 이것을 원했다. 그가 자기의 목적하는 바를 말했다면, 그는 이러저러하게 말했을 것이다. 그는 그것을 주었을 것이다. 그는 그를 누구보다도 알고 있었다.' 하는 식으로 떠들어대기를 원하지 않는다.

그리고 범절이 내게 허용하는 한, 나는 내 경향과 기호를 알아보게 한다. 그것을 알고 싶어 하는 분에게는 누구에게나 자유롭게 기꺼이 말해 준다. 어쨌든 이 회고록은 잘 읽어보면, 내가 무엇이건 다 말했고, 모두 시사하고 있음을 알게 될 것이다. 나는 내가 표현할 수 없는 것은 손가락으로 가리킨다.

　단순한 가리킴으로도 그대 같은 투철한 머리로는 나머지를 알기에 충분하리라.
　　─루크레티우스

　나에 관해서는 아무것도 바라지도, 짐작할 거리를 남겨놓지도 않는다. 누구든지 이 문제를 두고 말해야 할 때, 진실하고 올바르게 하기를 바랄 뿐이다. 누가 나에 관하여 사실과는 다르게 꾸며 말하고 있다면, 설사 내게 명예를 주기 위하여 한 일이라도 나는 저 세상에서 돌아와 기꺼이 그것을 뒤집어놓을 것이다. 산 사람들에 관해서도 사람들은 늘 있는 바와는 다르게 말하는 것을 나는 느낀다. 그리고 내가 모든 힘을 다하여 잃어버렸던 한 친구를 옹호하지 않았던들, 사람들은 그를 수천 가지로 비난했을 것이다.

　나의 허약한 심정에 관한 말을 끝맺기 위하여 고백하는 바이지만, 여행하다가 어느 여인숙에 들면 반드시 그곳에서 병이 나지나 않을까, 그리고 편안하게 죽어갈 수 있을 것인가 하는 생각이 떠오른다. 나는 시끄럽지도 않고 음침하거나 연기가 가득 찼거나 숨 막히지 않는 나만의 전용 자리에 들었으면 한다. 나는 이런 부질없는 사정들로 죽음을 달래려고 해본다. 더 잘 말해 보면, 죽음밖에 더 이상 기다릴 것이 없도록 다른 모든 폐스러운 일은 벗어 던지려는 것이다. 죽음은 다른 짐을 걸머지지 않아도 그것만으로도 상당히 힘겨울 것이다. 나는 죽음이 내 인생의 안녕과 편의에도 기여해 주기를 바란다. 그것은 인생의 크고도 중대한 한몫이며, 이후 나의 안온하던 과거에 괴리되는 일이 없기를 바란다.

　죽음은 어느 것은 다른 것보다 더 편한 상을 가지며, 각자의 사상에 따라 그 성질이 가지각색으로 달라진다. 자연스러운 죽음 중에서 몸이 무겁고 쇠약해져 오는 것은 부드럽고 순해 보인다. 횡사 중에서 폐허의 성벽이 무너지거나, 절벽에서 떨어지거나, 칼날에 찔려 죽거나, 총탄에 맞아 죽는 죽음은 상상하기조차 힘들다. 나는 카토와 같이 자기 칼로 죽기보다는 차라리 소크라테스의 독배를 마시겠다. 그리고 마찬가지이지만, 죽어서나 살아서나 불속에 몸을 던지는 것과, 강물이나 운하의 잔잔한 물에 투신하는 것은 다르게 느껴진다. 우리는 공포심 때문에 어리석게도 결과보다는 방법에 더 신경을 쓴다. 단지 순간적일 뿐인데도 그 방법이 대단히 중대한 문제이므로, 나는 내 방식으로 이 고비를 넘기 위하여, 살아서 여러 날을 두고 궁리해 보아야 할 것이다.

사람은 각기 그 상상력에 따라 죽음이 더하거나 또는 덜 고되게 느껴진다. 그리고 죽는 형식에 따라 각기 취해야 할 것과 버려야 할 것이 있는 이상 좀더 일찍 모든 불쾌감을 털어낸 죽음은 없는지 생각해 볼 일이다. 안토니우스와 클레오파트라의 정사조합식(情死組合式)으로 그것을 탐락적으로 만들지는 못할 것인가? 나는 철학자나 종교가들이 꾸며내는 모범적인 혹독한 노력은 제쳐둔다. 그러나 대수롭지 않은 사람들 중에도 로마의 페트로니우스와 티길리누스와 같은 자들은 그 시대의 규칙에 따라 황제에게서 사형선고를 받고는, 안락한 준비로 잠드는 듯이 평온하게 죽었다.

페트로니우스와 티길리누스는 여느 때 하던 식으로 친한 친구들과 여자들 속에서 방탕하게 놀며, 위안의 말 한마디나 유언도, 지조가 있는 체하는 야심적인 꾸밈도, 죽은 뒤 어떻게 하라는 당부도 없이 도박과 잔치와 그리고 농담과 평범하고 속된 이야기에 음악과 연애시까지 읊어가며 안일 속으로 죽음이 흘러 스며들게 하였다. 우리는 좀더 점잖은 태도로 이런 결실을 가져볼 수 없을 것인가? 미치광이에게 맞는 죽음이 있고, 현자에게 맞는 죽음이 있는 바에야 이 둘의 중간에서 적당한 죽음을 찾아보자.

죽어야 하는 이상, 나는 그것을 쉽고도 바랄 만한 모습으로 상상해 본다. 로마의 폭군들은 죄수에게 자기가 죽는 방법을 택하는 자유를 줄 때는 살려주는 것으로 생각했다. 그러나 테오프라토스는 그렇게도 섬세하고 겸손하고 현명하면서도 다음과 같은 시구를 남겼다.

생명은 예지보다도 운수에 매여 있다.
—키케로

키케로가 라틴 어로 번역한 이 시구를 그가 감히 말한 것은 이성에 의하여 강요된 것이 아니었던가?

운수 덕분에 내 생명은 이제 아무런 부족함이나 장애를 느끼지 않을 정도가 되었으니, 나는 내 생명의 흥정을 쉽게 넘기는 데 얼마나 운수의 도움을 받고 있는 것인가. 이런 조건은 내 생애의 어느 시기에라도 받아들였을 것이다. 그러나 이제 이것저것 모두 거두고 짐을 꾸려야 하는 시기, 나는 죽어가며 아무에게도 좋은 일도 나쁜 일도 남겨주지 않은 것에 특히 기쁨을 느낀다. 운수는 기대하는 자에게는 어쨌든 물질적 손해도 합쳐서 받게 만들어놓았다. 죽음은 종종 남들이 두려워하기 때문에, 우리도 덩달아 두려워지고, 관심이 대단하기 때문에 우리도 거의 비슷하게 어느 때는 더 심하게, 그리고 전적으로 거기에 관심을 갖게 된다.

내가 찾고 있는 편안하게 안식할 자리에는 화려함도 섞지 않는다. 그러한 것은 질색이다. 그보다도 별로 기술이 쓰이지 않은 장소에 잘 볼 수 있고, 대자연 그 자체가 가진 우아함으로 영광을 주는 어떤 소박한 청결미만 있으면 된다.

"풍요보다도 청결미가 있는 식사." (주스투스 립시우스)

"사치보다는 재치 있게." (크르넬리우스 네포스)

그리고 길을 가다가 이런 곤경에 빠진다는 것은, 한겨울에 작업에 끌려다니는 그리종[18] 사람들이나 당할 일이다. 나는 대개가 재미로 여행을 하므로 그렇게 서투른 짓은 하지 않는다. 오른쪽이 싫어지면 왼쪽을 잡는다. 말을 타기가 거북해지면 말에서 내린다. 이렇게 하다 보니 내 집보다 더 좋고 편한 곳은 아무데도 보이지 않는다. 나는 언제나 과잉을 부질없게 보고, 미묘한 취미나 풍요로운 생활에도 거북함이 있음을 보는데, 이것은 사실이다. 무슨 볼만한 경치를 놓친 것이 있으면 그곳으로 되돌아간다. 그것이 바로 나의 노정이다. 나는 곧게건 굽게건 확실한 선을 그어두지 않는다. 내가 가는 곳에서 사람에게 들은 것을 찾아보지 못했다 해도 ― 종종 남의 판단과는 부합되지 않고, 그것이 그릇된 판단이었음을 여러 번 보았다 ― 나는 헛수고했다고 불평하지는 않는다. 사람들이 말하던 것이 거기에 없다는 사실을 안 것만으로도 충분하다.

나는 세상 어느 누구만큼이나 환경에 잘 적응하는 체질이고, 취미도 평범하다. 각 나라마다 다른 잡다한 여러 방식은 색다른 맛만 보여줄 뿐 다른 감명은 주지 않는다. 풍습에는 각기 이치가 있다. 주석이나 목기나 토기로 된 접시들이건, 삶아냈건 구워냈건, 버터건 호도기름이건 올리브 기름이건, 따뜻한 음식이건 찬 음식이건 내게는 마찬가지이다. 너무나 무관하기 때문에 늙어가면서 나는 이 후한 소질을 언짢게 본다. 좀 입맛이 까다로워지고 음식을 가리게 함으로써 내 무절제한 식욕을 막아서 가끔 내 위의 부담을 덜어줄 필요가 있기 때문이다.

프랑스보다도 다른 데 나가 있을 때 누가 인사치레로 프랑스식으로 차려낼까 하고 물어보면, 나는 코웃음치며 항상 외국인들이 가장 많이 앉은 식탁으로 들어간다. 우리나라 사람들이 이 어리석은 습성에 도취하여, 자기들 식과 반대되는 형식에 놀라는 모습을 보면 부끄러워진다. 그들은 자기네 동네 밖으

---

18 스위스의 동부지방.

로 나가면 자기들 본질에서 벗어나는 듯이 여긴다. 어디를 가든지 그들은 자기들 식을 지키며, 다른 방식은 싫어한다. 어쩌다가 헝가리에 가서 우리나라 사람들을 만나면 무슨 큰일이나 난 것처럼 법석을 떤다. 그들은 서로 뭉치고 단합하여 그들이 보는 그 많은 야만적인 풍속을 비난한다. 그들은 프랑스식이 아닌데도, 어째서 야만이 아닐까? 그나마 이런 것이 눈에 띄어서 욕이라도 하는 자들은 그 중에도 좀 현명한 자들이다. 대부분은 단지 돌아오기 위하여 가는 것이다. 그들은 마차의 덮개를 덮고 비좁게 앉아서 묵묵히 조심하며 말도 하지 않고, 알지 못하는 땅의 공기에 감염될까봐 주의하며 여행한다.

내가 말하는 이런 자들의 행동을 보면, 나는 젊은 조정 신하들 중 어떤 자의 수작이 생각나고는 한다. 그들은 자기편만 사람으로 여기고, 우리는 딴 세상 사람인 양 경멸과 동정의 눈길로 쳐다본다. 그들의 말투에서 궁궐 안의 신비스러운 어법만 제거해 보라. 그들은 토끼를 놓친 사냥꾼의 모습이 되며, 우리 앞에 신출내기이고, 그들이 우리를 보는 정도로 일에 서툰 어리석은 자들이다. 점잖은 사람이란 융통성 있는 사람을 일컫는다는 말은 진실이다.

그 반대로 나는 우리 방식으로 마음껏 여행하는데, 그것은 시칠리아에 가서 가스코뉴 사람을 찾아보려는 것이 아니다. 그런 생각은 고향에 잔뜩 남겨둔 채로 나는 차라리 그리스나 페르시아 사람을 찾아본다. 거기서 그들과 사귀며 그들을 살펴본다. 나는 그런 종류의 일에만 마음을 쓴다. 그리고 더한 일로 나는 그들에게서 우리 것보다 뒤떨어진 방식이란 본 일이 없다. 나는 별로 멀리 떨어져 나온 것도 아니다. 왜냐하면 언제나 내 눈앞에 내 집 풍차가 선하게 보이니 말이다.

사실 말이지만, 그대가 도중에 우연히 만나는 길동무는 대개 그대에게 재미있기보다는 불편한 일이 더 많다. 나는 그들과의 만남을 꺼려한다. 더욱이 나는 이제 늙어서 약간 고립되며 공통의 격식에서도 멀어져 있다. 그대는 다른 사람 때문에 고생하고, 다른 사람은 그대 때문에 고생하니 피차에 불편한 점이 매우 많다. 그러나 남이 내 걱정을 해주는 것이 더욱 괴롭다. 이해력이 견실하고 습관이 그대의 비위에 맞고, 그대와 동행하기를 좋아하는 사람을 만나기란 대단히 어렵고, 만일 만난다면 요행인데, 그것은 커다란 위안이 된다. 나는 내 모든 여행에서 도무지 그런 일을 경험한 적이 없다. 이러한 행동은 집에 있을 때 미리 찾아서 얻어두어야 한다. 어떠한 쾌락도 남에게 통해 주지 않으면 내게는 맛이 없다. 마음속에 아무리 좋은 생각이 있다고 해도, 그것을 나 혼자 지어냈고 아무도 말해 줄 사람이 없다면 무척 섭섭하다.

"예지를 누구에게도 전하지 않고, 자기 혼자만이 가진다는 조건으로라면, 나는 그것을 거절하겠다."(세네카)

또 한 사람은 그것을 더 심한 어조로 말하였다.

"만일 한 현자에게 모든 필요한 사건들이 풍부하게 유입되고, 그가 알아둘 만한 가치가 있는 사항을 자유로이 관찰하며 한가롭게 연구하는 생활을 가졌다면, 그러고도 만일 그의 고적이 어느 인간도 결코 만나볼 수 없을 정도라면, 그는 인생에서 물러날 일이다."(키케로)

아르키타스(Archytas of Tarentum)의 말에, 그가 하늘나라에 가서 저 광대하고 거룩한 천체를 산책한다고 해도, 같이 갈 친구가 없다면 좋지 못할 것이라고 한 말은 내 마음에 든다.

그러나 어색하고 서투른 동행과 여행하는 것이라면 차라리 혼자서 하는 편이 낫다. 아리스티포스(Aristippos)는 남과 상종하지 않고 살기를 좋아하였다.

만일 운명이 내 뜻대로 인생을 살아가게 한다면.
— 베르길리우스

나는 엉덩이를 안장 위에 얹고 지내는 편을 택할 것이다.

따가운 햇볕이 내리쬐는 곳,

　구름과 안개, 음울한 비가 질척한 곳을 보고자 갈망하며.

　—베르길리우스

　더 편한 소일거리는 없으시오? 무엇이 부족하단 말이오? 당신 저택의 공기가 좋지 않아서 건강에 해롭소? 장비가 부족하오? 충분 이상으로 넉넉하지 못하단 말이오? 국왕 폐하께서 몇 번이나 의장을 갖추어 행차하시기까지 하였소. 당신 가문은 지체가 높은 집안보다 격식으로 보아 지체가 낮은 가문이 더 많은 것 아니오? 이 가운데 아무것도 아니라면 당신에게 해결이 어려운 집안일로 번민할 거리라도 있단 말이오?

　그대의 가슴속에 박혀 있어서,

　그대를 난처하게 하는 것이 있소?

　— 엔니우스(Quintus Ennius)

　어디를 가면 폐가 되고 괴로운 일 없이 지낼 수 있다는 생각이오?

　"운명은 결코 혼합물 없는 은총을 베풀지는 않는다."(퀸투스 쿠르티우스)

　그러니 보시오. 당신을 불편하게 하는 것은 당신뿐이오. 그리고 당신은 사방으로 당신을 따라다닐 것이오. 그리고 어디를 가나 당신은 불만일 것이오. 왜냐하면 이 하계에서는 야만적이거나 신성한 심령이 아니면 만족하지 못하기 때문이오. 이렇게도 높은 지체에서 만족하지 못하는데, 어디에 간들 만족을 얻을 수 있겠소? 당신 같은 신수는 수천의 사람들이 자기 소원의 목표로 삼으려는 것이오. 마음을 좀 바로잡으시오. 왜냐하면 사람은 운수에게 받은 것으로 참고 지내는 권한밖에 없기 때문이오. 더구나 당신은 하고 싶은 일을 마음껏 할 수 있지 않소.

"이성으로 얻은 것 외에 진실한 평화와 정온(靜穩)은 없다."(세네카)

나는 이러한 경고가 지당하다고 생각한다. 그리고 그것을 아주 잘 인식하고 있다. 그러나 그보다는 차라리 '철이 있어라.' 하고 한마디로 말하는 편이 나았고 더욱 온당했을 것이다. 이러한 결심은 예지를 초월하는 일이고, 예지의 업적이며, 예지의 산물이다. 그것은 의사가 쇠잔해 죽어가는 병자를 쫓아가, 살아서 재미를 보라고 부르짖는 꼴이다. 그가 '건강해지라.' 하고 말했던들 좀 덜 서둘렀을 것이다. 나는 평범한 인간에 불과하다. '당신 것으로 만족하라.' 곧, 사리에 맞는 일에 만족하라는 말은 알기 쉽고 확실하며 건전한 가르침이다. 그렇지만 그 실행은 나나 나보다 더 현명한 자들에게나 쉬운 일이 아니다. 그것은 누구라도 하는 말이며, 그 범위가 대단히 넓다. 거기 포함되지 않는 일은 무엇인가? 모든 일이 식별과 변경을 겪게 되어 있다.

글자 그대로 받아들이면, 나는 이 여행의 쾌락이 불안과 동요의 참고될 만한 증거임을 안다. 이것 역시 우리를 지배하는 우세한 소질이다. 그렇다. 고백하거니와, 나는 꿈으로나 소원으로나 의지할 곳을 모른다. 적 또는 어떤 것이 내게 보람을 준다면, 그것은 단지 변화, 그리고 잡다함의 소유만이 얻을 수 있는 보람일 것이다. 여행을 떠나면 나는 아무데나 멈추어도 상관없고, 아무데로나 편리한 대로 떠날 수 있다는 것에 즐거워한다.

나는 개인생활을 즐긴다. 내가 택한 것이니 좋아할 뿐, 공적 생활이 거북하여 그런 것은 아니다. 개인생활도 아마 여행만큼 내 기질에 맞아서이리라. 그 때문에 나는 왕을 기쁜 마음으로 섬긴다. 그것은 다른 곳에서 푸대접으로 용납되지 않는 까닭에, 그리고 밀려갔거나 강요당한 것이 아니고, 순수한 내 판단과 이성으로 그쪽을 자유로이 택한 것이기 때문이다. 나머지는 가히 알만하다. 나는 필요에 못 이겨 어쩔 수 없이 하는 일을 싫어한다. 모든 편익도 내가 오로지 그것에만 매여 있다면 마침내는 그것이 내 목을 비틀게 될 것이다.

나의 한쪽 노는 파도를 치고,

다른 노는 사변(砂邊)을 치게 하라.

　—프로베리우스

밧줄 하나만으로는 결코 나를 한자리에 잡아두지 못한다. 그대는 이렇게 말하겠지.

"이런 재미에는 허영이 있지요?"

그런데 허영 없는 곳이 있는가? 이 좋은 교훈들도 허영이며, 모든 예지들도 허영이다.

"현자들의 사상들도 허영에 불과함을 주께서 아신다."(〈시편〉,〈고린도서〉)

그런 미묘한 잔소리는 설교에나 마땅하며, 모두가 우리에게 재갈을 물려 저승으로 보내려는 수작이다. 생명은 물질적인 것과 육체적인 움직임이며, 그 고유의 본질로부터 불완전하고 혼란된 작용이다. 나는 그 본질을 따라 생명을 열심히 섬긴다.

각자는 스스로 만든 운명을 당한다.

　—베르길리우스

"우리는 결코 대자연의 보편적인 법칙에 위배되지 않도록 행동해야 한다. 그러나 이 법칙이 보장되고 나서는, 우리는 자기 천성에 부합되도록 해야 한다."(키케로)

철학이 아무리 높은 학설을 세워보아도 어떤 인간도 그 위에 안정하지 못하고, 그들의 규칙이 우리의 습성과 힘에 넘친다면 그것이 다 무슨 소용이란 말인가? 나는 사람들이 자주 우리에게 인생의 시범을 보여주는 것을 보는데, 그 시범은 보여주는 자나 보는 자나 좇아볼 아무런 가망도 없고, 더한 일로 좇아볼 의사도 없다. 간음죄를 처벌하는 판결문을 쓴 바로 그 종이 한 장을 훔쳐서, 재판관은 동료의 아내에게 연애편지를 쓴다. 그대가 비밀스럽게 유혹해 내기로 한 여자는, 조금 전에 그대 앞에서 자기 친구의 똑같은 잘못을 보고 포르키아[19]는 그런 짓을 하지 않는다고 심하게 꾸짖었다. 그리고 어떤 자는, 자기가 잘못이라고 보지 않은 범죄를 가지고 사람들을 사형에 처한다. 나는 젊었을 때, 한 멋진 사나이가 민중들에게 정열에 넘치는 아름다운 시를 읽어주며, 동시에 다른 손으로는 이미 오래 전부터 사람들이 떠드는 종교개혁론을 맹렬하게 주장하는 것을 보았다.

사람들은 이렇게 해나간다. 법이나 교훈은 제대로 되어가게 두고 다른 길을 잡는다. 그것은 다만 습관의 혼란뿐 아니라, 흔히 사상과 판단으로 반대하기 때문이다. 철학 강의를 들어보라. 착상과 웅변과 지당한 말은 당장에 그대에게 깊은 인상을 주며 그대를 감동시킨다. 그러나 그대의 양심을 건드리거나 자극하는 것은 아무것도 없다. 그들은 양심에 말하는 것이 아니다. 이것이 사실 아닌가? 그래서 아리스톤은 말하였다.

"목욕이나 공부는 몸을 닦아서 때를 씻어내지 않으면 아무 소용이 없다."

껍데기에 구애되는 것은 좋지만, 그것은 속의 골수를 뽑아낸 다음이라야 한다. 마치 아름다운 잔에 가득 찬 좋은 술을 마시고 나서, 잔에 새겨진 그림을 감상하는 식으로 말이다.

고대 철학의 모든 칸막이들 속에서는 이런 것이 발견된다. 말하자면, 어떤 철학자가 절제를 말하면서 사랑과 방탕에 관한 문장을 발표하고 있다. 그리고 크세노폰은 클리니아스의 무릎을 베고 아리스티포스 학파의 쾌락주의에 반대하는 문장을 썼다. 거기에 무슨 기적과 같은 개종이 있어서, 그들이 파동을 지으며 발작을 일으키는 것이 아니다. 그것은 솔론이 때로는 자기 자신을 표현

---

19 Porcia:카토의 딸. 남편 브루투스가 전사했다는 소식을 듣고 자살했다.

하고, 때로는 입법자의 형태로 표현하며, 때로는 공중을 위하여 말하며, 자신을 위해서는 확고하고 전적인 건강을 확보하면서 타고난 자유로운 규칙을 지키고 있는 것이다.

중환자는 훌륭한 의사의 치료를 받아야 한다.
―주베날리스

안티스테네스는 현자에게, 법률을 조심할 것 없이 자기가 좋다고 생각하는 방식으로 사랑하고 행동하는 것을 허용한다. 왜냐하면 그는 법률보다 더 나은 사상을 가졌고, 도덕에 관하여 더 많이 알고 있기 때문이다. 그의 제자 디오게네스는 정신착란에는 이성을, 운수에는 자신을, 법률에는 본성을 대립시키라고 말했다.

위가 약할 때는 엄격하고 인공적인 섭양법이 필요하다. 건강한 위에는 단지 그들의 자연스러운 식욕의 처방을 쓴다. 그래서 의사들은 수박을 먹고 신선한 포도주를 마시며, 그 동안에 환자에게는 시럽과 빵과 수프를 먹으라고 강요한다.

창녀 라이스[20]는 말했다.

"나는 책이 무엇인지, 예지가 무엇인지, 철학이 무엇인지 몰라요. 그런데 이분들은 누구보다도 더 자주 찾아와서 내 집 문을 두드려요."

우리의 방자한 행동은 언제나 우리에게 허용된 한도를 벗어난다. 바로 그 때문에 사람들은 흔히 보편적인 사리를 넘어서 우리 인생의 법칙과 계율을 좁게 만들어놓았다.

---

20 Lais : 기원전 401~390년경의 창녀로서 아리스티포스와 디오게네스의 정부였다.

그대가 허용하는 한도를 넘지 않고는,

아무도 자기가 범하는 잘못을 충분히 느끼지 않는다.

— 주베날리스

명령과 복종 사이에는 한층 더 균형이 잡혀 있어야 한다. 그리고 도달할 수 없는 목표는 옳지 못한 목표로 보인다. 아무리 착한 사람이라도 그의 모든 행동과 사상을 법대로 다루어보면 한평생 열 번 정도는 교수형을 당할 일을 저지르지 않은 자가 없을 것인데, 만약 그 죄대로 처벌하여 사람은 잃는다면 대단히 큰 손해와 불의를 저지르게 될 것이다.

올루스여, 남녀가 어떻게 행동한들 너와 무슨 상관인가?

— 마르티알리스

도덕군자라는 칭찬을 받을 값어치가 없고, 지당하게 철학의 채찍을 받을 만한 자라도 법을 어기지 않을 수 있다. 그만큼 이 문제는 고르지 못하고 복잡하다. 우리는 하나님 뜻대로 착한 사람이 될 수도 없다. 인간의 예지는 자기가 자기에게 정해 준 의무를 결코 완수해 본 일이 없다. 그것은 수행하였다 해도, 인간의 예지는 더한층 어려운 의무를 정해 놓고 그것을 갈망하고 주장할 것이다. 그만큼 우리 심정은 자기 지조를 지키지 못한다. 인간은 필연적으로 과오를 범하라고 자기 자신에게 명령한다. 자기와는 다른 존재의 이치를 가지고 자기의 의무를 결정하는 것은 별로 바람직하지 못하다. 아무도 할 수 없을 것으로 기대되는 일을 누구에게 하라고 명령하는 것인가? 그가 할 수 없는 일을 하지 않는다고 비난하는가? 우리가 하지 못한다고 우리를 처단하는 법들은, 그 법 자체로 우리가 할 수 없는 것을 가지고 우리를 비난하는 일이다.

생각은 이런 식으로 하고 행동은 저런 식으로 하는, 이 비뚤어진 자유는, 사물들을 말하는 자들에게는 허용될 수 있다. 그러나 그런 자유는 내가 하는 식으로 자기 자신을 말하는 자들에게는 있을 수 없다. 나는 발로 걸어가듯, 펜으로 걸어가야 한다. 우리 각자의 인생은 다른 인생들과 상호적이 되어야 한다. 카토의 도덕은 당대의 척도에 넘치도록 매우 강력한 것이었다. 그리고 공공의 직무에 매여 사람들을 다스리는 일에 참견하는 자로서 그것은 정당하지 않은 일은 아닐망정 헛되고 격에 맞지 않은 정의였다고 말할 수 있다. 나의 습관은 일반적인 풍습과 엄지손가락만큼의 차이나 있을까말까 하지만, 다소 나의 시대에 겁을 집어먹고 접촉하기가 싫어진다. 나는 내가 잘 찾아다니던 사람들이 아무런 이유도 없이 싫어지는지도 모른다. 그러나 내가 그들을 싫어하는 이상으로 그들이 나를 싫어한다고 불평한다면, 그것은 합당하지 않은 일이라는 것을 나도 잘 안다.

세상일을 위하여 지정된 도덕은 많은 주름과 구석과 팔꿈치를 가진 도덕이며, 인간성의 그 뒤섞이고 기교적이며, 꼿꼿하지도 깨끗하지도 지조가 있지도 순수하지도 못한 약점에 결부시켜서 적용하게 되어 있다. 역사는 오늘날까지 우리 국왕들 중의 어느 한 분[21]이 단순하게 자기의 참회사가 양심적으로 설복하는 말에 넘어갔다는 이유로 책망하고 있다. 국무에서는 더 과감한 교훈이 있는 것이다.

순결을 지키려거든 궁궐을 피하라.
— 루카누스

---

21 사를 8세가 참회사 올리비에 마이야르의 간청을 듣고, 루시옹 지방을 카스틸랴 왕에게 돌려준 실적을 말하는 듯하다.

옛날에 나는 몸에 지니고 태어났거나, 또는 교육을 받은 대로 소박하고 참신하고 다듬어지지 않고 오염되지 않은 사상과 생활규칙을 사무 처리에 적용하려고 노력해 보았다. 그 규칙은 개인적으로는 편리하지 못할지언정, 적으나마 확실하게 실행하는 스콜라 학파적인 새로운 도덕이었다. 그런데 이것은 그런 일에는 부적당할뿐더러 위험하다는 것을 발견하였다. 군중 속에 들어가는 자는 살그머니 비키며 팔꿈치를 오므리고 물러갔다 나아갔다 하며, 바로 말하면 사정에 따라서는 바른 길도 피해야 하고, 자기 방식으로가 아니라 남의 방식을 따르고, 자기 생각에 의해서가 아니라 남이 제안해 주는 바에 의하여 때에 맞추어 사람에 따라 일에 따라 살아가야만 한다.

플라톤은 말하기를, 세상의 일에서 몸을 더럽히지 않고 피해 나오는 자는, 피해 나오는 것이 기적이라고 하였다. 그는 또 말하기를, 그가 철학자를 국가의 원수로 임명할 경우에는 아테네의 정부와 같은 부패한 정부를 만들지는 않을 것이라고 했으니, 예지 자체가 헛수고가 되는 우리 정부와 같은 것에는 더욱 맞지 않는 말이다. 그것은 마치 좋은 풀을 조건이 다른 토질에 옮겨 심으면, 자기에게 맞게 땅을 개량하기보다 그 자체를 토질에 맞추게 되는 것과 같은 식이다.

내가 전적으로 이런 작업에 적응하도록 훈련받기 위해서는 나 자신을 많이 변화시켜야 한다. 내가 해보면 그렇게 될 수 있다고 해도—시간만 있고 정성만 들이면 나도 못할 이유는 없다—나는 그런 일을 바라지 않는다. 내가 잠시 동안이나마 이 세상일의 직책을 맡아본 만큼 멀미가 난다. 나는 가끔 세상일에 대한 야심에 유혹이 움트는 것을 느낀다. 그러나 나는 나를 억제하며 그 반대를 고집한다.

이봐, 카툴루스, 그대의 고집에 집착하라.
—카툴루스

아무도 결코 나를 부리지 않고, 나 역시 그것이 탐탁치 않다. 나의 주요한 소질인 자유와 한거(閑居)는 이런 직업과는 전혀 맞지 않는다.

우리는 사람들의 재능을 구별할 줄 모른다. 그 종류와 한계가 복잡미묘하여 우리로서는 정말 분간하기가 어렵다. 개인생활의 능력을 보고 공적인 사무에 어떤 능력이 있다고 결정하는 것은 잘못이다. 어떤 자는 자기 처신은 잘해도 남의 지도는 못하며, 일의 효과는 내지 못하는 자가 이런 《수상록》은 써내놓는다. 어떤 자는 한 요새의 공격계획은 잘 세우지만 전투 지휘에는 서투르며, 혼자서 궁리는 잘하지만 군중 앞에나 국왕 앞에 나아가서는 말도 제대로 못한다.

이러한 현상은 한 일에 능한 자는 다른 일에는 별로 능하지 못하다는 증거이다. 나는 저속한 정신들이 고매한 일을 못하는 만큼 고매한 정신들이 저속한 일을 하기에 부적당하다고는 보지 않는다. 소크라테스가 자기 부족의 투표수를 헤아릴 줄 몰라서 시민회의에 보고하지 못했기 때문에, 아테네 사람들에게 자기를 조롱할 거리를 제공했다고 누가 생각이라도 할 수 있단 말인가? 진실로 나는 이 위대한 인물의 완벽성에 대하여 이렇게까지 존경심을 품고 있으니, 그의 운수는 나 자신의 주요한 불완전성을 변명해 주기 위하여 훌륭한 예를 제공해 주어도 마땅한 일이다.

우리의 능력은 작은 부분들로 갈라져 있다. 내 능력은 폭이 좁아서 가짓수가 적다. 사람들이 사투르니누스(Lucius Appuleius Saturninus)에게 지휘권을 맡기자, 그는 말했다.

"여보게들, 그대들은 왜 훌륭한 부대장을 잃고, 못난 사령관을 만들려고 하시오."

현대와 같이 병든 시대의 공공 사무에 순박하고 성실한 도덕을 행사하겠다고 자랑하는 자는, 사람들의 사고방식이 세상의 풍습에 따라 부패했기 때문에, 그가 도덕이라는 것이 무엇인지를 모르거나—정말 그들이 도덕을 묘사하는 것을 보라. 사람들이 대부분 자기들의 행세를 영광으로 삼으며, 자기들 규칙으로 생각한 것을 보라. 그들은 도덕을 묘사하는 대신 전적으로 순수한 부정과 악덕을 묘사하며, 군왕들(마키아벨리의 《군주론》을 말하는 듯)의 교육을 위하여 이렇게도 그릇된 도덕을 내놓는다—또는 도덕을 알고 있다고 해도 잘못 자랑하며, 무슨 말을 해도 그는 천만가지 자기 양심에 가책받을 짓만 하고 있다.

세네카가 이런 경우 경험한 바를 그가 터놓고 말하려고 한 것이라면, 나는 기꺼이 그 말을 믿어주겠다. 그러한 궁지에 몰렸을 때 자기의 착한 마음을 보이는 가장 명예로운 표지는 자기의 잘못과 남의 잘못을 솔직하게 인정하고, 자기가 악으로 기우는 것을 자기 힘으로 버티며 지연시키고, 마음에도 없이 이 방향을 좇으면서도 일이 바르게 되기를 희망하며 더 잘되기를 바라는 일이다.

나는 지금 프랑스를 갈가리 찢고 우리를 도당으로 갈라놓은 이 소란에, 각자는, 가장 나은 인물들까지도 가식과 허위로 자기 사상을 변호하려고 노력하는 것을 본다. 이를 솔직하게 적어보려면, 그들을 두고 과감하게 악덕으로 적어가야 한다. 가장 올바른 당파까지도 역시 벌레 먹은 구더기투성이 단체의 하나이다. 그러나 이런 몸뚱이에서라면 좀 병세가 덜한 부분을 건강체라고 한다. 그것도 옳다고 할 수 있다. 왜냐하면 우리의 소질은 남에게 비교해서밖에 자격을 줄 수가 없기 때문이다. 시정(市政)의 순진성이라는 것은 때와 장소에 따라 달라진다.

내가 크세노폰에게 아게실라오스를 두고 이런 방식으로 칭찬하는 것을 보았다면 매우 놀랐을 것이다. 그는 전에 자기와 전쟁하던 이웃 나라 영토를 통과하게 해달라는 간청을 받았을 때, 그 말을 들어주고 펠로폰네소스를 거쳐서 지나가게 두었다. 그리고 이제는 자기 손안에 든 쥐와 같은 신세인데도 불구하고 그를 감금하거나 독살하지 않았을 뿐더러, 그에게 모욕도 주지 않고 정중하게 대접했다. 지금 사람들의 심정에 이런 말은 아무런 감동도 일으키지 않을 것이다. 장소와 시대가 달라지면 사람들은 이러한 행동의 솔직성을 고려하게 될 것이다. 이곳 학교의 원숭이 같은 녀석들은 이런 말을 들으면 코웃음을 칠 것이다. 스파르타의 순진성은 프랑스식의 심성과는 이처럼 거리가 멀다.

우리에게도 도덕군자가 없는 것은 아니다. 그러나 그것도 우리 식일 뿐이다. 우리 시대에 넘치는 규칙으로 행습(行習)을 세운 자는 그 규칙을 틀어 부드럽게 해주든지, 그렇지 않으면 그에게 충고하거니와 제발 한구석으로 물러가 우리에게는 참견을 하지 말라. 참견해 보았자 무슨 소득이 있을까?

> 만일 내가 탁월한 성인군자를 만난다면, 나는 이 괴물을
> 쌍두 기형아에, 또는 놀란 농부의 장끼 모습에 걸린 물오리에,
> 또는 새끼를 낳은 둔한 말에 비교할 것이다.
> ― 주베날리스

황금시대를 못 만난 것은 애석할 수도 있지만, 우리는 지금 이 시대를 피하지는 못한다. 다른 관리들이 나와주기를 바랄 수는 있지만, 그래도 현재 있는 관리들에게는 복종해야만 한다. 그리고 아마 착한 관리들보다 못된 관리들에게 복종하라고 권할 만도 하다. 이 왕조가 전수해 온 구래 법의 모습이 어느 구석에서 빛나고 있는 한 나는 거기 눌어붙어 있다. 불행하게도 이 법들이 서로 모순되고 상치되며, 선택이 의심스럽고 곤란한 두 갈래를 이루는 경우에는, 나로서는 이런 폭풍우를 피하여 달아날 수밖에 없다. 그러는 동안에 자연이 또는 전쟁의 운수가 내게 구원의 손을 내밀어줄 것이다. 나는 카이사르와 폼페이우스 사이에, 솔직하게 내가 어느 편이라고 선언했을 것이다. 그러나 그 뒤에 온 세 도둑들(삼두정치) 밑에서는, 어디 가서 숨든지 바람 부는 대로 하든

지 또 해야만 했을 것이다. 그것이 사리로 판단할 수 없는 때에 내가 할 수 있는 일이라고 생각한다.

어디로 빗나가려는 것인가?
―베르길리우스

이렇게 뭉개져가는 붓끝은 내 제목에서 좀 벗어난다. 나는 헤매고 있다. 그러나 부주의에서라기보다는 방종한 탓으로 하는 일이다. 나의 잡다한 생각들은 서로 이어 나온다. 그러나 때로는 멀리서 서로 쳐다보는데, 그것도 곱지 않은 눈짓이다.

나는 플라톤의 〈대화편〉 중 반은 다채로운 환상에 불과하며, 전편은 사랑에 관한 것이고, 다음은 모두 수사학에 관한 것인 어느 장을 훑어보았다. 그들은 이런 뉘앙스를 두려워하지 않는다. 그리고 이렇게 바람결에 굴러가며, 또는 그렇게 보여주는 데 경이로운 우아함을 가지고 있다. 내 글 장들의 제목은 어제나 그것이 합당한 내용을 품고 있는 것은 아니다. 이런 제목들은 〈안드로스에서 온 처녀〉, 〈내시(內侍)〉, 〈실라〉, 〈키케로〉, 〈토르카투스〉[22]라는 이런 이름식으로, 다만 어떤 표지로 그 내용을 가리키는 일이 자주 있다. 나는 팔짝팔짝 뛰노는 시적인 자세를 좋아한다. 그것은 플라톤이 말하듯 가볍고 들뜨고 신령스러운 예술이다. 플루타르코스는 자기 작품에 나오는 제목을 잊어버리고, 그의 말의 논법은 다른 이야기에 눌려서 어쩌다가 순간적으로 언급된다. 소크라테스의 다이몬(護神)을 두고 말하는 그의 태도를 보라. 오, 이렇게도 유쾌하게 말꼬리를 빼는 수작이나, 순식간에 변하는 기분은 어쩌면 그렇게도 아름다운

---

22 〈안드로스(Andros)에서 온 처녀〉와 〈내시〉는 테렌티우스의 희곡 제목. '실라'는 빨간 코빼기, '키케로'는 이집트 콩, '토르카투스'는 목걸이 맨 남자라는 뜻.

지! 특히 아무렇게나 나와 능청거리는 시구 말이다.

부주의한 독자는 제목을 놓쳐버린다. 내 탓은 아니다. 아무리 내 글이 압축되어 있다고 해도, 어느 구석에든지 늘 제목에 관한 말이 몇 마디씩은 나와 있다. 나는 조심성 없이 부산스럽게 변화를 찾는다. 내 문체와 정신은 마찬가지로 방황하며 떠돈다. 너무 어리석지 않으려면 미친 수작도 좀 섞어야 한다는 말이 우리 스승들의 교훈에 있으며, 더욱이 그들의 교훈이 그렇게 가르친다.

많은 시인들은 산문조로 질질 끌며 시들어간다. 그러나 옛날의 가장 훌륭한 산문은―그리고 나는 여기서 그것을 구별하지 않고 무조건 시라고 하여 뿌려놓지만―사방에 시가(詩歌)의 정력과 과감성이 빛나며, 그 광분의 효과를 나타내고 있다. 우리는 화법의 숙련과 탁월성은 시가에 맡겨두어야 한다. 시인은 뮤즈들의 삼각의자에 앉아 그의 입에 떠오르는 모든 것을 음미할 것도 저울질할 것도 없이, 마치 샘물의 물줄기처럼 맹렬한 기세로 쏟아 내놓으며, 그리고 그에게서 갖가지 사물들이 서로 반대되는 내용의 고르지 못한 흐름으로 튀어 나온다고 플라톤은 말한다. 그 자신이 아주 시적이다. 그리고 고대의 신학과 최초의 철학은 시였다고 학자들은 말한다. 시는 신들의 기본적인 언어이다.

재료는 그 자체로 드러난다고 하는 말을 나는 들었다. 재료는 잘 알아듣지 못하거나 둔한 귀에 들려주기 위하여 연결하는 말과 꿰매는 말로써 얽어놓지 않아도, 그리고 나 자신이 나를 해설해 주지 않아도 그것이 어디서 변하며, 어디서 맺으며, 어디서 시작되며, 어디서 나오는가를 충분히 보여준다. 책을 졸면서 읽거나 대강대강 훑어내려간다면 아예 읽지 않는 편이 낫다.

"겸사(兼事)하여 유익한 일보다 더 유익한 일은 없다."(세네카)

책을 드는 것이 배우는 것이고, 책을 보는 것이 고찰하는 것이며, 책을 훑어보는 것이 말을 파악하는 것이라면, 도대체 내가 말하는 대로 나 자신을 이렇게 무식하게만 드러내는 것은 잘못임이 분명하다.

나는 무게로 독자의 주의를 끌 수 없는 이상, 내 글이 뒤죽박죽이기 때문에 독자의 마음을 끄는 것이라면 그만큼 소득이다—그것은 진실이다. 그러나 이런 글을 흥겨워 읽었다면, 다음에는 후회할 것이다—그것은 그렇다 치고, 역시 독자는 언제나 즐거워했을 것이다. 그리고 또 읽어서 이해되는 것은 경멸하며, 내가 무엇을 썼는지 모르겠으니까 나를 더 평가하는 식인 기분파들도 있다. 그들은 내 글이 어려우니까 그 의미가 심오하다는 결론을 내릴 것이다. 이 난삽성은 내가 대단히 싫어하는 것으로서, 피할 수 있다면 피하겠다. 그러나 아리스토텔레스는 이런 몹쓸 것을 어디선지 뽐낸다.

내가 처음에 하던 식으로 장을 짧게 끊었더니, 독자의 주의력이 생기기도 전에 그것을 소산시키고, 이런 대수롭지 않은 일에 멈추어서 명상해 보기를 경멸하는 것같이 보였기 때문에, 나는 일정한 명제를 두고 여유 있게 시간을 가지고 읽어주기를 요구하며, 이번에는 좀더 길게 쓰기 시작하였다. 이런 일거리에는 한 시간의 여가도 할당해 주려고 하지 않는 분에게는 아무것도 주고 싶은 생각이 나지 않는다. 그리고 사람을 위하여 한다는 일이 다른 의도로 돌변해 버린다면, 그를 위하여 아무것도 해주지 않는 것이다. 그뿐만 아니라 아마도 내게는 무슨 일을 반밖에 말하지 않고, 그것도 뒤죽박죽으로 말하며, 이가 맞지 않게 말해야 할 어떤 개인적인 의무가 있는 것 같다.

나는 이런 파흥(破興)시키는 이유를 싫어하고, 인생에 고역을 주는 터무니없는 의도와 이렇게 교묘한 견해들은, 그 속에 진리가 들어 있다고 해도 너무 값비싸고 불편하다고 말하려 하였다. 그런데 그 반대로 이런 헛된 일과 바보짓까지도 내게 재미를 준다면 나는 가치를 주려고 노력하거나 타고난 내 성향들을 자세히 검토하지 않고 그대로 내버려둔다.

나는 다른 고장에서도[23] 무너진 가옥들과 조상들, 하늘과 땅을 보았다. 그 모

---

23 로마 이외의 다른 곳. 몽테뉴의 머릿속에는 너무 로마에 대한 기억으로만 가득 차 있어서, 미처 로마의 얘기를 꺼내지 않은 것을 스스로 깨닫지 못하고 있다.

두가 늘 인간들의 문제이며, 그 모두가 진실하다. 그렇기 때문에 너무 위대하고 강력한 저 대도시[24]의 무덤들을 아무리 여러 번 찾아보아도, 나는 거기에 존경심을 품고 감탄해 마지않는다. 고인들을 보살펴주는 것은 우리에게는 권장할 일로 되어 있다. 그런데 나는 어릴 적부터 이 고인들 속에서 자라왔다. 나는 내 집 일을 알아보기 훨씬 전에 로마의 일을 알고 지냈다. 나는 루브르 궁전을 알기 전에 카피톨[25]과 그 도면을 알았고, 센 강을 알기 전에 티베르 강[26]을 알고 있었다. 나는 우리 중의 어느 누구의 일보다도 루쿨루스(Lucullus)나 메텔루스(Metellus)나 스키피오의 모습과 생활을 머릿속에 더 담아두고 있었다. 그들은 이미 고인이 되었다. 내 아버지도 역시 돌아가셨다. 그들처럼 아주 떠나신 것이며, 1600년 전에 간 그들이나 18년 전에 떠나신 아버지나, 내게서 그리고 인생에서 똑같이 떠나버렸다. 그렇지만 아버지에 관한 기억과 애정과 교섭은 아주 생생하고 완전한 맺음으로 내 마음속에 품어 가꾸어간다.

　나는 진정으로 고인들에게 더한층 봉사하고 있다. 그들은 이미 자기들의 도움을 받지 못한다. 따라서 그들은 내 도움을 요구하는 듯하다. 감사의 마음은 바로 여기서 그 자체의 광휘로 빛난다. 혜택은 상호관계와 보답이 있을 때에는 풍부하게 수여되지 않는다. 아르케실라오스가 크테시비오스(Ktesibios of Alexandria)를 문병하러 가서 그가 대단히 곤궁한 상황에 처한 것을 보고, 진정 착한 마음으로 침대 머리맡에 돈을 넣어두고는 그 사실을 감추어둠으로써 감사해야 하는 부채까지 면제시켜 주었다. 내 애정과 감사를 받은 일을 내게 해준 사람들은, 지금 여기 있지 않다고 해도 헛된 일을 한 것은 아니다. 그들이 여기에 있지 않고 내가 그들에 대해 감사하는 마음을 품고 있지 않아도, 나는 더 조심스레, 그리고 더 잘 보답하고 있다. 나는 내 친구들이 내 말을 들어줄

---

24 로마를 가리킨다.
25 로마의 주피터 신전이 있는 언덕 이름.
26 로마로 흐르는 강.

기회가 없을 때에 더 애정을 품고 그들의 말을 한다.

그런데 나는 폼페이우스를 변명하고 브루투스를 옹호하기 위하여 많은 토론으로 수없이 싸웠다. 이 친밀성은 아직도 우리 사이에 지속되고 있다. 우리는 현재의 사물들도 생각으로밖에는 파악하지 못한다. 나는 나 자신을 이 시대에는 무용한 인물로 보고 있기 때문에 다른 시대로 뛰어들며, 그들에게 완전히 반하여 옛날의 그 자유롭고 정의롭고 융성하던 로마에 ― 왜냐하면 나는 로마의 초창기나 쇠퇴기는 좋아하지 않는다 ― 흥미를 느끼며 열중한다. 그 때문에 나는 그들의 거리와 옛터, 세상의 양극까지 이르는 그들의 심오한 폐허를 그렇게 자주 찾아보아도 흥미를 느끼지 않은 적이 없다. 그것을 기억해 두는 일이, 권장되는 인물들이 자주 찾아다니고 살던 곳인 줄을 우리가 알고 심방할 때, 그들의 사적(事蹟) 이야기를 듣거나 그들의 작품을 읽는 것보다도 더 큰 감명을 받는 것은 우리의 본성이 시키는 것인가, 또는 우리 공상의 속임수에 의한 것인가?

"장소가 회상시키는 힘은 그렇게도 크다! 그리고 이 도시에서 그 힘은 무한히 크다. 왜냐하면 어디를 걷든지 우리는 역사의 유적 위에 발을 디디는 것이다."(키케로)

나는 그들의 용모와 자세와 의복을 고찰해 보는 것도 재미있다.

"나는 이런 위대한 이름들을 내 입에 올려보며, 그것을 내 귀에 울리게 한다. 나는 그들을 숭배하며, 이런 위대한 이름들 앞에 기립한다."(세네카)

그 어느 부분도 위대하고 감탄할 만한 사물들 중에, 나는 바로 그 평범한 부분들에 감탄한다. 나는 그들이 잡담하며 산책하고 식사하는 모습을 보고 싶다. 내가 그들의 살아가고 죽어가는 것을 보았고, 우리가 그들을 좇을 수만 있다면, 우리에게 많은 가르침을 주고 있는 그 많은 훌륭하고 그렇게도 용감한 인물들의 유적과 모습을 경멸한다는 것은 배은망덕이 될 것이다.

그리고 우리가 보는 저 로마는 너무나 오랫동안, 그리고 많은 자격으로 우리

나라의 왕실과도 동맹을 맺고 있기 때문에 사랑받을 만하다. 그것은 인류 공동의 보편적인 유일한 도시이다. 그곳에서 지배하는 최고의 관직은 다른 곳에서도 똑같이 인정받는다. 이 도시는 모든 기독교 국가들의 수도이며, 스페인 사람이건 프랑스 사람이건 그곳에서는 자기 나라에 있는 기분이 든다. 이 나라의 제왕이 되려면 어느 나라이건 기독교 국가의 신민(臣民)이면 족하다. 세상에 이 도시만큼 하늘이 많은 은총과 항구성으로 옹호하는 고장은 다시 없다. 그 폐허까지도 영광스럽고 당당하다.

찬양받을 폐허들로 더욱 진귀하다.
― 시도니우스 아폴리나우스

이 도시는 분묘까지도 제국의 표징과 모습을 지니고 있다.
"그리하여 이 유일무이한 지역에서는 대자연이 그의 작품에 자부심을 가질 만하다는 것도 명백한 일이다."(플리니우스)

어떤 자는 이런 헛된 쾌감으로 흥겨워하다 말고, 자책을 느끼며, 화를 낼 수도 있을 것이다. 무슨 심정이건 그것이 상식을 가질 수 있는 인간을 꾸준히 만족시킨다면, 나는 그를 가련하게 여길 수 없다.

나는 이때까지 조금이라도 내가 해나갈 수 없을 정도의 곤경에 빠져본 일이 없으니, 운수의 덕을 많이 보고 있는 셈이다. 이 운수라는 것이 귀찮게 굴지 않는 자들은 그대로 놔두는 것이 그의 격식이 아닐까?

우리가 더 궁핍해질수록 여러 신들은 더 많이,
우리에게 공여(供與)한다. 적나라한 신세로 나는 아무것도 바라지 않는 자들의 진영에 들고자 원한다……

……많이 요구하는 자에게,

결핍이 많다.

　　─호라티우스

이대로 계속한다면 운수는 나를 여기서 아주 안심하고 만족하게 보내줄 것
이다.

　나는 더 이상,

　여러 신들에게 요구하지 않는다.

　　─호라티우스

그러나 부딪히지 않도록 주의하라! 항구에 이르러 난파하는 자들은 얼마든
지 있다.

　나는 내가 이 세상에 없을 때, 세상에서 일어날 일에 대해서는 대수롭지 않
게 여긴다. 현재의 일만으로도 나는 너무나 매여 있는 셈이다.

　나머지는 운수에 맡긴다.

　　─오비디우스

그뿐 아니라 나는 자기 이름과 가문의 명예를 이어받을 아이들에 의하여 사
람들의 미래에 맺어진다고 하는 강력한 결연도 없다. 그리고 그것이 그렇게
바랄 만한 일이라고 해도 나는 아마 그만큼 바라는 마음이 적다. 나는 나 자신
만으로 너무나 이 세상과 인생에 매여 있다. 나는 다른 면으로 운수의 권한을
내 존재 위에 뻗쳐줄 것 없이 바로 내 존재 자체에 필요한 사정들로 운수에 매
여 있는 것만으로도 족하다. 그리고 아이가 없다는 것이 완전하고 만족스러운

인생의 한 결함이라고는 결코 생각해 본 적이 없다. 잉태 못하는 천품에도 역시 편리한 점이 있다. 아이라는 것은, 특히 그들을 착하게 만들기가 대단히 힘든 지금은 그렇게 바랄 만한 것이 못되는 것에 속한다.

"이제부터는 선량한 것은 아무것도 출생할 수가 없다. 그만큼 종자들이 부패하였다."(테르틸리아누스)

그렇지만 아이들을 두었다가 다음에 잃은 자들은 그것을 애석해할 충분한 이유가 있다.

나에게 우리 집의 책임을 맡겨준 분은, 내가 집 안에 가만히 들어앉아 있지 못하는 성미를 보고는 이 집을 망칠 것이라고 잘못 예언했다. 나는 더 잘해 놓지는 못했지만 들어오던 때 그대로의 상태로 있다. 나는 공직도 맡지 않고 수익도 올리지 않았다.

앞에서 나온 말이지만, 운수는 내게 심한 곤욕을 보인 일이 없으며, 혜택을 준 일 역시 없다. 운수로부터 받은 선물로, 우리 집에 있는 모든 것은 나보다 앞서 100년 전부터 있던 것들이다. 내가 운수로부터 특별히 후하게 받은 본질적이고도 견고한 재산은 아무것도 없다. 운수는 내게 실속 없이 명예적이며, 자격으로 된 바람과 같은 혜택을 어느 정도 주었다. 그리고 진실로, 하나님께서도 아시지만, 아주 물질적인 나에게, 그것도 아주 구체적으로 된 현실로밖에는 받아들이지 못하는 나에게, 그리고 감히 고백하지만 탐욕이 야심보다 더 용서될 수 있는 것으로는 결코 보지 않고, 고통도 수치보다 피할 만한 것이 못된다고 보지도 않으며, 건강은 학문만큼, 재산은 귀문(貴門)만큼 바랄 만한 것이 못된다고 보지 않는 나에게 허락된 것이 아니고 제공된 것이었다.

그 헛된 혜택들 중에는, 내가 최근 로마에 갔을 때 내 속에 가꾸어지는 이 바보 같은 심정에 관후한 은고(恩顧)로 수여받은 화려한 금문자(金文字)의 인장이 찍힌 정통의 로마 시민권만큼 기쁜 것이 없다. 그리고 이것은 다소간 은고에 차이를 두는 각기 다른 문체로 되어 있으며, 내가 그것을 보기 전에 그 양식을 보여주었어도 대단히 기뻤을 것이다. 그러므로 누구든지 나와 같은 호기심에 병들어서 이것을 보고 싶어지는 사람이 있을지도 몰라 그를 만족시키기 위해 여기 그 양식을 옮겨둔다.

로마 시 보존관(保存官) 오라치오 마시미와 마르초 체치와 알렉산드로 무티에 의하여 원로원에 제출된바, 기독교를 지극히 독신하는 왕의 통상 귀족이며, 성 미카엘 종단 기사인 지극히 유명한 미셸 드 몽테뉴에게 수여될 로마 시민권에 관한 보고서에 준거하여, 원로원과 로마 시민은 포고하노라. 고대 이래의 습관과 권위, 도덕과 귀품(貴品)이 탁월하며, 우리 공화국에 지대한 봉사를 하여 명예를 앙양하였거나 또는 앞으로 그와 같은 봉사가 예측되는 자들은 항상 간청과 열성으로 오조중(吾曹中)에 채택되어 왔음을 고려하여, 우리는 우리 선조의 모범과 권위를 위한 존경에 충만하여, 미풍을 모방하고 보존하여야 할 것으로 확신하노라. 어떠한 이유로 기독교 신앙이 지극히 돈독한 왕의 궁실 통상 귀족이며, 성 미카엘 종단 기사인 지극히 유명한 미셸 드 몽테뉴는 로마 인의 명의에 대단한 열성을 포회(抱懷)하고 있으므로, 그리고 그 지위와 가문의 광휘와 그의 개인적 소질에 비추어 원로원과 로마 시민의 지상의 판단과 찬성투표에 의하여 로마 시민권을 수여받음이 대단히 지당하도다. 따라서 원로원과 로마 시민은 모든 종류의 가치로 장식되고, 이 고귀한 국민에게 대단히 친애하는 유명한 미셸 드 몽테뉴는 그와 함께 그의 후세를 통하여 로마 시민으로 등록되었으며, 로마의 시민 귀족으로 출생하였거나 최선의 자격으로 시민이 된 자를 위하여 보유된 모든 명예와 이익을 향유하게 되었노라. 이 점에서 원로원과 로마 시민은 한 권리를 수여한다기보다도 한 부채를 상환하는 일로 생각하며, 한 봉사를 준다기보다도 이 시민권을 수령함으로써 시 자체에 영광을 기여하고, 이 시를 세상에 드러내는 자로부터 봉사를 받는 것으로 생각하노라. 시 보존관 등은 이 원로원 결의를 원로원 및 로마 시민의 서기관으로 하여금 기록케 하여 카피톨 서고에 보관시키며, 시의 보통 인장이 날인된 문서를 작성하였노라.

로마 기원 233년

예수 그리스도 탄생 1581년 3월 13일

오라치오 포스코

신성 원로원 및 로마 시민 서기관

뷘첸테 마르톨리

신성 원로원 및 로마 시민 서기관

나는 어느 시의 백성도 못되는데, 세상에 있는 나라 중, 그리고 이후까지라도 가장 고귀한 도시의 시민이 된 일에 대단히 만족한다. 다른 사람들이 내 생각대로 주의하여 자기를 관찰한다면, 나와 함께 허황함과 부질없음으로 충만해 있음을 볼 것이다. 내가 그런 부질없는 것을 벗어 던지기란 나 자신을 해체하지 않고는 불가능한 일이다. 우리는 이편이나 다른 편이나 모두 다 길들여져 있다. 그러나 그것을 느끼는 자들은 좀 나은 편일지도 모르겠다.

이렇게 우리보다 다른 것을 쳐다본다는 공통된 생각이나 습관은 우리의 일 처리를 위하여 매우 유익하다. 우리는 불만족으로 가득 찬 대상으로, 고난과 허영밖에 보지 못한다. 우리를 실망시키지 않기 위하여, 대자연은 아주 알맞게 우리 시력의 작용을 밖으로 돌려버렸다. 우리는 부평초와 같이 앞으로 떠간다. 우리의 경로를 거슬러 우리에게로 돌아오게 하기는 어려운 일이다. 바다는 그 자체로 밀려올 때는 이 모양으로 흐트러지며 막힌다. 사람들은 말한다.

"하늘의 운행을 보라. 공중을 보라. 저 사람의 말다툼을, 어떤 자의 맥박을, 이 다른 자의 유언을 보라. 결국은 늘 그대의 위나 아래를, 또는 옆이나 그렇지 않으면 뒤를 보라."

옛날 델포이의 신이 우리에게 해주던 다음과 같은 말은 모순된 명령이었다.

"그대 속을 보라. 그대를 알아보라. 그대 자신을 믿으라. 다른 데 가서 소모되는 그대의 정신과 의지를 그 자체에로 돌려라. 그대는 흘러간다. 그대는 흩어져간다. 그대를 집중시켜라. 그대 자신에게 기대라. 사람들은 그대를 배반하고, 그대를 낭비하고, 그대를 그대로부터 훔쳐낸다. 그대는 이 세상이 온 시야를 안으로 오므리며, 눈은 그 자체의 관찰에 열려 있는 것을 보지 않는가? 그대를 위해서는 안이나 밖이나 늘 허영이다. 그러나 시야를 덜 펼치면 허영이 덜하다. '그대밖에는, 오, 인간이여, 사물 각자가 그 자체를 맨 먼저 연구한다. 그리고 자기 필요에 따라서 그의 일들과 욕망들에 한계를 두고 있다.'고 이 신은 말했다. 우주를 포섭한다는 그대보다 더 궁하고 더 빈 사물은 없다. 그대는 지식 없는 수집가이다. 권한 없는 관리이며, 결국은 희극 속의 떠버리이다."

인상에 대하여

우리가 지닌 대부분의 견해는 권위와 신용에서 얻어진 것이다. 그것이 언짢다는 말은 아니다. 지금과 같은 약한 시대에 우리 자신이 택하다가는 가장 나쁜 것밖에는 잡지 못한다. 소크라테스에 관하여 그의 친구들이 남겨놓은 사상적 형태는, 공중(公衆)이 찬성하는 것을 존중하여 우리도 찬성할 뿐이다. 우리가 알아서 하는 것이 아니다. 이 사상들은 우리의 경험에 토대를 둔 것이 아니다. 지금 이 시대에 그와 비슷한 것이 나온다면, 좋게 평가할 사람은 별로 없다.

우리는 자극적이고 부풀리고 기교로 팽창된 것만 보고 있으며, 우아한 맛은 보지 못한다. 순박성과 단순성 밑에 흐르는 우아미는 우리와 같은 천박한 취미에는 잡히지 않는다. 그런 것에는 미묘한 아름다움이 숨어 있는데, 이렇듯 숨겨진 광명을 발견하려면 깨끗하고 명철한 시각이 필요하다. 순박함이라 함은 우리로 보면 우둔 못지않게 비난받을 성질이 아니던가? 소크라테스는 천부적인 범상한 동작으로 마음을 움직여간다. 농부도 그렇게 하며, 여자들도 그렇게 한다. 그는 마부나 재담꾼, 갖바치나 토역장이의 말투밖에 입에 담지 않는다. 그것은 사람들이 가장 잘 알고 있는 범속한 행동들에서 끌어낸 귀납이며 유추이기 때문에 누구든 그것을 쉽게 이해할 수 있다. 어려운 학설로 펼쳐 보이지 않은 모든 것은 평범하고 비속한 것으로 보며, 겉모양과 허식으로 꾸며 보이지 않으면 풍부함을 알아주지 않는 우리는, 그렇게 비속한 형태로는 소크라테스의 고상하고 찬란하며 감탄할 만한 사상들을 결코 식별할 수 없었을 것이다.

　우리의 세상은 겉치레로만 꾸며져 있다. 사람들은 바람으로만 속을 채우고, 고무풍선처럼 둥실둥실 떠돌고 있다. 소크라테스는 헛된 생각은 내놓지 않았다. 그의 목적은 우리에게 현실적으로 인생에 더 밀접하게 쓸모 있는 사물들이나 교훈들을 찾아주는 데 있었다.

　절도를 지키고, 한계를 견지하며, 본성을 좇다.
　─ 루카누스

　그는 또 언제나 한결같았다. 그리고 도약으로가 아니라 기질로 자기 정력의 궁극에까지 올라갔다. 더 자세히 말해 보자면, 그는 아무것도 올려놓은 것이 아니고, 도리어 자기를 끌어내려서 그 근원의 본성으로 돌려놓으며, 정력과 고초와 고난을 극복해 나갔다. 카토의 경우에는 범인과는 거리가 먼 긴장의 자세가 유지되며, 그의 생애와 죽음의 고매한 행적에서는 늘 위풍 있게 말을 타고 있던 그의 풍모가 명백하게 느껴진다. 그러나 소크라테스의 경우에는 땅에 밀착하여 유연하고 평범한 보조로 가장 유용한 사상을 다루었으며, 그의 죽음, 사람으로서 당할 수 있는 가장 가혹한 역경에 처해서도 인간다운 삶의 길을 밟았다.

　세상에 널리 알려질 가치가 있으며, 세상의 모범으로 들 수 있는 인물이 우리가 가장 확실하게 알고 있는 사람이라는 것은 실로 잘된 일이다. 그는 세상에서 가장 사리를 잘 아는 사람들[1]에 의하여 밝혀졌다. 우리가 알고 있는 그에 관한 증인들은 그 신실성과 능력으로 보아서 감탄할 만한 인물들이다.

　한 아이의 순결한 생각에 이러한 질서를 세우고, 변질시키거나 늘이지도 않

---

1 소크라테스를 소개한 플라톤과 크세노폰을 말한다.

고 우리 심령의 가장 훌륭한 성과를 이루었다는 것은 위대한 업적이다. 그는 인간의 심령을 고매한 것이나 풍부한 것으로 표현하지 않는다. 그는 심령을 건전하게, 그것도 경쾌하고도 밝은 건강함으로밖에는 표현하지 않는다. 이러한 자연스러운 동기와, 일상적이고 평범한 관념을 가지고 감격하거나 흥분하지 않으면서, 그는 세상에서 가장 잘 조절되었을 뿐 아니라 가장 높고 힘찬 신념과 행동과 도덕을 세웠다. 하늘에서 헛되이 시간을 보내던 인간적 예지를 끌어내려 가장 정당하고 유용한 일거리가 있는 인간에게 돌려준 것은 바로 그가 한 일이다. 그가 재판관들 앞에서 했던 변론을 들어보라. 얼마나 정당한 이유를 들어 전쟁의 위험 앞에 용맹을 돋우고, 어떠한 논법으로 증상과 포학과 죽음, 그리고 아내의 잔소리에 대항하여 인내심을 강화해 가는가를 보라. 그 과정에서 기술이나 학식에서 빌려온 바는 아무것도 없다. 가장 단순한 머리를 가진 자도 소크라테스를 보면, 자기들이 가진 수단방법과 힘을 자각하게 된다. 그보다 더 뒤로 물러나고 아래로 내려갈 수는 없다. 그는 인간 본성이 어느 정도 일을 할 수 있는가를 보임으로써 인류에게 큰 혜택을 주었다.

우리 각자는 스스로 생각하는 것보다 더 부유하다. 그런데 사람들은 재료를 빌려오고 찾아오도록 훈련시키며, 자기 것보다 남의 것을 사용하도록 가르친다. 사람들은 어떤 일에서도 자기에게 필요한 정도에서 멈출 줄 모른다. 탐락이건 재산이건 권력이건 자기가 포용할 수 있는 이상의 것을 차지하려고 한다. 사람들의 탐욕을 채우기란 불가능하다. 알고자 하는 욕심에서도 탐욕에서와 마찬가지인 것을 나는 본다. 사람들은 자기가 할 수 있는 것보다 훨씬 더 많이, 자기가 해야 할 것보다 훨씬 더 많은 일을 스스로를 위해 끌어내며, 지식의 유용성을 그 재료가 있는 한 확대시킨다.

"우리는 다른 모든 일에서와 같이 학문 연구에도 무절제 때문에 고통 받는다."(세네카)

아그리콜라(Gnaeus Julius Agricola)의 어머니가 그 아들의 너무 맹렬한 학문의 연구 의욕을 억제하였다고 타키투스가 칭찬한 것은 옳은 일이다. 확고한 눈으로 보면, 학문은 인간의 다른 재보와 같이 인간이 타고난 고유의 약점과 허영이 많이 섞여 있는 값비싼 재물이다.

학식의 사용은, 다른 모든 음식이나 음료보다도 훨씬 더 위험한 일이다. 대체로 우리가 사들인 물건은 그릇에 담아서 집으로 가져간다. 그리고 그 가치를 우리 마음대로 평가해 보고, 어느 시간에 얼마나 쓸까를 정할 시간이 있다. 그러나 학문은 우리 심령밖에는, 당장 다른 그릇에 담아둘 수가 없다. 우리는 이 지식들을 사들일 때 그것을 삼켜버리며, 장터에서 나올 때 이미 그 해독을 입었거나 그 때문에 개선되었거나 한다. 그 가운데는 우리에게 영향을 주기는커녕 도리어 심령에 장애와 부담밖에 안 되며, 우리를 치유해 준다는 핑계로 해를 끼치는 것도 있다.

나는 어느 곳에서, 사람들이 경건한 마음으로 정절과 빈궁과 고행을 축원하는 식으로 무지를 축원하는 것을 보고 즐거워했다. 우리를 흥분시키는 이 글공부의 욕심을 억제하여 학문적 사상을 자랑삼게 하는 탐락적인 요소를 없애는 것은, 우리의 무절제한 욕망을 제거하는 일이다. 그리고 거기에 정신의 빈궁까지 첨가하는 것은 빈한함에 대한 축원을 풍부하게 성취하는 일이다.

우리가 편안하게 살기 위하여 학문이 필요한 것은 아니다. 우리 속에서 학문을 찾아내는 일도, 그리고 그것을 활용하는 일도 모두가 우리 자신 속에 있다고 소크라테스는 말했다. 우리가 본성으로 받은 것을 초월한 이 모든 능력들은 거의 다 헛되고 불필요한 것들이다. 학문이라는 것은 우리에게 쓸모가 있기보다는 우리에게 짐을 지워서 혼란시키지나 않으면 다행이다.

"현명한 정신에는 문장은 그다지 필요하지 않다."(세네카)

그런 것은 우리의 정신적 과잉이며, 우리 일에 귀찮게 간섭하는 불안한 도구이다.

명상하라. 그러면 죽음에 대항하게 하는 본능의 진실한 가르침과, 우리가 곤경에 처하여 사용하는 데 가장 적합한 가르침을 그대 자신 속에서 발견할 것이다. 그것은 한 농민이나 국민 전체가 한 철학자와 똑같이 죽음에 대하여 지조 있게 처리하게 하는 가르침이다.

그런 내가 키케로의 《투스쿨라나에》를 못 읽어 보았더라면 죽기가 더 힘들 것이라고 생각하는가? 나는 그렇다고 생각하지 않는다. 이제 진실로 내가 죽음을 대면하고 보니, 내 구변은 좀 늘었으나 마음에는 별로 얻은 것이 없음을 느낀다. 마음은 내 본성이 만들어준 그대로이며, 다른 사람들과 마찬가지로 싸움을 위하여 무장하고 있다. 서적들은 나를 훈련시켜 주기는 했으나, 가르쳐준 것은 별로 없다.

만일 학문이 우리에게 새로운 방어책으로 타고난 불운에 대항할 수 있도록 무장해 주려고 하다가, 그것이 우리를 보호해 주는 이치와 묘책보다 인생이라는 불운이 바로 거창하고 무거운 짐이라는 인상을 우리의 사상에 깊이 새겨준다면? 그러한 시도는 진실로 학문이 우리를 헛되이 깨우치는 묘책이다.

실속 있고 현명한 작가들을 살펴보자. 그들은 옳은 논법을 둘러서 얼마나 경박한 다른 논법들을, 그것도 자세히 들여다보면 속 빈 논법들을 뿌려놓고 있는가? 그것은 우리를 속이는 부질없는 말재간에 불과하다. 그러나 인생에 유용할 수도 있기 때문에, 나는 그것을 달리 췌론(贅論)하고 싶지 않다. 이 서적에도 빌려왔거나 모방했거나 한, 이런 식의 문장이 상당히 여러 군데에 끼어 있다. 그러므로 좀 묘한 구절을 힘차다고, 날카로운 점을 견고하다고, 아름다움에 지나지 않는 것과 '마시기보다도 맛보기에 더 좋은 것'(키케로)을 가지고 잘 되었다고 하지 않도록 조심해야 한다. '재치가 아니라 심령이 문제될 때'(세네카), 마음에 드는 것 모두가 배불려주는 것이 아니다.

세네카가 죽음에 대하여 준비하는 데 들인 노력을 본다면, 그가 마음을 단단히 먹고 안심하려고 진땀을 흘리며, 그리고 이 외나무다리에서 그렇게 오랫동안 필사적으로 애를 써가며 허우적거린 꼴을 본다면, 만일 그가 죽을 때 아주 씩씩하게 체면을 유지하지 못했던들, 나는 그에 대한 평판을 뒤집어 생각했을 것이다. 그의 고민이 그렇게까지 자주 일어난 것은, 그 자신이 열정적이고 괄괄한 성격이었던 것을 나타내준다. 위대한 심령은 더 고요하고 지극히 침착한 태도로 표현된다.

"정신은 한 색채를 가졌고, 심령은 그와 다른 색채를 가진 것은 결코 아니다."(세네카)

그는 그의 논법으로 설복시켜야 한다. 그리고 그의 모습은 어느 점에서 그가 그의 적수인 죽음에 쫓기며 지낸 것을 보여주고 있다.

플루타르코스의 태도는 한층 더 경멸조이고 나태해 있었다. 바로 그 때문에 내가 보기에 그는 그만큼 더 씩씩하고 사람을 설복시키는 힘이 있다. 나는 그의 심령이 침착하고 조절된 동작을 가졌다고 생각하고 싶다. 전자는 한층 더 생기가 있어서 우리를 자극하고 분기시키며, 정신에 더욱 감명을 준다. 후자는 더 태연하여 꾸준하게 우리를 만들어주고 세워주고 북돋아주며, 우리의 이해력을 더욱 감동시킨다. 전자는 우리의 판단을 앗아가지만, 후자는 그것을 얻게 한다.

나는 마찬가지로 더한층 존경받는 다른 문장들을 보았다. 그것은 우리의 충동에 대항하여 버티는 투쟁에 대하여 너무나 자극적이고 강력하고 극복할 수 없는 것으로 묘사하고 있다. 따라서 우리 국민들 중 쓰레기더미에 속하는 자들은 그들의 저항에 관한 한, 그들이 당한 유혹의 진기함과 일찍이 들어보지도 못한 그 위력에 감탄하게 된다.

우리가 이런 학문의 노력으로 스스로를 무장한들 무슨 소용이 있는가? 대지 위를 내다보자. 거기 퍼져 있는 가난한 사람들은, 열심히 일하고 있는 불쌍한 그들은 아리스토텔레스니 카토니 모범이니 교훈이니 하는 것은 알지도 못한다. 그런데 본성은 그들에게서 날마다 우리가 학교에서 공부하는 것보다 훨씬 더 순수하고 더 강직한 지도로써 인내의 효과를 끌어낸다. 그들 중에는 가난

을 가난으로 알지 않고 죽음도 자진하여 바라거나, 또는 죽음의 고비를 괴로
워하지도 않고 넘기는 자들이 얼마나 많은가?

내 정원을 일구고 있는 저 자는 오늘 아침에 그 아비인지 아들인지를 땅에
묻었다. 그들이 병을 말할 때 병명을 들으면 그 병의 가혹성이 부드러워진다.
폐결핵은 그들에게는 기침이고, 적리(赤痢)는 설사요, 늑막염은 기력부진이
다. 그리고 이렇게 순한 말로 병을 부르기 때문에, 그들은 병의 고통을 참아내
기도 훨씬 수월하다. 그들이 평상시의 일을 그만두게 될 때에는 병은 이미 위
중한 상태이다. 그들은 죽어갈 때 외에는 병석에 눕지 않는다.

"이 단순하고 명백한 덕성은 불분명하고 미묘한 학문으로 변했다."(세네카)

내가 이 글을 쓰고 있을 때, 맹렬한 전투가 몇 달을 두고 내 집 주변에서 벌
어져 중압감을 가해 왔었다. 나는 한편에는 우리 집 문 앞에 적들이 밀려오고,
한편에는 적보다 더 패악한 불한당들이 닥쳐와서 —

"무기가 아니라 죄악으로 전투한다."(작자 미상)

모든 종류의 군사적 행패를 동시에 겪고 있었다.

오른쪽에 가공할 적이, 그리고 왼쪽에 다른 적이 나타나며,
급박한 위험이 양쪽에서 위협해 온다.
— 오비디우스

해괴망측한 전쟁이다. 다른 전쟁들은 밖에서 행해지는데, 이 전쟁은 자체의
독소로 자체를 침식하며 자체를 파괴해 들어간다. 이 전쟁은 그 본질이 너무
나 패악하고 파괴적이기 때문에 다른 모든 것과 아울러 그 자체를 파괴시키
며, 광분에 휩싸여 그 자체를 짓밟는다. 우리는 이 전쟁이 일상 생활용품의 결
핍에 의하거나 적군의 압력에 의한 것보다도 더 흔히 그 자체로 무너지는 것
을 본다. 내란 때는 모든 규율이 없어진다. 이 전쟁은 반란을 진압하려다가 오

히려 반란을 확대시키며, 불복종을 징벌하려다가 불복종의 본을 보이고, 그리고 법을 수호하려고 일어났다가 오히려 대항하며 반란에 가담한다. 대체 어찌 되려는가? 우리의 약품에는 병균이 들어 있다.

우리가 당하는 불행은,
구원으로 더 악화된다.(작자 미상)

병폐는 치료로 더 악화되고 격화된다.
—베르길리우스

정과 부정이 우리 죄악의 광분으로 혼동되며,
여러 신들의 정당한 의지를 우리로부터 물리쳤다.
—카툴루스

민중들의 이러한 병폐에서, 사람들은 시초에는 병든 자와 건강한 자를 구별할 수 있다. 그러나 우리 사정처럼 병폐가 오랫동안 계속되면 머리부터 발끝까지 물든다. 그 어느 부분도 부패를 면하지는 못한다. 왜냐하면 번져나가는 방자한 풍조보다 더 잘 흡수되고 잘 퍼지며, 쉽게 침투하는 공기는 없기 때문이다.

우리 군대는 외부에서 들여온 시멘트에 의해서만 뭉쳐지고 단단해진다. 프랑스인들은 이미 견실하고 질서 잡힌 군대를 만날 수가 없다. 이보다 더한 수치가 어디 있는가! 외국인 용병들이 보여주는 외에는 규율이라고는 없다. 우리로 말하면 모두가 제멋대로 놀며, 각자 우두머리의 지휘를 받는 것이 아니고 모두 제멋대로 행세한다.

우두머리는 외부 일에 대비하기보다도 내부 일에 더 급하다. 남을 쫓아다니고 아첨하고 몸을 굽히는 것은 지휘관의 일이다. 그 혼자만이 복종하고, 다른 자들은 모두 자유이며 풀어져 있다. 야심은 사람을 졸장부같이 비굴하게 만든다. 그들이 얼마나 추한지, 노예와도 같은 근성으로 야심의 목표에 도달하려 하는가를 보면 재미있다.

마음이 온후하고 정의를 지킬 수 있는 사람들이 이 혼란에 처하여, 사람을 지휘하고 일을 처리해 나가다가 날마다 타락해 가는 꼴을 보는 것은 몹시 불쾌하다. 오래 겪다 보면 버릇이 되고, 버릇이 되면 동의하고 마침내는 모방하게 된다. 우리는 착하고 관후한 심령들을 손상시키지 않아도 잘못 태어난 심령들을 상당히 가지고 있기 때문에 말이다. 이대로 나가다가 운이 돌아서 이 나라가 건강을 다시 찾게 될 경우, 나랏일을 맡아야 할 자가 적어지지나 않을까 염려된다.

적게나마 이 청년[2]이
이 붕괴하는 시대를 구하러 오는 것을 막지 마라.
— 베르길리우스

군졸들에게 적군보다도 우두머리를 더 두려워하라고 가르친 옛 교훈은 어떻게 되었는가? 그리고 옛날 로마 군이 쳤던 진영의 울안에 사과나무 한 그루가 있었는데, 다음날 진영이 옮겨갈 때 그 나무의 무르익은 사과들이 하나도 축나지 않았더라는 경탄할 만한 사례는 어떠한가? 나는 우리 젊은이들이 별로 쓸모없는 여행과 명예로울 것도 없는 도제생활로 세월을 보내는 대신, 반은 로데스 해군의 선량한 사령관 밑에서 바다 위의 전쟁을 견학하며, 반은 터키 육군의 엄격한 규율을 배우며 보내기를 바란다. 왜냐하면 그들의 규율은 우리

---

2 작자인 베르길리우스는 아우구스투스(본명 : 가이우스 옥타비아누스)를 지적하였는데, 몽테뉴는 이 시구로 나바르 왕을 가리키는 듯하다. 사실 그는 훗날 프랑스 왕이 되어 거의 반세기 동안 동란으로 파멸되어 가던 국가를 다시 일으켜 세웠다.

것보다 많은 장점을 가지고 있기 때문이다.

우리 군인들은 원정하러 나가면 더 충성스러워지는데, 저들은 더 조심스럽고 두려움이 많아진다. 그들은 평상시에는 비천한 평민들에 가해지는 행패와 도둑질에는 태형만을 가하지만, 전시에는 사형에 처한다. 달걀 한 개의 값을 치르지 않으면 곤장 50대로 정해져 있고, 다른 모든 만행은 식료품 이외의 경우 아무리 가볍더라도 지체 없이 말뚝을 박아 죽이거나 참수형에 처한다. 나는 역사상 가장 잔혹한 정복자인 셀림의 이야기를 읽고 매우 놀란 바 있다. 그가 이집트를 정복하였을 때 다마스쿠스 시 주위에 있는 많은 감탄할 만한 정원들이 문을 닫지 않고 활짝 열어놓은 채, 군졸들의 손에 걸리지 않고 온전히 남아 있었다는 것이다.

한 국가의 병폐를 이러한 치사(致死)의 약제로 싸워야 할 불행이 또 있단 말인가? 한 나라를 찬탈하는 포학한 점거도 이보다는 덜하다고 파보니우스는 말하였다. 플라톤은 한 국가의 병폐를 고치려고 폭력으로 평화를 문란케 하는 일에 동의하지 않았고, 국민을 살육하고 피를 흘려가며 하는 개혁을 용인하지 않았다. 이런 경우 점잖은 인물의 할 일은, 모든 것을 그대로 두고 다만 하나님께 그 비상한 손을 빌려달라고 기원하는 길이 있을 뿐이다. 플라톤은 친구 디온이 좀 다른 방법을 사용한 것을 불만으로 생각하는 것 같다.

나는 플라톤이 세상에 있었다는 사실을 모를 때부터 플라톤주의자였다. 그리고 그가 자기 시대의 공공의 암흑상태에서 자신의 양심적 성실성으로 그렇게 깊이 기독교적 광명에 침투하도록 신의 가호를 받아 마땅하던 바에는 그저 놀라울 뿐이다. 이러한 인물이 우리[3]의 동기(同氣)에서 전적으로 거절되어야 한다면, 나는 우리의 협력 없이 신에게서 단순히 그의 것인 아무런 구원도 기대하지 않음이 얼마나 불경건한 태도인가를 한 이교도로부터 배우게 되는 것

3 기독교를 말한다.

이 전혀 마땅하지 않다.

  나는 이런 일에 끼여드는 많은 사람들 중에 진심으로 가장 못된 개악을 사회 개혁의 수단으로 택하며, 확실하게 하나님의 저주를 받은 명백한 원칙으로 자기 영혼의 구제를 찾고, 하나님이 자기에게 맡겨주신 정부와 관리와 법률을 둘러엎고, 어머니⁴의 사지를 찢어 옛날의 적에게 갉아먹게 던져주고, 동포애를 골육상잔의 증오심으로 채우고, 마귀와 광귀들을 원군으로 청하면서, 그리고 하나님 법의 거룩한 평화와 정의를 돕는 일이라고 생각할 만큼 이해력이 우둔한 자가 하나라도 있을까 하고, 나는 자주 의심을 품어본다.

  야심과 탐욕과 잔인성과 복수심은 그 자체로만 본다면 그다지 맹렬하지 않다. 그런 것을 정의와 신앙의 영광스러운 자력으로 뜨겁게 해주고 부채질해 주자. 패악이 합법적으로 되고, 관청의 허가를 얻어서 도덕의 망토를 입는 것보다 더 괴악한 사태를 상상해 보기란 정말 어려운 일이다.

  "미신보다 더 심한 기만은 없다. 그것은 신들의 구실로 범죄를 은폐한다."
(티투스 리비우스)

  플라톤에 의하면, 부정의 극단적인 유형은 부정의가 정의로 간주되는 일이다.

  국민들은 당시 대단히 광범하게 도탄에 빠져 있었다. 그것은 단지 현재의 손해뿐 아니라 미래까지도 손해를 입는다.

  모든 방면의 전원은 지극한 혼란과 무질서로,
  어지럽혀져 있었다.
  —베르길리우스

  살아 있는 자들이 고생해야만 했고, 아직 출생하지 않은 자들까지도 당할 일

---

4 조국을 말한다.

이었다. 국민들은, 따라서 나도 당한 일이지만[5] 희망까지 약탈당했다. 사람들은 오랜 세월을 살아가려고 준비해야 할 거리까지 모두 빼앗겼던 것이다.

가져가거나 데려가지 못할 것은 부스러뜨리고,
이 못난 도당은 무고한 초가(草家)들마저 태워버린다.
— 오비디우스

성벽 안쪽에도 안전은 없고,
전원의 민가는 약탈당한다.
— 클라우디아누스

이런 소란 이외에도 나는 다른 고생을 겪었다. 나는 이런 병폐에서 절제가 가져오는 봉변을 겪어보았다. 나는 모든 편에서 얻어맞았다. 지블랭[6] 당에는 겔프 당원이었고, 겔프 당에는 지블랭 당원으로 보였다. 어디인지는 생각나지 않지만 우리의 한 시인이 이렇게 말했다. 내 집의 위치와 이웃 친지들의 사정은 나를 이런 모습으로 보여주었고, 내 생활과 행동은 나를 다른 모습으로 보여주었다. 정식으로 비난받아야 할 어떤 걸릴 만한 이유가 없었다. 나는 결코 법을 어기지 않는다. 내게서 그런 단서를 찾았다면 바로 그 자가 걸렸을 것이다. 사람들은 은밀히 혐의를 두었다. 혼잡스럽게 뒤섞인 이런 시대에는 시기심 많은 자와 어리석은 자들이 늘 있게 마련이듯, 그렇게 보일 거리는 있게 마련이다.

5 국민들이 약탈당한 것을 말하고, 은연중에 몽테뉴 성은 피해를 보지 않았음을 암시한다. 이 사태는 1586년에 마이엔 장군 휘하의 리그 파 군대가 당시 신교도에게 점거되어 있던 코스티옹 읍을 공략하던 때 벌어진 일이다. 거기서 5마일 가량 떨어진 몽테뉴 성은 당시 적군과 불한당들에게 시달리고 있었다.
6 지블랭(Gibelin)은 독일 황제파고, 겔프(Guelphe)는 교황파로서, 12세기에서 15세기까지 이탈리아에서 둘로 분열되어 맹렬히 싸웠다.

내 양심을 보호하는 것은 도리어 그것을 위태롭게 하는 일이라고 생각한다. "왜냐하면 구론(口論)은 증거를 약화시키기 때문이다."(키케로)

나는 나 자신에게 무슨 구실을 붙이거나 변명하거나 설명하는 일은 항상 피해 왔다. 그래서 운수가 나빠 누가 내게 불리한 소문을 퍼뜨리면 나는 대개 그것을 거들어주는 꼴이 된다. 그리고 마치 각자가 나와 똑같이 내 속을 환히 들여다보았다는 듯한 나에 대한 비난에서 물러나려 하지 않고, 나는 도리어 조롱조로 비꼬아 고백하며 자진하여 그 비난에 부채질을 한다. 나는 이런 일은 대답할 거리가 못된다고 딱 잡아떼며 침묵을 지키지는 않는다.

나의 이런 태도가 너무 자신 있고 교만하다고 보는 자들은, 자기의 사상에 변명할 여지가 없는 약점을 지닌 데서 오는 것이라고 보는 자들과 마찬가지로 나를 좋지 않게 본다. 특히 세도가들은 자기들 앞에 굴복하지 않는 것을 가장 큰 잘못이라고 보고, 올바른 사람들이 그들 앞에 비굴한 태도로 탄원하지 않는 태도를 느끼는 모든 경우에 혹독하게 대한다. 나는 종종 이러한 난관에 부딪쳤고, 어떻든 그때 내게 일어난 일이 야심가였더라면 목을 매달아 죽었을 것이며, 아마 탐욕한(貪慾漢)이라도 그러했을 것이다.

나는 소득에는 아무런 관심이 없다.

> 지금 내가 가진 것만을 보존하고,
> 할 수가 없으면 다 못해도 좋다.
> 여러 신들이 허락하는 남은 여생이나마,
> 나대로 살아가게 하라.
> —호라티우스

그러나 폭력에서 오건 도둑질에서 오건 타인의 침해로 인한 손실은, 탐욕으로 병들어 고통받는 사람과 똑같이 나를 괴롭힌다. 이런 침해는 그 손실의 크기보다 마음을 훨씬 더 아프게 한다.

온갖 종류의 불행이 잇달아 내게 닥쳐왔다. 다른 사람들과 모두 함께 당한다면 나는 마음이 편했을 것이다. 얼마 전부터 나는 내가 늙어서 낙백(落魄)하고 곤궁하게 되면 친구들 중의 누구에게 몸을 기탁할 것인가를 생각해 보았다. 눈으로 사방을 둘러본 뒤 나는 알몸뚱이로 돌아왔다. 그렇게 높이서 곤두박질 치기라도 하면 견고하고 힘차고 부유한 친구의 팔에 떨어져야 할 일인데, 그런 친구란 아주 드물다.

마침내 나는 내가 곤궁한 때 나를 맡길 가장 안전한 곳은 나 자신이라는 사실을 알았다. 그리고 운수의 은고(恩顧)에서 냉대 받는 경우를 당한다면 가장 간절하게 나를 나 자신의 은고에 당부하고 내게 애착하며, 나를 더 가까이에서 주시해야 할 것임을 알았다. 모든 일에서 자기 자신을 무장할 줄 안다면, 그것만이 확실하고 강력한 것인데, 사람들은 자기 자신의 힘을 아끼려고 남의 힘에 의지하며 몸을 던진다. 아무도 자기에게 도달하지 못했기 때문에 각자는 다른 곳으로, 그리고 미래로 달려간다. 그래서 마침내 이 난리가 유익한 일이라는 결론을 얻었다.

첫째로, 굽은 나무는 불에 쬐어서 집게의 힘으로 바르게 펴는 것처럼, 이치를 잘 설명해도 알아듣지 못하는 학생에게는 매질로 깨우쳐주어야 한다. 나는 이미 오래 전부터 내게 의지하고 남에게 의탁할 생각을 버리라고 나 자신에게 설교하고 있다. 그러나 내 눈은 역시 늘 옆으로 돌아간다. 높은 사람이 고개를 끄덕이며 좀 호의 있는 말이라도 던지고, 좋은 얼굴이라도 보여주면 나는 솔깃해진다. 그러한 것이 요즈음 드물게 있는 일인지, 그 뜻이 어디 있는지는 하나님만이 아신다! 나는 또 사람들이 나를 장터로 끌어내려고 유인하는 소리에 이마의 주름살도 잡지 않고 들어주며 너무 약하게 나 자신을 방어한다. 그렇기 때문에 나는 마치 자진하여 넘어가는 것같이 보인다. 이렇게 말 안 듣는 정신에는 심한 매질이 필요하다. 그리고 이렇게 제멋대로 풀어지고 터지며 빠져서 부서져가는 통은, 망치로 때리고 두들겨서 죄어야 한다.

둘째로, 설령 운수의 덕택으로, 그리고 내 성격의 조건 때문에 걸려도 마지막에 걸리리라고 기대하던 내가, 대뜸 초두부터 이 폭풍우에 걸려들게 되었다 해도 당황하지 않는다. 왜냐하면 이런 변고는 일찍부터 내 생활을 단속하고 새로운 조건에 적응하도록 나를 가르쳐서, 이보다 더 나쁜 일에도 견디는 훈련이 되었기 때문이다. 진실한 자유는 자기 자신에 대한 전적인 권한을 갖는 일이다.

"가장 강력한 자는 스스로를 자기 권한 속에 가진 자이다."

보통의 평온한 시대에는, 사람들은 대수롭지 않은 평범한 사고에 대비한다. 그러나 벌써 40년 이래로 우리가 처해 있는 이 혼란 상태에서는, 프랑스 사람이면 누구나 다 개인적으로나 일반적으로나 시시각각으로 자기 운명이 완전히 뒤바뀌는 순간에 있음을 본다. 그러므로 우리에게는 더 강력하고 힘찬 준비가 필요하다. 이렇게 무르지도 느긋하지도 한가롭지도 않은 시대에 살게 된 것을 운명에게 감사하자. 다른 방법으로 유명해지지 못하는 자는 불행으로 유명해질 것이다.

나는 전에 역사에서 다른 나라들의 이런 혼란상태를 읽어 나가다가 내가 그때 살아서 직접 눈으로 보지 못한 것이 한스러웠다. 그런 만큼, 나는 내 눈으로 우리 공공생활의 파멸의 징후와 그 모습을 보아가며, 어느 정도 천성의 호기심에 만족감을 느낀다. 그리고 내가 우리 시대의 이런 사태를 지연시킬 수 없는 이상, 나는 거기 참여하여 그것을 알아볼 수 있게 된 것에 만족한다.

우리는 극장에서 움직이는 영상이나 쓸데없는 이야기 속에 인간 운명의 비극적인 희롱의 표현을 알아보고 구경하기를 즐긴다. 우리가 듣는 일에 동정이 안 가는 것은 아니다. 그러나 우리는 극히 드물게 이러한 비참한 사건들을 보고, 인생의 고통을 환기시키며 쾌감을 느낀다. 꼬집는 맛이 없으면 즐거운 맛도 없다. 탁월한 역사가들은 평온한 이야기를 잠자는 물이나 죽음의 바다와도 같이 피하며, 반란과 전쟁의 시대를 이루어간다. 그런 이야기를 우리가 좋아하고 있음을 잘 알기 때문이다.

나는 내 생명의 안정과 평화를 얻기 위하여 내 나라가 망해 가는 동안 얼마나 비굴한 대가로 인생의 반 이상을 보냈는가를, 수치스럽게 고백할 염치를 가졌는지 의심스럽다. 나는 나 자신에게 직접 관계되지 않는 사건은 너무 값싼 참을성으로 넘기고 있다. 그리고 나 자신을 한탄하기 위해서는 내가 빼앗긴 것보다도 안으로나 밖으로나 내게 그대로 남아 있는 것을 둘러본다. 불행들이 잇달아 우리에게 곁눈질하며 주위의 다른 곳을 치는 통에, 이번에는 이런 꼴을 면하고 저번에는 저런 꼴을 면했다는 데서 위안을 얻는다. 공적인 사물에 관해서와 같이 내 심정이 더욱 보편적인 사물들로 확대되어 감에 따라 내 심정은 그로 인하여 더 약화된다. 뿐만 아니라 거의 확실하게 —

"공적인 불행에 관해서는 우리에게 관계되는 사실밖에 느끼지 않는다."(티투스 리비우스)

그리고 병이 시작되기 이전의 건강하던 상태는 그 자체가 지금은 그렇지 못하다는 애석함을 덜어준다. 그것은 건강이었다. 그러나 다만 그 다음에 온 질병에 비교했을 경우에 지나지 않는다.

우리는 결코 높은 곳에서 떨어진 것이 아니다. 지금은 권위와 질서로 간주되는 부패와 강도 행위는 가장 참을 수 없는 일처럼 보인다. 안전한 장소에서보다도 숲속에서 도둑에게 당하면 좀 덜 억울하다. 사정은 신체의 모든 부분들이 서로 다투어 썩어가고, 그 각각의 썩은 부분들이 한데 뭉치는 격이며, 그리고 그 대부분이 고질화되어 치료를 받을 수도 없고, 치료받기를 요구하지도 않는 종창 같은 상태였다.

그래도 어쨌든 평정할 뿐 아니라 오만하게 처한 내 양심의 덕택으로 이 붕괴 작용은, 나를 놀라게 만들기보다는 오히려 더 활기를 띠게 해주었다. 그러니 나는 한탄할 거리를 찾아보지 못했다. 하나님께서 순수하게 좋은 일도, 순수하게 불행한 일도 사람들에게 보내는 것이 아닌 만큼, 내 건강은 이 시절에 여느 때보다 더 잘 지탱되었다. 그리고 나는 건강하지 않으면 아무 일도 하지 못하듯, 건강하고서는 못할 일이 없다. 건강은 내 모든 역량을 나에게서 일깨우며, 자칫하면 더 심한 피해를 입혔을 타격을 막아내려고 손을 내밀 힘을 주었다. 그리고 나의 참을성으로 운수의 타격에 대항하는 발판을 마련해 주어, 아주 심한 타격이 오기 전에는 쉽사리 낭패하지 않을 것을 나는 느꼈다.

　나는 재앙이 더 혹독하게 나를 공격하게 하려고 이런 말을 하는 것은 아니다. 나는 운수 나리께 문안을 올린다. 나는 그 앞에 손을 쳐든다. 제발 이만하면 운수나리도 만족해 줘야지. 내가 그 공격을 느끼느냐고? 물론 느끼고말고. 마치 설움에 시달림 받는 자가, 그래도 가끔은 어떤 쾌감을 느끼면서 미소 짓는 수도 있는 것과 같이. 나는 나 자신의 평정상태를 유지시키고 괴로운 생각을 벗어 던지기 위한 여유는 충분히 가지고 있다. 그렇지만 이런 불쾌한 생각을 쫓아버리거나 그것과 싸우려고 마음을 단단히 먹는 동안에도, 갑자기 엄습해 오는 이런 불쾌한 상념 때문에 엉겁결에 침울해지는 수도 있다.

　그런데 이 모든 불행에 뒤이어, 점점 증가되는 재앙이 찾아왔다. 내 집 안팎으로 덮쳐온 흑사병이 다른 무엇보다도 더 혹독하게 나를 괴롭혔다. 건강한 몸이 병에 걸리면 더 크게 앓는다. 지금까지의 기억으로는 근처에 온 전염병도 발을 들여놓은 일이 없던 아주 건전하던 내 집안의 공기가, 한번 독소에 걸리고 보니 정말 괴상한 결과를 초래했다.

　　늙은이나 젊은이가 뒤죽박죽으로 묘혈 속에 쌓여,
　　프로세르피나[7]의 잔인한 손아귀를 벗어나는 자가 없었다.
　　― 호라티우스

7 명부의 신.

나는 이런 재미있는 꼴을 당하게 되자, 내 집을 보기가 무서워졌다. 그 속에 있는 모든 것이 아무런 방비 없이 탐내는 자 아무에게나 방치된 채로 있었다. 사람이라면 누구나 다 잘 맞아주던 내가, 내 가족의 피할 곳을 찾느라고 몹시 고생했다. 갈 곳 없는 가족을 친지들이 무서워하고, 마침내는 자기들 자신이 무서워졌다. 자리 잡을 터전을 찾아 가는 곳마다 공황상태를 일으켰다. 일행 중 누가 손가락 끝이라도 아프다고 하면 서둘러 그곳을 떠나야만 했다. 아프다면 모두 흑사병으로 간주되고, 그것을 확인해 볼 시간마저 주지 않았다. 그리고 의술의 규칙에 따라 위험이 가깝다고 판단되면 40일 동안은 흑사병이 아닌가 하고 공포로 떨어야 했고, 그 동안의 상상력은 제멋대로 작용하여 건강한 몸이라도 열병을 일으키도록 가중되었다.

내가 6개월 동안 비참하게도 이 대상(隊商)의 안내자 노릇을 하며 고통을 느끼지 않아도 되었던들, 이 모두가 내게 그토록 심하고 고된 일은 아니었을 것이다. 왜냐하면 나는 결심과 참을성이라는 예방약을 가지고 있었기 때문이다. 이 병의 증후는 사람들이 특히 무서워하지만, 내게는 조금도 무서울 것이 없었다. 그러니 내가 홀몸이었다면 오히려 그 병에 걸리고 싶었을 것이다. 훨씬 더 유쾌하게 멀리 도피하는 방법이 되었을 테니까. 그 죽음은 내게는 가장 나쁜 죽음으로는 생각되지 않는다. 이 병은 일반적으로 순식간에 닥쳐오며, 고통이 없고 짧다. 모두가 같은 상태이니까 위안이 되고, 범절을 차릴 것도 없으며, 초상 치를 것도 없고, 사람들이 와서 떠들어대지도 않는다.

근처 사람들은 백에 하나도 목숨을 건지지 못하였다.

그대는 보았으리, 양지기의 왕국에 인정이 없고,
들판은 사방으로 멀리 공허함을.
─베르길리우스

이 고장에서 내 수입의 대부분은 수공업에서 나온다. 그런데 나를 위하여 일하던 일꾼 100여 명이 오랜 기간 동안 일을 못하고 있다.

당시 이 모든 서민들의 순박성 속에서 결단성의 어떤 본보기를 찾아볼 수는 없는가? 일반적으로 각자 자기의 생명을 보살필 생각을 포기하고 있었다. 이 지방의 주요 산물인 포도는 포도나무에 그대로 달려 있고, 모두가 무관심하게 죽음에 대비하며, 오늘 저녁에 올까 내일 올까 하며 얼굴에건 말투에건 조금도 두려워하는 기색이 없었다. 그들은 마치 운명과 타협하는 것처럼, 모두가 당하는 불가피한 처단으로 생각하는 것같이 보였다.

죽음이란 한결같다. 그러나 죽음에 대한 결심은 이 얼마나 하찮은 일에 걸려 있는가! 그 차이는 몇 시간 더 살고 못 사는 것에 달려 있다. 다만 같이 있는 사람들 때문에 죽음에 대한 해석이 달라지는 것이다. 이 사람들을 보라! 아이들이나 젊은이나 늙은이가 모두 같은 달에 죽기 때문에, 그들은 그리 놀라지도 서로 울어주지도 않는다. 그 가운데는 죽음이 남보다 늦게 닥치는 것을, 자기 혼자 고립되는 무서운 고독같이 두려워하는 자가 있음을 나는 보았다. 그리고 무덤 걱정밖에 다른 걱정이 없었다. 그들은 시체들이 들판에 흩어져 있어서, 짐승들이 즉시 떼지어 몰려드는 것을 보고 걱정하였다.

사람들의 공상이란 얼마나 판이한 것인가? 알렉산드로스가 정복한 네오리트 사람들은 죽은 자들의 시체를 깊은 숲속에 내던져서 짐승들에게 먹이는데, 이것이 그들에게는 행복한 장례로 간주되었다.

어떤 자는 아직 건강한데도 벌써 자기 무덤을 파고 있었고, 또 다른 자들은 아직 살아 있는데도 무덤 속에 누워 있었다. 내 집의 직공 하나는 죽어가며 자기 손발로 흙을 제 몸에 뿌려 덮었다. 이것은 마치 좀더 편히 자기 위하여 비와 이슬을 피하려는 것 같지 않은가! 그 고매한 정신은 어느 점에서는 칸의 전투가 끝난 뒤 볼 수 있었던 모습, 로마 군졸들이 자기가 판 구덩이에 머리를 쑤셔박고 제 손으로 흙을 뿌려 묻어서 질식해 죽어가던 모습에 비길 만하다. 요약하면, 한 국민 전체가 습성으로 단번에 그 강직성이 연구되고 상의된 끝의 결심에도 지지 않는 수준으로 올라갔던 것이다.

학문이 우리에게 권장하는 교훈의 대부분은 힘보다도 겉치레가 많고, 실속보다 장식에 치우친다. 우리는 본성을 버렸다. 우리를 그렇게도 행복하고 확실하게 지도해 주던 본성을 도리어 가르치려고 한다. 반면에 학문은 본성의 가르침의 자취, 무식한 덕택으로 아직 조금 남아 있는 본성의 모습을 배운 것 없는 시골사람들의 생활 속에서 찾으며, 날마다 배울 거리를 빌려다가 제자들에게 지조와 순진과 안정의 본으로 보여주지 않으면 안 된다. 제자들은 그 훌륭한 지식으로 가득 차 있는 터에 어리석은 순박성을 모방해야 하며, 그것도 그들이 처음으로 도덕을 실천할 때 그렇게 해야 한다. 또한 우리의 예지는 어떻게 살고 죽는가, 어떻게 재산을 아끼고, 아이를 사랑하며 기르는가, 어떻게 법을 세우고 지켜야 하는가와 같이, 우리 인생에서 가장 중요한 부분에 가장 필요하고 유익한 가르침을 바로 저 짐승들에게서 배워온다.

그것은 인간이 병들었다는 뚜렷한 증거이다. 그런데 우리 멋대로 조종되는 이 이성이라는 것은 늘 잡다하게 새로운 것을 찾아내며, 우리에게 본성의 드러난 자국이라고는 아무것도 보여주지 않는다. 이 모두는 보기에도 재미있는 일이다. 그리고 사람들은 이 이성을 마치 향수장수가 기름을 다루듯 한다. 그들은 외부에서 받아들인 논법이나 사상 등으로 본성을 지나치리만큼 조작하여, 본성은 그 때문에 사람에 따라서 변하여 특수하게 된다. 이렇게 본성에 고유한 불변의 모습을 잃어버린 까닭에, 우리는 본성을 찾으려면 편벽이나 부패나 잡다한 사상의 영향을 받지 않은 짐승들에게서 그 증거를 찾아야 한다. 짐승들 자체도 본성의 길을 항상 정확하게 걷는 것은 아니지만, 그들은 길에서 벗어나지 않으므로 언제나 그 본 자국을 쉽게 알아볼 수 있다. 마치 사람이 몰고 가는 말이 아무리 날뛰며 달아나려 해도 고삐의 길이를 벗어나지 못한 채 항상 그들을 몰고 가는 자의 걸음을 따라가고, 묶인 새가 아무리 날아보아도 발에 맨 끈의 길이밖에는 날지 못하는 식이다.

"어떤 불행에도 풋내기 노릇을 하지 않도록 추방생활, 고행, 전쟁, 질병, 난파 등을 상기하라."(세네카)

우리 본성의 모든 병폐 따위를 예측하며, 아무 관계도 없는 일을 가지고 그렇게까지 고민하며 대비하는 저 호기심이 우리에게 무슨 소용이 있는가?

"고통의 가능성은 고통 자체와 같이 불행을 준다."(세네카)

맞아서뿐 아니라 바람소리, 방귀소리만 들어도 우리는 화들짝 놀란다. 또는 매우 중한 열병환자들처럼—왜냐하면 이것은 정말로 열병이기 때문이다—언제 매를 맞을 팔자가 될지 모르니까, 지금부터 매를 맞아본다는 식인가? 크리스마스 때 필요할 테니까 생장[8] 때부터 솜옷을 껴입으라는 말인가? 그대에게 일어날 수 있는 모든 불행, 특히 극단적인 불행의 경험 속에 몸을 던져라. 거기에서 몸을 단련시켜 안심하고 있으라고 사람들은 말한다.

그 반대로 가장 쉽고 자연스러운 일은 바로 그런 생각을 하지 않는 일이다. 불행이 오지 않을까, 불행이 너무 오래 계속되면 어쩌나 하여, 우리 감각만으로는 그 고통을 정당하게 느끼지 못할 것처럼 정신은 이런 불행들을 한없이 펴고 늘여서 미리 자기 몸에 결합시켜 품어 갖는다.

"불행이 닥쳐올 때는 그 충격은 대단히 클 것이다—가장 온화한 학파가 아니고, 가장 엄격한 학파의 한 스승은 말한다—그 동안 그대 몸을 아껴두라. 가장 좋은 상태로 생각하라. 그대의 거센 운수를 미리 맞이해 데려오며, 미래가 두려워서 현재까지 희생시키고, 세월이 지나면 그대가 불행해질 것이라고 미리 생각하고 지금부터 가련한 모습을 할 필요가 도대체 어디 있는가?"(세네카)

학문은 우리에게 불행의 폭을 아주 정확하게 가르치고—

[8] 여름철의 축제.

심려로 인간의 마음을 편달하며.

— 베르길리우스

좋은 봉사를 해준다. 이런 불행들이 가지고 있는 위대성의 한 부분이라도 우리의 심정이나 인식에 잡히지 않는다면 참 억울할 것이다.

죽음에 대한 준비가 대다수 사람들에게 그 고통 자체보다 더 큰 고민을 준 것은 확실하다. 그래서 옛날 현명한 작가에게서는 다음과 같은 말이 실제로 나오기도 했다.

"불행의 고통은 상상의 고통보다 덜 느껴진다."(퀸틸리아누스)

현재에서 죽음의 심정은 때로는 우리에게 결코 피할 수 없는 일을 그 이상 피하지 말라는 결심을 당장 그 자체로 세워준다. 옛날 수많은 검투사들은 싸울 때는 조심스럽고 비겁하게, 죽을 때는 적의 칼날 앞에 목을 내밀며 죽음을 용감하게 받아들이는 것을 볼 수 있었다. 장차 올 죽음을 내다보려면 차분한 결심이 필요하지만, 그런 결심은 하기 힘들다. 그대는 죽을 줄 모른다고 걱정하지 말라. 본성 자체가 알아서 가르쳐준다. 본성이 그대를 위해 이 일을 정확하게 치러줄 것이다. 그 때문에 공연히 속 썩일 필요는 없다.

삶이여, 그대는 쓸데없이 사거(死去)의 시간과
죽음이 어느 노순(路順)으로 가까이 오는가를 탐지하려고 한다.
— 프로페르티우스(Sextus Propertius)

확고한 파멸을 급격히 당하는 것은,
공포의 고통을 오래 겪는 것보다 덜 괴롭다.
— 막시미아누스(Marcus Aurelius Valerius Maximianus)

우리는 죽음의 근심으로 삶을 방해하고, 삶의 걱정으로 죽음을 방해한다. 하나는 우리에게 고초를 주고, 하나는 우리에게 공포를 준다. 우리는 너무나 순간적인 죽음에 대하여 준비하는 것이 아니다. 결과가 없고 아무 해가 없는 15분 동안의 짧은 수고를 위해서는 특별한 교훈이 필요 없다. 사실을 말하면 우리는 죽음을 준비하며 살고 있다.

철학은 우리에게 죽음을 항상 앞에 두고 때가 오기 전에 예측하고 고찰하라고 명령한다. 그리고 우리가 이 예측과 고찰 때문에 마음을 상하지 않도록 준비시키고, 그러기 위한 규칙과 주의를 준다. 의사들도 역시 약과 기술을 사용하기 위하여 우리를 질병 속에 던져넣는다. 그러나 우리가 살아가는 법을 몰랐다고 해도 우리에게 죽는 법을 가르치며, 종말을 전체와 어긋나게 하는 것은 옳지 못한 일이다. 우리가 견실하고 편안하게 살아갈 줄 알았다면, 우리는 그와 같은 태도로 죽어갈 줄 알 것이다.

그들은 다음과 같이 저희들 멋대로 자랑한다.

"모든 철학자들의 인생은 죽음에 관한 명상이다."(키케로)

그러나 내 생각으로는 죽음은 인생의 끝일 뿐 그 목표는 아니다. 그것은 인생의 종말, 곧 그 극단이며, 그 목적은 아니다. 인생은 그 자체의 목표이며 의도라야 한다. 올바른 연구는 자기를 조절하고 인도하며 감내하는 일이다. 처세법의 전반적인 주요한 문제에 포함되어 있는 여러 의무들 중에 죽는 법이라는 한 조건이 있는데, 그것은 우리의 공포심에 무게를 주지 않으면 그 가운데서도 가장 가벼운 조목들 속에 포함된다.

그 효용과 소박한 진실을 가지고 판단하면, 이 순박성의 가르침은 오히려 학설이 설교하는 교훈에 지는 법이 없다. 사람들은 그 심정이나 능력으로 보아 모두가 서로 다르다. 그들은 사람에 따라서 자기에게 맞게 각기 다른 길로 인도해야 한다.

"폭풍이 나를 어느 해안에 던져놓건 나는 손님으로 상륙한다."(호라티우스)

나는 내 이웃에 사는 농부들이 마지막 숨을 거둘 때, 어떤 태도를 취할 것인가 생각하는 것을 본 적이 없다. 본성은 그에게 죽어갈 때밖에는 죽음을 생각하지 않도록 가르쳐준다. 그리고 죽음에 닥쳐서는 아리스토텔레스보다도 더 점잖게 해치운다. 이 철학자는 죽음과 죽음에 관한 오랜 예측 때문에 두 번 죽어야 했던 것이다. 그래서 카이사르의 의견에 따르면, 예측하지 않은 죽음이 가장 행복스럽고 가장 가벼운 죽음이다.

"필요하기 전에 고민하는 것은 필요 이상으로 고민하는 일이다."

사상에서 생기는 이 괴로운 심정은 우리의 호기심에서 나온다. 우리는 미리 내다본다고 하며, 본성이 정해 준 일을 앞질러 지배하려고 하다가 이렇게 항상 피해만 끼친다. 아주 건강할 때 죽음을 생각하고, 얼굴을 찌푸리며 식사할 때 입맛마저 잃는 따위는 의사들이나 할 일이다. 보통 사람은 부딪치고 난 때 외에는 약도 위안도 필요 없다. 또한 그가 병 때문에 고통 받는 바로 그 정도밖에는 생각하지 않는다. 속인들은 이해력이 부족하고 어리석은 탓으로 현재의 불행에 대하여 강한 인내력을 가지고, 앞으로 닥쳐올 불길한 사건에 대하여 무관심하게 지낼 수 있으며, 그들의 영혼은 더 때 묻고 어리석은 탓으로 침투당하거나 동요되는 일이 적다고 우리는 말하는 게 아닌가? 정말이지, 그렇다면 이제 바로 학파를 세워보자. 학문이 우리에게 약속해 주는 궁극적인 목적은 바로 이것이다. 그 방면으로는 이 바보학파가 더 순하게 제자들을 지도할 것이다.

우리에게 타고난 순박성을 해석해 주는 착한 스승들은 얼마든지 있다. 소크라테스도 그 중의 하나이다. 내가 생각하는 바로는, 그는 자기 생명에 관하여 심의하고 있는 재판관에게 대략 이런 뜻으로 말한다.

"여러분, 내가 당신들에게 나를 죽게 하지 말라고 청한다면, 그것은 내가 이 세상의 위쪽과 아래쪽 사물들에 관한 더 비밀스러운 지식을 가지고 있어서, 내가 다른 자들보다 더 잘 알고 있어서 그렇게 주장한다고 하는 나의 고발자들의 밀고를 두려워하기 때문입니다. 나는 죽음과 사귄 것도 아니고, 죽음을 아는 것도 아니며, 내게 그것을 가르쳐주려고 자기 소질을 시험해 본 자를 만난 일도 없습니다. 죽음을 두려워하는 자들은 죽음을 알고 있다고 추측합니다. 나는 죽음이 무엇인지, 저승에서는 일이 어떻게 되는지 모릅니다. 아마도 죽음은 무관심한 일이고, 바랄 만한 일일지도 모릅니다. 죽음이 이 세상에서 저 세상으로 옮겨가는 일이라면, 그렇게 많은 작고한 위인들과 같이 살려고 찾아감으로써, 이승에서의 불공평하고 부패한 재판관들과 상관할 필요가 없어지니, 그것은 훨씬 나은 일이라고 생각할 만합니다. 죽음이 우리 존재의 소멸이라면, 그런 길고 평화로운 밤으로 들어간다는 것 또한 좋은 일입니다. 우리 인생에서는, 고요한 휴식과 꿈도 꾸지 않는 길로서 잠보다 더 감미로운 일은 없습니다."[9]

"자기와 가까운 사람을 모욕한다든가, 신이건 사람이건 자기 웃어른의 말을 거역하는 것 같은, 내가 나쁜 것으로 알고 있는 일들은 조심하여 피합니다. 보아서 좋은 일인지 나쁜 일인지를 모르는 일들은 두려워할 거리가 못됩니다."

"만일 나는 죽으러 가버리고 당신들은 살아 있게 놓아둔다면, 당신들과 나 중 어느 편이 더 좋은가는 신들만이 아십니다. 그러니 내 일에 대해서는 당신들 마음대로 명령하십시오. 그러나 내 식으로 옳고 그른 일을 충고하기라면, 내 사건에 관하여 당신들이 나보다 멀리 내다보지 못하는 경우, 당신들의 양심을 위하여 나를 석방하는 편이 나을 것입니다. 그리고 공적으로든 사적으로든 나의 과거 행동으로 판단하여 내 의향과, 젊고 늙은 많은 시민들이 나와 날마다 이야기하는 데서 얻는 이익, 그리고 내가 여러분들 모두에게 해준 성과로 보아서, 전에 이보다 못한 이유로도 당신들은 다른 사람들에게 베푸는 것을 내가 자주 보아온 바이니, 가난한 내 처지를 고려하여 나를 프리타네온[10]에

---

9 디오게네스 타에르티우스의 《소크라테스 전》에서 인용.
10 Prytaneion: 아테네 원로원 의원들의 관사. 국가의 공로자들이 거처한 곳.

넣어 국가의 비용으로 살게 하는 일 외에는 내 공로에 대하여 정당하게 보답하지 못할 것입니다."

"여느 습관에 따라서 내가 당신들에게 애원하며 동정해 달라고 호소하지 않는다고 하여, 나를 고집쟁이라고 생각하거나 당신들을 경멸한다고는 생각하지 마시오—나는 호메로스가 말하듯, 다른 사람들과 마찬가지로 나무나 돌에서 나온 인간이 아닙니다—내게는 눈물을 흘리며 애통해 줄 수 있는 친구들과 친척들이 있고, 어린것들 셋이 울부짖고 있으니, 이런 것은 당신들의 자비심을 끌 만합니다. 내가 이 나이로, 그리고 내가 지금 고발당하고 있듯 지혜로운 사람이라는 평판을 들으며 그런 비열한 얼굴을 보인다면, 그것은 우리 도시에 수치를 주는 일입니다. 사람들은 다른 아테네 인들을 보고 뭐라고 하겠습니까?"

"나는 언제나 나의 말에 귀를 기울이는 자들을 훈계하며 부정한 행위로 자기 생명을 건지지 말라고 했습니다. 그리고 암피폴리스와 포티데아, 델리온 등 내가 참전한 전쟁터에서, 나는 수치스러운 행동으로 내 생명을 보장하지 않는 자라는 것을 실지로 보여주었습니다. 그뿐만이 아닙니다. 그런 일은 내가 당신들에게 의무를 이행하지 않고 더러운 일을 하라고 부탁하는 것이 됩니다. 왜냐하면 당신들을 설복하는 것은 내가 아니고, 정의롭고 순수하며 견고한 이성이 해야 할 일이기 때문입니다."

"당신들은 정의를 견지하겠다고 신들에게 맹세했습니다. 이렇게 말하면 당신들은 신의 존재를 믿지 않는 것이 아닌가 하고, 내가 당신들을 의심하며 비난하는 것처럼 생각할지도 모르겠습니다. 내 사건의 귀결을 순수하게 그들의 처리에 맡기지 않고 그 처리를 신임하지 않는다면, 나는 스스로 내가 마땅히 믿어야 할 신들을 믿지 않는다는 불리한 증인이 될 것입니다. 나는 모든 일을 신들에게 맡기며, 신들은 당신들이나 나를 위하여 가장 적당한 길을 따라 이 사건을 처리할 것이라고 확신합니다. 산 사람이나 죽은 사람이나 그들이 선하다면 신들을 조금도 두려워할 필요가 없습니다."

이것이야말로 소박하고 건전한 변론이다. 그러나 동시에 모든 사례를 넘어서 진실하고 솔직하고 정당하며, 상상해 볼 수 없이 고매한 태도의 순진하고도 평범한 변론이 아닌가? 그런데 어떠한 궁지에서 그는 이런 말을 한 것인가? 진실로 그가 저 위대한 웅변가 리시아스(Lysias)가 그를 위하여 법률상의 문체로 지어준 그 탁월한 문장으로 된 변론보다 이 변론을 택한 것은 지당한 일이었다. 왜냐하면 그것은 고귀한 죄인에게는 전혀 마땅하지 못했기 때문이다.

어느 누가 소크라테스의 입에서 애원하는 소리를 들은 일이 있었던가? 그의 드높은 덕성이 가장 강력하게 겉으로 드러날 때 어찌 막힐 수 있을 것인가? 그의 풍부하고 강건한 본성이 어찌 자기 변호를 기교에 맡겨둘 수 있으며, 그의 가장 고매한 시도에 외워온 연설의 외형과 꾸밈의 분칠로 분장하기 위하여 그의 어법의 장식인 진리와 순진성을 버릴 수 있었을 것인가? 그가 그의 늙어빠진 생명을 연장시키기 위해 부패하지 않은 생활방식을 가진 한 인간의 거룩한 모습을 타락시키지 않고, 영광스러운 죽음으로 영원히 남아 있을 인류의 기억을 배반하지 않은 것은, 그의 식으로 대단히 현명한 일이었다. 그의 생명은 자기 것이 아니고, 온 세상의 본보기를 위한 것이었다. 그가 한가로운 무명인사로 무의미한 생애를 마쳤더라면 그것은 사회적 손실이 아니었을까?

실로 이렇게도 무관심하게 자기 생명을 고려하지 않은 것은 후세가 그만큼 더 그를 위하여 이 죽음을 추모해 줄 만한 일이었다. 그렇기 때문에 후세는 여기에 호응했다. 그리고 정의로써는 운성(運星)이 그를 칭송하기 위하여 명령한 것보다 더 정당한 정의는 다시 없었다. 왜냐하면 아테네 사람들은 그의 죽음의 원인이 된 자들을 너무나 증오했기 때문에 마치 파문당한 자들을 대하는 것처럼 그들을 피했고, 그들의 손이 닿은 것은 불결하다고 여겼으며, 아무도 그들과 함께 같은 욕탕에서 목욕하지 않았고, 아무도 그들에게 인사하거나 알아주지도 않았다. 그래서 그들은 마침내 이 공중의 증오심을 견뎌내지 못하여 스스로 목매달아 죽었다.

만일 누군가 소크라테스의 언행에 관한 많은 다른 예들 중에서 내가 이야깃 거리로 하필 이 이야기를 택한 것은 잘못이고, 이 설명은 일반의 사상보다 너무 고상하다고 생각한다면 나는 일부러 이것을 택한 셈이 된다. 왜냐하면 나는 다르게 판단하고, 그리고 이 설명은 그 계열로나 순박성으로나 보통의 사상보다 뒤떨어지고 저속한 것이라고 생각하기 때문이다. 그것은 기교 없는 어리석은 과감성으로, 유치한 자신을 가지고 본성에서 나오는 일차적인 순수한 인상과 무지를 표현하고 있다. 우리는 당연히 고통에 대한 공포심을 가지고 있지만, 죽음으로 하여 죽음에 대한 두려움을 가진 것은 아니라고 믿을 만하기 때문이다. 죽음은 삶과 똑같이 우리 존재의 본질적인 부분이다. 죽음이 대자연에게 그의 작품들의 계승과 변천을 가꾸기 위하여 대단히 중요한 지위를 차지하고 있는 이상, 그리고 이 우주 공동체에서 죽음은 손실과 파멸보다도 출생과 증식에 더 봉사하고 있는 이상, 무엇 때문에 본성으로 하여금 죽음에 대해 증오심과 공포심을 불러일으키게 할 필요가 있는가?

이와 같이 만물이 갱신된다.
―루크레티우스

많은 생명들은 죽음에서 출생한다.
―오비디우스

한 생명의 쇠잔은 다른 뭇 생명으로의 통과이다. 대자연은 동물들에게 자신을 보살펴 보존하는 본능을 불어넣었다. 그들은 그들의 몸이 상하고, 부딪치고, 상처입고, 우리가 그들에게 올가미를 씌우고 두들기고 하는, 그들의 감각과 경험에 매여 있는 사고들을 두려워하기까지 한다. 그러나 우리가 그들을 죽이는 것은 두려워하지도 못하며, 그리고 죽음을 상상하고 추론하는 소질도 갖지 못했다. 그래서 짐승들은 죽음을 유쾌하게 받아들일 뿐 아니라—말은 대부분 죽으면서 소리친다. 백마는 죽음을 노래한다—더 나아가 코끼리처럼 필요한 때에는 죽음을 찾아간다고 사람들은 말한다.

따라서 소크라테스가 사용하는 진술방식은, 그 순박성과 힘찬 기백에서 감탄할 만한 일이 아닌가! 진실로 소크라테스처럼 말하고 그처럼 살아가기보다는, 아리스토텔레스같이 말하고 카이사르와 같이 사는 일이 더 쉽다. 그의 생애는 완벽함과 지난함의 극단의 단계이다. 기교는 거기에 발붙일 수 없다. 그런데 우리의 소질은 이렇게 버릇 들여져 있지 않다. 우리는 우리 자신의 것은 시험도 인식도 하지 않은 채 남들의 소질을 빌려다 쓰며, 우리의 소질은 내버려둔다.

마치 누군가 나를 두고 말한다면, 나는 가져온 꽃으로 꽃다발을 만들어놓았을 뿐이며, 내 것이라고는 이 꽃들을 묶어놓은 끈밖에 없다고 할 수 있다. 실로 나는 이런 빌려온 장식이 나를 따라다닌다고 사람들에게 공표해 놓고 있다. 이런 것이 나를 덮어씌워 감춰버린다는 말이 아니다. 그것은 내가 의도하는 바와는 반대이다. 나는 내 것과 그 본성으로 내게서 나오는 것만을 보여주려고 한다. 그리고 사람들이 내 말을 믿어준다면, 일이 어떻게 되건 나는 전적으로 나 혼자의 말만을 했다. 나는 내가 뜻하는 바와 처음에 잡은 형식 말고도 이 시대 사람들의 사상과 사람들의 권고를 좇아, 날마다 점점 더 심하게 남에게서 빌려온 것을 내 글에 적어놓는다. 아마 틀림없이 그러기 쉽지만, 그것이 내게 맞지 않는다고 해도 상관없다. 그것은 다른 사람에게 유쾌할 수도 있다.

어떤 자들은 한 번도 만나보지 못한 플라톤과 호메로스를 인용한다. 나는 그들의 원본에서보다도 다른 곳에서 상당히 많이 따왔다. 내가 힘도 안 들이고 능력도 없이 글을 쓰고 있는 지금, 내 주위에 있는 수천 권의 책들 속에서, 내가 생각만 있다면 나의 이 인상론을 장식하기 위하여 들추어보지도 않은 어느 표절자들 열두엇에서 즉각 빌려올 수도 있다. 인용으로 내 책을 장식한다면, 한 독일 작가의 권두언에서 따오기만 해도 된다. 그리고 우리는 어리석은 세상 사람들을 속이며, 욕심나는 영광을 구걸한다.

그렇게도 많은 사람들이 자기 연구에 대한 노력은 아껴두고 상투적인 말로 잡서(雜書)를 만들어내는 것은 진부한 소재 외에는 소용이 되지 않는다. 그것은 우리를 지도하려는 것이 아니며, 소크라테스가 아주 재미있게 에우티데모스(Euthydemos)를 질책하던 식으로, 학문의 우스운 성과를 우리에게 보여주는 데 필요하다. 나는 작가가 여러 박학한 친구들에게 이것을 조사해 달라고 하고, 다른 재료로 저것을 꾸며달라고 당부하며, 자기로서는 연구하지도 않고 들어본 일도 없는 것을 가지고 일을 계획하고, 알지 못하는 재료의 묶음을 기교를 부려 엮어놓은 것만으로 만족하며 책을 만들어놓는 것은 보았다. 잉크와 종이만이 자기 것일 뿐이다. 그것은 솔직히 말한다면 책을 사거나 빌려오는 일일 뿐 결코 책을 만드는 일이 아니다. 그것은 사람들에게 자기가 책을 만들 줄 안다는 것을 알림이 아니고, 사람들이 의심할 수 있는 대로, 그가 책을 만들 줄 모른다는 것을 알리는 일이다.

내가 있던 곳의 한 재판장은 다른 문장 200군데에서 글을 따다가, 재판장으로서의 자기 판결문을 하나 꾸며놓았다고 자랑하고 있었다. 그것을 아무에게나 떠들어대다니, 내가 보기에는 그는 자기가 받아온 영광을 말소시키고 있었다. 이런 인물이 그러한 소재를 가지고 떠들어대다니, 내 생각에는 용렬하고 어리석은 자랑이었다.

나는 그 많은 차용으로부터 어떤 것을 태연하게 표절하며, 그것을 가장하고 변작(變作)하여 새로운 용도에 사용한다. 그 글의 본래 의미를 이해하지 못했다고 사람들이 비난할 위험을 무릅쓰고 나는 거기 내 손으로 다른 특수한 의미를 주어가며, 그것을 그만큼 아주 순수하게 남에게서 따온 것이 아니도록 만든다. 다른 사람들은 자신들이 도둑질한 것을 드러내 보이며 이야기한다.

그러니 그들은 법 앞에서는 나보다도 신용이 있다. 우리 같은 본성론자(本性論者)들은 인용하는 명예보다도 창작의 명예를 훨씬 더 높이 평가한다.

내가 학문을 가지고 말하고 싶었더라면 더 일찍이 서둘렀다. 내가 재치도 있고 기억력도 더 좋았던 공부하던 그 시절에 썼을 것이다. 그때 이것을 직업으로 삼고 싶었더라면, 그 젊은 패기로 보아 지금보다도 더 자신을 가졌을 것임에 틀림없다. 게다가 운수가 이 작품을 통하여 내게 베풀어주는 이런 우아한 혜택이, 그때에는 더 유리한 철을 맞이했을 것이다. 이 소질이 뛰어났던 내 친지들 중의 두 사람은 60이 되기를 기다리느라고 40대에는 글 쓸 생각을 않고 있다가, 그의 재질의 반을 잃었다고 나는 생각한다. 성숙기에는 청춘기처럼 그때 특유의 결함이 있는데, 그 결함이 더 심해진다. 그리고 이런 일에는 노년기가 다른 어느 시기보다 나쁘다. 누구든지 자기의 노쇠기를 많은 사람들 앞에 내보이며, 나이의 은총을 잃은 자이고 몽상가이며 정신이 잠든 자라는 것을 느끼게 하지 않는 기분으로 표현하기를 바란다면, 그것은 어처구니없는 생각이다. 우리의 정신은 늙어가면서 위축되고 퇴보한다.

나는 내 무지를 화려하고 풍부하게 말하며, 학문은 메마르고 빈약하게 말한다. 학문의 편은 어쩌다가 부분적으로 건드리며, 무지의 편은 명백하게 말한다. 그것도 무(無)밖에는 아무것도 특수하게 취급하지 않으며, 무학문(無學問)에 관해서밖에 다른 어느 학문도 다루지 않는다. 나는 내 생애를 묘사하는 내 인생을 앞에다 놓고 보는 시기, 곧 늙은 시기를 택하였다. 생명으로 남아 있는 몫에는 죽음이 더 큰 자리를 차지한다. 그리고 나의 죽음을 가지고도 다른 사람들처럼 수다를 떠는 것이라면, 나는 죽는 자리에서도 기꺼이 사람들에게 내 의견을 말해 줄 것이다.

모든 위대한 소질들의 완벽한 모범이었고, 그 자신의 아름다움을 미치도록 사랑한 소크라테스는, 그의 아름다운 영혼과는 맞지 않게 그렇게도 추한 신체와 용모를 가졌는데, 이것은 사람들의 말에 의하면, 대자연은 그에게 울화가 치밀 정도로 부당한 일을 한 것이다. 육체에서 영혼으로의 조화와 관계보다 중요할 성싶은 일은 아무것도 없다.

"영혼이 어떠한 육체에 깃들여 있는가 하는 것은 대단히 중요한 문제이다. 많은 육체적 소질들은 정신을 세련시키고, 다른 많은 소질들은 정신을 둔화시키기 때문이다."(키케로)

이 작가는 신체의 각 부분들의 비뚤어지고 변질된 추악함을 두고 말한다. 그러나 우리는 첫눈에 비위에 맞지 않는 것을 역시 추악함이라고 한다. 그것은 주로 얼굴 모습 때문이며, 안색이나 반점, 거친 용모, 그리고 잘 정돈되고 온전한 신체의 부분들에 대한 설명할 수 없는 어떤 아주 가벼운 이유 때문에 싫어지는 수가 있다.

라 보에시에게서 아름다운 심령을 감싸고 있던 못생긴 용모는 이 범주에 든다. 그 피상적인 추악함은 그대로 강력한 인상을 주는 것이기는 하지만, 정신 상태에는 큰 영향을 주지 않고, 사람들의 평판에도 그다지 확실하게 작용하지 않는다. 또 하나 적절한 이름으로 기형이라고 부르는 것은 더 실질적인데, 이 경우 내부까지 타격을 주는 수가 많다. 반질반질한 가죽구두보다도 모양이 좋은 구두라야 속에 있는 발의 형태를 잘 보호해 준다.

소크라테스가 자기의 못생긴 얼굴을 두고 한 말이지만, 그의 심령은 교육으로 고쳐놓은 것이 아니었던들 똑같이 못생긴 심령을 드러내보였을 것이라고 한다. 그러나 나는 이 말이 그가 버릇으로 하던 농담이라고 본다. 그만큼 탁월한 심령은 결코 그 자체로 만들어진 일이 없었다.

아름다운 용모가 강력하고 유리한 소질이라는 점은 아무리 강조해도 지나치지 않다. 소크라테스는 이것을 단기적인 폭군이라고 불렀고, 플라톤은 자연의 특권이라고 하였다. 우리는 아름다운 용모보다 더 신용을 얻는 특권을 보지 못한다. 그것은 사람들과의 교제에 제1위를 차지한다. 아름다운 용모는 겉으로 나타나며, 경이로운 인상으로 지대한 힘을 가지고 우리의 판단력을 유혹하며 독점한다. 프리네[11]는 만일 그녀가 옷깃을 슬쩍 벌리며 미모로 재판관을 유혹하지 않았던들, 한 탁월한 변호사에게 걸려 소송사건에 패소했을 것이다. 그리고 나는 온 세상의 주인이던 키루스(Cyrus The Younger), 알렉산드로스, 카이사르 등 세 명은 이 미모를 중시하는 걸 잊지 않았을 것으로 본다. 그리고 대(大) 스키피오도 그것을 잊지 않았다.

그리스 어에서는 좋다와 아름답다는 낱말이 같이 쓰인다. 그리고 성경에도 자주 아름답다는 말을 좋다는 말로 표현한다. 나는 플라톤이 비열하다고 말했지만, 옛날 시인에게서 따온 노래에 따라 건강과 아름다운 용모와 부유함을 선의 범주에 넣는 것에 동의한다.

아리스토텔레스는 지휘하는 권한이 아름다움의 부류에 속한다고 했고, 사람의 아름다움이 신들의 모습에 접근할 때는 그는 당연히 똑같이 숭배 받아야 한다고 했다. 누가 그에게 어째서 사람들은 아름다운 용모의 인물과 더 오래 더 자주 만나느냐고 물었다. 그는 다음과 같이 대답하였다.

"이 질문은 장님이 아니면 할 수 없는 질문이다."

그리고 대부분의 위대한 철학자들은 그들의 아름다운 용모의 중개와 혜택으로 수업료를 치렀고 예지를 얻었다.

내가 부리고 있는 사람들뿐 아니라 짐승들에게도 역시 아름다움은 선과 두 치 차이 정도로 아주 가깝다. 그래서 얼굴의 특징이나 모양, 그리고 사람들이 그것으로 어떤 내적인 기질과 장차 올 운수를 점치는 얼굴의 금들은 직접적으로 단순히 미와 추의 범주에 들어가는 것이 아니다. 그것은 마치 모든 좋은 향기와 명랑한 공기만으로는 건강을 약속할 수 없는 것과 같으며, 둔중함과 악후가 반드시 악질(惡疾)이 유행할 때의 장기(?氣)를 의미하지 않는 것과 같다.

---

11 Phryne: 그리스의 창녀로, 오만과 탐욕의 전형이다. 프락시텔레스는 그녀를 모델로 하여 아프로디테의 조상을 만들었다.

부인들이 그 아름다운 용모에 배치되는 행동을 한다고 비난하는 것은, 반드시 적절하지만은 않다. 왜냐하면 별로 잘 만들어진 것이 아닌 얼굴에 정직성과 진실성의 풍모가 깃들일 수 있으며, 그와는 반대로 가끔 예쁜 두 눈 사이에서 심술궂고 위험한 성정이라 는 징조를 읽을 수 있기 때문이다. 세상에는 유리한 인상을 가진 자들이 있다. 의기충천하는 적의 무리 속에서 그대는 다른 자에게보다도 그 자에게 즉시 항복하여 생명을 의탁하려고 택하는 자가 있을 것이다. 그것은 반드시 아름다운 용모만을 보고 선택하는 것이 아니다.

용모라는 것은 증거가 박약한 보증이다. 그렇지만 용모에는 고려해 볼 만한 가치가 있다. 만일 내가 사람들을 매질해야 할 처지라면, 약속을 어기고 배반할 인물이라는 것이 얼굴에 뚜렷이 나타나 있는 악인들을 더 혹독하게 다룰 것이다. 어떤 얼굴들은 다행히 호의을 얻고, 다른 얼굴들은 운수 나쁘게 불쾌감을 일으키는 것으로 보인다. 그리고 관후한 얼굴과 바보스러운 얼굴, 엄격한 얼굴과 가혹한 얼굴, 심술궂은 얼굴과 고민하는 얼굴, 경멸조와 우울한 얼굴, 그리고 서로 다른 비슷한 소질의 얼굴들을 분간하는 기술이 있을 것 같다. 오만해 보이는 얼굴과 상냥한 얼굴, 그리고 멋쩍은 얼굴도 있다. 이런 인상으로 미래의 사건들을 예언하는 일은 불확실한 것으로 남겨둔다.

나는 다른 데서 말했듯이 내게 관해서는 아주 단순히, 그리고 생생하게 이 옛날 교훈을 내 것으로 채택하였다. 곧, 그것은 본성을 좇는다면 실수하는 일이 없고, 최고의 교훈은 이 본성에 순응하는 일이라는 것이다. 나는 소크라테스가 한 것처럼 내가 타고난 기질을 교육이나 이성의 힘으로는 교정하지 않았고, 내 마음의 경향을 결코 기술로 혼란시키지도 않았다. 나는 내가 해온 대로 해가게 내버려둔다. 나는 무엇과도 싸우지 않는다. 나의 주장되는 두 부분들(영혼과 육체)은 평화롭게 화합하여 조용하게 잘 살아간다. 그러나 내 유모의 젖인 교육은 고마운 일로 적당히 건전하게 조절되어 있다.

이것도 말해 두겠다. 우리 사이에 스콜라 학파의 성실성에 관한 어떤 관념이 교훈들의 노예로 희망과 공포에 강요되어 거의 그것만이 사람들이 지키는 바가 되고, 그 가치 이상으로 평가되어 있는 것을 볼 수 있다. 나는 성실성이란 법률과 종교가 만들어준 것이 아니고, 변질되지 않은 모든 사람에게 박혀 있는 보편적 이성의 씨앗이 그 자체로 뿌리내려 우리에게서 돋아나와 완성시키고 권위를 세워준 것이라고 보며, 남의 부축을 받지 않고 제대로 지탱하는 것으로서의 성실성을 사랑한다. 소크라테스를 그의 악의 주름에서 다시 일으켜주는 이성은, 그를 자기 도시를 지배하는 인간들과 신들에게 복종하게 하고, 그의 영혼이 영생불멸이 아니라, 그가 가멸(可滅)의 인간이기 때문에, 그를 죽음에 대하여 용감하게 만들어주었다. 종교적 신앙은 도덕 없이 그것 하나로 하늘의 정의를 만족시키기에 충분하다고 국민들을 설복시키는 가르침은 사회를 파멸로 이끄는 방법이며, 교묘하고 악하다고 하기보다는 오히려 더 큰 손해를 가져오는 교육방법이다. 실천은 신앙과 양심 사이에 막대한 차이가 있음을 보여준다.

나는 형체로나 해석으로나 유리한 자세를 지니고 있다.

내가 무엇을 가지고 있다고 말했지?
차라리 나는 가졌다, 크레메스야!
— 테렌티우스

아아, 그대는 내게서 골격만 남은 여윈 육체밖에 못 보도다.
— 막시미아누스

소크라테스가 보여준 바와는 정반대이다. 내게는 단지 풍채와 모습만으로, 사람들이 그들 자신의 일을 위해서나 내 일을 위해서나 전혀 알지 못하는 처지의 나를 대단히 신용해 주는 일이 자주 있었다. 그 때문에 외지에 있을 때 특별한 혜택을 받아본 적이 있다. 이 두 가지 경험은 아마도 내가 특별히 이야기할 가치가 있다.

어떤 사람이 내 집을 기습할 계획을 꾸민 적이 있었다. 그 계획은 내 집 문 앞에 혼자 찾아와서 들여보내 달라고 간청해 보자는 것이었다. 나는 그의 이름을 알고 있었고, 그는 내 이웃사람들과 같이 믿을 만했고, 또 인척간이었다. 나는 다른 사람에게 하듯 그에게 문을 열어주게 하였다. 그는 아주 공포에 사로잡혀 있었고, 타고 온 말은 헐떡거리며 기진맥진해 있었다. 그는 이런 이야기를 했다. 우리 집에서 2킬로미터쯤 떨어진 곳에서 그의 원수를 만났다고 했다. 그편도 내가 아는 사람이었고, 나는 그들 사이의 싸움도 소문을 들어 알고 있었다. 그런데 원수가 그의 뒤를 맹렬히 쫓아왔기 때문에, 자기편이 인원수도 적은 터에 갑작스럽게 적에게 습격을 당하여 혼란에 빠졌다고 하며, 도움을 청하려고 문을 두드렸다는 것이다. 그리고 부하들이 몹시 걱정된다고 했다. 적을 만났을 때는 무질서하게 흩어져 있었기 때문에, 아마 모두 죽었거나 잡혔음이 분명하다는 것이었다.

나는 순진하게 그를 위로하며 안심시키려고 애썼다. 얼마 뒤 그의 병졸 네댓이 역시 공포에 찬 모습으로 찾아와서 들여보내 달라고 간청했다. 또 얼마 뒤에 완전무장한 다른 병졸들 2, 30명이 적에게 쫓기는 시늉을 하며 찾아왔다. 나는 이런 수상한 모습에 미심쩍은 생각이 들기 시작했다. 나는 내가 살고 있는 시대에, 내 집이 탐욕의 대상이 될 수 있다는 것을 잘 알고 있었다. 그리고 내 친지들 중에, 이런 식으로 봉변을 당한 예를 익히 들어 알고 있었다. 어쨌든 나는 지금 모면하려 하다가 일을 망칠 수도 있다는 생각에, 언제나 하는 식으로 가장 자연스럽고 단순한 태도를 취하며, 그들에게도 역시 들어오라고 하였다.

그리고 나는 남을 믿지 않거나 의심하는 편이 아니었다. 그리고 남의 일을 변명해 주고 선하게 생각하는 마음으로, 사람의 성질이 비뚤어지거나 악하다고는 믿지 않았다. 더구나 나는 모든 일을 그저 운수에 맡기며, 내 온몸을 그 품안에 던지는 성미였다. 그것은 지금까지 한탄스럽기보다는 오히려 자랑거리가 되고 있다. 그리고 운수가 나보다도 더 생각이 깊었고, 내 일을 잘 보아주고 있음을 알고 있었다.

내 생애의 몇 가지 행동 중에 하기 어려운 정당한 행위, 또는 신중한 행위라고 부를 만한 일이 있었다. 그런 행동도 3분의 1 정도는 내 행동이었으나, 3분의 2는 충분히 운수의 덕이라고 볼 수 있다. 우리는 우리 일을 충분히 하늘에 맡기지 않고, 우리의 할 일이 아닌 걸 우리 멋대로 하다가 실패하는 경우가 많다. 어쨌든 우리의 계획은 착오투성이이다. 하늘은 인간의 예지가 자기 특권에 대항하여 권한의 폭을 넓히는 것을 시기한다. 그리고 우리가 우리의 권한의 폭을 넓히려 하면 할수록 더욱 좁혀버린다.

그들은 말을 탄 채로 안마당에 있었고, 두목은 나와 함께 객실에 있었다. 그는 자기 부하들의 소식을 들으면 즉시 돌아가겠다고 하며, 말을 마구간에 가져다 두려고 하지 않았다. 모든 것이 그들의 계획대로 된 듯, 이제 일의 실행만이 남은 듯했다. 그 뒤 그는 자주 이때의 이야기를 했다. 그런 이야기하기를 꺼리지도 않았지만, 그는 내 얼굴과 솔직성 때문에 난동을 부릴 엄두를 내지 못했다고 했다. 그는 다시 말에 올랐다. 그의 부하들은 그가 무슨 신호를 내리지 않나 하고 주시하다가, 이런 좋은 기회를 그냥 두는 것을 보고 모두들 멍청해져 버린 듯싶었다.

또 한 번은 우리 군대에 무슨 영문인지 모르는 휴전이 선포되었다는 소문을 믿고, 나는 떠들썩한 지방을 거쳐서 여행길에 올랐다. 내가 기미를 알아차렸을 때는 벌써 사방에서 기마대들이 나를 잡으러 쫓아오고 있었다. 선발 기마대는 사흘째 나를 쫓아왔다. 장비도 완전히 갖춘 열댓이나 스물 가량 되는 가면 쓴 귀족들이 물결 같은 화승총 패를 데리고 공격해 왔다. 나는 꼼짝없이 사로잡혀, 근처의 깊은 숲속으로 끌려가서 말도 궤짝도 빼앗겼다. 궤짝은 탈취되고, 말이나 장비들은 새 주인들에게 분배되어 버렸다. 우리는 숲속에서 몸값을 가지고 옥신각신했다. 엄청난 액수를 뒤집어씌우는 것을 보니, 내가 누구인지 모르는 모양이었다. 그들은 내 생명을 가지고 활발히 토론을 벌였다. 사실 내가 처한 입장에서는 위험한 사정이 하나 둘이 아니었다.

그때 풍부한 용기가, 아에네이스여, 확고한 마음이 필요했다.
— 베르길리우스

나는 내가 들은 휴전령을 방패로 그들이 내게서 약탈해 가져간 것만—그것도 무시하지 못할 액수였다—넘기기로 하고, 몸값은 약속하지 않고 끝까지 버텼다. 이렇게 실랑이를 하며 두서너 시간이 지난 다음, 그들은 나를 말에 태우고 빠져나갈 수 없게 열댓 이상 되는 화승총 패에게 데려가라고 맡겨놓고, 내 하인들은 다른 패들에게 나누어 맡긴 다음, 우리를 포로로 하여 다른 길로 가라는 명령을 내렸다. 그런데 내가 착탄 거리의 2, 3배쯤 멀어져 있을 때에—

이미 카스토르에게 탄원하고, 이미 폴룩스에게 애걸하니.
— 카툴루스

갑자기 뜻밖의 사태가 일어났다. 그들의 두목이 내게 와서 대단히 공손한 말투로 부대들 사이로 흩어진 내 입성 나부랭이를 다시 찾아오도록 애를 쓰고, 찾아올 수 있는 한 주요한 물건들을 찾아낸 다음 돌려주었다. 그러나 그들이 내게 준 가장 큰 선물은 바로 자유였다. 이런 시절에 다른 것은 별문제가 아니었다.

이런 시절, 습관상 정당하게 보이는 이 계획이—왜냐하면 나는 바로 내가 어느 파에 속하고, 지금 어디로 가는 길이라고 알려주었기 때문이다—명백한 동기도 없이 그들이 이렇듯 갑작스럽게 생각을 돌린 진정한 이유가 무엇인지 나는 아직까지도 모르고 있다. 그들 중에 가장 눈에 띈 자가 가면을 벗고 그의 이름을 밝히며 여러 번 되풀이하여 말하기를, 내 용모와 호탕한 기백과 꿋꿋한 태도가 자유를 얻어낸 것이라고 했다. 또한 나의 인품이 이런 봉변을 당할 처지가 아니라고 하고, 만약 자신이 이런 난처한 경우에 처하게 되면 내게도 자기들과 같이 해달라고 당부했다. 아마도 하나님의 자비심이 이 헛된 외모를 내 생명의 보존에 이용하신 모양이다. 나는 신의 혜택을 입고 다음날도 더 심한 다른 복병에게 걸리는 것을 면했는데, 그것은 그들이 미리 통보해 놓았기 때문이다. 처음에 만난 사람은 얼마 전에 살해당하고 말았지만, 이 마지막 사람은 아직도 건재하여 이때의 이야기를 가끔 하고는 한다.

만일 내 얼굴이 나를 보증해 주지 않았던들, 만일 사람들이 내 눈과 목소리로 내 마음의 순박함을 알아보지 못했던들, 나는 이렇게 오랫동안 싸움도 없이 모욕도 받지 않고, 옳건 그르건 생각나는 대로, 되는 대로 지껄이며, 당돌하게 사물들을 판단하는 자유를 가지며 지탱해 오지 못했을 것이다. 이런 방식은 무례한 일이고, 우리 습관에 맞지 않는 일이라고 보아도 당연하다. 그러나 나는 이러한 나를 모욕적이고 심술궂다고 생각하는 사람을 본 적이 없다. 그리고 내 입에서 그런 말을 들었다고 하여 나의 방자한 말투에 화를 내는 사람도 없었다. 되풀이하여 전해 준 말은 소리가 다르듯 뜻이 다르다.

그리고 나는 아무도 미워하지 않는다. 남을 모욕하는 것은 너무나 비굴해 보이는데, 이성에 봉사하기 위해서라도 그런 짓은 못한다. 그리고 범죄자를 처단해야 할 경우에 부딪혔을 때는 차라리 재판정에 빠지는 쪽을 택했다.

"나는 인간을 처벌할 용기가 없기 때문에 사람들이 과오를 범하지 않기를 바란다."(티투스 리비우스)

누가 아리스토텔레스에게, 그가 악인에게 너무 인자하다고 비난하였다. 그 비난에 그는 이렇게 대답했다고 한다.

"나는 사람에게 인자했지, 악에게 인자한 것은 아니오."

옮긴이의
말

르네상스 시대의 프랑스 수필가이며 철학자인 몽테뉴
(Michel Eyquem de Montaingen)는 수필의 비조(鼻祖)라고 일
컬어지고 있다.

1533년에 태어나 59세를 일기로 세상을 떠날 때까지 그는, 수필과 철학을
통해 인간의 자유를 억압하는 모든 요소를 고발하고, 인간에게 중용과 절도를
권장했다. 《수상록》은, 그 서문에서 '나 자신이 곧 이 책의 소재'라고 말한 바
와 같이 몽테뉴 자신을 소재로 하고 있다. 그의 사상은 스토아주의와 회의주
의를 거쳐서, 무엇에도 구애됨이 없이 자연을 즐기는 에피쿠로스적 소크라테
스주의 또는 실증주의에 도달한다.

부유한 상인의 아들로 태어나 최고의 교육을 받고, 보르도 시의 재판소 평의
원으로 지내는 동안 알게 된 친구 드 라 보에시의 죽음은 그에게 대단한 충격을
주었다. 1565년 아버지가 죽자, 그는 사색적이 되어 점차 독서에 몰두하게 되었
다. 1570년 평의원직을 사퇴한 후에는 대부분의 시간을 명상에 잠기거나, 라틴
고전과 현대서적을 두루 섭렵하고 책 여백에 주해와 독후감을 쓰며 보냈다. 그
러는 동안 삶의 도덕적 관념이 생겨나서 자기의 사상을 펼쳐 나가게 된 것이다.
그는 본래 노력이나 고행보다는 안일을 즐기는 성미로서, 플루타르코스의 《영
웅전》을 읽은 후, 자신도 도덕에 관한 견해를 피력해 보고 싶어졌다고 한다.

그가 담석병의 치료를 위해 피레네 산중의 온천을 비롯한 여러 온천을 찾아
다닌 후 보르도로 돌아왔을 때, 그는 시의원들에 의해 시장으로 선출되어 있

었다. 재임중인 1581년에 레이몽 스봉의 《자연신학》 제2역판을 간행했는데, 제1역판은 아버지가 죽기 이전에 이미 간행한 바 있었다. 1588년 그는 파리에서 모두 3권으로 이루어진 《수상록》 신판을 간행하게 된다. 그는 《수상록》에서 전반적으로 죽음에 관해 다루고 있다. 제1권과 제2권에서 펼친 그의 죽음의 철학은, 제3권에 이르러서는 인생철학과 밀착하게 되었다. 그러나 어떤 형태로든 주어진 그대로의 인생을 받아들이고, 그 속에서 일말의 행복을 찾고자 했다. 이것은 그가 체험한 인생과 관조의 결과에서 터득한 인생관이라고 할 수 있다.

《수상록》의 후기에 이르면 우리는 그가 제시한 인생문제와 마주치게 되고, 그의 견해와 더불어 자신의 견해도 피력할 마음이 생기게 된다. 이와 같은 의미에서 보면 철학과 죽음은 필연적인 관계에 있다.

종교적인 면에서 《수상록》을 살펴보면, 그는 이 책에서 신앙문제는 별로 집착하지 않고 있다. 이것은 아마도 그가 신앙에 대한 확고한 신념을 가지고 있지 못했기 때문인 듯하다. 그는 신앙의 갈등을 단지 현실적인 면에서 고찰하고, 종교에서 말하는 이른바 절대적 순수란 존재하지 않는다고 믿었다. 모든 것이 상대적일 수밖에 없는 인간 사이에는 어느 정도 혼탁한 요소들을 인정해야만 한다는 것이다.

몽테뉴는 철학을 즐겼으나, 스스로를 철학자라고 자처하지는 않았다. 그의 회의주의 사상은 인간의 이성이 무기력하다고 주장했다. 그러나 그는 선천적인 이성주의자였다.

근심과 고통을 피하려던 그의 노력은, 뜻밖에도 그에게 담석증이라는 불치의 병을 가져다주어 오랫동안 그를 괴롭혔다. 그러나 이것은 오히려 그의 명상에 풍부한 재료를 제공해 주었고, 그의 사상을 빛나게 해주었다. 그는 앙리 4세로부터 관직으로의 재진출을 요청받았으나 끝내 이를 거절하고, 1592년 경건한 카톨릭 교도로서 생을 마쳤다.

고전으로 미래를 읽는다 026

수상록

초판 발행 _ 1987년 5월 8일
중판 발행 _ 2017년 4월 20일

옮긴이 _ 권응호
펴낸이 _ 지윤환
펴낸곳 _ 홍신문화사

출판 등록 _ 1972년 12월 5일(제6-0620호)
주소 _ 서울시 동대문구 용두 2동 730-4(4층)
대표 전화 _ (02) 953-0476
팩스 _ (02) 953-0605

ISBN 978-89-7055-695-6 03860